Die Reichen und Mächtigen der portugiesischen Gesellschaft residieren in Cascais, einem westlich von Lissabon gelegenen Küstenstädtchen, wo man den Atlantik rauschen hört und Kiefern im Sand stehen. Was hinter den Fassaden der herrschaftlichen Villen und im Inneren ihrer Bewohner vor sich geht, schildert der weltberühmte Schriftsteller António Lobo Antunes auf seine unnachahmliche Art: ein sprachgewaltiger Roman über die sogenannte feine Gesellschaft Portugals zurzeit des Diktators Salazar und zugleich ein melancholisch-zärtliches Klagelied über die conditio humana.

ANTÓNIO LOBO ANTUNES wurde 1942 in Lissabon geboren und hat Medizin studiert. Während des Kolonialkrieges war er als Militärarzt in Angola, arbeitete danach in der Psychiatrie und war lange Jahre Chefarzt in einer Psychiatrischen Klinik in Lissabon. Lobo Antunes zählt zu den wichtigsten Autoren der europäischen Gegenwartsliteratur. Sein mit zahlreichen Preisen ausgezeichnetes Werk ist in vierzig Sprachen übersetzt.

ANTÓNIO LOBO ANTUNES BEI BTB
Elefantengedächtnis (73424) Der Judaskuß (73390) Einblick in die Hölle (74240) Die Vögel kommen zurück (73387) Reigen der Verdammten (73388) Die Leidenschaften der Seele (73386) Die natürliche Ordnung der Dinge (73389) Das Handbuch der Inquisitoren (73926) Geh nicht so schnell in diese dunkle Nacht (73131) Was werd ich tun, wenn alles brennt? (73298) Guten Abend ihr Dinge hier unten (73655) Einen Stein werd ich lieben (73760) Mein Name ist Legion (74413) An den Flüssen, die strömen (74596) Die Rückkehr der Karavellen (74779) Fado Alexandrino (74930) Anweisungen an die Krokodile (71317) Der Archipel der Schlaflosigkeit (71456) Kommission der Tränen (71404) Portugals strahlende Größe (73628) Mitternacht zu sein ist nicht jedem gegeben (71598) Welche Pferde sind das, die da werfen ihren Schatten aufs Meer? (71658) Gestern in Babylon hab ich dich nicht gesehen (71749) Der Tod des Carlos Gardel (73626)

António Lobo Antunes

Vom Wesen der Götter

Roman

Aus dem Portugiesischen von
Maralde Meyer-Minnemann

btb

Für Maria da Piedade
many fêtes

ERSTER TEIL

ERSTES KAPITEL

Das erste Mal wurde ich ungefähr zu der Zeit zum Haus der Senhora geschickt, als ich den Obdachlosen auf der Stufe zur Buchhandlung schlafend antraf, aber ehrlich gesagt, habe ich ihn erst in dem Augenblick bemerkt, in dem ich den Schlüssel aus der Handtasche zog, um die Tür zu öffnen, oder, besser gesagt, zwei Schlüssel an einem Ring mit einem Stoffbärchen, dem das rechte Auge fehlte, der richtige und ein zweiter, von dem ich noch immer nicht weiß, wozu er gut ist, bereits als Kind haben mich Schlüssel verwirrt, waren sie unheimlich, rätselhaft, was öffnen sie, wenn man sie ins Schlüsselloch steckt, fragte ich sie
— Was öffnet ihr?

würde mich die Antwort sicher beunruhigen, wie viele Zimmer hinter den Zimmern, die ich kenne, wie viel Rauschen schwarzen Wassers, das Meer von Cascais hört man vom Laden aus nicht, es bleibt bäuchlings, unaufhörlich zitternd im Sand liegen
— Was ist mit dir?

würde ich ohne die Lampen der Laternen und der Fenster in den Gebäuden bei geschlossenen Rollläden schlafen, hätte ich Angst, das Haus der Senhora war riesig, der Gärtner goss gerade die Beete, Schatten spähten mich durch die Fensterrahmen aus, was wollten sie, der Obdachlose steckt immer in einer Art Sack, ich sage ihm guten Tag, er macht sich klein, um mich vorbeizulassen, demnächst wird er den Sack zusammenfalten, ihn im Rucksack verstauen und unter den Duschen am Strand ein Bad nehmen, während ich draußen die Tabletts mit den Büchern aufstelle, meine Kollegin hilft mir, auf dem Dach gegenüber hin und wieder eine Möwe, zwischen den Möwen nichts, Tauben, die Eisdiele nimmt im Mai den Betrieb auf, schließt im Oktober, ich bin in Afrika geboren, kam als Kind nach Portugal, wohne mit meinem Sohn im Hinterland von Cascais, wo die Miete billiger ist, aber dennoch bleibt, wenn ich sie bezahlt habe, so wenig übrig, ich kann mich nicht an die Kälte gewöhnen, beim Haus der Senhora vom Kies bis zum Eingang Dutzende Marmorstufen, Balkons, Terrassen, der Swimmingpool lag nicht bäuchlings da wie das Meer, sondern auf dem Rücken, der Chauffeur folgte mir schweigend, der Obdachlose kommt dann mit nassem Haar vom Duschen zurück, ich habe ihn nie lächeln sehen, habe ihn nie mit jemandem zusammen gesehen, er setzt sich auf dem Platz beim Hamburgerrestaurant hin, wenn ich nicht im Laden zu Mittag esse, tue ich im Vorbeigehen so, als bemerkte ich ihn nicht, als ich die Bücher zur Senhora brachte, der Angestellte

– Komm rein

keine Anrede, kein Sie, er duzte mich

– Komm rein

weiße Jacke, silbrige Metallknöpfe, möglicherweise so alt wie mein Vater, aber vornehmer, eleganter, er hat nicht mit Negern an einem Staudamm gearbeitet, ich erinnere mich an die Affenbrotbäume, strohgedeckte Hü

– Komm rein

Hütten, in meiner Vorstellung liegt meine Mutter im Bett

– Das ist der Nierenstein

der Obdachlose holt Bälle aus dem Rucksack und wirft sie in die Luft wie im Zirkus, ohne dass ein einziger herunterfällt, im Haus der Senhora forderte ein Dienstmädchen mit Häubchen

– Die Bücher

keine Anrede, kein Sie, auch sie duzte mich, dies außerhalb von Cascais, fast am Guincho, wo der Wind beginnt, Dünen sich auflösen und wieder zusammenfügen, dorniges Gestrüpp, im Januar rüttelt der Wind am Haus, in dem mein Sohn und ich leben, der Angestellte mit der weißen Jacke

– Worauf wartest du noch?

in der Eingangshalle mit Säulen übergroße Möbel, riesige Bilder, die Decke ewig weit entfernt, ringsum eine Veranda, wo ein Hündchen bellte, und auf der Veranda noch mehr Möbel, noch mehr Bilder, das Gefühl, dass eine alte Frau mich ausspähte, aber ich bin mir nicht sicher, ich zum Angestellten nicht per du, per Sie

– Seien Sie unbesorgt ich gehe gleich wieder ich erwarte nichts

so wie auch der Obdachlose nichts erwartet, er steckt die Bälle in den Rucksack, schwört mir, dass ich niemals alt werde und man mich später nicht allein lassen wird, mein Sohn zur Direktorin des Heims

– Falls sie stirbt ist mir das egal

die ihn für erwachsen hält, was er aber nicht ist, schauen Sie ihn sich an, sechs Jahre, wer nimmt denn einen kleinen Jungen ernst, nicht nur das Gefühl, da saß eine alte Frau auf der Veranda, und die alte Frau

– Bringen Sie sie mir her Marçal

nicht du, per Sie, das Hündchen im Arm, das sich wand, um ihr Gesicht zu erreichen, die scharfe Helligkeit eines Ringes blitzte auf und verschwand schlagartig, der Angestellte mit der weißen Jacke schaute prüfend meine billige Kleidung, das Haar, das kleine Armband an

– Tut mir leid wenn ich Sie nicht angemessen angeredet habe

zehn Stunden am Tag im Laden, die Hälfte der Sonnabende, die Hälfte der Sonntage, kaum ein Kunde, nachmittags der verwitwete Ingenieur, dessen eines Bein nicht so will und der mich von den Buchrücken her ausspäht

– Wie hübsch Sie sind

obwohl sein Mund schweigt, versteht man die Worte

– Wie hübsch Sie sind

er nähert sich mir nicht, an meinem Geburtstag ein feierliches kleines Parfüm

– Ich stelle es Ihnen hier auf das Regal

dabei flüchtete er, das Bein mit der Hand anschiebend, zum Ausgang

– Nun komm schon nun komm schon

er hat das Sparbuch in der Tasche, blättert darin herum, ohne die Seite zu finden, so wie er auch lange braucht, bis er die Jacke findet, als er es wegstecken will

– Wissen Sie ich habe da ein paar Ersparnisse

ich erinnere mich an die Gattin

– Ein Klotz am Bein

vor zwei oder drei Jahren an Heiligabend hatte sie die Gabel auf den Teller gelegt und ihn überrascht angestarrt, wobei das

– Ein Klotz am Bein

sich erst zum Hals, dann zur Brust, anschließend zum Tischtuch neigte, und am Ende auf den Fußboden rutschte, das

– Ein Klotz am Bein

vom Gewicht des Körpers zerquetscht wurde, der daraufgefallen war, und der Ingenieur betrachtete sie, kerzengerade auf seinem Stuhl, die Serviette erdrosselnd, in eben der Haltung, in der sein Neffe ihn vorfand, als er ihn besuchte, die Lichter der kleinen Tanne blinkten unermüdlich, blau, orange, gelb, der Obdachlose wartet auf der anderen Straßenseite darauf, dass wir den Laden abschließen, um sich auf der Stufe auszustrecken, und wie immer macht mir der zweite Schlüssel Angst, ich zu ihm

– Was öffnest du?

würde mich meine Mutter nicht daran hindern

– Sei still

ich fürchtete mich vor den Zimmern hinter den Zimmern, so viel Rauschen schwarzen Wassers, und darin wir beide, außerstande zu atmen, haltet mich nicht fest, erstickt mich nicht, lasst mich los, im Haus folgte Salon auf Salon, Lüster, Gegenstände aus Porzellan und Silber, und an den Fenstern wütend der Wind, der Ingenieur ganz leise

– Wie hübsch Sie sind

blätterte im Heftchen, in dem die Ersparnisse schrumpften, das Leben ist kompliziert, finden Sie nicht, wie kann man es nur schaffen, wenn die Weihnachtslichter einen verfolgen, blau, orange, gelb, irgendwann wird das

– Wie hübsch Sie sind

sich zuerst zum Hals, dann zur Brust, anschließend zum Tischtuch neigen, am Ende auf den Fußboden rutschen, zusammen mit den paar Ersparnissen, wofür wirst du sie ausgeben, nun sag schon, ein feierliches kleines Parfüm

– Ich stelle es Ihnen hier auf das Regal

und das Bein macht sich selbständig, unsicher, ängstlich, die alte Frau in dem, was mir der letzte Raum zu sein schien, denn dahinter Kiefern bis hinunter zum Meer, in gewissen Nächten im Sommer gelingt es mir, die Wellen zu verstehen, jede trägt meinen Namen in sich

– Fátima

ich warte, doch kein weiteres Wort, sie haben mich vergessen, die alte Frau strich mit dem Ring über das Hündchen auf ihrem Schoß, befahl dem Angestellten mit der weißen Jacke

– Sie können gehen Marçal

in einem Sessel, der zu groß für sie war, und ich erinnerte mich an die Puppe, die in Afrika am Kopfkissen meiner Eltern

lehnte, ebenfalls aufrecht, ebenfalls alt, der Lack auf den Wangen abgeplatzt, die alte Frau, die mir mit einer langsamen Geste nicht das Gesicht, sondern die Welt zeigte
– Mein Vater hat hier gelebt
jede Menge Türen, für die möglicherweise der zweite Schlüssel aus der Buchhandlung passte, und wenn er passte, wie viel Rauschen schwarzen Wassers, bevor sie ins Bett ging, setzte meine Mutter die Puppe auf die Kommode zwischen die Fotos meiner Großeltern, obwohl ich sie warnte
– Sie wird ganz sicher weinen
und wenn ich vor dem Morgengrauen aufwachte, nahm ich ihr Schluchzen mit meinem vermischt wahr, ich stand vor der Senhora, fürchtete mich vor dem zweiten Schlüssel, beschloss
– Ich werde ihn wegwerfen
so wie ich häufig denke
– Hätte ich keinen Sohn ich würde mich wegwerfen
denn, einmal ganz ehrlich, antworten Sie mir aufrichtig, was mache ich hier, sobald ich anfange, darüber nachzugrübeln, denke ich gleich
– Würde dir der Arzt verkünden dass du dir eine schwere Krankheit eingefangen hast würde dir der Arsch auf Grundeis gehen
der Arsch würde mir tatsächlich auf Grundeis gehen, Ärzte und Krankenhäuser, du liebe Güte, bittet mich bloß nicht, eine Krankenstation zu besuchen, das halte ich nicht aus, ich würde, nachdem ich durch das Tor gekommen wäre, gleich beim ersten Anblick eines weißen Kittels ohnmächtig werden, mein Vater wurde in Coimbra operiert, aber ihn habe ich nicht gesehen, habe den Fluss gesehen, habe im Bahnhof auf meine Mutter gewartet, habe sie, als sie näher kam, gebeten
– Erzählen Sie mir gar nichts
die Senhora in dem für sie zu großen Sessel
– Ich habe seit Ewigkeiten keinen Besuch mehr empfangen

und ich frage mich, ob sie, falls ich sie wie die Puppe auf die Kommode setze, ebenfalls weinen würde, oder nur

– Ich habe seit Ewigkeiten keinen Besuch mehr empfangen

sie sagt es zu sich selber, während sie das Hündchen abtastet, das Herz kleiner Tiere schlägt schneller als unseres, das von Vögeln beispielsweise, das von Kaninchen, meine Mutter

– Dein Vater lässt dich grüßen

und ich kehrte ihr den Rücken zu, damit sie nicht glaubte, ich sei gerührt, ich studierte Fahrpläne, von Echos, Stimmen, Rauch umgeben, und es ist der Rauch, der auf meinen Augenlidern brennt, erwähnen Sie ihn nie wieder, wahnsinnig viel Rauch, die Senhora

– Manchmal habe ich Lust mich zu unterhalten

alte Gegenstände, Fotos, Skulpturen, ein Engel, dem der Kopf fehlte, ein vollständiger Heiliger aus vergoldetem Schnitzwerk, immerhin, der Umhang vollständig, alle Zehen an den Füßen, ich bot dem Obdachlosen die Hälfte meiner Banane vom Mittagessen an, aber er lehnte ab, er fand nicht

– Sie sind so hübsch

wie der Ingenieur, er beobachtete mich nicht heimlich, die Senhora, als wäre sie allein, ich nehme an, in ihrer Vorstellung war sie allein, wer bin ich schon, nicht mir, sondern den Kiefern, den Dünen erklärte sie

– Mein Vater hat hier gewohnt

und ein Schatten durchquerte eilig, eine schräge Zigarrenspur hinterlassend, den Raum

– Ich habe jetzt keine Zeit wir reden morgen

die Senhora

– Er hatte nie jetzt Zeit er redete immer morgen

und ein Auto fuhr davon, wie konnte es sich entfernen, wenn man nie bemerkte, dass es ankam, nach Einbruch der Dunkelheit war das Haus eine Meeresschnecke, die Geheimnisse wisperte, mein Gott, wie sehr kommunizieren doch die Dinge mit uns, als er in Coimbra aus dem Krankenhaus entlassen wurde, saß mein Vater auf einer kleinen Bank und wartete, ich erinnere mich an den zu weiten Ehering, wie er, ohne einen Satz auszusprechen, das Essen ablehnte, er senkte nur die Augenlider, die Glöckchen der Ziegen weideten am Hang, nicht die Tiere, die Glöckchen kauten, ich fuhr immer, von Geräuschen umringt, im Bus zurück nach Cascais, das Haus in Afrika war ein Bretterverschlag, die Lehrerin, eine Mulattin

– Wer hat das Kap der Guten Hoffnung umschifft Fátima?

Witwe eines Inders in kurzer Hose, der auch am Staudamm arbeitete, seinen Namen habe ich mit all meinen Kindersachen verloren, demnächst suche ich sie, denn es gibt Dinge, die ich nur schwer aufgeben kann, meine Mutter, als sie jung war, beispielsweise, der Geruch der Erde, wenn der Regen aufhört, und die aus den Pfützen schlüpfenden Insekten, die Senhora, in Gedanken bei dem Schatten, der den Salon durchquerte

– Die Abendessen die es einmal hier gab

der König von Italien, der König von Rumänien, der englische Graf, der in einem Zimmer im ersten Stock schlief, wo ihn der deutsche Botschafter besuchte, wie viele Zimmer es wohl hinter diesem Zimmer gibt, wie viel Rauschen schwarzen Wassers, ich stand vor der Senhora, hörte ihr zu, ohne sie zu verstehen

– Wieso mit mir reden ich bin arm

und der Obdachlose aß beim Hamburgerrestaurant wer weiß was aus einem kleinen Pappbehälter, die Mutter der Senhora hatte sie gezwungen, die Hand des englischen Grafen zu küssen, und ich

– Warum hat sie mich bloß ausgewählt?

hatte nicht den Mut, sie zu unterbrechen, der Obdachlose reicht mir seinen Rucksack, damit ich ihn verwahre, neulich hat er mir eine Meeresschnecke in die Hand gedrückt, die zu klein

war, um das Meer oder diese kleinen Schlangen bei den Felsen zu enthalten, keine Aale, Schlangen, die mulattische Lehrerin
– Zyklostomen
und ich habe den Begriff nicht vergessen, habe all meinen Kinderkram verloren, aber die Zyklostomen sind geblieben, ich spreche es laut aus
– Zyklostomen
die Leute mit Stirnrunzeln
– Wie bitte?
ich peinlich berührt
– Ich habe den Mund gar nicht aufgemacht
sie misstrauisch
– Mir kam es aber so vor
und ich versenkte die Zyklostomen tief in mir, dort, wo man sie nicht bemerken würde, sie sollten mulattischen Lehrerinnen keinen Unterricht anvertrauen, sie sind nur zur Hälfte menschlich, die Besitzerin der Buchhandlung
– Die Senhora scheint dich zu mögen sie hört nicht auf Bücher bei uns zu bestellen
also fuhr ich, ein Päckchen auf den Knien, im Bus an den Dünen zwischen Estoril und Cascais entlang, dann und wann ein Hund, der Möwen jagte, dann und wann Disteln, natürlich keine Zyklostomen, so ein Unsinn, wer glaubt schon, dass es die überhaupt gibt, da waren der Garten, das Auto, der Chauffeur, der ihm mit dem Tuch den letzten Schliff gab, das Dienstmädchen mit dem Häubchen und der Typ in der weißen Jacke
– Mein Fräulein
nicht du, sondern mein Fräulein
– Kommen Sie herein
die Senhora aus den Tiefen des Sessels
– Sie haben lange gebraucht
ich war bis dahin für niemanden wichtig gewesen, meinen Sohn mit eingeschlossen, der auf allen vieren mit seinem Spiel-

zeug beschäftig war, dem ein Rad fehlte, in meiner Nähe hat es nie etwas Ganzes gegeben, mein Vater hatte, nachdem er vierzig geworden war, kaum noch einen Zahn im Mund, war geistesabwesend, mein Sohn hat den Egoismus geerbt, ich weiß sehr wohl, wo der herkommt, hoffentlich hat er nicht meine schlechten Angewohnheiten geerbt, ich bin leicht zu betrügen, verzeihe allen immer alles, ich gucke und sehe nichts, ich schaue und nehme das Gesehene nicht wahr, es ist meine Schuld, da gibt es einen Typ, der bezahlt mir Kaffees

– Darf ich Ihnen einen Kaffee bezahlen?

und versucht dabei, die Finger auf meinen Ärmel zu legen, doch als gebranntes Kind brauche ich Zeit, er arbeitet in einem Verlag, erscheint immer mittwochs mit dem Katalog und den Fotokopien der Buchumschläge in einer kleinen Mappe

– Geschieden

versichert er

– Frei wie ein Vogel

versichert er, zeigt seinen Personalausweis als Pfand, lehnt seinen Schuh gegen meinen, und sobald ich das merke, ziehe ich meinen weg, manchmal lasse ich mir etwas Zeit, denn meine Kollegin, die jünger ist als ich, kinderlos, immer zum Friseur geht, sich schminkt, bis vor kurzem ein Cousin, im Augenblick, glaube ich, niemand, pass auf, Fátima, der Großvater der Senhora hatte eine kleine Wechselstube, der Vater der Senhora war Herr über Banken, wie viele Seelen, einmal abgesehen von den Straßenhunden, sind unter den Dünen begraben, wenn der Wind dreht, gebe Gott, dass sich, wenn der Wind wieder dreht, der von den Kaffees nicht darunter befindet, dessen Schuh bereitsteht, sich mir zu nähern, der den Krawattenknoten mit Zyklostomengesten zurechtrückt, verzeihen Sie mir den Ausdruck, wenn ich am wenigsten damit rechne, warum weiß ich nicht, kommen mir solche Verrücktheiten in den Sinn, der Vater der Senhora

– Wir reden morgen versprochen

entfernte sich zu Untergebenen, die ihn artig, devot erwarteten, der Vater der Senhora war Herr über Banken, Gesellschaften, Minister, und plötzlich fiel draußen Regen, nicht vertikal, sondern horizontal, Büsche und Bäume vertauschend, ich hoffe, der Obdachlose steht unter irgendeinem Dach oder hat wenigstens eine Kopfbedeckung und ein Stück Plastik über den Schultern, der Vater der Senhora beim Abendessen, er foltert schweigend die Gabel, während er auf die Suppe wartet, die Mutter der Senhora schaut ihn nicht an, jung, hübsch, worauf zornig, weswegen gekränkt, unter den kleinen Heiligenmedaillons, die mit einer Sicherheitsnadel am Nachthemd befestigt sind, der Davidstern, den sie erst nach ihrem Tod gefunden haben, wenn ich nicht schlafen kann, nehme ich trotz der Entfernung die Hühner im Hühnerstall meiner Eltern in der Provinz wahr, das Schaben von Federn, Krallen, Glucksen, die Mutter der Senhora korrigierte die Gesten der Tochter mit der Augenbraue, ihr Vater war Schotte, ein blondes Paar in einem barocken Rahmen, die Senhora

– Meine Großeltern

was meine betrifft, so habe ich sie nie kennengelernt, Bauern auf einem Foto, ohne Gesichtszüge, nur Umrisse, ich zu meinem Vater

– Vater was machte Ihr Vater?

und zum Geklingel der Ziegen, unter dem Geklingel der Ziegen, undeutlich zwischen dem Geklingel der Ziegen

– Er half dem Vikar bei der Messe

dazu noch eine kleine Böttcherwerkstatt, dazu Eimer bei Feueralarm, dazu der Sohn, der ihm im Krankenhaus der Santa Casa da Misericórdia ein Glas Wasser reichte, und er

– Dies ist das letzte Mal dass du mir etwas zu trinken gibst

nicht bang, ruhig, genau so, wie ich es beschreibe

– Dies ist das letzte Mal dass du mir etwas zu trinken gibst im Bett links von einer strickenden Dicken, im Bett gegenüber ein Typ, der seine Militärtrompete mit einer roten und einer grünen Kordel im Arm hielt

– Wie oft habe ich da reingeblasen

mein Sohn ist mir nicht ähnlich, vielleicht das Kinn, vielleicht die Stirn, aber weder das Kinn noch die Stirn, er ist mir nicht ähnlich, er verliert gerade die Milchzähne, da fällt mir mein Vater wieder ein, denn auch seine Gaumen waren nackt, apropos nackt, ich habe den Obdachlosen gesehen, wie er sich dort unten bei den Duschen am Strand wusch, falls er, ich hätte beinahe einen Blödsinn gesagt, ich bin verrückt, und dennoch, falls er, idiotisch, diese Verbissenheit, ein Landstreicher, weiter im Text, der Vater der Senhora folterte die Gabel, die Mutter der Senhora und die Senhora schwiegen, die Einsamkeit der Frauen macht mich schaudern, ich wäre lieber als Mann geboren worden, der mit der Militärtrompete

– Wenn ich zum Zapfenstreich blies haben sogar die Platanen geweint

tieftraurige Töne in der Dunkelheit, und aus der Finsternis erhoben sich phosphoreszierende Zyklostomen, wie viele Zimmer es wohl hinter den Zimmern gab, die ich kenne, wie viel Lärmen schwarzen Wassers, das Meer von Cascais, bäuchlings auf dem Sand, leckte sich selber ab, zitterte unablässig

– Was verbirgst du vor mir?

der Vater der Senhora zum Großvater der Senhora, indem er Papiere wegschob

– Ich erlasse Ihnen die Schulden wenn Sie mir Ihre Tochter geben

genau so, ohne Umschweife

– Ich erlasse Ihnen die Schulden wenn Sie mir Ihre Tochter geben

der Jude wischte sich mit dem Taschentuch ab, was der Vater der Senhora übersah, das Gesicht verschwand von seinem

Gesicht, und da war kein Gesichtsausdruck mehr, keine Falte, nur der Schnurrbart zögerte, die Mutter der Senhora fünfzehn oder sechzehn Jahre alt, sechzehn, der Vater der Senhora beruhigte ihn

– Keine Angst ich tue ihr nicht weh

während er Rechnungen zusammensammelte

– Sie entgehen dem Gefängnis und gewinnen einen Schwiegersohn der Sie beschützt

nicht in diesem Haus, im Büro in Lissabon, die Einsamkeit macht mich fertig, obwohl mein Sohn mit mir in einem Bett schläft, meine Kollegin hält den Ellenbogen des Typs von den Kaffees fest, neigt den Kopf, um besser zu hören

– Wirklich?

lässt seinen Ellenbogen los, packt ihn wieder, näher an der Hand, kräftiger

– Kaum zu glauben was ihr alles erfindet um uns rumzukriegen

die Senhora versicherte sich mit vorsichtigem Finger ihrer Ohrringe

– Mein Großvater musste selbstverständlich zustimmen

dabei schreckte das Hündchen auf ihrem Schoß auf

– Er träumt ständig

der Jude stritt mit der Gattin in einer Wohnung, aus der der Vater der Senhora den Hausrat herausholen ließ, er wurde eine Woche später, als der Jude eingewilligt hatte, wieder zurückgebracht, dazu ein französisches Service, neue Lüster, neue Vorhänge, ein Piano

– Mit Grüßen von Ihrem Schwiegersohn

die Mutter der Senhora fassungslos

– Ich soll heiraten?

meine Eltern haben mich nie besucht, ich weiß nicht, ob ich Sehnsucht nach ihnen habe, ich bin erwachsen geworden, hätte ich Sehnsucht, würde ich ihnen die Fahrt bezahlen, aber wo würden sie dann schlafen, hier ist kein Platz, es gibt Augenblicke, in denen ich sie mag, und Augenblicke, da bin ich mir nicht sicher, ich erinnere mich daran, dass ich nie weinte, nicht dass ich keine Lust dazu hatte, die Tränen kamen einfach nicht heraus, meine Tante

– Nimmt die Kleine nicht zu?

und ich war sauer, weil ich nicht zunahm, eines Tages begann meine Brust zu schmerzen, zwei kleine Knubbel schwollen unter der Haut an, der Jude beruhigte den Vater der Senhora

– Sie sagt sie will nicht heiraten aber keine Sorge das wird schon

und der Vater der Senhora war beinahe amüsiert, nicht beinahe amüsiert, er war amüsiert, der Herr über Banken, Gesellschaften, Minister lächelte ein Mädchen an, das Notizen machte, teilte das Amüsement mit ihr, ich muss eine Zahnbürste mit einer Mickymaus am Griff für meinen Sohn besorgen, mit dem Tier hat er wenigstens seinen Spaß, der Vater der Senhora

– Keine Angst ich mache mir schon keine Sorgen selbstverständlich heiratet sie

Jahre später saß die Mutter der Senhora mit einem Mann im Zug nach Madrid, wartete auf die Abfahrt, über ihnen die Koffer in einem Netz, die Mutter der Senhora mit Sonnenbrille und Kopftuch, Leute warteten auf dem Bahnsteig, ein Alter trabte, ein Fähnchen schwenkend, vorbei, meine Mutter zu meinem Vater

– Du solltest dir auf dem Jahrmarkt ein Gebiss kaufen

eines wie die, die der Größe nach auf einer Schnur aufgereiht in den Ständen der Zigeuner hingen, mit kleinen Drahthaken zur Befestigung am Gaumen, die halfen, das Ganze einzusetzen und am Knochen festzumachen, die Tür zum Abteil ging in dem Augenblick auf, in dem der Mann das Zigarettenetui hervorzog, und auf der Stufe stand der Vater der Senhora, ruhig, freundlich

– Komm mit nach Haus Raquel

während ein Seufzer aus Dampf den Alten mit dem Fähnchen auslöschte und der Waggon zu rütteln begann, ist Ihnen schon einmal aufgefallen, dass die Gegenstände sich ohne Hilfe fortbewegen, wenn sie gerade Lust dazu haben, alles ist still, und eine Tasse vibriert oder ein Aschenbecher oder ein Teller, und das ist weder der Wind, noch sind wir es, man weiß es nicht, kommen Sie mir nicht mit gequälten Seelen, es sind die Gegenstände, Schluss, aus, oder die Erdachse, die sich geneigt hat, alles verbraucht sich und weicht zurück, der Vater der Senhora beinahe komplizenhaft zu dem Mann, der ihn, das Zigarettenetui geöffnet, anstarrte

– Kann ich Sie irgendwo absetzen João?

der Gepäckträger, über die Koffer gebeugt

– Zu Ihrem Wagen Senhor Doutor?

man bemerkt, dass die Erdachse sich verändert hat, weil das Fenster nicht mehr zur Straße, sondern zum Hang voller Hütten und den Überresten eines Krans zeigt, den man früher von dort nicht sah, und wenn die Gegenstände wieder wackeln, ist die Straße wieder da, ist sie wieder das, was sie war, so ist das Leben, wir suchen nach dem, was kommt, und entdecken den Anfang, mein Vater probierte eines der Gebisse aus, meine Mutter

– Du siehst sogar viel gediegener aus

und das tat er, das Jackett saß besser, ein fehlender Knopf war plötzlich wieder an seinem Platz, die Krawatte ohne Spuren vorangegangener Knoten, und dennoch wog der Preis des Gebisses weder die Eleganz auf, noch milderte er die Leberpein

– Würde es meiner Galle helfen würde ich es kaufen

also kehrte die Schönheit meines Vaters auf die Schnur des Marktstandes zwischen gezeichnete Majestäten zurück, ich erinnere mich an eine Volkstanzgruppe, die auf einer Bühne tanzte, besser gesagt an Paare, die in riesigen Holzschuhen, die Hände in der Luft, herumhüpften, ein Paar, das aus dem Tritt geraten war, fügte sich eilig wieder ein, der Vater der Senhora zwischen der Mutter der Senhora und dem Mann, redete mit beiden, eine Hand an ihrer Taille, die andere am Hals des Unglücklichen, und schützte sie so beide, ein Polizist salutierte ihm, ohne dass er den Gruß erwiderte, ich glaube, mein Vater denkt heute noch an das Gebiss und hat nicht übel Lust, die Welt anzunagen, die Senhora

– Mein Vater hat die Angelegenheit mir gegenüber nie erwähnt meine Mutter hat es mir viele Jahre später erzählt

er begnügte sich damit, allein in ein anderes Schlafzimmer zu ziehen, und erschien alle Jubeljahre bei ihr

– Ziehen Sie sich aus

nicht

– Zieh dich aus

der Vater der Senhora vollständig bekleidet

– Ziehen Sie sich aus

und er blieb angezogen vor der nackten Gattin stehen, die Zigarre im Mund, von der Asche auf den Boden fiel

– Auch die Unterwäsche

er legte die Zigarre am Rand einer Kommode ab

– Legen Sie sich hin

und zog nicht einmal die Schuhe aus, beschmutzte das Betttuch mit seinen Schuhen, rückte sich, nachdem er fertig war, im Hemd zurecht, suchte nach einem oder zwei Geldscheinen in der Hose und ließ sie neben die Asche fallen

– Heben Sie die auf

und ging hinaus, ohne auf die Mutter der Senhora zu achten, die sich reckte, um sie ihm zurückzugeben

– Kaufen Sie sich Nuttensachen davon

und schloss die Tür mit der Sohle, unterdessen war das Meer am Guincho harmlos, und die Dünen begruben niemanden, die Senhora zu mir

– Kommen Sie morgen wieder ich bin müde

glättete die Träume des Hündchens mit dem Ring, spähte aus dem Fenster, in dem der Nachmittag sich in rosa und lila Tönen aufzulösen begann, und ein Weidenzweig kroch auf dem Boden entlang wie ein bettelnder Hausierer, die Senhora richtete sich auf, einsam im Inneren des Hauses, das ich verließ, der Salon mit seinen Möbeln, seinen Bildern, seinen so teuren Schätzen unvermittelt nutzlos, der Vater der Senhora mit dem zweiten Schlüssel am Ring weggeschlossen, von dem ich nun weiß, wozu er dient, schwarz geworden, verbogen, mit einem Stoffbärchen geschmückt, dem das rechte Auge fehlte, ich war es, die zu ihm sagte

– Da nehmen Sie ihn

ich sagte, als ich ihm den Schlüssel gab

– Es ist Ihrer

er war vor Jahren gestorben, vor meiner Geburt, und dennoch übergab ich ihm den Schlüssel

– Es ist Ihrer

genau so, wie es hier steht

– Es ist Ihrer

und er verwahrte ihn in der Weste, setzte sich mit ganz armen Augen, obwohl er der Herr über Banken, Unternehmen, Minister war, an den Schreibtisch, der Vater der Senhora starrte mich an, hörte auf, mich anzustarren, vergaß mich, verbarg das Gesicht in den Händen und wiederholte das

– Ich bin müde

seiner Tochter, die Zigarre zwischen den Fingern, das Foto eines ausländischen Präsidenten links von ihm, während das Meer am Guincho, bäuchlings auf dem Sand

– Was verbirgst du vor mir?

der Vater der Senhora wählte am Jahrmarktstand ein Gebiss aus, steckte es über den echten Zähnen in den Mund und verschlang sich selber.

ZWEITES KAPITEL

Ich glaube nicht an Gott, wie kann ich an ihn glauben, wo er immer, wenn ich ihn brauchte, nicht da war, und ich meine damit nicht wichtige Probleme, die ihm Arbeit machen würden, ich meine damit beispielsweise das erste Mal, dass ich Frau war, wie ich mich zwischen Bohnenstauden, von Heuschrecken und Käfern und Kohlraupen umgeben, im Gemüsegarten hinhockte, die Welt voller Scheren, Beine, Flügel, Mandibeln, und ich dachte, als die Schmerzen nachließen, nicht
– Was ist mit mir los?
ich dachte
– Wer bin ich von diesem Tag an?
denn mein Körper war eigenartig, wenn der Prior das wüsste, würde er mir ganz bestimmt die Kommunion verweigern, was habe ich Böses getan, wann habe ich gesündigt, meine Großmutter
– Die Frauen sind geboren um zu leiden
und das stimmt, Gott ist ein Mann, er denkt wie ein Mann, und ich verzeihe ihm, dass er das nicht versteht, ich verzeihe ihm aber nicht die Sonntagnachmittage vor dem alten Fernseher, den die Besitzerin der Buchhandlung mir geschenkt hat, als sie einen neuen kaufte, ich habe im Juli Geburtstag, hin und wieder verschwindet das Bild, am vierundzwanzigsten Juli, ich haue auf die Kiste, und es erscheint unscharf wieder, wie wohl heute der Staudamm aussieht, an dem mein Vater gearbeitet hat, ich spüre noch immer, wie das Wasser in mir steigt und fällt, die Negerin mit den Armbändern aus Gummi, die sich mit meiner Mutter um die Küche kümmerte, rief mich aus dem Garten

– Fatinha

mein Vater trat ins Haus, schnüffelte umher

– Es stinkt nach Neger

und ich glaube nicht an Gott, weil er rücksichtslos ist, genau wie der Vater meines Sohnes, er suchte mich nachts im Dunkeln und tat mir immer weh, wog schwer auf meiner Brust, brauchte lange, bis er mich losließ, und ich dachte

– Wann hört das endlich auf wann hört das endlich auf?

zählte im Geiste die Autos auf der Straße

– Wenn ich bei fünfzehn ankomme schiebe ich dich runter

bei jedem Auto krümmte ich einen Finger, und wo war Gott in diesen Augenblicken, ich fügte ihnen die Mofas und das Dreirad des Behinderten aus dem Erdgeschoss hinzu, um die Anzahl zu erhöhen, die Helligkeit der Scheinwerfer an der Zimmerdecke enthüllte die Feuchtigkeitsflecken, die ich nicht bemerkt hatte, mein Sohn neben uns, sein Schnuller ging auf und ab, in dem Maße immer schneller, in dem sein Vater sich dem Finale näherte, es macht mich sprachlos, was die Kleinen von einem erben, die Senhora zu mir

– Sie sind eine halbe Stunde zu spät gekommen

beleidigt, mit einer Seidenstola, voller Angst vor der Heimtücke des Herbstes, man spürte die Septembergezeiten inmitten der Kiefern, ich befreite mich vom Schuh des Verkäufers in der Pastelaria, um nicht wieder Autos zu sammeln, aber die Finger ließen mein Handgelenk nicht los, der Vater meines Sohnes ist vor etwas mehr als einem Jahr gegangen, die Senhora

– Ich hasse Unpünktlichkeit

sein Vater war Diabetiker, hatte Nebel in einem Auge, ich erinnere mich nicht daran, ob es das eine oder das andere war, so wie Gott sich auch nicht an mich erinnert, oder aber ich existiere nicht, eine stärkere Welle brachte die Rosenstöcke in Rage, die immer so, das andere, ich erinnere mich daran, empfindsam sind, der Obdachlose hat nie meinen Namen ausgesprochen

– Guten Tag

und das war es dann, selbst wenn wir den Laden schlossen, die Lichter auf dem Platz brannten

– Guten Tag

so wie er sich auch nicht unterhält, er bedankt sich nicht, bittet nicht, wenn wir ihm was auch immer anbieten, lehnt er ab, die Senhora zu mir

– Setzen Sie sich

deutete auf den kleinen Sessel, den sie neben ihren hatte stellen lassen, und wartete, in meiner Küche fehlen ein halbes Dutzend Kacheln und ein kleines Stück im Holzfußboden, was ich mit einem Pfropf aus Stoff verberge, am Ende der Beete der Tennisplatz, auf dem selbst im Sommer niemand spielt, früher spielte der Vater der Senhora mit seinen Freunden, und die Mutter der Senhora saß mit langer Zigarettenspitze unter einem lila Sonnenschirm, rund um das Gebäude, in dem ich wohne, Unkraut, Buschwerk, ein Fahrrad, dem der Lenker fehlt und das die Büsche allmählich auffressen, wenn wir uns zu lange an einem Ort aufhalten, verschlucken sie uns Stück für Stück, Füße, Beine, die Taille, das Schweigen des Mundes braucht länger, bis es weg ist, beispielsweise das des Tennispartners des Vaters der Senhora, als der Vater der Senhora zwischen zwei Bällen

– Ich will einundfünfzig Prozent Ihrer Zementfabrik

ohne sein Spiel zu unterbrechen, der andere hielt inne und starrte ihn an, ich weiß nicht, ob ich gern in das Haus der Senhora komme, ich weiß nicht, ob ich sie mag, manchmal erschrecken mich ihr Gesichtsausdruck, ihr Benehmen, der Vater meines Sohnes sucht uns nicht auf, ruft nicht an, schickt kein Geld, man hat mir erzählt, dass sein Vater Nebel in beiden Augen hat, auf einem Weidenstühlchen sitzt und Däumchen dreht, der Vater der Senhora zum Tennispartner

– Ich würde ungern Ihren Kredit aufkündigen und die Fabrik dann schließen lassen der Partner verschlug einen, zwei Bälle, ging einen Schritt auf den Vater der Senhora zu, ließ den Schläger fallen und verließ den Platz, Dutzende ankernder Schiffe in der Bucht, Möwen auf der Kaimauer, vierundzwanzigster Juli um sieben Uhr morgens, zwei Kilo neunhundert Gramm, der Obdachlose, ich hatte keine Haare, brauchte lange, bis ich atmete, ging mit einer Angelrute über den Sand, durchstöberte Algen, Steinchen, immer von Straßenhunden umringt, der Partner rief eine Frau in Rot, ich muss hübsch ausgesehen haben, voller Falten, die die Senhora einmal im Büro angetroffen hatte

– Nun mal los Teresa

die in Rot hatte sich bei den Druckknöpfen ihrer Bluse vertan, nach einem Anhänger gesucht, der Vater der Senhora zur Senhora

– Sag Tante Teresa guten Tag

die Hunde kamen und gingen am Strand, schnüffelten, bellten, einer von ihnen war grau, hatte eine Wunde am Rücken, er verfolgte eine Seeschwalbe bis zum Wasser und blieb dort wartend stehen, Ölflecken, Strohhalme, ich habe eine Freundin in der Boutique neben der Buchhandlung, sie heißt Celeste, ist mit einem Kapverdier verheiratet, hat keine Kinder, nicht weil sie keine will, seinetwegen, der Spritzen vom Arzt bekommt, und der Arzt

– Verlieren Sie die Hoffnung nicht mein Freund die Besserung wird kommen

Celeste

– Bislang ist sie nicht gekommen aber es ist doch möglich oder?

der Vater der Senhora zu der in Rot

– Die Liebe zu Ihrem Mann rührt mich aber die Antwort ist nein

und vielleicht ist es ja möglich, was weiß ich, die Spritzen werden wohl für irgendetwas gut sein, vor allem, wenn sie wehtun, das ist ein Zeichen dafür, dass der Organismus reagiert, Celeste

– Das hat man mir in der Apotheke auch erklärt du solltest Ärztin sein

der Hund kam enttäuscht vom Wasser zurück, langsam, wahrscheinlich ist auch er von Kap Verde hergereist, irgendwann schlage ich auf den Fernseher, und das Bild ist ganz weg, sie sterben auch, die Maschinen, hinter dem Gebäude verbeulte Kühlschränke, Ventilatoren und Küchenherde, die in Rot ging den Flur hinunter, und eine letzte Tür schloss sich mit einem Knall, Schwärme bunter Vögel im Wasser des Staudamms in Afrika, der Vater der Senhora zum Tennispartner, der mit quietschendem Füller Verträge rubrizierte

– Regen Sie sich nicht auf

der Vater der Senhora lobend

– Ich bewundere Ihre Besonnenheit

wobei er seine Hand ausstreckte, und der andere, in Todesqualen, drückte sie

– Ich erwarte Sie am Sonnabend zu einem Spielchen

und die in Rot sah neben der Mutter der Senhora zu, während der Tennispartner einen Ball nach dem anderen verschlug, der Vater der Senhora mit argloser Verwunderung

– Was ist denn mit Ihnen los?

Schwärme bunter Vögel im Staudamm, daran erinnere ich mich, und Dutzende Amseln im Garten in Cascais, Gott abwesend, logischerweise, kommen Sie mir nicht mit Geschichten, was erwartet man schon von ihm, Celeste

– Vielleicht ist es ja besser so weißt du so ein Mischlingskind

die in Rot schwanger, der Vater der Senhora

– Meinen Glückwunsch

die Mutter der Senhora verbarg Mutmaßungen hinter dem Fächer, die Senhora

– So unglaublich das erscheinen mag aber ich mochte meinen Vater

mit einem mädchenhaften Seufzer, da die Sonne mich störte, konnte ich ihre Gesichtszüge nicht gut erkennen, ich sah die Umrisse einer alten Frau, die, von riesigen Möbeln umgeben, im Licht schwebte, über die Frau in Rot stolperte, wenn ihre Mutter nicht da war, ich hatte Angst, dass der Obdachlose ins Meer ging, dass die Straßenhunde den liegengelassenen Rucksack zerfetzen würden, der Diabetiker

– Wie spät ist es?

und wie spät ist es überhaupt, auf der seit Ewigkeiten kaputten Uhr in der Buchhandlung zeitlose vier, und daher begann die Negerin mit den Gummiarmbändern, die in der Küche arbeitete und mit ihrem Geruch den Geruch des Eintopfs durchtränkte, mit der Zubereitung des Abendessens, die Senhora schwoll im Arreal des Lichts, dem Rhythmus der Gardinen folgend, an und ab, mal erreichte sie mich, mal entfernte sie sich, ich wünsche mir nur, dass die bunten Vögel mich nicht verlassen, ich möchte am liebsten, warum auch immer, Mutter schreiben, da steht es, Mutter, Mutter, der Vater der Senhora mit dem Tennisschläger in der Hand, und so viele Bäume rings um den Tennisplatz, deren Namen ich nicht kenne, auch so viele Amseln, nicht Dutzende, wie ich dachte, Hunderte, Tausende, für die Mutter der Senhora Tausende, Tausende Amseln und Tausende Frauen in Rot, wäre der Zug abgefahren, ein Hotel in Madrid, der Mann mit dem Zigarettenetui entkorkt einen Champagner, und die Mutter der Senhora in einem durchsichtigen Negligé, sieht nur einige Bäume und Amseln gut, was für einen Unsinn man doch erfindet, der Vater der Senhora war über die Wiege des Säuglings von der in Rot gebeugt, in der Babyrasseln leise bimmelten

– Ganz der Vater

und der Tennispartner brachte nicht den Mut auf, ihn anzusehen, versteckte sich, so gut er konnte, unter dem Panamahut, er zog ein Taschentuch aus der Hose, das seine Hand zum Schütteln brachte, die Taschentücher schütteln uns, nicht wir sie, und er hoffte, dass der Hosenstoff dies verdeckte, Celeste ganz leise

— Manchmal habe ich wenn ich mit dem Nigger zusammen war den Wunsch mich zu waschen

und schwieg, weil sie es bereute, anderthalb Stunden von ihrem Wohnort zur Boutique, Bus, Metro, Zug, und daher alterte sie schneller, Sehnen am Hals

— Schau dir meinen Hals an

Falten unter dem Kinn, die niemandem etwas vormachen

— Die machen niemandem etwas vor oder?

natürlich machen die niemandem etwas vor, aber wenn du dein Haar färbst, überspielt es das vielleicht, was weiß ich, der Tennispartner suchte den Vater der Senhora in der Bank auf, wartete in einem kleinen Zimmer, die Knie dicht beieinander, prüfte den Stoff seiner Hose, schlug die Beine aus Schicklichkeit nicht übereinander, der Vater der Senhora unsichtbar, ein blondes Mädchen ging hinein und kam heraus, nahm den Tennispartner nicht wahr, der Tennispartner

— Es gibt mich nicht

und es gab ihn tatsächlich nicht, der Vater der Senhora zu der in Rot

— Ein Blödmann

und die in Rot stimmte zu, kaum dass ihr Ehemann versuchte, sie zu liebkosen, wies sie ihn ab

— Nun lass schon

ich habe so einen Druck im Kopf, ich bin erschöpft, ich stehe um sieben Uhr morgens auf, ihr Körper mit dem Rücken zu ihm, eine Schulter nackt und Abdrücke von Fingern an der Wurzel des Nackens, die der rosa Lampenschirm vergrößerte, die Senhora zu mir

– Falls Sie denken mein Vater sei ein Mistkerl gewesen ich denke manchmal dass er ein kompletter Mistkerl war
der Vater der Senhora zu dem blonden Mädchen
– Bitten Sie diese Nervensäge da herein
so, dass der Tennispartner es hörte, seine Finger, die nicht den Nacken von der in Rot drückten, zermalmten einander besiegt, man sah die Gelenke, man sah die Knochen, würden sie gegeneinander spielen, würde der Tennispartner gewinnen, aber er war außerstande, den Vater der Senhora einen Tollpatsch zu nennen, denn der Vater der Senhora gleich
– Halten Sie den Mund
ohne Worte, aber
– Halten Sie den Mund
noch bevor das
– Tollpatsch
kam, der Partner deshalb mit verlegener Anerkennung
– Danke dass Sie mich haben gewinnen lassen
wo er mich gar nicht hat gewinnen lassen, das Arschloch hat kein Talent, der Partner in Panik, man könnte das
– Arschloch
mitbekommen, hinderte es daran herauszukommen, indem er den Mund fest verschloss, und es durch
– Danke dass Sie mich haben gewinnen lassen
ersetzte und dies Buchstabe für Buchstabe nervös wie ein Verurteilter zusammenfügte, aber die Silben waren so groß, so schwer aneinanderzureihen, die Stimme des Vaters der Senhora zu dem blonden Mädchen, das hereinkam und hinausging und den Partner nicht wahrnahm, es gibt mich nicht, Schluss, aus, nimm endlich zur Kenntnis, dass es dich nicht gibt, und er akzeptierte, dass es ihn nicht gab, er war nicht, die in Rot, als sie ihn wegstieß
– Du bist nicht
und in seinem Kopf

– Ich bin nicht

außer durch die Stimme des Vaters der Senhora

– Bitten Sie diese Nervensäge da herein

bitten Sie diese demütige, angespannte Nervensäge mit den zusammengestellten Knien herein, das blonde Mädchen, ein gespitzter Mund zum Büro hin und kein Satz, keine Beachtung, die Senhora zu mir

– Ich habe sie an vielen Nachmittagen in diesem Haus angetroffen

die in Rot neunzehn, zwanzig Jahre alt, mehr oder weniger so alt wie sie, dazu noch ein oder zwei Jahre in derselben Privatschule, die Senhora erinnerte sich an Zöpfe mit gepunkteten Schleifen und daran, dass die andere sich über sie lustig machte

– Kneifzangenbeine

ich erinnere mich daran, dass ich überlegte

– Ich sage das den Nonnen

aber sie erzählte es nicht, der Chauffeur kam um fünf, um sie abzuholen, wenn die Schleifen die Straße überquerten, befahl sie

– Überfahren Sie sie

die Augen des Chauffeurs im Rückspiegel

– Sie haben vielleicht Ideen gnädiges Fräulein

draußen steht ein Wagen wie dieser, aber der Chauffeur ist ein anderer, er hat die Nähfrau geheiratet, und die Nähfrau zur Senhora, die stocksauer darüber war, dass die, die ihr Kneifzangenbeine nachgerufen hatte, nicht plattgewalzt auf der Straße lag

– Warum nennen Sie meinen Mann ungehorsam gnädiges Fräulein?

die Knöchel wegen eines Problems in den Venen geschwollen, die Senhora

– Ich werde meiner Mutter sagen dass sie Sie beide entlassen soll

während sie ein Rotkehlchen beobachtete, das sich auf einem Zweig wog, wie viele Kilos wiegen Vögel, Schwalben, Drosseln, Spatzen, sagte die Senhora zu mir

– Halten Sie mich für böse?

entschied ohne Überzeugung

– Wahrscheinlich tun Sie das nicht wahr?

aber ich antwortete nicht, weil Celeste mir gerade eine schwierige Frage stellte

– Würdest du dich an meiner Stelle scheiden lassen?

die einer langen Überlegung bedurfte, und ich bin, was Überlegungen betrifft, nicht besonders gut, entweder fallen mir die Lösungen plötzlich ein, oder ich finde sie nie, ich weiß nicht, ob das eine gute oder eine schlechte Eigenschaft von mir ist, meine Eltern dachten nicht nach, sie entschieden irgendwie und bereuten es später, meine Mutter

– Ich bin wirklich zu blöd

der Vater der Senhora, während er ein Memorandum notierte, zum Tennispartner

– Sagen sie bloß nicht dass Sie das Geld ausgegeben haben das ich Ihnen für die Zementfabrik gezahlt habe und jetzt um eine Anstellung betteln?

dabei stand das blonde Mädchen neben ihm, ihr Armband identisch mit dem der Frau in Rot, ihre Kette eine Replik von deren Kette, sogar ihr Haarschnitt sah ähnlich aus, ihre Kleider hatten garantiert das gleiche Etikett, und wahrscheinlich gab es Abdrücke von Fingern an der Wurzel des Nackens, der Vater der Senhora hob ein halbes Augenlid

– Wie kommen Sie dazu mich darum zu bitten Ihnen einen Job zu verschaffen wo Sie doch keinen Heller wert sind?

nicht ironisch, ungläubig, er legte den Füller ohne Eile ab, die Senhora flüsternd

– Ich wage nicht meinen Vater zu verurteilen

indem sie, Celeste, den Hund auf dem Teppich abstellte

– Niemand wagte es

Celeste vor dem Schaufenster eines Geschäfts im Shoppingcenter, von einem grauenhaften Schachtisch hingerissen

– Du kennst meine Familie nicht sogar im Falle eines Kapverdiers akzeptieren sie eine Scheidung nicht

die Senhora entfernte sich von der Nähfrau auf einem Bein hüpfend, auf einem der Kneifzangenbeine balancierend, mitten im Flur wechselte sie das Bein, passte auf, dass sie nicht auf die Ritzen trat, die die Dielenbretter voneinander trennten, würde sie darauftreten, gäbe es Leite-Creme zum Abendessen, trat sie nicht darauf, Erdbeerkuchen, die Mutter der Senhora

– Wo es so viele arme Menschen gibt die Hunger haben fehlte es gerade noch dass du keine Leite-Creme isst mindestens sieben Löffel

der Vater der Senhora rauchte, ihr ganzes Leben lang würde er morgen mit ihr reden, er versprach

– Ganz sicher

und machte sich wieder davon, zog an einem ihrer Zöpfe

– Versprochen ist versprochen

und vergaß es, die Hunde des Obdachlosen gaben diesen für eine Möwe mit gebrochenem Flügel auf, die zu ihnen gewandt, wild vor Angst das Gefieder sträubte, eine Welle nahm sie mit sich und hinterließ eine Furche im Sand, der aus dem Material der Spielzeugdelphine gemacht war, die sie ihr ins Bad legten

– Da hast du deine Fische

weil sie sich dachten, sie so zu beschäftigen, während sie sie einseiften

– Mach die Augen fest zu

denn der Schaum brannte, und die vor mir sitzende Senhora kniff fest die Augen zu, ich blieb Ewigkeiten lang auf der Kaimauer in der Hoffnung, die Möwe würde zurückkehren, aber ich habe sie nie wiedergesehen, all die Schätze, die ich in den Jahren verloren habe, gestern, beispielsweise, tauchte ein Nachthemd meiner Mutter aus der Zeit auf, als ich klein war, an der Schulter war die Naht aufgegangen und ihre Haut zu sehen, nackter, als wäre sie nackt gewesen, verbessern Sie das, mir ist nicht wohl dabei, früher oder später wird die Möwe an der Küste zwischen Brettern und Kleister angeschwemmt werden, mein Vater drehte in der Hütte am Staudamm an Rädern, ein Neger half ihm

– Das ist mühsam Kleine

und der Neger, barfuß, voll hohler Freude, ich kenne keine traurigen Neger, während die Senhora mit geschmeidigem Feenschritt die Froschbauchkommode berührte und sie in einen Prinzen verwandelte

– Wach auf

der Vater der Senhora kräuselte die Nase zum blonden Mädchen hin

– Böses Mädchen

die zu ihm hin die Nase kräuselte

– Böser Junge

und blickte dann länger, zwischen Enttäuschung und Nachsicht, auf den Tennispartner

– Da wir Gevattern sind werde ich vielleicht eine Stelle für Sie ausfindig machen

und die beiden Bösen trieben weiter ihre Scherzchen, Celeste blickte vom Schachtisch auf

– Meine Brüder würden mich umbringen

ich glaube nicht an Gott, wie kann ich an ihn glauben, wo er immer, wenn ich ihn brauchte, nicht da war, er hat wohl keine gute Meinung von mir, oder er kümmert sich einfach nicht um mich, ich bin unwichtig, zähle nicht, schau, mein Vater, bevor er ins Bett geht, hockt er da draußen mit seiner Pfeife, verscheucht die Käfer mit dem Handrücken, meine Mutter, die sich am Rock abwischt

– Leandro

und der tiefe Atem der Erde, außer dem Obdachlosen war da noch ein Bettler, der etwas, das ich nicht erkennen konnte, in einen Sack aufsammelte, der Tennispartner in der Buchhaltungsabteilung der Zementfabrik, in der die Angestellten sich nicht erhoben, als er eintrat, das Bild seines Großvaters, der das Geschäft gegründet hatte, war von der Wand abgenommen worden, die Senhora langsam nicht zu mir, sondern zu sich selber

– Und die Leute nahmen es hin

zufrieden mit der Erinnerung an die Delphine, sie hatte einen in einer Schublade im Schlafzimmer aufbewahrt, bis der Ehemann, mit ihm auf der Handfläche

– Was ist das da?

ohne Augen, ohne Flossen, nur die Hälfte der Nase, keine Kommode wurde zu einem Prinzen, blieb nur Holz, sie versuchte, sich hüpfend fortzubewegen, um ihm den Fisch wegzunehmen

– Das ist ein Spielzeug von mir

aber sie hatte Elan und Leichtigkeit verloren, verkündete im Inneren einer heimlichen Träne, die der Ehemann nicht bemerkte, er hatte sein ganzes Leben lang nie eine Träne bemerkt

– Ich werde keine Fee mehr sein

der Ehemann runzelte die Stirn

– Fee?

das Projekt einer Scheidung verblasste in Celeste vor einem Schuhladen

– Schau nur diese Sandalen

und belebte sich wieder angesichts des Schildchens mit dem Preis, ich möchte wetten, dass meine Mutter das gelbe, nach so vielen Wäschen fast weiße Nachthemd in der Truhe verwahrte, oder eher das weiße, an einigen Stellen gelbe, würde man es in eine Schüssel tauchen, würde es sich auflösen, die Pfeife meines Vaters unendlich, am Horizont eine Brandrodung, der Erste-Hilfe-Posten erleuchtet, darin der indische Krankenpfleger, keine Arzneifläschchen, keine Watte im Topf, die Nächte eine dichte, von Geräuschen gesättigte Stille, und mit so vielen undeutlichen Stimmen rief sie mich, ich hörte nur die Eulen und die Gespräche der Toten, als wir weggingen, blieb der Inder im Kittel und mit Turban zurück, winkte unter dem Vordach, ich drehte mich vor der Kurve um, und er winkte noch immer, solche Bilder aus meiner Kindheit halten sich, die Senhora

– Wenn es nach mir gegangen wäre hätte ich nicht geheiratet

obwohl wir gleich alt sind, ist Celeste älter als ich, zu den Sandalen gebeugt, konnte sie sich nicht sattsehen

– Zusammen mit meinem grünen Kleid was meinst du?

die Senhora in Richtung Fenster

– Niemanden

ihr Profil scharf umrissen vor den Bäumen, genau das hätte ich tun sollen und habe es nicht getan, Ergebnis, mein Mann ist abgehauen, besucht seinen Sohn nicht einmal zu Weihnachten, und was Alimente betrifft, da kann ich nur lachen, ich wette, er hat eine Idiotin wie mich aufgetrieben, die ihn unterhält, Idioten gibt's wie Sand am Meer, behauptete er immer, ich hatte in der Gaststätte seines Vaters gekellnert, würde ich dort vorbeigehen

– Ist Arménio da?

stünde meine Schwiegermutter, das Profil der Senhora scharf umrissen vor den Bäumen, der Eindruck, dass eine Art Melancholie darin, so ein Unsinn, wie komme ich bloß darauf, wo ist das Motiv für Melancholien, stünde meine Schwiegermutter da zwischen Töpfen

– Ich habe ihn seit einem Monat nicht mehr gesehen

inmitten von Dampf und Ruß, ein Tuch um den Kopf gebunden, die Schwester meines Mannes kümmerte sich um Alte in einem Heim, Dutzende mahlender Kinne, allein der Gedanke, deren Hand zu ergreifen, dreht mir den Magen um, die Senhora, mir zugewandt

– Niemanden

und überhaupt keine Melancholie, die Haltung einer, die die Welt befehligt, und das tat sie auch, ich bin ein Esel, mich beunruhigt, dass der Obdachlose einsam ist, manchmal erwische ich mich dabei, dass ich an freien Tagen an ihn denke, wo ist er, was macht er, obwohl er immer da ist und nichts macht, ich sehe ihn nie im Gespräch, sehe ihn nicht essen, der Tennispartner hörte auf, mit dem Vater der Senhora zu spielen, die Frau in Rot verschwand aus dem Haus, der Vater der Senhora zur Mutter der Senhora

– Es ist eine Frage des Prinzips Untergebenen keine Vertraulichkeiten zu gestatten

während der Angestellte mit der weißen Jacke einen anderen Wein hinstellte, hinter dem Garten ein Kiefernwäldchen bis hin zur Straße, die den Guincho säumte, und der Wind nicht in den Stämmen, dort oben in den Wipfeln, wo der Himmel beginnt, der Typ vom Verlag in der Pastelaria

– Auch wenn Sie es mir vielleicht nicht glauben aber ich hatte Sehnsucht nach Ihnen

wischte sich den Mund mit der Papierserviette aus einem verchromten Kästchen ab, man zieht eine heraus, und die nächste erscheint umgehend, ich habe dieses Wunder nachzumachen versucht und es nicht geschafft, sie sind nicht gerade meine Spezialität, die Wunder, was übrigens Spezialität betrifft, gibt es da weiter nichts zu sagen, wie macht man das, das Meer am Guincho, keine aufeinanderfolgenden Wellen, ein ständiges Rauschen, wenn mein Sohn schreiend aufwacht, wiege ich ihn etwas, und er beruhigt sich, wechselt den Traum, und das wäre es dann, Celeste

– Mit meinem grünen Kleid

nein, Celeste

– Wird mein Leben immer so sein?

anstatt zu antworten

– Wie hättest du es denn gern?

schweige ich, so wie ich auch bei der Senhora schweige, mich damit begnüge zuzuhören, nicht die Bücher sind ihr wichtig, es ist ein Mensch, ganz egal welcher, auch ein Landei wie ich, der ihr zuhört, die Besitzerin der Buchhandlung

– Hör du ihr so lange zu wie sie Lust hat ich schicke ihr immer die teuersten Wälzer

also verbringe ich Woche für Woche in einem für mich zu großen Salon, komme fast im Dunkeln mit dem im Wind schwankenden Bus nach Cascais zurück und nehme wahr, wie die Dünen wachsen, mein Vater in Afrika, mit allen Zähnen, hockt da und raucht

– Spürst du den Regen?

und die Negerin mit dem Gummiarmband wird auf der Mauer des Staudamms entlang immer kleiner, der Vater der Senhora zur Senhora

– Du heiratest im Oktober

im grünen Kleid mit den Schuhen aus dem Schaufenster im Shoppingcenter, die Scheidungen verhindern, der Mann der Senhora, indem er den Delphin herzeigte

– Und diesen Mist hast du dein Leben lang aufbewahrt?

Erbe einer anderen Bank als der, die der Vater der Senhora verwaltete, noch mehr Fabriken, noch mehr Landbesitz, und er zerknüllte den Fisch

– Macht es dir etwas aus wenn ich ihn in den Müll werfe?

und die Senhora hüpfte mit Kneifzangenbeinen auf ihn zu, es gelang ihr nicht, ihn zu packen, denn wenn man über zehn ist, schafft man es nicht mehr, weil die Entfernungen größer werden; Kilometer über Kilometer trennen die Dinge voneinander, einmal ganz abgesehen von den eigenständigen

Muskeln, widerwilligen Knochen, hart werdenden Sehnen, die Senhora teilte ihrem Vater mit, dass sie den in einen Prinzen verwandelten Kommodenfrosch vorziehen würde, und der Vater richtete sich auf, der Obdachlose, schraubte sich aus sich selber hoch

– Ein Prinz?

so wie der Obdachlose möglicherweise ein Prinz ist und das Hamburgerrestaurant ein verkappter Palast, die Senhora, ich habe schon außergewöhnlichere Geschichten gehört, und die Mutter der Senhora auf dem Sofa, Pfauen, Störche, was für ein Land gefiederter Wesen unseres doch ist, nur Strauße fehlen und Fledermäuse wie die in Afrika, in Portugal sind sie klein, wir sind bescheiden, was Fledermäuse betrifft, die Serra de Sintra mit Wolken auf dem Gipfel, die Senhora und die Mutter der Senhora auf dem Sofa, Leute im Kiefernwäldchen auf einer Decke, sie essen zu Mittag, die Mutter der Senhora rief den Angestellten mit der weißen Jacke

– Was sind das für Leutchen Marçal?

der Angestellte mit der weißen Jacke schaute aus dem Fenster

– Sieht so aus als würden sie essen Senhora

der Bräutigam der Senhora ersetzte den Tennispartner und das blonde Mädchen die Frau in Rot, die Gattin des französischen Botschafters, immer mit Handschuhen, zu der der Vater der Senhora zwischen zwei Schlägen hinüberschaute, war der Venus ähnlich, die auf einem Steinhaufen in der Mitte des Wasserbeckens eine Muschel hochhielt, der Vater meines Sohnes tat mir immer weh, und ich zählte die Autos auf der Straße

– Wenn ich bei fünfzehn bin schiebe ich dich runter

die Mutter der Senhora zum Angestellten mit der weißen Jacke

– Sagen Sie denen dass ich sie dort nicht will denn dieses Kiefernwäldchen gehört mir ich fügte zu den Autos die Mofas und das Dreirad mit den Krücken zu beiden Seiten des Sitzes des Behinderten vom Erdgeschoss hinzu, der bis zur Taille normal war, und nach der Taille eine welke Hose und unterschiedliche an der Spitze gebogene Stiefel, bevor er zu spielen begann, übergab der Vater der Senhora der Gattin des Botschafters sein Handtuch

– Sie bringen mir Glück

und die Gattin des Botschafters liebkoste es ohne Hast, sie trug die Sandalen, die Celeste so gern hätte, der Angestellte mit der weißen Jacke, und ein beinahe grünes Kleid, will heißen perlfarben, ein beinahe grünes, sich als Perle ausgebendes Kleid, würde man Celeste einladen

– Hast du das gesehen sieht praktisch wie meins aus

glücklich, dass es praktisch ihres ist, glücklich, dass es ihres ist, ich habe Angst vor den Rolltreppen im Shoppingcenter, die einen oder zwei Meter lang ganz gerade anfangen und plötzlich, was die Amerikaner alles erfinden, zu Stufen werden, bis sie wieder eben sind und in einer Spalte aus Metall verschwinden, wie am Rand eines Swimmingpools warte ich ewig lange, rechne mir den am wenigsten gefährlichen Augenblick aus, um mich daraufzubegeben, halte den Handlauf mit aller Kraft fest und rette mich, oben angekommen, mit einem glücklichen kleinen Hüpfer, sollte ich einmal mit einem Sportflugzeug fliegen und das Sportflugzeug abstürzen, werde ich, bei dem Glück, das ich habe, nicht sterben, was mich dazu zwingen wird, daran zu glauben, dass Gott möglicherweise doch existiert und in Alarmbereitschaft ist, falls ich ihn brauche, man glaubt, er wäre es nicht, er ist es aber, der Angestellte mit der weißen Jacke, als der Behinderte sich vom Dreirad befreite und mit so viel Bein, mit so vielen Krücken, so vielen Stiefeln einer wirren Spinne glich, wartete die Gattin, total normal, sie wartete jeweils nach drei Schritten, sie sagt Dirceu zu ihm, und Dirceu ist perfekt, ich kann es nicht erklären, aber Dirceu ist perfekt, wer ihn kennt, ist meiner Meinung, ich würde keinen anderen Namen für ihn erfinden, der Angestellte mit der weißen Jacke ging um die Beete, das Gewächshaus, die zwei Chinesischen Flammenbäume am Rand des Gartens herum, öffnete die Pforte zum Kiefernwäldchen, trat an die Decke der Familie voller Körbe, Töpfe, Besteck, zeigte auf den Vorhang, hinter dem die Mutter der Senhora und die Senhora hervorspähten, redete, hörte zu, redete wieder, hörte wieder zu, ein Kind bot ihm einen Hühnerschenkel an, ein Mann zeigte ihm den Löffel, ein zweiter Mann nahm dem Kind den Hühnerschenkel weg, wedelte damit in Richtung Haus, und der Angestellte mit der weißen Jacke machte sich besiegt an die Rückkehr, kratzte sich hinterm Ohr, während der zweite Mann etwas brüllte, der Angestellte mit der weißen Jacke schloss die Pforte, als würde er einen Tresor verriegeln, ging an einem marmornen Diskuswerfer, an der Gartenlaube, an der Venus mit ihrer erhobenen Muschel vorbei, verlor sich an der Ecke des Gewächshauses und tauchte im Salon auf, die Mutter der Senhora zu ihm

– Haben Sie mit den Leutchen geredet Marçal?

der Angestellte mit der weißen Jacke mit vorsichtiger Stimme

– Ja habe ich

hoffentlich geht der Obdachlose nie weg, wenn er geht, werde ich, so ein Quatsch, wenn er geht, werde ich überhaupt nichts, ich habe die Arbeit, habe Freundinnen, habe jemanden, der mich zu Kaffees einlädt, die Mutter der Senhora zu dem Angestellten mit der weißen Jacke

– Sie haben Ihnen doch gesagt dass das Kiefernwäldchen mir gehört und ich es ihnen nicht erlaubt habe Marçal?

der Typ mit den Kaffees, mit dem es möglich sein würde, mit dem es vielleicht möglich wäre, wenn ich den Vater meines Sohnes vergäße, der trotz allem, ich bin so bescheuert, noch immer in mir ist, obwohl ich mir wünsche, bei fünfzehn anzukommen und ihn aus mir rauszuwerfen, die Mutter der Senhora zum Angestellten mit der weißen Jacke

– Und was haben sie geantwortet Marçal?

der Angestellte mit der weißen Jacke machte einen Schritt zurück, trat einen Schritt vor, öffnete den Mund, bereute es, machte wieder den Mund auf, der Angestellte mit der weißen Jacke brachte am Ende einer nicht aufhörenden Pause ein Murmeln zustande

– Sie haben geantwortet

die Mutter der Senhora herrisch

– Ich kann Sie so nicht hören Marçal

und der Angestellte mit der weißen Jacke, unvermittelt entschlossen, wir alle müssen sterben, nicht wahr, schloss die Augen angesichts des Abgrunds und stürzte sich mit lauter Stimme hinein

– Sie haben geantwortet dass Sie sich ins Knie ficken sollen.

DRITTES KAPITEL

Es wechselt die Farbe, das Meer, blau, grau, grün, weiß, beinahe gelb an manchen Augustnachmittagen, wenn niemand am Strand ist, nur die Dünen und die Büsche, und hoch oben, über dem Wind mit den Kiefern und den Statuen das Haus, nachts, nehme ich an, schwarz, undeutlich, noch größer, und die Senhora im Zentrum von seinen Salons, seinen Korridoren, seiner Stille, die Senhora allein im Sessel, glaubt, ich sei bei ihr, Duftrosen an den Fensterrahmen und zwischen zwei Baumstämmen eine Amsel

– Mein Vater musste meinen Großvater von den Geschäften ausschließen

zu der die Käuzchen hinüberspähten, während die Muschel der Venus eine zusammenhanglose Rede in das Wasserbecken tröpfelte, zeigt mir einen einzigen Brunnen, der vernünftige Absätze zuwege bringt, die Amsel wählte eine Veranda aus, wählte eine andere aus, verschwand schließlich in einem Wipfel, der seine Hand über ihr schloss, wie viele verlorene Tiere, Vampire, Pegasusse, Engel sind wohl in den Bäumen versteckt, die Besitzerin der Buchhandlung versuchte, ihm einen neuen Schlafsack zu schenken, doch der Obdachlose lehnte ab, der Ring der Senhora erhob sich vom Hündchen und kehrte zum Hündchen zurück

– Mein Großvater starb ohne ihm vergeben zu haben

also keine Bank mehr, eine Bank, als wäre der Großvater der Senhora unfähig, eine Bank zu führen, ohne Kenntnisse, ohne Studien, der Obdachlose mit ausgestreckter Hand

– Nein

anfangs hatte der Großvater der Senhora Zeitungen und Lotterielose verkauft, dann verlieh er Geld im Stadtviertel, ich hätte nie gedacht, dass das Meer so viele Farben hat, morgens wegen der Algen ein Karminrot, das, wenn am Strand die Ebbe beginnt, wie eine Art Kleid auf dem Sand zurückbleibt, während das Meer nackt davongeht, der Großvater der Senhora, dessen Vater unbekannt war, nur eine Mutter, die in der Kirche saubermachte, weit entfernt von Cascais in Lissabon, Cascais, das waren damals Olivenbäume, Felder und eine vom Pech verfolgte, vom Wind geschüttelte Eisenbahn, die niemanden transportierte, als er vom Militär zurückkam, hat der Vater der Senhora, es gibt noch Leute im Stadtteil, die sich an ihn erinnern, die Zinsen erhöht und das Geschäft umgestaltet

– Gegen den Willen meines Großvaters hat er das Geschäft umgestaltet

und trotz der Autos auf der Straße und des Dreirads des Behinderten hörte ich die Ebbe ganz deutlich, vermischt mit den Stimmen darüber und darunter, dazu die Schlaflosigkeitspantoffeln des Nachbarn und an meinem Körper entlang ein Kinderweinen, es ist meine Schulter, die weint, meine Nieren sind es, die herumwandern, irgendwo in mir spüre ich eine Palme, in Afrika sind sie mir nicht aufgefallen, Baumwolle, natürlich, Sisalfelder, die kein Ende nahmen, so wie auch der Obdachlose nicht aufhört

– Nein

zu antworten, Geschenke, Essen abzulehnen, ich existiere, indem ich

– Guten Tag

sage, und gleich darauf bin ich nicht, Celeste

– Ich glaube er sieht dich nicht einmal

die Leute brachten ihr Erspartes zum Vater der Senhora, und das Geschäft bestand aus einem Stockwerk, einem ganzen Gebäude, zwei Gebäuden, ich sauer auf Celeste

– Er sieht mich nicht einmal?

während der Obdachlose sich auf dem Weg zu den Duschen niemals umwandte, du wirst keine Kinder haben, Celeste, allein alt werden, der Großvater der Senhora zum Vater der Senhora

– Was treibst du da?

inzwischen schon mit drei Angestellten, fünf Angestellten, sechs Angestellten

– Wissen Sie überhaupt was eine Bank ist?

die Witwe eines Majors im Alter des Großvaters der Senhora, Betttücher indigoblau, Kissen indigoblau, ein indigofarbener Lampenschirm am Kopf des Bettes, das passt zu dem, was ich über die Farben des Meeres gesagt habe, blau, grau, grün, weiß, beinahe gelb an manchen Augustnachmittagen

– Ich hab dich so was von lieb

half ihm

– Komm her mein Kleiner

und die Farben vermischt, im Oktober ziehen Wildenten auf dem Weg nach Marokko vorbei, dunkel, mit hellerem Hals, verweilen mit vorgestrecktem Schnabel am Tejo, brechen, den Guincho an der Ruine einer Kapelle überquerend, wieder auf, ein Weibchen oder eine Majorswitwe in einem Mantel, der so tut, als wäre er aus Pelz, an der Spitze, die Majorswitwe zum Vater der Senhora, wobei sie ihre Brust im Spiegel betrachtet, sie in den Fingern hält

– Bin ich deiner Meinung nach eine alte Schachtel?

ich beispielsweise fange an, eine zu sein, diese Falten an den Augenlidern und diese Runzeln rund um die Lippen lügen nicht, irgendetwas an der Kniescheibe, kommt mir jedenfalls so vor, die Verdauung verlangsamt, schon sechsunddreißig, der Vater der Senhora zur Majorswitwe, während er sich ohne Eile die Hose zuknöpfte

– Nicht solange du gut für mich bist

und unvermittelt, ohne dass sie es wahrnahm, wiederholten die Duftrosen hinter der Senhora

– Nicht solange du gut für mich bist

ich aber bemerkte es, ob Celeste, weiß ich nicht, sie legte die Karten zum Erraten der Zukunft aus, nicht solche mit Buben und Assen, sondern mit erschreckenden Figuren, einem Gehenkten, einem Ritter, dem Tod

– Ich sehe den Typ mit den Kaffees im Spiel

der Vater der Senhora zog Anwälte hinzu, die dem Großvater der Senhora den Zugang untersagten, ein Polizist streckte, im nächsten Dezember sind wieder die Wildenten da, zu einem Dreieck formiert, rudern sie im Regen, eine oder zwei bleiben in den Dünen und schauen uns müde an, wir nähern uns, aber sie flüchten nicht, kommt man am nächsten Tag zurück, ein paar Federn, Knochen, ein Polizist streckte dem Großvater der Senhora Unterschriften und Stempel hin, für deren Lektüre der Großvater der Senhora lange brauchte, die Brille kam schief aus seiner Tasche, das Kinn bewegte sich von Zeile zu Zeile, und es sah so aus, als würde er in dem Maße, wie er begriff, immer kleiner werden, während er die Nase an der unsicheren Manschette des Hemdes rieb, sich an einer Konsole abstützte, die nicht da war und dennoch da war, da war, ich hoffe, dass, würde ich dem Obdachlosen den Schlafsack geben, er ihn annimmt, wer weiß, ob seine Hand, nun reicht es aber mit deinen Geschichten, Fátima, der Großvater der Senhora steckte die Dokumente ein, zog sie vor dem Vater der Senhora aus der Tasche, eine Ader an der Stirn pulsierte unermüdlich, und irgendetwas in seiner Wange zog sich zusammen

– Was ist das da?

wer weiß, ob die Finger des Obdachlosen an meinem Hals, wenn mich in der Pastelaria ein Fuß streift, fliehe ich und stürme im Galopp in die Buchhandlung, bemerke Celeste nicht, die im Schaufenster der Boutique eine Schaufensterpuppe dekoriert, ihr ein Etikett mit dem Preis ansteckt, oder besser mit zwei Preisen, der erste ist durchgestrichen und der zweite größer, der Vater der Senhora zum Großvater der Senhora

– Von heute an beginnt das gute Leben was haben Sie für ein Glück

der Vater der Senhora zum Großvater der Senhora

– Von heute an haben Sie Zeit für ein Domino mit den Freunden zum Zeitunglesen und um die Rente zu genießen

der Vater der Senhora zum Großvater der Senhora

– Sie sind verbraucht taugen nichts mehr

wenn die Enten aufgebrochen sind, ist der Himmel leer, aber ihr Krächzen bleibt lange in einem, mir war so, als würde ich sie nachts zu Hause wahrnehmen, wenn ich, um ein Glas Wasser in der Küche zu trinken, ohne das Licht anzuschalten, die Dunkelheit der Träume durchquere, dank des Wasserhahns werden die Gegenstände wieder vertraut, der Schrank, der Herd, die Teekanne, das Sammelsurium von einem halben Dutzend Sachen, die heilgeblieben sind, zum größten Teil ein Geschenk der Besitzerin der Buchhandlung

– Ich brauche das nicht mehr

die einen Lieferwagen schickte, um sie mir zu bringen

– Wohin sollen die Kostbarkeiten Madame?

oder besser gesagt, zwei Kerle brachten, was der Obdachlose, wäre er an meiner Stelle, nicht akzeptiert hätte, einer kleiner, asthmatisch, ein Bleistift hinter dem Ohr, sie hätten einen Fahrstuhl in das Gebäude einbauen sollen, haben es aber nicht, denn drei Stockwerke sind, eins nach dem anderen, mühsam, der Großvater der Senhora trat einen Schritt vor, hob die Hand, um den Schwiegersohn zu ohrfeigen, ließ die Hand sinken, der Vater der Senhora zum Großvater der Senhora

– Trauen Sie sich nicht?

der Großvater der Senhora, die Zähne gebleckt, hinter einer sich verflüchtigenden Lunge, der Vater der Senhora kaufte ihm ein Häuschen mit Garten in der Provinz und bezahlte eine Bäuerin dafür, dass sie sich um ihn kümmerte

– Ruhe Hühner Kohl und eine Geliebte jederzeit zur Hand was wollen Sie mehr?

reine Luft, eine Taverne für den Seelenschmerz, der Friedhof zwei Schritte weit entfernt, der Vater der Senhora zum Großvater der Senhora

– Sie können zu Fuß zu Ihrer Beerdigung gehen wenn das nichts ist so vergeuden Sie kein Geld mit dem Transport

Tauben auf dem Platz, Milane, die, vom Gebirge kommend, in der reglosen Luft hängen, die Bäuerin neben ihm im Bett

– Hast du nicht mal Lust ein Schlimmer zu sein?

er hatte weder Lust, ein Schlimmer zu sein noch neben dem Schandpfahl Karten zu spielen, er setzte sich auf die Stufe zum Garten, Hass brodelnd, der sich mit der Zeit auflöste, sein Sohn, als kleines Kind

– Vater

schlief auf seinem Schoß ein, er hatte monatelang die Hornochsen in der Kaserne von Estremoz ertragen, wo der Unteroffizier

– Ihr Arschgeigen

oder anstelle des Unteroffiziers, verblichen in der Erinnerung, eine Dame mit Hütchen, die mit der Spitze des Fächers nach ihm schlug

– Sie sind aber ganz schön verwegen

der Eindruck, dass sie entkleidet war, und der Großvater der Senhora unentschlossen

– Entkleidet?

außerstande, so sehr er auch in der Vergangenheit herumblätterte, zum Schluss zu kommen, dass sie entkleidet war, grübelte bis zu dem Tag darüber nach, an dem die Bäuerin ihn schüttelte

– Was ist mit dir los?

und es war überhaupt nichts mit ihm los, außer dass ihm irgendetwas sehr leidtat, nur wusste er nicht was, weder dieser Hass, noch Kummer, noch Wut, ein seltsames Bedauern, die Bäuerin

– Mein Gott

und es war schon kein Bedauern mehr, die Mutter, die ihn stimmlos rief und ihm ein Glas Milch anbot, und der Großvater der Senhora rannte zur Mutter, obwohl sie noch schneller rannte, war die Mutter, die zwar stillstand, immer gleich weit weg, die Gewissheit, dass irgendetwas in ihm kaputt war, das Herz oder so, als er merkte, dass er kaputtgegangen war, hatte er aufgehört, was auch immer zu bemerken, die Frau öffnete die Haustür und begann zu rufen, das bekam er noch mit, so einfach, der Vater der Senhora am Telefon

– Er ist gestorben?

zog mit dem Füller parallele Linien auf einen Block

– Er ist gestorben?

er war gestorben, aber er betrat den Friedhof nicht auf eigenen Füßen, er wurde in einer Kiste gebracht, der Vater der Senhora in einem Auto in Begleitung der Majorswitwe, ich zu Celeste, indem ich auf eine Karte zwischen der mit dem Ritter und der mit dem Bischof wies

– Glaubst du dass der Tod so mager ist?

der Vater der Senhora zu dem die ganze Zeitlang schweigenden Chauffeur

– Hoffentlich geht der Sarg nicht auf und er kommt heraus und macht sich auf nach Lissabon Ernesto

Monate später kam er allein, und es regnete, und er ging an der Tür des Häuschens vorbei, und die Fenster waren verrammelt, auf der Straße nur eine meckernde Ziege, Unkraut auf dem Dach, beim Schuppen eine Katze, die flüchtete, als sie ihn sah, würde ich mit einem Mann zusammenleben, würde ich, den Blick an der Decke, bis fünfzehn zählen, da kannst du Gift drauf nehmen, Celeste, mich interessiert nicht, was die Magie verspricht, der Vater der Senhora

– Was mache ich verdammt noch mal hier ich bin ein ausgemachter Vollidiot

ein Mann, der mir wehtut, grauenhaft, und dann noch der Zigarettengestank, und dann ist er ewig im Bad, und dann Befehle, und dann Manien, der Vater meines Sohnes rückt ständig den Nippes zurecht, tritt schauend zurück, rückt ihn noch mal zurecht, sogar die Spitze der Pantoffeln unter der Überdecke schön ordentlich nebeneinander, Ehrenwort, was macht der Obdachlose, der Vater der Senhora, wenn er weder im Sand noch auf dem Platz ist, manchmal, und ich weiß nicht, was mich dazu bringt, vielleicht die Angst, ihn zu verlieren, vermute ich ihn am Bahnhof auf einer dieser Bänke, auf denen die Leute warten, wie er der Abfahrt der Züge zuschaut, der Vater der Senhora wischte eine störende Wimper weg, die sich vom Lid gelöst hatte und ihn piekste, stocksauer auf den Großvater der Senhora

– Sogar noch unter der Erde nervt er mich

und trotz der abfahrenden Züge lag zum Glück der Schlafsack auf der Stufe, ich zu Celeste

– Ich werde nie wieder bis fünfzehn zählen das kann ich schwören

die Majorswitwe zum Vater der Senhora, da gab es noch keine Botschafterinnen, Gräfinnen, Industrielle, Admiräle, noch keine reichen Leute

– Du wirkst abwesend was ist los?

noch keine Minister, noch nicht das Haus in Cascais, einstweilen die Wohnung des Majors, des armen Kerls, in Lissabon und die grässlichen Vorhänge, nur Prätention und Schleifchen, Teller mit gutgelaunten Chinesen auf dem Grund, er aß die Suppe nicht ganz auf, weil die Fröhlichkeit der Chinesen ihn verstörte, wie auch das Deckchen über dem Wasserkrug und der Tafelaufsatz mit den falschen Orangen, apropos Wasser, es ändert die Farbe, das Meer, blau, grau, grün, weiß, beinahe gelb an manchen Augustnachmittagen, wenn niemand am Strand war, nur die Straßenköter des Obdachlosen, die ihn suchten, so wie ich ihn suche, ihn mit Unbekannten verwechsle

– Tut mir leid

und dann entferne ich mich eilig, die werden denken, ich mache sie an, denken, ich biete mich an, wenn meine Mutter das wüsste, ihr Ärger

– Fátima

wortlos und dennoch ohrenbetäubend, mein Name füllte mich ganz aus, vorwurfsvoll, streng, ich Fátima, mein Vater Leandro, meine Mutter Judite, wenn meine Mutter

– Leandro

wunderte ich mich, dass sie nicht

– Vater

sagte, denn meinem Verständnis zufolge war es sein einziger Name, die Majorswitwe, der eine Korallenbrosche das Dekolleté verkleinerte, zum Vater der Senhora

– Ist die Wohnung nicht hübsch?

doch sie war es nicht, war düster, der Vater der Senhora

– Hübsch

und siehe da, die Senhora stammt von armen Leute wie unsereins ab, mit etwas Glück sind eines Tages meine Enkel genau wie sie, und der Swimmingpool, der Tennisplatz, der Angestellte mit der weißen Jacke, der Chauffeur, der Vater der Senhora überlegte

– Wie komme ich da raus?

nicht weil du alt bist, mir ist egal, ob du alt bist, ich nehme dich kaum wahr, weil du mich mit deiner idiotischen Kleidung, deinen Diminutiven, deinem Benehmen von dem abhältst, was ich will, die Majorswitwe

– Fühlst du dich nicht wohl bei mir?

und der Vater der Senhora, den Blick auf dem Tischtuch, die Majorswitwe stieg in ihrem Inneren eine Stufe hinunter, aber schließlich bin ich vierundsechzig und er fünfundzwanzig, anfangs machte ich mir darüber keine Gedanken, jetzt vernichtet es mich, wie unverständlich boshaft die Zeit doch ist, der Kapverdier gab die Spritzen auf, antwortete Celeste vom verglasten Balkon aus
– Wozu?
kein Satz, ein Hauchen
– Wozu?
die Majorswitwe, die Lippen hinter Dutzenden unvermittelt nutzlosen Fingergliedern
– Du fühlst dich nicht wohl ich weiß es
vor dem Spiegel verzweifelnd
– Ich glaube nicht dass meine Beine so dünn sind verflucht noch mal
der Vater der Senhora in Cascais, wo das Meer die Farbe wechselt, blau, grau, grün, weiß, zwischen den Dünen und dem Wind, während sich zwei Architekten Notizen machen und Entfernungen abschätzen
– Ich will ein großes Haus
ein Haus, das größer ist als alle Häuser der Welt, Salons, Korridore, Veranden und den Garten und das Kiefernwäldchen und den Tennisplatz und antike Azulejos, der Vater der Senhora entrollte Skizzen
– Größer
verglich Entwürfe von Fassaden
– Größer
befahl Arbeitern
– Größer
und nicht nur eine Bank, zwei Banken, ein erstes Unternehmen, eine erste Fabrik, der Vater der Senhora zur Majorswitwe, indem er ihr Geld hinstreckte

– Du bleibst in der Wohnung und das war's dann
die Senhora
– Mein Vater
ohne den Satz fortzusetzen, streichelte sie das Hündchen schneller, während ich bei mir dachte, warum zum Teufel erzählen Sie mir ihr Leben, warum empfangen Sie keinen Besuch, nicht einmal die Kinder, warum unterhalten Sie sich mit der vollkommen bedeutungslosen Kassiererin einer Buchhandlung, die allein mit ihrem kleinen Sohn in einer Ansammlung kleiner Gebäude mit billigen Wäscheständern und kaputten Lampen am Eingang auf halber Höhe eines Hanges voller Agaven, namenlosen Bäumen und aufs Geratewohl wachsenden Büschen lebt, der Kassiererin einer Buchhandlung, die unter Paketen voller Wörterbücher, Enzyklopädien, Romanen ächzt, die weder die Senhora sich die Mühe machte zu öffnen noch der Angestellte mit der weißen Jacke sich die Mühe machte wegzuräumen und die sich in den Ecken stapelten, was für eine Meinung hat sie von mir, oder ist sie nur daran interessiert, dass eine Unbekannte ihr zuhört, irgendeine Unbekannte, die ihr ohne Fragen oder Kommentare zuhört, dasitzt und sie anschaut, die Majorswitwe zum Vater der Senhora

– Du bringst es fertig mich einfach so zu verlassen?

und der Vater der Senhora nicht ernst, beinahe amüsiert

– Hat dir das Leben nicht beigebracht dass nichts ewig dauert Madame?

er verabschiedete sich nicht von den Vorhängen, den Tellern mit den Chinesen, dem Deckchen auf dem Wasserkrug und dem Tafelaufsatz, der Chauffeur und der Angestellte mit der weißen Jacke trugen seine Koffer

– Ich will nur meine Kleidung deinen Kitschkram kannst du behalten

die Majorswitwe schaute ihn schweigend an, im Gleichgewicht auf ihren dünnen Beinchen, die Senhora

– Sie ist bestimmt vor vielen Jahren gestorben die Arme

sie schloss weder die Tür, noch rief sie ihn, noch spähte sie auf dem Balkon nach ihm, ihre Finger drückten die Brosche, sie ging langsam zum Schlafzimmer, zog die Nachttischschublade auf, suchte nach der Packung mit den Schlafmitteln, blaue, graue, grüne, weiße, beinahe gelbe manchmal, wenn niemand am Guincho war, nur die Dünen und die Büsche, schob das gerahmte Heiligenbildchen zur Seite, den Rosenkranz, das Foto des Gatten, kurz bevor er an den Bronchien erkrankte, und drei Monate Krankenhaus, Luftnot, Elend, sie half der Medizin mit dem Lindenblütentee für die Schlaflosigkeit nach, lehnte sich an die Wand und saß dort, an nichts denkend, schräg angestrahlt von einem Rest Juli, dem Monat ihres Geburtstags, wie viele Jahre sind es heute, mir fällt die Zahl nicht ein, der Vater der Senhora zum Chauffeur und dem Angestellten mit der weißen Jacke, die Senhora

– Wenn ich es mir recht überlege weder zum Chauffeur noch zum Angestellten mit der weißen Jacke sondern zu sich selber

der Vater der Senhora

– Keine Sorge Frauen trösten sich schnell wieder

und ich bin da einer Meinung mit der Senhora, ohne ihr zu erklären, dass ich ihrer Meinung bin, wozu, ihr war es egal, ob ich ihrer Meinung war, ihr ging es darum, dass ich zuhörte, der Vater der Senhora weder zum Chauffeur noch zum Angestellten mit der weißen Jacke, sondern zu sich selber, so wie die Senhora zu sich selber, und dabei verweilte ihre Hand auf der Wirbelsäule des Hündchens

– Im Laufe seines Lebens hat er jede Menge Menschen niedergemetzelt

nicht empört über ihren Vater, es hinnehmend, der Druck des Typs vom Verlag an meinem Arm

– Wir beide könnten Sonnabendabend essen gehen

der Schuh trat mich, was ich anfangs nicht merkte, und als ich es merkte, entwischte ich, eine Müdigkeit im Körper wie vor Erkältungen, mein Vater wurde im Alter immer kleiner und war schließlich so groß wie ich, oder aber ich war gewachsen, im Oktober wird er in Coimbra an den Arterien operiert, er fährt vier oder fünf Stunden von dem Ort, an dem er lebt, mit dem Bus zur Sprechstunde, für ihn hatte Afrika nicht aufgehört, der Staudamm war für ihn ewig, der Typ vom Verlag

– Sonnabend?

erst am nächsten Tag bemerkte die Witwe die offene Haustür, begann sich an das zu erinnern, was geschehen war, als sie Cremereste auf der Haut entdeckte

– Ich sehe aus wie eine alte Mauer

die Senhora zu mir, indem sie mit einer Geste die Zeit aufhob

– Sehen Sie sie nicht?

die Majorswitwe inspizierte vom Balkon aus die Straße, den Eisenwarenladen, den kleinen Krämerladen, den Barbier mit einem einzigen Stuhl, und der Eisenwarenladen, der Krämerladen und der Barbier gaben ihr die Gewissheit, dass die Welt weiter in Ordnung war, der Tag in Ordnung, ihr Leben in Ordnung, heute Dienstag, morgen Mittwoch, darauf Donnerstag, sie, nachdem sie sich von dem, was noch von der Creme da war, befreit hatte, würde auch in Ordnung sein, vor allem sie war in Ordnung, stolz auf den Vorhang mit den vielen Verzierungen und Schleifchen, ein hübscher Vorhang, so hübsch wie die fröhlichen Chinesen, das Deckchen über dem Wasserkrug und der Tafelaufsatz mit den falschen Apfelsinen, daher war die Witwe zufrieden, reckte die Arme und begann zu tanzen, sie tanzte durch die ganze Wohnung, die Senhora, indem sie auf das Stockwerk darüber zeigte

– Hier bin ich geboren

während das Hündchen mit geschlossenen Augen wohlig wimmerte, ich zum Typ vom Verlag, entschuldigend
— Ich habe einen kleinen Sohn
dachte, dass vielleicht meine Kollegin, Spatzen und Tauben, nicht die Viecher aus Afrika, pickten auf dem Bürgersteig herum, Tauben wirken so, als würden sie mit Gamaschen gehen, nichts dagegen hätte, ein schnelles Abendessen lang auf den Kleinen aufzupassen, ein paar Stunden allenfalls, und ich wäre frei, um mit dem Obdachlosen, pardon, ich wäre frei, um mit einem Schuh zusammen zu essen, der mich unermüdlich verfolgte, Finger an meinem Ärmel, an meiner Uhr, an meiner Hand, Finger, die sich langsam mit meinen verschränkten, wahrscheinlich schwitzig, wahrscheinlich weich, wahrscheinlich unangenehm, aber Finger, ich zum Typ vom Verlag
— Das Problem ist alles zu organisieren
wahrscheinlich unangenehm, aber Finger, ich zum Typ vom Verlag
— Ich werde es mir überlegen
schwitzig, weich, ich zum Typ vom Verlag
— Irgendwann in den nächsten Wochen wenn wir uns besser kennen
ich suchte im Portemonnaie nach Münzen, und er, schnell das Geld gezückt
— Das hätte gerade noch gefehlt
und wir gingen zusammen zur Buchhandlung, und das war eigentlich gar nicht so schlecht, ich betete, dass der Obdachlose weit weg war, und war innerlich ärgerlich, weil ich betete, dass der Obdachlose weit weg sein möge
— Was hat er damit zu tun?
aus Mitleid, ich hatte Mitleid, nicht dass jemand denkt, es wäre mehr als nur Mitleid, nein, die Senhora
— Das Kiefernwäldchen begann damals und die meisten Blumen standen kurz davor zu sprießen

oder, besser gesagt, die Dünen lagen dicht an der Gartenpforte, und hinter der Gartenpforte bellte der Wind rings ums Haus, die Mutter der Senhora schlief bei der Senhora, der Vater der Senhora in einem anderen Zimmer

– Ich hätte lieber einen Jungen gehabt

zornig darauf, dass es ein Mädchen war

– Für wen bringe ich mich denn hier um?

die Senhora, gemurmelte Enttäuschung

– Es gibt kein einziges Foto meines Vaters mit mir auf dem Arm

im Inneren der Enttäuschung weder Dünen noch Wind, eine Wiege, die von allein hin- und herschwang, und der Vater der Senhora, der sie anschaute, Schritte, die lauter wurden, innehielten und zu einem schnellen Gesicht wurden, einem schnellen Satz

– Ich finde das habe ich nicht verdient

Schritte, die augenblicklich leiser wurden, mit einem lauten Türenschlagen verschwanden, der Vater der Senhora schlief für den Rest seines Lebens in einem anderen Zimmer, die Senhora

– Ich glaube er hat mir nie verziehen dass ich eine Frau bin

der Vater der Senhora zum Arzt, kaum dass die Geburt vorbei war

– Sohn oder Tochter?

und der Arzt wusch schweigend Instrumente in einer Emailleschüssel, der Vater der Senhora zur Mutter der Senhora, die bleich dalag, ihre Hände so

– Ich hatte mir schon gedacht dass du nichts wert bist und habe damit ins Schwarze getroffen

weiß, der Arzt tauschte den Kittel gegen den Mantel ein, einer der Ellenbogen ging in den Ärmel, der zweite blieb stecken, der Arzt zum Vater der Senhora

– Halten Sie den Mund

und nicht

– Halten Sie den Mund

er öffnete den Mund, überlegte noch, sich von der Mutter der Senhora zu verabschieden, verabschiedete sich dann doch nicht von der Mutter der Senhora, und der Vater der Senhora, anstatt sich von ihm zu verabschieden

– Das werde ich Ihnen heimzahlen

so dass der Arzt es hörte, während der Angestellte mit der weißen Jacke ihm den Koffer brachte, die Senhora

– Ich hatte Angst vor meinem Vater alle hatten Angst vor meinem Vater

zog die Gardine zur Seite, um das Wasserbecken zu sehen, oder zog in der Hoffnung die Gardine zur Seite, dass ich sie nicht sah, ich sah den alten Hals, das gefärbte Haar, sah den Blusenkragen und die fleischlosen Schultern, ich sah nicht sie, sondern ich sah die Rüschen der Wiege, die nicht rosa waren, sondern blau, sah die Wut des Vaters der Senhora, hörte die Stimme mit diesem nuschelnden Tonfall, mit dem man im Schlaf spricht

– Eine Tochter

wo doch jede Frau ihm einen Sohn schenken würde, aus Gehorsam, aus Pflicht, aber die Jüdin hatte ihn nicht respektiert, was kann man im Übrigen schon von einer Jüdin erwarten, der Vater der Senhora zur Mutter der Senhora

– Dir und dem Arzt euch werde ich es heimzahlen

und jenseits der Kiefern, wenn man genau hinschaut, das stimmt, ändert das Meer seine Farbe, blau, grau, grün, weiß, beinahe gelb an manchen Augustnachmittagen, viel größer als in Afrika, ich habe es entdeckt, als wir uns nach Lissabon einschifften, aber an die Reise kann ich mich nicht erinnern, ich erinnere mich an Säcke und Bündel und Nebel, als wir ankamen, die Senhora entdeckte den Vater, der sie nicht berührte, beim Abendessen, so wie er sich auch nicht mit der Mutter der Senhora unterhielt, allein aß, die Senhora

– Wenn ich mich recht entsinne geschah es eines Abends

an dem Abend, an dem er den Blick einen Moment auf ihr ruhen ließ und verkündete

– Du bist hässlich

die Mutter der Senhora ließ die Serviette auf das Tischtuch fallen und floh, es verändert die Farbe, das Meer, mit den undurchsichtigen Algenbänken, würde man mich zwingen, eine Farbe für die Augen des Obdachlosen zu wählen, würde ich algenfarben riskieren, und er versucht es zu verstehen

– Algenfarben?

was in seinem Mund anders klingt als in meinem, beinahe lila, der Vater der Senhora zur Senhora, die vom Stuhl herunterkletterte, um nach der Mutter zu suchen

– Bleib sitzen wohin willst du Mädchen?

nicht verächtlich, enttäuscht, unter der Enttäuschung ein Gefühl, das ihr anfangs Angst machte, es hörte auf, ihr Angst zu machen, aber sie verstand nicht recht, was es war, die Gesten des Vaters langsam, ohne Ecken, er hob das Glas, senkte das Glas, aß weiter, die Gewissheit, dass er sie unter der Enttäuschung heimlich suchte, das Atmen langsamer, der Rücken weniger hart, die beiden allein am Tisch, und im Fenster der Gärtner, der, auf keinen von beiden achtend, die Beete goss, der Vater der Senhora zum Angestellten mit der weißen Jacke

– Hilf ihr nicht das Besteck zu halten sie schafft das

nicht grob, mit einer Art Stolz

– Sie schafft das

und es stimmte, wenn sie den Griff in der Mitte hielt, schaffte sie es, die Senhora mit einem Lätzchen, darauf ein Kaninchen, kein Kaninchen, ein Kaninchenweibchen, das sie heimlich getauft hatte, die Senhora, indem sie schluckte

– Ich bin nicht hässlich ich bin hübsch Sie sind hässlich

selbstverständlich werde ich die Einladung des Typs nicht annehmen, hätte meine Kollegin auch nur eine Ahnung, der gesamte Planet würde sich lustig machen, die Besitzerin der Buchhandlung, Celeste, der Liebhaber der Besitzerin der Buchhandlung, von dem die Besitzerin der Buchhandlung behauptete, er sei nur ein Freund

– Liebhaber nicht im Traum

und dennoch

– Ich habe da unten ein paar Erstausgaben vielleicht wäre das was für Sie

sie küssten sich im Keller, die Besitzerin der Buchhandlung

– Sind Sie sicher dass niemand etwas merkt?

sie küssten sich im Keller, brachten Kartons durcheinander, die Besitzerin der Buchhandlung

– Bist du verrückt geworden?

der Freund, während er ein Regal verbog

– Du machst mich verrückt

und wieder im Laden, würde der Freund, zur Besitzerin der Buchhandlung und der Kollegin gewandt, auf mich zeigen

– Ich hätte gewettet dass sie eine Heilige ist aber endlich ist es raus, der Vater der Senhora, sie geht mit Verehrern zum Abendessen aus

der Vater der Senhora zur Senhora, nicht böse, herausfordernd

– Ich bin also hässlich?

der Vater der Senhora zum Angestellten mit der weißen Jacke

– Findest du mich hässlich?

der Angestellte mit der weißen Jacke, während er ihm noch mehr Wein einschenkte

– Überhaupt nicht Senhor Doutor

der Vater der Senhora zum Angestellten mit der weißen Jacke grimmig

– Wenn meine Tochter sagt dass ich hässlich bin dann bin ich hässlich Schwachkopf der Angestellte mit der weißen Jacke, während er die Flasche wegstellte

– Ich bitte um Vergebung Senhor Doutor

der Gärtner mit Gummischürze und karierter Mütze hatte aufgehört, die Margeriten zu gießen, und ging weiter zu den Hortensien, den Daumen am Ende des Schlauches, damit das Wasser fächerförmig spritzte, würde ich das machen, ich wäre nass bis auf die Haut, auf der Erde Wespen, Grashüpfer und Käfer, die sich nachts an den Laternen verbrannten, Asche verbogener Fühler und das Chitin der Glieder, der Vater der Senhora zur Senhora, indem er sich vorbeugte, als wollte er ein Gespräch beginnen

– Du hast da ein niedliches Kaninchen auf dem Lätzchen

die Senhora stocksauer wegen, und deshalb bleibe ich bei meinem Sohn, das ist besser, als in der Buchhandlung knallrot vor Scham unter der Häme des Universums zu leiden, die Senhora stocksauer wegen der Ahnungslosigkeit des Vaters

– Das ist kein Kaninchen das ist ein Kaninchenweibchen es hat mir seinen Namen zugeflüstert und ich habe geschworen ihn nicht zu verraten

die Senhora hielt das Lätzchen aus Angst fest, der Vater könnte es ihr wegnehmen, saß nicht auf dem Stuhl, sondern auf zwei Kissen auf dem Stuhl, damit sie bis zum Teller reichte, morgens kümmerte sich der Gärtner um die Laternen, kratzte mit dem Fingernagel auf dem Glas und rieb den Fingernagel am Ärmel ab, die Senhora, die sich an den Gärtner erinnerte, ihre ganze Kindheit im Gesicht

– Der Manuel der Arme

den sie eines Nachmittags zwischen den Blumentöpfen im Gewächshaus gefunden hatten, mit den Handschuhen fürs Rosenbeschneiden, und die Flasche mit der Flüssigkeit gegen die Parasiten war leer, der Vater der Senhora beugte sich zur Senhora hinunter, streifte beinahe ihre Nase mit seiner

Nase, nicht aus Liebe, ganz offensichtlich nicht aus Liebe, aus Neugier

– Und mir verrätst du ihn nicht?

die Senhora schaute ihn an, kerzengerade auf den Kissen, wandte den Kopf zu den Hortensien und schaute ihn wieder an, forderte ihn nicht heraus, schätzte ihn ab, ein riesiges Wesen, das allen Befehle erteilte, dessen Blicke immer woanders waren, jetzt aber unvermittelt um etwas zu bitten schienen, was die Senhora nicht deuten konnte, dessen Blicke, die unvermittelt so alt waren wie sie, leise beharrten

– Und mir verrätst du ihn nicht?

also machte die Senhora nicht aus Liebe, man solle ihr nur nicht unterstellen, dass es aus Liebe war, aus Mitleid, so wie sie Mitleid mit den Käfern in den Laternen und mit dem Distelfinken mit dem gebrochenen Bein hatte, das der Chauffeur mit einem Stück Bambus und einem Bindfaden geschient hatte, während das Tier panisch piepste, die Senhora, die sich an den Distelfinken erinnerte, machte den Mund auf, damit der Vater nicht sein Leben lang hinken musste, die Senhora tat so, als sähe sie ihn nicht, tat so, als spräche sie nicht, wobei sie in ihrem Kopf beschloss

– Ich spreche nicht

die Senhora sagte ganz schnell, denn wenn man ganz schnell antwortet, ist doch logisch, das weiß doch jeder, bricht man keinen Schwur, die Senhora, indem sie auf das Lätzchen zeigte

– Also gut sie heißt Milú und nun lassen Sie mich in Frieden.

VIERTES KAPITEL

Wochenlang wusste ich nicht, wo der Obdachlose seine Zeit verbrachte, wenn ich ihn nicht auf dem Platz beim Hamburgerrestaurant und auch nicht bei den Duschen am Strand antraf, bis Celeste mir erzählte, dass einer der Kellner im Eisladen, den Wievielten haben wir heute, ihn auf einem Stück Schiene am Ende des Bahnhofs hatte sitzen sehen, ich bin, was Daten betrifft, eine Null, wie er zwischen Büschen und Müll den Zügen zusah, die nicht abfuhren, will heißen zwei oder drei alten Waggons, die voneinander abgekoppelt in der Sonne rosteten, und einer halb umgefallenen Lokomotive, die kaum noch Räder hatte und vom Unkraut aufgefressen wurde, von eben demselben, das uns alle auffressen wird, Celeste, die Senhora und mich, bis sich niemand mehr an uns erinnert, der Obdachlose wartete darauf, dass die Züge, die nicht abfuhren, sich entschieden, ins Ausland zu reisen, und ihn mit sich nahmen, demnächst werde ich am Vormittag hinauf zum Bahnhof gehen, denn ich vertraue Celeste nicht, wer weiß, ob die Geschichte mit dem Kapverdier und den Spritzen stimmt, die Neger bekommen doch zumindest untereinander jede Menge Kinder, wer garantiert mir, dass Züge, die nicht abfahren, weniger reisen als die anderen, in Afrika bekam unsere Köchin ein Mischlingskind, meine Mutter zu meinem Vater, indem sie dessen Gesichtszüge abschätzte

– Ist das deins?

was ihn überhaupt erst auf den Gedanken brachte, weil Frauen Dummköpfe sind, von dem Augenblick an war mein Vater, wenn meine Mutter an der Wäscheleine zugange war, höchst interessiert am Herd, wenn ich die Nase von der Kopie für die Schule hob, versteckte er die Hand in der Hose

– Siehst du mich zum ersten Mal?

und der Wievielte ist heute, ich habe es vergessen, wirklich wahr, falls das Unkraut uns alle auffrisst, beklage ich mich nicht, so ist das Leben, ich werde einen Zug nehmen, der auch nicht abfährt, es ist eine Frage der Zeit, früher oder später ist es so weit, dann sind wir nicht mehr hier, der Vater der Senhora zur Senhora, damals ging sie in die Nonnenschule, hatte die Kaninchen vergessen

– Was ist mit Milú passiert?

ich zu meiner Kollegin

– Schon der Neunzehnte?

als wenn der Neunzehnte etwas anderes als der Achte wäre, das ist doch nur eine Annahme oder etwa nicht, dieselben Tabletts mit den Büchern, der gleiche Joghurt und die gleiche Banane zum Mittagessen, dasselbe Ausverkaufsschild über den Romanen ohne Schutzumschlag, ich frage mich, ob die Züge, die nicht abfahren, eines Tages zurückkommen wie die Wildenten und die verlorenen Söhne, wir sollten ihnen zu Ehren ein Lamm töten, nicht zu Ehren der Hühner, die bleiben, mein Vater jagte im Busch in der Nähe des Staudammes Hühner, die unseren nicht glichen, ich verstehe nicht, warum man sie Hühner nennt, die Senhora, die bei der Erinnerung an Milú lächelte, zu einem alten Dienstmädchen

– Mein Lätzchen?

das Dienstmädchen

– Das ist so lange her gnädiges Fräulein

die Senhora durchstöberte Schubladen, inspizierte die Überreste der Kindheit, die sie im Schlafzimmer versteckt hatte, Bildchen von Schauspielerinnen und aus Notizbüchern gerissene Seiten mit Freundschaftsanfragen von Jungen, teilte dem Vater der Senhora mit

– Es wird einen Zug genommen haben der nicht abfährt

und wer wird behaupten, dass Milú nicht in Deutschland oder Holland ist, die Züge, die nicht abfahren, fangen nicht jetzt an zu verschwinden, aber nicht nur das, was sich bewegt, verschwindet, die reglosen Dinge, Füllhalterkappen, Schlüssel, Münzen, verschwinden sogar noch häufiger, man steckt die Hand zwischen die Sofakissen, und da sind sie, sie legen nur geringe Entfernungen zurück, vom Sekretär zum Konsoltisch oder von einem Schrank bis unters Bett, die Senhora zum Vater der Senhora

– Milú hatte genug von mir und ist weggegangen

der Vater der Senhora resigniert

– Wenn du wüsstest wie viel meine Manschettenknöpfe reisen

der riesige Zeigefinger der Superiorin regelte die Welt, während die mulattische Lehrerin überhaupt nichts regelte, was kann man schon gegen Donner und Sprühregen ausrichten, die Senhora auf der Rückbank des Autos, das Auge des Chauffeurs suchte sie im Rückspiegel

– Ihr Vater hasst Zuspätkommen gnädiges Fräulein

wir glauben, sie liegen im Schälchen und finden sie im Pantoffel wieder, der Vater der Senhora, der sich wegen Milú Sorgen machte

– Wer kümmert sich jetzt um sie?

beunruhigt wegen des Lätzchens, die Senhora

– Es gab oft Augenblicke in denen er mir empfindsam vorkam und mich wahrnahm

und in der Tat nur Augenblicke, denn während des Rests der Zeit quälte er Menschen, mehr Geschäfte, mehr Unternehmen, mehr Fabriken, mehr Ländereien, das alte Dienstmädchen dachte über Milú nach

– Möglicherweise hat sie in den Händen des Gärtners ihr Ende gefunden um ein Rohr zuzustopfen oder so und die Senhora war empört darüber, dass ihre Kindheit als Pfropfen diente, ich habe den Bahnhof durchstöbert, aber der Obdachlose hockte nicht auf einem Stück Schiene, sondern auf dem Sitz in einem Waggon und wischte eine beschlagene Fensterscheibe frei, während nichts, kein Bahnübergang, keine Dörfer, keine Einhörner, rückwärts vorbeiglitt, Celeste

– War er nicht im Bahnhof?

am Strand warteten die Hunde oder standen rund um einen Krebs herum, tippten ihn mit dem kleinen Finger ihrer Pfote an, eigenartig, wie sie, wenn sie nicht gerade ungehörig sind, zur Anmut eines Goldschmieds fähig sind, würden sie mit mir sprechen, würden sie mich mit

– Madame

anreden, und das mit Wunden am Rücken und einem herunterhängenden Ohr, in der Schule ist mein Sohn schmächtiger als die anderen, hat aber größere Schuhe, also wird er demnächst anfangen zu wachsen, denn das tun sie aus Bosheit, wir sind ganz entspannt, und plötzlich sind sie keine Kinder mehr, Rasierschaum, tiefe Stimme, Launen, stehen wir vor einem unerwarteten Unbekannten

– Und jetzt?

und jetzt, wie oft träume ich, dass ich keine Kinder habe und mit meinen Eltern in Afrika lebe, der Arzt in Coimbra

– In einem Monat sind Sie wieder topfit Senhor Leandro

und mein Vater hatte das Hoffnungslächeln der Armen, während der Doktor ihn abhörte, das Gluckern der Brust begutachtete, die Unheil gurgelte, die Senhora

– Wie viele Kaninchen man verliert

und wahrscheinlich sind sie da noch irgendwo, aber wir erkennen sie nicht, mitten im Unterricht in der Nonnenschule, die Senhora war vierzehn oder fünfzehn Jahre alt, rief sie eine bebrillte Stimme, Schwester Patrocínio

– Ihr Vater möchte Sie sprechen

und unter den Platanen am Eingang der Chauffeur, den Wagenschlag geöffnet und die Mütze in der Hand, Katzen auf den Stufen zur Kapelle, die jüngsten Schülerinnen spielten im Kreis, die Senhora würde sich ihr Leben lang an Schwester Patrocínio oben auf den Stufen vor einem Portikus erinnern, der schwärzer war als ihr Habit, an den fettigen Geruch im Refektorium, an die düsteren Messen, an ein untröstliches Mädchen, das monatelang weinte

– Ich habe Heimweh nach Haus

und an eine andere, rotblonde, die ICH BETE DICH AN in ihr Heft schrieb, aber nie wieder mit ihr redete, Schwester Patrocínio, Schwester Santos Inocentes, Schwester Circuncisão, die Rotblonde heiratete einen Verwandten des Gatten der Senhora, sie aßen zwei- oder dreimal gemeinsam zu Abend, und ICH BETE DICH AN und die Heftseite vergessen, Augenblicke, in denen sie das Gefühl hatte, dass sie nicht vergessen waren, denn ein schneller Seitenblick, die Senhora zu sich

– Nach all diesen Jahren erinnerst du dich noch daran?

und da waren die Pausen auf dem Hof und die Messen wieder da, Nächte voller Ängste, die sie nicht verstand, endlose Winter in der Kapelle, verlorene Kaninchen, die Mutter der Senhora

– Dein Vater

und verstummte, Dutzende abgebrochener Sätze, das Herz immer auf halber Strecke, die Seele immer auf halber Strecke, das Leben, vor allem das Leben immer auf halber Strecke, die Senhora zu mir

– Ich habe nie etwas zu Ende gebracht

während ich in meinem Gebäude die Nachbarn hörte, Waschbecken, Schritte, Stimmen, und ich zählte die Autos, obwohl niemand mich störte, die Senhora auf der Rückbank und Schwester Patrocínio vor dem schwarzen Portikus hoch oben auf den Stufen, die Rotblonde hat ihr gegenüber die Schule nicht erwähnt, sie schaute geistesabwesend auf die Leute, floh mit dem Freund ihres Sohnes nach England, es scheint so, als ob das Herz immer auf halber Strecke bleibt, die Seele immer auf halber Strecke bleibt, das Leben, vor allem das Leben bleibt immer, der Freund des Sohnes verließ sie Monate später, auf der Strecke, sie machte am Ende in einem Hotel die Betten, bis ein Taxi sie überfuhr, und das war's dann, zumindest hatte man ihr, der Chauffeur im Spiegel

– Wir sind fast da gnädiges Fräulein

das erzählt, Schwester Santos Inocentes, der ein Glied am kleinen Finger fehlte, war die Einzige, die lächelte, während Schwester Circuncisão unerbittlich

– Hat man euch nicht beigebracht Gott zu fürchten?

die Rotblonde machte Betten und saugte die Zimmer wie ich sonntags, wahrscheinlich kommt der Schmerz im Rücken davon, dass ich mich die ganze Zeit vorbeuge, damit die Wirbelsäule überfordere, die Mutter der Senhora zur Senhora

– Was für Manieren halt dich gerade

der Vater der Senhora

– Lass die Kleine in Ruhe

und die Mutter der Senhora verschloss ihr Gesicht, die Wangen, das Kinn, die Stirn, manche Menschen haben Schlüssel, die es mit Händen, die wir nicht sehen, verschließen, da kommen die gesungenen Messen und der Weihrauch schwenkende Pater Ismael zurück, das Haus am Guincho tauchte am Ende der Kurve auf, die riesigen Kiefern, das Tor geöffnet, die Senhora zu mir

– Bis dahin hatte mein Vater mich nie rufen lassen

das Auto vor dem Haus nach den Beeten, der Chauffeur, die Mütze unter dem Arm

– Er befindet sich im Büro gnädiges Fräulein

das Meer beim Guincho blau, grau, grün, an jenem Nachmittag gelb, dabei war noch nicht August, ein Beginn von Frühling in den Insekten der Blumen, einstweilen fast noch flügellos, winzig, die Besitzerin der Buchhandlung zum Freund

– Ein paar Erstausgaben da unten

am Eingang des Hauses waren Möbel, die die Senhora nicht kannte, zu den alten hinzugekommen, der Vater der Senhora unterstrich Seiten, ein Mitarbeiter fragte

– Wird das Protokoll geändert?

während der Vater Paragraphen ausradierte und den Finger hob

– Unterbrechen Sie mich nicht

der Mitarbeiter schrumpfte augenblicklich in sich zusammen

– Verzeihung Senhor Doutor

die Senhora erinnerte sich, ihn auf dem Tennisplatz gesehen zu haben, glücklich, dort zu sein, freundlich, nebensächlich, mit einer Gattin, die ebenfalls glücklich war, dort zu sein, freundlich, nebensächlich, die den Vater der Senhora nicht aus den Augen ließ, außer um ihr Kleid mit dem Kleid der anderen zu vergleichen und nach dem Vergleich den Ehemann gehässig zu mustern, immer ein halbes Dutzend Eichelhäher außerhalb des Drahtzauns, die Senhora hatte Lust, die verschlagenen Bälle aufzusammeln, doch die Mutter der Senhora, die die Gattin des Mitarbeiters überwachte, deren Alter sie beleidigte

– Halt still

und es war unmöglich, dass der Vater sie nicht bemerkte, wie sie in ihrer Schuluniform dort stand, Schwester Santos Inocentes war die Einzige, die lächelte, wartend vor dem Schreibtisch stand

– Welche sind die unschuldigen Heiligen Schwestern?

und Schwester Santos Inocentes' Lächeln wurde breiter, der Vater der Senhora übergab die Seiten oder, besser gesagt, bewegte die Hand ein paar Zentimeter weit, damit der andere sie wegnahm

– Sie können gehen Monteiro

dessen Sohlen ächzten, der Vater der Senhora betrachtete missmutig die leere Tischplatte, während die Sohlen sich entfernten

– Diese Sohlen machen mich fertig bitten Sie Ihre Frau Ihnen ein ordentliches Paar Schuhe zu kaufen und sie soll sie herbringen damit ich sie mir anschauen kann

also erschien am nächsten Tag, ein halbes Dutzend Eichelhäher, die Empfangsdame, ich werde meinem Sohn einen Käfig mit einem Wellensittich besorgen

– Ich habe die Frau von Senhor Doutor Monteiro hier im Büro Senhor Doutor

der Vater der Senhora betrachtete missmutig die leere Tischplatte, vielleicht erfreut uns ein Wellensittich, was der wohl frisst

– Die Gattin von Senhor Doutor Monteiro soll sich ordentlich schminken denn in ein oder zwei Stunden werde ich sie empfangen

Grieß, kleine Kerne, Cashewnüsse, ich verstehe nichts von Tieren, stünde ich im damaligen Alter der Senhora am Tennisplatz, würde es mir richtig Spaß machen, hin und her zu laufen, um verschlagene Bälle aufzusammeln, wenn sie neu sind, haben sie eine Pfirsichhaut, und selbst wenn sie sich nicht bewegen, ist da ein leichtes zitterndes Leben in ihnen, vielleicht fressen die Wellensittiche ja Cashewnüsse, denn sie ähneln den Kakadus oder Papageien, mir ist so, als wären sie verwandt, ich habe Kakadus und Papageien geschrieben, denn ich kann sie nicht gut unterscheiden, Kakadus haben einen Schopf auf dem Kopf oder die Papageien, ist unwichtig, ist egal, wichtig ist außer dem Obdachlosen, dass die Züge, die nicht abfahren, schnell zurückkehren, das Lächeln von Schwester Santos Inocentes verfolgte noch nach vielen Jahren die Senhora nachts, wenn man, hör auf mit dem Geschmachte, Fátima, mach weiter, der

Vater der Senhora, der sie nicht einen Augenblick lang beachtete, zur Senhora, während er weiter die leere Tischplatte betrachtete

– Jetzt ist Schluss mit der Schule du heiratest in drei Monaten

und Ehrenwort, dass Schwester Santos Inocentes ihr Lächeln vor dem unvermittelt riesigen schwarzen Portikus vergessen hat, während im Inneren der Senhora ein noch viel schwärzerer Portikus war, dessen Schatten sie vor sich selber verbargen und von dem sie in einem endlosen Sturz hinunterfiel, die Rotblonde kam und ging mit ihrem ICH BETE DICH AN im Heft, die Gattin von Senhor Doutor Monteiro trat anderthalb Stunden später ein, mit größerem Dekolleté, jünger, der Vater der Senhora erhob sich ohne Eile, musterte ihre Taille, die Hüfte, die Bluse, die glaubte, was Blusen nicht alles von sich glauben, eine bessere Qualität zu besitzen, als sie besaß, der Rock hatte die gleichen Illusionen, die Kette stolz

– Man glaubt doch dass ich teuer war oder?

und der Vater der Senhora, tut mir leid, das glaubt man nicht, du bist billig, Silber, ohne Silber zu sein, die Steine zu bunt, um ehrlich zu sein, den Ehemann deiner Besitzerin betrügst du, mich betrügst du nicht, wärest du nicht dämlich, um ein Haar wäre ich gerührt, die Gattin von Senhor Doutor Monteiro wagte nicht, sich zu setzen, war schüchtern leicht errötet, sogar unter den Polstern der Bluse waren die Schultern schön, die Kurve des Rückens perfekt, der Vater der Senhora zu sich selber, indem er ihren Po mit beflissenem Händchen umfasste

– Hübsch gemacht wie es sich gehört und mit ein paar Benimmstunden würdest du einen Rieseneindruck machen

die Gattin von Senhor Doutor Monteiro mit zittriger Verlegenheit, die die Kette mitempfand und dadurch zu Talmi wurde

– Mein Mann hat gesagt ich solle Sie um einen Rat bitten

der Vater der Senhora beruhigte die Kette, indem er sie langsam zu sich hinzog

– War aber auch nicht nötig dich so herauszuputzen

und die Steine und die Fassungen beinahe dankbar, man muss den bescheidenen Gegenständen einfach vergeben, wenn sie sich höflich an uns wenden, sind wir so leicht hinters Licht zu führen, der Vater der Senhora entschieden

– Dies Altfrauenparfüm muss weg

Duftrosen an den Fenstern, die Venus mit der Muschel weniger anmutig als die Gattin von Senhor Doutor Monteiro, der Hals beispielsweise, die Fesseln, der Vater der Senhora beinah laut

– Wie ist wohl dein Bauchnabel?

den ein breiter Gürtel mit schiefer Schnalle, der arme Gürtel, bedeckte, den Schwachkopf von Senhor Doutor Monteiro befördern, eine Stelle als Stellvertreter im Vorstand, eine Stelle als Berater, sein Gehalt erhöhen, nicht viel, ein bisschen, viel erhöhen macht die Leute bequem, ihn zwei Tage die Woche zu Inspektionen in die Provinz schicken, jede Menge Probleme in Guimarães, in Chaves, eine Blume im Haar der Gattin von Senhor Doutor Monteiro anstelle dieser Spange, irgendeine Blume würde reichen, so wie mir der Wellensittich reichen würde, auch wenn er deprimiert oder ernst auf der Stange sitzt, ich würde ihm die Körner oder was auch immer in ein hölzernes Schälchen schütten, wie wohl der Obdachlose heißt, und ihn in die Küche stellen, ich traue mich nicht, ihn nach seinem Namen zu fragen, was bringt im Übrigen schon ein Name, was bringt meiner schon, die Senhora öffnete den Mund zum Vater der Senhora, schloss ihn, schaute möglicherweise zum Fenster, möglicherweise schaute sie nicht, was macht das schon für einen Unterschied, würde sie schauen, wäre da derselbe schwarze Portikus, von dem sie immer weiter herunterfiel, ringsum das riesige Haus, der Chauffeur unterhielt sich draußen mit dem Angestellten mit der weißen Jacke, nicht mit Marçal, dem davor, der vor Urzeiten in einem Altersheim verstorben war, das die Mutter der Senhora bezahlte, die Geschäftsführerin des Heims zeigte ein Dutzend alter Menschen, die gleichgültig vor einem Fernseher saßen, dessen Ton sie abschaltete

– Sie sind eigensinnig sie sterben nicht

in einem zweiten Stock in der Nähe des Tejo, aber man sah das Wasser nicht, man sah einen Möwenschrei, tonlos wie der Fernseher, und der Schatten des Schreis lief über die Wände, hinter einem Bogen eine Badewanne voll leerer Flaschen und Regenschirme, die Senhora erinnerte sich daran, dass die Mutter der Senhora

– Francisco

zu einem Zahn mit einer Schüssel Brotsuppe am Hals, zu dem ein Schlafanzugkragen, ein Morgenmantel kamen, die Besitzerin beharrlich

– Sie sterben nicht

und die Schatten der Möwenschreie vervielfältigten sich, kreiselten um sie herum, die Senhora stand, von Flussvögeln zum Schweigen gebracht, vor dem Vater der Senhora, als der Vater der Senhora

– Jetzt ist Schluss mit der Schule du heiratest in drei Monaten

die Gattin von Senhor Doutor Monteiro zum Vater der Senhora auf dem Diwan im Büro, nicht aufrecht wie die Venus im Garten, sondern von den Kissen rutschend, während der Vater der Senhora ihr Hemdblusenkleid öffnete

– Wir sündigen doch nicht etwa?

die Gattin von Senhor Doutor Monteiro stand, bevor sie Senhor Doutor Monteiro kennenlernte, am Ladentisch eines Reisebüros, in dem ihr Stiefvater als Laufbursche arbeitete, ihr Vater, sogar im September im Regenmantel über der schmutzigen Weste, kam, um um Almosen zu betteln

– Du bist doch meine Tochter oder?

belästigte die Kunden, belästigte den Geschäftsführer, der ihn auf den Bürgersteig führte

– Raus Onkelchen

und die Gattin von Senhor Doutor Monteiro sah, wie er gegen einen Tipubaum urinierte, er stopfte sich, indem er die Knie anbeugte und streckte, zurück in die Hose, meine Kollegin zu mir, indem sie auf den Keller zeigte

– Hörst du sie?

die Gattin von Senhor Doutor Monteiro schloss die Augen, als sie an den Tipubaum dachte, sie traf auf ihren am Straßenrand sitzenden, singenden Vater, brauchte sich aber nicht zu entfernen, denn er war geistesabwesend, der Meinung der Gattin von Senhor Doutor Monteiro zufolge war er glücklich, so unwahrscheinlich es scheinen mag, sie allerdings nicht, wenig Kunden im Reisebüro, Plakate von Island und Marokko mit Spuren von Fliegen, ein Ventilator kühlte das Geschäft, wenn sie die Buchhandlung aufgeben, was mache ich dann mit meinem Leben, die Besitzerin überprüfte die Bücher

– Nur Elend

stieß die Geldscheine auf dem Ladentisch auf, um den kleinen Haufen gerade auszurichten

– Irgendwann gebe ich von einem Tag auf den anderen diese Klitsche auf und emigriere

meine Kollegin und ich am Boden zerstört, wenn ich wenigstens ein wenig Geld zusammenbekäme, aber es gelingt mir nicht, Celeste machte mir Mut

– Keine Angst irgendetwas wird sich schon finden

und was würde sich finden, mit etwas Glück ein Tipubaum, um dagegen zu urinieren, oder ein Straßenrand, der euphorischen Gesängen vorbehalten war, würde ich, die Gattin des Senhor Doutor Monteiro zum Vater der Senhora, während sie den Rock herunterzog

– Sind Sie sicher dass niemand hereinkommt?

würde ich Senhor Doutor Monteiro treffen und er mich gut behandeln, ginge es mir, glaube ich, besser, vorgestern ein weißes Haar, gestern noch eines, ich lüge nicht, einstweilen muss ich aufmerksam nach einem suchen, aber wenn es so weitergeht, bemerkt man sie in ein, zwei Monaten schon, ich arbeitslos und mit gefärbtem Haar, erklärt mir mal einer, der Vater der Senhora, wem das gefällt, der Vater der Senhora zur Ehefrau von Senhor Doutor Monteiro, als er mit dem Büstenhalter nicht klarkam und wütend darüber, dass Büstenhalter einem das Leben verkomplizieren, kleine Dinger, die man gegeneinander drehen muss, damit sie sich voneinander trennen, oder Haken, die nicht aufgehen, nicht einmal mit der Hand Gottvaters, und dann hat man noch Angst, das Ganze kaputtzumachen, der Vater der Senhora

– Absolut sicher

während er mit einem Drakulagesicht gegen Häkchen kämpfte, und wenn es nur aus Angst vor der Fratze ist, der Büstenhalter wird schon aufgehen, die Gattin von Senhor Doutor Monteiro hilfsbereit

– Ich mache ihn auf

und man beachte, wie Frauen sind, einerseits

– Wir sündigen doch nicht etwa?

und andererseits bereit, die Sünde anzufeuern, man muss schon mongoloid sein, um ihnen zu vertrauen, der Kampf des Vaters der Senhora mit dem Büstenhalter

– Jetzt ist Schluss mit der Schule du heiratest in drei Monaten

wurde zu einer Lebensfrage, der Vater der Senhora wies mit einem Grunzen

– Nein

den guten Willen der Gattin von Senhor Doutor Monteiro zurück und fuhr, einen Knöchel auf dem Sofa, den anderen in der Luft, mit der Schlacht fort, mit Brille kinderleicht, ohne Brille eine Qual, jetzt ist Schluss mit der Schule, du heiratest in drei Monaten, er würde keine Brille aufsetzen wie ein Rentner

– Ich bin gerade fünfzig geworden verflucht noch mal

der Vater der Senhora zur Gattin von Senhor Doutor Monteiro, die nichts gesagt hatte

– Es dauert noch Ewigkeiten bis ich eine Brille brauche für was hältst du mich?

er lockerte den Krawattenknoten, um sich das Gemetzel zu erleichtern, wiederholte

– Ewigkeiten

stützte die Ellenbogen auf den Diwan und drückte das Kinn in die Rippen der Gattin von Senhor Doutor Monteiro, die an ihren Vater dachte

– Du bist doch meine Tochter oder?

und sie warf, um an den Vater der Senhora zu denken, ihren Vater weg, der im Regenmantel die Kunden störte und den Geschäftsführer nervte, der ihn auf den Bürgersteig hinausführte

– Verdufte

die Gattin von Senhor Doutor Monteiro entsetzt

– Er wird doch nicht etwa Geld von mir haben wollen?

der Vater urinierte gegen den Tipubaum, stopfte sich, die Knie anbeugend und streckend, zurück in die Hose, setzte sich singend an den Straßenrand, und die Gattin von Senhor Doutor Monteiro stieß ihn mit dem Ellenbogen weg

– Lassen Sie mich

ohne zu bemerken, dass sie den Vater der Senhora mit dem Ellenbogen wegstieß, der schließlich den Büstenhalter zerriss, befahl

– Schön stillhalten

ihren Nacken in das Kissen drückte

– Ich habe stillhalten gesagt oder?

während die Senhora, noch in ihrer Schuluniform und

fünfzehn Jahre alt, im Büro stand, und Schwester Santos Inocentes lächelte und Schwester Patrocínio schwarz vor dem schwarzen Portikus, die Senhora, umringt von den Schatten der Schreie der Möwen, die nicht nur um sie kreisten, sondern sie bedrohten, nach ihr pickten, sie erstickten, die Senhora außerstande, sich von ihnen zu befreien, so wie auch ich mich nicht befreie, antwortete, ohne sich dessen bewusst zu sein

– Glauben Sie bloß nicht dass ich heiraten werde.

FÜNFTES KAPITEL

Ich habe die Senhora nie stehen sehen, ausgenommen am ersten Tag auf der Veranda beim Eingang, finde ich sie immer im Salon im Sessel vor, das Hündchen auf dem Schoß, wartet sie auf mich, neben sich den für mich bestimmten Stuhl, die Senhora fast im Gegenlicht, durchscheinend, allein die Stimme, und hinter dem Garten und den Kiefern der Wind, der vom Meer hochkommt, so viel Sand an den Scheiben während der Busfahrt, in der letzten Woche ist eine Möwe gegen das Fenster geprallt, ich erkannte einen Flügel, den Schnabel, die Augen, vor allem die Augen, ein kleiner Blutfleck, der nicht gerann, der Sand trug ihn fort, in jener Nacht war mein Sohn im Bett unruhig, obwohl kein Auto auf der Straße vorbeikam, oder aber ich war es, die nicht schlafen konnte, die Hoffnung, meine Mutter würde sich im Dunkeln über mich beugen
– Was ist mit dir?
und in Cascais der Duft von Afrika, der Maniok, der Affenbrotbaum, die Gräser, nachts regnete es nicht, nur am Nachmittag, daran erinnere ich mich, die Pantoffeln meiner Mutter wurden im Flur immer kleiner, und ich war allein, das Wasser des Stausees, darin ertrunken der Mond, morgens kein Mond mehr, ein Gecko an der Tür, in Ganghaltung, aber reglos, wenn wir sie anfassen, machen sie Blasen an den Fingern, meine Mutter
– Mach der Kleinen keine Angst
und mein Vater
– Angsthase
hob dabei den Deckel von der Kasserolle mit dem Eintopf

an und verschwand im Dampf, als er den Deckel zurücklegte, was die Erinnerung nicht alles verwahrt, war er wieder ganz, im Gegensatz zu dem, was ich als sicher annahm, frisst uns wahrscheinlich niemand mit einem Mal ganz auf, wie auch immer, wenn ich bis heute nicht erwachsen wurde, werde ich es heute auch nicht mehr, ich habe gelernt, vom Aussehen her erwachsen zu sein, vom Verstand her nicht, wenn ich Halsweh hatte, betete ich ein Gebet für schwierige Fälle, das Celeste aus der Zeitung ausgeschnitten hat, ohne mich bei einem einzigen Satz zu vertun, der Angestellte mit der weißen Jacke, und ich glaube, Gott freut sich, dass es mir besser geht, öffnete mir die Tür, noch bevor ich auf die Klingel gedrückt hatte

– Die Senhora fragt schon seit mehr als einer halben Stunde nach Ihnen

in der Freundlichkeit diskreter Tadel, die Freundlichkeit der Dampf aus der Kasserolle, der Tadel mein Vater, möglicherweise auch der Angestellte mit der weißen Jacke, das ist keine Behauptung, das ist eine Annahme, ich werde das in den nächsten Wochen herausfinden, ebenfalls in Afrika, ich habe Celeste gesagt, dass ich geheilt bin, und Celeste, der Obdachlose trug heute ein anderes T-Shirt, das seine Augen größer machte, die dem im Stausee ertrunkenen Mond ähnelten, nur noch heller waren, die Farbe vom hohen Gras vor dem Regen, so ein Jammer, die Möwe an der Vorderscheibe, Celeste

– Meine Tante hat das Gebet bei einer Migräne ausprobiert und das war ein Schuss ins Schwarze

die Besitzerin der Buchhandlung, die Augen des Obdachlosen im Sinn

– Der haut einen glatt um

die Besitzerin der Buchhandlung zu meiner Kollegin und zu mir

– Wir gehen nicht mehr zum Arzt sondern setzen uns gleich mit dem Himmel ins Einvernehmen nein, das war Celeste, die Besitzerin der Buchhandlung zu meiner Kollegin und zu mir

– Wäre ich so jung wie ihr würde ich ihn einen Leckerbissen nennen

sie wäre gern so jung wie wir, die wir ebenfalls nicht mehr jung sind, sechsunddreißig, das ist uralt, am Ende des Tages Probleme mit den Beinen, aufkommende Krampfadern, ehrlich, schauen Sie mal hier, die drei Stockwerke im Haus zwingen mich, mit den Einkaufstüten auf den Treppenabsätzen, an die Wand gelehnt, Haarsträhnen im Gesicht, eine Pause zu machen, während mein Sohn, dem das Leben noch Schwung gibt, hinaufrennt, zu mir herunterkommt, noch schneller wieder hinaufsteigt, von oben verkündet

– Du bist alt

und ich, die Heilige Jungfrau möge mir vergeben, habe das dringende Bedürfnis, ihn zu würgen, bis er lila anläuft, von heraushängender Zunge ganz zu schweigen, die Besitzerin der Buchhandlung

– Wäre ich in eurem Alter würde ich ordentlich einen draufmachen

aus dem Grund eines unendlich tiefen, dunklen Brunnens voller schimmliger Erinnerungen, die sie langsam durchblättert und dann mit schmerzlicher Melancholie aus sich herauspresst

– Fünfzig leere Jahre

trotz der Küsse des Freundes im Keller, des angespannten Gekichers

– Du machst mich verrückt

obwohl sie mit einer Freude in den Laden zurückkommt, die nicht festsitzt, sondern wie ein Schmetterling auf der Suche nach einem Ausweg zwischen Gardine und Fensterscheibe zwischen den Augenbrauen und dem Kinn in ihrem Gesicht herumflattert, und als sie es schließlich herausschafft, bleiben fünfzig leere Jahre dort allein zurück, betteln um etwas, das wir ihnen nicht geben können, meine Kollegin mitleidig

– Keine Angst Sie werden uns beide noch begraben

und ich innerlich

– Hoffentlich tut sie das nicht

wahrscheinlich irre ich mich, und der Angestellte mit der weißen Jacke meinte das gar nicht tadelnd, war gleichgültig, ob ich nun vor oder nach der Besitzerin der Buchhandlung sterbe, welchen Unterschied macht das schon, woher hat der Obdachlose nur das T-Shirt bekommen, ich glaube weder auf dem Platz noch bei den Zügen, die nicht abfahren, in einem Päckchen, das ihn erwartet, die Annahme, dass ein Mädchen es ihm geschenkt hat, ist mir zuwider, denn trotz allem, nun ja, vergessen wir es, das Haus der Senhora wird jedes Mal, wenn ich zur Pforte komme, größer, wozu so viele Salons, so viele Möbel, so viele Dienstboten, die hinter so vielen Paravents lauschen, wispern, klatschen, rufen, die Möwe, die gegen, die Senhora zu mir, den Bus geprallt war, erscheint mir immer mal wieder, der Flügel, der Schnabel, der kleine Blutfleck, die Senhora zu mir

– Und drei Monate später habe ich geheiratet

während ich dachte, ob das Haus auch für sie immer größer wird, und wie es wohl war, morgens neben einem Mann aufzuwachen, und seine Kleidung noch auf dem Fußboden, ein riesiger Schuh, sie sind immer riesig, auf der Seite liegend, andere Gerüche in den Betttüchern, ihr Körper ihrer und doch nicht ihrer, obwohl sie nicht erklären konnte wieso, obwohl er ihr gehörte, war es nicht ihrer, der Mann neben ihr veränderte die Wände, den Schrank, sogar die Form der Kommode, ein Knie drückte sich in ihren Schenkel, und die Senhora bat stumm

– Geh bitte weg

Sehnsucht nach Schwester Santos Inocentes, die Senhora verschreckt

– Was würde sie denken?

Sehnsucht nach der Schule, das Refektorium war weniger fettig, die Messen weniger düster, die Rotblonde sah sie nicht an, nach Pater Ismael, im Halbschlaf während der Beichte, die dicken Hände auf dem Bauch und am kleinen Finger ein Pflaster, die Senhora neugierig

– Wo hat er sich verletzt?

die Möwe auf der Straße, und keine einzige Seele rettete sie, nach Pater Ismael, dessen Doppelkinn auf die Soutane fiel und der sich, aus dem Schlaf auffahrend, schüttelte

– Sünden des Fleisches?

die Mädchen, die in einer Reihe warteten, hörten sie, würde sie den Kopf wenden, wäre da die Rotblonde, die sich warum auch immer wand, das noch vor London, im Büro mit dem Vater der Senhora, sie hörte

– Liebling

und dachte, dass Dutzende Seiten aus einem Heft in einem Ordner, jede einzelne mit ihrem ICH BETE DICH AN in Großbuchstaben, eilig, in kindlicher Schrift geschrieben, der Mann der Senhora hielt ihren Arm fest

– Du verweigerst dich?

eine Frage, die keine Frage war, ich treffe sie immer im Sessel im Salon an, der Ring geht auf dem Tier entlang vor und zurück, sie wartet auf mich, beinahe im Gegenlicht, beinahe nicht existierend, ich schaffe es nicht, sie mir in der Kapelle vorzustellen, ich schaffe es nicht, sie mir mit dem Gatten vorzustellen, in einem grünen Pyjama, dessen Farbe sich bis zum Hals und den Wangen ausbreitete, kein Mann im grünen Pyjama, sondern ein grüner Mann, grünes Schweigen, grüne Gesten, grüne Worte, dessen Frage sich in tiefgrünen Zorn verwandelte, zu einem unerträglichen Tonfall wurde

– Du verweigerst dich?

und die Senhora hatte Angst, nicht vor dem Gatten, sondern vor der Farbe, der Vater meines Sohnes war orange, die

Besitzerin der Buchhandlung mal so, mal so, Celeste grau, würde ich es ihr sagen, würde sie noch dunkler werden, der Kapverdier nach den Spritzen farblos, eines Tages, zack, ist man tot, die Duftrosen haben weniger Blütenblätter, tragen den Herbst in sich, man spürt ihn im Schaudern der Spatzen, als die Rotblonde nicht mehr den Freund ihres Sohnes hatte, wem übergab sie dann ihre ICH BETE DICH AN, die Senhora am anderen Ende des Betttuches

– Ich verweigere mich nicht

akzeptierte das Knie, zwei Knie, im Schwung, den ich gerade habe, hätte ich beinahe drei Knie dazugeschrieben, Finger suchten sie, fanden sie, verloren sie, fanden sie wieder

– Warte

und Zähne am Hals, achtzig Kilo, Husten, ein Spuckefaden auf ihrer Stirn, noch mehr Husten, Pater Ismael nicht

– Sünden des Fleisches?

er schlief, segnete sie im Schlaf

– Drei Vaterunser als Buße die Nächste bitte

die Senhora, die sich an Pater Ismael erinnerte, drei zusätzliche Vaterunser, der Gatte der Senhora zündete sich eine Zigarette an

– Bewegst du gerade deinen Mund?

schaffte es mit dem Feuerzeug ebenso wenig wie mit der Senhora, wie oft hat der Vater meines Sohnes, ich würde das nur allzu gern nicht

– Ich finde dich nicht verflucht noch mal

ich würde das nur allzu gern nicht sagen, ich habe nicht viele Männer gekannt, der erste, von dem rede ich nicht, wozu, er wohnt in Porto mit seiner Ehefrau, alles heimlich, nachmittags

– Kratz mich nicht ich will keine Probleme bekommen

mein Mann und der dritte, der vom Verlag, bis heute nur Kaffees, es ist nur eine Frage der Zeit, und meine Kollegin wird ihn mit dem ihr eigenen Temperament ihrer Liste hinzufügen, die Senhora zu mir, mit einer Langsamkeit, in die Jahrhunderte voller Qualen passten

– Ich hatte fünf Kinder stellen Sie sich das mal vor

was mich betrifft, reicht dieser hier und ein Wellensittich in der Küche, von der oberen Sitzstange auf die untere Sitzstange, von der unteren Sitzstange auf die obere Sitzstange, er kann meinem Sohn auf der Treppe des Gebäudes durchaus das Wasser reichen, sogar das gleiche Gepiepse und der gleiche Dreck beim Essen, ich würde so gern über nette Dinge sprechen, die einem gute Laune machen, die Landschaften in der Schweiz, genau, nur Seen und die kleinen Kühe auf dem Papier der Schokoladentafeln, sie trösten meine Seele, der Gatte der Senhora besaß außerdem noch Unternehmen, Fabriken, ein Gut im Alentejo, zwei Boote im Segelhafen, die Besitzerin der Buchhandlung hatte ein kleines Häuschen mit Turteltauben und ihrer Mutter, einer Ausländerin, die sich in einem Portugiesisch voller Zahnräder ausdrückte, zählt man beide zusammen, einhundertzwanzig oder einhundertdreißig leere Jahre, nachts teilen sie in der Küche die aus Zärtlichkeit und Schluchzern gemachte Schlaflosigkeit der Vögel miteinander, ich denke, die Besitzerin der Buchhandlung und ihre Mutter bauen die Turteltauben selber aus Porzellantränen, die Mutter wird, um hier anzukommen, einen Zug genommen haben, der nicht abfährt, die Senhora ist meiner Meinung

– Die Züge die nicht abfahren sind diejenigen die am häufigsten zurückkehren

während der Ring mit seiner Geduld den Hund größer machte, man braucht dazu die Liebkosungen nur zu verlängern, ihn dabei kaum zu berühren oder so zu tun, als würde man ihn dort berühren, wo er bislang nicht existiert hatte, Pater Ismael verließ den Beichtstuhl, stampfte dabei mit dem Schuh mit dem eingeschlafenen Knöchel auf den Boden, ging, nachdem er mit den Nonnen gesprochen hatte, der Gatte der Senhora, bis zu dem schwarzen Portikus, der ihn unvermittelt zusammen mit den Sünden der Schülerinnen verschlang, man küsste der Superiorin die Hand, die kein Pflaster am kleinen Finger hatte, nach Stearin schmeckte und die Schülerinnen in zwei Gruppen teilte, indem sie einen imaginären Paravent in die Luft malte

– Eine Woche ohne Pausenhof für diejenigen die Sünden des Fleisches begangen haben

oder anders gesagt, keine Zeit für Intrigen und kleine Geheimnisse auf dem Schulhof, der Gatte der Senhora zum Vater der Senhora

– Warum haben Sie Ihre Tochter nicht an einer kürzeren Leine gehalten sie braucht lange bis sie gehorcht

die Senhora im Bett, fünfzehn Jahre alt und eine durchsichtige Tunika voller Pailletten, die die Mutter der Senhora ihr zu tragen geraten hatte, sie fühlte sich wie damals als kleines Mädchen, wenn sie sich heimlich mit den Pinseln vom Frisiertisch geschminkt hatte, die Senhora sah sich im Spiegel prüfend an

– Ich bin ein Clown

der Obdachlose, die Senhora malte aufs Geratewohl Spiralen auf die Wangen

– Alle Frauen sind Clowns

stolperte auf den Absätzen der Mutter durchs Schlafzimmer, der Obdachlose trug das T-Shirt monatelang, bis ein zweites T-Shirt und ein drittes darüber kamen, jenes, mit dem ich ihn kennengelernt habe, im Winter, er hatte womöglich Hunger, denn die Hälfte des Joghurts und die Hälfte der Banane nahm er an, lehnte jedoch die Almosen ab, die ihm die Besitzerin der Buchhandlung aufdrängte, die Besitzerin der Buchhandlung zu mir, eifersüchtig empört, die fünfzig Jahre quälten sie, und sogleich hatte sie weniger Zähne und Falten, beklagte sich unablässig

– Gibst du sie ihm steckt er sie gleich in die Tasche

hielt eine Porzellanträne zurück, fast schon eine Taube, mit ihren Kolleginnen auf der Regenrinne des kleinen Häuschens aufgereiht, vor dem die Mutter, von Bombensplittern, Ruinen und Schüssen kommend, einst aus einem Zug gestiegen war, der nicht wegfuhr, keine Lokomotive brauchte, womöglich im selben Waggon, in dem der Obdachlose inmitten von Unkraut und Müll am Ende des Bahnhofs reiste, irgendwann werde ich mir ganz unerwartet meinen Sohn schnappen und genauso weggehen, in eine Landschaft vom Schokoladenpapier, in der der Motor des im Hof Kreise fahrenden Dreirads des Behinderten mir nicht auf die Nerven geht, ganz zu schweigen vom Behinderten selber, der mit seinen Beinen und seinen Krücken, man macht sich keine Vorstellung davon, wie viele Glieder ein Gelähmter besitzt, und wer garantiert mir, dass es keine Scheren, keine Fühler sind, dass er nicht mit komplizierten Tarantelschritten ins Haus kommt, die Senhora, deren Hündchen kleiner wird, als sie aufhört, darüberzustreichen

– Haben Sie es nicht satt ein Clown zu sein?

in einer Paillettentunika, Armreifen, Ketten, schwarzen Strichen auf den Li, würde der Behinderte mich zu fassen kriegen, er würde mich verschlingen, dern, an denen Porzellantauben wuchsen, ihr Gesicht, das aus den Alben, als sie ein kleines Mädchen war, ihre Brust mädchenhaft, ihre Hüften mädchenhaft, die Senhora ein Mädchen, kurz davor

– Mama

zu rufen, ein Mädchen, das

– Mama

rief, ohne dass jemand sie hörte, nur sie selber, der Gatte der Senhora taub, die Welt taub, sogar ihr altes, in einer Truhe auf dem Dachboden gestapeltes Spielzeug taub, die Dicke aus der Schule zur Senhora

– Du hast nicht mal ein Stoffwechselleiden

aber vielleicht litt sie ja, wollte leiden, würde leiden, der

Beweis dafür, dass sie litt, war, dass sie in der letzten Woche fast ein Kilo zugenommen hatte, sie brauchte nicht einmal die Jacke auszuziehen, es ist so einfach, eine Waage zu betrügen, der Gatte der Senhora senkte sich mit einem schmerzlichen oder zornigen Ausdruck auf sie nieder, falls er mich auf den Mund küsst, wie viele runde Vögel in meinen Augen, ersticke ich, sie wollte fliehen, konnte es aber nicht, wollte in den Garten entwischen, aber der Baumstamm von Gatte der Senhora, die Ärmel des Gatten der Senhora, der Bauch des Gatten der Senhora, ein Teil des Gatten der Senhora in ihr hinderten sie daran, die Senhora war dazu verdammt, ewig im Haus zu bleiben, genauer gesagt, nicht sie, sie war in der Schule, beschützt vom Lächeln der Schwester Santos Inocentes, sondern eine Person, die nicht sie war, sich nur in einer Haut befand, die nicht ihr gehörte, hinterließ man die Haut, wie man ein Kleid hinterlässt, konnte man sich retten, doch die Haut hielt sie gefangen, eine Art Befriedigung, die sich ausdehnte und zusammenzog, ohne zu Lust zu werden, eine Welle, die zurückwich, den Strand nicht erreichte, und der Sand daher unberührt, trocken blieb, sie unberührt, trocken, nahm das stählerne Kratzen der Rosen und die Geräusche im Haus wahr, eingeschlossen im Atem des Gatten der Senhora, bist du mein Mann oder bist du Rohre, Backsteine, Dachpfannen, die Chinesischen Flammenbäume, die draußen, nicht draußen, neben ihr unaufhörlich mit der Stimme von Pater Ismael wiederholen

– Sünden des Fleisches Sünden des Fleisches

der, während er sprach, im Schlaf auffuhr und von dem die Senhora wegen seines Umfangs glaubte, dass er der Familie der Dicken angehörte, ein Onkel oder Cousin oder so, denn den Stoffwechsel erbt man, Pater Ismael trug einen grauen Verband, der Gatte der Senhora zur Senhora

– Umarme mich

mit einem kindlichen Flüstern, das bewirkte, dass sie Mitleid mit ihm hatte, und sie umarmte ihn, will heißen, sie legte die Hände auf seinen Rücken, umarmte ihn nicht wirklich, als sie die Hände auf seinen Rücken legte, traf sie auf ein Muttermal und prüfte das Muttermal lange, die Konsistenz, die Textur, aus Neugier suchte sie nach weiteren Muttermalen, und der Gatte der Senhora

– Endlich gibst du dich hin

was die Senhora kaum hörte, so beschäftigt war sie mit ihrer Suche, vielleicht ja auf der Hinterbacke, vielleicht ja an der Seite, war enttäuscht, da die Haut des Gatten der Senhora leider glatt war, keine einzige Narbe, keine Delle, keine Erhebung, als der Gatte der Senhora in ihr Ohr biss und Pater Ismael aufwachte

– Du hast die Hölle verdient

kam diese Art von Befriedigung wieder, dehnte sich aus, zögerte

– Ziehe ich mich wieder zusammen oder nicht

dehnte sich noch ein bisschen aus, wegen des sich Ausdehnens schlug ein Fingernagel der Senhora in das Muttermal, der Gatte der Senhora, dessen Kinn zitterte

– Du hast mich gekratzt du blödes Ding

und da vergrößerte sich eine Art bislang winziger, langsamer Kolben, vergrößerte sich, die Senhora

– Alle Frauen sind Clowns

stieß gegen sie, stieß, stieß, zersplitterte diese Art Befriedigung in Tausende von Geräuschfragmenten, die anstatt zu jammern, zu heulen begannen, anfangs diskret, und dann so stark, dass die Senhora glaubte, das Meer beim Guincho explodierte und der Wind der Dünen stürzte die Kiefern um, der Obdachlose setzte sich auf die Stufe und wartete auf die Nacht, von einer bestimmten Uhrzeit an erwarten die Gebäude sie, konkav, erwartungsvoll, Pater Ismael, böse auf die Senhora

– Clown?

polierte seine Soutane mit den Handflächen, die Superiorin fuchsteufelswild

— Ein Monat ohne Pausenhof und ein Brief an Ihre Eltern

das Schlafzimmer der Senhora und des Gatten der Senhora trieb davon, neigte sich und richtete sich wieder auf, obwohl der Swimmingpool ruhig dalag, hin und wieder schaukelte ein Blatt langsam hinunter zum Wasser, der Gärtner hielt mit dem Ausrollen des Schlauches inne, suchte in der Weste nach den Streichhölzern, rauchte, bis die Zigarette in seinem Mund verschwand, im Anschluss an die Zigarette rauchte er die Zunge, der Gatte der Senhora

— Lass mich jetzt nicht los

das Haar verstrubbelt und die Gesichtszüge nicht an ihrem Platz, übereinander, so anders als der höfliche, wohlerzogene Mann, den sie im Büro ihres Vaters kennengelernt hatte, der aufstand, um sie zu begrüßen und immer weiter begrüßte, ohne ihre Hand loszulassen, meine Kollegin wohnt in der Nähe von Carcavelos bei Verwandten über einer Polizeiwache, sie hatte eine Beziehung zu einem Polizisten, der ihr die Handschellen, die er am Gürtel trug, anlegte

— Wollen wir es mal so versuchen?

der Onkel meiner Kollegin war Schlachter, mich gruselt es angesichts der gehäuteten Tiere und den an den Haken hängenden Karkassen, meine Kollegin

— Mach die Handschellen wieder ab Mateus

und der Köpfe der Ferkel mit ihren Albinowimpern, Knochen, die weißer waren als Turteltauben, nur stumm, ohne Tränen, einige Tiere weinen sehr viel, sie zerbrechen mit dem gleichen Geräusch wie Steine, erleiden schweigend Todesqualen, als meine Mutter krank war, ein Blutgerinnsel im Gehirn hatte, behauptete sie, sie zu hören

— Ich höre sogar die Steine

denn das Blutgerinnsel hatte in ihr die Echos der Stille verändert, es gibt Leute, die hören Gedanken, Leute, die das Brodeln der Schatten auf der Erde wahrnehmen, Leute, die mit den ungeborenen Babys reden, die Mutter der Senhora zur Senhora

– So wie du jetzt aussiehst trittst du deinem Verlobten nicht gegenüber

also lieh sie ihr einen Rock, zupfte ihre Brauen, parfümierte sie, die Senhora zur Mutter der Senhora, während Pater Ismael Tadel brummelte

– Sie haben einen Clown aus mir gemacht oder?

und dennoch fuhr Schwester Santos Inocentes fort zu lächeln, der Polizist zu meiner Kollegin

– Unterbrich mich nicht ich bin fast so weit

nicht in der Wache, in einem Dienstwagen, der auf einem zum Strand führenden Hohlweg geparkt war, aber die Mittagsblumen waren nicht zu sehen, auch die Gischt war nicht zu sehen, Lichter ferner Boote, die Wellen überschlugen sich, mit Bauteilen vermischt, die nicht zusammenpassen wollten, der Gatte der Senhora zum Vater der Senhora

– Ausgesprochen hübsch Ihre Tochter

aber das war eine Lüge, ein Clown, sehen Sie nur diese Kugel auf der Nase, die Bettlerlumpen, die riesigen Stiefel, das Saxophon, in das ich gleich blasen werde, meinen Kompagnon, ganz in weißen Pailletten, der, eine kleine Peitsche unter dem Arm, fragte

– Sünden des Fleisches?

wobei er zu den Scheinwerfern hochspähte, Trapeze an Haken, ein Riss im Segeltuch, mit einem Stück Sackleinen repariert, die Senhora erklärte

– Alle Frauen sind Clowns

unbehaglich im Rock der Mutter und im Parfüm, das sie zu einer anderen machte, die Senhora versuchte, sich nicht zu verlieren

– Die da bin nicht ich

doch in sich selber verloren, die Mutter der Senhora in der Senhora zum Gatten der Senhora

– Vielen Dank

indem sie die Finger leicht drückte, die sie, meine Kollegin zeigte mir die Spuren auf der Haut

– Die kann man hier noch erkennen

und da waren tatsächlich blasser werdende Striche, wie es wohl mit Handschellen ist, die Mutter der Senhora in der Senhora, indem sie die Finger, die sie drückten, leicht drückte

– Vielen Dank

mit einer beinahe flüssigen Bewegung der Taille, von der die Senhora nicht wusste, dass sie sie beherrschte, eine schwungvolle Geste, die sie überraschte, eine gleichmütige Hinnahme, in der sich Wimpern vervielfältigten, alle Frauen sind Clowns der Männer, mit Handschellen wird es sein wie ohne Handschellen, nur mit Handschellen, die gleiche Art von Zufriedenheit, die nie ganz kommt, sich nähert, ein paar Sekunden lang verweilt, den Anschein erweckt, größer zu werden, doch sie wird nicht größer, stattdessen verlieren wir sie, der Gatte der Senhora

– Schlampe

nicht zur Senhora, sondern um sich selber zu stimulieren, gehorche, gehorche, der Gärtner ging mit dem Schlauch weiter zu den Margeriten, hinterließ Schlangenspuren im Kies, die Hose zu groß, die Mütze schräg, streckte die Zunge aus dem Mund, um mit dem kleinen Finger die Glut von der Zigarette zu schnippen, und zog sie dann wieder zurück, der Polizist und der Gatte der Senhora im Chor, während der Vater der Senhora dirigierte, sag, dass du meine Hündin bist, sag, dass du meine Nutte bist, sie bitten nicht

– Sag dass du mein Clown bist

sie bitten nie

– Sag dass du mein Clown bist.

weil ihnen die Purzelbäume, die Übertreibungen, das Geschrei Angst machen, weil wir ihnen, wenn wir weder Hündinnen noch Nutten sind, Schrecken einjagen, mein Gott, der Schatten, den die Wimpern machen, mein Gott, der Rock, die Kette, die Ohrringe, die Absätze, das Parfüm, und dennoch hatte der Vater der Senhora die Gattin des französischen Botschafters, das blonde Mädchen, die Gattin von Senhor Doutor Monteiro, die Rotblonde, die anderen Frauen, zig andere Frauen, alle mit Kette, Ohrringen, Absätzen, Parfüm, der Obdachlose streckte sich auf der Stufe aus, sobald ich die Tür abgeschlossen hatte, reagierte nicht auf meinen Abschied, ein Arm im Schlafsack, den anderen Arm auf dem Boden, dicht am Bürgersteig, ich wäre am liebsten wieder umgekehrt, um den Arm in den Schlafsack zu stecken, bin aber nicht umgekehrt, wer uns nicht grüßt, verdient keine Aufmerksamkeit, hoffentlich fängt er sich eine Grippe ein, hoffentlich stirbt er, der Gatte der Senhora zur Senhora, indem er sie an den Haaren packte

– Sag dass du meine Schlampe bist sag es

der Gatte der Senhora, indem er vom Befehl zum Flehen überwechselte

– Sag bitte dass du meine Schlampe bist nun komm schon

der Gatte der Senhora, so ängstlich

– Hilf mir

wie zur Angestellten, die ihn großgezogen hat, als er außerstande war, seine Kleider allein auf dem Stuhl zusammenzulegen

– Hilf mir

und nachdem er im Bett lag

– Geh nicht Lucinda

der Gatte der Senhora zur Senhora

– Lucinda

denn jeder hat jemanden, der ihn tröstet, die Senhora hatte Schwester Santos Inocentes und der Gatte der Senhora Lucinda, wie klein die Welt doch ist, eine Nussschale ohne Überraschungen, wie war der Name von Schwester Santos Inocentes, bevor sie Nonne wurde, Handschellen, was für eine verrückte Idee, im Anschluss ans Büro aß der Gatte der Senhora mit dem Vater der Senhora und der Mutter der Senhora zu Abend, bedient wurden sie vom Angestellten mit der weißen Jacke, die Mutter der Senhora noch mehr Wimpern, noch mehr Parfüm, noch mehr Ohrringe, doch die fast flüssige Bewegung der Taille war mit dem Alter verschwunden, die Mutter der Senhora, man sah es in den Augen

– Hilfe

die Gewissheit, dass der Obdachlose, sobald ich gegangen bin, aufsteht, den Schlafsack zusammenrollt und sich in Cascais zum Fort, zu den neuen Straßen oder zur Stierkampfarena hin auflöst, wo eine beleuchtete Veranda ihn erwartet, in einer der nächsten Wochen werde ich mich irgendwo verstecken, woran es hier nicht fehlt, sind Säulen, und ihn verfolgen, doch was habe ich davon, ihm zu folgen, und außerdem fürchte ich mich vor Unbekannten, das Geräusch ihrer Schritte macht mir Angst, läuft von Fassade zu Fassade, wird dorthin geworfen, zurückgeworfen, wieder dorthin geworfen, ohne dass man die Leute lokalisieren könnte, sie können sich links befinden, rechts befinden, genau hier, zwischen einem Lastwagen und meinem Gebäude, das Gefühl, dass sie mich an der Tür packen werden, an der ein Aufkleber Werbung nein danke prangt, als ob Werbung hierhergelangen würde, tut sie nicht, hier kommen Lieferwagen auf der Straße an, die nicht auf einen achten, weiterfahren, wer achtet schon auf ein Bündel Häuser in dieser verlorenen Einsamkeit, in dieser Müllhalde aus Bauschutt, der Gatte der Senhora zum Vater der Senhora

– Ich verspreche weder Sie noch Ihre Tochter zu enttäuschen Senhor Doutor

der Vater der Senhora, indem er seine Rede mit dem Handrücken abschüttelte

– Keine Angst Sie werden mich nicht enttäuschen denn ich habe keine Illusionen

und legte dabei die Serviette ab, ohne sie zusammenzufalten, so wie er auch das Besteck auf dem Teller nicht ordnete, sondern zuließ, dass es herunterfiel, der Vater der Senhora begab sich zum Korridor, teilte dem Gatten der Senhora mit

– Sag dass du meine Schlampe bist sag es

teilte dem Gatten der Senhora mit

– Wenn ich genug von Ihnen habe vernichte ich Sie

und obwohl er hinausgegangen war, befand er sich noch immer dort, und der Gatte der Senhora hob das Lämpchen eines Armeleutelächelns zu dessen Abwesenheit, ein zitterndes Flämmchen, das aufgab, erlosch, der Gatte der Senhora fast so groß wie der Vater der Senhora, aber dennoch mikroskopisch klein, in einem Kinderbett einen Steinwurf vom Haus entfernt, auch mit einem Swimmingpool, einem Tennisplatz und einem Garten, aber kleiner und ohne Skulpturen, von anderen Häusern vor den Wellen geschützt, mit einem Kiefernwäldchen ohne Wind, in dem es im April Schwalben gab, der Gatte der Senhora zur Alten, die sich um ihn kümmerte, sich vor ihm schon um die Mutter gekümmert hatte und, den Kopf auf einer Ecke des Betttuches, vor dem Gatten der Senhora einschlief, der Gatte der Senhora

– Geh nicht Lucinda

verlangte, dass ein Licht anblieb, ich glaube nicht, dass der Obdachlose in Cascais spazieren geht, ich glaube, er wartet auf der Schwelle zur Buchhandlung auf mich, Gott würde nicht erlauben, dass man mich angriff, er würde nicht erlauben, dass ich allein bliebe, trotz meines Sohnes und des Behinderten mit dem Dreirad, der den Motor mit einem Engländer reparierte, während der Abwesenheit des Obdachlosen war ich allein, der Gatte der Senhora zu Lucinda

– Verlass mich nicht

und die Senhora fragte sich am Morgen im Nachthemd, zu dem die Mutter der Senhora sie gezwungen hatte, ein Clownshemd, denn ich bin ein Clown, alle Frauen sind Clowns, die Senhora

– Was ist mit mir geschehen?

anfangs ohne zu begreifen, was mit ihr geschehen war, und es später langsam begreifend, die Schminke zerstörte ihre Haut, das Parfüm kitzelte in der Nase, und ein neuer Geruch wie beim Schlachter in ihr, Eingeweide, Blut, als sie zum ersten Mal blutete, sagte sie es der Dicken mit dem Stoffwechsel, und die Dicke mit dem Stoffwechsel wog die Neuigkeit ab

– Du hast wahrscheinlich gesündigt beichte bei Pater Ismael

Pater Ismael

– Jesus hat beschlossen dass die Frauen leiden müssen

und da Jesus ein Mann ist, kein Wunder, mit dem gehörigen Respekt und ohne ihn beleidigen zu wollen, es ist schon merkwürdig, die Frauen leiden zu lassen, ihnen zu befehlen, sei der Clown deines Mannes, die Hündin, die Nutte, die Schlampe, sei ihm zu Gefallen, gehorche ihm, nimm hin, quäle dich im Bett, wenn er dir befiehlt

– Leg dich hin

beklage dich nicht, dich an den Haaren packt oder wenn eine Art Zufriedenheit naht, die sich, wenn du versuchst, sie zu halten, verflüchtigt, freue dich, wenn er dich verlässt und dich wegschiebt

– Berühre mich jetzt nicht

und an etwas anderes denkt, die Senhora, den Arm über den Augen

– Ich hasse dich

die Senhora zu mir

– Ich habe ihn bis zum letzten Tag gehasst

so lächerlich auf ihr, mit toten, hohlen Augen

– Schnell

der Vater der Senhora zum Gatten der Senhora

– Wenn ich genug von Ihnen habe vernichte ich Sie

also sagte sich die Senhora

– Ich werde mit meinem Vater reden

die Senhora zu sich selber

– Mein Vater wird nicht wollen dass ich ein Clown bin

die Kette, die Ohrringe, die Absätze, die Strümpfe, der Gatte der Senhora

– Zieh die Strümpfe nicht aus

strich über ihre Schenkel

– Diese Strümpfe erregen mich

die Senhora im Büro des Vaters der Senhora, nicht als Clown verkleidet, mit der Schleife ihrer fünfzehn Jahre im Haar, der Schuluniform, flachen Schuhen, blauer Rock, weiße Bluse, die kleine Fliege am Hals ebenfalls blau

– Ich will zurück zu den Nonnen

ohne eine Spur der Schminke der Mutter auf den Wangen, der Rest des Parfüms und der Rest des Geruchs des Ehemanns hatten sich zum Glück verflüchtigt

– Ich will zurück zu den Nonnen

ich will das fettige Refektorium, die düsteren Messen, die von der Superiorin verbotenen Pausen auf dem Schulhof, ich will Sünden erfinden, die Pater Ismael aufleben lassen, der Vater der Senhora starrte das blonde Mädchen neben sich an, starrte die Senhora an

– Was ist mit der Kleinen los?

die ihn ihrerseits anstarrte, nachdem sie auch das blonde Mädchen angestarrt hatte, ohne den Fleck von deren Lippenstift auf dem Kragen des Vaters zu bemerken, die Senhora leise, so leise, dass das ganze Büro davon widerhallte

– Nichts ist los beachten Sie mich nicht ich habe beschlossen ein Clown zu sein.

SECHSTES KAPITEL

Ich habe mich nie irgendwo zu Hause gefühlt, will heißen, ich habe nie gefühlt, dass etwas mir gehörte, nicht einmal mein Sohn, ganz der Vater, das Gesicht, die Art, die Gesten, von Afrika erinnere ich mich an Episoden, die nicht reichen, um ein Leben daraus wiedererstehen zu lassen, hohes Gras, Wildhunde, die mulattische Lehrerin, die ein weißer Gutsbesitzer aufsuchte, und das Licht in der Schule, das bis spät brannte, an den Dieselmotor, meine Mutter ließ unseren an, um sich in der Küche zurechtzufinden, und die Welt schüttelte sich, das Foto meiner Großeltern rückte vor, weiter vor, bis es zu Boden fiel, meine Mutter warnte
– Das Foto
und ich, auf Zehenspitzen, stellte es wieder zurück auf das aus einem Stück Sackleinen geschnittene Rechteck, das als das einzige Deckchen diente, das wir hatten, oder besser, das sie hatten, ich hatte überhaupt nichts, winzig auf einer Kiste mit Trockenfisch, sah ich den Käfern zu, die den Geckos gehörten, aus demselben Material und mit derselben Farbe wie die Wände und genauso reglos wie sie, sie änderten ihre Haltung, zack, und ohne dass wir es mitbekamen, hing zitternd ein Insektenflügel aus ihrem Mund, noch heute würde ich gern so essen, ich wäre schnell fertig, man würde eine Suppe vor mich stellen, und eine Sekunde später wäre da keine Suppe mehr, und ich unbewegt, mein Sohn kaut sogar das Wasser, ich zu ihm
– Warum wurdest du nicht als Gecko geboren?
und mein Sohn, die Serviette im Nacken festgezurrt, den Mund zu voll, als dass er hätte antworten können, die Wangen

größer als der ganze Körper und darüber ein Büschel Haare, immerhin ist er dann nicht seinem Vater ähnlich, ähnelt er Fröschen, wenn sie aus den Eiern kommen, bevor sie zu Kaulquappen werden, wenn ich zur Senhora komme, ich zu Celeste

– Und du wolltest Babys haben?

sehe ich sie im Wasserbecken rings um die Statue, mit Seehundbewegungen steigen sie an die Wasseroberfläche und verschlingen zart, wie ein Zeigefinger einen Brotkrümel vom Tischtuch aufnimmt, mit der Spitze ihrer Lippen eine Hornisse, die Besitzerin der Buchhandlung hat eine drogensüchtige Tochter, fast ohne Zähne, von der man zwischen Schmuck aus Blech den schmutzigen Hals und die geschwollenen Augen erkennen konnte, der Vater der Senhora zur Senhora

– Selbst wenn du es nicht wolltest was blieb dir anderes übrig als ein Clown zu sein?

nicht gleichgültig, traurig bestätigend, oder aber nicht traurig, sie verspottend, die Senhora unentschieden

– Manchmal frage ich mich wie mein Vater war

erdrosselte dabei fast den Hund, ohne es zu bemerken, bemerkte es und streichelte ihn wieder, hören Sie so lange nicht auf, ihn zu streicheln, bis das Tier diesen Salon ganz einnimmt und wir hinter ihm weiterreden, oder anders gesagt, die Senhora redet, der Gutsbesitzer ohrfeigte die Mulattin, daran erinnere ich mich

– Nenn mich nicht Trunkenbold

der Gutsherr und die Mulattin vermischte Schatten vor der Landkarte in der Schule, die Senhora, die den Vater der Senhora mit der Geste wegscheuchte, mit der der Vater der Senhora sie wegscheuchte

– Wechseln wir das Thema

würde ich sie in dieser Minute dazu einladen, mit mir in einem Zug zu reisen, der nicht abfährt, ich möchte fast wetten, dass sie einwilligen würde, die Senhora, der Obdachlose und ich überqueren Grenzen, der Jeep vom Gut sprang ruckelnd an, verschreckte die Hühner

– Trunkenbold?

mit seinen Scheinwerfern entdeckte er Käuzchen und verbarg sie wieder vor mir, die mulattische Lehrerin rieb sich das Ohr, die Stirn, der Vater der Senhora zum blonden Mädchen

– Magst du etwa nicht gern Clown sein?

ich habe mich nie irgendwo zu Hause gefühlt, während der Obdachlose sich überall zu Hause fühlt, er verbringt keine Zeit damit, sich in Gedanken zu verlieren, er geht am Strand bis zu den Felsen, verschwindet zwischen ihnen, kehrt Stunden später zurück, ich habe nie das Gefühl gehabt, dass irgendetwas mir gehört, außer vielleicht der Wunsch nach einem Wellensittich, der mir nicht aus dem Kopf geht, es gibt Tierläden, die sie auf Raten verkaufen, glaube ich, das blonde Mädchen zum Vater der Senhora, indem sie die Bluse rundete

– Ich liebe es

der Vater der Senhora, indem er die Senhora anstarrte

– Da siehst du es

er, der nie eine Schwester Santos Inocentes gehabt hat, nie eine Lucinda gehabt hat, in seinem Zimmer wurde das Licht ausgemacht, und er fiel, fiel, die Schritte auf dem Flur bewirkten, dass er ein bisschen hochstieg, hörten die Schritte auf, fiel er weiter, die Majorswitwe zum Vater der Senhora

– Mein Kleiner

der Vater der Senhora, indem er sie wegschubste

– Halt den Mund

und die Majorswitwe löste sich von der Ecke eines Schrankes, zählte ihre Wirbel, um festzustellen, ob einer fehlte

– Was habe ich dir denn getan?

so alt, grauenhaft, einen Wellensittich oder zwei, ein Pärchen, bei dem das Männchen gelb und das Weibchen blau ist, oder umgekehrt, das Männchen blau und das Weibchen gelb, ist egal, wer das Männchen oder das Weibchen ist, letztlich kann ich sie, wie auch immer, nicht unterscheiden, die Majorswitwe versuchte, den Vater der Senhora zu küssen

– Mein Kleiner

und so alt, tatsächlich, Falten auf der Stirn, die Stimme, die sich nicht hielt, brach, zitterte, ich habe nie das Gefühl gehabt, dass etwas mir gehört, nicht einmal mein Sohn, nach ein paar Monaten gab der Kapverdier die Spritzen auf, er hatte eine Wiege gekauft, verbrachte Sonntage davor, ohne Celeste zu antworten, der Vater der Senhora zur Senhora, indem er auf das blonde Mädchen zeigte

– Sie betet mich an

der Vater der Senhora zu dem blonden Mädchen

– Geh raus

und es war dies einer der wenigen Augenblicke, in denen die Senhora zu ahnen glaubte, dass der Vater der Senhora sie doch mochte, den Käfig für die Wellensittiche stelle ich auf die Arbeitsplatte in der Küche, setze mich davor und schaue sie an, vielleicht legen sie ja Eier, wenn ich ihnen eine Art, gestern sind die Wellen in der Bucht stark angestiegen, Nest hineinhänge, vielleicht spielen sie miteinander und vertreiben mir die Zeit, sicher bin ich mir nicht, aber es könnte sein, wer weiß, und haben die Kaimauer erreicht, der Kapverdier ließ nicht von der Wiege ab, die Angestellten der Stadtverwaltung werden eine Heidenarbeit damit gehabt haben, den Strand von Algen, Ölflecken, Überresten, beispielsweise von Planken der Schiffe zu reinigen, die auf den Felsen auseinanderfielen, dass sie Eier legen, ehrlich gesagt hoffe ich, dass sie das nicht tun, ich habe keine Lust auf einen Schwarm, zwei Wellensittiche reichen, der Kapverdier ließ nicht von der Wiege ab, und deshalb meinte Celeste, halb zu mir, halb zu dem Obdachlosen, der uns den Rücken zugewandt hatte und seinen Rucksack neu packte, und Celeste betrachtete dabei das Stück Haut zwischen T-Shirt und Hose

– Die Wiege habe ich schon mal er will sie nicht verkaufen meint sie leiste ihm Gesellschaft ich würde mich von ihm trennen fände ich einen brauchbaren Mann

die Angestellten der Stadtverwaltung haben zwar saubergemacht, aber es bleibt immer Müll zurück, Plastik, Teer, Korbhenkel, Verpackungen, der Vater der Senhora zur Senhora, während er auf der Platte des Schreibtisches Seiten ausrichtete

– Möchtest du mit mir Tennis spielen?

er spielte einfache Bälle, vertat sich absichtlich, ließ sie gewinnen, der Senhora war so, als hätte sie die Mutter der Senhora gesehen, oben am Fenster, aber als sie genauer hinschaute, war da niemand, nur der Vorhang, der sich hin und her bewegte, die Senhora zu mir

– Ich hatte mich wahrscheinlich geirrt

vermittelte den Eindruck, dass die Mutter der Senhora ihn losgelassen hatte, die Angestellten der Stadtverwaltung, und der Obdachlose hatte ihnen geholfen, die Mutter der Senhora verbrachte Nachmittage über Nachmittage in diesem Zimmer, in demselben Sessel, in dem jetzt die Senhora saß, sie reagierte weder auf Fragen der Leute noch auf die ihres Ehemannes, der mit Freunden spielte, obwohl er keine Freunde hatte, der Vater der Senhora war genauso einsam wie die Mutter der Senhora, genauso einsam wie ich wahrscheinlich, hätte ich sie kennengelernt, hätte ich ihr einen Wellensittich oder ein Pärchen mitgebracht, sie würde sich damit die Zeit vertreiben, der Vater der Senhora zur Senhora, indem er das Spiel unterbrach

– Es reicht damit so zu tun als würde ich mich mit dir zusammen wohlfühlen

warf den Schläger weg und ging schnell davon, die Senhora zum Gärtner

– Nehmen Sie diesen Schläger

der Gärtner auf der anderen Seite des Netzes, in der einen Hand die Schere, in der anderen den Schläger, berührte die Bälle nicht, die an ihm vorbeiflogen, diesmal war sich die Senhora sicher, dass die Mutter der Senhora dort oben am Fenster stand und zusah, die Senhora besiegte den Gärtner, der, nachdem er unzählige Male die eigene Zunge geraucht hatte

– Sie erlauben doch gnädiges Fräulein?

zu den Beeten zurückkehrte, so dass die Senhora gegen sich selber spielte und verlor, die Senhora

– Ich höre die Schläge noch

zufrieden, weil sie sich selber besiegte und wütend, weil sie sich besiegt fühlte, die Senhora

– Für mich war an jenem Tag Schluss mit Tennis

der Gatte der Senhora packte sie am Arm

– Bist du verrückt geworden?

und die Senhora schüttelte seinen Arm, wie der Wind die Chinesischen Flammenbäume schüttelte, hätte ich Zeit, würde ich sie beschreiben, aber ich habe keine, die zart, empfindlich waren, die Senhora zog kräftig an ihm, und der Gatte der Senhora beleidigt

– Was soll das?

während die Senhora in der Hoffnung zur Schule rannte, Schwester Santos Inocentes würde sie erwarten, aber es gab keine Schule, es gab Pater Ismael, die Hände auf dem Bauch, und die panische Angst vor der Hölle, wo doch die Hölle dieses Haus war, dieser Wind, diese Dünen, diese Kiefern, die mich nicht vor ihm beschützen, keine Kiefer beschützt mich, kein Engel hilft mir, der Kapverdier zu Celeste

– Dich scheiden lassen nach zwanzig Jahren?

während im Hof die Kinder der Nachbarin schreiend spielten und zwei Straßenköter sich um einen gevierteilten Spatzen in der Wolle hatten, nervig, immer zu rechnen, wenn am Ende des Monats das Geld sowieso futsch war, ewig das Gleiche in den Vorstädten, die Theatergruppe, der Gemeindechor, Celeste jeden Morgen Bus, Metro, Zug

– Demnächst bringe ich mich um

aber du bringst dich nicht um, keine Angst, du wirst allmählich sterben, das ist alles, die Senhora rannte zum Wasserbecken, zum Gewächshaus, zu mir sagte sie, während sie das Hündchen tröstete

– Ich rannte aufs Geratewohl

und die Mutter der Senhora verfolgte sie am Fenster, die Senhora zu mir

– Ich glaube ich habe das ganze Leben damit verbracht aufs Geratewohl zu rennen

während ich dachte

– In ein oder zwei Monaten können wir uns nicht mehr sehen die Bücherpakete passen nicht alle in dieses Zimmer

die Bücherpakete werden das Haus umzingeln, und die Stimme der Senhora wird matt über sie hinweg weiterreden, der Angestellte mit der weißen Jacke wird mit den Buchrücken kämpfen, um mir die Tür zu öffnen

– Bitte sehr gnädiges Fräulein

der Gärtner Enzyklopädien aufsammeln, ich habe nie mit Touristen geredet, wenn sie mir Karten hinhielten, bin ich nicht einmal stehen geblieben, ich kenne kein anderes Land, ich habe nur neben einem Staudamm gewohnt, bin nicht ins Ausland gereist, das tun die Züge, die nicht abfahren, an meiner Stelle, der Gatte der Senhora zur Senhora

– Sag dass du meine Hündin bist sag es

nein, einstweilen sagte der Gatte der Senhora zur Senhora

– Rüttle nie wieder an meinem Arm

und die Senhora war sich sicher, dass die Mutter der Senhora sie hörte, obwohl sie sich im oberen Stockwerk befand und Dutzende Mauern und Teppiche und Paravents zwischen ihnen lagen, seit einigen Tagen kommt der Typ vom Verlag nicht mehr, ich weiß nicht, ob er mir fehlt oder die Aufmerksamkeit, die er mir schenkte, wenn ich mich in der Pastelaria hinsetzte, hielt er den Stuhl, er beachtete die anderen Frauen nicht, aber nicht er fehlt mir, mir fehlt die Aufmerksamkeit, die er mir schenkte, und ich bedaure, dass es die Aufmerksamkeit ist, die er mir schenkte, er schaut mich an, als würde er die Stelle anschauen, an der das Bild besser aussieht, im Flur, in der Diele, über dem Möbel im Schlafzimmer, und seine Finger an meinem Handgelenk, schüchtern, ich, der es gefallen würde, dass man mich beachtete, ich beachte sie kaum und bleibe allein, Celeste

– Woran denkst du?

und um nicht antworten zu müssen

– Was weiß ich

prüfte dabei die Breite einer Bluse in der Boutique, und sie würde mir passen, wenn ich jemanden hätte, dem ich gefiele, wenn ich Lust hätte, jemandem zu gefallen, wenn mich irgendetwas an dem Typ vom Verlag anziehen würde, wäre ich eine andere, die mulattische Lehrerin hatte ein Zimmer im hinteren Teil der Schule, wenn das Fenster offen stand, sah man das Bett, das abgeplatzte Waschgestell und den blechernen Wecker, die Senhora zu mir, indem sie das Hündchen auf dem Schoß zurechtrückte

– Meine Mutter und ich konnten nicht miteinander reden

schweigend bei Tisch, wie auch der Vater der Senhora schwieg, man nahm das Wasser in der Muschel vom Wasserbecken wahr, man nahm den Schlauch im Garten wahr, man nahm die Pflanzen wahr, wie sie Sätze sagten, die tagsüber andere waren als nachts, alles ändert beim Einbruch der Dunkelheit die Meinung, die Bäume, die Hunde, die Menschen, der Verdacht, dass unsere Augen sich verändern und uns selber beobachten, enttäuscht sind, tadeln

– Was hast du getan?

die Züge, die nicht abfahren, nicht im Bahnhof, endlos weit weg, der Gatte der Senhora, obwohl ihn die Stille einschüchterte, wen die Stille nicht einschüchtert, der soll den Finger heben, ich erinnere mich an meine Mutter in Afrika, wenn das hohe Gras verstummte

– Das gefällt mir nicht

und an die Erregung der Ziegen, vielleicht wäre sogar ein Wellensittich, der von Sitzstange zu Sitzstange hüpft, mit dem leisen Geräusch seiner Krallen hilfreich, der Gatte der Senhora sucht nach einem Satz, gibt auf, die Senhora zu mir

– Mein Vater machte allen Angst und alle hatten Angst vor ihm

fast stolz, eitel

– Alle hatten Angst vor ihm

doch sie bedauerte ihren Stolz, der Gatte der Senhora zur Senhora im Schlafzimmer

– Zieh das durchsichtige Nachthemd an

und die Schuhe und die Kette und die Ohrringe und das Parfüm und die Schminke auf den Wangen, ich will meinen Clown, und da kam der Schenkel, die Brust, der ganze Leib, der Ausdruck von Leiden vor und zurück, der eilige Befehl

– Sag dass du meine Hündin bist sag es

die Bitte, ganz leise

– Hilf mir

denn wenn du mir nicht hilfst, schaffe ich es nicht, erzähle es niemandem, dass du mir geholfen hast, ich bin der Mann, wenn du es jemandem erzählst, dann, die Senhora war überzeugt, dass Lucinda sich an der Seite des Gatten befand, bereit, sie zu bedrohen, ihr wehzutun

– Hilf ihm

ein Geschöpf in Pantoffeln, das den Gatten der Senhora beruhigte, indem es versicherte

– Sie hilft

und die Senhora in Schuluniform fragte sie, warum Schwester Santos Inocentes sie nicht verteidigte, die Senhora zu mir

– Ich glaube ich war immer allein

während Pater Ismael im Beichtstuhl im Schlaf wiederholte
– Sünden gegen das Fleisch?

die Superiorin mit lüsternem Wispern davon in Kenntnis setzte, und die Superiorin verbot den Pausenhof

– Sie bleiben nicht im Klassenraum Sie gehen in die Kapelle und beten

die Kapelle sogar im Sommer eisig, mit Mäusen, die zwischen Altar und Orgel hin und her trappelten, die Senhora erinnerte sich an ein trächtiges Weibchen mit gesträubtem Fell, das den Männchen die Zähne zeigte, an Schwester Circuncisão, wie sie, an eine Säule der Kanzel gelehnt, eine Novizin küsste, zu leiden schien wie später der Gatte der Senhora, Schwester Circuncisão flüsterte Worte, die die Senhora damals nicht verstand, die sie später aus Lucindas Mund verstand, sie schrie ihr, während sie dem kleinen Jungen Mut zusprach, ins Ohr

– Sag dass du seine Hündin bist sag es

und die Novizin, die Senhora zu mir

– Ich bin sicher dass Lucinda da war

ich frage mich, ob der Kapverdier zu Zeiten der Spritzen genauso war oder der Typ vom Verlag so wäre, würde ich die Finger akzeptieren, was den Obdachlosen betrifft, frage ich mich gar nichts, nach so vielen Monaten kenne ich ihn immer noch nicht, wenn er weggehen sollte und man von ihm spricht, antworte ich

– Wer?

ein Schatten auf der Stufe, den ich nicht beachtete, ich achte kaum auf Menschen, noch viel weniger auf Schatten, ich habe einen Sohn, den ich großziehen muss, und die Arbeit, das reicht, einmal ganz abgesehen von der Schule im nächsten Jahr und der Kleidung, die, sogar wenn sie zwei Nummern größer ist, in sechs Monaten nicht mehr passt, Celeste

– Du ahnst gar nicht was für ein Glück du hast mit einem Kind an deiner Seite und ihre Augen feucht, die dumme Gans, nachts Ruhe ohne Mittelohrentzündungen, Gegenstände gehen kaputt, und weg fegt sie die Sklavin, Forderungen wegen Spielzeugen, bei denen die Schnur nicht passt, und folglich Weinen und Szenen, die Novizin ist noch keine Schwester, heißt nur Adelaide, trägt noch kein Habit, ein zu weites Kleid und zu große Schuhe, die die Nonnen für künftige Berufungen in einer Truhe stapelten, ohne Schminke oder Ohrringe, auch kein Parfüm, mager, blass, voller Angst vor den Schülerinnen, ähnlich, nahm die Senhora an, wie bei den Clowns, bevor sie in den Zirkus eintraten, und daher ebenfalls Clowns, was sonst erwartet die Frauen auch, wenn sie anstatt den Männern Gott gehören, sogar die Statuen, wenn man es sich recht überlegt, die Venus, die die ganze Zeit gezwungen ist, den Arm erhoben, von Feuchtigkeit und Pilzen zerfressen, Wasser aus der Muschel zu gießen, der Gatte der Senhora hatte angefangen, beim Vater der, Celeste hatte keinen Vater, nur eine Mutter, beim Vater der Senhora in einem kleineren Büro nebenan zu arbeiten, ihn begleitete kein blondes Mädchen, sondern ein, Celeste äußerte sich nicht zu dem, was mit ihrem Vater geschehen war, eine hochgezogene Augenbraue, wenn ich das Thema ansprach, und das Kinn wurde breiter

– Ist unwichtig

den Gatten der Senhora begleitete kein blondes Mädchen, sondern ein vertrauenswürdiger Angestellter des Vaters der Senhora, der ihn nicht mit Senhor Doutor anredete, der ihn mit, um zu verhindern, dass Celestes Kinn sich veränderte, kam ich nie wieder auf das Thema zurück, es gibt Dinge, über die auch ich nicht rede, über den ersten Mann, den ich kannte, beispielsweise, der in meinem Kopf auftaucht, mich ruft, jenen Anzug trägt, der mir so gefiel, mir gefiel die Farbe, und es gefiel mir, den Stoff zu fühlen, nach ein paar Monaten wurde der vertrauenswürdige Angestellte des Vaters der Senhora durch ein zweites blondes Mädchen ersetzt, die Senhora dachte

– Vielleicht kann ich jetzt weniger häufig Clown sein

erst betrat Schwester Circuncisão die Kapelle und setzte sich an die Orgel, dann die Novizin, die das Altartuch auswechselte und das Kerzenwachs abkratzte, während die Gipsmärtyrer zu den Geräuschen schwankten, der junge Mann, dessen Namen die Senhora verloren hatte, den die Römer gesteinigt hatten, als er in seiner Tunika verborgen Hostien bei sich trug, sie erlitten schlimme Qualen, die Christen, anfangs, heutzutage schnarchen sie, von den Sünden des Fleisches derer besessen, die vor ihnen knien, in den Beichtstühlen, das blonde Mädchen des Gatten der Senhora war weniger hübsch als das des Vaters der Senhora, die Blusen weniger ausgeschnitten, die Fingernägel weniger lang, sie blieb nicht lange bei ihm, wenn der Gatte der Senhora Memoranden unterzeichnete, die Stimme von Schwester Circuncisão schwamm über den Wellen der Orgel, vor ein paar Monaten hat Celeste

– Eines Tages werde ich mich dir gegenüber was meinen Vater betrifft öffnen

aber sie öffnete sich nie, manchmal wirkte sie so, als wolle sie es, aber sie hielt sich zurück

– Ich habe es mir selber gelobt

und da war wieder das breite, quadratische Kinn, die Stimme von Schwester Circuncisão dümpelte über dem öligen Klang der Orgel wie ein Korkschwimmer im Wasser

– Hast du mich um den Segen gebeten Adelaide?

Adelaide so mager, so blass, nur wenig älter als die Senhora

– Wenig älter als ich

faltete das Altartuch zusammen, während die Gezeiten der Musik immer höher stiegen, die Senhora dachte, die Hände gefaltet

– In ein paar Sekunden platzen die Kapelle und die Schule

während die Novizin sich der Musik in Schuhen näherte, die ihr nicht gehörten, im schmalen Fenster irgendein Vogel, der Himmel nicht grau wie in Afrika, blau, eine verlorene Wolke, die Senhora, anstatt Tennisbälle zu verfolgen, auf einem Stuhl mit den anderen Senhoras, alle mit dunkler Brille, unter Hüten mit riesigen Krempen, geheimnisvoll, ätherisch, die Mutter der Senhora, die Gattin des französischen Botschafters, die Gattin von Senhor Doutor Monteiro, die Gattin eines Ministers, die die Rotblonde ersetzt hatte, nicht Schwester Santos Inocentes, sie wandten unisono den Kopf nach rechts und nach links, verfolgten das Spiel, während die Senhora dachte

– Wie viele Clowns sind wir?

übereinandergeschlagene Beine, Erfrischungen, Juwelen, eine von ihnen mit Mantilla, sag, dass du meine Hündin bist, meine Nutte, meine Schlampe, also wie viele Hündinnen, wie viele Nutten, wie viele Schlampen insgesamt, zufrieden damit, Nutten, Hündinnen und Schlampen zu sein, die Senhora

– Sieben zehn fünfzehn die genaue Anzahl kann ich nicht ausrechnen

die Novizin arm wie meine Eltern in Afrika, wie meine Eltern hier, für meine Mutter gab es nicht die Voraussetzungen, Hündin zu sein, wie schade, gäbe es draußen einen Gärtner, der die Buchsbäume rundete, ein Dienstmädchen, das für mich abwäscht, einen Angestellten mit weißer Jacke, der die Wellensittiche ersetzt, wenn ich ihm befehlen würde

– Piepse Marçal

würde der Angestellte mit der weißen Jacke singend von der oberen Sitzstange auf die untere Sitzstange und von der unteren Sitzstange auf die obere Sitzstange hüpfen, ich würde Celeste und meine Kollegin in Venusse verwandeln und sie in den Garten stellen, vielleicht würde ich ihnen die Wahl überlassen

– Willst du Venus oder Diskuswerfer sein?

und die beiden wären glücklich, Schwester Circuncisão zur Novizin, indem sie sie auf die Stirn küsste

– Lass uns zusammen beten

ich würde die Besitzerin der Buchhandlung einladen, die Küche zu leiten, anstatt Zeit im Keller mit Kisten und Säcken und einem Paar herrenloser Galoschen zu verbringen, die Besitzerin der Buchhandlung und ihr Freund, die zwischen Versprechen und Seufzern Zeitschriften umwarfen und Regale verbeulten, mir gefallen die Turteltauben aus Porzellan in ihrem Häuschen, wie sie nachmittags Gefühliges aufplustern, so wie ich gern in einem Zug, der nicht abfährt, säße, wenn er ankommt, im Schlafzimmer der mulattischen Lehrerin eine Heilige Jungfrau und eine beinlose Puppe, ich frage mich, wer von den beiden betete, der Gatte der Senhora zu seinem blonden Mädchen, dessen Dekolleté mit der Zeit, die Novizin betete mit geschlossenen Augen, während Schwester Circuncisão sie küsste, dessen Dekolleté mit der Zeit immer größer wurde, es gibt Leute, die nicht aufhören zu wachsen

– Morgen isst du mit mir zu Mittag

nicht in einem Restaurant, in einer Pousada zwischen den Dünen, ringsherum die Verzweiflung der Möwen, hin und wieder würde der Wind eine von ihnen gegen die Felsen schleudern und wie im Bus ein kleiner Blutstropfen, ein Flügel, der Gatte der Senhora und das blonde Mädchen in einem Zimmer, das zum Meer hinausgeht, hoffentlich findet Lucinda sie und hilft ihm

– Wo ist mein Kleiner?

zu einer Puppe beten oder zu einer Heiligen beten, wo ist da der Unterschied, beide sind reglos, beide, obwohl stumm, zu Wundern imstande, außer dem Gutsbesitzer hatte die mulattische Lehrerin niemanden, wir sahen sie, wie sie abends Funje aß, nicht vom Teller, sondern aus dem Topf, mit einem langen Löffel, und um sie herum ein halbes Dutzend mickriger Hühner, links von der Pousada oder manchmal rechts und dann wieder links, denn die Erde bewegt sich bekanntermaßen mehr als das Wasser, muht ein Leuchtturm, das blonde Mädchen sitzt auf dem Bett, und der Gatte der Senhora zögert, sich auszuziehen, flüstert ein kaum wahrnehmbares

– Ich habe Angst

würde ich der mulattischen Lehrerin in Cascais begegnen, würde ich sie sogar nach so vielen Jahren gleich wiedererkennen, daran glaube ich ganz fest, beim Gutsbesitzer hingegen erinnere ich mich nur an seinen Bauch, der Gatte der Senhora denkt an Lucinda, die ins Dorf zurückgekehrt war und einen Cousin geheiratet hatte, während sie mit Schwester Circuncisão in der Kapelle war, hörte die Novizin nicht auf, mit geschlossenen Augen zu beten, und die Senhora fragte sich, was wohl jetzt, in solchen Momenten, in Gottes Kopf vorgehen mochte, ich hoffe, dass der Obdachlose nicht beschließt, am Guincho spazieren zu gehen, der Wind ihn nicht eines Tages gegen ein Riff schleudert, wenn er von einem Sandwirbel zum anderen geht, sich mit den Jackenaufschlägen bedeckt und die Straße aus den Augen verliert, der Vater der Senhora zur Senhora, indem er mit der Lippe auf den Gatten der Senhora weist

– Der da spielt schlechter als du

und der Gatte der Senhora

– Sag dass du meine Hündin bist sag es

wagte nicht zu protestieren, die Senhora zu mir, indem sie am Ehering drehte

– Er hat sein ganzes Leben lang meinen Vater gehasst

er hat meinen Vater gehasst und den Mund gehalten, solange mein Vater lebte, hat er den Mund gehalten, ich habe den Gärtner auf einer Leiter gesehen, wie er die Glyzinien mit einem Knäuel aus Bastfäden richtete, und die Zigarette erloschen in einem Mundwinkel, wenn er die Senhora erblickte, hielt er sie aus Respekt in der Hand, steckte sie anschließend wieder zwischen die Kiefer, schlug auf der Suche nach Streichhölzern auf die Taschen, der Gatte der Senhora am Bett in der

Pousada, wo das blonde Mädchen, steckte ich in der Haut der Besitzerin der Buchhandlung und hörte ich jeden Morgen die Turteltauben, hätte ich es bald satt, Zärtlichkeit ist in Ordnung, ich habe nichts dagegen, Übertreibungen und Tränen mag ich nicht, wo das blonde Mädchen ihn erwartet, der erste Druckknopf der Bluse offen, ihn in Versuchung führt, ein paar kleine Spitzen lugen hervor, ein Leberfleck, der ihm falsch vorkommt, der Gatte der Senhora in Gedanken

– Wozu Frauen nicht alles imstande sind

und Lucinda noch immer nicht da, das blonde Mädchen trägt ein Armband mit zwei Herzen, der Gatte der Senhora in der Hoffnung, Lucinda möge es nicht bemerken

– Sie hat Kinder

oder besser gesagt, sie hat Kinder, hat einen Mann und ist hier, die Hündin, was sind die Frauen denn anderes als Hündinnen, ist doch so, Celeste hängte die Kleider, die mir passten, auf den Bügel

– Ich würde mich trennen das schwöre ich diese Wiege halte ich nicht aus

und die Straßentauben fliegen eine nach der anderen auf das gegenüberliegende Dach, wenn man am wenigsten damit rechnet, so ist das, sie verschwinden ohne einen verständlichen Grund, wenn man die Menschen nicht versteht, was soll man dann hinsichtlich der Tiere sagen, Schwester Circuncisão zur Novizin

– Und eine Umarmung als Dank dafür dass ich dich zu Gott führe?

was sind denn Frauen anderes als Hündinnen, ist doch so, der Gatte der Senhora besessen von der Vorstellung, dass die Senhora besser Tennis spielte als er, der Gatte der Senhora in Gedanken

– Zeigt mir eine einzige die keine Hündin ist

hat Lust, das blonde Mädchen zu misshandeln, ihre Bluse

zu zerreißen, sie zu beschimpfen, irgendjemand wird mir den Grund für diese Launenhaftigkeit der Tauben schon erklären können, der Behinderte grüßte mich immer mit

– Mädchen

hob die Krücke, nicht den Hut an, eine Krücke, und wo wir gerade dabei sind, vielleicht kann mir auch einer erklären, wie Behinderte sind, wir haben gewiss Bücher darüber im Keller, wenn ich morgen daran denke, suche ich danach, der Gatte der Senhora fasst den Beschluss

– Ich gehe

doch die Spitzen führen ihn in Versuchung, die schwarzen, fast zu breiten Augenbrauen führen ihn in Versuchung, die Tatsache, dass die Augenbrauen genau an der Grenze zum Breiten liegen, hoffentlich ist dir das bewusst, und du behältst sie so, führt ihn in Versuchung, er knöpft sein Jackett auf, noch ein oder zwei Minuten, und die Tauben kommen zurück, das ist unausweichlich, Welle hinter Welle, das Muhen des Leuchtturms beharrlich, der Wind schiebt die Dünen in Richtung Gebirge, das man übrigens nicht sieht, man sieht eine Baracke und eine riesige tanzende Agave, in der Provinz schneidet man, wenn die Sohle ein Loch bekommt, ein Stückchen Agave ab, inzwischen hat Lucinda zum Glück schon die Pousada betreten, und man repariert damit die Sohle von innen, die Armen mögen dumm sein, aber diese Dinge wissen sie, der Gatte der Senhora zieht sein Jackett aus, falls die Senhora mit einem anderen Mann zusammen ist, bringe ich beide um, hinterher sehe ich weiter, der Gatte der Senhora fürchtet, dass der Vater der Senhora

– Wenn ich genug von Ihnen habe vernichte ich Sie

seine Gedanken lesen würde, bittet um Verzeihung

– Ein unglücklicher kleiner Scherz ich töte nicht wir sind doch zivilisiert

sucht nach einem Haken, um das Jackett aufzuhängen, löst die Krawatte, Augenbrauen an der Grenze zum Breiten sind äußerst selten, in der Tasche des Jacketts, auf Französisch veste, auf Englisch, ich erinnere mich nicht daran, auf Englisch coat, oder aber ich irre mich, und coat ist Mantel, egal, jetzt ist nicht der Zeitpunkt, mich mit Grammatik zu beschäftigten, ich habe das Gymnasium vor mehr als einem Jahrhundert abgeschlossen, der Gatte der Senhora laut

– Coat?

nur um sich zu versichern, wie es klang, und es klang so lala, das blonde Mädchen zieht die schwarzen Augenbrauen zusammen, die schwarzen Augenbrauen

– Wie bitte?

und ein Zahn oben ein bisschen über einem anderen, wie hübsch, breite Augenbrauen und ein ein bisschen über dem anderen stehender Zahn, nur ein bisschen, ich begreife gerade, was sie so verführerisch macht, wenn sie spricht, der kleine Zahn, nicht der Schneidezahn, im Anschluss an die Schneidezähne, der kleine Zahn neben den Schneidezähnen, nicht über einem Schneidezahn, nur die Ecke darauf abstützend, irgendwie hilflos, bevor er wieder an seinen Platz zurückkehrt, ich werde es kaum mitbekommen, er wird an seinen Platz zurückkehren, sieht so aus, als würde er an seinen Platz zurückkehren, dennoch, falls es Ihnen nichts ausmacht und keine Mühe macht, coat, coat, lassen Sie ihn fünf Minuten am Nachbarn lehnen, jetzt ist coat, sehen Sie, an mir kleben geblieben, lässt mich nicht los, hoffentlich bleiben Sie an mir kleben und lassen mich nicht los, manchmal sind es Worte, manchmal Sätze, vor ein paar Monaten war es von morgens bis abends eine Waschmittelreklame, die mein Hirn gemartert hat, anstatt

– Guten Tag

entfuhr mir die Werbung, anstatt

– Angenehm

entfuhr mir die Werbung, anstatt

– Mein tiefempfundenes Beileid

entfuhr mir die Werbung, lachen Sie nicht, ich meine das ernst, die Werbung übermächtig, dieser Schenkel übermächtig, diese schwarzen Strapse übermächtig, der Gatte der Senhora zieht die Schuhe aus, zieht an den Socken, katapultiert sie in die Luft

– Mein Aufschlag ist härter als der meiner Frau garantiert

schlägt die Socken mit der Hand, verfehlt eine, schlägt die, die er verfehlt hatte, noch einmal, und der Vater der Senhora, so sehr er sich auch reckte

– Coat

so was Dummes, konnte nicht retournieren, ich bin besser als Ihre Tochter, Sie Blödmann, ich bin besser als Sie, lassen Sie sich das eine Lehre sein, der Gatte der Senhora windet sich aus dem Hemd, lässt zum Vater der Senhora die Muskeln spielen

– Haben Sie gehört?

der Gatte der Senhora in Unterhose zum Vater der Senhora

– Mehr Energie als Sie

zieht die Unterhose aus, stolpert über sie, lehnt sich an die Wand, denn dazu sind sie schließlich da, nicht nur für die Bilder, der Gatte der Senhora geht nackt auf das blonde Mädchen zu

– Coat

kreiselt dabei wie ein Tänzer, den Lucinda anfeuert, denn Lucinda ist bei ihm, rät dem blonden Mädchen

– Behalte die Strapse an

und so kommt es, dass das Haar des blonden Mädchens in dem Augenblick gepackt wird, als der Leuchtturm verstummt.

SIEBTES KAPITEL

Jetzt, wo der Typ vom Verlag, der einen Anzug trug, der nicht recht zum Hemd passte, und Schuhe, die zu überhaupt nichts passten, mich zum Abendessen eingeladen hat, nachdem er uns mehr Bücher aufgedrängt hat, als wir brauchen, wäre schön, wenn wir ein klitzekleines bisschen von dem verkauften, was wir hier so alles haben, was soll ich jetzt machen? Seit Ewigkeiten esse ich abends nicht mehr auswärts, der Gatte der Senhora, indem er den Löffel ablegte

– Frag mich nicht

wo die Senhora ihn nie was auch immer gefragt hatte, seit Ewigkeiten esse ich abends nicht mehr auswärts, einmal abgesehen von den paar Mal, die ich im Shoppingcenter irgendwas Schnelles im Stehen mit meinem Sohn gegessen habe, ein Sandwich, ein Stück Kuchen, einen Saft für uns beide, will heißen fast alles für ihn, ich wische ihm den Mund mit der Papierserviette ab

– Halt still

und er beklagt sich immer, dass ich ihm wehtue, sollte ich all die Male aufzählen, die mein Sohn mich genervt hat, würde ich einen ganzen Nachmittag brauchen, das mit den Kindern ist ganz reizend, allerdings nur für jemand, der nicht ihre Mutter ist, ein Sandwich, ein Stück Kuchen, ein Saft für uns beide, dann geht es, will ich Schaufenster ansehen, ist er müde, sind die Schnürsenkel auf und der Hemdzipfel schaut heraus, Celeste, der Gatte der Senhora zur Senhora, während ihre Teller ausgewechselt wurden

– Warum siehst du mich so an?

die Senhora zu mir

– Als hätte ich ein Interesse daran gehabt ihn anzusehen

dabei fliegen die Seeschwalben über die Beete, warum nennt man sie Schwalben, wenn sie nicht so aussehen, der Grund dafür ist mir unerfindlich, Celeste ist neidisch, nicht zu fassen, legt den Schleier eines mütterlichen Blickes über dieses quirlige Geschöpf, hinzu kommen noch die Fahrten im Bus zurück nach Hause mit meinem Sohn auf dem Arm, dabei ist allgemein bekannt, dass nichts in unserer Galaxie so viel wiegt wie ein schlafender kleiner Junge, ich bat den Fahrer, der mit den Fingern auf das Lenkrad trommelte

– Einen Augenblick einen Augenblick

ließ die reglose Materie los, bis die Beine des Bündels stolpernd zu strampeln begannen, dazu noch im Dunkeln über die Straße gehen, ausgerechnet in einer Kurve, die die Scheinwerfer auslöscht, man sollte dort einen Fußgängerüberweg anlegen, außerdem noch Hunde, die mich aus dem Hinterhalt der Büsche anbellen, außerdem trete ich noch auf etwas Glitschiges, das mich aus dem Gleichgewicht bringt, außerdem noch das Problem, die Schlüssel in der Handtasche zu finden und dazu noch das unsichtbare Schlüsselloch zu treffen, außerdem noch die Haustür aufzuschieben, die auf halbem Wege klemmt, der Gatte der Senhora, mit vollem Mund

– Willst du mich ärgern ist es das?

außerdem noch den Knopf vom Licht drücken, das zitternd angeht, und die Eingangshalle wird zu einem Aquarium, in dem Postkästen und ein Blumentopf mit einer toten Pflanze schwimmen, außerdem noch die Qual der Stockwerke zu Fuß, der Gatte der Senhora schleuderte die Serviette weg und ging, die Senhora zum Angestellten mit der weißen Jacke

– Ich glaube ich nehme noch einmal etwas von der Süßspeise Marçal

drei Stockwerke, die ich das greinende, protestierende Bündel hinaufziehe, außerdem muss ich es noch ausziehen, außerdem noch zwingen, Pipi zu machen, und ich nach innen

– Vergiss nicht den Wasserhahn aufzudrehen vergiss nicht den Wasserhahn aufzudrehen

in der Hoffnung, damit seine Blase anzuregen, noch mehr Klagen, der Pyjama ist zu kalt, die Betttücher eisig, außerdem noch die Lampe ausschalten, deren Schalter mich hinterhältig mit grausamen Funken zu ermorden versucht, außerdem noch, während ich mich auf dem Flur in Sicherheit wäge, ein gequälter Schrei

– Gibst du mir kein Küsschen?

und so beuge ich mich zu einer undeutlichen Erhebung hinunter, richte mich unter dem Protest von Zahnrädern in der Wirbelsäule wieder auf, und die Senhora hört mir mitleidig zu, beuge mich wieder hinunter, denn

– Der war sehr schnell gib mir noch einen

was mache ich also, wo mich der Typ vom Verlag mit dem falschen Anzug oder dem falschen Hemd oder allem, was nicht zusammenpasste, die Senhora zu mir

– Bei meinem Mann passte alles zusammen so etwas Langweiliges

ich glaube, bei dem nichts zusammenpasste, geschweige denn die Schuhe, zum Abendessen eingeladen hat, was mache ich bloß, ich habe nichts Anständiges anzuziehen, ich habe keine Zeit, mir das Haar zu waschen, ich weiß nicht, wo ich meinen Sohn lassen soll, hinzu kommt noch, dass er am nächsten Tag Schule hat, und dann die zärtlichen Fußtritte, und dann das Drücken an meinem Arm, und dann der Vorschlag nicht einer Pousada, natürlich nicht, Pousadas sind sündhaft teuer, eine dieser kleinen Pensionen im Hinterland von Cascais oder einem Dorf im Umkreis, ohne Genehmigung gebaute Gebäude wie meines, in der Dunkelheit versunken, ungeteerte Straßen, herumliegende Baugerüste und Backsteine, die Senhora zu mir

– Nie hat mir eine Süßspeise besser geschmeckt

das im Alter von sechzehn oder siebzehn Jahren, damals, als sie zum ersten Mal schwanger wurde, die Senhora, die bei der Erinnerung an ihren Mann die Stirn in Falten zog

– Ist Ihnen schon einmal aufgefallen wie dumm die Männer sind?

und der vom Verlag betrachtete aus dem Wagen heraus eine Fassade mit einem unleserlichen Schild über der Tür

– Das wird eine Pension sein

maß sich mit ellenlangem Hals im Rückspiegel, richtete die Krawatte, setzte sich auf der Schwelle mit einem alten Mann im Unterhemd ins Einvernehmen, der, die Hand über den Augen, näher kam, um zu sehen, wer ich war, Celeste blieb mit dem Kapverdier in meiner Wohnung, um auf den Kleinen aufzupassen, in der Hoffnung, dass dieser nach einer Nacht Vaterschaft von der Wiege genug hätte, der Vater der Senhora zum Gatten der Senhora, nicht laut, sanft, wenn der Vater der Senhora fast freundschaftlich wurde, versetzte er die anderen in Angst und Schrecken

– Meine Tochter nicht zu respektieren ist dasselbe wie mich nicht zu respektieren verstehen Sie?

und an diesem Abend, beim Abendessen, überschlug sich der Gatte der Senhora in Aufmerksamkeiten, wartete darauf, dass die Senhora sich setzte, um ihren Stuhl heranzuschieben

– Verzeihung

und kein

– Sag dass du meine Hure bist sag es

achtete auf die Höhe des Wasserstandes in ihrem Glas und auf die Gräten des Rotbarsches

– Ich habe zwei gefunden pass auf

der Alte im Unterhemd wies mit dem Zahnstocher im Mund auf mich

– Die kenne ich nicht oder?

eines dieser Dörfer im Umkreis von Cascais, ohne Genehmigung gebaute Gebäude, ungeteerte Straßen, herumliegende Baugerüste und Backsteine, Rumänen, Neger und alle Hunde der Welt dort im Unkraut auf der Suche nach Essensresten, der Wunsch, um Hilfe zu rufen, der Wunsch zu gehen, der Typ vom Verlag soll mit meiner Kollegin ausgehen, sie würde einwilligen, die Senhora zu mir

– Lucinda ist nie wieder im Schlafzimmer aufgetaucht und ich habe aufgehört eine Hündin zu sein bevor ich mit dem ganzen Rest aufgehört habe

und deshalb sagte ich, als der Typ vom Verlag die Tür aufmachte, um aus dem Wagen zu steigen

– Bringen Sie mich schnell nach Haus

mitten in der Dunkelheit, denn die einzige Birne der Lampe war mit Steinwürfen zerbrochen worden, ein Mofa mit zwei Negern, der hintere trank Wein aus einer Flasche, blieb stehen, verschluckte sich, hustete, dicht am Typ vom Verlag

– Teilst du die Tussi?

und ich hatte Mitleid mit der Lunge von dem mit dem Mofa, und ich tat mir selber leid, ein Kerl, möglicherweise der Obdachlose, ging vorbei, ohne sich um mich zu kümmern, und verschwand in einer dieser Bretterbuden, in denen die Arbeiter im Winter zu Mittag essen, uns zugewandt wie die Apostel vom letzten Abendmahl, das sich ältere Leute als Relief aus Zinn an die Wand hängen, ich werde der Besitzerin der Buchhandlung erzählen, dass auf unserer Stufe ein Evangelist schläft, das Himmelreich ist gleich einem Senfkorn, das ein Mann genommen und auf seinem Acker ausgesät hat, der vordere Neger zu dem hinteren

– Bietest du der Madame nicht einen Fingerbreit Wein an?

Neger, die mein Vater hätte töten sollen, bevor wir den Staudamm verlassen und uns nach Lissabon eingeschifft haben, ich frage mich, ob die mulattische Lehrerin noch immer lehrt oder einen Fingerbreit mit ihnen zusammen trinkt, sonntags ging sie immer barfuß spazieren, wobei ihre Füße den Boden nicht berührten, und die Hügel ihrer Brüste waren der Horizont der Erde, so viel hohes Gras um sie herum, Madame, wir sind beide Mesdames, so viele Windwirbel in der kühlen Jahreszeit, meine Mutter zu meinem Vater

– Du bescherst mir doch nicht etwa einen Mischlingsstiefsohn?

und möglicherweise habe ich ja einen Bruder in Angola, wer weiß, der an meiner Stelle aufs Wasser schaut, in den Dörfern rund um Cascais ist die Nacht, in der in den Bodensenken Grillen zirpen, dichter, das Meer, das der Alte im Unterhemd, glaube ich, nie gesehen hat, zu weit entfernt, Mauern aus losen Steinen, Elend, dies ist mein glückliches vielgeliebtes Vaterland, Benzincampingkocher, ein rülpsender Abfluss, würde meine Mutter auf der Rückbank sitzen

– Hat Vater Ihnen in Angola wirklich einen Stiefsohn beschert?

und ihr Gesicht würde wachsen, wenn irgendetwas sie ärgerte, wuchs ihr Gesicht, ich bin nicht aus dem Wagen gestiegen, habe nach vorn geschaut, während die Neger warteten, die Senhora gab dem Hündchen einen Keks

– Achtunddreißig Jahre lang ein Ehemann überlegen Sie mal

bis das Haus ganz ihr gehörte und die Banken, die Unternehmen, die Fabriken, das Zementwerk, der Typ vom Verlag nahm einen, zwei, drei Fingerbreit Wein an, hielt den Flaschenhals zum Wagen hin

– Möchten Sie etwas?

ich, während die Neger warteten

– Bringen Sie mich schnell nach Haus

und schaute wieder nach vorn, das Zementwerk, die Fabriken, die Geschäfte im Ausland, das Erdöl, der Alte im Unterhemd zum Typ vom Verlag

– Die ist unerschrocken

dabei konnte ich seine Gesichtszüge nicht sehen, nur den Zahnstocher und eine Narbe auf dem, was wohl eine Wange war, ich erkannte die Gesichtszüge nicht, aber ich sah das Kruzifix an der Goldkette um den Hals, das Hündchen der Senhora probierte den Keks mit den Kanten der Zähne wie alte Menschen, der Typ vom Verlag akzeptierte vier Fingerbreit, fünf, mir war so, als würde ich den Duft der Kiefern und den Duft der Macchie gleich hinter den Gebäuden spüren, keine Möwe, kein Leuchtturmtönen, wenn sie mir begegnete, lächelte die mulattische Lehrerin, das Polster des Wagens begann mich an den Rippen zu stören, im Restaurant, in dem wir zu Abend gegessen hatten, wischte eine dicke Köchin mit einer durchsichtigen Plastikhaube Ruß von der Schürze, nachdem sie am Herd hantiert hatte, meine Hände zwei verschreckte Vögel, die den Verschluss der Handtasche folterten, jeder Vogel flehte

– Bringen Sie mich schnell nach Haus bringen Sie mich schnell nach Haus

jeder Vogel befahl

– Bringen Sie mich schnell nach Haus

die Wolken befanden sich im Staudamm, nicht am Himmel, schaute man in den Himmel, war der Himmel klar, es musste einen zweiten unter Wasser geben, die Tochter oder die Nichte der Köchin reichte uns die Schüssel, drei oder vier Tische leer, mit Papiertischtüchern und in die Gläser gesteckten Servietten, während ich dachte

– Das soll also das Restaurant sein?

oder, besser gesagt, eine Fußballmannschaft an der Wand, ein Kalender und eine fünfeckige Uhr, mein Sohn zu Celeste

– Ich geh nicht ins Bett ich will meine Mutter

fest an den Stuhl geklebt, das Restaurant ein mit Badezimmerkacheln ausgekleideter Raum, die Speisekarte mit Bleistift geschrieben, ein an der Schaufensterscheibe befestigtes Stück Pappe, und ein Wesen schlummerte in einer Ecke, zog unter Traumerschauern die Schultern hoch, Sehnsucht nach Sandwich und Kuchen anstelle eines Fisches, der mich zwischen zwei Kartoffeln anflehte, ihn in Ruhe auf seinem Betttuch aus grünen Bohnen sterben zu lassen, mein Sohn zum Kapverdier

– Ich mag dich nicht

wich aus, als dieser versuchte, ihm die Nase zu putzen

– Lass mich in Ruhe

so wie ich auch Lust hatte zu schreien

– Lasst mich in Ruhe

der Alte im Unterhemd mit einer neuen Flasche, und die Neger, die sich mit diesem ihnen eigenen rauen Lachen unterhielten, das so anders ist als unseres, grundlose Begeisterungen, während der Typ vom Verlag sechs Fingerbreit, sieben Fingerbreit, und der Hemdkragen offen und die Krawatte aufgebunden, er lachte über mich, als er mit ihnen lachte, drängte mir keine Bücher auf, stellte mir keine Fragen, war nicht an meinem Leben interessiert wie in der Buchhandlung, im Café, im Wagen vor dem Abendessen, sympathisch, eifrig, aufmerksam, wie er mich leicht liebkoste und, obwohl er fuhr, um mich herumflatterte wie die Schmetterlinge der Senhora um die Narzissen, ich wusste nicht, dass es in den Dörfern hinter Cascais solche Nächte gab, undurchsichtig, langsam, tiefschwarz, ich wusste nicht, dass die Stille so voller Wispern und ferner Motoren war, und der Obdachlose, den ich an der Seite der Pension zu sehen glaubte, rief mich ohne Stimme, ich antwortete ihm nicht, weil er mich nicht hörte oder vorgab, mich nicht zu hören, er war in Begleitung des Ingenieurs von den Parfüms, der mir sein Sparbuch zeigte

– Möchten Sie meine kleinen Ersparnisse sehen mein Geld nachzählen?

während die mulattische Lehrerin mit dem Diktat begann, Celeste zu meinem Sohn

– Magst du mich auch nicht?

verfluchte mich, verfluchte ihn, plante Guillotinen

– Und wenn wir ihn umbringen?

fragte den Kapverdier

– Willst du dich nicht doch von der Wiege trennen willst du sie nicht morgen auf die Straße werfen?

nachdem wir sie mit einem Hammer zertrümmert haben, sie zerstampft, ihre Verzierungen und ihren Kitschkram abgerissen haben, das Hündchen nahm die Krümel mit der winzigen Zunge von der Handfläche, während ich dachte, wie gut, dass die Senhora sie mir nicht hinstrecken wird, um sich zu verabschieden, wie gut, dass das Hündchen mich nicht durch ihre Hand ablecken wird, wie eklig, der Vater der Senora zum Gatten der Senhora

– Es hat gedauert aber Sie haben es gelernt

neben ihm das blonde Mädchen mit immer größeren Ringen und immer besseren Kleidern, ebenfalls verheiratet wie das blonde Mädchen des Gatten der Senhora, ein Armband mit Herzen, nur massiv, groß, der Gatte der Senhora schaute zu den Ohrringen der anderen

– Dafür hat er ein Heidengeld ausgegeben

schenkte der seinen weniger teure, weniger aus

– Sag dass du meine Hündin bist sag es

geschnittene Kleider, bescheidenere Ketten, lud sie zum Tennis ein, und die Senhora zu mir, ehrlich nachsichtig

– Die Männer sind so blöd

und wirklich so blöd, ausgenommen der Obdachlose, für den ich ebenso wenig existierte wie für den ersten, den ich kannte, und für den Vater meines Sohnes existierte ich ebenso wenig, ich weiß schon nicht mehr, wer sie sind, ich denke nicht an sie, ich erinnere mich nicht an sie, ich habe keine Lust, sie zu treffen, so wie ich auch keine Lust habe, dem Typ vom Verlag nach jener Nacht zu begegnen, ein zweiter kommt jetzt, schüchtern, jung, mit dem ich keinen Kaffee trinke, ich beschränke mich darauf, ihm zuzuhören und

– Ja

oder

– Nein

oder

– Kann sein

und das war's, nicht an den Tresen gelehnt, an die Regale gelehnt, meine Kollegin zum zweiten

– Derjenige der vor Ihnen zu uns kam?

und der zweite, mit bescheidenem Blick, der nicht wagte ihr ins Gesicht zu sehen

– Er hat darum gebeten die Kunden zu wechseln

im Anzug, der nicht zum Hemd passt, und Schuhen, die zu gar nichts passen, wenn ich es mir recht überlege, wer von uns beiden ist der Clown, Sie oder ich, ich akzeptiere die Nutte, die Hündin, die Schlampe und biete Ihnen dafür, hier, nehmen Sie es gratis, das Verlangen, als der zweite wegging, die Besitzerin der Buchhandlung zu mir

– Fühlst du dich nicht gut?

starrte mich an und knickte eine Falte zwischen Zeigefinger und Daumen, die Besitzerin der Buchhandlung

– Fühlst du dich nicht gut?

und ich, während ich die gerade ausgerichteten Buchrücken ausrichtete, ich habe mich nie besser gefühlt, warum zum Teufel sollte ich mich nicht gut fühlen, die Besitzerin der Buchhandlung, die das Geld in der Kasse prüfte

– Celeste hat mir gesagt dass du vor ein oder zwei Wochen nicht zu Hause geschlafen hast

starrte mich weiter an, demnächst werde ich bei ihrem Häuschen vorbeischauen und den Turteltauben zuhören, es gibt Augenblicke, in denen Porzellantränen mehr trösten als echte Tränen, man überträgt ihnen unser Weinen, unsere Augen bleiben trocken, und wir plaudern über dieses und jenes, die Besitzerin der Buchhandlung

— Sie hat gesagt du hast mit dem zu Abend gegessen der hier vorher immer kam und seist morgens mit zerrissener Bluse erschienen und hast auf die Frage was passiert ist nicht geantwortet

dabei tauschte sie mit meiner Kollegin diskrete Seitenblicke und kleine Gesten aus, die beiden überzeugt, dass ich es nicht mitbekam, die Idiotinnen, während ich damit beschäftigt war, die Neuerscheinungen im Schaufenster auszuwechseln, mal in der Hocke, mal auf Knien zur Straße gewandt, auf der der Obdachlose nicht war, ich musste es einfach mitbekommen, man braucht keine Augen im Nacken, um zu begreifen, was sich abspielt, hoffentlich lebt die mulattische Lehrerin, die mich immer gut behandelt hat, glücklich, dort wo sie lebt, die Besitzerin der Buchhandlung, ich kenne ihre Tricks in- und auswendig

— Möchtest du nicht bei mir deinem Herzen Luft machen?

und ich, in mir, mach du lieber deinem Herzen Luft, denn dein Freund kommt nicht, die Besitzerin der Buchhandlung flüstert am Telefon, schützt die Sprechmuschel mit der Hand

— Aber warum?

die Besitzerin der Buchhandlung lauter

— Erklär mir wenigstens warum

merkte, dass sie lauter geworden war, also beugte sie sich, den Kopf auf der Brust, über den Apparat, wegen ihrer Bewegungen hatte ich fast das Bedürfnis, in der Vorstellung, die Tiere könnten an ihrer Stelle verzweifeln, eine der Turteltauben zu holen, wozu sind Tiere denn auch gut, eingeschlossen Vögel, wenn sie uns nicht helfen, wir geben Geld für ihr Futter, den Veterinär, irgendwelchen Quatsch etc. aus, worin dieses etc. besteht, weiß ich allerdings nicht, selbstverständlich müssen sie einen Beitrag leisten, wenn wir etwas brauchen, im Falle der Turteltauben würde ich sie nicht um viel bitten, Kummer ist ihr Beruf, ob sie hier oder auf der Traufe des Häuschens klagen, welchen Unterschied macht das für sie schon, die Besitzerin der Buchhandlung mit einer Art Schluchzer, wozu Samthandschuhe, wenn sie sie bei uns auch nicht anwendet

– Du bist morgens mit zerrissener Bluse erschienen

beispielsweise ist etwas, worüber man nicht redet, auch wenn ich so erschienen bin, mein Gott, solche Kleinigkeiten übergeht man, also, nicht ich habe die Regeln erfunden, ich lasse das mit der Scham, die Besitzerin der Buchhandlung nicht mit einer Art Schluchzer, sondern mit einem Schluchzer und darin ein ganzer Satz, das mag schwierig erscheinen, aber dennoch passte er hinein

– Entschuldige aber ich habe ein Recht zu verlangen dass du mir erklärst warum

die Besitzerin der Buchhandlung mit einem Beinaheschrei, mit einem Schrei

– Wage ja nicht den Scheißhörer aufzulegen hörst du wage ja nicht den Scheißhörer aufzulegen

nicht blass, rot, der Hals noch röter als das, die Senhora, indem sie ihre Hand auf dem Rücken des Hündchens abtrocknete

– Wo waren wir stehengeblieben?

der Hals der Besitzerin der Buchhandlung noch

– Wage ja nicht hast du gehört wage ja nicht den Scheißhörer aufzulegen

noch röter als das Gesicht, sie bereute das Wort, bereute das Wort nicht, sie, die, wenn sie mit ihm im Keller war, den Freund mit einem

– Du schnuckeliger Kerl

wispernd in den Himmel hob, während ein in eine Kiste gekippter Stapel Alben, von denen ich den größten Teil zur Senhora brachte

– Ist egal ob sie abgenutzt sind sie liest bestimmt keine einzige Zeile

mit Getöse umfiel, die Besitzerin der Buchhandlung, der Neger ritzte, auf dem Auto sitzend, den Lack mit einem Taschenmesser an, der Typ vom Verlag, die Flasche erhoben

– Hör damit auf

die Besitzerin der Buchhandlung schleuderte das Telefon auf den Boden, darin Dutzende von Schrauben und Platinen und verschiedener Kram, all das, was notwendig ist, um eine winzige, deutliche Stimme in unserem Ohr zu bilden, als ich klein war, dachte ich, es wäre ein Wunder, aber das ist kein Wunder, Gegenstände aus Bakelit und Metall, die Besitzerin der Buchhandlung bewunderte sie wütend

– Hornochse

überzeugt, dass der Freund ebenfalls aus Bakelit und Metall, nicht aus Fleisch und Verzweiflung bestand wie sie, von Hunderten Turteltauben beschützt, die sie klagend verbargen, anstelle einer Traufe Dutzende Traufen und auf den Dutzenden Traufen schmerzerfüllte Äuglein, Kröpfe, Schnäbel, der Kapverdianer zu meinem Sohn

– Du bist doch müde oder?

mein Sohn mit rundem Auge

– Nein

störrisch wie sein Vater, nicht wie ich, die ich nie störrisch war, ich gehorche, wenn man mir etwas sagt, protestiere nicht, bin dumm, von mir hat er diesen Fleck am Hals, für den ich mich schäme, groß, braun, seiner ist zum Glück kleiner, ich hoffe, er wächst im Alter nicht, der Arme, der Vater der Senhora fuhr mit den Fingern durch das Haar der Senhora, bereute es sofort, etwas in ihm, ich weiß nicht, wie ich es beschreiben soll, gerührt oder verletzlich oder so, einen Augenblick später

– Wärest du wenigstens ein Mann und kein Clown

und die Senhora schweigend, verzeihen Sie mir, dass ich

kein Mann bin, verzeihen Sie mir, dass ich ein Clown bin, außerstande ihn zu mögen, und trotzdem

– Wie kann man das verstehen?

mochte ihn die Senhora, ich erinnere mich nicht an den Namen der mulattischen Lehrerin, der Name einer Weißen wie meiner, ihr Vater weiß, da bin ich mir sicher, denn wäre die Mutter weiß, läge die Leiche des Vaters, obwohl ich nicht besonders intelligent bin, glaube ich zu verstehen, was mögen ist, bäuchlings im hohen Gras, gut sichtbar, schau, was deinem Genossen, deinem Gevatter, deinem Cousin passiert ist, der Typ vom Verlag schwankte, das Gleichgewicht in sich verloren, zum Neger, der seinen Lack ritzte

– Lass das Auto in Ruhe

ein Dorf, wer weiß wo verloren, vor dem Rand des Gebirges, denn der Himmel ist rechts dunkler und verstreute Lichter, Hahnenkonstellationen krähen, krähen, der Neger zum Typ vom Verlag

– Gleich werde ich ritzen

der Alte im Unterhemd machte am Eingang vom Haus ein Licht an, wenn man einen nicht angestrichenen Keller ohne Möbel ein Haus nennen kann, mit einem einzigen kleinen Fenster an der hinteren Wand, hinter dem Dunkelheit, der Alte im Unterhemd zum Typ vom Verlag

– Die Pension ist im ersten Stock aber wer braucht die schon?

vier oder fünf Kabuffs, in denen Lastwagenfahrer mit den Frauen von der Straße, die Senhora zu mir, während sie mit dem Ring über das Hündchen strich

– Woher kannte der Typ vom Verlag diese Klitsche?

und daher ist der Typ vom Verlag zu anderen Gelegenheiten an diesem Ort gewesen, mit anderen Leuten, ich werde nie wieder einem Mann etwas glauben, und dazu zählt, damit das klar ist, auch der Obdachlose, wenn ich daran denke, dass ich mein Mittagessen mit ihm geteilt habe, Celeste rüttelte am Kapverdier, während mein Sohn sie schlau beobachtete

– Schämst du dich nicht einzuschlafen und mich mit diesem Monster allein zu lassen

sonnabends beim Tennis, die Senhora neben dem blonden Mädchen des Gatten der Senhora, beide mit Sonnenbrille, beide mit breitkrempigem Hut, der Gatte des blonden Mädchens hat eine Anstellung bei der Bank, in einer Filiale in der Provinz, war dem, der Kapverdier, der etwas brauchte, bis er erkannte, wo er war, sprang erschrocken auf

– Tut mir leid

Milchstraßen aus Maulwurfsgrillen, die Gewissheit, dass da Igel, Geckos, Eulen, der Gatte des blonden Mädchens war dem Gatten der Senhora dankbar, der Vater der Senhora

– Sie fangen an zu lernen

den die Hunde verfolgen, zwei von ihnen streiten sich um einen undeutlichen Kadaver, bedrohen sich knurrend, wir sind nicht in der Nähe von Cascais, wir sind am Ende der Welt, an dem es nur Ruinen, Müll, Büsche gibt, tagsüber keine Sonne, eine ewige Dämmerung, der Gatte des blonden Mädchens

– Vielen Dank Senhor Doutor wie kann ich das wiedergutmachen?

die Senhora dachte, die erste Rate hast du bereits bezahlt, keine Angst, den Rest wirst du in ein paar Monaten auch noch bezahlen, noch ein Herz am Armband, noch ein Gefallen von meinem Mann mit Hilfe von Lucinda, und bedanke dich bei ihm, wie es sich gehört, für die Nachmittage in der Pousada, der Gatte des blonden Mädchens wie zu einer Hochzeit angezogen, und du hast gut daran getan, dich so anzuziehen, deine Gattin hat geheiratet, schau, der Verlobungsring am Finger, die Wohnung größer, französische Mäntel im Schrank, deine Gattin entzieht sich

– Ich fühle mich nicht wohl

deine Gattin

– Ich habe Kopfschmerzen

deine Gattin

– Eine dumme Bewegung mit dem Schulterblatt tut mir leid

den Rücken zu dir, denn das Licht auf deiner Seite schmerzt in ihren Augen, und wenn du sie berührst

– Du kitzelst mich du kitzelst mich und ich kann nicht schlafen

du kitzelst sie, und sie kann nicht schlafen, du musst es hinnehmen, versuche, es hinzunehmen, nimm es hin, morgen, übermorgen, eher näher am Freitag, an Tagen herrscht kein Mangel

– Morgen oder eher näher am Freitag an Tagen herrscht kein Mangel

also gib dich zufrieden, dort, wo sie dich hingeschickt haben, eine Kantinenangestellte, eine Telefonistin, eine magere Reinigungskraft, die sich hat scheiden lassen, weil eine Cousine, die mehr hermachte als sie oder die mit niemandem zusammenlebte, weil der Vater

– Ich brauche dich zu Hause

und das Jagdgewehr im Schlafzimmer schlug Vorwitzige in die Flucht, der Kapverdier zu meinem Sohn, er dachte sich Strategien aus, die Wiege hörte auf, in ihm gegenwärtig zu sein, der Wunsch nach einem Kind, du hast gewonnen, Celeste, herzlichen Glückwunsch, löste sich in seiner Vorstellung auf

– Wir machen einen Wettkampf ich stecke dich ins Bett und wer zuerst einschläft bekommt einen Lolli

mein Sohn hielt sich die Ohren zu

– Nein

genau das, was ich am liebsten auch im Auto tun würde, mir die Ohren zuhalten, zuerst einschlafen, gewinnen, nicht ein Splitter dessen, was in diesem Augenblick geschieht, ist wahr, ich gehe über eine Straße an der Stelle, an der es einen Fußgängerüberweg geben müsste, denn die Scheinwerfer schnell, plötzlich eine Person, und der Fahrer hat keine Zeit mehr zu bremsen, ich suche in der Handtasche, wo Portemonnaie Kalender Tabletten Kaugummi Taschentücher, nach dem Schlüssel, und schon steige ich drei Stockwerke hinauf, die am Ende doch angenehm, leicht zu schaffen sind, ich liebe euch, komme superfrisch, pfeifend oben an, und die Wohnung, wer hätte das gedacht, großar, der Gatte der Senhora zum Gatten des blonden Mädchens

– Für gewöhnlich schlage ich jemandem der es verdient einen Gefallen nicht aus

großzügig, beinahe lächelnd, beinahe

– Sehen Sie zu dass Sie freundlich zu meinem Sohn sind

hielt sich aber zum Glück rechtzeitig zurück, denn wie der Vater der Senhora immer riet, sei vorsichtig mit Gerede, versprich nichts und verpflichte dich nicht, nichts Schriftliches, keine Spur, sag nichts, der Neger mit dem Taschenmesser zum Typ vom Verlag

– Du hast Glück denn ich finde dich sympathisch

und Umarmungen, Schulterklopfen, eine ganze Flasche zum Feiern, der Typ vom Verlag zu mir ohne Respekt, per du

– Los steig aus ich werde dich einem Freund vorstellen

oder besser, ich bin klein, Celeste und der Kapverdier quälen mich, ich allein vor ihnen, ich

– Lasst mich in Frieden

ich

– Ich will meine Mutter

die mir riet

– Benimm dich anständig

und wegging, mich verließ, der Angestellte mit der weißen Jacke öffnete die Tür, und die Senhora

– Unterbrechen Sie uns nicht

hatte das Hündchen, das blonde Mädchen, den Gatten des blonden Mädchens vergessen

– Unterbrechen Sie uns nicht

das riesige Zimmer, die Möbel, das Porzellan, die Teppiche, sogar Schwester Santos Inocentes, die Arme, grauenhaft, diese Ausdünstungen im Refektorium, die düsteren Messen, grauenhaft, die Novizin und Schwester Circuncisão, grauenhaft, diese Schwester Circuncisão

– Und gibt es nicht ein bisschen Zärtlichkeit für eine die dir den Weg der Tugend weist?

der Typ vom Verlag zog an mir, gab auf, zog wieder

– Mach schon ich will dich einem Kumpel vorstellen

einer der Hunde, der braune, nein, der graue, nein, der schwarze, einer der Hunde, braun oder grau oder schwarz, blieb stehen, reckte die spitze Schnauze vor und begann, die Augen blind, zu heulen, sogar, wenn sie dick sind, werden sie dünn, wenn sie heulen, nur der riesige Mund frisst uns auf, mein Sohn zum Kapverdier unerschütterlich

– Nein

manchmal ist er wie sein Vater, beispielsweise sonntags beim Mittagessen, haargenau, ich schaute genauer hin, und er war es nicht mehr, oder ich wollte es nicht, ich bin es, die ihn aushält, deshalb sollte er wenigstens, falls er Benimm hat, und ich versuche sehr wohl, ihn zu erziehen, etwas von mir haben, der Alte im Unterhemd zum Typ vom Verlag, der mich beim Schulterpolster packt

– Wollen Sie nicht?

die Besitzerin der Buchhandlung trocknet Tränen, keine Tränen der Sehnsucht oder Liebe, sondern der Verachtung, nachdem wir mit dem Handfeger und der Schaufel die Telefonteile in den Müll gekippt hatten

– Celeste hat erzählt dass du morgens kurz nachdem dein Kind eingeschlafen war völlig kaputt nach Hause gekommen bist

einer der Neger, nicht der mit dem Messer, sein Kumpel, mit Motorradhelm, wie sich die Afrikaner doch halb umbringen, um sich zu schmücken, Helme, Brillen, riesige Uhren, alles Glänzende, was sie finden können, sie werden nicht erwachsen, werden nicht vernünftig, mein Vater

– Solange sie gehorchen ist es mir egal

mein Vater

– Wären sie erwachsen würde ich mir Sorgen machen dann würden sie uns sofort rauswerfen

und merkwürdig, wie Ereignisse, die wir verloren glauben, wieder an die Oberfläche kommen, mein Vater zu meiner Mutter

– Sag dass du meine Nutte bist sag es

ich erfinde das, er schwieg, weder er noch sie hatten Geld, und daher schwiegen sie, das Bett geriet für ein paar Sekunden aus den Fugen, ohne Bitten, ohne Entschuldigungen, ohne Reden, wie die Hähne oder die Enten, und das war's, eine Pflicht, eine Verrichtung, hätte es Porzellan, Teppiche, Bilder, diesen Dekor der Reichen gegeben, doch leider gab es das nicht, ein oder zwei Stühle mehr als die mulattische Lehrerin, und so einfach wäre das, ein etwas größeres Bett, und das hätte gereicht, dem Neger mit dem Helm und dem Typ vom Verlag gelang es, mich, das Haar zerzaust, jammernd aus dem Auto zu ziehen

– Bitte bitte

in dem Augenblick, in dem das Heulen des Hundes verstummte, der Alte im Unterhemd

– Bringt sie her

zeigte dabei auf den ungestrichenen möbellosen Keller, mit einem einzigen kleinen Fenster, hinter dem nichts war, das Leben endet in den Dörfern rings um Cascais, es bleiben das Gebirge, das Meer, meine Beine, die der Neger mit dem Taschenmesser festhielt, mein Körper, der sich wand, nicht ich, mein Sohn

– Nein

ich kämpfte nur, mein Sohn protestierte
– Nein
ich gab keinen Mucks von mir, während die beiden Neger und der Alte im Unterhemd mich im Keller hinlegten, der Typ vom Verlag draußen
– Lasst ihr mich nicht rein?
seine Stimme gegen die Tür
– Lasst ihr mich nicht rein?
das Geräusch eines, der fällt, abermals fällt, irgendwie vorankommt
– Lasst mich rein
und es war nicht notwendig, dass sie meine Arme und Beine packten, ich glaube, ich habe ihnen geholfen, habe nicht geholfen, habe geholfen, damit sie mir den Pullover und den Rock nicht zerrissen, mich nicht zu sehr verletzten, mich nicht töteten
– Tötet mich nicht
so wie sie die Frauen in Afrika töteten, mit einem Messer, einer Machete, Stücken eines Krückstocks, ich hatte den Wunsch zu schlafen, ich schlief beinahe ein, ich schlief wirklich ein, so wie mein Sohn am Ende zwischen Celeste und dem Kapverdier einschlief, hörte beim Einschlafen das Wasser des Staudamms endlos brodeln, die Stimme des Alten im Unterhemd
– Das reicht jetzt
und ein Taschenmesser hörte auf, das Auto zu ritzen, als sie mich zum Wagen brachten, mich irgendwie hineinwarfen, dem Typ vom Verlag befahlen
– Verschwinde
und als wir nach Cascais zurückfuhren, langsam, mal auf dem einen, mal auf dem anderen Fahrstreifen, dämmerte in den Scheinwerfern, Baumstämmen, im Asphalt, in den Lichtmasten derweil die Gewissheit, dass etwas in mir zu sprießen begann.

ACHTES KAPITEL

Was wird mit dem Haus geschehen, wenn die Senhora stirbt, niemand in den Korridoren, den Salons, den Schlafzimmern, nur alte Echos von alten Schritten und alten Stimmen, die von Vergangenem reden, denn die Stille spricht über die Vergangenheit, der Garten verwildert, und die Kiefern und die Dünen zerbrechen Mauern und nehmen dies hier alles ein, was der Sand einmal verbergen wird, so wie er die Einsiedelei und die alten Forts verborgen hat, denn es gab am Guincho eine Einsiedelei und ein Fort, hin und wieder inmitten der Disteln die Ahnung einer versunkenen Glocke oder einer Steinkante, und nicht einmal ich werde mich daran erinnern, dass ich einst hier war, werde mich weder an die Senhora noch an das Hündchen erinnern, vielleicht an den Obdachlosen auf dem Weg zu den Duschen am Strand, wie er einen Zug nimmt, der nicht abfährt, ohne sich von uns zu verabschieden, und die Stufe leer bleibt, eine Zeitlang wird es mir wehtun, bis die Dünen ihn ebenfalls verbergen, was wird aus meinem Sohn geworden sein und aus dem, was in mir sprießt, die Besitzerin der Buchhandlung
– Ist dir übel?
erst zerstreut und dann aufmerksam, den Blick auf meinem Bauch und dann länger auf meinem Gesicht, auf meiner Brust, ich spürte, wie sie mich berührte, ohne mich zu berühren, einmal habe ich meinen Vater zum Uhrmacher begleitet, weil der Wecker nicht funktionierte, eine kleine Werkstatt voller winziger Werkzeuge, Schraubenzieher, Pinzetten, Hämmerchen, der Uhrmacher verschwand im Mechanismus, und so viele Zifferblätter dort, jedes verhieß uns eine andere Uhrzeit,

ganz zu schweigen von den herzschlagartigen Bewegungen der Schwungräder, ich kann aus diesem Grund keinen Vogel anfassen, anstatt zu singen, würden sie ganz bestimmt sagen

– Zehn nach vier zehn nach vier

und ich würde sie sofort loslassen, ohne zu wissen, ob sie hinunterfallen oder fliegen, die Senhora zu mir

– Ich hatte fünf Kinder und eines starb mit einem Jahr

hielt mit dem Ring über dem Hund mit jener Bewegung inne, die wir machen, wenn man uns eine unangenehme Frage stellt und wir, obwohl es uns unangenehm ist, mit nein antworten, die Senhora

– Mit weniger als einem Jahr mit zehn Monaten

und während ihre Augen mich suchten, ohne mich zu suchen, blieb die Stimme der Senhora unverändert anders, so wie mein Körper sich veränderte und ich nicht sagen konnte, was sich verändert hatte, ich fragte

– Wozu werde ich?

und fand keine Antwort, es war keine Krankheit, nicht das Alter, obwohl sechsunddreißig Jahre immerhin sechsunddreißig Jahre sind, ich wurde weder dicker noch dünner, und dennoch die Besitzerin der Buchhandlung

– Du sieht blasser aus

obwohl meine Farbe im Badezimmer dieselbe war, auch wenn die Lampen einen gelber machen, Schatten aushöhlen, unsere Züge vergrößern, und außerdem sind wir in den Spiegeln nicht genau wir selber, sind von den Wellen im Glas verformt, mehr Mängel, als wir gedacht hatten, dieses Knötchen am Augenlid, dieser Fleck am Kinn, die Senhora

– Was ich Gott nicht verzeihe ist weder seine Gleichgültigkeit noch seine Grausamkeit die besitzen wir alle sondern der schlechte Geschmack

und die Duftrosen klirrten leise an den Fenstern, zwei oder drei Arbeiter reparierten das Dach des Gewächshauses, das eine

Laune des Windes durcheinandergebracht hatte, sie balancierten auf der Eisenstruktur, einer von ihnen, der dem Alten im Unterhemd ähnlich sah und es möglicherweise war, steckte den Engländer in die Tasche, um sich zu schnäuzen, eine Katze sprang mit der Geschwindigkeit über den Zaun, mit der wir einen Namen aus dem Gedächtnis verlieren, wir glauben, uns an eine Silbe, von der Silbe ausgehend an den ganzen Namen zu erinnern, aber wir erinnern uns an überhaupt nichts, suchen die Katze auf der anderen Seite des Zaunes, und abgrundtiefer Schwindel, wenn ich die Namen der anderen nicht weiß, wie kann ich mich, die ich für sie eine andere bin, an den erinnern, der mir gehört, die Senhora

– Es war das blondeste von allen

die Senhora

– Wenn ich könnte würde ich mit Ihnen tauschen

die Betten im Schlafsaal der Schule hatten alle die gleiche Überdecke, die blonde Sekretärin des Gatten der Senhora

– Kann ich Ihnen irgendwie helfen?

und der Gatte der Senhora, mit schwarzer Krawatte

– Nein

unterzeichnete keine Papiere, regte sich nicht, während Lucinda ihm den Pyjama anzog

– Beug diesen Arm an mein Junge

der Gatte der Senhora beugte ihn gehorsam an, die Senhora und der Gatte der Senhora in der Nacht der Beerdigung des Kindes, sie starrten im Dunkeln an die Decke, ich hatte, in der Toilette der Buchhandlung eingeschlossen, einen Schwindelanfall, übergab mich, wenn ich sie brauchte, waren meine Eltern weit weg, nicht dass sie von großem Nutzen wären, das waren sie nicht, aber eine Gesellschaft, welche auch immer, beruhigt, außer der Tatsache, dass sie weit weg waren, die Gewissheit, dass er im Gemüsegarten und sie dabei war, die Wäsche auf die Leine zu hängen, den Wolken misstraute, wenn man auf dem Land groß wird, lernt man, dem Wetter keinen Glauben zu schenken, die Schulter des Gatten der Senhora streifte die Schulter der Senhora, doch sie entfernten sich nicht voneinander, nicht aus Liebe, natürlich nicht, denn, die blonde Sekretärin des Gatten der Senhora legte ihre Hand an den Rücken des Gatten der Senhora, der Gatte der Senhora schüttelte sich

– Lass mich los

und die blonde Sekretärin des Gatten der Senhora gekränkt, als ich ihn darum bat, die Senhora zu verlassen, hat er zu mir weder ja noch nein gesagt, halte durch Elisabete, denn Männer sind wie Fische, man erobert sie, indem man ganz allmählich an der Schnur zieht, holen wir diese zu schnell ein, lösen sie sich vom Angelhaken, und wir verlieren sie, die blonde Sekretärin des Gatten der Senhora

– Zappel ruhig weiter im Wasser herum du entkommst mir nicht mehr

will heißen, die blonde Sekretärin des Gatten der Senhora zum Gatten der Senhora

– Ich wollte dich nicht ärgern verzeih mir

der Gatte der Senhora, seine Schulter an die Schulter der Senhora gelehnt, sah die Flammenbäume in den Spalten des Rollladens, dazu noch, was vom Himmel übrig war, keine Blütentrauben, nur Blätter oder, besser gesagt, den Wind vom Guincho, der die Blättermünzen zählte, bevor er sie in die Tasche steckte, die Senhora kein Clown, ungeschminkt, nicht parfümiert, ohne Ketten und Ohrringe, und daher nicht die Bitte

– Sag dass du meine Hündin bist sag es

eine Stille, auf ihrem Grund ein totes Kind, und natürlich war da keine Liebe zwischen ihnen, denn, die Senhora verabscheute die Bosheit Gottes, verabscheute Gott, die Superiorin, die Besitzerin der Buchhandlung bemerkte, dass ich den Mund am Handtuch abwischte

– Sag bloß nicht dass du dich übergeben hast Fátima

half mir, mit der Ecke des Handtuchs und lauwarmem Wasser einen Fleck auf der Bluse zu entfernen

– Rühr dich nicht

ihre Nase so dicht an meiner, dass ich eine Narbe am Ende ihrer Augenbraue entdeckte, eine von denen, die man sich als Kind zuzieht, ohne sich daran zu erinnern, die Zinke einer Gabel, ein Stück Röhricht, eine Möbelecke, die Besitzerin der Buchhandlung

– Hoffentlich passiert mit dir nicht gerade was ich denke

am Ende meine Freundin, schau einer an, und daher brauche ich Sie nicht, Mutter, keine Sorge, hängen Sie weiter Ihre Wäsche auf, indem Sie die Wäscheklammern aus dem Beutel holen, wie sehr gefielen die mir als Kind, ich klemmte sie mir auf die Fingerspitzen, und meine Hände wurden ellenlang, Sie

– Sieh zu dass du sie nicht verlierst

und ich überzeugt, dass ich die Hühner damit erschreckte, wer fürchtet sich nicht vor solchen Krallen, die Senhora und der Gatte der Senhora hörten den Tropfen der Muschel im Wasserbecken zu, überrascht, dass die Geräusche nachts anders sind und neue geheimnisvolle tagsüber nicht existierende Geräusche in der konkaven Wölbung der Stille liegen, lippenlose Stimmen, doch wessen, reden und reden, machen wir eine Lampe an, verstummen sie, wer wohnt hier mit uns zusammen, versteckt sich vor uns, nicht nur Erbrechen, Kraftlosigkeit, Schwindel, das Gefühl, dass die Fesseln anschwollen, und es war kein Gefühl, sie schwollen an, das Desinteresse, die Müdigkeit, die Schulter der Senhora und die Schulter des Gatten aneinandergelehnt, nicht aus Liebe, denn Clowns liebt man nicht, wir lachen über sie, dazu wurden sie geschaffen, so wie man auch weder eine Hündin noch eine Nutte, noch eine Schlampe liebt, wir benutzen sie, die Superiorin zur Senhora

– Wegen Gotteslästerung gibt es nicht nur eine Woche sondern das ganze Schuljahr ohne Pausenhof im Büro, in dem ein riesiger Christus aus geschnitztem Holz sie mit gekrümmten Fingern unterstützte, an denen man am liebsten auch Wäscheklammern befestigt hätte, was ist mit dem Beutel passiert, Mutter, einmal abgesehen von einem Rosenkranz am Morgen und einem weiteren am Nachmittag in der Kapelle, Pater Ismael, anstatt schläfrig

– Sünden gegen das Fleisch?

starrte sie hellwach an, ließ aus der Höhe der Soutane

– Also ehrlich

fallen, was wird mit dem Haus geschehen, wenn die Senhora stirbt, der Wind galoppiert durch die verlassenen Zimmer, bringt die Gardinen zum Schaukeln, die Senhora und der Gatte der Senhora versuchen, füreinander Lucinda zu sein, die Senhora zum Gatten der Senhora, schweigend

– Wie war Lucinda?

die Besitzerin der Buchhandlung unterhielt sich unter verstohlenen Seitenblicken am anderen Ende des Ladens leise mit meiner Kollegin, schätzte meinen Bauch ab

– Siehst du es nicht?

aber da ist nichts zu sehen, denn der Rock passt mir noch, ich bin flach, Schwester Circuncisão, als sie auf dem Weg zur Orgel der Senhora begegnet

– Die haben diese Nervtöterin hier hingesetzt

in deren Nähe auf der letzten Bank die Novizin betete, es gab noch eine, ebenso scheu, mit fast abrasiertem Haar, die im Hauswirtschaftsraum arbeitete, die Novizinnen sagten nicht

– Guten Tag

zu den Schülerinnen, sie sagten

– Ave Maria

ohne sie dabei anzusehen, trugen ein Medaillon, noch kein Kruzifix, um den Hals, ihre Beichten bei Pater Ismael dauerten stundenlang, die Senhora hörte Pater Ismael nie zu den Novizinnen sagen

– Sünden des Fleisches?

sie hörte immer

– Hast du dich kasteit meine Tochter?

während Schwester Circuncisão unruhig von den Orgeltasten herspähte, drückte man zufällig auf eine, begann im Holz ein namenloses inneres Organ endlos zu protestieren, die Senhora erinnerte sich in jener Nacht im Bett an die Orgel, sie erinnerte sich nicht an das Kind, das sie außerhalb ihrer selbst verloren hatte und im Inneren zu verlieren begann, der Vater der Senhora hatte sie nicht umarmt, sie nicht geküsst, er blieb fern vom Sarg stehen, sprach nicht mit ihr, aber er hatte seit Ewigkeiten nicht mehr mit ihr gesprochen, die Besitzerin der Buchhandlung zu mir

– Würdest du nicht lieber

und unterbrach den Satz mit einer Geste, würde sie ihn vervollständigen, ich würde ablehnen, mir ist es damals beim ersten Mann passiert, zwei oder drei Jahre vor meinem Sohn, in einem Erdgeschoss, das ich nie wieder vergessen werde, der Obdachlose war heute Morgen hier, und es reichte mir, ihn zu sehen, um mich zu beruhigen, rechts neben einem Laden mit Elektroartikeln, ich erinnere mich an alle Wandleuchten, alle Lüster, alle Heizgeräte, Heizapparate oder Heizgeräte, ist egal, an alle Waschmaschinen, alle Staubsauger, alle Air-Condition-Geräte, und würde ich weitermachen, dauerte das lange genug, um die Nationalhymne zu singen, an die zwei Verkäufer hinter dem Verkaufstisch, die über einer aufgeschlagenen Zeitschrift stritten, ich erinnere mich daran, wie die Senhora sich an Pater Ismael erinnert

– Also ehrlich

und an die Novizinnen mit ihrem

– Ave Maria

die so schüchtern waren, ich erinnere mich an den ersten Mann auf der anderen Straßenseite, an einen Baum gelehnt, ich sage seinen Namen nicht, auch nicht, wie er aussah, auch nicht, was er mir versprochen hatte, ich erinnere mich daran, wie ich vor Angst ganz weich werdend an die Tür klopfte, wer hat sich bis heute je um mich gekümmert, mein Vater war beim Stausee, meine Mutter war mit der Wäscheleine beschäftigt, die mulattische Lehrerin im Zimmerchen im hinteren Teil der Schule, an das Geschöpf, das mir die Tür öffnete, daran, dass es wartete, vom Warten genug hatte, ungeduldig wurde

– Falls Sie den Rest des Tages auf der Fußmatte verbringen wollen ich habe noch was anderes zu tun

beim Zahnarzt war es genauso, ich, und bei den Läden im Einkaufszentrum, weil ich kein Geld für Einkäufe habe, ich gucke nur, es gefällt mir zu gucken, Celeste zog mich weg

– Wenn du mit so einem Armeleuteaussehen reingehst werfen die dich gleich wieder raus

ich erinnere mich an den Flur mit einer Emaillevase, an einen Jungen, der in der Küche Eier briet, an einen Glatzkopf mit einem Gipsbein, der sich eine Zigarette drehte und das krumpelige Zigarettenpapier anzündete, ich erinnere mich an das Esszimmer auf dieser Seite und einen engeren Raum auf der anderen mit verchromten Instrumenten auf einem Regal, einer Landschaft in einem Bilderrahmen, einer Liege, daran, dass ich mich auf die Liege legte, an das Wesen

– Ziehen Sie den Rock die Unterhose die Schuhe aus Sie erwarten doch wohl nicht dass ich sie ausziehe?

ich erinnere mich an das Betttuch mit einem Brandloch, das sie über mich breitete, an eine an der Glasscheibe der Landschaft von einer grimmigen Handfläche plattgedrückte Fliege, und einer der Flügel der Fliege halb, hoffentlich ist der Obdachlose immer noch hier, nicht mit mir zusammen, denn er ist mit niemandem zusammen, einfach hier, ich habe mich immer mit dem zufriedengegeben, was da ist, einer der Flügel der Fliege halb lose, vibrierte, ich erinnere mich an die Fliege, an das

– Ziehen Sie die Beinchen an

an das

– Stellen Sie die Hacken auseinander

an das

– Stellen Sie die Hacken auseinander wie oft muss ich es Ihnen noch sagen bis ich die Geduld verliere?

ich erinnere mich daran, dass der Junge mit den Spiegeleiern von der Küche aus rief

– Möchten Sie Eier?

und daran, dass das Geschöpf rief

– Nein

ich erinnere mich daran, wie die Instrumente auf dem Regal klingelten, während sie darin herumstöberte, daran, dass eines aus Rachsucht herunter auf den Fußboden fiel, und daran, dass das Geschöpf

– Bleib da wo du bist ich werde dich jedenfalls nicht aufheben

während sie es mit einem Fußtritt weit weg beförderte, daran, dass sie meine Schenkel auseinanderdrückte

– Gehen die nicht weiter auseinander?

bis meine Leisten schmerzten, die Mutter der Senhora zu den anderen Clowns zufrieden

– Ratet einmal was ich geantwortet habe?

die blonde Sekretärin des Vaters der Senhora zum Vater der Senhora gekränkt

– Gib zu dass du mich nicht mehr liebst

ich erinnere mich an die Glühbirne an der Decke, an deren Kabelzopf eines dieser Bänder baumelte, an dem die Tiere, die durchs Fenster kommen, klebenbleiben, und was kommt nicht alles durchs Fenster, sagt es mir, Stimmen, Käfer, die Geräusche von Autos, bis hinauf in den dritten Stock gelangen sie, genauso hoch wie meiner, genau der gleiche Ärger, dass sie es bis zum zweiten schafften, hätte bereits Applaus verdient, ich erinnere mich an kalte, harte Gegenstände in mir, an den Glatzkopf mit dem Zigarettenpapier dort irgendwo, ich weiß nicht wo, der das Geschöpf warnte

– Wenn du so arbeitest bist du spätestens in einem Monat fertig

das Geschöpf

– Aber ich habe weniger Zeit um wie du zu trinken du Scherzkeks

ich versuchte, an den Obdachlosen zu denken, war aber außerstande, denn eine Zange oder so ein ähnliches Instrument stöberte in mir herum, eine Wunde begann in meiner Wurzel und breitete sich in meiner Brust aus, das Geschöpf

– Schön stillhalten ich kann sonst nicht arbeiten

während eine Mücke an dem an der Glühbirne angebrachten Streifen kämpfte, fast an einer Genossin festgeklebt, die seit langem schon zu kämpfen aufgegeben hatte, die Wunde in der Brust machte das Atmen schwer, weil jede Rippe unabhängig von der anderen brannte, der Vater der Senhora klappte eine Akte zu, zur blonden Sekretärin des Vaters der Senhora, indem er nachgab, er, der, als er jünger war, niemandem nachgegeben hatte

– Komm sofort zu mir

war beunruhigt

– Ob ich sehr gealtert bin?

es war schwieriger geworden, in die Badewanne zu steigen und aus der Badewanne zu steigen, Nachnamen und Daten zu behalten, er hatte weniger Lust dazu, sich mitten am Nachmittag auszuziehen, war kälteempfindlicher, die Senhora verbrachte ein ganzes Schuljahr ohne Pausenhof in Begleitung der Dicken mit dem Stoffwechsel, die nicht spielen konnte und ein Schulpult für zwei Schülerinnen einnahm, riesig, gelassen, nicht transportierbar, die Rotblonde hob ihr das Zeichendreieck vom Boden auf, machte Botengänge für sie, tauschte Projekte, Celeste zu mir über den Kapverdier

– Er hat mich fast auf Knien gebeten die Wiege aus dem Haus zu befördern die Nacht mit deinem Sohn hat ihm gereicht

Celeste sprach, um ihn auf die Probe zu stellen, von den Spritzen, und der Kapverdier zuckte vor Angst zusammen, der Junge aß die Spiegeleier aus der Bratpfanne, wobei er mich, die Gabel auf halbem Weg, beobachtete, was wird mit dem Haus geschehen, wenn die Senhora stirbt, niemand auf den Fluren, in den Salons, in den Schlafzimmern, nur noch Echos alter Schritte und Gespenster, die von Vergangenem reden, der Glatzkopf mit dem Zigarettenpapier empört

– Wenn wir anfangen vom Trinken zu sprechen sind wir in einem Monat nicht fertig

der Junge mit den Spiegeleiern zum Glatzkopf mit dem Zigarettenpapier, indem er mit der Gabel auf mich zeigte

– Lenk meine Mutter nicht ab die Kundin zahlt schließlich

von Vergangenem reden, denn die Abwesenheiten ernähren sich von der Vergangenheit, der verwilderte Garten und die Dünen, die dies alles einnehmen, was der Sand eines Tages bedecken wird, der Obdachlose nahm einen Joghurt und die Hälfte einer Banane an, hielt beides jeweils in einer Hand, ohne davon zu probieren, die blonde Sekretärin des Vaters der Senhora zum Vater der Senhora

– Du machst mich so sehr zu einer Frau

aber das war gelogen, ich mache sie zur Frau, von wegen, würde ihr mein Schwiegersohn in die Hände fallen, würde sie den Schwachkopf, der er ist, augenblicklich verschlingen und ihm die Knöchelchen aussaugen, zu traurig, dass meine Tochter der Clown eines Clowns ist, der noch mehr Clown ist als sie, das Geschöpf zu mir

– Ruhen Sie sich fünf Minuten auf der Liege aus

kippte den Eimer mit den Kompressen in einen größeren Eimer, mir war so, als wäre es Blut, aber ich drehte den Kopf nicht hin, Schwester Circuncisão befahl der Senhora

– Bete nicht im Schatten des Weihwasserbeckens geh näher an den Altar damit dich Gott besser hört

rief die Novizin mit angewinkeltem Fingerchen und bot ihr das Kruzifix dar, damit sie es küsste

– Hat Jesus nicht gesagt liebt euch wie ich euch geliebt habe?

und so wie der heilige Johannes der geliebte Schüler Christi war, bist du meine geliebte Schülerin, erfülle die, nicht hier, weiter unten, erfülle die Schriften, meine Tochter, der Allerhöchste führt dich, du bist fast da, das Wort der Erlösung, der Junge begleitete mich zur Tür, bot mir an, was von den Eiern übrig war, während das Geschöpf das Geld in die Bohnendose packte, der erste Mann tauchte am Baum auf, mir war so, als wäre er zwei, dass er einer, dass er wieder zwei war, meine Beine versagten, die Gebäude, der Kopf löste sich vom Körper und schwebte allein dahin, die Gebäude beruhigten sich einfach nicht, ein Paar feilschte im Elektroladen um einen Kühlschrank, und obwohl sie leise sprachen, entging mir keine Einzelheit, die blonde Sekretärin des Vaters der Senhora setzte der blonden Sekretärin des Gatten der Senhora auseinander

– Er wagt nicht die Scheidung einzureichen wer will schon seine Arbeit verlieren?

ich spürte eine Schwäche im Körper, und meine Hüften waren nass, der erste Mann, die Novizin betete ein Salve Regina nach dem anderen, vergaß dabei ganze Sätze, Schwester Circuncisão tadelte sie, führte aber gleichzeitig ihr Handgelenk

– Du hast Teile des Gebets übersprungen fang wieder von vorn an

der erste Mann, weder zwei noch einer, hatte die Hand ausgestreckt

– Das Rückgeld?

packte meine Handtasche, entdeckte das Portemonnaie, wühlte darin herum

– Ist kein Geld da drin?

suchte in der Tasche, in der ich das kleine Foto meiner Eltern vor dem Staudamm verwahrte, auf dem man sie kaum entdeckt und den Staudamm kaum erkennt, man sieht das hohe Gras in farblosen Knäueln und den Neger, der meinem Vater half, der war perfekt zu sehen, obwohl mir schwindlig war, fiel mir sein Name ein, mir, die ich kein Namensgedächtnis habe, Jonatão, so wie mir auch das fadenscheinige Hemd einfiel, das mein Vater ihm geschenkt hatte, und das Bild der Mutter meiner Mutter, die ich nicht kennengelernt habe, man hat mir erzählt, sie wäre jung gestorben, und dennoch sah sie alt aus, mit dem Dutt einer Alten, den Gesichtszügen einer Alten, krumm, wie der Hunger uns verbraucht, wäre sie ein Clown, wäre sie hübsch, großspurig und trüge Sonnenbrille und einen großkrempigen Hut, würde ihn beim Tennis hin und her wenden, der erste Mann gab mir die Handtasche zurück, ohne aufzuheben, was aus ihr herausgefallen war, die Dokumente, die Schlüssel

– Du hast das Geld versteckt du Betrügerin

ich suchte auf allen vieren auf dem Bürgersteig nach den Dokumenten und den Schlüsseln, während er sich entfernte, nur einer, und ab der Ecke keiner, die Bucht von Cascais dort, punktgroße Boote, Palmen, Jonatão angelte sonntags im Stausee, zeigte mir Sandflöhe, gab mir Honig aus den Bäumen, der Geruch trocknender Manioks, dieser Art von weißen Knochen, an denen die Hühner pickten, vermischte sich mit dem der Erde, ich kroch, Müll, Blätter und Papierfetzen an den Strümpfen, bis es mir gelang, aufzustehen, die Senhora und der Gatte der Senhora rieben wortlos die Schultern aneinander, was auch immer man tut, gegen die Absichten Gottes ist nichts zu machen, die Scheiben des Gewächshauses glitzerten im Mondlicht, die Beete waren weißer, wenn der Wind sie streifte, der Gatte der Senhora

– Lucinda

ohne dass Lucinda kam, der Gatte der Senhora ganz und gar in dem
– Lucinda
mit einem Seufzer, der seine Kindheit enthielt
– Verzeihung
rückte von ihr ab, und infolgedessen alles so, wie es sein sollte, alles richtig, die Besitzerin der Buchhandlung zu mir
– Möchtest du dich nicht ein bisschen hinsetzen?
aber ich möchte es nicht, mir geht es ausgezeichnet, der Wunsch, Stearin zu essen, Sodbrennen, Müdigkeit vor dem Abendessen, während der Fisch brät, ich erinnere mich nicht daran, zu Hause angekommen zu sein, ich erinnere mich daran, dass man auf der Straße meinetwegen erschrak, zwei Witwen beispielsweise, die sich gegenseitig anstießen, ich habe noch nie eine ohne Einkaufsbeutelchen und Regenschirm gesehen, sogar im August, ich zur Besitzerin der Buchhandlung
– Mir geht es ausgezeichnet
und abgesehen vom Appetit auf Stearin und dem Sodbrennen ging es mir wirklich ausgezeichnet, obwohl der Körper mit sechsunddreißig Jahren selbstverständlich nicht wie früher reagiert, ein Herr mit Pünktchenkrawatte nahm meinen Ellenbogen
– Ich stütze Sie
er stützte mich einen Block oder zwei, bis ich ihn bat
– Lassen Sie mich
und er blieb zurück, mit hängenden Armen, schaute meinen nicht gerade sicheren Schritten und den Flecken auf dem Rock nach, ich möchte wetten, dass der Obdachlose, hätten wir uns damals gekannt, sich nicht um mich gekümmert hätte, immer wartete ein Zug, der nicht abfuhr, auf ihn, Wochen nach dem Tod des Kindes kehrte der Gatte der Senhora in die Pousada zurück, und da gab es nicht nur die blonde Sekretärin, noch mehr Frauen, die Gattin eines Abgeordneten, die Nichte eines

Gesellschafters, die mit ihm zusammen dem Leuchtturm zuhörten, irgendwann löst sich der Guincho von der Küste und treibt hinaus ins Meer, einmal piepste ein Albatros den ganzen Nachmittag am Fenster, raubte ihm trotz Lucinda die Konzentration

– Probleme mit der Raffinerie tut mir leid zieh Schuhe und Strümpfe wieder an wir versuchen es noch einmal

und trotz der gemeinsamen Anstrengungen Lucindas und der Schuhe, trotz der stimulierenden Erinnerung an eine Freundin der Mutter, die eine weiße Haarsträhne hatte, ihn auf den Arm nahm und ihre Nase an seiner rieb

– Magst du Eskimoküsschen magst du Eskimoküsschen?

das Gesicht der Freundin der Mutter riesig und ein kleiner Kreis aus Blei an einem Zahn, die Freundin der Mutter und die Mutter redeten Französisch, hatten die Köpfe zusammengesteckt, damit er es nicht verstand, die Armreifen ohne Teetasse wedelten durch die Luft

– Wen interessiert denn schon Eduardo?

sie hinterließen rote Spuren auf der kleinen Serviette wie auf seinen Wangen, er wischte sie ab, und die Finger wurden rosa, er wischte die Finger an der Hose ab, und da war die Freundin der Mutter verschwunden, in der Pousada schwitzte der Gatte der Senhora trotz Lucinda, der Schuhe und der Freundin der Mutter, war so nervös wie der Albatros, der piepste und piepste und versuchte, ins Zimmer zu kommen, der Gatte der Senhora hatte Angst vor dem Albatros, Angst vor der Gattin des Abgeordneten, die sich eine Zigarette anzündete, das Flämmchen des Feuerzeugs mit einem mitleidigen

– Kommt vor

begleitete, und dennoch wird sie es allen erzählen, darauf verwette ich meinen Kopf

– Kennst du den Schwiegersohn von dem stinkreichen Kerl?

und am nächsten Sonnabend beim Tennis oder bei einem

Abendessen oder bei einem Fest amüsierte, spöttische Blicke, nicht einmal das

– Sag dass du meine Hündin bist sag es sag dass du meine Nutte bist

funktionierte, die Gattin des Abgeordneten, Ketten, Ohrringe, Spitzen, ein kompletter Clown, allerdings ein grausamer Clown

– Wenn dich das zum Mann macht dann bin ich es

der Gatte der Senhora verspürte den Drang, sie zu ohrfeigen, rieb sich an der Matratze in der Hoffnung, dass, machte sich mit einem Miniaturfläschchen Mut, eine miese Marke aus der Bar, in der Absicht zu, rief sich Fotos von halbnackten Schauspielerinnen ins Gedächtnis, die in der Jugend augenblicklich wirkten, in der Illusion dass, sogar zu weiße Ausländerinnen, die er in den Diskotheken am Strand getroffen und einst verachtet hatte, es könnte ja sein, dass, während der Gatte der Senhora gleichzeitig, der Albatros verstummte nicht, an der Gattin des Abgeordneten hässliche und selbstverständlich hinderliche Mängel entdeckte, die Beine waren zu dick, die Schlüsselbeine unterschiedlich, nicht genau die Schlüsselbeine, die Mulden darüber, sie hatten unbedingt symmetrisch zu sein, und das Gegenteil war unverzeihlich, an den Ohren ein schwierig zu erklärendes Detail, das nicht passte, sie waren nicht zu groß, nicht zu klein, nicht abstehend, und dennoch war da an den Ohren ein undefinierbares, aber augenfälliges Detail, das nicht stimmig war, der Gatte der Senhora kämpfte gegen etwas, das nichts weiter als ein kleines Teil von ihm war, wenn man es recht überlegte, ein sehr belangloses Teil, hin und wieder nützlich, aber belanglos, ein halbes Dutzend verlorener Quadratzentimeter unter Dutzenden und Aberdutzenden Quadratzentimetern weigerte sich aus einer idiotischen Laune heraus, ihm zu gehorchen, der Gatte der Senhora flehte die Belanglosigkeit an

– Nun funktionier schon um Gottes willen

war zornig auf die Belanglosigkeit

– Was soll das?

warnte die Belanglosigkeit

– Ich gebe dir zwei Minuten

und die Belanglosigkeit wurde jedes Mal belangloser, war kein Organ mehr, ein kleiner Lumpen, so etwas wie ein Hemdzipfel, ein Röhrchen, der Gattin-des-Abgeordneten-Clown zum Gatten der Senhora

– Soll ich noch einmal sagen dass ich eine Hündin bin soll ich noch einmal sagen dass ich eine Nutte bin?

genoss es, das Miststück, machte sich über ihn lustig, die Hände nicht auf dem Rücken des Gatten der Senhora, im Betttuch verloren, du wirst nach den Händen suchen müssen, sie aber nicht finden, du dumme Gans

– Wo sind meine Hände ich kann sie nicht sehen?

Falten auseinanderziehen und Kissen hochheben, der Gatte der Senhora Schluchzer, der Gatte der Senhora eine Turteltaube, die sich im Häuschen der Besitzerin der Buchhandlung zu den anderen Turteltäubchen gesellte, zwei Zedern, der Frühlingswind, der nur nach Wind duftete, war er durch sie hindurchgegangen, duftete er auch nach Zedern, die Besitzerin der Buchhandlung stolz zu mir

– Riechst du es nicht?

und dieser Frieden, der von ihnen kam, in jenem Gärtchen erlebte ich die einzigen Augenblicke, in denen ich mich ewig fühlte, die Gattin des Abgeordneten zog Falten auseinander, hob Kissen hoch, und der Gatte der Senhora verzweifelt

– Nur ich komme nicht hoch

vielleicht würde die Gattin des Abgeordneten, wenn sie die Überdecke schüttelte, wenn sie Glück hatte, eine der Hände finden, der Gatte der Senhora besiegt

– Du wirst den Rest deines Lebens nur mit dieser hier verbringen müssen der Gatte der Senhora nicht ganz genau besiegt, ein bisschen besiegt, ein ganz kleines bisschen besiegt, der Albatros, der am Fenster piepste, öffnete die Flügel, machte Anstalten wegzufliegen, aber anstatt wegzufliegen, gäbe es eine Zeder in der Nähe meines Hauses, würde sich mein Leben verbessern, aber anstatt wegzufliegen, legte er die Flügel wieder an und fuhr mit seinen Klagen fort, ein Nachmittag unter einer Zeder würde mich wie neu machen, der Gatte der Senhora

– Ich bitte um Verzeihung

außerstande, sich anzuziehen und zuzuschauen, wie die Gattin des Abgeordneten sich anzog, außerstande, den Angestellten am Empfang und die üblichen Freundlichkeiten zu ertragen

– War alles Ihren Wünschen entsprechend Senhor Doutor?

voll panischer Angst, die Gattin des Abgeordneten könnte ein Kichern im Ärmel ersticken, mit ihrer Clownsschminke

– Meinen Wünschen hat es nicht entsprochen

ihren Clownsohrringen, Clownsarmreifen, Clowns-, Hündinnen-, Nuttenschuhen, der Duft der Zedern ist nachts noch sanfter, verweilt im Haar, kriecht unter den Kragen, bekleidet uns, der erste Mann hat nicht wieder angerufen, er wird gestorben sein, nein, er hat sich in den Kopf gesetzt, dass ich ihn im Einvernehmen mit der Hebamme bestohlen habe, der Gatte der Senhora war sich sicher, dass sich am nächsten Sonnabend beim Tennis ein Dutzend Clowns mit Sonnenbrille und breitkrempigem Hut über ihn lustig machen würden und der Gatte der Senhora sich für sein Unglück zu rechtfertigen versuchen würde, denn der Gatte der Senhora war im Unglück, der Gatte der Senhora lag bäuchlings auf der Matratze, merkte nicht, dass er laut

– Warum bist du mir nicht zu Hilfe gekommen Lucinda?

der Gatte der Senhora

– Und jetzt Lucinda?

war von ihr enttäuscht, dem einzigen Menschen, an dessen Liebe er ehrlich geglaubt hatte, nicht an den Vater, der immer mit seinen Geschäften zu tun hatte und den, welch ein Glück hatte die Besitzerin der Buchhandlung, dass sie jeden Tag den Wind in den Zedern hatte und den Duft in ihrem Haar, im Nacken, am Körper, er hatte immer mit seinen Geschäften und mit den Geliebten zu tun, und die Mutter war bei Wohltätigkeitsarbeiten in der Kirche oder spielte mit ihren Freundinnen Karten, mit der, beispielsweise, die den Gatten der Senhora auf den Arm nahm und ihre Nase an seiner rieb

– Magst du Eskimoküsschen magst du Eskimoküsschen?

so dass sie wegen der Nähe nicht zwei Augen, sondern ein einziges, riesiges Auge hatte, der Gatte der Senhora zur Freundin der Mutter

– Ihre Augen sind ein einziges

sie kitzelte ihn von innen, und wo ist dieses Kitzeln, das er nie wieder gespürt hatte, außerdem ist das Wort Zeder schön, das Blei im Zahn und das Parfüm, das ihn schwindlig machte, Lucinda war für immer verloren, der Gatte der Senhora

– Schwör mir bitte dass du nicht gestorben bist Lucinda

oder, schlimmer noch als der Tod Lucindas, der Vater der Senhora streng

– Es wird hier herumerzählt dass Sie kein Mann sind was haben Sie dazu zu sagen?

der Vater der Senhora

– Falls das wahr ist und alles spricht dafür wer ist dann der Vater Ihrer Kinder?

der Vater der Senhora zur blonden Sekretärin des Gatten der Senhora, vor dem Gatten der Senhora

– Ist dem so?

die blonde Sekretärin des Gatten der Senhora wird voller Angst vor dem Vater der Senhora immer kleiner, zögert, verstummt, der Gatte der Senhora möchte am liebsten verlangen

– Antworte

ihr entgegenhalten

– Hast du nicht gesagt du wärest meine Nutte meine Hündin meine Hure?

aber anstatt etwas zu verlangen, etwas entgegenzuhalten, ist er besiegt, sitzt er auf dem Rand der Matratze in der Pousada, reglos, während der Gattin-des-Abgeordneten-Clown mit ihren Ohrringen, ihren Ketten, ihren Schuhen, ihrer Schminke, ihrem Parfüm, aber auch in ihrem Kleid und ihrem Mantel, und obwohl sie nur eine Hand hat, fährt sie mit einem geschickten Bürstenstrich durch die Frisur, die Gattin des Abgeordneten

– Tschüssi

und das Klackern der Absätze, ach, Lucinda, verschwand den Korridor entlang, bis es ganz verstummte, als sie in den Fahrstuhl stieg, und so kam es, dass der Gatte der Senhora, verlassen, außer dem Wind und den Wellen war da nur ein Albatros im Fenster, erfolglos herauszuhören versuchte, wer von den beiden, der Vogel oder er, fortfuhr zu piepsen.

NEUNTES KAPITEL

Noch heute weiß ich nicht, warum die Senhora mich zu sich bestellte, damit ich ihr zuhörte, mich, die ich mich mit den Reichen nicht auskenne, vielleicht weil ich wenig spreche, vielleicht weil sie die Vorstellung hatte, dass das Hündchen mich mochte, ich weiß es wirklich nicht, denn wenn ich von etwas nichts verstehe, dann sind es Tiere, mein Sohn und ich hatten irgendwann einmal eine Schildkröte, ein Kistchen mit vier Fußdaumen und einem Kopfdaumen, und ich frage mich, wie viele Finger noch darin versteckt waren, die Daumen sorgten unabhängig voneinander dafür, dass das Kistchen sich in verschiedene Richtungen zugleich vorwärtsbewegte, das Gartentor des Hauses der Senhora öffnete sich von allein, wenn ich näher kam, allerdings in den Angeln ruckelnd, auch die Beete machten den Eindruck, dass sie mich mieden, die Besitzerin der Buchhandlung zu mir, während sie oben auf einer Leiter Buchrücken abstaubte und zum Fußboden spähte, bei meinen Schwindelgefühlen würde ich herunterfallen
– Verlierst du nicht deine Taille?
wenn ich beispielsweise an ein hochgelegenes Fenster trete, habe ich Ameisen im Magen, der Abgeordnete zur Senhora aus dem Mundwinkel
– Erlauben Sie dass ich Sie demnächst einmal anrufe?
die Schildkröte stieß gegen ein Möbelstück, blieb dort meditierend stehen und setzte ihren seltsamen Marsch fort, eines Morgens war sie voller Ameisen, nur ein Daumen draußen, und ich warf sie auf den Müll, wenn etwa ein Kunde sich für mich interessiert, tue ich so, als würde ich es nicht bemerken,

sie versichern, dass sie zu Hause im Wohnzimmer schlafen, auf dem Sofa zusammengekauert unter einer Decke

– Meine Frau und ich sind nur wegen der Kinder weiter zusammen

würde ich auf dem Sofa schlafen, wäre mein Rücken dahin, wäre ich den ganzen Tag lang eingerostet, ich lächelte die Besitzerin der Buchhandlung nur mit den Lippen an, alles, was nicht Lippen war, hoffnungsvoll

– Ich habe bis heute kein Kilo zugenommen

aber es war nicht das Kleid, und ich habe zwei Kilo zugenommen, die sich am Hintern sammelten, wie sage ich es meinem Sohn, ich war außerstande, das Geschöpf im Erdgeschoss aufzusuchen

– Selbstverständlich würde die Lehrerin in der Schule an Ihnen verzweifeln Sie haben aus dem ersten Mal nichts gelernt

und auf den Jungen zu treffen, der in der Küche Eier briet, dazu auf den Glatzkopf mit dem Zigarettenpapier, trotz all der Jahre, wenig ändert sich im Leben, war die Geschichte mit der Schule in Afrika wieder zurück und der Gutsbesitzer, der, die Pistole im Gürtel, aus dem Jeep steigt, denn die Neger sind bösartig, meinen Vater begrüßt, wenn man es am wenigsten erwartet, eine Machete und Schluss, aus, erinnern Sie sich an den Varela in Scheiben auf dem Buschpfad, die mulattische Lehrerin wartet im kleinen Zimmer, wie sage ich es meinem Sohn, was erfinde ich, also lüge ich, ich schwöre, ich schlafe im Wohnzimmer auf dem Sofa, oder meine Frau ist krank, und sie tut mir leid, ich bin nicht so einer, der einen Menschen verlässt, dem er anfangs so viel zu verdanken hatte, die Senhora und der Abgeordnete nicht in einer Pousada am Guincho, in einem diskreten Hotel in Sintra, ein Fahrstuhl von der Garage bis zum Stockwerk mit dem Zimmer, und mit einer Perücke, niemand

– Ob es glückliche Turteltauben gibt?

würde Sie bemerken, es gibt Vögel, die sich umbringen, das

hat mich tief beeindruckt, sich gegen die Baumstämme werfen, ich habe das in einem ausländischen Dokumentarfilm gesehen, nur zwei leere Wagen in der Garage, doch das Echo der Absätze explodierte auf dem Beton, wenn der Gärtner den Swimmingpool leerte, um ihn zu reinigen, war seine Stimme riesengroß, Pater Ismael, wenn er es wüsste

– Ehebruch Ehebruch

Küsse ohne Lust auf Küsse, Umarmungen ohne Lust auf Umarmungen, der Abgeordnete hatte eine riesige Operationsnarbe auf der Brust oder, besser gesagt, nicht riesig, aber dennoch riesig, braun, die Haare noch abrasiert, Spuren von Heftpflaster, die Senhora außerstande, sie zu berühren, außerdem fehlte an einem Strumpf das Gummiband, ungekämmt sah er unvorteilhaft aus, das Haar stand in alle Richtungen ab, die Senhora zu mir

– Ein Clown wie ich

ein Clown, der immer wieder sagte

– Aber hallo aber hallo

und die Farbe wechselte, nicht rosig, käsig, und diese Details waren wichtig, die Senhora dachte an das Herz unter der Narbe

– Und wenn er nun einen Herzanfall bekommt?

verpflichtete sich selber zu einem

– Aber hallo

um seine Hallos auszulöschen, und beide wieder in der Garage, die Gewissheit, dass, würde sie husten, die Mauern einstürzten, die Senhora verlangte vom Abgeordneten, sie an einem Taxistand rauszulassen, unter Tipubäumen, nicht unter Zedern

– Ich bleibe besser hier

und drei Mädchen spielten Himmel und Hölle auf dem Bürgersteig, auch unter Tipubäumen, hätte ich Zeit, gäbe ich ihnen Zedern

– Da bitte

das Händchen des Abgeordneten auf ihrem Bein, das grässliche Versprechen, in der nächsten Woche anzurufen, die Perücke in den Müllcontainer, die Wäsche in den Korb, damit das Dienstmädchen sie wusch, damit das Dienstmädchen sie nicht wusch, sondern wegwarf, die Senhora zu mir

– Wäre es möglich gewesen hätte ich den ganzen Körper in den Korb geworfen

prüfte im Bad nach, ob sie eine Narbe auf der Brust hatte, Spuren von Heftpflaster, ein Stück Herz versagte, der Gutsherr zu meinem Vater, indem er auf die Schule zeigte

– Ich ziehe die Hose aus was bleibt mir sonst übrig aber die Pistole kommt nicht weg

wo sogar sonntags Kreidestaub auf die Pulte fiel, die Gattin des Abgeordneten, die angesichts der Größe der Wohnung, in der ich wohne, zu großen Turteltauben, doch das Wellensittichpärchen ging mir nicht aus dem Kopf, wenn mein Sohn eines Tages das Haus verließ, würde ich mit ihnen reden, während ich ihnen Salat- und Karottenreste zwischen die Gitterstäbe stecke, wer ist nicht verrückt nach gesundem Gemüse, und ich würde mir die Zeit damit vertreiben, ihnen beim Fressen zuzusehen, die Gattin des Abgeordneten, warum nur akzeptieren wir, die Clowns der Männer zu sein, lachen wir über etwas, das nicht witzig ist, und finden es faszinierend, hin und wieder schlief das Hündchen ein und bewegte sich unter Träumen, woraus sind die Träume der Tiere gemacht, sie beunruhigen sich, schrecken auf, warum finden wir faszinierend, was überhaupt nicht witzig ist, wenn ich zufällig auf die Zedern zu sprechen komme, die Besitzerin der Buchhandlung

– Ich nehme sie nicht einmal mehr wahr

die Gattin des Abgeordneten zur Senhora

– Es hat sich nicht wirklich gelohnt oder?

und dennoch schauspielern wir für sie sogar noch, wenn sie tot sind, versuchen wir den Gespenstern zu gefallen, der zweite Zeh des Abgeordneten über dem großen Zeh, man sah es, selbst wenn er Strümpfe anhatte, im Hotel wechselte der gummibandlose Strumpf das Bein, und da er den Krawattenknoten nicht gelöst hatte, brauchte er sich nur noch aufzuhängen, die Senhora beinahe

– Bringen Sie sich nicht um

der Abgeordnete überrascht, den Arm erhoben, strich das Jackett glatt und dachte

– Was ist denn mit der passiert?

und nichts ist mit der passiert, keine Angst, kleine Verrücktheiten von mir, einen Augenblick lang stellte ich ihn mir vor, wie er lila angelaufen hin- und herschaukelte, so ein Unsinn, es heißt, die Gehenkten strecken die Zunge heraus, urinieren, und dass dort, wohin der Urin fällt, Pflanzen wachsen, die schreien, wie sage ich es meinem Sohn, ich warte noch ein wenig und bereite ihn langsam vor, der gummibandlose Strumpf begleitete die Senhora jahrelang, die wenig sauberen von Pater Ismael hatte sie sofort vergessen, oder besser gesagt, nicht sofort, sie kamen dann und wann zurück, die Senhora sah von vorn älter aus als im Profil, gelblich, und ich in mir

– Sie wird bald sterben

die Beete und die Venus anders, ich weiß nicht was schnürte mir die Eingeweide aus purer Angst ein, in der vergangenen Woche kam ein Kunde im Regenmantel in die Buchhandlung, als er bezahlte, öffnete sich der Regenmantel und seine Intimteile lagen bloß, die Senhora

– Männer haben ihr ganzes Leben lang Angst vor der Dunkelheit

ein oder zwei Tage später begegnete ich ihm auf dem Platz vor dem Hamburgerrestaurant, zugeknöpft, würdevoll, ein Kind an der Hand, der Angestellte mit der weißen Jacke wird die Senhora auf den Armen hertragen und sie in den Sessel setzen, die Senhora zum Angestellten mit der weißen Jacke

– Sie soll nicht merken dass ich nicht gesund bin

nachdem sie eine heitere Bluse ausgesucht hat, nachdem ein Dienstmädchen sie geschminkt hat, die Senhora zum Dienstmädchen

– Verbirg die Ansätze im Haar

aber ich bemerke sie schweigend, als mein Vater krank wurde, antwortete er immer

– Es geht mir gut

erlaubte nicht, dass wir ihm beim Gehen oder beim Waschen halfen

– Es geht mir gut

er brauchte Ewigkeiten im Gemüsegarten, strengte sich beim Hacken an, meine Mutter

– Mach du die Arbeit für ihn

mein, die Männer haben, Vater überwachte mich, ihr ganzes Leben lang Angst vor der Dunkelheit, beim Hacken

– Du verstehst die Erde nicht

und da stimme ich Ihnen zu, Senhor, ich verstehe die Erde nicht, wenn ich beginne, mich ihr zuzuneigen, verstehe ich sie, fange ich an, die Wurzeln der Zedern ihren Wipfeln vorzuziehen, das Geheimnis dessen, was ich im Wind nicht sehe, den ich spüre, seit ich angefangen habe, den bescheidenen Gräsern, den kleinen, in Löchern verborgenen Tieren zu ähneln, dem Blick der Maulwürfe, die wir für blind halten, die Senhora zu mir

– Heute fühle ich mich großartig

hält den Ring mit dem Nebenfinger fest, und Schwester Santos Inocentes bemerkt es nicht, würde sie übrigens nach so langer Zeit sprechen, würde sie ihre Stimme nicht erkennen, die Novizin ist heute Superiorin oder spielt in der Kapelle die Orgel oder betet einsame Salve Reginas zu einem bedrohlichen Gott, voller Angst vor den Sünden gegen das Fleisch des Paters Ismael, die Gattin des Abgeordneten zur Senhora

– Ich habe die Echos in der Garage in Sintra nie gemocht hatten Sie nicht auch Angst?

die beiden gingen nebeneinander zum Fahrstuhl und, ich habe den Obdachlosen gesehen, der Kunde der Buchhandlung trieb sich da herum, mit offenem Regenmantel, an eine Säule gelehnt, spähte er sie aus, ich habe den Obdachlosen am Strand gesehen, wie er inmitten von Bettlern Abfall aufsammelte, der Abgeordnete zur Gattin und zur Senhora

– Welche von euch beiden nehme ich?

löste das Henkersseil der Krawatte, gab das Sterben auf, während sie mit den anderen Clowns dem Tennis zusahen, die Mutter der Senhora zur blonden Sekretärin des Vaters der Senhora

– Falls mein Mann nicht großzügig zu Ihnen ist sagen Sie es mir ich werde ihn überzeugen

und die Senhora, fünf oder sechs Jahre alt, lief hinter den Bällen her, die rotblonde Schulkameradin ließ sich Tee einschenken, war viel älter als sie, wie konnte das sein, die Senhora zu mir, während der Obdachlose eine Muschel in den Rucksack steckte

– Sie werden es womöglich nicht glauben aber manchmal phantasiere ich

hatte die Dicke mit dem Stoffwechsel vergessen, die eines schönen Tages aufgehört hatte in die Schu

– Welch ein Glück für dich du wirst nicht erwachsen werden

le zu kommen, Schwester Patrocínio

– Die Krankheit ist aus dem Ruder gelaufen lasst uns einen Rosenkranz für sie beten

und die Dicke mit dem Stoffwechsel im Krankenhaus, die Arme, mit Schläuchen in der Nase, die Mutter der Dicken traf sich mit der Superiorin, ich bemerkte sie am Ausgang, in Beinahetrauerkleidern, ungepflegt, ungeschminkt, älter oder jünger, je nach Licht, auf den ersten Blick jünger, aber wenn man genauer hinschaute, schwer zu sagen, es kommt ein Augenblick, bevor wir alt sind, in dem das Alter schwankt, etwas im Körper widersteht, hört auf zu widerstehen, widersteht, verliert schließlich den Mut, und wir lassen nach, lassen nach, die Mutter der Dicken, die am Stoffwechsel litt, durchquerte den Schulhof, das Taschentuch vor dem Mund, mein Sohn, das ist bei Söhnen so üblich, wird immer leben, ich werde eine Form finden, ihm begreiflich zu machen, was mit mir geschieht, gebt mir ein oder zwei Monate, dann werde ich ihn zur Seite nehmen, doch wie die Turteltauben jammern, wenn es ein Mädchen wird, ist nicht genug Geld für eine größere Wohnung da, die Besitzerin der Buchhandlung hat einen zweiten Freund, leise, schüchtern blättert er in einer Ecke in Zeitungen herum, hat einen kleinen Sprachfehler, den er überspielt, indem er Konsonanten vermeidet, ich dachte noch, dass der Obdachlose mir die Muschel geben würde, aber er tat es nicht, ich lerne einfach nicht dazu, bin immer noch Romantikerin, die Besitzerin der Buchhandlung lud ihn nicht in den Keller ein

– Nach dem was die andere Kanaille mit mir gemacht hat stürze ich mich nicht kopfüber hinein ich bin ein gebranntes Kind

und daher maßvolle, vorsichtige Schritte, ein kleines Mittagessen hier, ein kleines Mittagessen dort, Abendessen kommen nicht in Frage, meine Kollegin, die einen guten Blick hat

– Ich wette der ist nicht verheiratet dem wird die Wäsche nicht gebügelt

nicht nur wird nicht für ihn gebügelt, es kümmert sich niemand um ihn, ein Fleck am Rockaufschlag, die Hosen in Akkordeonfalten, das Haar bittet, was für ein Dummkopf ich doch bin, mit sechsunddreißig Jahren erwarte ich immer noch beharrlich, bittet an den Seiten um einen Nachschnitt, meine Eltern hingegen werden nicht viel erwarten, sie halten durch, bis dass, und Schluss, aus, der zweite Freund begleitet sie zum Häuschen, überkorrekt, höflich, geht rechts von ihr, passt seinen Schritt ihrem an, meine Kollegin zu mir

– Der wird schon irgendein Problem haben wo er nicht mit einer Frau zusammen ist

außer dem Sprachfehler, sogar der Behinderte mit dem Dreirad, mit all den Krücken ist verheiratet, Frauen und Hunger, davon gibt es auf der Welt übergenug, außer beim ersten Mal vor vielen Monaten habe ich die Senhora nie stehen sehen, habe sie nie gehen sehen, immer wartet sie im Sessel auf mich, und der Hund sieht sie dabei an, in letzter Zeit ist eine der Augenbrauen schlechter gezeichnet, eines der Augenlider größer, der Eindruck, dass sie mich einen Augenblick lang nicht mehr hört und sich dann bemüht zu hören, ohne zu hören, der Angestellte mit der weißen Jacke

– Sie hat Sorgen wissen Sie?

würde sie hier Zedern pflanzen lassen, würde der Duft bewirken, dass es ihr besser geht, ich rede nicht von den Turteltauben, denn Traurigkeit steckt an, und was Porzellantränen betrifft, so reichen schon jene, die Fremde nicht sehen, riesig innen drin, verkomplizieren sie die Welt, wahrscheinlich genau solche wie jene, die die Stimme des Freundes der Besitzerin der Buchhandlung durcheinanderbringen, der, die Handgelenke hinter dem Rücken, Unglück trägt, meine Kollegin zu ihr gestern Morgen

– Hat was von einem Leichenträger oder?

während der Leuchtturm sich meldete, da an der Mole Nebel herrschte, wenn mich irgendetwas verrückt macht außer meinem Sohn, dann diese endlosen Schreie, den Rest ertrage ich, aber die Angst des Meeres macht mich fertig, erinnert mich an den Gutsherrn, wie er zwischen den Pulten in der Schule herumtorkelte, vollkommen nackt, nur mit Stiefeln und der Pistole am Gürtel, während die Adern des Herzens eine nach der anderen barsten, die mulattische Lehrerin in das Handtuch gewickelt

– Saturnino

mein Vater und ich an der Tür, meine Mutter kam mit einem Glas Wasser, und der Beutel mit den Wäscheklammern schaukelte an ihrer Taille, in Cascais stecke ich mir eine oder zwei an die Finger, obwohl meine aus Plastik sind, kurz und nicht aus Holz und Draht und lang, zu ärgerlich, dass die Kindheit uns verlässt, ohne dass wir etwas dagegen tun können, mein Sohn

– Lass mich mal probieren lass mich mal probieren

und ich rächte mich an ihm für die Grausamkeit der Zeit, indem ich sie ihm aus den Händen nahm

– Kommt nicht in Frage

und falls er weint, freut mich das, die Kindheit soll gefälligst deprimierend sein, der Gutsherr fiel zwischen die Schulpulte, versuchte, mit den Fingernägeln den Schmerz aus dem Herzen zu reißen, der Leuchtturm zugleich hier und in Afrika, er leitete in der kühlen Jahreszeit die Enten, mein Vater und ich am Eingang zur Schule, meine Mutter kam mit dem Wasser näher, ein Schluck zur rechten Zeit regelt fast alles, und da die Pistole am Ende des Armes, der Angestellte mit der weißen Jacke zu mir

– Der Arzt ist gekommen und hat sie behandelt

am Ende des Armes der mulattischen Lehrerin, der mulattischen Lehrerin, der mulattischen Lehrerin, die mit niemandem schimpfte, niemanden ärgerte, sie setzte sich sonntags unzählige Stunden lang auf die Mauer des Stausees, ihre Augen waren nicht die einer Negerin, sondern gelb, die vom Obdachlosen durchsichtig und ihre gelb, aus der Pistole ein Schuss, zwei Schüsse, und der Leuchtturm am Guincho schwieg, die Schulpulte durcheinander, die Landkarte von Portugal schief an der Wand, die Landkarte mit dem menschlichen Körper zerrissen, die gelben Augen wurden zu unseren, als sie uns ansahen, uns erkannten, indem sie durch uns hindurchgingen, halbweggewischte Kreidezahlen an der Schultafel, eines der Beine des Gutsherrn beugte sich an und hielt still, die Gattin des Abgeordneten zur Senhora

– Hätten Sie mich gefragt hätten Sie sich das erspart

die mulattische Lehrerin zu meinem Vater, indem sie ihm die Pistole übergab

– Ich habe es nicht ausgehalten ihn zu hören

und wir sahen durch das Fenster des kleinen Zimmers, wie sie sich ohne Eile anzog, mein Vater und Jonatão, die Senhora zur Gattin des Abgeordneten

– Das nächste Mal frage ich Sie vorher

sie lösten die Bremse des Jeeps, bis er in den Stausee eintauchte, einen Augenblick lang schräg schwamm, wackelte und langsam unterging, sie gruben ein Loch im hohen Gras, mit den durchsichtigen Augen des Obdachlosen sah niemand niemanden, sie gruben ein Loch im hohen Gras am entgegengesetzten Ende eines verlassenen Dorfes, ein halbes Dutzend Strohhütten ohne Lehm, nur Stäbe, ein halbes Dutzend Bastmatten, ein einziges Huhn, das die Hunde verachteten, die Senhora zu mir oder zu den Duftrosen

– Mir bleibt nicht mehr viel Zeit

mit der gleichen Stimme, mit der sie sechzig Jahre zuvor zu ihrem Vater gesagt hatte

– Ich will nicht heiraten

und der Vater der Senhora unterzeichnete, ohne sie zu hören, Gutachten, mein Vater und Jonatão gruben ein Loch im hohen Gras für den Gutsherrn und die Pistole, und eine Woche später wuchs mehr hohes Gras auf der Erde, meine Mutter stellte die Schulpulte gerade hin und reparierte die Landkarten, der Angestellte mit der weißen Jacke

– Sie will nicht dass ihre Kinder sie besuchen

und dann, ja, schien es mir zum ersten Mal so, als würde sich das Haus verändern, die Beete, das Kiefernwäldchen, was ist aus der Venus mit der Muschel, dem Gartenhäuschen, dem Diskuswerfer geworden, geblieben sind der Wind und die Dünen, geblieben bin ich vor dem Sessel, das Büro ohne die blonde Sekretärin des Vaters der Senhora und ohne den Vater der Senhora, das Schlafzimmer oben, in dem die Mutter der Senhora der Krankenschwester verkündete

– Ich sterbe nicht

so dass die Senhora sich fragte, ob sie tatsächlich gestorben war oder sich nur ein anderes Bett in einem anderen Flügel des Hauses ausgesucht hatte, einer anderen Krankenschwester verkündete

– Ich sterbe nicht

die Mutter der Senhora, die sie nicht erkannte

– Wer bist du?

so wie auch, würde sie in die Schule zurückkehren, falls es die Schule weiterhin gäbe, niemand wissen würde, wer sie war, der schwarze Portikus hatte alles schnell verschlungen, den Geruch des Refektoriums, die düsteren Messen, Schwester Circuncisão, die sie wegscheuchte und sich an die Orgel setzte

– Geh da nach vorn Mädchen

und die Novizin war verwirrt, außer beim ersten Mal vor vielen Jahren habe ich die Senhora nie stehen sehen, habe sie nie gehen sehen, immer saß sie da und wartete auf mich, das Hündchen schlummerte entweder unter dem Ring, der dessen Größe veränderte, oder schaute sie friedlich an, in wenigen Augenblicken, sobald ich schweige, vergessen sie mich, vielleicht gehen sie an meinem Haus vorbei, ohne es zu bemerken, vielleicht sehen sie mich aus einem Auto in der Küche zur Abendbrotzeit, wie ich einen Meeraal zubereite oder den Herd anstelle in einem Kittel, der Vorarbeiter des Gutsbesitzers in einem zweiten Jeep, bei ihm ein Neger mit einem Schießprügel auf dem hinteren Sitz, die Bäume, in einem gestreiften Kittel, kam, um mit der Lehrerin zu sprechen, sprach mit meinem Vater, zerstückelte ein Stöckchen, die Bäume viel größer als die hier, andere Tiere, würde ich vom Regen oder von den Insekten erzählen, niemand würde es glauben, er schaute zur Schule und zum Wasser des Stausees, fuhr schließlich über Unebenheiten holpernd auf dem Buschpfad davon, der zweite Freund der Besitzerin der Buchhandlung wartete lange, unscheinbar, fast nicht vorhanden, wich zurück, wenn wir an ihm vorbeikamen

– Verzeihung Verzeihung

verabschiedete sich an der Gartenpforte des Häuschens, verflüchtigte sich im Schatten hinter irgendeiner Gasse, die Besitzerin der Buchhandlung zu meiner Kollegin

– Ich will ja nicht sagen dass ich verliebt bin aber meine Mutter lebt nicht ewig und außerdem bin ich zweiundfünfzig

will heißen, jemand, der mir unterhalb der Turteltauben Gesellschaft leistet, jemand dort im Winter, wenn es regnet, und wenn wir den Vorhang zur Seite schieben, späht uns unser Tod aus, jemand, der mir Gesellschaft leistet, damit ich die Tropfen des Wasserhahns ertrage, die einen, weil sie ohne gleichmäßigen Rhythmus mitten in der Nacht so menschlich sind, mich in Panik versetzen, die Besitzerin der, der Abgeordnete, die Besitzerin der Buchhandlung bei jedem Tropfen

– Wer stirbt hier mit mir ohne dass ich es mitbekomme?

und die Erinnerung an den Husten des Vaters im hinteren Zimmerchen, der sich mit seiner Münzsammlung die Zeit vertrieb, der Abgeordnete rief einmal an, zweimal, die Senhora antwortete durch den Angestellten mit der weißen Jacke, dass die Masseurin oder die Maniküre oder eine Freundin, die Gattin des Abgeordneten zur Senhora

– Sie verstehen mich jetzt besser nicht wahr?

und ich verstehe sie jetzt tatsächlich besser, so wie ich die Ausflüge mit dem Chauffeur nach Sesimbra verstehe, um sich einen Augenblick lang, den Blick auf die Wellen, auszuruhen, diesem grauenhaften Rauch und dieser Aufregung in Lissabon zu entfliehen, ich bin das Gegenteil einer komplizierten Frau, ich habe einen so einfachen Geschmack, mein Gott, der Cousin des Chauffeurs hat ein Häuschen in der kleinen Stadt, einmal ganz abgesehen von Gummibändern an beiden Strümpfen und der Bescheidenheit derjenigen, die niedriger gestellt sind als wir, es ist traurig, aber wahr, und Wahrheiten, so schmerzlich sie auch sein mögen, müssen ausgesprochen werden, sie sind uns allmählich abhandengekommen, die Gattin des Abgeordneten zum Chauffeur

– Wo bist du mein Apollo komm her

doch da ist leider das Geld, und ich bin die Erste, die das aufregt, ich wäre außerstande, mehr als eine oder zwei Stunden lang in dieser so nützlichen Hütte zu leben, der Angestellte mit der, der Vorarbeiter des Gutsherrn kehrte nicht zum Stausee zurück, Vögel, weder Turteltauben noch Wellensittiche, vor dem Anbruch des Tages, mein Vater, das Jagdgewehr in der Hand

– Das gefällt mir nicht

meine Mutter

– Wieso?

und mein, der Angestellte mit der weißen Jacke zu mir, auf der ersten Stufe der Treppe

– Sie empfängt nur Sie

so alt wie die Senhora, man sah es am Nacken, an den Händen, und mein Vater legte sich flach ins hohe Gras

– Wenn ich wüsste wieso

die Gattin des Abgeordneten freundlicher zu ihrem Ehemann, aufmerksamer, zupfte ihm mit Zeigefinger und Daumen ein winziges Haar vom Kragen, zeigte es ihm amüsiert

– Bist du erblondet?

rollte es ein wie ein Brotbällchen, Absätze in der Garage

des Hotels in Sintra, die sich vor den eigenen Echos fürchteten, eine Sekretärin, die es bereits bereut, sie ist angespannt, überlegt, ein Verkehrsmittel zurück nach Lissabon wird es sicher geben, einen Bus, einen Bahnhof unter einer Reihe Platanen, während der Abgeordnete im Zimmer nachprüfte, ob die Zahnersatzspange fest saß, die Elastizität der Matratze maß, indem er mit dem Hintern darauf herumhüpfte, er schob das Bett von der Wand weg, damit das Kopfteil, mein Vater ging um die Schule herum, wo die Lehrerin das Abendessen in einem Topf aufwärmte, Trockenfisch, Kartoffeln, irgendwann wird sie eine Brille tragen, wie schade, und die gelben Augen welk hinter dem Glas, mein Vater

– Mir gefällt das überhaupt nicht

während der Abgeordnete das Bett von der Wand wegschob, damit das Kopfteil nicht dagegenschlug, das Haus des Cousins vom Chauffeur eine leere Kühltruhe, und was ist eine Kühltruhe schon wert, ein Schneewittchen, dem zwei Zwerge fehlten, auf dem einzigen Tisch, den ein zusammengefaltetes Stück Pappe unter einem Bein im Gleichgewicht hielt, doch selbst so wackelte er, ich sage meinem Sohn, dass Gott beschlossen hat, ihm ein Geschwisterchen zu schenken, fand mich sofort blöd und gab die Idee auf, die Senhora zu mir, während sie mit einem Ohr des Hündchens spielte

– Ich werde Sie möglicherweise nicht weiter sehen können

das Porzellan, die Teppiche, die Möbel, der Gärtner trug Blumentöpfe aus dem Gewächshaus zu den Beeten, die Sekretärin, der Swimmingpool lief voll, mein Gott, nein, so ein Unsinn, was mir alles in den Kopf kommt, reden wir von etwas anderem, ich arbeite lieber in der Buchhandlung als in einem Laden wie Celeste, vernickelte Kleiderstangen, Bügel, Klamotten, ein Kabuff mit einem Spiegel und einem Vorhang, hinter dem herrische Finger auftauchen

– Zeigen Sie mir das karierte

und der Vorhang bläht und zieht sich den Bewegungen des Körpers entsprechend zusammen, wahrscheinlich verhält sich mein Bauch in ein oder zwei Monaten so, wenn das Kind sich bewegt, ich kann mich nicht damit abfinden, und was Liebe betrifft, was für ein Wort, wer es erfunden hat, wusste ganz bestimmt nicht, was es war, fühle ich nicht einen Funken, das schwöre ich, mein Vater wurde einem Hund immer ähnlicher, er schnupperte, schnupperte, die Nase zur Schule gewandt, stellte das Jagdgewehr neben den Eingang und schnupperte wieder, die Besitzerin der Buchhandlung, überzeugt, dass niemand sie sah, händchenhaltend mit dem zweiten Freund an einem Hang vor dem Häuschen, die Sekretärin im Hotel in Sintra

– Ich werde am Empfang nach dem Fahrplan für die Busse und die Züge fragen auch nach denen die nicht abfahren

aber sie ging nicht, die Sekretärin

– Ich hole den Fahrstuhl nicht

aber sie holte ihn, die Sekretärin

– Ich drücke nicht auf den Knopf für den dritten Stock

aber sie drückte darauf, der Abgeordnete hörte, das Ohr an der Tür, ihre Schritte, öffnete, bevor sie ankam

– Willkommen in meinem Schloss Prinzessin

im Bademantel, barfuß, den zweiten Zeh über dem großen, und das Gebiss weniger fest, als er glaubte, ein wenig schief, die Sekretärin dachte

– Hoffentlich küsst er mich nicht hoffentlich küsst er mich nicht

will heißen mehr Schneidezähne als Lippen, und seine Hand suchte sie, zog sie zu sich, die Sekretärin hatte Schwierigkeiten, den Milchkaffee vom Frühstück im Magen zu behalten

– Würde ich sterben ginge es mir besser

während Apollo, der alle Zähne hatte, auf den Allerwertesten der Gattin des Abgeordneten schlug

– Gutes Fleisch

die Gattin des Abgeordneten protestierte nicht, zärtlich
– Du bist so brutal
ihre Hinterbacken schmerzten, doch es erregte sie, dass sie schmerzten, wie entschuldige ich mich bei meinem Sohn, der Behinderte vom Erdgeschoss bewegte sich im Zentrum seiner Gliedmaßen und seiner Krücken vorwärts, worauf alles in Unordnung geriet, strauchelte und auf eine Katastrophe zusteuerte
– Ich finde Sie haben zugenommen das nenne ich Gesundheit
die Sekretärin, die unwillig war, sich auszuziehen, die Gattin des Abgeordneten legte den Kopf mit geschlossenen Augen in den Nacken, hoffte, so weniger Falten zu haben, das Haus in Sesimbra roch schimmlig und abgestanden, Flecken an der Decke, eine gläserne, rosa Glastulpe ohne Fassung, leere Bierflaschen auf dem Fußboden, der Chauffeur packte sie kräftig an den Schultern, und die Kraft gefiel ihr, wie lange hat schon kein Mann sich für mich begeistert, wenn mein Mann sonnabends mit mir zusammen war, dachte er an etwas anderes, bat
– Zieh dich aus
am Anfang, befahl
– Zieh dich an
am Ende, schon im Stehen, schon abwesend, mit einem Blick auf die Uhr
– Es ist wahnsinnig spät
die Besitzerin der Buchhandlung erinnert sich, händchenhaltend mit dem zweiten Freund, an den ersten
– Bin ich nicht etwas zu schnell?
zögert
– Ziehe ich die Hand weg?
zögert
– Ziehe ich die Hand nicht weg?
und zieht die Hand nicht weg, muntert sich auf

– Trotz allem jemand mit mir zusammen

begann an der Ecke die Turteltauben zu hören, ohne Porzellantränen, fröhlich, zum ersten Mal waren die Turteltauben fröhlich, wie eigenartig, es gibt also doch fröhliche Turteltauben, der Duft der Zedern selbst bei abwesendem Wind kräftiger, würde ihr zweiter Freund sie jetzt umarmen, ließe sie es zu, wäre ich im Keller, würde ich vielleicht, solange die Angestellten es nicht hören, auf die Zeitschriftenstapel achtend, ohne einen einzigen umzustoßen, das Ohr auf die Treppe gerichtet, meine Mutter lebt nicht ewig, und den Tropfen vom Wasserhahn allein zuhören, das kann ich nicht, wirklich nicht, das ist nicht nur eine Frage der Angst, ich verdiene es einfach nicht, ehrlich nicht, aus dem Mund der Gattin des Abgeordneten, von ihr unabhängig

– Schlag mich noch mehr zerreiß mich

der Chauffeur eingeschüchtert

– Was hat die Alte?

und ein vorsichtiger, leichter Klaps, dachte

– Auf was habe ich mich da eingelassen

dachte

– Ich verliere womöglich noch diesen Job

die Gattin des Abgeordneten zog seinen Gürtel heraus, griff in seine Hose

– Ich habe gesagt du sollst mich schlagen schlag mich

weder mein Vater noch meine Mutter noch ich haben je etwas anderes gehört als das Wasser des Staudamms und das Raunen des hohen Grases, wenn eine Ziege dort hindurchging, die Gattin des Abgeordneten

– Kümmere dich nicht um das Kleid

Jonatão an der Tür

– Die Mulattin Senhor

und mein Vater im Schlafanzug, im Schlafanzug mit dem Jagdgewehr und einem Tranchiermesser, mein Vater umrundete die Schule und erreichte das Zimmerchen, dies, als die Wolken lila waren und die ersten Insekten kamen, die ursprungslose Brise, die der Nacht vorangeht, dem Regen vorangeht, die dem Augenblick vorangeht, in dem wir aufhören zu sein, die Besitzerin der Buchhandlung zum zweiten Freund mit einer Stimme, die die Worte abtastete, über die Konsonanten ging wie übers Wasser, von Stein zu Stein, um nicht nass zu werden

– Auch wenn ich nicht recht weiß wie ich fragen soll was empfinden Sie für mich?

niemand auf der Straße, der sie beobachtete, nur ein quietschendes Fahrrad und eine Bougainvillea über einer Mauerbiegung, seit wie vielen Ewigkeiten verkaufe ich nun schon Bücher, seit wie vielen Ewigkeiten schaue ich auf dasselbe Gebäude gegenüber, mein Vater gelangte vor meiner Mutter und vor mir, aber zusammen mit Jonatão, der gleich hinter ihm kam, in das Zimmerchen der mulattischen Lehrerin, ganz im Inneren der Brille, der Angestellte mit der weißen Jacke wies mit der Nase zum Haus

– Die Arme

unvermittelt älter als die Senhora, so gut frisiert, so gut rasiert, so distinguiert und dennoch unvermittelt sehr viel älter als die Senhora, könnte der Angestellte mit der weißen Jacke mit der Nase auf sich selber weisen

– Der Arme

will heißen, der Angestellte mit der weißen Jacke machte eine Pause, die

– Ich Armer

bedeutete, bemitleidenswert wie die Venus mit der Muschel, die Arme, und der Diskuswerfer, der Arme, sogar die Duftrosen, die Armen, und auf dem leeren Tennisplatz hüpften die Bälle weiter über den Boden, die Armen, der gummibandlose Strumpf des Abgeordneten auf dem Teppich, der Arme, die Habseligkeiten der mulattischen Lehrerin über den Boden verstreut, ein Westchen, Creolen, das Tuch, der Koffer, mit dem sie angekommen war, offen, leer, wenn sie einmal geht, hat sie kein Gepäck und braucht es auch nicht, denn die mulattische Lehrerin lag zusammengerollt auf dem Boden, die gelben Augen, ich bin im Leben nie wieder gelben Augen begegnet, die vom Obdachlosen sind nur durchscheinend, die gelben Augen reglos auf uns gerichtet, ohne uns wahrzunehmen, denn, die Gattin des Abgeordneten zum Chauffeur

– Mach mich fertig töte mich

das Haus in Sesimbra hatte einen kleinen Garten mit zwei Kohlstauden, die die Katzen oder die streunenden Hunde oder die Tiere der Welt malträtierten, Strauße, Seehunde, Zentauren, soweit ich mich erinnern kann, ist niemals eine Herde Zentauren zum Stausee zum Trinken gekommen, sie ziehen Flüsse vor wie die Mammuts und die Zyklopen, die Lehrerin, ich schaffe es nicht, eine ordentliche Geschichte für meinen Sohn zu erfinden, was für Geschichten glaubt ein Kind denn, sehe ich ein Mofa, und wenn es nur weit weg ist, verstecke ich mich, so wie ich mich auch weigere, Spiegeleier zu essen, die mulattische Lehrerin, ich werde das auf eine Art und Weise schreiben, die mir weniger schwerfällt, außer dem Jeep nichts weiter auf dem Grund des Stausees, kein zweites Loch im hohen Gras, mein Vater hat sich nicht einmal über sie gebeugt, hat das Blut an den Stiefeln mit Blättern vom Mangobaum abgewischt, der Postenchef kam am nächsten Tag mit zwei Cipaios, versiegelte die Schule, sie nahmen etwas in Segeltuch eingewickeltes Langes mit, das alles während der kühlen Jahreszeit, und es war feucht und neblig, meine Mutter zu mir

– Ist dir nicht kalt?

und natürlich war mir kalt, die Hände eiskalt, nicht abgehackt wie die von der, die Hände eiskalt, nicht abgehackt, ganz, der Hals eiskalt, nicht durchgeschnitten, ganz, die Ohren eiskalt, nicht abgeschnitten, ganz, kein Nagel in der Kehle, die

Kehle auch ganz, kein Schnitt im Rücken, mir war kalt, und das reichte, der Postenchef kam mit den Cipaios zurück, die die Schule wuschen und die restlichen Habseligkeiten der mulattischen Lehrerin einpackten, das Schminkkästchen, denn sogar sie sind Clowns, das an einem Haken hängende Spiegelchen, die Meeresschnecken zum Voraussagen der Zukunft, der Postenchef, und wenn ich meinem Sohn sage, nein, so geht es nicht, das kann ich vergessen, ich werde schon etwas finden, was geht, der Angestellte mit der weißen Jacke zu mir

– Bis morgen gnädiges Fräulein

und seine Stimme erstarb, der Postenchef und mein Vater schauten auf einer Wurzel hockend zu, der Postenchef, ohne meinen Vater anzusehen

– Sie wissen nicht was vor nicht allzu langer Zeit mit dem Gutsbesitzer passiert ist nicht wahr?

mein Vater, ohne dabei den Postenchef anzusehen

– Nein

denn bei einfachen Wahrheiten muss man niemanden direkt ansehen, die Gattin des Abgeordneten zum Chauffeur, ihre falschen Wimpern waren abgegangen, und ihr Haar klebte vor Nässe am Kopf

– Mach mich noch einmal fertig Junge

schüttelte ihn erst langsam, dann schneller, der Postenchef, ohne dabei meinen Vater anzusehen

– Selbstverständlich habe ich nach Luanda gemeldet dass der Gutsbesitzer mit einem farbigen Mädchen in Südafrika gesehen wurde

meine Kollegin zu mir

– Die Chefin ist überzeugt dass es diesmal was Ernstes ist die dumme Gans

die Besitzerin der Buchhandlung, deren Körper mit der Zeit fülliger geworden war, muss nach der Hälfte innehalten, den Puls messen, wenn sie die Treppen aus dem Keller hochsteigt, und der zweite Freund wartet oben, weil die Küsse des ersten, ich nehme an, dass sie es annahm, weiter in dem Durcheinander von Zeitschriften und zerfressenen Lexika auf sie deuten, die ich an den Guincho schleppe und die sich in aus den Fugen geratenen Stapeln um den Sessel der Senhora häufen, der Postenchef erhob sich von der Wurzel, ich habe nie gesehen, dass mein Vater und er sich begrüßten, wozu, wo die Zeit in Afrika stillsteht, ein einziger Montag währt ewig, er rief die Cipaios mit der Reitgerte, der Angestellte mit der weißen Jacke zu mir

– Hoffentlich bis morgen gnädiges Fräulein

tätschelte beinahe meine Wange, streichelte mich fast, hielt beschämt inne

– Verzeihen Sie meine Dreistigkeit

und ich bedauerte, dass er meine Wange nicht getätschelt, mich nicht gestreichelt hat, mein Vater schaute dem Postenchef auf dem Buschpfad nach, ich sollte meinen Sohn nehmen und in einen Zug steigen, der nicht abfährt, nicht einmal dem Obdachlosen winken, vielleicht würde ihm ja auffallen, dass die Bananenhälfte ausblieb, ich bin sicher, dass er mich nicht wahrnahm, vielleicht würde er die beiden Geier auf dem Dach der verlassenen Schule sehen und einen dritten, der von einem Bein aufs andere tretend beim Fenster herumstrich, meine Mutter

– Ich kann diese Monster nicht leiden

die sich, wenn wir sie verfolgen, bevor sie losfliegen, hüpfend und flügelschlagend, von der Hitze bedrückt, der Abge, davonmachen, ordnete zur Sekretärin auf der Suche nach einer Tablette im Jackett, ohne die Tasche zu finden

– Das Herz ist aus dem Tritt geraten geh bitte einstweilen nicht weg

wobei er das Gebiss reinschob, das nicht richtig im Mund saß, was wird die Senhora tun, wenn ich nicht im Haus bin, allein mit dem Hündchen, ohne das Hündchen wahrzunehmen, sie nimmt die Clowns mit den Sonnenbrillen und den breitkrempigen Hüten wahr, die beim Tennis sitzen, den Vater der Senhora mit der Gattin des französischen Botschafters auf der einen und einem neuen blonden Mädchen auf der anderen Seite, mit noch mehr Ketten als das vorangegangene, das ihm Zustimmung zuwinkt, die Sekretärin reckte sich zum Telefon, aber der Abgeordnete hinderte sie daran, weder mit einer Geste noch mit einem Wort, mit etwas, das einem Grunzen ähnelte

– Willst du die Zeitungen an der Hacke haben willst du mein Leben zerstören?

der Garten des Hauses ist nachts abwesend, das Gewächshaus, das Gartenhäuschen, der Swimmingpool, die Zentauren sind nicht in Afrika, sie trinken aus dem Wasserbecken, die Besitzerin der Buchhandlung zu meiner Kollegin und zu mir, Celeste steht dabei auf der Schwelle und hört zu

– Wenigstens ein Mensch der bei mir ist wenn meine Mutter stirbt

und denkt an den Kapverdier

– Welche Unterstützung gibt er mir denn?

denkt

– Warum geht er nicht mit den Zentauren einen trinken und lässt mich in Ruhe?

während der Obdachlose den Schlafsack aus dem Rucksack zog und sich auf die Stufe legte, die ebenso eine Stufe war wie das Bett im Hotel in Sintra und der Abgeordnete ein Bettler, die Sekretärin

– Nackt sind sie so hässlich

rückte ihren Rock zurecht, schlüpfte in die Schuhe, in die Jacke aus Zobelpelz, schminkte ein Augenlid nach, gab ihrem Haar, das der Bürste nicht gehorchte, Volumen, denn falls der Geschäftsführer oder ein Arzt eintritt, werden sie mich wenigstens zurechtgemacht, schicklich antreffen, bemerkte zum

Glück einen verkehrt geknöpften Knopf und korrigierte das, bei der Bluse war unter der Achsel die Naht aufgegangen, so ein Ärger, der Reißverschluss geht nicht hoch, geht nicht hoch, hoffentlich verdeckt die Jacke das, sie spähte in den Spiegel, und nun ja, sie verdeckte es, der Vater der Senhora zur Mutter der Senhora

– Deine Tochter?

die nicht hinter den Bällen herlief und sich auch nicht zu den anderen Clowns setzte, um zuzuschauen, der Vater der Senhora hatte die Gattin des Botschafters und ein blondes Mädchen ohne Herzen am Armband vergessen, endlich ein blondes Mädchen ohne Herzen am Armband

– Deine Tochter?

der Vater der Senhora schüttelte die Mutter der Senhora

– Meine Tochter?

die Mutter der Senhora verblüfft, dass der Vater der Senhora

– Meine Tochter?

die Mutter der Senhora fragte

– Wie bitte?

um zu hören, dass er es wiederholte

– Meine Tochter?

und Ihre Tochter, Senhor Doutor, ist in der Nähe der Beete, bevor man zum Gewächshaus kommt, fast im Schatten der Flammenbäume auf halbem Wege zwischen den Sonnenblumen und dem Diskuswerfer, ist beim Wasserbecken mit der Venus und trinkt Wasser, und nachdem sie das Wasser getrunken hat, entfernt sie sich für immer in Richtung Dünen, in Richtung Wind, in Richtung Guincho, galoppiert glücklich mit den anderen Zentauren.

ZEHNTES KAPITEL

Als ich die Senhora zum letzten Mal sah, saß sie in ihrem Sessel im Salon, das Hündchen auf den Knien, obwohl der Ring nicht darüberstrich, stillstand, und dahinter die Duftrosen, stärker geschminkt als üblich, die Augen woanders, ohne mich zu sehen, so wie sie auch bei der Messe in der Schule Pater Ismael nicht sahen, so wie sie auch den Gatten der Senhora, wenn er vor ihr stand, nicht sahen, so wie sie weder ihre Kinder noch ihre Enkelkinder sahen, damals als sie sie noch besuchten, der Angestellte mit der weißen Jacke

– Sie hat verlangt dass wir Sie herbringen hat gesagt sie wolle mit Ihnen reden

aber sie redete nicht, das Kleid zu weit, und die Brosche auf der Brust hob und senkte sich langsam, sie zeigte mit den Augenbrauen auf die Bücherpakete, die sie niemals berührte

– Sagen Sie Ihrer Chefin dass mit den Sendungen Schluss ist

während der Chauffeur am Fuß der Treppe wartete und das Ergebnis der Pension im Hinterland von Cascais allmählich meinen Bauch weitete, der Alte im Unterhemd und die beiden Neger tauchten auf und verschwanden wieder, der Alte im Unterhemd

– Es reicht jetzt

und die Stille hier draußen mit den Schmerzen vermengt, plötzlich so viel Stille hier draußen, mein rechter Ellenbogen weigerte sich, sich anzubeugen, und ist nie wieder ganz gut geworden, ist mehr oder weniger gut, wenn ich ihn beispielsweise plötzlich anbeuge, gibt es irgendwann einen kleinen Hüpfer, ich stelle mir vor, dass der Knochen dabei über den Knochen gleitet, wenn ich wegen des Kindes zum Arzt muss, werde ich um eine Untersuchung bitten, der Angestellte mit der weißen Jacke zu mir

– Der Arzt hat angeordnet sie wegzubringen sobald Sie gegangen sind

ich fand Ärzte immer attraktiv, wenn sie ein Röntgenbild gegen das Licht hochhalten, ich mag es, ihnen zuzuschauen, wenn sie Flecken mit einem Kugelschreiber einkreisen und sich ernst mit mir über den Rand der Brille unterhalten, meine Kollegin

– Fährst du nicht mehr an den Guincho?

zum Wind, zu den Dünen, den Wolken am Gebirge, wenn eine Möwe gegen die Scheibe des Busses prallt, wird mich das Blutströpfchen nicht mehr stören, nicht dass mich das Unglück der Tiere besonders berührt, sie erschrecken mich einfach, wer beweist mir, dass sie nicht an ein Leben nach dem Tod glauben oder nicht an Gott denken, ich jedenfalls habe Tage, es kommt darauf an, an denen ich Lust hätte, dort dagegenzuprallen, wenn ein mulattisches Kind kommt, wie werde ich es akzeptieren, der Angestellte mit der weißen Jacke

– Die Senhora hat dem Doktor gesagt dass sie das Treffen mit Ihnen nicht verpassen möchte

und das Wasser in der Muschel der Venus schneller, keine Tränen, darauf falle ich nicht rein, nur Wasser, wir hören nicht auf, uns Vorwände einfallen zu lassen, um ja nicht gerührt zu werden, der Gärtner gestand, den Wasserhahn ein wenig aufgedreht zu haben, ich glaube, aus Zerstreutheit, wir haben die Manie, die Dinge miteinander in Verbindung zu bringen, ohne zu begreifen, dass es überhaupt keine Verbindung gibt, nur Zufälle, die Senhora wird sterben, ohne dass ich es erfahre, wie die Möwen, die gegen zukünftige Busse prallen, und das war's, es kann sogar sein, dass ich mich daran erinnere, dann erinnere ich mich weniger, dann erinnere ich mich nicht mehr, und Schluss, eine alte Frau, die ich vor Ewigkeiten im Sessel eines riesigen Salons kennengelernt und deren welkes Clownsgesicht ich verloren habe, die Besitzerin der Buchhandlung, indem sie einen Schritt zurückwich

– Du bist unglaublich hartherzig

fürchtete, ich könnte sie mit meiner Hartherzigkeit anstecken, aber keine Angst, ich gebe sie nicht weiter, ich behalte sie für mich, denn es gibt niemanden, der mir hilft, mich auf den Beinen zu halten, weil sie mit Turteltauben zusammenlebt, hat die Besitzerin der Buchhandlung sich jede Menge Porzellangefühligkeiten angewöhnt, aber drinnen ist sie hart wie Holz und berechnend, verdammtes Miststück, immer planst du dein kleines Leben, was den zweiten Freund betrifft, habe ich den Film sofort begriffen

– Mich stört es nicht dass er über die Silben stolpert denn jeder stolpert über irgendetwas wichtig ist dass er keine Probleme macht

und tatsächlich, bisher hatte er es nicht getan, ein Schritt links hinter ihr, wie der Postenchef es seinem Cipaio befohlen hatte, und den Blick auf dem Boden, um Verführungen zu meiden, sie, die die Männer genau kannte, durchschaute das Spiel, der Angestellte mit der weißen Jacke

– Ich hätte nicht gedacht dass die Senhora Sie so sehr schätzt

dieser hier machte wirklich keine, voller Seufzer und Gewinsel, ihm fehlte nur noch, wie der Wind in den Zedern zu duften, vielleicht war er entfernt verwandt mit der Besitzerin der Buchhandlung, obwohl sie sich nicht kannten, glaube ich, denn auf dieser Welt fehlt es nicht an Zufällen, der Ingenieur von den Parfüms besuchte mich weiterhin, zog das Spar, der Obdachlose, buch aus der Tasche, feuchtete den Zeigefinger beim Umblättern an

– Wollen Sie meine Ersparnisse erfahren?

der Obdachlose entdeckte ein aufgegebenes Auto in der Nähe des Ladens, viel bequemer als die Stufe, und begann, den Schlafsack auf der hinteren Sitzbank auszurollen, ich beugte mich hinein, um ihm die Hälfte der Banane zu geben, und er aß sie dort drinnen, Celeste, die von seiner Gleichgültigkeit genervt war

– Jetzt hat der feine Mann sogar noch ein Auto

war auf meinen Bauch neidisch

– Erzählst du mir nicht wenigstens wer der Vater ist?

aber auf die hohen Zuckerwerte und auf das aufgedunsene Gesicht war sie nicht neidisch, damals bei meinem Sohn quälte mich das Gewicht mehr, es fiel mir schwer, auf der Suche nach einem Roman auf einen Schemel zu steigen, die Kunden suchen sich niemals etwas aus, das wir in Reichweite haben, immer der Schemel, immer die Trittleiter, ständig lauert der Knochenbruch, solange ich nicht so wie der Behinderte mit dem Dreirad voller Aluminiumruder werde, geben sie keine Ruhe, das Wasser aus der Muschel der Venus hörte auf und kam wieder zurück, Moos an der Muschel, Moos auf ihrem Schulterblatt, Moos auf der Tunika, die ihre Intimteile bedeckte, die Senhora, die die Statue nicht im Geringsten zu interessieren schien

– Als ich in dieses Haus kam war das Ding schon da

mit Kissen zu beiden Seiten, die sie auf dem Sessel hielten, das riesige Haus, dem der Vater der Senhora noch mehr Stockwerke, noch mehr Zimmer, noch mehr Korridore, noch mehr Flügel hinzufügte, der Garten von den Büschen erobert, das Kiefernwäldchen stemmte sich gegen den Wind, mein Vater, auf einer Wurzel hockend vor der verlassenen Schule, die in ein oder zwei Regenzeiten die roten Ameisen vollständig verschlingen würden, so wie ich mir auch vorstelle, dass sie, nachdem wir gegangen sind, den Ort vollständig verschlungen haben, an dem wir wohnten, übrig bleiben wird der Stausee, die Senhora, und Jonatão, wenn sie ihn nicht getötet haben, dessen Wasserspiegel bis zum Strich an der Mauer abfällt oder ansteigt, die Senhora

– Ich wollte Ihnen erklären

ohne den Satz zu Ende zu sprechen, erst jetzt bemerkte ich, dass ihr Hals unglaublich dünn war, die hellen Linien der Knochen und die Zähne so deutlich unter der Haut, dass man sie hätte zählen können, keine alte oder verbrauchte Frau, eine fast verstorbene Frau, nicht der Clown, der zu sein sie jahrelang akzeptiert hatte, die Ruine eines Clowns, von dem ich nicht weiß, ob er mich sah oder einen Tennisball, der über das Netz hin- und herflog, mit ihr aufgereiht Senhoras, die sich gegenseitig beneideten, sich gegenseitig lobten, sich gegenseitig verabscheuten, alles zugleich so offensichtlich und so verborgen, je verborgener, umso offensichtlicher, und der Vater der Senhora herrschte über das Ganze mit seinem Geld, seiner Autorität, seiner Macht, der Vater der Senhora lenkte die Clowns und die Ehemänner der Clowns, den englischen Grafen, die immer zahlreicheren Deutschen, die Mili, nicht meine Kollegin, meine Kollegin ist hinten, ordnet die Bücherregale, die Besitzerin der Buchhandlung

– Fährst du nicht mehr an den Guincho?

tärs, die Botschaftsräte, die Portugiesen, die mit ihnen zusammen und für den Vater der Senhora arbeiten, und die Getränke, die Erfrischungen, die Tees, die Senhora

– Ich wollte Ihnen erklären

mit ihrer Schminke und ihrer so teuren Kleidung, der Leuchtturm, der bald zu muhen beginnen würde, weil das Schwarz des Gebirges vom Hang herunterglitt, weil Zweige tanzten, weil die Blumen sich schlossen, Celeste zu mir, beunruhigt

– Ist etwas mit dir passiert?

aber es ist nichts passiert, keine Angst, dem Gutsbesitzer und der Lehrerin ist etwas passiert, dem Postenchef, der verabredet hatte, dass er sich mit uns in Luanda treffen wollte, und der nicht kam, ein Stolperdraht, eine Granate, ein Messer, die Cipaios nicht mehr

– Muata

sie schwiegen, die Schießprügel spien Metallsplitter, Scharniere, Nägel, Metallspäne, der Postenchef zu den Cipaios

– Was soll das?

der Postenchef

– Nein

mit ausgestreckten Händen

– Nein

in brauner Uniform

– Nein

in Stiefeln, die ein Militär ihm dagelassen hat

– Nein

und die Negerin, mit der er zusammenlebte, flüchtete zum Fluss, die Negerin, mit der er, die Senhora, die Negerin, mit der er zusammenlebte, fiel ebenfalls, die Senhora, die mich nicht mehr anschaut, womit, wenn die Augen leer sind, keine Farbe mehr haben, leer sind, die Augen leer, Tennisbälle fliegen von rechts nach links, und die Augen folgen ihnen, leer, der Angestellte mit der weißen Jacke

– Seien Sie nachsichtig mit ihr

nicht nur höflich, bittend

– Seien Sie nachsichtig mit ihr

aufrecht, würdig, distinguiert, ich hatte plötzlich die Eingebung, dass der Angestellte mit der weißen Jacke und die Senhora, nein, ich hatte keine Eingebung, will heißen, ich löschte sie aus, hielt mir die Ohren zu, will sie mir selber gegenüber nicht erwähnen, der Angestellte mit der weißen Jacke gehörte zur Generation der Senhora, und daher ist es möglich, und daher ist es nicht möglich, und deshalb schweige ich, würden alle Turteltauben auf einmal singen, könnte ich mich selber nicht hören, deuten Sie es nicht an, behaupten Sie es nicht, zwingen Sie mich nicht, etwas zu folgern, was der Vater der Senhora nicht weiß und der Angestellte mit der weißen Jacke und die Senhora verbergen, der Angestellte mit der weißen Jacke stumm, nein, der Angestellte mit der weißen Jacke

– Lassen Sie sie nicht leiden

das mit einem Murmeln, mehr als einem Murmeln, einem Flüstern

– Lassen Sie sie nicht leiden

ich auf dem Stuhl beim Sessel, sah, wie der Gärtner den Rasen mähte, beobachtete die Felsen und die vom Meer heransegelnden Wolken, die Senhora, die Besitzerin der Buchhandlung, die Senhora

– Ich wollte Ihnen erklären dass mein Vater

der Ring liebkoste sekundenlang das Hündchen, und das Hündchen glücklich, der Geruch des Refektoriums im Salon, die Stimme der Novizin wogte während der düsteren Messen über den Stimmen der Schülerinnen, der Weihrauchbehälter von Pater Ismael schaukelte an den Blechketten, die Besitzerin der Buchhandlung, der Angestellte mit der weißen Jacke ging lautlos, die Besitzerin der Buchhandlung

– Du bist merkwürdig seit du vom Guincho zurückgekommen bist

aber ich bin nicht merkwürdig vom Guincho zurückgekommen, das ist nur ihr Eindruck, der zweite Freund wartete an der Tür, diskret, durchscheinend in Anzügen, die, auch wenn sie neu waren, alt, abgetragen wirkten, so wie seine Figur etwas Altes, Abgetragenes hatte, er arbeitete im Büro eines Anwalts, wo er mit endloser Zunge von einem Ende des Klebstreifens zum anderen Briefumschläge zumachte, meine Kollegin glaubte es nicht

– Bei der Länge wundert es mich nicht dass sie am Zahnfleisch stolpert

und plötzlich fuhr hinten im Bahnhof ein Zug, der nicht abfährt, inmitten von Abfall ohne mich ab, ich frage mich wohin, es gibt so viele Orte, die ich nicht kenne, mein Gott, mein Leben ist so eng, mein Sohn saugt mir die ganze Zeit weg, eine Strafe, ihn zu wecken, eine Strafe, ihn anzuziehen, eine Strafe, ihn zum Essen zu bringen, er ist imstande, das Mittagessen stundenlang im Mund zu behalten und noch immer kauend aus der Schule nach Hause zu kommen, wenn sein Vater bei uns ist, nicht dass er mir fehlt, er fehlt mir nicht, reden wir nicht miteinander, zumal man, ich verstehe heute nicht mehr, was er in mir entzündet hat, sofort bemerkt, wo's langgeht, vielleicht hat ja der Kleine Respekt vor ihm und schluckt, wenn dieser hier schon so ist, kann ich mir gut vorstellen, wie der nächste wird, die Senhora, ich versuche nicht daran zu denken, die Senhora

– Ich wollte Ihnen etwas zu meinem Vater erklären

jetzt kam mir in Cascais alles abgenutzt vor, die Möbel, die Teppiche, die Bilder, die Duftrosen vertrocknet im Fenster, die Narzissen kraftlos, ein letzter Tennisball, den niemand aufhob, fiel ins Netz, mein Vater saß auf einer Wurzel und rauchte, niemand kümmerte sich um mich, niemand findet mich wichtig, eines Nachmittags, ich war damals klein, Wasserspeier am Staudamm, nicht viele, fünf oder sechs, und ich verblüfft, als ich auf sie zutrottete, entfleuchten sie, Milane, wenn der Regen endete, die Kacheln in meiner Küche sind so hässlich, ein Käfer, der wer weiß wie hereingekommen ist, der Angestellte mit der weißen Jacke

– Verzeihen Sie dass ich Sie behelligt habe

und das Auto, ich erinnere mich nicht, in meinem ganzen Leben ein größeres Auto gesehen zu haben, wartete, meine Kollegin, wobei sie auf den Keller zeigte

– Die Chefin hat den zweiten Freund auch mit runtergenommen

und wir beide horchten, und es stimmte, Wasserspeier, eine Art federlose Turteltauben ohne Porzellantränen, aus Grausamkeit und Gewalt gemacht, im Keller kippte kein Zeitschriftenstapel oder Regal um, ein Paket mit unnützen Lexika, die ich nicht mehr an den Guincho tragen würde, meine Mutter probierte die Suppe im Topf mit geschlossenen Augen, im Maschinenraum des Staudamms Hebel und Knöpfe, und Jonatão zündete die Pfeife mit dem kaputten Kopf an, letzte Woche habe ich den Typ vom Verlag auf der Straße gesehen, als er, sollte man zu mir, als er mich sah, machte er sich aus dem Staub, sollte man zu mir, über den Kinderwagen gebeugt, sagen

– Ist das nicht ein Mulatte?

habe ich beschlossen, nicht zu antworten, sollte mein Sohn

– Der ist ja dunkel

dann antworte ich auch nicht, Celeste vergleicht ihn mit dem Kapverdier, misstrauisch, überzeugt, dass die Spritzen geholfen haben, hört auf, mich zu mögen und meine Freundin zu sein, während des Ausverkaufs hatte sie immer eine Hose oder ein paar schulterfreie Oberteile für mich versteckt, sie mir in einem kleinen Beutel gegeben

– Los verschwinde

doch sie waren entweder zu groß oder zu eng, niemals in meiner Größe, Celeste enttäuscht

– Ist es hier nicht etwas locker?

hielt den überschüssigen Stoff zwischen den Fingern

– Meine Schuld ist das nicht du hast ein paar Kilo abgenommen

und nachdem sie mit süßem Gesicht das Baby angeschaut hatte, ihr Zeigefinger an der Brust des Kapverdiers, und der Kapverdier eingeschüchtert

– Ich?

der Vater der Senhora im Büro des englischen Grafen, die blonde Sekretärin des Vaters der Senhora

– Warte draußen

nicht bei ihnen, das, bevor die Rosen vertrockneten, die Mutter der Senhora zu dem Angestellten mit der weißen Jacke

– Ich bin ganz erschöpft vom Rufen

die Besitzerin der Buchhandlung zum zweiten Freund

– Versprich mir dass du mich nicht unglücklich machen wirst

und der zweite Freund unschlüssig

– Fasse ich sie nun an oder nicht?

streckte den Arm aus, zog ihn wieder zurück, legte ihn leicht an ihren Nacken, die Besitzerin der Buchhandlung, und sie legte dabei ihre Wange an den Ärmel

– Versprichst du es?

plötzlich war ihre Nase lang, und ihre Augen glitten an ihm herunter, wäre ich, will heißen, läge es in meiner Macht, Mitleid mit den Menschen zu haben, hätte ich Mitleid mit ihr, die Mutter in einem Schaukelstuhl, Landschaften mit Tannen, kuckucksuhrenähnliche Häuser, die die Züge, die nicht abfahren, vielleicht eines Tages erreichen werden, der zweite Freund nervös

– Und jetzt?

versuchte, leicht in die weiche Haut der Wange zu kneifen, kniff noch einmal leicht, stützte das Kinn auf das Haar der Besitzerin der Buchhandlung, die sich ihm entgegenreckte, langsam, mit verzücktem Blick, der zweite Freund spürte ein Nasenloch, das ihm feucht vorkam, und unter dem Nasenloch etwas, das sich wie eine Lippe anfühlte, noch eine Lippe, erwartete eine dritte, aber da waren nur zwei Lippen, meine Kollegin, die auf der obersten Stufe der Treppe hockte

– Es ist so weit

zwischen den Lippen, er nahm an, in der Mitte, ein Geschmack nach Spucke, ein bedächtiger Druck, als seine Knie nachgaben, hielt er sich an einem Regal fest, das zu wackeln begann, und er ließ es erschrocken los, die Besitzerin der Buchhandlung

– Liebster

tief im Mund, und er verschluckte das Liebster, die Stimme seiner Patentante während einer weit zurückliegenden Angina

– Wenn du auf das Medikament beißt nimmst du ihm die Wirkung Junge

also schluckte er das Liebster hinunter wie die Kapseln, erwartete zu spüren, wie es durch die Kehle rutschte, spürte es aber nicht, fürchtete, dass das so kleine Medikament ihn nicht wieder gesund machte, die Besitzerin der Buchhandlung oder seine Patentante

– Mach den Mund auf

um nachzuprüfen, ob er das Liebster nicht in dem Backenzahn versteckt hatte, den sie ihm gezogen hatten, aber er hatte es nicht versteckt, es verbreitete sich im Blut, die Patentante, sie war zweimal verwitwet, hatte die beiden Männer nebeneinander in gleichen Rahmen, einer von ihnen lächelnd, der andere misstrauisch, die Patentante noch immer frisch, mit dem Apotheker auf freundschaftlichem Fuße, der

– Schlawinerin

zu ihr sagte und sich damit um ein Foto bewarb

– Ich mochte sie aus unterschiedlichen Gründen

ein Satz, der den zweiten Freund noch heute verwirrte, was bedeutete Gründe, was bedeutete unterschiedlich, was bedeutete unterschiedliche Gründe, die Mutter der Senhora zum Angestellten mit, Wolken in Cascais, der weißen Jacke

– Wir haben einiges zusammen durchgemacht nicht wahr Marçal?

als ich die Senhora zum letzten Mal sah, saß sie in ihrem Sessel im Salon, das Hündchen auf den Knien, obwohl der Ring stillstand, dahinter die Duftrosen, die Senhora lächelte mich an, ohne mich zu sehen, so wie sie auch bei der Messe in der Schule Pater Ismael nicht sah, keine Möwe, keine Seeschwalbe, die Vögel auf den Felsen oder in den wilden Feigenbäumen, die bittere kleine Früchte hervorbrachten, die Senhora vor dem Gatten der Senhora, den sie auch nicht sah, sie beachtete, damals, als sie sie noch besuchten, weder ihre Kinder noch ihre Enkel, eine Fensterscheibe des Gewächshauses zerbrochen, die Hälfte der Fische von einst, dunkel, langsam, die Mutter der Senhora zum Angestellten mit der weißen Jacke

– Bring mir das Schminktäschchen Marçal

das Schminktäschchen, die Ketten, die Ohrringe, der Angestellte mit der weißen Jacke korrigierte ihre Gesichtszüge mit der Spitze des Taschentuches

– Glauben Sie mir es gibt noch immer keinen Clown wie Sie

keine Hündin, die so sehr Hündin ist, keine Nutte, die so sehr Nutte ist, die Mutter der Senhora zum Angestellten mit der weißen Jacke hoffnungsvoll

– Ist das wahr Marçal?

Cascais im Regen, ich will nicht sagen, traurig, eher banal, die Sonnenschirme in den Straßencafés hereingeholt, der Platz vor dem Hamburgerrestaurant menschenleer, die Palmen farblos, nicht einmal mehr Hunde am Strand, ein halbes Dutzend umgedrehte Boote im Sand, wartende Vögel auf der Kaimauer, die Mutter der Senhora zum Angestellten mit der weißen Jacke

– Bringen Sie mir die blaue Mantille

herrisch wie einst

– Die blaue Mantille

die Mantille blau, die Schuhe blau, der Gürtel lila, der breite mit dem Perlenverschluss, die schwarzen Strümpfe natürlich, bringen Sie mir die Bürste und den Haarspray, Marçal, bringen Sie mir die Haarklammern, die Mutter der Senhora lag auf dem Bett, bereit, hinunter zum verlassenen Tennisplatz zu gehen und sich dort auf die Bank mit den drei Plätzen zu setzen, die niemand außer ihr belegte, die Abwesenheiten mit einem zerstreuten Winken zu begrüßen, die Tabletts abzulehnen, die ihr die Dienstmädchen nicht hinhielten, den Fächer mit majestätischer Langsamkeit zu öffnen, zuzuhören, ohne zuzuhören, undurchdringlich, ernst, war mit dem Angestellten mit der weißen Jacke einer Meinung

– Glauben Sie mir es gibt noch immer keinen Clown wie Sie

die Mutter der Senhora mit dreißig, vierzig, fünfzig Jahren, und kein Clown wie ich, glauben Sie mir, die Senhora vor den Duftrosen verabschiedete sich beinahe von mir, schickte mich beinahe weg, die Senhora

– Ich wollte Ihnen erklären

die hellen Linien der Knochen und die Zähne so deutlich unter der Haut, dass man sie hätte zählen können, nicht eine alte Frau, eine beinahe dahingeschiedene Frau, die dennoch weiterlächelte, meinen Sohn von der Schule abholen, mit den öffentlichen Verkehrsmitteln nach Hause fahren, mit der Treppe kämpfen, während mein Sohn den Putz mit dem Bleistift ritzt, und dann das Fleisch auftauen, die Reisverpackung öffnen, die mit einer Wäscheklammer verschlossen ist, die Wäscheklammer auf den Finger setzen, und meine Mutter

– Sieh zu dass du dir nicht wehtust

aber ich tue mir nicht weh, ich bekomme eine Hexenkralle, schauen Sie, mit einer magischen Geste verwandle ich Sie in einen Käfer oder eine Heuschrecke, legen Sie sich nicht mit mir an, meine Mutter

– Hör mit dem Unsinn auf

und dennoch schwingt Panik in ihrer Stimme mit, ein Käfer, den man mit dem Besen tötet, eine Schlange, die man mit einer Zange im Herd stranguliert, die züngelt, es aber nicht schafft, uns zu erreichen, es wird einem ganz schwindlig angesichts der Menge existierender Wesen, wozu so viele, Strauße, Schimpansen, Schwertfische, Leute, die bei Ebbe mit einem Eimer Miesmuscheln sammeln, einer meiner Großonkel, das hat mir mein Vater erzählt, ein großer, kräftiger Kerl, der ganz allein ein Weinfass hochhob, hat wegen eines Skorpions den Löffel abgegeben, und ich hatte den Eindruck, dass das Fass meinen Vater mehr erstaunte als der Stich, der so kräftig war, dass er durch seinen Stiefel ging, ein Fass ist ungeheuer schwer, schon zwei auf einem Wagen nehmen den Ochsen jede Kraft, meine Mutter, die Mutter der, meine Mutter

– Was für eine Geschichte

die Mutter der Senhora mit Mantille legte, ohne das Bett zu verlassen, den Spiegel auf die Brust

– Wie finden Sie mich Marçal?

richtete eine Haarsträhne, richtete die Kette, der Angestellte mit der weißen Jacke ehrlich

– Der Clown der Ihnen das Wasser reicht muss erst noch geboren werden

richtete eine Falte, richtete eine Schleife, die Senhora ließ das Hündchen los, nahm es wieder

– Meine Mutter

wobei ich nicht begriff, ob voller Stolz oder Mitleid, will heißen, sie nahm es nicht wieder hoch, streifte es nur, mein Sohn machte sich an den Wäscheklammern zu schaffen, ohne eine öffnen zu können, man beachte den Unterschied zwischen einer Wäscheklammer und einem Weinfass, und ich bewundere die Fähigkeiten des Onkels meines Vaters, der sich später in seinem Leben, mit vierzig oder fünfundvierzig und noch kräftig, stundenlang auf dem Hof in Panik wand, flehte, man solle ihn töten, bis er mit aufgeklappten Kiefern, die Hälfte des Schnurrbarts im Inneren, reglos dalag, die Mutter der Senhora zum Spiegel, indem sie die Hast und die Nervosität der Männer nachahmte

– Sag ich bin deine Hündin sag ich bin deine Nutte sag es

der Angestellte mit der weißen Jacke neben ihr, förmlich, aufmerksam, der Angestellte mit der weißen Jacke

– Ich bin deine Hündin

der Angestellte mit der weißen Jacke, wobei er die eine Hand mit der anderen zerfetzte

– Ich bin deine Nutte

sich bis zur Tür zurückzog

– Ich bin deine Hure

und anstatt von Schuhen das feine Absatzklackern den Korridor entlang, der Angestellte mit der weißen Jacke zu mir

– Und ihre Hure war ich gnädiges Fräulein

der Angestellte mit der weißen Jacke gleichmütig, nur seine Finger fielen zu Boden, nur Stücke der Handflächen, meine Kollegin, zum Keller geneigt

– Du wirst sehen in den nächsten Wochen wird die Chefin honigsüß zu uns sein

und tatsächlich war sie honigsüß, prüfte weder das Geld nach, noch kümmerte sie sich um den Verkauf, fand alles witzig, dieses geistige Zurückgebliebensein glücklicher Menschen, das man am liebsten mit einer Ohrfeige korrigieren möchte, aber wenigstens geht es schnell vorbei, der zweite Freund nicht so fröhlich wie die Besitzerin der Buchhandlung, ganz durcheinander

– Worauf habe ich mich da eingelassen?

was man gleich an seinen Augenbrauen sah, ein

– Und dann?

das, obwohl er den Schnabel hielt, jeder bemerkte, er spähte voller böser Ahnungen zu dem Häuschen mit den Turteltauben, stellte sich sein Foto auf der Kommode vor wie die der Ehemänner der Patentante, aus der Mode gekommene Krawatten, die das Dahingeschiedene hervorhoben, und die Besitzerin der Buchhandlung, wie sie sich einem Apotheker öffnete, der sie mit

– Schlawinerin

anredete, ohne Rücksicht auf ihn zu nehmen, keiner der Ehemänner nahm im Übrigen Rücksicht auf ihn, man wird krank, gibt den Löffel ab und wird begraben, das ist das Gesetz des Lebens, für uns aber noch lange nicht, so Gott will, und er wird schon wollen, Gott ist super, jede Menge fetter und fröhlicher Jahre, und später sieht man dann weiter, das Unglück kann warten, einstweilen ist dies hier wichtig, die kleine, hässliche Hand des Apothekers am Hintern der Besitzerin der Buchhandlung, und der zweite Freund ist hinter dem Glas des Rahmens gefangen, angefressen, Celeste, die nicht mehr mit dem Kapverdier spricht, bahnt Abenteuer mit einem kleinen Kunden an, der sich ihr nähert, sobald die Gattin, die ebenfalls klein ist, Gleichheit möge herrschen, auberginenfarbene Nachthemden probiert, wer würde denken, dass sie, so zwerghaft sie ist, hinter dem Vorhang, der Kunde ist klein, das stimmt, aber hat lange Wimpern, ist angenehm, vor Fingern geschützt ist wie in der Kirche

– Hätte meine Gattin Ihre Figur würde ich im Schlafzimmer zu fliegen anfangen

auf Zehenspitzen ahmt er dabei Störche nach, zugegeben etwas lächerlich, aber so lustig, verdammt noch mal, der Kapverdier hingegen ist überhaupt nicht lustig, finster, seit wie vielen Monaten, und ich übertreibe nicht, hört man zu Hause kein Lachen mehr, graue Abendessen, Sonntage, an denen sich die Stunden wie jene Parasiten aus den Kohlköpfen dahinschleppen, fade Diäten, seit der Arzt

– Hallo der Blutdruck ist aber gestiegen

der Kunde ist zwar klein, aber wohlproportioniert, ein Geck, wie der wohl ist, wenn er fliegt, Celeste, die Für und Wider verglich, viele schöne Worte, viele Gefälligkeiten, man glaubt ihnen, und sie hauen ab, vergessen

– Das soll ich versprochen haben?

haben kein Gedächtnis

– Ich drücke mich nie so aus ich zeige immer gleich die Grenzen auf

weil ein auberginenfarbenes Nachthemd, ob man es glaubt oder nicht, seinen Beitrag leistet, vor allem, wenn die Träger heruntergleiten, erst einer, dann der andere, und ein Körper, obwohl er bekannt ist, seinen Zauber entwickelt, ehrlich, man entdeckt aufs Neue die Grazie eines Beines, man entdeckt aufs Neue, Zentimeter für Zentimeter, diesen Teil der Schenkel, wo es nicht lohnt, Wachs aufzutragen, weil die Haare weich sind, die Senhora vor den Duftrosen

– Ich wollte es Ihnen erklären bevor es zu spät ist

und es schien zu spät zu sein, denn der Chauffeur schaute wieder auf die Uhr, musste anschließend nicht einmal den Ärmel herunterziehen, denn die reglosen Gegenstände kehren ohne unser Zutun an ihren Ausgangspunkt zurück, der Angestellte mit der weißen Jacke stand am Fenster, nicht aus Neugier, sondern aus Achtung für die Senhora, auf meiner Rückfahrt nach Cascais so viele Seeschwalben, die die Orientierung verloren hatten, so viele Sandwolken, so viele Möwen gegen den Bus, der Obdachlose ist bei den Duschen am Strand, und seine Kleidung liegt an der Mauer, der Rucksack, die Sandalen, ich möchte wetten, dass in diesem Augenblick meine Mutter die Hühner füttert, ohne an mich zu denken, sie hatte vor mir meinen Bruder, der als kleines Kind gestorben ist, mit fünf, sechs Monaten, ich weiß, dass er César hieß

– Mutter wie hieß mein Bruder?

meine Mutter

– César

und von

– César

ist nichts erhalten geblieben, meine Mutter füttert die Hühner, schlägt dazu mit einem Löffel in eine Dose, welch eine Sehnsucht ich nach diesem Geräusch habe, mein Vater kämpft mit schielenden Augen, die Hände zu einer Muschel gewölbt, gegen die Widerborstigkeit eines Streichholzes und der Spitze der Zigarette, die sich nicht einigen können, meine Liebe zu sich wiederholenden Geräuschen hat sich dank meines Sohnes gelegt, Mundharmonikas, Trommeln, Pfeifen, was meinen Bruder betrifft, von dem ich keine Ahnung habe, wie er war, ich zu meiner Mutter

– Mutter wie war mein Bruder?

und meine Mutter, ohne das Schlagen mit dem Löffel zu unterbrechen

– Hübsch

was war auch anderes zu erwarten, hier spricht das Blut, und César, irgendwie finde ich den Namen nicht hässlich, aber ich ziehe andere Namen vor, Narciso beispielsweise, Narciso habe ich gesagt, habe überlegt wieso, dann fiel mir ein, dass der Postenchef Narciso hieß, da sieht man einmal, welche Macht die Kindheit hat, sie dringt in einen hinein, und wenn man es nicht erwartet, zack, springt sie hervor, der Vater der Senhora rief die blonde Sekretärin des Vaters der Senhora, nachdem der Graf gegangen war

– Ich möchte dass du mit dem Mann schläfst

während er damit beschäftigt war, eine Schublade aufzuräumen, und der blonden Sekretärin des Vaters der Senhora einen Aschenbecher hinhielt, damit sie ihn saubermachte

– Wenn meine Frau gestorben ist lässt du dich scheiden und ich heirate dich

Narciso, na, so was, was wohl sonst noch so alles in mir steckt und bereit ist, plötzlich herauszukommen, da ist er mit der Reitgerte, da sind die Cipaios, der Vater der Senhora zur blonden Sekretärin des Vaters der Senhora, die einen Schritt nach vorn gemacht hatte, nun ja, nicht ganz einen Schritt, der im Dekolleté hoffnungsvolle Lichtlein glitzern ließ

– Dank mir nicht ich habe jetzt keine Zeit

der Angestellte mit der weißen Jacke munterte die Mutter der Senhora auf

– Der Clown der Ihnen das Wasser reicht muss erst noch geboren werden

und die Mutter der Senhora zum Spiegel, indem sie die Hast der Männer, ihre Unsicherheit, ihre Angst nachahmte

– Sag dass du meine Nutte bist sag dass du meine Hure bist

die Mutter der Senhora zum Angestellten mit der weißen Jacke, im Schlafzimmer oben im Haus

– Ich kann es nicht mehr Marçal

hoch über dem leeren Tennisplatz, der Garten kam ihr verwildert vor, klein, die Blumen brauchten Dünger, der Rasen musste gegossen werden, der Postenchef, der mich

– Canhica

rief, nicht mit meinem Namen

– Canhica

wie die Neger ihre Kinder, wie lange das schon her ist, und mich am Zopf zog, würde mich jetzt jemand

– Canhica

rufen, würde ich gleich etwas im Auge haben und anfangen zu wei, und ich würde anfangen zu weinen, also wirklich, sagen Sie mir, dass Sie sich an das

– Canhica

erinnern, Mutter, halten Sie mit dem Löffel in der Dose inne

– Das stimmt

die Muschel der Venus grau, mit einer Trittleiter, Reinigungsmittel und einem Schwamm bringt man das in Ordnung, der Diskuswerfer im Schatten des Gewächshauses, wenn die Sonne sich, Canhica, wie schön, neigt, der Angestellte mit der weißen Jacke

– Der Arzt hat angeordnet die Senhora wegzubringen sobald Sie gehen das Schlafzimmer der Mutter der Senhora seit Jahren ohne Vorhänge, leer, die blonde Sekretärin des Vaters der Senhora zu den Dienstmädchen

– Ich will dass das hier abgeschlossen wird

nur die Spuren der Füße des Bettes auf dem Boden und das Rechteck des Kopfteils heller an der Wand, würden wir das Fenster öffnen, der Wind und die Dünen inmitten der Kiefern, der eine oder andere wilde Feigenbaum, klein, schief, mit Stacheln gespickt, an der dem Gebirge gegenüberliegenden Seite eine Schlucht und dann nichts mehr, Teile von Meteoriten, prähistorische Vögel, Harpyien, der Angestellte mit der weißen Jacke, und ich war mir sicher

– Ich glaube es ist schon zu spät Senhora

dass der Obdachlose am Ende weggegangen ist, meine Kollegin hat ihn zum Bahnhof gehen sehen, er hat keine Nachricht hinterlassen, wenn er wenigstens einen Namen hätte, an den ich mich hin und wieder erinnern könnte, wie Narciso beispielsweise, die Senhora betrachtete mich aus dem Sessel, der jedes Mal größer für sie wurde

– Ich wollte es Ihnen erklären bevor es zu spät ist

dachte, es sei nicht zu spät, dachte, dass es nicht immer zu spät war, und in diesem Augenblick waren sie wieder da, die Tennisbälle, die Sonnenbrillen, die breitkrempigen Hüte, die Hand der Gattin des französischen Botschafters auf dem Knie des Vaters der Senhora, die Rotblonde, die sich zu ihm hinneigte und ihm etwas zuflüsterte, und die Senhora hatte so viele Bälle am Zaun einzusammeln, so viele Bälle am Netz einzusammeln, die Senhora

– Ich wollte Ihnen erklären

mit kurzem Haar, in Schuluniform, und Pater Ismael

– Sünden gegen das Fleisch?

die Senhora, die vom Chauffeur zum schwarzen Portikus geführt wurde, wo Schwester Patrocínio sie erwartete, die Se-

nhora, das Hündchen auf dem Schoß, wandte sich mir mit einer Art Winken zu, nicht dem einer alten Frau, dem Abschiedswinken einer Canhica, die Senhora in dem Augenblick, als ich sie verlor, so zerbrechlich und zugleich so jung
— Ich wollte Ihnen erklären dass ich niemals ein Clown war.

ZWEITER TEIL

ERSTES KAPITEL

Meine Frau arbeitet direkt mit dem Senhor Doutor zusammen, was bedeutet, dass sie spät nach Hause kommt und manchmal sogar überhaupt nicht, für den Fall langer Sitzungen, die ihr nicht die Zeit lassen, nach Hause zu kommen, hat sie immer einen Koffer im Auto, sie muss hierhin und dorthin fahren, aber der Preis, den ich dafür zahlen muss, damit ich im Unternehmen aufsteige, scheint mir nicht zu hoch zu sein, ich habe in der Buchhaltung angefangen und bin jetzt die rechte Hand des Senhor Doutor, und das heißt, eigenes Büro, Auto, Sekretärin, dazu noch Kredite zu günstigen Konditionen, solange ich es nicht übertreibe, was ich natürlich nicht tue, der Beweis ist, dass mir meine Frau versichert hat, man habe meinen Namen im Zusammenhang mit einer neuen Gesellschaft erwähnt

– Ich darf es nicht sagen aber man erwähnt deinen Namen im Zusammenhang mit einer neuen Gesellschaft

der Senhor Doutor begrüßt mich

– Immer gut in Form?

er, der niemanden begrüßt, und ich fühle mich geehrt

– Gott sei Dank immer gut in Form Senhor Doutor

er lädt mich zum Tennis am Sonnabend ein, wo meine Frau sich an seine Seite setzt, so blond, und ihm langsam den Arm massiert, mit der er den Schläger hält, am Armband die drei Herzen unserer Kinder, das kleinste ist anders als die anderen, es sieht mir nicht ähnlich, der Zufall will, dass es ein hängendes Augenlid hat wie der Senhor Doutor, wenn ich gutgelaunt aufwache, sage ich aus Spaß zu meiner Frau

– Glaubst du dass der Junge mich immer gut in Form fragen wird?

und meine Frau nimmt seinen Arm wie den Arm des Chefs
– Der arme Kleine

die Brüste, was für ein Wort, noch mehr zu sehen, und die Beine, die nachts vor mir fliehen
– Ich bin wie durch den Wolf gedreht ich muss mich ausruhen

und sie rückt im Bett weg, und seit sie vor fast zwei Jahren schwanger wurde, ist das so, das mit dem Wolf wird immer schlimmer, das Ergebnis, ich habe mich meiner Sekretärin zugewandt, bei der das mit dem Wolf nicht so schlimm ist, anfangs war sie ruhig, verwundert, dann begann sie nachzugeben
– Finden Sie nicht dass Sie etwas ungezogen sind Senhor Engenheiro?

machte sich Sorgen wegen des Make-ups, des Haars
– Ich habe ein Heidengeld dafür beim Friseur ausgegeben benehmen Sie sich

während ich hinten anfange, am Nacken
– Uii da bekomme ich Gänsehaut

und das stimmte, denn ich spürte Gänsehaut und ein Erschaudern des Körpers, der sich mir, anstatt mich abzuschütteln, zuneigte
– Oje

den Kopf zur Decke und die Augen geschlossen, ihre Mutter ist Reinigungskraft und ihr Vater Lagerarbeiter, ein Kleineleuteduft, der mir nicht missfällt, unter einem Parfüm, das das Gehalt erlaubt, und es erlaubt nicht viel, ich schließe die Tür ab und mache den Tisch frei, ohne besonders aufzupassen, denn nicht ich bin es, der die Papiere, Briefe, eine Kröte aus Bronze aufräumt, warum zum Teufel kommen mir Kröten immer vor, als säßen sie auf unsichtbaren Nachttöpfen, sie hört plötzlich auf

– Ich weiß nicht ob ich gerade meine fruchtbaren Tage habe
und das Wichtigste ist, sich gleich zurückzuziehen, so ein Mist, ich begebe mich an die Seite des Tisches, biete eine Alternative an, die mir die Seele zurückbringt, die Augen meiner Sekretärin in meinen, die Augen meiner Sekretärin geschlossen und die Hand meiner Sekretärin ebenfalls, ich fasse Mut und drücke ihr Haar, und sie mit einem Klaps auf mein Handgelenk

– Habe ich nicht gesagt dass ich beim Friseur ein Heidengeld dafür ausgegeben habe!

der Träger des Büstenhalters fleischfarben, die Farbe des Trägers ändern, dazu noch das Plastikteil des Verschlusses, grässlich, die Kröte schaut mich von ihrem unsichtbaren Nachttopf aus an, das Gefühl, dass wir uns gleichzeitig erleichtern, das Tier und ich, uns einander mit dem gleichen idiotischen Gesichtsausdruck beobachten, meine Sekretärin steht auf, prüft sich, richtet ihre Kleidung, starrt mich an, unsicher

– Bin ich so okay?

macht sich im Spiegelchen aus der Handtasche wieder zurecht, die Wangen, den Mund, die Feder des Ohrrings beißt mit einem kleinen Klicken in ihr Ohrläppchen, was ihr nicht wehtut, aber mir, meine Seele zwickt, während ich mich wieder zurück in den Hemdzipfel verfrachte und die Krawatte richte

– Räumen Sie das Büro wieder ordentlich auf

die Kröte mit der Verachtung meines Patenonkels

– Du bist wirklich dumm geboren

der mich zusammenstauchte und in eine Ecke schubste

– Du taugst zu gar nichts

als Kind, wenn man ihnen eine Zigarette ins Maul steckte, schwollen sie an, bis sie platzten, sie kommen mir wie dicke Steine vor, ganz auf ihre Bestimmung konzentriert, ein Gegenstand zu sein, meine Sekretärin nahm den leider billigen Mantel vom Bügel

– Darf ich gehen?

ich, wobei mir der fleischfarbene Träger des Büstenhalters half

– Sie dürfen

hätte sie gern getadelt

– Haben Sie nicht wenigstens einen schwarzen?

dabei brannte das Licht, denn es war Januar, ein trauriger Monat, morgens ist nicht einmal Morgen, gleich danach Abend, meine Frau hat keinen einzigen fleischfarbenen Träger, rote, durchsichtige, blaue, einen Leberfleck auf dem Schulterblatt, das ich seit Ewigkeiten nicht mehr streichle, und sie, selbst wenn sie mit dem Rücken zu mir steht, ohne mich zu sehen

– Schau mich nicht an

weil mein Schweigen gackerte, wieherte, blökte, ich erschnupperte die Luft um sie herum, versuchte Aufmerksamkeit zu erlangen, würde ich mich miauend an ihren Schenkeln reiben, würde sie mich sofort

– Hau ab

mit einem Pantoffel abschütteln, und ich würde mich besiegt davonmachen, ich unter einem Stuhl, ich weit weg, mein Patenonkel, der seit Ewigkeiten verstorben ist, auf das Geländer seiner Hände gestützt

– Hast du das Mädchen nicht gehört?

meine Sekretärin in einer Bluse mit zu vielen Verzierungen

– Woran denken Sie Senhor Engenheiro?

und ich dachte gerade daran, eine Kröte zum Platzen zu bringen, indem ich ihr anstatt einer Zigarette einen Strohhalm in den Mund stecke und puste und puste, meine Mutter, die meinen Patenonkel wegschiebt

– Willst du ihn umbringen?

ihn aufs Sofa setzt, damit er aufhört mich zu ärgern, was ist bloß der Witz an so vielen Rüschen, und jeder Finger mit einer anderen Nagellackfarbe, würde mich meine Sekretärin in ein Restaurant begleiten, ich würde mich für sie schämen, zu viele Finger, die vom Besteck abstehen, zu viele Finger, die das Brot in der Mitte teilen, zu viele Finger, die eine Dornenkrone um das Glas bilden, ein Kaninchenknochen, der mit einer Art Kuss auf dem mit der Gabel gekreuzten Messer abgelegt wird, vom Messer auf die Gabel und von dort mit liturgischer Feierlichkeit zum Tellerrand wandert, meine Mutter voller Zustimmung, mein Patenonkel gerührt

– Feines Mädchen

und vielleicht lernen sie sie eines Tages kennen, es kommt, wie es kommt, wer weiß, und sie sehen sie, wie sie die Kerne einer Olive in den Konus der Faust steckt, als hielte sie eine imaginäre Eistüte in der Hand, meine Familie glücklicher mit ihr als mit meiner Frau, deren Ringe sie einschüchtern, die die Bilder an der Wand mit einem Seufzer betrachtet, die die Pantoffeln meines Patenonkels mit einem weiteren Seufzer betrachtet, und mein Patenonkel nicht

– Du bist wirklich dumm geboren

er schweigt, ist kleiner, als hätte man, anstatt in das Rohr zu pusten, daran gesaugt, er war am Ende unbedeutend, jagte niemandem Angst ein, meine Frau reagierte gleichgültig auf das kleine Parfüm, das ihr meine Mutter zu Weihnachten schenkte, vergaß es am Eingang, ihr Wagen war teurer als meiner, ein Hemd des Senhor Doutor auf dem Rücksitz, nicht gefaltet, irgendwie hingeworfen, eine Hälfte richtig herum, die andere nach außen gekehrt, letzte Woche, als sie am Sonntagnachmittag von einer Reise aus dem Norden zurückkamen, ich stand gerade auf der Veranda und zupfte die Nelken zurecht, sah ich, wie sie sich zum Abschied küssten, meine Frau bemerkte mich, zog sich in sich zusammen, und der Senhor Doutor, dem das egal war, zwickte sie in die Nase, ich erinnere mich daran, wie mein verstorbener Vater es mit mir als kleinem Jungen machte, er streckte Zeigefinger und Mittelfinger angebeugt aus, warnte

– Ich werde dir die Spitze abreißen

er nahm sie mit einer Art Zange, zog und zeigte mir die Daumenspitze inmitten der anderen angebeugten Finger, steckte sie in die Tasche, verkündete

– Wenn du artig bist bekommst du sie morgen zurück

ich suchte mit der Handfläche im Gesicht danach, meine Mutter mitfühlend, meine Freundin

– Warum quälst du ihn?

mein Vater drückte seinen Daumen zwischen meine Stirn und meine Lippen

– Diesmal bist du davongekommen

und ich erleichtert, vollständig, mein Patenonkel wehmütig

– Wenn man das mit mir gemacht hat bin ich immer wieder zum Spiegel gegangen um nachzuschauen

und ich überprüfte mich im Badezimmer, drückte die Nase nach rechts und nach links, hatte Angst, die Spitze würde sich lösen, aber zum Glück hat sie sich nie gelöst, bevor sie ins Haus trat, schickte meine Frau dem Chef einen Kuss, mein Vater verschwand, als ich dreizehn war, die Speiseröhre, erzählte man mir, er begann abzunehmen und erst seine Tage auf dem Diwan, später im Bett zu verbringen, wenn er mich im rechten Augenblick erwischte, kamen der Zeige- und der Mittelfinger mit einem Lächeln darüber

– Leihst du mir deine Nase?

ohne dass meine Mutter ihn kritisierte, sie befahl mir mit dem Kinn, sie ihm zu geben, und ich hätte sie ihm gern gegeben, doch mein Vater hörte auf halbem Wege auf

– Das ist schon nicht mehr lustig oder?

schaute mit einer traurigen Grimasse auf die Wand

– Es ist überhaupt nicht mehr lustig

und meine Mutter, warum verstand ich nicht, verschwand aus dem Zimmer, um sich auf dem verglasten Balkon einzuschließen, irgendwann haben sie meinen Vater ins Krankenhaus gebracht, später haben sie ihn noch dünner, noch verschlossener wieder zurückgebracht, ohne Interesse an Nasen, dann haben sie ihn wieder mitgenommen, mein Patenonkel, anstatt mich dumm zu nennen

– Du musst Mut haben Junge

während ich dachte

– Mut wozu?

und nutzte die Gelegenheit, um Kompott aus dem Einmachglas in der letzten Reihe zu klauen, das die anderen Gläser verdeckten, vom Fenster aus sah man den Fluss nicht, doch man hörte die Kräne und das Geschrei der Möwen, wir bemerkten an den Geräuschen in der Küche am Ende des Tages, dass meine Mutter angekommen war, und selbst wenn mein Patenonkel oder ich sie was auch immer fragten, nix, der Schatten meines Vaters belegte weit mehr Platz als damals, als er mit uns am Tisch saß, daher irrte ich mich, stellte ihm den Teller ans Kopfende hin, und es fehlte wenig, und meine Mutter hätte ihm die Schüssel weitergereicht, ich erinnere mich daran, wie die Elfuhrfähre von Cacilhas in Lissabon ankam, sogar, dass es ein Freitag war, als ich aus der Schule kam, war mein Vater zurück, nicht im Wohnzimmer, sondern im Bett, als er mich sah, hob er nicht den Zeige- und den Mittelfinger, er nahm mich kaum wahr, bewegte lautlos den Mund, meine Mutter hielt ihr Ohr daran und übersetzte für uns

– Er sagt er fühlt sich besser

als er das vorletzte Mal mit meiner Mutter sprach

– Er sagt morgen steht er auf

und beim letzten Mal verstand sie ihn wegen der Kräne und der Möwen nicht, meine Mutter, die sich immer näher heranbeugte

– Was?

und fast unmittelbar danach weinte sie, ich erinnere mich

an ihre Zähne, ich erinnere mich nicht an ihr Gesicht, an meinen Patenonkel, der sich mühsam auf der Brüstung seiner Hände im Gleichgewicht hielt, daran, dass mein Vater in einer Kiste und unter einem Tuch verschwand, meine Frau, kurz nachdem wir uns kennengelernt hatten

– Vor wie vielen Jahren ist dein Vater gestorben?

und ich erinnerte mich nicht mehr genau daran, vor fünfzehn, sechzehn Jahren, das war nicht wichtig, ich fühlte keine Sehnsucht, ich hatte mich daran gewöhnt, dass meine Mutter allein war und der Kleiderschrank leer, ich hatte die Geschichte mit der Nase vergessen, die niemand mehr von mir ausleihen wollte, sie bleibt für immer hier, und ich hatte seine Stimme vergessen, ich muss so geboren worden sein, von einem Wesen in Trauer, falls das Wesen in Trauer

– Dein Vater

sagte, das meine ich ernst, würde ich mich wundern, mein Vater wieso, was für ein Vater, es erfindet mit wachsendem Alter Dinge, und dennoch sind mir ganz allmählich verstreute Ereignisse wieder eingefallen, Schritte auf der Treppe, Erinnerungen, ein Mann, der mit der Aktentasche vom Job hereinkam

– Dem hochgeschätzten Publikum einen guten Tag

den meine Mutter, die gerade die Suppe aufwärmte, verscheuchte

– Du verdienst es im Zirkus aufzutreten

und wahrscheinlich verdiente er es, mein Vater, indem er mit einer weit ausholenden, stolzen Geste auf uns wies

– Die Künstler sind alle Portugiesen

ich weiß nicht genau, wo er arbeitete, in einem Büro, glaube ich, hatte etwas mit Kränen und den Waren der Schiffe zu tun, Bureau, Bureau, schau an, er hat mich in diesem Augenblick besucht, im grauen Kittel, er nimmt den Bleistift vom Ohr und schreibt etwas in ein Heft, möglicherweise notiert er auch die Möwen, wieso nicht, und gleich war da der Wunsch, ihm vorzuschlagen, an meiner Nase zu ziehen, mir gefiel es, meine Frau, die meinen Freundschaftsantrag nur zögernd annahm, nachdem sie ewig lange einen Schaden an der Fußspitze betrachtet hatte

– Ich verspreche nicht dass es hält

meine Frau verwirrt

– Möchtest du wirklich dass ich deine Nase packe?

während mein Vater und seine Verrücktheiten weit weg waren, meine Mutter entschuldigte ihn, so wie sie alle entschuldigte

– Mein Mann war schon so bevor er krank wurde er war nie ein Kind von Traurigkeit eine abfällige Bemerkung machte ihm nichts aus

meine Mutter musste ihn ständig abschütteln

– Wie soll ich gleichzeitig das Geschirr abwaschen und mit dir tanzen bist du verrückt geworden?

bis seine Speiseröhre ihn auf dem falschen Bein erwischte, es wird einen Angestellten geben, der an seiner Stelle die Möwen notiert, während des ersten Krankenhausaufenthalts habe ich sie in einem Heft mit einem Kreuzchen markiert, kaum hatte er sich gesetzt, übergab ich sie ihm

– Ich habe siebenundzwanzig zusammenbekommen hier bitte

mein Vater halbtot, aber voller Anerkennung

– Du kannst dir nicht vorstellen wie nützlich die mir sind wenn ich sie brauche bitte ich dich darum

und kein einziger schneller Blick in das Heft, er betrachtete leidenschaftslos die Wand, meine Mutter munterte ihn auf

– Sobald es dir besser geht tanzen wir

sie mit Schürze und Pantoffeln, er im Pyjama, barfuß, meine Frau sah sie mit einem Seitenblick in meinen Augen hüpfen

– Ich habe dir gleich gesagt ich kann nicht versprechen dass es hält nicht wahr?

meine Frau, die direkt mit dem Senhor Doutor zusammenarbeitete, was bedeutete, spät und manchmal sogar überhaupt nicht nach Hause zu kommen, hat für den Fall langer Sitzungen, die ihr nicht die Zeit lassen, zum Schlafen nach Hause zu kommen, immer einen Koffer im Auto, sie muss oft hierhin und dorthin reisen, aber der Preis dafür, dass ich im Unternehmen aufsteige, scheint mir nicht hoch zu sein, ich habe in der Buchhaltung angefangen, möglicherweise wegen meiner Übung im Möwenzusammenzählen, jetzt bin ich die rechte Hand des Senhor Doutor, meiner Frau zufolge erwähnt man meinen Namen im Zusammenhang mit einer neuen Gesellschaft, der Senhor Doutor

– Immer gut in Form?

natürlich ohne mir die Hand zu geben, aber das ist bei jemandem, der Leute nie begrüßt, eine Ehre, so dass ich dankbar

– Immer gut in Form Senhor Doutor

und tatsächlich immer gut in Form, meine Sekretärin, einst mit fleischfarbenem Büstenhalter, hat heute einen schwarzen, wer hätte das gedacht, das mit den Rüschen ist etwas schwieriger, aber mit der Zeit wird es klappen, die Erziehung einer Frau ist langwierig und dornenreich, Strumpfhalter, beispielsweise, das ist geschafft, mit einem kleinen, zärtlichen Ellenbogenstoß

– Mein Kleiner mag mich provozierend

und dein Kleiner mag dich provozierend, damit hast du ins Schwarze getroffen, erregen sollst du ihn, um seinen Verstand bringen, fühl beispielsweise hier mal nach, sei dankbar für dein Glück, ein italienisches Parfüm, gepflegte Händchen, ein bei einer wohlwollenden Dame, die in der Kirche Katechismus unterrichtet, gemietetes Zimmer

– Da sind ja die Täubchen

mit der neuen Gesellschaft auch ein neues Auto, nun ja, fast neues Auto, denn diese Dinge muss man erobern, eine kleine preiswerte Wohnung für sie, nicht im Stadtzentrum, das wird noch, meine Sekretärin

– So weit weg

und das stimmt, du Neunmalkluge, du wirst dir der Realitäten des Lebens gewahr, nicht nur weit weg, hässlich, die Tejo-Ebben füllen den Stadtteil mit üblem Geruch, die Fahrstühle zwischen zwei Stockwerken kaputtgegangen, dem Gestank nach zu urteilen, bereits mit Leichen darin, Pakistani als Nachbarn, nicht nur darüber oder darunter, sie schlappen mit ihren Flipflops hier durchs Wohnzimmer, brüllen herum, ein Pünktchen auf der Stirn, eine Sprache wie verstopfte Abflussrohre, jeder hat zwei Ehefrauen, schau genau hin und lerne, vom Regen ausgewaschene Schlaglöcher auf der Straße, ein grimmiger Zahnarzt entzahnt seine Opfer am Fenster, meine Sekretärin in Höschen mit pinken Tüllröschen, und ich zustimmend, didaktisch

– Na siehst du?

wäre mein Vater hier, ein sonorer Applaus

– Die Künstler sind alle Portugiesen

und es ist zu traurig, dass die Speiseröhre seine Karriere mitten in der Aufführung gestoppt hat, als die wichtigsten Nummern noch nicht begonnen hatten, wir schätzen Menschen erst, wenn es zu spät ist, und was dazu noch zu sagen ist, heiliger Christus, schmerzt mich, es ist eigentlich kein Schuldgefühl, es ist so etwas wie, übertreiben wir nicht, Bedauern, aber würden wir jetzt sagen, was wir damals nicht gesagt haben, würden wir gar nichts sagen, abwesende Menschen sind viel besser als gegenwärtige, sind sie abwesend, denken wir an sie, glauben wir Sehnsucht zu empfinden, weil wir nicht antworten müssen

– Ist besetzt

wenn jemand ins Bad will, die Gegenwärtigen nerven uns, Gewohnheiten, Manien, tausendmal gehörte Geschichten, absurde Forderungen, meine Sekretärin ist nicht besonders hübsch, schmale Lippen, langes Kinn, ihren Eltern war es egal, dass ich verheiratet bin, sie haben den Ehering gesehen und haben, ohne mit der Wimper zu zucken, ihren Kleinen hingenommen, wie meine Mutter oder sogar mein Patenonkel hinnahmen, wo sie sich befanden, so wie ich meine Frau hinnehme, und außerdem ändert sich die Geschichte, wenn man es am wenigsten erwartet, bei mir zum Beispiel hat sie sich mit dem Krieg zwischen den Engländern und den Deutschen geändert, sie suchten mich auf, um zu erfahren, an wen der Senhor Doutor Wolfram verkaufte, es waren nicht immer dieselben, die mich ansprachen, und es waren nicht nur Ausländer, auch Portugiesen aus den Ministerien, ein oder zwei Leute von der Polizei, sie zeigten mir Fotos meiner Frau mit ihm

– Erzählt Ihnen der Chef nichts übers Wolfram?

und er erzählte mir bis zum Abwinken davon, mein Patenonkel hatte damals eine Thrombose, stürzte ohne Vorwarnung von der Brüstung seiner selbst und streckte sich langsam auf dem Boden aus, meine Mutter, bevor die Feuerwehrleute eintraten und nachdem die Feuerwehrleute eingetreten waren, hier ist, was ich über die tausendmal wiederholten Dinge behauptet habe

– Trotz allem war er eine Gegenwart

weil wir was auch immer Gegenwart nennen, das irgendwie dort ist, selbst wenn es nutzlos ist, den Tod mit einer einzigen Geste abzuschütteln versucht, nur mit der Kraft des Blickes, mein Patenonkel schwieg monatelang, ohne sich an uns zu wenden, damit wir weder seine Angst mitbekamen, noch wie er sich vom selben Platz entfernte, weil jedes Bein in eine andere Richtung ging, das Wolfram wanderte von Lagerhalle zu Lagerhalle, bis sich seine Spur verlor, als mein Patenonkel tot im Wohnzimmer lag, wurden Kräne und Möwen größer, oder war ich es, der seit Ewigkeiten nicht mehr dort gewesen war, ich kannte die Wohnung und kannte sie nicht, sie kam mir so eng vor, die Gardinen fadenscheinig, jedes Möbelstück aus einer anderen Familie, mein Bett winzig, das hochgeschätzte Publikum auf meine Mutter und mich beschränkt, das Wolfram ging nicht nur nach England oder nach Deutschland, sondern auch in die Schweiz, es waren nicht immer Ausländer, und es waren nicht immer Männer, auch eine noch junge, oder besser mehr oder weniger junge oder besser weniger junge Französin mit einem Hütchen mit einer Fasanenfeder, warum leben keine Fasane am Tejo, sondern schnelle Möwen und Wildenten, mein Patenonkel

– Lasst nicht zu dass ich sterbe

und ich zu jung, um ihn zu hören, wir hören die wahren Schreie erst viele Jahre später, die Ohren brauchen lange, bis sie auf die wichtigen Töne eingestimmt sind, ich habe der Sekretärin vom Geld der Engländer und der Deutschen ein neues Auto gekauft, schenkte ihr Ohrringe, schicke Ketten, Ringe, habe sie das Haar blond färben lassen und ihr eine Wohnung in Lissabon ohne kaputte Fahrstühle und arme Pakistani gemietet, ich habe ihr das

– Mein Kleiner

mit der Peitsche eines

– Halt den Mund

verboten, würde mein Vater zurückkehren, aber er tut es nicht, wozu im Übrigen zurückkehren, wenig hat sich verändert, wissen Sie, das Wolfram wanderte in der Schweiz herum, meine Mutter allein auf einem Weidenstuhl

– Die Nächte sind so schwer zu ertragen

aber das ist normal, Senhora, denn die Erde kommt näher, und wenn wir gehen, auch über einen Teppich, spüren wir die Wurzeln, schaut man in der Hoffnung auf den Morgen zum Fenster, eine schmutzige Helligkeit in den Fensterrahmen, die eine noch tiefere Nacht ist, hört den Paso doble des Orchesters nicht, mit dem die Vorstellung beginnt, essen Sie Ihr Süppchen, schälen Sie Ihren Apfel, schütten Sie die Reste in den Eimer und legen Sie sich wieder hin, wartend, vielleicht ja in einem Jahr, vielleicht in zwei, in zwei Jährchen, wie gut, meine Sekretärin zu mir

— Ich habe da einen Pelzmantel gesehen

und ich

— Schau ihn dir sonntags im Laden an dann kostet es nichts

denn es ist wichtig, dass sie wissen, wer das Sagen hat, falls der Arzt die Laborergebnisse meiner Mutter frisiert, lungert sie noch ein bisschen herum, muss nicht

— Ist besetzt

wenn jemand ins Bad will, denn da ist niemand, so wie auch hier niemand ist, die Speiseröhre rückt die Wesen, die man ihr einmal übergeben hat, nicht wieder heraus, eingefallene Wangen, die Furcht, Arbeit zu machen

— Keine Angst mir geht es ausgezeichnet

und das Gesicht weicht einem aus, ich zu meiner Sekretärin

— Ist der Mantel noch da?

und sie erbebt, strahlt, noch blonder als meine Frau und ein teurerer Friseur, das ist mir wichtig

— Gut

ebenso, dass sie sich stärker schminkt, mehr Farben, die Französin über mich

— Was für ein Mann

eine Realität in der Größe einer Faust, Madame, was für ein Mann, wären Sie nicht so verbraucht, ginge es mit mir einmal in den Himmel hinauf und wieder herunter, doch der Wind, über den Sie noch verfügen, ist nicht besonders hilfreich, man bleibt dicht am Boden, und das wär's dann, nutzen Sie es aus, meine Sekretärin tippt auf meine Brust

— Sieht so aus als hätte man dich da gebissen

Irrtum, keine Angst, künstliche Gebisse verletzen nicht, sie sind aus Plastik, der Senhor Doutor zum englischen Konsul, während er Kopien von Briefen studiert

– Wo haben Sie das denn her?

meine Frau mitten beim Abendessen

– Du

mit einem seltsamen Gesichtsausdruck, dann schwieg sie, ich, mit einer Nase, an der niemand zu ziehen gewagt hätte, lächelte, es war mir egal, ob mein Vater mir die Spitze des Daumens zeigte

– Leihst du mir das da Junge?

nicht neidisch auf mich, stolz

– Das hat schon was von Erwachsensein oder?

und ich stolz, weil er stolz ist, sterben Sie nicht weiter, bleiben Sie hier, Senhor, ich würde so gern mit Ihnen zusammen tauchen wie die Wildenten und mit einem sich im Schnabel windenden Fisch wieder auftauchen, sie sind immer zu zweit, ist Ihnen das schon aufgefallen, und wir beide wären ein Paar, einer weiter weg, der andere näher, dennoch ein Paar, dennoch Freunde, wir müssen nicht einmal krächzen, sind Kumpel, das sind wir doch, wie viele Wochen habe ich damit vertan, Ihre Möwen zu zählen, als Sie im Krankenhaus waren, wie viele Abende habe ich geglaubt, dass

– Dem hochgeschätzten Publikum einen guten Tag

sobald sich der Schlüssel im Türschloss drehte, was für eine Schnapsidee, immer dünner zu werden, was für eine Schnapsidee, das mit der Speiseröhre, bei der Untersuchung für die Lebensversicherung fragte ich den Arzt

– Die Speiseröhre?

nicht weil ich Angst hatte zu erkranken, ich meine das jetzt ganz ehrlich, sondern um Ihnen ähnlich zu sein, stellen Sie sich den Unsinn vor, ich glaube, ich bin Ihnen ähnlich, die Umrisse des Gesichts, die Wangen, meine Mutter

– Du erinnerst mich wahnsinnig an deinen Vater

und wozu ist das gut, besser gesagt, es ist gut dazu, vor dem Spiegel

– Hallo Vater

aber Sie antworten nicht, oder sagen mit mir zusammen

– Hallo Vater

so ein Elend, mein Patenonkel hat recht, ich bin dumm, meine Frau beim Nachtisch mit Augen, die unvermittelt voll dieser kleinen Striche der Zollstöcke sind, die Millimeter messen

– Ich hätte keinen Heller auf dich gewettet aber ich habe mich geirrt

fast mit Bewunderung, mit, nun nicht gleich in Begeisterung verfallen, doch was nützt es dir, dass du das jetzt findest, ich habe den Verdacht, dass du, falls ich, du weißt schon, trotz aller Wölfe der Welt noch könntest und noch Energie übrig hättest, aber die schönen Zeiten sind vorbei, Mädchen, wir belassen es so, wie es ist, und außerdem machen mich die grauen Haare distinguiert, findest du nicht, und meine Diskretion macht mich geheimnisvoller, nicht wahr, und dann die Geistesabwesenheit, sie macht anziehend, gib es zu, antworten Sie

– Hallo mein Sohn

wenn ich vor dem Spiegel

– Hallo Vater

und hören Sie mit dem Quatsch auf, Senhor, ich bin schon erwachsen, aber falls es notwendig sein sollte, zähle ich weiter Möwen zusammen, wir können zusammen am Fluss entlanggehen, ohne zu reden, denn wir verstehen einander auch so, schauen Sie, meine Mutter so kaputt, und wir beide immer in Form, wenn ich dem Senhor Doutor das nächste Mal begegne, bin ich es, der ihn fragt

– Immer gut in Form Senhor Doutor?

und er, mit offenem Mund, verblüfft, bis ein demütiges

– Immer in Form

und meine Frau arbeitet direkt mit mir, hält den Ball flach, ist glücklich, ich will nicht behaupten mit einem künstlichen Gebiss, aber schon mit dem einen oder anderen Backenzahn, eingerammt mit Hammerschlägen von diesem am Fenster folternden, unglückliche Geschöpfe mit grimmiger Zärtlichkeit zerstückelnden Sadisten, Sie und ich ein Wildentenfteam, Vater, der Arzt von der Lebensversicherung zu mir

– Ihrer Speiseröhre geht es bestens

und da es meiner Speiseröhre bestens geht, geht es Ihrer Speiseröhre bestens, diese Winzigkeiten zirkulieren im Blut, es gibt keine Krankenhausaufenthalte, Magerkeit, es gibt keine angstvollen Nächte mit Warten auf den Morgen, es gibt den Tejo bis Alcochete und in den Tunneln der Abwasserrohre Dutzende Meeräschen, die die Fischer verachten, zu deren Füßen Hunde Stunden atmen, diese seltsamen Steine, die uns angreifen, wenn wir darauftreten, zornig darüber sind, dass sie sterben, so wie ich zornig auf Sie bin, falls Sie sterben, unser Haus ist an der Ecke zu sehen, und meine Mutter auf dem verglasten Balkon, sie sieht uns nicht, die Französin zu mir

– Was für ein Mann

so wie ich Sie bewundern würde

– Was für eine Speiseröhre

also regen Sie sich nicht auf, beruhigen Sie sich, wenden Sie sich weiter an das hochgeschätzte Publikum, beugen Sie hingerissen Zeige- und Mittelfinger

– So viele Nasen

die sich alle wünschen, sich in eine Daumenspitze von ihm zu verwandeln, nicht eine von meinem Patenonkel, nicht eine von meiner Mutter, nicht eine von den Feuerwehrleuten, die ihn weg- und zurückbrachten, eine von ihm, wenn zufällig ein Mädchen an uns vorbeikam, Sie, indem Sie auf mich zeigten

– An Ihrer Stelle würde ich zehn Jahre warten die gehen schnell vorbei und dann nehmen Sie meinen Sohn zum Freund ich bin leider schon ein alter Knacker

ich, krebsrot, versteckte mich hinter meinem Vater
– Vater
meine Mutter vom verglasten Balkon aus
– Du wirst nie erwachsen
und da sie nicht in der Küche tanzen will, tanzen wir beide, nicht im Einklang, wir treten einander, meine Frau zu mir
– Ich hätte nie gedacht dass du
und das war dein Fehler, du hast nie gedacht, dass ich, und die Engländer und die Deutschen und das Wolfram, ich wirkte so schüchtern, nicht wahr, wirkte wie ein Kretin
– Ich verspreche nicht dass das hält
und es hat tatsächlich nicht gehalten, meine Mutter sang, als ich ein Kind war, ein Lied für mich, das mein Innerstes nach außen kehrte, weine jetzt, Josézito, weine, denn ich gehe und komme nie zurück, ich singe es heute für dich, du hörst es mit den anderen Clowns beim Tennis mit dem Senhor Doutor, du hörst es, kein anderer Clown außer dir, du mit deinen Armbändern, deinen Ringen, deinen Ketten, deinen Ohrringen, du hörst es, weil die Künstler alle Portugiesen sind, in den Hotels, in denen du mit dem Senhor Doutor schläfst, warte, ich erinnere mich an den Anfang, Josézito, ich hab dir schon gesagt, es ist nicht schön, dass du mich betrügst, und dann, was ich kurz zuvor gesungen habe, ich, ein kleiner Junge
– Ich habe Sie nie getäuscht Mutter
außer beim Kompott, das ich heimlich gegessen habe, außer, als ich Nispeln vom Baum des Nachbarn gegessen habe, die nach Staub schmeckten, meine Frau rückt im Bett an mich heran, nicht mit dem Rücken zu mir, in einem durchsichtigen Nachthemd, und ich total entspannt, ich würde am liebsten die Gabel ausstrecken und dich aufspießen, rege mich aber nicht, meine Frau von vorn, sie hat sich nicht abgeschminkt, stupst das Haar mit der Handfläche hoch, und ich nehme sie wahr und nehme sie nicht wahr, klebe am Buch vom Nachttisch, um etwas

festzuhalten, das mich daran hindert, dich zu halten, ich heroisch, ich in der Küche unter dem Vorwand eines Glases Wasser, kühle ab, beim Gedanken an meine Sekretärin kühlte ich ab, dachte ich an die Französin, so lala, weil, wie allgemein bekannt ist, die Französinnen mit dieser Art zu sprechen, diesem Benehmen, da fällt es einem schwer, sich zu beherrschen, aber dann denkt man fest an etwas anderes, und gut ist, wir sind nicht aus einer Laune nach Indien gefahren, wir haben nicht die Welt umrundet, weil es sich so ergab, und wenn ich es bei der Französin geschafft habe, durchzuhalten, zu dumm nur, dass man mit der Speiseröhre nicht durchhält, Vater, was kann eine Speiseröhre mehr als Sie, wie können Sie zulassen, dass sie Sie besiegt, Sie, der Sie angesichts eines Mädchens, meine Sekretärin

– Mein Kleiner

und ich

– Halt den Mund

meine Sekretärin, überzeugt, dass sie mir reichte

– Was hat denn mein Kleiner?

und ich, ohne ihr eine Chance zu geben, fest

– Still

Sie, Vater, der angesichts eines Mädchens

– An Ihrer Stelle würde ich zehn Jahre warten die gehen schnell vorbei und dann nehmen Sie meinen Sohn zum Freund ich bin leider schon ein alter Knacker

etwas, was ich noch heute, vergessen Sie meine Familie, nicht in der Lage bin zu tun, und deshalb vergessen Sie die Speiseröhre, die damit verglichen keinen Heller wert ist, verstehen Sie, verschwinden Sie nicht auf einer Bahre mit den Feuerwehrleuten und kommen Sie nicht mit den Feuerwehrleuten zurück, schmal, eingefallen

– Wozu bin ich noch gut?

die Schachtel Zigaretten nicht angebrochen in der Jacke, der Teufel soll mich holen, wenn ich nicht gleich Streichhölzer besorge und den Mund aufmache, still, der Teufel soll mich holen, wenn ich die Streichhölzer nicht vom Rand des Herdes hole und wir beide eine rauchen, auch wenn es schlecht schmeckt, auch wenn uns davon übel wird, auch wenn meine Mutter, Josézito, ich habe dir schon gesagt, dass es nicht schön ist, dass du mich betrügst, entsetzt

– Wollt ihr euch mit diesem Gift umbringen?

wir beide machen ineinanderliegende Ringe, wir nehmen uns gegenseitig die Nase weg, begrüßen das hochgeschätzte, tut mir leid, ich habe mich verschluckt, begrüßen das hochgeschätzte Publikum, das aus meiner Mutter bestand, die sich wütend entfernte

– Sagt später nicht ich hätte euch nicht gewarnt

und Sie haben uns gewarnt, Sie haben immer gewarnt

– Ich bin sicher dass ihr am Ende einen Zirkus findet der euch anstellt

ans Taschentuch geklammert am Kopfteil des Bettes, als würde das Taschentuch die Probleme lösen

– Dein Vater

und welcher Vater, Mutter, welcher Vater, meiner wird weiterhin noch fünf, noch zehn Jahre lang Möwen zählen, mit mir am Ufer des Flusses spazieren gehen, er wird zu dem Mädchen zurückblicken, das zehn Jahre lang auf mich wartet

– Hast du die Schnalle gesehen Junge?

und ich habe die Schnalle gesehen, aber ich verstehe einstweilen trotz der Lektion meines Vaters nicht, was Schnalle bedeutet

– Eine Schnalle ist eine Schnalle so wie ein Hund ein Hund ist Schluss aus

so dass wir, ich inzwischen ein Schnallenkenner, Seite an Seite in die vom Meer wegführende Richtung gehen, mit einem Sprung nach jeweils zehn Hüpfern, es fehlen noch sieben, es fehlen sechs, bei dem wir die Hacken gegeneinanderschlagen, ohne Speiseröhren, ohne Krankheiten, ohne Tode, ohne Ehefrauen, bis wir nur noch Pünktchen sind, so weit von zu Hause entfernt, dass weder meine Mutter noch meine Frau uns erkennen können, denn wir gehen weg, um nie wieder zurückzukommen.

ZWEITES KAPITEL

Selbstverständlich ist das nicht Frankreich, natürlich nicht, auch nicht Italien, nicht einmal Spanien, das trotz allem, ist doch so, einen gewissen Schneid hat, das hier ist ein kleiner und dreckiger Ort, eine Art Marokko, nur nicht ganz so dreckig, kleine und dunkle, hässliche Menschen, und hier, vom Hotel aus rechts, das prätentiöse Casino und Palmen bis hinunter zu den Bahngleisen, hinter den Bahngleisen das Meer oder, besser gesagt, Straßencafés für Bettler und Tauben, hätte ich gewusst, dass Portugal so mies und das Essen so schlecht sind, hätte ich mich geweigert, diese Mission anzunehmen, sollen die Engländer und die Deutschen doch so viel Druck machen, wie sie wollen, es macht mir schon Sorgen, aber sie brauchen mich mehr als ich sie, wo würden sie unterstützendes Personal herbekommen, Leute mit Erfahrung, Kontakten, sie brauchen Monate dazu, während ich es im Handumdrehen mache, Agenten rekrutieren, sie trainieren, sie auf dem Terrain einsetzen, die Quellen im Verborgenen halten, den Wechsel der Codes verfolgen, wenn das Wolfram das Problem ist, löst man es, sofern sie zahlen, und sobald sie gezahlt haben, kehre ich nach Paris zurück, der Ehemann der Geliebten des reichen Typs, der die Minen kontrolliert, hat ein doppeltes Spiel gespielt, er hat es in die Schweiz geschafft, in den Palmen vom Casino zum Strand hinunter Vögel, aber ich kenne diese Vögel nicht, und nachts die Wellen und die Züge, trotz dieser Art Tampons, die ich in die Ohren stecke, sie lassen mich nicht schlafen, ein Mann würde vielleicht helfen, ich schlafe anschließend besser, aber jetzt ist keine Zeit dafür, sie bleiben immer länger, als sie sollen, rühmen sich, todsichere Martingale beim Roulette zu kennen, ich habe mehrere ausprobiert und habe, verflucht noch mal, immer verloren, sie unterhalten sich, um sich selber zu hören, nicht damit ich sie höre, sie verschwinden morgens eilig, ich kenne keinen einzigen, der nicht infantil, ermüdend, ungestüm, idiotisch wäre, der Besitzer vom Wolfram neigte den Deutschen zu, hatte aber nicht den Mut, sich zu entscheiden

– Wir müssen die Dinge abwägen Madame

er lud mich zum Tennis bei ihm zu Hause ein, jede Menge unterwürfiger Mitarbeiter und dämlicher Frauen, die als Clowns verkleidet waren, und ich finde keinen Weg, mich vernünftig mit ihnen zu unterhalten, lassen Sie uns ein Treffen für einen der nächsten Nachmittage ausmachen, schlägt er vor, ohne irgendein Datum anzugeben, freundlich zu den Engländern, freundlich zu den Deutschen, zögerlich, eine Dame mit zerzaustem Haar in einem Morgenmantel für Kranke hoch oben in einem Fenster, hinter dem Tennisplatz ein Garten mit Statuen, eine Venus, so lala, die im Zentrum eines Wasserbeckens eine Muschel hochhält, und eine grauenhafte, nach vorn gebeugte Figur aus Marmor, die einen Diskuswerfer nachahmt, so viel schlechter Geschmack unter den Reichen dieses überflüssigen Landes, Kiefern, in der Ferne Dünen, etwas, das wie ein Gebirge aussieht, ich würde hier nicht für viel Geld wohnen wollen, ein Angestellter mit weißer Jacke zog die Dame vom Fenster weg, englische Ingenieure in der Mine, doch das Wolfram wird zurückgehalten, der Besitzer zu mir, während die Sekretärin ihn mit einem Handtuch abwischte

– Wir haben noch nicht entschieden

jedes meiner Schmuckstücke war mehr wert als alle Schmuckstücke der anderen zusammen, jeder meiner Ohrringe, meiner Ringe, mein Kleid beispielsweise, ich beharrlich

– Die Kunden haben es eilig

das auf Französisch, logischerweise, ihre Sprache ist merkwürdig, ich wundere mich darüber, wie sie einander verstehen, aber dennoch unterhalten sie sich, die Venus mit der Muschel hat ellenlange Arme, und die Spitze einer der Brüste ist abgebrochen, der Besitzer

– Ich habe sie aus Sardinien kommen lassen

und es fällt mir nicht schwer, dies zu glauben, denn Sardinien ist ebenso stillos wie das hier, nur Felsen und Ziegen anstelle von Palmen, die gleichen Bauern mit Hut, die gleichen alten Frauen in Trauerkleidern, irgendwo immer eine Stelle mit einem Verstorbenen und einem Olivenbaum darüber, entfernen wir uns von Lissabon, gibt es nur Tote oder Blinde, alle schwanken zu einer verfallenen Kapelle, da humpeln sie, ein Fuß in einem Stiefel, der andere mit Lumpen umwickelt, Leute, die uns anschauen wie Käuzchen auf einem Baumstamm, und ich erwähne aus Respekt vor den Lesern weder die Ziegen noch die Esel, die Deutschen und die Engländer, als ich ihnen gegenüber die widerstrebende Haltung des Besitzers erwähnte

– Mit Geld überzeugen Sie ihn

und er betrachtete ohne Eile, zu welcher Seite der Krieg sich wohl neigen würde, gemächlich wie ein Sämann, der den Regen abschätzt, jede Wolke abwägt, jede Neigung eines Zweiges, die Richtung, in die die Raben fliegen, Paris, welche Sehnsucht, ein so fruchtbarer Ort, an dem sogar Kioske wachsen, der Angestellte mit der weißen Jacke schloss dort oben das Fenster, und die Frau mit dem zerzausten Haar verschwand, würde es noch ein Fenster geben, das sich über dem Tennisplatz und der Muschel der Venus schloss, wäre ich dankbar, schlösse ein Fenster ganz Portugal, würde ich zu Fuß nach Lourdes pilgern, würde ihnen den Diskuswerfer lassen, damit sie sich damit amüsieren, ich war immer großzügig, der schwedische Militärattaché, den ich hin und wieder empfange, kann es bestätigen, sein feiner Schnurrbart brachte mein Ohr durcheinander, und wer mein Ohr durcheinanderbringt, der bringt mich ganz durcheinander, sogar die Zehen, an die wir uns zumeist nicht erinnern und die unvermittelt da sind, so präsent sind, dass wir sie für riesig halten, wenn ich allein bin, sind sie klein, rund, meiner Meinung nach nutzlos, denn ich klettere nirgendwo hinauf, da der Krieg weder zur einen noch zur anderen Seite fiel, entschied sich der Besitzer vom Wolfram nicht, und die Engländer und die Deutschen, das kann ich gut verstehen, waren sauer auf mich, wäre ich zwanzig Jahre jünger, wäre es einfacher, aber das Alter, die Falten, der linke Schenkel beim Gehen, die Portugiesen sind so einfach gestrickt, vom Aussehen her bäuerlich und kulturfern, meine Kunden sind nicht nur sauer auf mich, sie überwachen mein Telefon und meine Schritte, der schwedische Militärattaché wurde bäuchlings im Tejo gefunden, an einem Ponton, während Dutzende Möwen um ihn herum unermüdlich krächzten, ich höre sie noch nachts, wie sie mit den Schnäbeln hacken, eines Nachmittags in Estoril habe ich gesehen, wie sie mitten im Flug eine Taube angriffen, Möwen oder Albatrosse, Möwen, Albatrosse sind größer, die Taube fiel in eine Ebbepfütze wie ich demnächst, der englische Major, der mir die Botschaften überbrachte

– Es wäre nicht schlecht wenn sie vorsichtig wären Madame

meinetwegen beunruhigt, ein Typ mit offenem Herzen, und das im Straßencafé des Hotels unter Jakarandabäumen, der Verdacht, ich bin nicht ganz sicher, wozu sich etwas vorstellen, dass auf einem der nächsten Stühle der deutsche Kulturattaché mit einem Freund ihrer Polizei sitzt, wem nützt diese ça va, die nur herumlügt, einer meiner Assistenten in Belgien im Knast, Belgien, grauenhaft, irgendwann einmal spreche ich über Belgien, ein anderer, der das Wolfram verfolgte, stürzte von einem Berg in den Alpen, ich bin zweiundfünfzig Jahre alt, zweiundfünfzig war meine Mutter, als sie starb, so alt bin ich, an einem Darmfieber, ich weiß nicht, was ein Darmfieber ist und wage auch nicht, danach zu fragen, ich tue alles, um nicht an Krankenhäuser zu denken, Krankenhäuser jagen mir einen Heidenschrecken ein, ich bin sechsundsechzig und habe keinen einzigen eigenen Zahn, ich habe Angst vor dem, was später passiert, und Angst davor, dass hinterher überhaupt nichts passiert, ich möchte nicht verfaulen, ich möchte nicht Knochen sein, ich will die Zeitungen lesen, wissen, was passiert, ich will nicht, dass meine Kleider voller Schimmel in einer Truhe liegen, ich möchte mich nicht in ein Foto verwandeln, wenn ich nichts mehr bin, ich bin einmal mit einem Polen gegangen, der an Gott glaubte, möglich, dass, wenn ich sterbe, ein Gott da in der Leere wohnt, wer will das Gegenteil behaupten, der Pole endete in den Händen der Russen, und woran glaubt er heute, wo nicht einmal Asche ihn fortbestehen lässt, nur eine Brise zwischen eisigen Birken, ich zum englischen Major

– Sechsundsechzig Jahre haben Sie eine Ahnung was das ist?

und wenn Sie eine Ahnung haben, erzählen Sie es mir, denn ich habe keine, oder vielmehr verstehe ich die Zahl, verstehe aber nicht deren Bedeutung, wie das besser erklären, Gesichter um mich herum und ich unfähig zu sprechen, Augen, die unfähig sind zu sehen, Ohren, die unfähig sind zu hören, ein Körper, der ist und nicht ist, eine Frage, die an wen gerichtet ist

– Lebe ich noch?

eine gegenseitige Frage

– Lebt sie noch?

nicht gegenseitig, und ich, ich bin keinen Heller wert, ich bin nicht, ich bin ein Name, der immer weniger Name ist, der englische Major

– Lassen Sie uns über praktische Dinge reden kommen Sie nicht mit Geschichten

während ich an den schwedischen Militärattaché dachte und was für ein Gefühl es wohl sein musste, eine Frau mit einem künstlichen Gebiss zu küssen, eine Veränderung in meinem Gesicht, nur weil ich darüber nachdachte, und der englische Major

– Irgendein Problem?

nicht aus Mitleid mit mir, er wunderte sich über meinen Gesichtsausdruck, sicher bemerkt man es, wenn sich das Gebiss hin- und herbewegt, wenn Sie etwas kennen, was grauenhafter ist als ein Gebiss, sagen Sie es mir, die Jakarandabäume erneuern sich, ich nicht, wie ungerecht, ich habe darum gebeten, mein Alter im Pass zu ändern, um mich ein kleines bisschen zu trösten, aber sie haben es nicht geändert, sie haben meinen Namen geändert, die Stempel, die Stadt, in der ich geboren wurde, nicht aber das Alter, der englische Major

– Man stellt sofort fest dass es falsch ist

ich bin nicht nur alt, ich sehe auch alt aus, die Schminke überdeckt überhaupt nichts, sie zeigt sogar noch mehr, sechsundsechzig Jahre, mein Gott, siebenundsechzig im März, nein, achtundsechzig im März, ein Sohn von fünfundvierzig, schon dick, ohne Haar, der über seine Wirbelsäule klagt

– Die klemmt

und was soll Ihrer Meinung nach die Mutter des Eingeklemmten machen, die Deutschen

– Man sollte solche Aufgaben jüngeren Menschen übertragen

weil eine Frau wie ich niemanden überzeugt, ganz sicher hatte der schwedische Militärattaché ein Kindheitstrauma, Sehnsucht nach der Amme, was weiß ich, der Besitzer vom Wolfram

– Das sind komplizierte Angelegenheiten Sie gehören einer anderen Generation an Madame Sie machen sich keine Vorstellung davon

ohne einen mitleidigen Seitenblick, ohne meinen Arm zu streifen

– Sie gehören einer anderen Generation an Madame Sie machen sich keine Vorstellung davon

und ich, anfangs erbost, dann demütig, stimmte ihm zu, akzeptierte, überlegte

– Wenn ich mich nicht hiermit beschäftige wovon lebe ich dann was esse ich dann?

aus der Wohnung ausziehen, aus dem Viertel wegziehen, einen Job als Concierge finden oder die Tür- und Fensterspalten mit Zeitungspapier zustopfen, den Gashahn aufdrehen, mich hinlegen und warten, nicht im Morgenrock, ordentlich angezogen, bis der Schlaf kommt, und wenn der Schlaf nicht kommt und wenn sie die Tür aufbrechen und wenn

– Was ist das denn Madame?

eine Krankenstation, wo Leute meiner Art Sinnentleertes wiederkäuen, der englische Major und die Deutschen stehen während der Besuchszeit vor mir

– Was machen wir?

Codes, schlafende Verstecke, Briefkästen ändern, wir teilen ihre Agenten untereinander auf, sie bieten mir eine Tablette und ein Glas Wasser an

– Nehmen Sie das

der Mann der Geliebten des Besitzers des Wolframs stellt Berechnungen auf einem Blatt Papier an

– Immer in Form Senhor Doutor

der Mann der Geliebten des Besitzers vom Wolfram, der Berechnungen auf einem Blatt Papier anstellt

– Wie viel Prozente bekomme ich?

selbstverständlich ist das nicht Frankreich, natürlich nicht, auch nicht Italien, nicht einmal Spanien, das trotz allem, ist doch so, einen gewissen Schneid hat, das hier ist ein kleiner und schmutziger Ort, eine Art Marokko, nur nicht ganz so dreckig, kleine und dunkle, hässliche Menschen, die Venus im Wasserbecken geht mir auf die Nerven, der Wind und der Sand der

Dünen murren in den Kiefern, wie würde ich murren, wenn ich könnte, Ehrenwort, mit diesen Hunden den Strand entlangtrotten, Möwen verfolgen, die ich niemals fange, ich beiße immer nur in die Luft, sie kreisen über mir, die Miststücke, machen sich über mich lustig, wer macht sich nicht über mich lustig, Herrschaften, sechsundsechzig Jahre alt und fidel, als wäre sie dreißig, hält mit den Lippen das Mundinnere, damit die Backenzähne an ihrem Platz bleiben, ich habe schon aufgegeben, Paris noch einmal zu sehen, ich bleibe im Hotel mit dem prätentiösen Casino rechts, Palmen bis zu den Bahngleisen und nach den Bahngleisen das Meer, ich nehme es nachts wahr, wenn die Bäume sich beruhigen, tagsüber höre ich es nicht, die Frau meines Sohnes hat diesen vor ein paar Monaten verlassen, sie hat mir den Grund genannt, aber ich habe ihr nicht geglaubt, und auch wenn es wahr sein sollte, ist das etwas, worüber man nicht spricht, finde ich, jedenfalls habe ich bei ihm weder als Heranwachsendem noch als Erwachsenem irgendetwas bemerkt, und normalerweise bin ich objektiv, wenn ich etwas beurteile, außerdem habe ich nie so sehr geliebt, dass die Leidenschaften mich erschütterten, wen habe ich denn auf dieser Welt gemocht, meinen Vater habe ich nicht gut gekannt, meine Mutter verglich mich ständig mit ihr selber, um mich zu erniedrigen, sie steckte mich in Kleinmädchenkleider, erlaubte mir nicht, mich zu entwickeln

– Du hast noch viel Zeit um eine Frau zu werden

und sie gab mir überhaupt keine Zeit, in dieser Hinsicht ist das Darmfieber, das sie dahingerafft hat, ein Segen gewesen, als ich mich zum letzten Mal dem Kopfteil ihres Bettes genähert habe, fragte ich mehr aus Neugier als sonst was

– Wie wird wohl das Ende sein?

sie, ein kraftloser Seufzer, schalt mich, beneidete mich, hätte mich am liebsten geschlagen

– Hast du dich geschminkt?

und ich murmelte, damit mein Vater es nicht mitbekam

– Ich habe mich mit Ihren Schminksachen geschminkt ich werde mich mit Ihren Parfüms begießen werde Ihre Sachen tragen

und so ging sie, meiner Meinung nach ist mein Sohn nur ein nutzloser Kerl, und so ging sie, den Blick in meinem, besiegt, wenn Sie mir diesen Ausdruck erlauben, und falls Sie dies nicht tun, erlaube ich es mir eben selber, sie ging schäumend, ich hoffe, sie hat mich bis zum Ende verstanden, mein Vater zu mir

– Hast du bemerkt mit welcher Kraft sie die Decke festgehalten hat?

und ich, die es bemerkt hatte, antwortete frech

– Nein

starrte auf ihre trotz der verzerrten Gesichtszüge ruhig daliegenden Finger und fühlte mich großartig, mein Sohn ist vor allem ein Schwächling, so wie mein Vater ein Schwächling war, ich werde mit beiden keine Zeit verlieren, wen ich wirklich gemocht habe, das ist Privatsache, dort unten im Straßencafé streiten sich Spatzen um die Reste auf den Tischen und um die Krümel auf dem Boden, und die Angestellten versuchen sie mit den Servietten wegzufegen, die Bäume im Garten des Besitzers vom Wolfram sind nachts so ruhig, das Wasser im Swimmingpool wird von den Glasscheiben des Gewächshauses reflektiert, Glitzern, Schimmern, der englische Major

– Ich fürchte Ihre Zeit ist abgelaufen

und ich ohne Worte, keine Angst, sie ist seit Ewigkeiten abgelaufen, mein Junge, ich möchte nicht darauf herumreiten, aber sechsundsechzig Jahre im Oktober, als die Atemnot begann, der Arzt

– Wir werden ein paar Untersuchungen machen

und da nicht wir beide sie machten, machte ich sie allein, bin ich nicht hingegangen, mein Hotelzimmer ist bis zur nächsten Woche bezahlt, und dann setze ich mich auf die Bänke bei den Palmen, die Handtasche auf den Knien, schaue den Morgen zu, der Mann der Geliebten des Chefs zu mir, indem er den Höher auflegte

– Wenn die Deutschen nicht kaufen habe ich Wolfram zur Verfügung

der Mann der Geliebten des Chefs zur Sekretärin, die keinen Laut von sich gegeben hatte

– Sei still

und ich war ehrlich amüsiert, mochte ihn, das genau ist der Sohn, den Sie nicht gehabt haben, Mutter, imstande sich durchzusetzen, imstande zu, ich weiß noch immer nicht, wo die Möwen schlafen, ich werde Felsen entdecken, zwischen den Stränden, dort, wo sie mich eines Tages finden, die Schuhe von den Wellen ausgezogen, sie werden nicht ahnen, wozu meine Zehen, als ich noch lebte, in der Lage waren, die Frau des Ehemannes der Geliebten des Chefs zum Ehemann der Geliebten des Chefs

– Ich hätte nicht gedacht dass du

das Haar zu blond, die Brüste zu groß, hallo, Mutter, ich werde Ihnen ein Geheimnis verraten, ich schäme mich Ihretwegen, die Frau des Ehemannes der Geliebten des Chefs

– Ich hätte nicht gedacht dass du

schämte mich für Ihren Hintern, Ihre Dekolletés, Ihr Benehmen, die Art, wie Sie mit den Wimpern klimperten, wenn der Cousin meines Vater Ihnen etwas zuflüsterte und Sie zu lange Ihre Hand auf seiner hatten

– Wie schön

während die Gesichtszüge meines Vaters langsam absackten, absackten, ich beinahe

– Papi

blieb aber stumm, weil die Lippen meines Vaters, ohne sich zu öffnen

– Sag nichts

ich erinnere mich an alle Möbel, an den Lüster mit den sechs Glühbirnen, eine davon schief, daran, dass mein Vater

– Deine Mutter ist nicht mehr hier die Arme

aber sie war noch da, sehen Sie ein, dass sie da war, mich verfolgte, mich verletzte, wenn ich zu meinem Sohn

– Man hat sich darüber beschwert dass du

möchte ich wetten, dass meine Mutter triumphierte, was habe ich Ihnen getan, Senhora, außer dass ich jünger, größer, hübscher war, meine Mutter krank

– Ich will nicht dass du mich so siehst

und ich spähte vom Korridor aus, ohne das Licht anzumachen, ich erinnere mich an eine Hornisse am Lampenschirm beim Kopf des Bettes, an meine Mutter, als sie weggetragen wurde

– Ist meine Tochter wenigstens weit weg?

der Ehemann der Geliebten des Chefs zu mir

– Das Wolfram steht bereit am besten verkauft man es gleich bevor die Engländer davon Wind bekommen

die Deutschen

– Wir haben bestätigt dass das Wolfram an der Grenze ist er soll den Preis für uns senken

die Tennisbälle flogen von einer Seite zur anderen über das Netz hinweg, und Damen mit Sonnenbrille und breitkrempigem Hut verfolgten sie, der englische Major

– Es gibt Augenblicke da bewundere ich Sie es würde mir leidtun eines Tages Ihnen gegenüber unangenehm zu werden

im Gartenhäuschen des Hotels, in dem es von Insekten wimmelte, denn wir sind nicht in Frankreich, auch nicht in Italien, nicht einmal in Spanien, das trotz allem einen gewissen Schneid hat, das hier ist ein kleiner und schmutziger Ort, eine Art Marokko, nur nicht ganz so dreckig, kleine und dunkle, hässliche Menschen, und hier, vom Hotel aus gesehen rechts, das prätentiöse Casino, Palmen bis hinunter zu den Bahngleisen und hinter den Bahngleisen das Meer oder, besser gesagt, Straßencafés für Bettler und Hunde, hätte ich gewusst, dass Portugal so mies ist, hätte ich die Arbeit abgelehnt, mir gefällt es, mich als freier Mensch aufzuführen, vor allem wenn man mir nicht erlaubt, was auch immer abzulehnen, ich bin nur ein Bauer auf dem Schachbrett zwischen Dutzenden von Bauern, einer, der nicht diskutiert, gehorcht, nicht protestiert, erfüllt, nicht revoltiert, hinnimmt, immer noch besser als ein Altersheim oder ein Zimmerchen auf dem Dachboden oder auf einem Felsen aufzuwachen und die Fische zu erschrecken, die Deutschen zu mir

– Wir wissen dass in der Schweiz alles bereitsteht

nicht direkt, selbstverständlich nicht, in den Botschaften, während die Tennisbälle über das Netz hin- und herflogen, und mit dabei nicht nur der englische Major, auch zwei Handelsattachés der Botschaft, die mit mir keine Zeit verloren, mich von fern grüßten, dazu noch ein gutgelaunter Kerl, er behauptete, Jugoslawe zu sein, mit einem Stoffhandel als Deckmantel, der mir immer den Stuhl zurechtrückte, äußerst wohlerzogen, was würde man nicht darum geben, trotz der sechsundsechzig Jahre gibt es da Drüsen, wie soll ich es elegant ausdrücken, die weiter funktionieren, man denkt, dass dem nicht so ist, und unvermittelt sind wir lebendig, eine Gelegenheit, bei einem Gespräch, sein Knie an meines gelehnt, will heißen, er versuchte es einmal, ließ mit einem zweiten Mal nicht locker und blieb beim dritten Mal an meinem Schenkel kleben, drückte langsam, als er mir den Tee servierte, wurde das Knie gegenwärtiger, aktiver, am nächsten Tag schickte er mir Blumen ins Hotel mit einem galanten Billett, der englische Major schickte kein Kärtchen, nur

– Ich fürchte Ihre Zeit ist abgelaufen

und beinahe hätte ich, Sie mögen es albern finden, das

Kärtchen geküsst, ich küsste es nicht, denn das abgeknickte Eckchen war das Zeichen, das bedeutete, wir akzeptieren den Preis, der englische Major durch den Fahrstuhlboy anhand der Reihenfolge der gedrückten Stockwerksknöpfe

– Versuchen Sie das Geschäft voranzutreiben

wo ich nur Lust hatte, unter den Jakarandabäumen beim Café zu sitzen, das Knie zu spüren, während meine Zehen immer größer wurden, ich bin stolz darauf, dass ich mit sechsundsechzig Jahren immer noch reagieren kann, meine Stimme ist tiefer, die Gesten krummer, der Jugoslawe hatte einen Mitesser an einem Nasenflügel, ausgezeichnet zum Ausdrücken

– Rühren Sie sich nicht

und jede Menge Haare und Adern, die ich nicht vermutet hatte, wie seltsam wir aus der Nähe betrachtet aussehen, zitterten vor Angst

– Ich habe versprochen dass ich Ihnen nicht wehtue beruhigen Sie sich

aber nun tat er mir weh, mit dem Knie, das bislang angenehm, plötzlich spitz war, erstaunlich, wie Panik die Menschen verändert, und mein Schenkel ertrug das heroisch, ich zeigte ihm das Ergebnis auf dem Fingernagel

– So groß schauen Sie nur

gerührt von der Größe, der Knochen rundete sich wieder erleichtert, die Haare und die Adern, auf Wiedersehen, der Jugoslawe holte die Brille aus dem Jackett, schaute sich prüfend den Mitesser an

– All das da drinnen?

ich, indem ich den Fingernagel am Rock abwischte

– Wir machen uns keine Vorstellung von dem was wir alles in und an uns haben

Narben, Pickel, Hautunreinheiten, die nur Frauen wertzuschätzen wissen, das Verlangen, ihn mit einem wollüstigen Schnurren an der Wamme zu packen, und da überkommt mich die Ungerechtigkeit meiner sechsundsechzig Jahre, ihm schwören, dass ich zweiundfünfzig bin, ihm schwören, dass ich einundfünfzig bin, ich spürte, wie das Gebiss kurz davorstand, sich davonzumachen und herunterzufallen, ein Storch schlug mit dem Schnabel auf den Rand eines Schornsteins, der englische Major

– Wir sind mit Ihnen nicht zufrieden

würde heute Nacht ein Mann in meinem Zimmer bleiben, eine Illusion von Trost, ein Friede wie in einer Familie, die Gewissheit, dass eine Tür sich öffnen wird, es ist eine Frage der Zeit, und eine Atmosphäre häuslichen Glücks, ein ruhiges Fenster zur Dunkelheit, ein Körper, der sich auf mich zubewegt, die Uhr auf dem Nachttisch und Wechselgeld und Schlüssel, der zugleich süße und saure Geruch der Männer, und ich konkav, Herrschaften, konkav, nicht die Frau, die ich im Stehen bin, ich konkav, die Kleider am Rand der Überdecke, die Kleider rutschen langsam, träge von der Überdecke, ein Ärmel nach dem anderen, die Kleider auf dem Boden, ein Strumpf balanciert auf dem Rand der Sitzfläche und fällt nicht herunter, die Schuhe weit weg, schmollend, und ich gerührt von den Schuhen, ich treffe auf einen Hals, schwelle nicht in der Handfläche an, schwelle ganz und gar an, ich mit einem Mädchenbitten

– Langsam

die andere Handfläche Schulterblätter, Rippen, ein Bauchnabel, der sich über mir hebt und senkt, ein Ding, das ein anderes sucht

– Sagen Sie nichts das lenkt mich ab

findet es, verliert es, ich helfe und finde, und eine unschlüssige Stimme

– Ist das gut?

die Palmen in der Allee ruhig, die Markise des Straßencafés am Tag blau-gelb gestreift, jetzt schwarz-grau, der englische Major leise

– Glauben Sie nicht dass Sie mir entkommen

der englische Major

– Auch wenn Sie es versuchen sollten Sie entkommen mir nicht

denn das hier ist nicht Frankreich, auch nicht Italien, nicht einmal Spanien, in Italien habe ich einen, das trotz allem immer noch einen gewissen Schneid hat, habe ich einen Landvermesser kennengelernt, mit dem ich, das ist ewig lange her, habe ich einen Landvermesser kennengelernt, mit dem ich eine Woche in Capri in einem Fischerhäuschen verbracht habe, und ich hatte nicht so dicht an den Wellen Schafe erwartet, aber es gab welche, sie sprangen über ein Mäuerchen und spazierten im Sand herum, ich erinnere mich an ihre Farben und die rostigen Glöckchen, ich erinnere mich an die Hitze, aber dies hier ist nicht Italien, das ist ein kleiner, armer Ort, eine Art Marokko, nicht ganz so dreckig, kleine, dunkle, hässliche Menschen, die Griechen sind auch hässlich, die Türken sind hässlich, die Türkei, Gott segne sie, nicht besser als Marokko, rechts vom Hotel das prätentiöse Casino und links hinter den Bahngleisen das Wasser, Estoril, sie nennen es Estoril, wie schwierig es ist, fremde Namen auszusprechen, Estoril, beinahe absurd, der Jugoslawe tat mir am Bein weh, das mit der Zeit dünner und empfindlicher geworden war, die Haut verliert ihre Elastizität, nicht wahr, die Muskeln verlieren Substanz, der Jugoslawe, indem er sich zur Seite rollte

– Wie war's?

und wegen des schwachen Lichts bekam er nicht heraus, ob ich zufrieden oder unzufrieden war, er bekam mit, dass mir unbehaglich war, denn meine Brust war verschwitzt, mein Bauch verschwitzt, auch das Betttuch verschwitzt, wahrscheinlich waren auch die Wände des Zimmers und die Möbel verschwitzt, der Italiener war nicht brünett, sondern blond, wer würde glauben, dass ein Italiener blond ist, das gibt es nicht, man muss kein Schlaukopf sein, um zu wissen, dass Engländer oder Deutsche, sie überwachten mich bereits, informierten sich, und das gleich zu Anfang unserer Zusammenarbeit, und ich war so naiv, warum das herunterspielen, war ein Esel, und was Capri betrifft, Steine, Witwen, sogar das Licht verwitwet, der Jugoslawe ließ nicht locker

– Wie war's?

und ich dachte

– Er wird mich in diesem Sumpf allein schlafen lassen

und es wird Zeit, dass mein Inneres beginnt, für mich zu existieren, die Leber, das Herz und die Eingeweide, die schon keine Organe mehr sind, sondern von Batterien angetriebene Teile, die kaputtgehen, aufgeben, was wird beharrlich weiter funktionieren und mich am Leben erhalten, der Ehemann der Geliebten des Besitzers vom Wolfram nach einer Anordnung zu seiner Sekretärin, die den Schnabel nicht aufgemacht hatte

– Sei still

der Ehemann der Geliebten des Besitzers vom Wolfram

– Die Schweizer warten auf die Genehmigung damit wir schicken

und ich hörte ihn kaum

– Warten Sie

ich hatte mich von ihm und den Deutschen und den Engländern frei gemacht

– Warten Sie

antwortete dem Major nicht, antwortete denen von der Botschaft nicht, folgte nur dem Tennisball, nahm die Damen mit den Sonnenbrillen und breitkrempigen Hüten nicht wahr, wies das Tablett des Angestellten mit der weißen Jacke ab, sah den Gärtner die Beete gießen und den Wind die Dünen jenseits des Kiefernwäldchens im Hintergrund aufbauen und abbauen, ich verließ das Hotel ohne Gepäck, ohne Handschuhe, ohne Handtasche, nicht mit sechsundsechzig Jahren, sehr viel greisenhafter, will heißen in einem Alter, von dem ich keine Ahnung habe, welches es sein könnte, und das mir, welches auch immer es ist, egal ist, aber es ist in diesem Augenblick meines, gehe in Richtung Sonne, wilde Feigen, Disteln und das eine oder andere Dorf am Fuße des Gebirges, denn dies hier ist nicht Frankreich, auch nicht Italien, nicht einmal Spanien, es ist ein kleiner, armer Ort, obwohl die Schafe nicht über Mäuerchen springen und am Strand Glöckchen klingeln lassen, ich auf der Straße, wo ein Bus entlangfährt, an dessen Scheiben Möwen zerschellen, ich gehe weiter, obwohl der Jugoslawe

– Wie war's?

vielleicht weil er die beiden Männer hinter mir gesehen hat, weil er den Major gesehen hat, obwohl sie in den Nebelwirbeln schwer zu erkennen waren, und die Gischt und die Oktoberwolken, und ein Obdachloser kam mit einem Rucksack dort entlang, das Gefühl, dass mein Sohn

– Mutter

auf dem Bett sitzend, aber ich sah ihn im Dunkeln nicht, tastete Schatten ab, bis ich auf ihn traf, und als ich auf ihn traf, verstummte er, mein Sohn nicht mehr

– Mutter

ich nehme an, dass er mich anschaut, so wie ich auch annehme, dass ich ihn anschaue, in Frankreich auf einem Boulevard mit Kastanienbäumen und ordentlichen Läden und ordentlichen Leuten und gutem Geschmack, ich vor dem Dummkopf von einem Sohn, wir küssen uns nicht, wozu einander küssen, bis zu dem Augenblick, in dem sie mich auf den Boden drückten, ein Schuss, und ich auf allen vieren, ich mit dem Gesicht, zum Glück ungeschminkt, auf der Erde, ich ohne Ringe, ohne Ohrringe, ohne Armbänder, meine Stimme

– Ich bin zweiundfünfzig Jahre alt ich bin jung

nicht sechsundsechzig, wie grauenhaft, zweiundfünfzig und noch so viel Zeit vor mir, mir geht es nicht schlecht, ich bin nicht verletzt, ich verschwinde nicht aus mir selber, ich inmitten der Schafe auf dem Weg zum Strand, so viel Hitze, so viel Licht, und die Arme eines Mannes verhindern, dass ich falle, heben mich hoch und nehmen mich mit.

DRITTES KAPITEL

Ich frage mich immer wieder, wenn wir zusammen zu Hause sind, aus welchem Grund wir aufgehört haben, miteinander zu reden, wir begegnen uns auf dem Korridor wie Fremde, vermeiden, uns gegenseitig ins Gesicht zu schauen, vermeiden Blicke, aus Furcht, die Augen könnten etwas zeigen, was denn, was können sie zeigen, nicht einmal im Spiegel verstehe ich sie, sie sind einfach da, gestern, das war mir zuvor noch nie passiert, habe ich einen Schwarm Amseln gesehen, ein Dutzend, mehr, zwanzig oder dreißig, auf dem Wipfel eines kleinen, kahlen Baumes, völlig reglos, und ich habe sie ewig lange beobachtet, ich weiß nicht, warum ich mich daran erinnere, aber es sitzt hier fest, ich kann es nicht vertreiben, wenn ich mich daran erinnere, dann, weil es einen Grund dafür gibt, vielleicht finde ich ihn eines Tages heraus, zwanzig oder dreißig Amseln und jede von ihnen allein, in dieselbe Richtung schauend und allein, sie reden nicht miteinander, so wie wir aufgehört haben, miteinander zu reden, wir begegnen uns auf dem Korridor, seitlich an die Wand gedrückt, damit wir uns nicht streifen, am Tisch bedient sich jeder allein, falls sich einer von uns verschluckt, ist der andere nicht beunruhigt, sondern ungeduldig, unsere Kinder spielen mit Autos auf dem Tischtuch, ich stopfe ihnen den Rachen voll, damit das Motorengeräusch mir, den Spaghetti sei Dank, weniger auf die Nerven geht und der Lärm wenigstens, solange sie den Mund voll haben, abnimmt, da meine Frau ihnen die Autos nicht verbietet, habe ich nicht den Mut, sie ihnen zu verbieten, obwohl mich die zerkratzte Tischplatte ärgert, würde ich während des Fischganges die Amseln erwähnen, sie allenfalls

– Vögel die haben gerade noch gefehlt

während sie den Kindern die Gräten herauspickt, muss ich, was meine betrifft, selber klarkommen, vollkommen reglose Amseln, wie merkwürdig, meine Mutter liebte den Kopf vom Graubarsch, wir waren arm, ein Teil des Fußbodens aus Linoleum, der andere aus billigen Fliesen, sie schneiderte aus den Kleidern meines Vaters Sachen für mich, befahl

– Dreh dich um

und versuchte sie, so gut es ging, anzupassen, dennoch waren die Jacken zu groß und der Hosenboden schlabberte, mein Patenonkel über der Brüstung seiner Hände mit einem Lachen, das ernster war, als wenn er nicht lachte

– Was du alles im Zirkus verdienen würdest

ich mit roter Nase und riesigen Schuhen beim Tennis des Senhor Doutor, bereit, in den Pausen zwischen den Spielen zum Saxophon zu greifen, während mein bereits verstorbener Vater

– Die Künstler sind alle Portugiesen

ohne dass jemand meine Person bemerkte, weil sie damit beschäftigt waren, vor einem englischen Grafen Bücklinge zu machen, der einmal König gewesen war und wieder König sein würde, wenn die Deutschen den Krieg gewannen, die Damen mit Sonnenbrille und breitkrempigem Hut

– Hoheit

und seine Gemahlin hatte Hündchen, drei oder vier, denen der Angestellte mit der weißen Jacke Pralinen servierte, der Graf gewann, weil die anderen die Bälle verschlugen wie beim Senhor Doutor

– Es ist unmöglich Ihre Hoheit zu besiegen

das mit den Amseln ist wirklich wahr, ehrlich, so still, mein Gott, so wenig vogelähnlich, der Graf unbesiegbar, und das Haus wurde immer größer, noch mehr Stockwerke, noch mehr Treppen, die Tochter des Senhor Doutor hatte Kinder, die den Gruß nicht erwiderten, wenn man sie begrüßte, obwohl meine

Frau wie die anderen gekleidet war, ähnelte sie ihnen nicht, ihr fehlte etwas Undefinierbares, die Art zu gehen, eine Kopfbewegung, eine Geste, man bemerkte, dass der Angestellte mit der weißen Jacke ihr nicht so viel Respekt wie den anderen entgegenbrachte, sie nicht so wie die anderen betrachtete, sondern sie, möglicherweise irre ich mich ja, ich bin, was einige Dinge betrifft, nicht sehr intelligent, mein Vater war es auch nicht, von Gleich zu Gleich, oder nicht genau das, mit einem Quäntchen Verachtung betrachtete, ein Clown, ich nahm wahr, dass er es wahrnahm, haargenau wie die anderen, aber weniger fein, ich frage mich immer wieder, wenn wir zusammen zu Hause sind, aus welchem Grund wir aufgehört haben, miteinander zu reden, der Senhor Doutor immer seltener

– Immer in Form?

er gibt das Handtuch einer Schauspielerin, nicht meiner Frau, ich sagte

– Immer in Form Senhor Doutor

auch wenn er mich nicht gefragt hatte, doch er hörte mir nicht zu, mir hörte eine Französin zu, die ihre Zeit damit verbrachte, in einem Hotel in Estoril mit distinguierten Herren zu reden, die Palmen waren damals noch nicht so hoch wie heute, nicht mehr ganz jung, zweiundfünfzig Jahre, behauptete sie, aber mindestens sechsundsechzig, die am Guincho verschwand, wie viele Leute der Sand der Dünen verschluckt hat, vor allem seit die Engländer und die Deutschen hier sind, es gibt Nächte, in denen ich, wenn ich schlafe, den Körper meiner Frau an meinem fühle, manchmal die Schulter, dann wieder die Brust oder aber die Hand, die mich zwischen den Pyjamaknöpfen sucht, und fast rücke ich an sie heran, fast umarme ich sie, fast willige ich ein, ein Fußknöchel, von dem ich mich unter Mühen befreie, und indem ich mich befreie, ihre Stimme

– Pech gehabt

im Halbschlaf sehe ich die Helligkeit des Fensters wogen

oder die Ecke der von der Laterne auf dem kleinen Platz aufgehellten Zimmerdecke, der Verdacht, dass sie im schmollenden Schweigen Rache plant, blondes Haar, an der Wurzel bereits dunkel, in einem Dutt zusammengefasst, als ich sie kennengelernt habe, war es braun und meine Frau mager, heute plagt sie die Scham, dick zu sein

– Ich habe einen Bauch nicht wahr?

sie kneift sich in die Taille

– Nun schau dir nur diesen Rettungsring an

es kam vor, dass ich sie in der Speisekammer erwischte, wo sie um die Kekse herumschlich

– Ich habe nur nachgeschaut

mit dem geöffneten Kompottglas und einem Löffelchen, wie sie überlegte

– Probiere ich nun oder nicht?

sie kehrte ins Bett zurück, und Dehnungsstreifen, behauptete sie

– Sind das nicht Dehnungsstreifen?

lud mich ein, mit dem Finger darüberzustreichen, sie zu fühlen

– Findest du das nicht schrecklich?

also Cremes aus der Apotheke, aber die Dehnungsstreifen blieben, vielleicht bemerkte sie der Senhor Doutor ohne Brille ja nicht, meine Schwiegermutter, die noch dicker war, resigniert

– Das liegt in der Familie

und später Herzflattern, Müdigkeit, die Stühle wurden kleiner, wenn sie sich setzte, mein Schwiegervater, der sich selber witzig fand

– Ich habe sie so gekauft

und ich überlegte, ob ich nun lächeln oder ernst bleiben sollte, die gerunzelte Stirn meiner Schwiegermutter, die prüfte, ob ich amüsiert war, zwang mich, ernst zu bleiben, meine Schwiegermutter zu ihm, grimmig

– Der Witz hat dir einen Zahn rausfallen lassen

wünschte sich, sie würden ihm alle rausfallen, mein Schwiegervater im Versuch, den Satz ungeschehen zu machen

– Das war ein Scherz war nicht bös gemeint

fürchtete stundenlanges Schmollen

– Dieser spillerige Kerl da

und er war wirklich spillerig

– Diese Mücke

und tatsächlich eine Mücke, meine Schwiegermutter hatte Lust, ihn mit der flachen Hand zu zerquetschen, als meine Ehefrau mir den Tod ihres Vaters mitteilte, entfuhr mir

– Hat deine Mutter ihn mit der flachen Hand zerquetscht?

und meine Frau sprang sogleich mit erhobener Faust aus einem Tränenkokon heraus, zu ihrem Unglück hatten die Reisen mit dem Senhor Doutor aufgehört, der die Dehnungsstreifen bemerkt hat

– Ich werde dir das wegmachen lassen

so wie er ihr auch befohlen hat, die Lippen zu vergrößern, die Nase zu verkleinern und die Lider zu straffen, die Französin, mit der ich mich wegen des Wolframs traf

– Finden Sie nicht dass es für mich zu spät ist?

ich

– Es ist für uns beide zu spät Madame

und ihre Gesichtszüge rutschten ein wenig nach unten, enttäuschen wir eine Frau, rutschen die Gesichtszüge immer nach unten, meine Schwiegermutter hat, nachdem sie ihren Ehemann mit der flachen Hand zerquetscht hatte, noch Ewigkeiten weitergelebt, tut mir leid, dass ich hier abbreche, aber mir sind wieder die Amseln von gestern eingefallen, sie würden sich nicht rühren, selbst wenn ich eine Leiter an den Baum lehnte und sie fangen wollte, da gehe ich mit meinem Vater am Fluss entlang, schlage die Hacken zusammen, weil er, obwohl niemand da war

– Begrüße das hochgeschätzte Publikum

würde ich den Senhor Doutor so begrüßen, der Senhor Doutor gleich

– Sind Sie so blöd oder tun Sie nur so?

und die Antwort ist beides, Senhor Doutor, ich bin blöd und tue nur so, was würde ich nicht darum geben, wieder an den Anfang zurückzukehren, meine Sekretärin

– Mein Kleiner

und aus Angst vor dem

– Sei still

zuckt sie gleich zusammen, meiner Frau von früher immer ähnlicher, ich habe ihr den Mund, die Nase, die Augenlider bezahlt, habe ihr nicht die Dehnungsstreifen bezahlt, denn sie hatte keine, sie hatte eine kleine Krampfader an einem Bein, die der Chirurg weggemacht hat, die einzigen Details, die noch Vervollkommnung brauchten, seltsam, diese Amseln, waren die Haarfarbe und ihre Umgangsformen, was das

– Mein Kleiner

betrifft, so nehme ich das auf meine Kappe, allerdings beginnt es, mir nicht zu missfallen, vor allem in den intimsten Augenblicken

– Ich bin deine Schlampe mein Kleiner bin deine Hündin

und das

– Willst du dass ich dich schlage?

– Ja

– Sag mein Herrchen soll mich schlagen

– Ich will dass mein Herrchen mich schlägt

– Sag es noch einmal

– Ich will dass mein Herrchen mich schlägt

– Sag dass du willst dass dein Herrchen dich noch härter schlägt

– Ich will dass mein Herrchen mich noch härter schlägt

ich habe ihren Eltern die Erlaubnis erteilt, sie zu besuchen, ich habe ihr die Erlaubnis erteilt, sie zu unterstützen, denn die Renten reichen nicht, sie erheben sich, wenn ich komme, dankbar, bescheiden

– Senhor Engenheiro

warten darauf, dass ich sie bitte, sich zu setzen, und selbst wenn ich sie bitte, sich zu setzen, bleiben sie stehen, ohne die Gegenstände zu berühren, strahlend angesichts des Lebens ihrer Tochter

– Ich will dass mein kleines Herrchen mich noch härter schlägt

so lange, bis ich erschien und ihnen das Gehalt übergab, und sie schliefen auf einer Matratze, die morgens neben dem Korb der Katze zusammengerollt wurde, sie, die es verdiente, einen ehrlichen Kerl zu finden, glücklich zu sein, und sie fand einen ehrlichen Kerl und ist glücklich, wenn sich der Ingenieur von seiner Frau trennt, bei all den Scheidungen, die es heutzutage gibt, dann heiraten sie vielleicht, und Gelöbnisse, Gebete, die Mutter versuchte, mir beim Abschied die Hand zu küssen, meine Ehefrau

– Du bist heute sehr gut gelaunt

sie, die nicht mit mir redete, hielt mich plötzlich auf dem Flur fest

– Du bist heute sehr gut gelaunt

was mir gar nicht aufgefallen war, aber wahrscheinlich bin ich es, was weiß ich, Lust, ihr zu antworten

– Hast du nicht zwei oder drei Kilo zugenommen?

damit sie panisch zur Waage galoppierte, um sich zu wiegen, obwohl sie Schuhe anhatte, um sich ohne Schuhe zu wiegen, in Qualen den Sohn, der sich gerade in der Nähe befand, zu bitten, sich über das Fensterchen mit den Zahlen zu beugen

– Wie viel zeigt das an?

die Hände rang, nicht lockerließ

– Überprüf das noch einmal

während ich von hinten mit dem Fuß darauftrat, ohne dass sie es bemerkte, ich zur Angestellten, die das Büro saubermachte

– Ich möchte dass sie dem Vater meiner Sekretärin ein bisschen Gesellschaft leisten um seine Stimmung aufzuhellen

der Alte voller Stimmung und die Ehefrau des Alten ganz ohne, beschimpfte ihn

– Mistkerl

meine Sekretärin zu mir

– Der unverschämte Kerl hat mich um Geld für einen neuen Anzug gebeten und mich gefragt welches Parfüm du benutzt

alles wegen der Reinigungskraft

– Ist immer noch besser als auf der Parkbank zu sitzen und Tauben zu zählen

also helfe ich ihm hin und wieder, die Reinigungskraft mit niedlichen Geschenken zu begeistern, Nippes, Häkeldeckchen, eine feine Goldkette für den Hals, die französische Dame

– Ich nehme an die Engländer lassen nicht zu dass ich ausreise

und ich schaute sie schweigend an, ich sehe sie schon am Guincho im Sand verschwinden, die französische Dame zu mir

– Wann werden sie kommen um mich zu holen?

Palmen bis zum Meer und gleich dahinter die Züge, die Lichter des Casinos blinkten, ich zur französischen Dame

– Morgen übermorgen diese Woche ganz sicher

die französische Dame

– Und Sie können mich nicht retten nicht wahr?

meine Ehefrau musterte meine Sekretärin beim Tennis, manchmal erschreckt mich die Tatsache, dass das Leben keinen Sinn hat, dann wieder Ruhe, dann gewöhne ich mich daran, wenn ich meine Mutter besuche, modernere Kräne als in meiner Kindheit, bulgarische, polnische, argentinische Schiffe, nicht mein Vater notiert Möwen in ein Heft, es ist ein rotblonder Kerl, den ich nicht Vater nennen kann und den ich nicht zu sehen versuche, meine Sekretärin

– Schwör mir dass du mich nicht verlässt

und ich, der ich dachte, es ginge ums Geld, beinahe überzeugt davon, dass Geld gleichgültig war, wenn die Deutschen den Krieg gewinnen, werden die Minister dessen, der in Portugal das Sagen hat, weiter Tennis mit uns spielen, und der in Portugal das Sagen hat, ist zufrieden, der Senhor Doutor besuchte ihn immer sonntags

– Senhor Presidente

ich habe ihn einmal zwischen Tür und Angel gesehen, die Füße auf einem Fußwärmer, eine Wolldecke auf den Knien, wie er nickte und zuhörte, ich erinnere mich an eine schwache Stimme

– Sofern die Kommunisten

und die Türen, die sich schlossen, verhinderten, dass ich den Rest hörte, ich erinnere mich nicht mehr an das Gesicht, ich erinnere mich nicht an die Gesten, möglicherweise gab es weder ein Gesicht noch Gesten, nur ein undeutlicher Schatten an der Wand, ich habe düstere Zimmer, Hefte auf einem Tisch in Erinnerung, ein Geschöpf, das zum Senhor Doutor

– Der Senhor Presidente hatte eine Erkältung

und ein Taschentusch versteckte sich in der Jackentasche, darin ein bleicher Nieser, als die französische Dame das Hotel verließ, wusste sie, dass man sie verfolgte, als sie Cascais erreichte, wusste sie, dass man sie verfolgte, als sie auf die Straße zum Guincho fuhr, wusste sie, dass man sie verfolgte, so wie sie ebenfalls wusste, dass sie sie dort treffen und sich ihr nähern würden, so wie auch der Senhor Doutor wusste, dass die Tochter des Senhor Doutor die Tochter eines anderen war, und dennoch verlangte er, dass seine Tochter, der Angestellte mit der weißen Jacke zu ihr

– Gnädiges Fräulein
nicht den Namen
– Gnädiges Fräulein
ehrerbietig, der Senhor Doutor übergab beim Tennis das Handtuch nicht mehr meiner Ehefrau, er gab es der Stieftochter eines Cousins, und der Ehemann der Stieftochter des Cousins, der bei einer der Banken die Investitionen leitete, nahm es schweigend hin, meine Ehefrau, die von den anderen Damen nicht beachtet wurde, ohne auf die Waage zu schauen, weil sie dicker geworden war, die Knie geschwollen, die Finger von Ringen eingeschnürt, keine Arbeit, keine Versammlungen, keine Reisen, ganze Sonntage zu Hause, ich spürte, wie sie mich, kurz vor einem Wort, ansah, hatte das Gefühl, dass sie heimlich weinte, ich will es nicht beschwören, wäre mein Vater hier
– Ich will hier keinen Trübsinn Frohsinn Frohsinn
sogar nach dem mit der Speiseröhre, bevor ihm die Stimme versagte
– Es geht mir wieder gut Frohsinn
trotz der Angst auf seinen Zügen
– Frohsinn
meine Mutter mir ins Ohr
– Der Arme
beugte sich zu ihm herunter
– Demnächst wenn du dich stärker fühlst tanzen wir zusammen
ich kämpfte mit etwas, das in meiner Kehle saß
– Nachdem wir bis zum Ende des Tejo spaziert sind
und dabei die Hacken zusammenschlagen, meine Ehefrau nahm an Umfang zu, einige Haarwurzeln braun, andere grau, ein Doppelkinn bildete sich heraus, das Doppelkinn zu niemandem
– Der Schuft
nicht

– Ich bin deine Schlampe ich bin deine Hündin

das Doppelkinn

– Der Schuft

sie quälte sich in einer zweitrangigen Abteilung als Schreibkraft, stand vor der Enttäuschung ihres sitzenden Chefs

– So viele Fehler

der Chef ließ den Blick auf ihr ruhen

– Wozu taugen Sie eigentlich?

der Unterchef korrigierte die Absätze

– Es war einfacher Hure zu sein nicht wahr?

und Frohsinn, Frohsinn, denn die Künstler sind alle Portugiesen, jenseits der Veranda in einer Hinterstraße mit schiefen Bretterverschlägen und einer verlassenen Autowerkstatt voller Laster ohne Räder schnupperten zwei Jagdhunde aneinander, es war einfacher, Hure zu sein, allerdings, einfacher, ein Clown zu sein, meine Mutter zu mir

– Du besuchst mich fast nie

sie schlief nicht im Bett, sondern auf einem Stuhl

– Ohne deinen Vater kann ich es nicht

nicht als Klage, als Erklärung

– Ohne deinen Vater kann ich es nicht

ihre Trauerkleider nicht schwarz, grau, die Wohnung war verändert, warum weiß ich nicht, obwohl sich derselbe Hausrat darin befand, dasselbe Durcheinander darin herrschte, es ist eigenartig, dass ich einmal klein gewesen sein soll, finden Sie nicht, ich erinnere mich daran, wie Sie die Gardine mit zwei Fingern zur Seite schoben

– Schau wie es regnet

Sie waren dünn, ohne Falten, der Körper schmal, ehrlich, Sie waren größer als ich, trotz Ihrer Verwunderung

– Du bist ja fast so groß wie ich Junge

während ich nicht daran glaubte, einmal so groß wie Sie zu werden, und schauen Sie, ich bin es geworden, Sie sind jetzt klein, dermaßen unverständlich, nicht wahr, in dem Zimmer, in dem ich schlief, meine Ehefrau

– Es sind alles Schufte

verbog eine Büroklammer, ich erinnere mich an die Sirene der Feuerwehr nachts, als die Werkstatt des Tischlers gebrannt hat, verbog eine Büroklammer, hoffentlich verletze ich mich, hoffentlich verletze ich mich, hatte den Wunsch zu sterben, den Wunsch nach wenigstens Blut auf dem Daumen, einem Tropfen, den sie ablecken und sich dabei selber ablecken konnte, es gibt Tiere, die die Kadaver ihresgleichen fressen, die Hyänen zum Beispiel, die Geier zum Beispiel, kurz bevor er starb, rief ich

– Vater

zu meinem Vater, aber mein Vater hatte keine Zeit, so beschäftigt war er damit, zu verhindern, dass ich Waise wurde, meine Mutter und meinen Patenonkel ausgenommen, war niemand bei uns, die Möbel ja, aber welche Gesellschaft leisten einem die Möbel, denen wir piepegal sind, immer dasselbe Gerede

– Ihr kauft uns damit wir nützlich sind nicht um Gefühle zu zeigen oder?

und auch wenn es uns nicht gefällt, müssen wir ihnen recht geben, die Tochter des Senhor Doutor rannte von einer Seite zur anderen hinter den Tennisbällen her, der Angestellte mit der weißen Jacke

– Überanstrengen Sie sich nicht gnädiges Fräulein

während die Ehefrau des Senhor Doutor sie vom Fenster hoch oben beobachtete, wenn die Besucher gegangen waren, führte eine Krankenschwester sie im Garten spazieren, ein noch gebeugterer Clown als die anderen, den man um die Beete führen musste, sie verboten ihr, sich dem Wasserbecken mit der Venus zu nähern, führten sie wieder hinein, der Senhor Doutor im Büro nicht zu mir, zu sich selber

– Sie wird bis zum Ende ihres Lebens für das was sie mir angetan hat leiden

so wie meine Ehefrau bis zum Ende ihres Lebens leiden würde, meine Ehefrau zu mir

– Und wenn wir beide noch einmal von vorn anfangen würden?

sie, die jahrelang nicht mit mir geredet hat, mich nicht wahrnahm, mich mied, und plötzlich ohne Vorwarnung

– Und wenn wir beide noch einmal von vorn anfangen würden?

nicht bat, denn sie hatte nie

– Ich verspreche nicht dass es hält

um was auch immer gebeten, wurde im Zimmer immer größer, war auch kein Clown mehr, ohne Schminke, ohne Ohrringe, ohne Ringe, ohne Parfüm, kratzte den Knöchel des Fußes mit Pantoffel mit dem Knöchel des Fußes ohne Pantoffel, als ich dich in der Konditorei deines Onkels kennengelernt habe, fand ich dich so schön, die Bewegung, mit der du dein Haar aus dem Gesicht strichst, riss mich hin, deine Art zu gehen riss mich hin, das Talmiarmband riss mich hin, dass du siebzehn oder achtzehn warst, riss mich ebenfalls hin, du gabst mir das Rückgeld, ohne meine Handfläche zu berühren, also schloss ich die Hand über den Münzen, nicht über einem winzigen Teil von dir, ich stellte mir vor, das schwöre ich, ich schreibe gerade ein grottenschlechtes Buch, ich stellte mir vor, bitte, glaube es mir, dass deine Haut auf der Haut des Geldes zurückblieb, und daher, nimm es mir nicht übel, liebkoste ich die runden Scheiben und steckte sie nicht in die Tasche, ich dachte, dass du empört sein und dich bei deinem Onkel beklagen könntest, aber du beachtetest mich überhaupt nicht, welche Bedeutung hatte ich, habe ich denn, ich schaute dich aus den Augenwinkeln an, dachte, dass du es nicht bemerken würdest, bis ich dein Befremden ein oder zwei Meter weiter hörte

– Sieht der mich zum ersten Mal?

und er hatte dich tatsächlich noch nie gesehen, der da, er entdeckte dich jetzt, steckte das Rückgeld in ein Kästchen, um es heimlich zu betrachten, meine Mutter

– Was machst du da?

und als sie die Centavomünzen sah

– Wäre dein Vater noch hier würde er mit dir betteln gehen ich hätte euch beide im Zirkus unterbringen sollen

und Sie hatten recht, Senhora, das hätten Sie tun sollen, uns beide im Zirkus unterbringen, hätte es die Speiseröhre nicht gegeben, wären wir beide heute noch dort, als die Konditorei schloss, wartete ich auf der Straße auf dich, nicht um was auch immer zu bitten, nicht um mit dir zu reden, nur um dich ohne die Haube und den Kittel zu sehen, ein blauer Mantel, nicht einmal sehr neu, dem der zweite Knopf fehlte, und sollte ich noch tausend Jahre leben, das Stückchen Faden an der Stelle des Knopfes werde ich nie vergessen, und zu meiner Überraschung alle zehn Schritte ein Hüpfer wie unserer, bei dem wir die Hacken zusammenschlagen, während dein Haar ein von dir unabhängiges Leben hatte, es gefiel mir, dass dein Haar nichts mit dem Rest zu tun hatte, es gibt Menschen mit einsamem Kinn, Menschen mit Augenbrauen, die nicht in Beziehung zum Gesicht stehen, Menschen, die aus tausend unterschiedlichen Materialien zusammengesetzt sind, während dein Haar, wie gesagt, ein von dir unabhängiges Leben hatte, es tanzte in deinem Nacken, es hörte auf zu tanzen, als es sich mir zuwandte

– Können Sie mich nicht in Ruhe lassen?

mich lächerlich fand, mich bescheuert fand, mich wer weiß wie fand, aber es war dir auch egal wie, mich wahrscheinlich für einen Trottel hielt, und ich war ein Trottel, bin ein Trottel, wurde als Trottel geboren, und es fällt mir nicht schwer, ein Trottel zu sein, ich habe das Trottelige nicht von tausend verschiedenen Großeltern geerbt wie du dein Haar, ganz allein von meinem

Vater, ich folgte dir bis nach Hause, wartete, bis du das Licht anmachtest, um das Stockwerk herauszufinden, ich schrieb dir einen ersten Brief, einen zweiten ausgearbeiteten, langen Brief voller wortreicher Komplimente auf teurem Papier, will heißen nicht ganz so teurem, aber für mein Gehalt letztlich doch teuer, denn man bot mir kein Vermögen für das Entladen bei einem Lager und Austragejobs, Briefe, auf denen nur das Stockwerk auf dem Umschlag stand, weil ich deinen Namen nicht kannte, ich hörte ihn zufällig von einem Kunden

– Ariana

und mir gefiel Ariana, es war nicht der Name einer Heranwachsenden, der Name einer Frau, die um einen Ehering und mindestens zwei Kinder und einen ernsthaften Mann bittet, stattdessen ein zwanzigjähriger Clown, das hier ist ein Buch über Clowns, wie mich, der stottert, weil die Vokale sich gegenseitig verbiegen und die Richtung, in die sie gehen, jeder zu seiner Seite hin, einen durcheinanderbringt, nach einem Monat, ich stand in einem Hauseingang, denn es regnete, einer dieser Regen Lissabons, der die Laternen matt werden lässt und den Raum mit feinen schrägen Strichen füllt, wie viele Nächte sehe ich ihnen im Wohnzimmer stundenlang zu, ohne zu denken, denn im Allgemeinen denke ich nicht, ich spüre Dinge, die ich nicht erwähne, und das ist alles, meine Mutter

– Wer dich nicht kennt würde meinen du bist nicht ganz bei Trost

und sie hat recht, das so zu sehen, ich bin kein Genie, lebe irgendwie vor mich hin, ist doch so, ich blättere in meinen Erinnerungen herum, denn ich bin mit einem Album im Kopf geboren worden, Fotos, Postkarten, Drucke, die für die anderen wertlos sind, niemand wird mir einen Löwen aus Samt mit nur drei Beinen wegnehmen, aus der Zeit als ich fünf war, oder mein Foto mit ihm unter dem Arm, er hieß Rajá, nein, Rajá war der zweite, der Name des ersten fällt mir nicht ein, wenn er mir einfällt, sage ich es, mein Patenonkel auf das Geländer seiner selbst gestützt

– Was Portugal fehlt ist ein Militär mit harter Hand

ich wartete auf dich unter einer Markise, die nicht besonders hilfreich war, da sie für den Regen zu kurz war, und zudem hatte sie noch ein Loch in der Mitte, das tropfte, tropfte, du hattest einen weißen Regenschirm, bei dem eine Stange schief war, wichst Pfützen und den Reifen der Autos aus, bemerktest mich, Pirata, der erste Löwe hieß Pirata, manchmal dauert es bei solchen Sachen, aber am Ende kommen sie, ihm fehlte der Schwanz, ihm fehlte ein Auge, aber er hielt wacker durch, du bemerktest mich

– Sie sind ganz schön beharrlich

versuchtest zu verstehen, gabst auf zu verstehen

– Ich gebe auf das zu verstehen

nahmst meinen Ellenbogen, damit mein Kopf nicht so nass wurde, es fängt mit einer Erkältung an, dann kommt die Grippe, dann die Lungenentzündung, jedes Mal doppelt so schlimm, dann ein matschiger Trauerzug durch den Friedhof, dann ein Nein

– Ich kenne Sie kaum

dann ein langsames Vielleicht

– Ich werde darüber nachdenken

dann ein vorsichtiges Ja

– Ich verspreche nicht dass es hält

und trotz allem hält es seither, mein Leben hat sich verbessert, wir haben geheiratet, ich habe angefangen, in einer kleinen Gesellschaft für den Senhor Doutor zu arbeiten, du hast angefangen, in der Zweigstelle der Gesellschaft als Schreibkraft zu arbeiten, würde man mich fragen, ob ich lieber den Pirata oder den Rajá mochte, gebe ich keine Antwort, um niemanden zu verletzen, was soll's, ich antworte, den Rajá, und weiter weiß ich nicht, es bleibt dabei, an einem Nachmittag begegnete uns der Senhor Doutor beim Ausgang, dein Haar hatte noch ein Eigenleben, nicht blond, der Senhor Doutor zu mir, während er meine Hand drückte und nicht wieder losließ

– Ist das Ihre Frau?

und da, ganz allmählich, wurde das Haar blond, kamen das Parfüm, die Ringe, die Ketten, die Wochenenden, die Reisen, der Senhor Doutor immer herzlicher zu mir

– Immer in Form?

der Senhor Doutor zu dir

– Ich brauche einen vertrauenswürdigen Menschen an meiner Seite

und mein jüngerer Sohn, und dein Körper entzog sich mir, und das Schweigen zwischen uns und meine Beförderungen und die Tennissonnabende und deine Kleidung, die nach seinem Rasierwasser duftete, und ein blauer Fleck auf dem Arm und ein blauer Fleck auf dem Rücken, die Seitenblicke, kleine Zeichen, Lächeln, die Freunde des Senhor Doutor

– Sie haben da eine tolle Mitarbeiterin

und dann das Fett, eine jüngere Sekretärin, die Einladungen zum Tennis wurden weniger, die Einladungen zum Tennis hörten auf, das

– Immer in Form?

verschwand, denn er hörte auf, sich für meine Gesundheit zu interessieren, mich wahrzunehmen, mich zu sehen, meine Ehefrau Sonntag für Sonntag auf dem verglasten Balkon

– Der Schuft

und du tatest mir leid, ich nahm deine Hand, obwohl keine Münze auf meine Handfläche fiel, ich habe das Kästchen noch, öffne noch den Deckel, spähe noch immer hinein, trage es noch immer ins Wohnzimmer, und du

– Ich glaube es nicht

du

– Das kann nicht sein

während dein Haar allein lebt, nicht blond, nicht grau, nicht weiß, sondern braun, als ich dir die Münzen hinstrecke, ich halte meine Hand, die Handfläche nach oben gedreht, unter deine
– Bekomme ich kein Rückgeld?

und ein Mädchen mit Kittel und Haube lächelt mich zwar nicht an, gibt mir aber eine Münze nach der anderen, vorsichtig wie jemand, der einen Vogel füttert.

VIERTES KAPITEL

Mein Mann hat einen Stuhl in mein Zimmer ganz oben im Haus stellen lassen, von dem aus ich sogar die Falken im Gebirge sehe und das Meer dahinter, ein anderes Meer jenseits des Guincho, das sich in den Bäumen spiegelt, und dort besucht er mich hin und wieder, ich höre seine Schritte auf dem Korridor, langsamer als die der Hausangestellten, der Angestellte mit der weißen Jacke entriegelt das Schloss und verriegelt es wieder, wenn mein Mann sich setzt, ohne mich anzusehen, und dort schweigend bleibt, manchmal so kurz vor den Worten, dass ich sie verstehe, ohne dass er sie ausspricht, hin und wieder mein Mann
– Du
letzte Woche ein vollständiger Satz
– Du wirst hier nie mehr herauskommen
dann Schweigen mit einer Art Zorn darin, nicht nur Zorn, andere Dinge, doch mit einer Art Zorn darin, die Falken, die kleine Lebewesen suchen, Wachteln, Salamander zwischen den Steinen, nähern sich aus Furcht vor dem Wind nicht den Dünen, die sie immer unter einem eiligen Wirbel von mehr Federn als Schnäbeln begraben wollen, und wenn sie aufsteigen, verschlingt sie eine Wolke, warum kommt mein Mann hierher, was will er von mir, wo ich doch kein Clown mehr bin, ein Geschöpf im Morgenmantel mit einem Tablett voller kalter Speisen in einer Ecke, und die Beru, ich weiß nicht, was ich fühle, wenn mein Mann in der Nähe ist, aber ich glaube, es ist kein Zorn, nur die anderen Dinge, higungsmittel auf einem Tischchen, ich erinnere mich an die Tabletten, die meine Groß-

mutter einnahm, und wie sie unter dem Schleifchen, das sie um den Hals trug, mit einem kleinen Hüpfer vorbeiglitten, während des kleinen Hüpfers waren die Pupillen meiner Großmutter starr, sahen nichts

– Wenn du so alt bist wie ich

damit beschäftigt, den Umhang mit den schiefen Gesten schiefer, schwieriger Finger zurechtzuziehen, bitte berühren Sie mich nicht, es ist mir unangenehm, bewegen Sie weiter den Mund, der ohne etwas darin brodelt, das Schleierhütchen sogar zu Hause, meine Mutter zeigt mir das Foto

– Sie war schön

aber meiner Meinung nach war sie es nicht, sie war dick, meine Mutter

– Damals war Magerkeit nicht gefragt

zusammen mit meinem Großvater, er, die Augen weit aufgerissen, mit Gamaschen, bereit, den Apparat des Fotografen mit einem einzigen Bissen aufzufressen, ihn habe ich erst, nachdem er gelähmt war, kennengelernt, vorher hatte er Motorboote verkauft, und anschließend war die eine Hälfte des Gesichts tot und die andere Hälfte rutschte zu ersterer hinüber, dann und wann erschien auf einer der Hälften, auf welcher weiß ich nicht mehr, eine Träne, die meine Mutter mit dem Ärmel abwischte

– Fassen Sie Mut

und der Arm, der in der Weste schlackerte, hielt für einen Augenblick still, ich glaube, meine Großeltern erkannten einander nicht, Seite an Seite auf dem Sofa, dämlich, mein Vater wettete mit seinem Bruder

– Wer von uns stirbt zuerst?

und es war mein Vater, will heißen, er ließ die Zigarre fallen und blieb genau wie vorher, meine Mutter schimpfte mit ihm

– Ein Loch in den wertvollen Teppich gebrannt

mein Vater fiel seinerseits auf das Loch, nicht Stück für Stück, sondern im Ganzen, woran ich mich am besten erinnern kann, ist ein Stück Bein zwischen Strumpf und Hose, noch heute, Ehrenwort, stößt mich ein Stück nacktes Männerbein ab, dieses Merkmal schlechten Geschmacks, diese fatale Lücke, das Loch sah man, auch als es gestopft war, und welche der beiden Sünden ist leichter zu vergeben, während der Beerdigung mein Onkel zu mir

– Hat dein Vater uns das aus Zerstreutheit oder aus Rache angetan?

er, der in den Armen der Köchin verstarb, der es nicht gelang, sich so vieler Glieder zu entledigen, für jedes, von dem sie sich befreien konnte, stürzten zwei andere auf sie nieder, schließlich schob sie alles zur Seite, immer in der Erwartung, dass ein Ellenbogen oder ein Handgelenk wiederkehrten, selbst als er in dem mit einer Schlüsseldrehung verschlossenen Sarg lag, versuchte er noch aufzubegehren, denn man hörte Schläge gegen das Mahagoni, mit der Entlassung der Köchin hat er sich schließlich beruhigt, die Frau meines Onkels zwischen Beleidigtsein und Sehnsucht

– Keiner war eigensinniger als er

wegen eines Geschöpfs in Schwierigkeiten, das ein Händchen für Gaspacho hatte, mein Mann hat einen Stuhl in das Zimmer hoch oben im Haus stellen lassen, das er für mich neben dem Teil für die Angestellten hat bauen lassen, von dem aus ich sogar die Falken vom Gebirge sehe, die über den Kiefern in langsamen Kreisen schweben, und dahinter das Meer, ein anderes Meer jenseits des Guincho, das sich in den Bäumen spiegelt, die nicht nur grün, sondern auch blau werden, ein weniger grausames Meer als dieses, weil der Wind es vergessen hat, und er besucht mich dort, schaut mich nicht an, sitzt da, beobachtet mich, wenn er glaubt, ich sähe es nicht, und hört auf, mich zu beobachten, wenn er ahnt, dass ich den Kopf wenden werde, von sich selber enttäuscht, weil er bei mir ist, und dennoch bleibt er beinahe, bis es dunkel wird, bevor der Gärtner die Lichter dort unten anmacht und die Venus im Dunkel des Wasserbeckens wächst, die Blumen in den Beeten verändern sich, der Tennisplatz, an dem ich so viele Male war, mit Sonnenbrille und breitkrempigem Hut, verschwindet, obwohl das Echo der Bälle auf dem verlassenen Platz fortklingt, und ich stelle mir vor, dass meine Tochter von einer Seite des Netzes zur anderen trabt, der Mond zerteilt sich in den Glasfenstern des Gewächshauses in Dutzende Fragmente, ich bin nie wieder in die Korridore, die Zimmer hinuntergegangen, ich empfange niemanden, niemand redet mit mir, mein Mann

– Du wirst hier nie wieder herauskommen

jetzt ja, schaut er mich an, jetzt ja, zornig und dennoch außer dem Zorn andere Dinge, manchmal verändert sich sein Gesicht, eine Frage, von der er annimmt, ich hätte sie nicht gehört, aber ich höre sie

– Warum?

und, mit den anderen Dingen vermischt, Bedauern, er, der Herr über Banken, Gesellschaften, Unternehmen, Fabriken, er, der Besitzer all dessen, und ich ein Clown unter so vielen Clowns, Dutzenden Clowns um ihn herum bei den Abendessen, im Büro, im Haus, wenn er jemanden ruft, komme nicht ich, wenn er jemanden sucht, findet er nicht mich, meine Tochter zu ihm

– Vater

und immer, wenn meine Tochter

– Vater

wer ist dann das ich, das antwortet, immer wenn

– Ihre Tochter sieht Ihnen so ähnlich

wer ist dann er, der antwortet, indem er

– Meine Tochter sieht mir so ähnlich

antwortet, nicht ernst, lächelnd

– Sieht mir so ähnlich

und was wird ihn dies

– Sieht mir so ähnlich

kosten, so viel Schwierigkeit, dies zu sagen, und irgendwie, warum weiß ich nicht, aber ich möchte es beschwören, sieht sie ihm ähnlich, es ist unmöglich, es ergibt keinen Sinn, und dennoch sieht sie ihm ähnlich, weil er sich wünscht, dass meine Tochter ihm ähnlich sieht, ist sie ihm ähnlich geworden, die Art zu sprechen, die Distanziertheit, die Gleichgültigkeit mir gegenüber, sie wurde ihm immer ähnlicher, also ist sie nicht meine Tochter, ist sie seine Tochter, und seine Tochter

– Vater

ich überrascht, dass sie

– Vater

kämpfte mit dem Drang, ihr zu sagen

– Der ist nicht dein Vater

weil ich vor ihm und vor mir Angst hatte, weil ich wusste, meine Tochter weiß, dass sie, wenn ich es ihr nicht erzähle, nicht mehr erfahren wird, ob ich

– Der ist nicht dein Vater

meine Tochter, für die er die Banken, die Gesellschaften, die Unternehmen, die Fabriken führt, deren Ehemann er akzeptiert, obwohl er ihn verachtet, und er wird ihre Kinder akzeptieren und sie ebenfalls verachten, weil er von vornherein weiß, dass sie sich gegenseitig zerstören werden, dass sie zerstören werden, was er aufgebaut hat, mein Mann baute das Haus für die Tochter aus, wurde für seine Tochter immer reicher, versuchte sie daran zu hindern, ein Clown zu werden, jemandes Hure, jemandes Hündin, jemandes Nutte zu sein, und war sich sicher, dass die Tochter

– Ich bin deine Hure bin deine Hündin bin deine Nutte

zum Ehemann, zu den Liebhabern, denn sie wird Liebhaber haben, wieder zum Ehemann, mein Mann

– Meine Tochter hatte das Pech von dir geboren zu werden

die Tochter, die in seiner Vorstellung nur von ihm geboren wurde, nur von seinem Fleisch, seinem Blut war, wo er doch weder Fleisch noch Blut besitzt, außerstande ist, sich zu vermehren, mein Mann ist außerstande zu sein, er ist nur imstande, Geld zu verdienen und den zu zermalmen, der ihn daran hindert, Geld zu verdienen, mein Mann

– Du

denn du ist nicht ich, du ist das Gegenteil von ich, die Kehrseite von ich, du, was ich nie sein werde, mein Mann

– Du

zu mir und

– Ich

zu meiner Tochter, weil für ihn meine Tochter

– Ich

für ihn ist meine Tochter er, und dennoch ist irgendetwas in mir, was ihn daran hinderte, mich zu verstoßen, eine Art Leidenschaft, nicht im Sinne von Leidenschaft, im Sinne von Leidenschaft, verstehen Sie, von Liebe, nicht im Sinne von Liebe, im Sinne von Liebe, verstehen Sie, weil die Leidenschaft und die Liebe nicht Leidenschaft und Liebe sind, sobald wir die Worte benutzen, verändern wir ihre Bedeutung und versuchen nur, ihnen die Bedeutung zu geben, die wir verändert haben, Leidenschaft sagen anstelle von Leidenschaft und Liebe anstelle von Liebe, die Bäume, Liebe, die Bäume im Gebirge sind grün und blau, weil sie aus Blättern und Wellen bestehen, im Meer widergespiegelte Bäume und das in den Bäumen widergespiegelte Meer, und der Wind wiegt dies alles, der Angestellte mit der weißen Jacke verriegelt die Tür zu meinem Zimmer, kaum dass mein Mann sich gesetzt hat, und mein Mann akzeptiert mich, denn er hat mein Blut zu seinem gemacht, als er mich geraubt hat, mein Mann

– Du

ein Echo, das die Stimme meiner Tochter war

– Mutter

außerstande, sich zu nähern, da er schon erhalten hatte, was ich ihm geben konnte, ich zu ihm, schweigend

– Jetzt wo du deine Tochter hast warum schickst du mich nicht fort?

und er

– Weil das die einzige Art ist dich zu vergessen

die Tochter nicht die Tochter einer Frau, die Tochter von Ketten, von Parfüms, von Ohrringen, von gefärbtem Haar, von Ringen, die Tochter einer Sonnenbrille und einem breitkrempigen Hut, die beim Tennis lächelt

– Ich bin deine Hure deine Schlampe deine Nutte schlag mich

Tochter eines Bettkopfes, der gegen die Wand schlägt, ein Bettkopf, der immer gegen die Wand schlägt, ein gevierteilter Körper, eine Stimme

– Schlag mich

die Arme ausgebreitet, die Hände ins Betttuch gekrallt, Beine, die sich in Beinen verhaken, und Knie, die Knie verletzen, und dennoch ist meine Tochter nicht so gemacht worden, nicht so gemacht, der Angestellte mit der weißen Jacke war vorsichtig, schüchtern, mein Mann, er, der niemanden mochte

– Ich mag Sie Marçal

denn weder Hure noch Hündin noch Nutte, der Angestellte mit der weißen Jacke

– Nein

der Angestellte mit der weißen Jacke beharrlich

– Nein

der Angestellte mit der weißen Jacke, den ich langsam entkleidete

– Gnädige Frau

so bang, der Angestellte mit der weißen Jacke kleidete sich nicht an, bedeckte sich eilig, murmelte dabei

– Verzeihung

von Anfang an mit dem Wunsch zu sterben, dies nicht in meinem Bett, in dem Zimmer, in dem viele Jahre später meine Tochter mit der Angestellten einer Buchhandlung sitzt, von der sie sich Pakete mit Wörterbüchern bringen lässt, damit sie jemanden hat, der ihr zuhört, die Angestellte einer Buchhandlung, die Verkäuferin in einem Bekleidungsgeschäft, ein Obdachloser bei den Duschen am Strand und, wo wir schon dabei sind, erwähne ich gleich die Züge, die nicht abfahren, halb versunken auf den Schienen ganz hinten, ohne Lokomotive, ohne Räder, ganz langsam den Bahnhof verlassen, wo wir schon dabei sind, füge ich noch das Dreirad eines Behinderten hinzu und ein Bündel nicht genehmigter Gebäude in der Kurve einer Landstraße, einen Sohn, der die Treppe hinauf- und hinuntersteigt, und Armeleutespielzeug, der Angestellte mit der weißen Jacke zu meinem Mann am Eingang zum Büro

– Entlassen Sie mich Senhor Doutor

aber mein Mann hat ihm nicht einmal zugehört, der Sonntagsanzug, der Krawattenknoten schief, die Schuhe, in denen er gekommen war, um um eine Anstellung zu bitten, das Köfferchen, das er mitbrachte, als er ihn aufsuchte, mit bereits angedunkelten Metallecken und aus uralter Pappe, mein Mann zum Angestellten mit der weißen Jacke, während er mit dem Rotstift, mit dem er immer seine Geschäftsführer berichtigte, wer weiß was in was weiß ich korrigierte, der weder innehielt noch sich beeilte, vor diesem Unglücklichen saß, der bereit war, aus Anhänglichkeit an ihn für den Rest seines Lebens zu leiden

– Du bleibst

mein Mann, der ihm niemals die Hand gegeben hat, so wie er weder je seinen Gruß erwidert noch ihm je was auch immer geschenkt hat, der ihn ignorierte, ihn vergaß, aber dennoch

– Du bist der einzige Mensch dem ich vertraue wusstest du das?

also trug der Angestellte mit der weißen Jacke wieder die weiße Jacke, dankbar

– Ich danke Ihnen Senhor Doutor

als wenn es etwas gäbe, für das er sich bedanken müsste, was nicht der Fall war, er kümmerte sich um das Haus, den Gärtner, um mich dort oben und bekam dafür vollkommene Nichtachtung und ein winziges Gehalt, meine Tochter zu ihm

– Marçal

tat nicht, worum er sie bat, und beachtete ihn auch nicht, eines Morgens hörte ich sie

– Du bist mein Angestellter halt den Mund

und der Angestellte mit der weißen Jacke hielt den Mund, fügte sich drein, ich hätte zu ihm sagen sollen

– Ich bin deine Hure ich bin deine Hündin

hätte sagen sollen

– Ich bin deine Nutte

aber ich sagte es nicht, ich erinnere mich nicht daran, seine Hände oder seinen Körper gefühlt zu haben, ich erinnere mich daran, dass ich ihm befahl, sich zu entkleiden

– Zieh dich aus und komm her

so, ohne weitere Worte

– Zieh dich aus und komm her

daran, wie ich ihn mit geschlossenen Augen im Bett erwartete, ihn an mich zog, wie ich sein Gewicht auf der Matratze spürte

– Du warst nie mit irgendeinem Clown zusammen gib es zu

und der Wind vom Guincho kreiselte in den Dünen, ich erinnere mich an einen wilden Feigenbaum, der in mir verschwand, und an die Muschel der Venus, Tropfen für Tropfen im Wasserbecken, ich erinnere mich nicht an den Rest, vielleicht an einen Mann, der die Zweige der Bougainvillea richtete, vielleicht an die Sekretärin meines Mannes, die den Hof überquerte, so blond, und an ihren Mann, der im Auto auf sie wartete, bis der Angestellte mit der weißen Jacke ihn wegschickte

– Der Senhor Doutor findet dass der Senhor Engenheiro hier nicht gebraucht wird

oder

– Der Senhor Doutor fragt ob sie nichts zu tun haben

und der Senhor Engenheiro fuhr schnell weg, hatte jede Menge zu tun, der Arzt zu mir

– Haben Sie die Beruhigungsmittel genommen?

und ich habe die Beruhigungsmittel genommen, es geht mir ausgezeichnet, ich werde mich nicht albern aufführen und niemanden stören, ich war der Clown, der zu sein man mir befohlen hat, war es nicht, war das Dummchen, das zu sein sie von mir verlangten, war es nicht, nach einer gewissen Zeit werden die Künstler ausgetauscht, nicht wahr, mein Mann tauschte die Künstler aus, er behält mich seinetwegen hier im Haus, nicht meinetwegen, wegen seiner Tochter, vielleicht, haben Sie gemerkt, ich sage nicht meine Tochter, sage seine Tochter, vielleicht weil ich akzeptiert habe, ihm die Tochter zu geben, behalte sie, gib ihr einen Ehemann, egal welchen, die Clowns suchen sich ihr Publikum nicht aus, eine Stimme, keine Ahnung wessen

– Die Künstler sind alle Portugiesen

und ich allein in diesem riesigen Haus, bewundere dich möglicherweise, habe dich möglicherweise vergessen, entscheidend ist, dass wir, wenn wir tot im Keller der Kapelle liegen und dem zusammenhanglosen Gespräch der Kiefern zuhören, uns nicht gegenseitig hören, weil unsere Knochen nicht mehr brodeln, es gibt keine, und da es sie nicht gibt, sind sie nicht, und da sie nicht sind, hat es sie nie gegeben, während der Angestellte mit der weißen Jacke auf irgendeinem Provinzfriedhof unter Wurzeln vor sich hin knackt, Sie sind der einzige Mensch, dem mein Mann vertraut hat, wissen Sie, er wird dort Verwandte haben, ein paar Neffen, ein paar Cousins, es wird dort Witwen und Esel, die Holz tragen, geben, es wird Schnee im Januar geben, Frohsinn, Frohsinn, und in einer Pause im Frohsinn bitten wir das hochgeschätzte Publikum um vollkommene Stille, denn ich stehe kurz davor zu schweigen, wenn mein Mann mir vertraut hätte, würden wir, wozu Romane spinnen, meine Tochter, die ein Hündchen liebkost

– Mir bleibt nicht mehr viel Zeit

und der Angestellte mit der weißen Weste wartet, dass die Angestellte von der Buchhandlung geht, damit sie sie endgültig wegtragen, die Deutschen zum Grafen

– Mit Eurer Hoheit auf dem Thron werden unsere beiden Länder

mein Mann hat einen Stuhl in mein Zimmer ganz oben im Haus stellen lassen, von wo aus ich sogar die Falken im Gebirge sehe und das Meer dahinter mit den Karavellen des Infanten, eine hinter der anderen, ein anderes Meer jenseits des Guincho, das sich in den Bäumen spiegelt, und besucht mich dort hin und wieder, ich höre seine Schritte auf dem Korridor, langsamer als die der Hausangestellten, der Angestellte mit der weißen Jacke entriegelt das Schloss und verriegelt es wieder, wenn mein Mann sich setzt, ohne mich anzusehen, und dort schweigend bleibt, manchmal so kurz vor einem Satz, dass ich ihn verstehe, ohne dass er ihn ausspricht, und ich antworte ihm, wobei er so tut, als hörte er mich nicht, bei rechtem Licht betrachtet, nimm mir die Illusion nicht, haben wir gar nicht aufgehört zu reden, nicht wahr, lass uns so tun, als würden wir weiterreden, es bleibt so viel zu sagen und so viel Schweigen dazwischen, das alles klärt, mit genauen Sätzen in der richtigen Reihenfolge, will man einen Satz, nimmt man ihn weg, will man ihn nicht, lässt man ihn da, und man versteht es auch so, der Obdachlose ging durch die Beete, ich dachte, es sei der Chauffeur, schaute genauer hin, und er war es, lass uns so tun, als würden wir weiterreden, als, ein Obdachloser, wie befremdlich, wo habe ich den bloß her, meine Tochter besucht mich nicht, ich höre, wie sich ihre Schritte auf dem Korridor nähern, leichter werden, ich spüre sie vor der Tür, spüre ihre Hand auf dem Schlüssel, spüre, wie die Hand den Schlüssel loslässt und gleich darauf die Stimme

– Wozu?

und sie geht wieder hinunter, ich sehe sie sonnabends beim Tennis mit einer Sammlung von Clowns, denn seit sie geheiratet hat, ist sie zum Clown geworden, ich bemerke ihren Wunsch, hinter den Bällen herzulaufen, aber sie bleibt hinter ihrer Sonnenbrille und dem breitkrempigen Hut, lächelt, ein Knie über dem anderen, und ein Mann flüstert

– Sag dass

ohne den Satz zu vollenden, aber sie ist nicht wie ich, stumm, mein Mann hat seinen Schläger vergessen, überwacht sie grimmig, der Angestellte mit der weißen Jacke mit einem Zittern des Tabletts

– Lassen Sie nicht zu dass Ihre Tochter schlecht behandelt wird Senhor Doutor

denn die Tochter ist eine Aufgabe, die mein Mann ihm übertragen hat, er tat, was dieser befohlen hat, weil er es befohlen hat, nicht für mich und nicht für sich, er hat mir gegeben, was der Senhor Doutor mir zu geben von ihm verlangt hat, was aber ihm nicht gehörte, nichts vom Angestellten mit der weißen Jacke in der Tochter des Senhor Doutor gehörte ihm, denn der Angestellte mit der weißen Jacke gehörte dem Senhor Doutor, der Senhor Doutor zu mir, eines Nachts beim Abendessen

– Marçal ist mein Hund verstehst du?

und der Angestellte mit der weißen Jacke keine Geste, keine Regung, zufrieden, meine Tochter, noch klein

– Bist du der Hund von meinem Vater?

der Angestellte mit der weißen Jacke bediente uns unbewegt, mein Mann sah sie an, sah mich an, machte es sich auf dem Stuhl bequem

– Antworte ihr Marçal

und der Angestellte mit der weißen Jacke, die Falken schlafen wohl auf den Steinen im Gebirge, hoch oben, wohin die Dachse und die Füchse nicht gelangen, nur ein paar Kräuter, ein paar niedrige Bäume, kleine Wasserläufe, die die Erde verschwinden lässt, ihnen verbietet, Bäche zu werden, der Angestellte mit der weißen Jacke, während er uns weiter bediente

– Das bin ich

meine Tochter zufrieden

– Dann bist du auch mein Hund

und der Angestellte mit der weißen Jacke, ohne sich beim Fleisch zu vertun, ohne sich bei den Kartoffeln zu vertun, ohne dass ihm ein Tropfen Sauce vom Löffel tropfte, und die Lichter des Lüsters spiegelten sich auf den Tellern wider

– Das bin ich

während die Dachse und die Füchse versuchten, sich von den Falken zu befreien, im Moos ausrutschten, aufgaben, Vögel mit Augenbrauen wie wir, streng, und längeren Fingernägeln als die der Damen vom Tennis, aber nicht rot, sondern gelb, gekrümmt

– Das bin ich

meine Tochter dachte nach, während ich ihr den Teller herrichtete

– Dann bist du der Hund von uns dreien

das, bevor wir die Vorhänge im Salon ausgewechselt, die Wände in einer anderen Farbe gestrichen und die Möbel durch englische Möbel ersetzt haben, die vor dem Grafen den Königen gehört hatten und die der Graf meinem Mann geschenkt hatte, der Angestellte mit der weißen Jacke reichte das Tablett mit schnellen, präzisen Gesten zu, wenn sie eine Maus oder ein Kaninchen fangen, sind so die Bewegungen der Falken, die Federn am Nacken gesträubt, die Zunge tief im offenen Schnabel, mein Ehemann zum Angestellten mit der weißen Jacke

– Antworte ihr Marçal

Dutzende, Hunderte, Tausende Tennisbälle flogen von einer Seite des Netzes auf die andere, Dutzende, Hunderte, Tausende Sonnenbrillen und breitkrempige Hüte verfolgten sie in Erwartung einer Antwort, während die Gäste ihn beobachteten, sich an den Handtüchern abtrockneten

– Der von Ihrer Frau Mutter bin ich nicht

und mein Ehemann tadelte ihn nicht, betrachtete aufmerksam die silbernen Schwäne des Tafelaufsatzes, die ihre Hälse ineinander verschränkt und die Flügel geöffnet, die Kehlen zur Decke gereckt hatten, würde ich zum Tennisplatz winken, würde niemand mein Winken erwidern, sie tun so, als bemerkten sie mich nicht, sie erklären untereinander

– Der Senhor Doutor muss sie einschließen sie ist verrückt geworden die Arme

vorsichtig, diskret, Sonnenflecken zwischen den Bäumen, ein Schwarm Rotkehlchen bei der Gartenlaube, der Arzt fühlt meinen Puls

– Sie sind ruhiger

und selbstverständlich bin ich ruhiger, ich war immer ruhig, ihr wollt, dass ich sterbe, ich zu meinem Mann, am Anfang meiner Einkerkerung hier

– Warum hast du mich hierhergebracht?

als der Angestellte mit der weißen Weste und der Chauffeur und der Gärtner mich mit Gewalt hierhergebracht haben, die Rotkehlchen sind so klein, dass man sie leicht in einer Hand verstecken kann

– Wehren Sie sich nicht Senhora

und wir spüren ihre kleinen Herzen so schnell schlagen, den feinen Draht ihrer Füße, die nicht enden wollenden Schluchzer, auf der Erde vermischen sie sich mit ihr, oder aber sie sind aus ihr gemachte Späne, die hochfliegen, zurückkehren, als ich meinen Mann fragte

– Warum?

jede kleine Schlange kann sie auffressen, aber sie weichen nicht zurück, harren aus, so wie ich ausharre, warten zitternd, mein Mann

– Ich lasse nicht zu dass meine Tochter mit einem Clown aufwächst

bevor es den Stuhl gab, auf den er sich setzte, ohne mit mir zu reden, nur das Bett, mein Mann

– Du wirst allein Hure sein wirst allein Hündin sein

so wie in vielen Jahren meine Tochter allein im Sessel des Salons sitzen wird, während die Duftrosen an den Fensterscheiben kratzen und die Muschel der Venus hinter ihr tropft, wird sie mit dem Ring durch den Körper des Hündchens hindurch über ihren Körper streichen, hoffen, dass die Hand ihn beruhigt, der Angestellte mit der weißen Jacke

– Senhora

denn nicht er hat sie gezeugt, wie konnte er sie zeugen, es war mein Mann durch ihn, der Angestellte mit der weißen Jacke hatte irgendwelche Verwandten, ich denke, vielleicht Nichten und Neffen, vage Cousinen in Trauerkleidern, einen Patensohn, der in einem Gemüsegarten hackte, Leute, die ihn nicht kennengelernt haben, sich aber, selbst wenn sie ihn kennengelernt haben, nicht an ihn erinnern, würde man ihn fragen, wer er ist

– Ich bin nicht von hier

würde man ihn fragen, von woher er kommt

– Ich bin nicht ganz sicher

die Kirche war genau die, aber der Friedhof anders, beim Haus des Apothekers war der Schornstein eingestürzt, und es fehlten Dachpfannen, als Kind hatte die Frau des Apothekers

– Komm her

kam hinter dem Verkaufstresen hervor, um ihn gegen ihre Brust zu drücken

– Kleiner Schlingel

und eine Mischung aus Angst und Schwäche und Schrecken und Lust, eine Brosche kratzte ihn am Rücken, etwas, das ihm wie ein einziger Zahn vorkam, biss in sein Ohr, eine Faust in seinem Hemd zwickte ihn, plötzlich ein Schubs

– Verschwinde

und der Apotheker, mit Schirmmütze im Eingang

– Du bist wohl krank Kleiner

und nahm das Rizinusöl mit einer Stimme, die immer lauter wurde

– Trink eine Flasche du Bandit um zu lernen dich zu benehmen

und Erbrechen, Koliken, Schmerzen, die Mutter wusch ihn im Bottich

– Hast du grünes Obst gegessen dass es dir so geht?

heute hat das Haus kein Dach mehr, und es gibt keine Apotheke mehr, der Apotheker hat den Angestellten mit der weißen Jacke mit einem Fußtritt entlassen, tadelte die Ehefrau

– Das ist der fünfte in diesem Monat kommst du denn nicht zur Vernunft?

bis die Eltern der Jungen ihn zwangen, selbst zwei oder drei Fläschchen zu schlucken und man den Geruch, den sogar Ziegenböcke meiden, am anderen Ende der kleinen Stadt wahrnahm, so wie man auch die Ehefrau hörte, die ihn mit der Wurzelbürste abschrubbte

– Halt durch

und der Apotheker wechselte erschöpft vom Nachttopf zum Bottich, schlief draußen in eine Decke gewickelt, verpestete die Luft unter dem Wipfel eines Kastanienbaumes, wie viele Kastanien, die noch reifen müssen, isst man in der Kindheit, die Haare des Schnurrbarts waagerecht vor Kälte, mein Mann ohne die blonde Sekretärin, die ihn immer begleitete und ohne mich anzusehen, ich bin nicht mehr geschminkt, trage keinen

Schmuck, keine Kleider, nur einen Morgenmantel, ich zu meinem Mann

– Du hättest mich doch sicher lieber als Clown?

und obwohl er sich nicht bewegte, war irgendetwas in ihm unvermittelt so nah, dass es mich erschreckte, eine riesige Düne, ich weiß, was ich fühle, kann nicht erklären, was ich fühle, wuchs gleich hinter den Kiefern an und löschte das Gras und die Kakteen aus, nicht ich wiederholte

– Du hättest mich doch bestimmt lieber als Clown?

es war die Frau, die ich war, als ich noch Frau war, und die es nicht mehr gibt, es gibt ein Geschöpf, bei dem jeder Schritt ein blinder Schritt ist, jede Geste ein Ruck, jede Bewegung unzusammenhängend, wir entdecken die Zeit, wenn die Muskeln beginnen, zu überlegen und die Entfernungen, Möglichkeiten, die Kraft abzuschätzen, wenn die Knie keine Hoffnung mehr haben, wenn die Fußknöchel keinen Glauben mehr haben, mein Mann

– Du warst früher schön

und er bereute, mich schön genannt zu haben, was ist aus deinem Hintern geworden, deiner Taille, deiner Brust, mein Gott, was ist mit deiner Brust geschehen, das ist nicht nur ungerecht, das ist unmöglich, ich kann einfach nicht fassen, dass du, und ich

– Ich bin doch noch deine Hure nicht wahr?

ich

– Ich bin doch noch deine Hündin nicht wahr?

ich

– Ich bin doch noch deine Nutte?

ich, drängender

– Ich bin doch noch deine Nutte?

während die Tennisbälle von einer Seite zur anderen des Netzes flogen, meine Tochter mit Strohhut, nimm mir nicht übel, dass ich meine Tochter sage, läuft herum, um sie aufzusammeln, und mein Mann sitzt nicht auf dem Stuhl, er steht, mein Mann steht, ein Alter, der sich auf der Matratze abstützt, um aufzustehen, die Entfernungen, Möglichkeiten, die Kraft abschätzt, wenn der Apotheker seine Ehefrau mit einem Jungen antraf, ging er in die Taverne und wartete, und kaum näherte sich der Wirt

– Bring einem Gehörnten ein Glas mein Freund

das Glas, nicht angerührt vor ihm, leistete ihm Gesellschaft und wartete ebenfalls, mein Mann unternimmt das komplizierte Manöver, die Schuhe auszuziehen, indem er mit der Schuhspitze auf die Ferse drückt, sich von einem befreit, sich vom anderen nicht befreit, aber das macht nichts, wenn die Hose an ihm heruntergleitet, aber sie gleitet nicht, sie schlingt sich um ihn herum, ein Fuß mit dem Strumpf, der andere mit der zusammengesunkenen Hose bedeckt, die blonde Sekretärin zog sie dir herunter, mir gelingt es nicht, sie herunterzuziehen, du hinkst ein bisschen, aber was macht das Hinken schon, du hattest Spaß daran, Hinkende nachzuäffen, als du klein warst, dich über deinen Nachbarn lustig zu machen, der Steine vom Boden aufklaubte und dich nicht traf, du riefst ihn

– Hallo Hinkebein

und er, dem es nicht gelang, dich zu erreichen, hüpfte, hüpfte

– Eines Tages werde ich dir an einer Ecke auflauern und dich versohlen

aber er hat dich nie versohlt, du verschwandest lachend

– Tschüs Hinkebein

während die Straßenhunde bellten und er aufgab, dich zu fangen, beschämt trat der Hinkende in das Haus ein, in dem er wohnte, neben dem Laden der Kurzwarenhändlerin, und schlug die Tür mit einem Knall zu, er hatte keine Frau, er war Witwer, er aß aus einem kleinen Topf, allein, und wenn er fertig war, blieb er sitzen und unterhielt sich mit dem Distelfink

— Arsénio

der sich ihm auf den Finger setzte, den er zwischen die Drahtstäbe steckte, sein Freund Arsénio, es heißt, Vögel seien dumm, aber am Ende sind sie es nicht, lebendig, genau wie wir, sie neigen den Kopf, leisten Gesellschaft, bewegen sich, der Hinkende

— Verlass mich nicht Arsénio

während ich zu meinem Mann, streng dich nicht weiter an, es reicht schon, wir sind imstande, ich weiß nicht wozu, aber imstande, nimm die Hälfte des Kissens, nimm die Hälfte des Bettes, drück mich an dich, ich habe nichts dagegen, sag, dass ich dein Arsénio bin, bitte, wiederhole, den Finger zwischen den Stäben

— Du bist mein Arsénio

damit ich mich daraufsetze, damit ich dich picke, damit ich auf der Sitzstange tanze und dich noch einmal picke, damit wir beide, siehst du, worauf ich hinauswill, nebeneinandersitzen, bis zum Ende der Welt.

FÜNFTES KAPITEL

Als sie anriefen, um mir zu sagen, dass meine Mutter gestorben ist, habe ich mich ein wenig verspätet, denn sie tauschten gerade den Ring meiner Sekretärin um, und der Juwelier brauchte lange, bis er die Kopie der Rechnung fand, was kann man schon von einem Land erwarten, wo man nicht einmal weiß, wie man die Dinge ordentlich aufbewahrt, und einen Stammkunden nicht als einen Freund ansieht, die sollen mir da bloß nicht mit Klagen über die Konkurrenz aus dem Ausland kommen, meine Antwort kriegen die, als ich in die Wohnung kam, traf ich auf zwei Nachbarinnen, eine mit einem schielenden Auge, die den Kittel meiner Mutter gegen das Kleid austauschten, das sie bei den Beerdigungen der anderen trug, was die einzigen Zeremonien waren, bei denen sie nicht fehlte, der Tod von Bekannten belebt einen immer, und was man bei den Totenwachen isst, spart man beim eigenen Abendessen, wer mag nicht gern gratis essen, dazu noch ein Gläschen, um die Verdauung zu erfreuen, die Nachbarin mit den geraden Augen kannte ich aus dem Viertel, und mein Vater, der die Welt stets aufmerksam betrachtete, machte mich auf sie aufmerksam

– Die da hat noch was auf den Rippen

und zeichnete dabei mit den Handflächen in die Luft, die mit dem schielenden Auge stellte sie vor

– Meine Cousine

und ich sehe meinen Vater vor mir, der anerkennend

– Ein Prachtweib das mit dem Speck auf den Rippen liegt in der Familie

das Körbchen mit den Häkelarbeiten meiner Mutter wie

üblich an der Armlehne des Stuhls, die Nadel ragte in der Hoffnung daraus hervor, einen zu durchlöchern, ein Wunder, dass wir uns damit nicht die Augen ausstachen, und ich sagte mir immer wieder, als sie die Verblichene entkleideten

– Ich habe sie nie nackt gesehen ich habe sie nie nackt gesehen

ohne etwas zu fühlen, glaube ich, außer, dass ich sie noch nie nackt gesehen hatte, und was den Speck auf den Rippen betrifft, hatte ich Mitleid mit meinem Vater, dass er diesbezüglich so schlecht bedient gewesen war, bloß nicht bis zu den Fersen der Freundinnen treten, sicher, dass meine Mutter, wenn sie mich erwischen würde, gleich befahl

– Geh sofort raus und warte draußen bis man dich ruft du Perverser

ich wartete darauf, dass die Nachbarin mit den geraden Augen, die schwankte, ob sie mich duzen oder mit Senhor Engenheiro anreden sollte, mich informierte, ohne mich anzureden

– Wir sind fertig

und fand meine Mutter auf dem Bett, mit Schuhen, sie, die Schuhe auf der Überdecke immer verboten hatte

– Und die Sklavin wäscht das dann wieder oder?

da waren sie im Fenster, ein paar Kräne, ein paar Schiffe, ein feiner Regen, die Abwesenheit meines Vaters, der den Hut am Eingang mit einer weit ausholenden Geste abnehmen würde

– Dem hochgeschätzten Publikum einen guten Tag
meine Mutter unsichtbar in der Küche

– Jetzt geht das Spektakel wieder los

jetzt stumm, mit der Sittsamkeit einer Hauptperson, die Nachbarin mit dem schielenden Auge richtete ihre Frisur

– Sind Sie damit zufrieden mein Freund?

das zu mir, der ich nach meinem Vater kam, ich schenkte für gewöhnlich meiner Mutter keine Aufmerksamkeit, die dazu nicht gemacht war, sie war dazu gemacht, mit uns beiden zu schelten

– Wer euch nicht kennt kauft euch glatt

außer in Augenblicken von Schwäche, beispielsweise wenn sie glaubte, ich schliefe, und sie mir schnell mit der Hand über das Gesicht strich

– Baby

in einem Tonfall, den ich durchaus gern häufiger gehört hätte, so wie ich es gern gehabt hätte, dass ein Kuss kam, der nicht kam, obwohl die Tatsache, dass der nicht kam, mir beinahe gleichgültig war, ich weiß nicht, ob ich Traurigkeit empfinde, oder aber ich empfinde Traurigkeit, doch wozu ist Traurigkeit gut, mein Vater

– Deine Mutter als sie jung war

in einem sehnsüchtigen Nachhall, und vielleicht hat sie mich ja, als sie jung war, geküsst, möglich ist es, ich zu meinem Vater

– Hat meine Mutter mich geküsst Vater?

mein Vater, ohne dabei die Hacken aneinanderzuschlagen, nachdenklich

– Ich erinnere mich nicht daran dass sie jemand war der viel küsste

ohne zu bemerken, dass er mich enttäuschte, ich zeige es nicht, aber es erschüttert mich, selbst nachdem ich erwachsen bin, ich berichte das nicht gern, aber es ist passiert, dass ich geweint habe, nicht viel, aber ich habe geweint, um nicht weiter auszuholen, damals als meine Frau begann, mit dem Senhor Doutor auszugehen, und ich im Wohnzimmer auf- und abging, ich setzte mich hierhin, setzte mich dorthin, ging Wasser trinken, kam wieder zurück, öffnete die Haustür, weil mir so war, als stünde dort jemand auf der Fußmatte, aber da war niemand auf der Fußmatte, ich ging so weit, da sehen Sie es mal, was wir, die Harten, machen, dass ich zum heiligen Expeditus gebetet habe, hart, von wegen, das ist nur Gerede, damit sie bei mir blieb, wenn ich so blöd wäre, über geheimen Schmerz zu sprechen, säße ich in einem Jahr noch hier, die Menge an Gefühlsduseleien, die die Leute verbergen, es reicht, sie aufmerksam zu beobachten, und man kriegt es sofort mit, ich bin im Laufe des Lebens hart geworden, aber es gibt Bereiche oder, besser gesagt, heute wenige, heute keine, nachdem der Senhor Doutor meine Frau verlassen hat, wäre mein Vater hier, würde er mich darauf aufmerksam machen

– So viel Fett ist übertrieben Junge

und es war zweifellos übertrieben, sie denkt, es sind die Drüsen, dazu die Nerven, sie zu mir

– Hab Geduld mit mir der Arzt sagt in ein paar Monaten bringe ich den Verkehr in Cascais zum Stehen

aber das ist gelogen, du lenkst die Autos um wie ein Bretterverschlag bei einer Baustelle, aber dass sie anhalten, nicht im Traum, ich lasse mich nur aus Mitleid nicht scheiden und weil es, obwohl man es nicht will, da Dinge gibt, die überdauern, gewisse süße Erinnerungen, freundliche Schatten, die beharrlich bleiben, ein Morgen, wie tief das immer noch in mir drin ist, wie sentimental, an dem meine Mutter mir vom Fenster winkte, als ich zur Schule aufbrach, und ein Kran kreiste, kreiste, auch wenn Sie das blöd finden sollten, dieses Winken war so schön, ein idiotisches Adjektiv, aber mir fällt kein besseres ein, ich werde meiner Frau noch eine Zeitlang hier geben, schließlich kümmert sie sich um das Haus und die Dinge, ich rede nicht mit ihr, setze mich an den Tisch, warte darauf, dass sie mir das Essen serviert, der Senhor Doutor ein- oder zweimal

– Geht es Ihrer Gattin besser?

und meiner Gattin geht es besser, Senhor Doutor, vielen Dank, sie erholt sich, keine Angst, ich übergebe sie Ihnen, oder falls Sie es so vorziehen, sagen Sie es mir, es gibt immer welche, die korpulente Frauen mögen, meine Sekretärin wird ungeduldig mit mir

— Wann schickst du den Wal weg?

als sie anriefen, um mir zu sagen, dass meine Mutter gestorben ist, habe ich mich ein wenig verspätet, wie oft habe ich beschlossen, ihr eine ordentliche Wohnung zu besorgen, aber dann kam dies oder das dazwischen, ich vergaß es, und außerdem hat sie dort immer gelebt, kannte die Leute, die Kräne erinnerten sie an meinen Vater, und es schadet nicht, Sehnsucht zu haben, es lässt uns fühlen, dass wir eine Vergangenheit haben, und wir können von vergangenem Glück gerührt sein, obwohl ich in ihrem Fall nicht viel davon sehe, vielleicht in ihrer Kindheit, die für mich undurchsichtig ist, eine Großmutter und eine Katze und die Freude darüber, was man mit diesen zwei Elementen alles bauen kann, indem man sie in verschiedenen Positionen einsetzt, nah beieinander, fern voneinander, einer auf dem anderen, einer im anderen, von innen nach außen gekehrt, man muss nur die Güte der Großmutter erweitern und die Geduld der Katze, Pantoffeln mit Schnurrhaaren und Fadennudeln mit Pfoten kombinieren, als ich damit anfing, zu spät zu kommen, störte mich der Ärger meiner Frau nicht, in der Eifersucht kochte, was wohl aus dem weißen Regenschirm und dem Haar mit seinem Eigenleben geworden ist, was wohl aus deinen Zweifeln geworden ist

— Ich glaube nicht dass es hält

von wegen, es hat gehalten, der Beweis ist, dass du auf dem Sofa anschwillst und ich, die Hand im Fahrstuhl

— Sei still

nicht weil ich dir zugehört habe, sondern um mich wegen so vieler einsamer Nächte und Morgen ohne dich zu trösten, wegen eines Schmerzes oder wegen eines Spotts in den Gegenständen, ich weiß nicht, während des Kinos am Sonntag deine Hand reglos in meiner, niemals ein Knie gegen meines, nie streifte mich der Arm, nie schautest du mich im Dunkeln an, dein Profil so weit weg, und ich dachte an die Freude, die mir in diesem Augenblick eine Großmutter und eine Katze geben würden, ein Erdgeschoss voller Provinzschätze, die kostbar für mich sind, alte Plüschtiere, Heiligenbildchen, die erste Kommunion meiner Mutter, die Hälfte mit dem anderen Mädchen abgeschnitten, damit sie in den Rahmen passte, nur ein Stück Schleier und ein Zopf, meine Mutter zum Zopf

– Lucilia ist an der Wirbelsäule krank geworden

aber das erfinde ich logischerweise, es gab weder eine Großmutter noch Katzen noch ein Erdgeschoss voller Leben, meine Mutter hatte einen Onkel, der Priester war und mit anderen Priestern lebte, hin und wieder eine Soutane und eine strenge Brille an einem stockfinsteren Ort, wir besuchten ihn zu Weihnachten, und der Priesteronkel steckte am Ausgang ein bisschen Geld in die Handtasche meiner Mutter

– Ein kleines Taschengeld für deinen Sohn

mein Vater wartete auf der Straße, ging auf dem gegenüberliegenden Bürgersteig auf und ab

– Ich will keine Intimitäten mit Gott

Gott und mein Vater hatten aufgrund eines himmlischen Betrugs schlechte Beziehungen, denn der Vater meines Vaters schenkte der Kirche den Apfelsinenhain und die Kälber gegen die Garantie ewiger Grabruhe, als fünf Jahre vergangen waren, holten sie dennoch seinen Sarg herauf, verstreuten seine Knochen aufs Geratewohl auf der Erde, und alles war für den Arsch, als ich von einem Treffen mit meiner Sekretärin zurückkam, saß meine Frau im Wohnzimmer wie ich früher

– Du wirst mich doch nicht wegschicken oder?

wenn der Priesteronkel sich zufällig am Eingang von uns verabschiedete, mein Vater, in Erinnerung an die Schmach mit den Knochen

– Kanaillen

verlangte von meiner Mutter, das Taschengeld zurückzugeben, die Polizei, die von den Priestern gerufen worden war
– Gehen Sie weiter
mein Vater, indem er sich aufrichtete
– Wissen Sie wie viele Kälber Gott mir gestohlen hat Senhor wie viele Apfelsinen?
ich in der Totenkapelle mit meiner Mutter und den zwei Nachbarinnen, die voller Erinnerungen an die Verblichene waren, Tugenden, Wunder, mein Vater war für sie ein Zirkuskind
– Nehmen Sie es mir nicht übel Senhor Engenheiro aber Ihr Vater war ein Zirkuskind
meine Frau fesselte mich mit dem Jackett
– Schick mich nicht fort
ich ließ die Kleider zu Boden fallen, damit sie sie aufhob
– Mach Übungen los
und ich gebe dir bis zum Ende des Monats Zeit, die Fliege zu machen, vielleicht nimmt dich ja der Senhor Doutor, du hilfst dem Angestellten mit der weißen Jacke, beim Tennis Tabletts zu servieren, meine Sekretärin ungläubig
– Ist das deine Frau?
die beim Wasserbecken mit der Venus einem Obdachlosen begegnete, von dem ich nicht weiß, wie er hereingekommen ist, trotz der Bemühungen des Senhor Presidente vermehren sich die Armen und mit dem Krieg die Ausländer ebenfalls, eine Großmutter und eine Katze sind höchst nützlich, meine Frau machte sich für mich zurecht, und ich war weder begeistert noch enttäuscht, gleichgültig, wo ist die Zeit in der Konditorei geblieben, wo ist dein spöttisches Lächeln, ich hätte es gern gehabt, wenn zwei Finger an meiner Nase gezogen hätten
– Ich werde sie in die Tasche stecken
und ein paar Augenblicke später die Spitze eines Daumens wieder in meinem Gesicht, ich runzle bereits die Stirn, schniefe bereits, schnuppere bereits, nehme schon den Braten im Ofen

wahr, den modrigen Geruch des Mörtels, wenn der Regen innehält und die Tropfen vom Riss in der Decke in eine Schüssel auf dem Boden fallen, den Klang des Wassers erst auf dem gebrannten Ton, dann das Wasser im Wasser, ich möchte groß sein, Dioptrien haben, ich möchte, dass man mir zuhört und mit mir einer Meinung ist

– Das stimmt

und es ist offensichtlich die Wahrheit, ich bin erwachsen, meine Mutter, überrascht von mir

– Er ist erwachsen

mein Vater zu ihr stolz

– Ich reiche ihm kaum bis zu den Augenbrauen hast du das gesehen?

und als wir am Fluss entlangspazierten, schaute er zu mir auf, um mich besser zu verstehen, mein Vater

– Sohn

und ich glücklich, dass

– Sohn

von einem Mann, der kleiner war als ich, Schwierigkeiten hatte, die Hacken während eines Hüpfers zu vereinen

– Es fällt mir schon schwer

ich hielt ihn am Kragen fest

– Sie verlieren doch nicht das Gleichgewicht oder?

er machte einen unsicheren Schritt, zwei unsichere Schritte, bis er schließlich geradeaus ging

– Grauenhaft achtgeben zu müssen

empört über die Grausamkeit des Alters, über sich selber empört, achtsam wegen des Teerbelags, achtsam sich selber gegenüber, wie sehr das Alter uns zwingt, an uns selber zu denken, meine Mutter

– Du denkst du wärst noch immer jung

aber er dachte nicht, dass er immer noch jung wäre, er bat nur um ein kleines bisschen Zeit, wen, wusste er nicht genau, wir verkaufen Wolfram an die Deutschen, wir verkaufen Wolfram an die Engländer, der Senhor Doutor akzeptiert Preise, lehnt sie ab, hebt sie an, nimmt sie an, sie beginnen zu sagen, dass die Juden, hören auf zu sagen, dass die Juden, beginnen wieder zu sagen, dass die Juden, aber vorsichtiger, heimlich, Ausländer in den Hotels stellen Fragen, die Deutschen mit dem Grafen, und der Graf

– Ich weiß nicht

in der Totenkapelle meine Mutter, die zwei Nachbarinnen und ich, das Gesicht meiner Mutter, obwohl ihre Augen geschlossen sind, habe ich noch nie so aufmerksam gesehen, ein Arbeiter hämmerte draußen, und bei jedem Hammerschlag dachte ich, meine Mutter zählte mit, denn ihre Wangen zitterten, meine Frau am Ende des Monats ein unförmiger Sack

– Morgen willst du mich auf der Straße sehen?

ich unentschlossen, ob ich es wollte oder nicht wollte

– Ja

und unter dem

– Ja

ein

– Nein

und ein

– Ja

was genau möchte ich, ich möchte, dass das Haar ohne Hilfe lebt, möchte, dass der schmale Körper zwischen den Tischen wirbelt, möchte, dass sich die Tasse vor mir hinstellt, ohne dass dabei ein Tropfen überschwappt, ich möchte im Regen auf dich warten, Stearintropfen den Nacken hinunter

– Sie sind aber beharrlich

und jetzt sind ihre Beine plump, hässlich, das Doppelkinn, der Mund schlaff, du hast keine Ahnung, was für eine Arbeit das war, dir die Briefe zu schreiben, Verbesserungen, Durchstreichungen, Flecken, wäre die Lehrerin bei mir

– Ich habe noch nie so viele Fehler auf einmal gesehen

und was kann ich dafür, das ist die Nervosität, Dona Mirandina, das ist genauso schwierig, wie das Buch zu schreiben, beispielsweise die Geschichte mit der Katze und der Großmutter, sich all das auszudenken, an all das zu glauben, all das durcheinanderzumischen, mein Vater

– Die Künstler sind alle Portugiesen

das ist einfacher, weil Männer einfacher sind als Frauen, zum Beispiel einfältiger, ich bin ein Einfaltspinsel, man hält mich für einen ganz Gewieften, aber das bin ich nicht, ich bin ein Einfaltspinsel, ihn habe ich nie trübsinnig gesehen, nicht einmal, als das mit der Speiseröhre war

– Es geht mir gut

spindeldürr, völlig fertig, eine Kiste voller Gelenke in prekärem Zustand, die darauf bestand

– Es geht mir gut

er fühlte sich gut, ich glaube nicht, dass er log, oder besser gesagt, es ist offensichtlich, dass es ihm nicht gut ging, dass er log

– Warum lügen Sie Vater?

und er starrte an die Wand, wir gaben ihm einen kleinen Rest Tee mit der Tülle der Teekanne, doch selbst der Tee ging nicht hinein, lief über den Schlafanzug, der Senhor Doutor kaufte den Deutschen Bilder, Kristall-, Silberwaren ab, erweiterte das Haus bis zum Kiefernhain, ließ die Dünen zurückweichen, verwandelte die Wellen in Felsen, der Angestellte mit der weißen Jacke zur Tochter des Senhor Doutor

– An Ihrer Stelle würde ich nichts sagen was ihm Sorgen bereiten könnte

und die Tochter des Senhor Doutor wäre am liebsten hinter den Tennisbällen hergerannt, inzwischen eine verheiratete Frau, inzwischen selber Mutter, du morgen auf der Straße, das erschreckt mich, will heißen, es erschreckt mich nicht wirklich, es ruft etwas anderes hervor, das ich noch nicht benennen kann, also ich

– Ich gebe dir noch vierzehn Tage um dein Leben zu organisieren

denn die Vorstellung deiner Abwesenheit, wer eine Ahnung hat, wie das ist, möge einen Schritt vortreten, beunruhigt mich, es erscheint das Mädchen aus der Konditorei, es erscheint der Regenschirm

– Nasses Hähnchen

und wie lange wird es dauern, bis ich wieder trocken bin, das Wasser hat die Farbe des Stoffes, ist dunkel, was hat mich dazu gebracht, billige Kleidung zu kaufen, die Tatsache, dass ich damals kein Geld hatte, es keine Läden gab, nur Jahrmärkte oder Lastwagen mit Segeltuchplanen, die Maße über den Daumen gepeilt, Stiefel, Schuhe, Hosen, eine Großmutter, das macht mich neidisch, mit

– Mein Sohn

angeredet zu werden, ich, den meine Eltern nicht mit

– Mein Sohn

anredeten, mich mit

– António

anredeten, ich weiß nicht, wie ich auf António gekommen bin, die mich mit meinem Namen anredeten, die Sekretärin zu mir

– Hast du nicht versprochen dass der Wal am Ende des Monats geht?

nicht mehr mit

– Kleiner

wie die Zeit die Gefühle eintrübt

– Hast du nicht versprochen dass der Wal am Ende des Monats geht?

und trotz der eingetrübten Gefühle war ich immer gut in Form, was blieb mir auch anderes übrig, die Sache wird sich schon irgendwie regeln, die Sache wird schon laufen, ich weiß zwar nicht, was die Sache ist, aber es wird immer eine Sache geben, und die Sache macht Schwierigkeiten, aber es läuft, was bleibt ihr denn auch anderes übrig, als zu funktionieren, ich zu meiner Sekretärin

– Was machen denn ein paar Tage schon aus?

während früher ein

– Halt den Mund

die Probleme löste und die Hierarchien wiederherstellte, ihre Mutter hat nie wieder versucht, meine Hand zu küssen, ihr Vater las in meiner Anwesenheit die Zeitung, nicht

– Senhor Engenheiro

seit einiger Zeit

– Sie

ich muss schwach sein, um ihnen diese Art von Intimitäten zuzugestehen, und der Wunsch nach einer Großmutter wird größer, ich erinnere mich an die Spaziergänge am Fluss mit meinem Vater und an einen Angler auf einem Segeltuchstuhl, einem von diesen, die man auf- und zuklappt, der ein Stück gebratenes Fleisch aus einem Henkeltopf zog, ich zu meiner Sekretärin

– Noch eine oder zwei höchstens drei Wochen damit dann alles geregelt ist

und mir wurde klar, dass ich für sie ein Schwächling oder ein Schwachkopf war, wie ungerecht, bei mir ist niemals eine Träne auf der Wange eingetrocknet, ich habe sie weggewischt und weitergemacht, meine Ehefrau stellte ihre Tasche gleich hinter der Tür ab

– Frag mich nichts denn ich bin erschöpft

massierte ihre Füße, und ohne Schuhe war ihr Körper irdisch, sie war auf dem Diwan eingeschlafen, ich brachte ihr ein Kissen und eine Decke, und meine Ehefrau, ohne die Augen zu öffnen

– Du willst nett sein bist aber nur nervig
meine Sekretärin
– Ein paar Tage von wegen
unter dem Vorwand von Bauarbeiten oder eines Streites mit dem Vermieter, was, habe ich nicht genau verstanden, zogen ihre Eltern in das hintere Zimmer ein, das mit der Kuckucksuhr, die die Stunden zu einer Abfolge von Türchenschlagen und gesungenen Verbeugungen dazwischen machte, wenn wir Drosseln essen, warum braten wir dann keine hölzernen Kuckucke, von denen eine Sauce aus Minuten herabtropft, meine Sekretärin, indem sie mit der Gabel auf ihre Eltern zeigte
– Haben sie dir etwas getan dass du nicht mal mit ihnen redest?
und möglicherweise redete ich nicht viel, das stimmt, aber ich hörte zu, nach der Beerdigung meiner Mutter servierten die Nachbarinnen Kekse, Anislikör und erzählten Geschichten von Krankheiten, ein Obdachloser im Garten des Senhor Doutor, wo ist der bloß hergekommen, redeten über Themen, die ihrer Meinung nach die Tote interessierten, als das mit meinem Vater war, kamen Vorträge über die Speiseröhre, den Teil des Körpers, der weniger berühmt ist als der Magen oder die Gallenblase, die in etwa hier liegt, während wir beide flussaufwärts gingen
– Wir können uns darüber beklagen dass wir wenig Land haben aber wie du siehst haben wir mehr als genug Wasser
und tatsächlich haben wir Wasser, Senhor, wie viel Liter braucht man wohl, um eine Großmutter zu kaufen, und wo wir gerade dabei sind, was ist teurer, Großmütter oder Speiseröhren, meine Mutter
– Haargenau wie sein Vater kümmern Sie sich nicht um ihn
obwohl ich dem hochgeschätzten Publikum nicht sagte, dass die Künstler alle Portugiesen sind, meine Sekretärin, die in letzter Zeit Gefallen an Präzision gefunden hatte

– Ein paar Tage wie viele Tage sind das genau?

ohne Schminke, denn die Haut muss atmen, verstehst du, und was die falschen Wimpern betrifft, wenigstens zu Hause gebe ich den Augen Zeit, sich auszuruhen, die Ringe in der Kommode, die Ohren leer, weil die Stecker der Ohrringe, versuch du mal, sie anzulegen, und erzähl mir dann, was du fühlst, wenn die Frauen die Frau aus sich herausholen, wird das Leben ohne Clown zu einem traurigen Zirkus, das Zeltdach welk und die Bankreihen leer, ein Angestellter fegt den Parfümmüll weg, ich werde mich bei einem Psychologen schlaumachen, ob der Wunsch nach einer Großmutter oder nach einer Katze ein schlechtes Zeichen ist, wir brauchen so sehr jemanden, der uns Gesellschaft leistet, ich zumindest brauche es, ein Angestellter fegt den Parfümmüll in einen Eimer, meine Sekretärin

– Das möchte ich mal erleben

in einem Pyjama, der mir gehört, und Wollstrümpfen, denn es ist Januar, und ich habe ein Recht darauf, wenn du erlaubst, dass mir kalt ist, da haben wir, was ich geschrieben habe, das Leben ohne Clowns wird zu einem traurigen Zirkus, das Zeltdach welk und die Bankreihen leer, was mache ich an diesem Ort, wenn wenigstens meine Frau mit mir auf der Matratze liegen würde, der Umfang an Fett tröstet mich, ihre Lunge gibt mir die Gewissheit, am Leben zu sein, ich atme mit ihren Bronchien, meine brauche ich nicht, sie würde sich zwischen mich und meine Angst vor dem Tod schieben, ich würde mich verteidigt, sicher fühlen, ich zu meiner Sekretärin

– Eine oder zwei höchstens drei Wochen

meine Sekretärin

– Versprichst du mir dass es höchstens drei sind?

ohne

– Kleiner

hinzuzufügen, das

– Kleiner

hat sich ebenso aus ihr verflüchtigt wie die kleinen Liebkosungen und das Lächeln, meine Sekretärin

– Ich beginne dir nicht mehr zu glauben

wenn wenigstens die Zungenspitze an dem Ort, wo es unten in mir Begeisterung hervorruft, der Senhor Doutor hat mich, nachdem er mit dem Senhor Presidente gesprochen hat, von dem ich nicht mehr kenne als eine Decke über den Beinen und ein schmales, von einem Taschentuch geschütztes Stimmchen, nach Spanien geschickt, um wegen der Schiffe nach Deutschland mit dem Minister des Generals, der dort das Sagen hat, zu sprechen, dies an der Grenze, oder besser gesagt, Olivenbäume im Dunkeln, Lichter vereinzelter Hütten und ein halbes Dutzend Eulen auf den Korkeichen, ein Hund oder ein Fuchs oder etwas, das wie ein Hund oder ein Fuchs aussah, was weiß ich, wer garantiert mir, dass es nicht ein Wildschwein, ein Werwolf, Faune waren, die sich im Buschwerk versteckten, hinter den Büschen Polizeiwagen und hinter der Polizei Lastwagen mit Soldaten darin, wir überquerten einen Bahnübergang, Felder mit trockenem Weizen, ein Pappseiten durchblätterndes Maisfeld, bis links Lichter erschienen, die hinter einem Tümpel an- und ausgingen, Kornspeicher und zwischen uns und den Kornspeichern ein Weg aus gestampfter Erde, darauf Typen mit einer Waffe unter dem Arm, ich werde nichts über den Mond sagen, wozu, ich sage nur, wie von innen beleuchtete graue Blätter, und das reicht, gibt es keinen Mond, über den man reden könnte, herrscht eine vibrierende Finsternis, und von unsichtbaren Agaven verborgene Ginsterkatzen sehen uns an, die Mutter meiner Sekretärin zu meiner Sekretärin, die glaubte, ich sei nicht im Wohnzimmer

– Fliegen fängt man nicht mit Essig man braucht Geduld

gestern habe ich meine Ehefrau ein bisschen berührt, ich tat so, als schliefe ich, und es gibt Details an ihr, die sich nicht verändern, der Nacken und der Punkt, an dem das Haar zu Haut wird, ich muss ebenfalls zugenommen haben, denn die ältesten Hemdkragen gehen nicht zu, und ein Jackett, das ich seit Monaten nicht angezogen habe, macht Schwierigkeiten beim Zuknöpfen, auch wenn ich den Bauch einziehe, als ich fühlte, dass die Hand meiner, zwei Spanier stiegen aus einem Wagen aus, um mit mir zu sprechen, Ehefrau mich suchte, rückte ich weg, der Senhor Doutor

– Sie unterzeichnen nicht Sie reden nur

meine Sekretärin geschminkt und das

– Kleiner

wieder zurück, das Kleid kürzer, das Dekolleté größer

– Ich habe Angst dich zu verlieren verzeih mir

und ich unterzeichnete, ohne zu reden, ein Armband, das ich nicht kannte

– Ich würde es nur zu gern voller Herzen von dir haben

als ich die Hand meiner Sekretärin fühlte, die mich suchte, bin ich nicht weggerückt, ihre Mutter zog den Vater, der brauchte, bis er begriff

– Schau nicht hin

in Richtung Küche, er ließ die Zeitung auf dem Sofa liegen, und ich hasse Zeitungen auf dem Sofa, Unordnung, Gegenstände, die nicht an ihrem Platz sind, der Teppich

– Schnell bevor sie wieder zurückkommen Kleiner

aufgerollt, und es gibt Augenblicke, vor allem wenn der Büstenhalter rot ist, in denen das

– Kleiner

mir nicht missfällt, ich bemerkte nicht, dass der Teppich meine Ellenbogen und Knie zerkratzte, begriff aber am Gesichtsausdruck meiner Frau, dass Spuren zurückgeblieben waren, ich zeichnete die gestempelten Seiten an den Stellen ab, die mir die Spanier zeigten, irgendwo ein Zug, man zeige mir einen Ort, an dem nicht irgendwo ein Zug, wäre es möglich, würde auch meine Frau kurze Kleider, Dekolletés, und die Clowns würden

– Dem hochgeschätzten Publikum einen guten Tag

die Welt besiedeln, manchmal, wer weiß warum, spielte am Ende der Vorstellung verträumte Musik, ein Saxophon in einer Ecke der Manege, eine Klarinette in der anderen, und die Leute hörten gerührt zu, als sie anriefen, um mir zu sagen, dass meine Mutter gestorben war, wunderte ich mich, nicht ihre Stimme zu hören

– Ist das mein Sohn?

hinter der Stimme der Nachbarin, sie, die das Telefon immer gehasst hatte, weil sie davon überzeugt war, dass es nur schlechte Nachrichten brachte, wenn es lange schwieg, fragte sie mich

– Was es wohl ausheckt?

und tatsächlich kam das Unglück auf Zehenspitzen langsam, vorsichtig näher, die Eltern meiner Sekretärin beobachteten uns heimlich, schätzten die Gefühle ab, die Mutter, wobei eine Weidenrute in ihrer Kehle zitterte

– Sie mag Sie sehr gern Senhor Engenheiro tun Sie ihr nicht weh

ich überrascht wegen der Wiederherstellung des

– Senhor Engenheiro

die Höflichkeit, die Sanftheit, inmitten der Sanftheit

– Finden Sie nicht dass ihr Auto zu klein ist?

ich kam vor den Lastwagen von der Grenze zurück, Platanen am Straßenrand, unvermittelt eine Villa mit einer zerbrochenen Pforte und mit Brettern vernagelten Fenstern, die Tochter des Senhor Doutor ein Clown im Werden, schau, die Sonnenbrille, schau, der breitkrempige Hut, ich fragte den Gärtner nach dem Obdachlosen, und er

– Wer?

meine Frau

– Du warst immer so leichtgläubig

mit Nachsicht in der Stimme

– So leichtgläubig

und die spanischen Lastwagen wurden auf einer Brücke über einen Fluss immer kleiner, denn man hörte ein Gluckern, das Röhricht umfloss, meine Sekretärin

– Mochtest du es?

und die Mutter atmete tief durch, glaubte, ich sähe sie nicht, mein Vater begrüßte die Anwesenden

– Dem hochgeschätzten Publikum einen guten Tag

die Lampe an der Decke brannte, die Lampen auf dem Tischchen brannten, meine Frau in einer Ecke

– Bin ich jetzt dran?

mit einem Federbusch auf dem Kopf für ihre Nummer mit den Hündchen oder den Tauben, der Senhor Doutor mit Zylinder zu mir

– Bis heute ist keine Veranstaltung schlecht gelaufen

und bis heute ist keine Veranstaltung schlecht gelaufen, Senhor Doutor, die Banken, die Gesellschaften, die Unternehmen, die Fabriken, das Haus, das immer größer wird, ein erster Ball, ein zweiter Ball, und die Tochter des Senhor Doutor dazwischen, ohne sich um uns zu kümmern oder dem Ehemann zu antworten, ohne sein Handtuch zu nehmen, das, da sie es nicht nahm, zu Boden sank, ein anderer Clown hob es auf, faltete es auf seinem Schoß zusammen, meiner Zählung nach zehn oder fünfzehn Clowns, der Angestellte mit der weißen Jacke, meine Sekretärin zu mir

– Kleiner

und die Mutter, die den Mund ohne einen Ton bewegte, riet ihr, noch einmal

– Kleiner

zu sagen, die Mutter meiner Sekretärin

– Was passiert mit uns wenn du ihn verlierst?

der Angestellte mit der weißen Jacke zur Tochter des Senhor Doutor

– Warum gehen Sie nicht fort gnädiges Fräulein?

zusammen mit dem Obdachlosen, wo, zum Teufel, kommt der bloß her, niemand kennt ihn, er schläft auf der Stufe vor der Buchhandlung, er redet nicht mit den Leuten, antwortet nicht, geht mit der Tochter des Senhor Doutor in Richtung Kiefernwäldchen, Dünen, Wind, und jenseits des Windes das Meer, niemand sieht ihr von oben her nach, niemand außer dem Angestellten mit der weißen Jacke kümmert sich um sie, der Angestellte mit der weißen Jacke und ein junges Mädchen, nicht genau junges Mädchen, eine Frau, die mit einem Bücherpaket inmitten der Beete steht, meine Sekretärin zu mir

– Niemand liebt dich so wie ich

und mehr Parfüm und mehr Spitzen, mehr Strumpfhalter, Accessoires, die nicht so teuer sind wie die der anderen Clowns, aber es ist eine Frage der Zeit, verstehst du, das musst du dir verdienen, meine Sekretärin küsst mich am Hals

– Ich verdiene es nicht?

das Kleid kürzer, das Dekolleté tiefer, die Beine so übereinandergeschlagen, dass man den Strumpfrand sah, ich wies auf den Tisch

– Nimm das Durcheinander da weg und leg dich hin

während meine Frau

– Die Künstler sind alle Portugiesen

in der Konditorei mit einem Tablett voller Tassen, Gläser, Teller herumwirbelte, und mich fragte

– Sehen Sie mich zum ersten Mal?

während ich dachte

– Ich will dich nicht verlieren

mit braunem, nicht blondem Haar, das ein Eigenleben hatte, wieder auf ihrer Seite der Matratze, und sie drehte sich gelassen zu mir um

– Verlieren wir einander denn?

SECHSTES KAPITEL

Der Senhor Doutor lässt mich in einem Anbau des Hauses bei den Kiefern schlafen, wo ich nachts allein sein und den Wind hören kann wie als Kind, damals hörte ich im Winter die Schreie der Baumheide von Falperra im Dunkeln, was die Kuh im Stall unter dem Haus in Angst versetzte, die mit den Hufen gegen die Granitwände schlug, die Augen blind vor Schrecken, mein Vater im Nachthemd
– Beruhige dich
hing am Maul des Tieres, während die Bäume unablässig um ihn herum schwankten, die Einsiedelei drehte sich, wechselte den Standort, und meine Schwester, die im Bett saß
– Ich will nicht
schob die Traumgespenster mit ausgestreckten Armen weg, den Gehenkten von Pragal mit der heraushängenden Zunge
– Was hätte ich tun können?
und das Geschirr klirrte in der Küche, meine Mutter bat die Terrine
– Zerbrich nicht
und meine Schwester auf der Matratze, die meinen Großeltern gehört hatte und deren Stroh vor Angst knisterte, einmal, als ich krank war, haben sie mich daraufgelegt, und die trockenen Maisblätter
– Wir sind es Freund
sie, die viele Jahre zuvor zu den Alten
– Wir sind es Freunde
also bin ich, mit Erlaubnis des Senhor Doutor, fast am

Guincho im Anbau des Hauses und spüre, wie das Meer anschwillt und zurücktritt, so wie ich auch die Hasen spürte, die sich näherten und flohen, das Gespenst meines Onkels beim Brunnen zog am Seil vom Eimer

– Ich habe solchen Durst

nässte Hemd und Weste, hustete, weil die Lunge seit der Militärzeit in Indien, es heißt, er hätte dort Kinder, Ehefrauen gehabt, er zählte an den Fingern ab

– Frauen hatte ich allein sieben

und ich konnte ihn mir nicht mit so vielen vorstellen, in Portugal wollten ihn nicht einmal die Getrenntlebenden, weil er nicht arbeitete, er setzte sich auf den Platz, verkündete

– Für sie war ich genug

und aß Almosensüppchen

– Ich werde sogar aus der Erde kommen um euch zu besuchen

und er kam, erschien beim Abendessen, setzte sich mitten zwischen uns, nahm ein Stück Brot

– Mit Verlaub

und stippte es in die Sauce, die Schwägerin meines Vaters

– Wie ist es dort unten Fausto?

er verächtlich, während er Anlauf zum Schlucken nahm

– Ein Indien ohne Palmen

der Senhor Doutor lässt mich in einem Anbau des Hauses bei den Kiefern schlafen, wo ich allein sein und dem Wind zuhören kann, so wie ich als Kind die Baumheide von Falperra im Dunkeln hörte und das Geräusch der Finsternis sogar tagsüber, etwas, das dem Tod ähnelt, aber noch nicht der Tod ist, ich arbeite hier seit einundfünfzig Jahren, seit der Senhor Doutor auf mich aufmerksam wurde, als ich Säcke voller Saatgut hinter dem Gärtner hertrug, dabei ein wenig hinkte, weil meinem Vater, als ich ein Kind war, die Hacke ausgerutscht war, und er befahl

– Komm am Montag zu mir ins Büro

ich erinnere mich an das Krankenhaus, an die Absätze der Schwestern, die mich pickten, an eine Stimme in mir

– Zermalmt mich nicht

der Arzt bis oben hin in seinem Kittel

– Da er sein Leben lang Hunger leiden wird ist es egal ob er rennt oder geht

an meinen Vater

– Ich habe ihn doch nicht getötet?

und daran, dass es mir leidtat, sein Gesicht zu sehen, obwohl ich nicht wusste, dass ich Mitleid fühlte, ich glaubte, überhaupt nichts zu fühlen, außer die Absätze, die mich erbittert verfolgten, der Senhor Doutor, mit dem Wind und allen Blumen in den Beeten vermischt

– Komm am Montag zu mir ins Büro

und am Montag der Senhor Doutor zur Sekretärin, ich dabei schüchtern in einer Ecke

– Ich brauche jemanden der Ordnung in mein Haus bringt

keine Kuh floh, kein Gehenkter von Pragal mit heraushängender Zunge, Dünen über Dünen und die Wolken des Gebirges ebenfalls Dünen, die Bäume Dünen, die Dörfer Dünen, eine weiße Jacke mit Metallknöpfen, die Verbeugungen der Duftrosen, die Höflichkeit der Dienstmädchen

– Senhor Marçal

die freien Sonntage in Cascais, ohne nach Falperra und seinen ewigen Wintern zurückzukehren, wozu, Schnee, Kälte, Wildschweine, ich bin nie auf einen Wolf gestoßen, ich bin auf ausgeweidete Schafe gestoßen und alte Männer mit langen Mänteln, die durch die Gassen trabten, Gott blies sich in der Kirche in die Hände, beugte die Finger an, streckte sie aus

– Ich kann mich nicht an den Januar gewöhnen

freie Sonntage, an denen ich allein zu Mittag aß, der Senhor Doutor zu mir

– Hast du keine Lust zu heiraten?

und wenn man geheiratet hat, was die Leute so sagen, worüber die Leute so reden, was macht man dann mit einer Frau in den Augenblicken, in denen man überhaupt nichts macht, und in den Augenblicken, in denen man etwas macht, macht man so wenig, wenn es uns vor der Einsamkeit bewahren würde, tut es aber nicht, wenn es uns vor dem Ende bewahren würde, tut es aber nicht, trübe Augen in unseren, der Senhor Doutor

– Glaubst du ich wüsste das nicht?

hatte fast die Hand an meinem Arm, aber selbstverständlich war sie auf dem Tisch und schrieb, die Gewissheit, dass wir beide, aber wer bin ich denn, mir vorzustellen, es gibt Augenblicke, in denen wir glauben, der andere zu sein, aber wir sind es nicht, an einem oder zwei Nachmittagen, als der Senhor Presidente hier war, registrierte ich die Decke auf den Knien, hörte das dünne Stimmchen, sah einen alten Herrn im grauen Anzug und mit weißem Haar, der vielleicht zu seinen Adjutanten gehörte, aber nicht er sein konnte, beim Grafen merkte man, dass er Graf war, bei den Ministern merkte man, dass sie Minister waren, aber der alte Herr, der niemals lächelte, sie machten ihm gerade noch den Wagen zu, schwer zu glauben, der Senhor Doutor zur Sekretärin

– Könntest du bitte eine Minute hinausgehen

und wir blieben beide im Büro, stumm, bis der Senhor Doutor, der eine Seite korrigierte

– Glaubst du ich wüsste das nicht?

ich hatte das Gefühl, er bedauerte, dass wir nicht Freunde sein können, und das konnten wir nicht, alles in Portugal gehörte dem Senhor Doutor, so wie auch ich ihm gehöre, Banken, Unternehmen, Gesellschaften, Land, Menschen, sogar die Schreie der Baumheide von Falperra im Dunkeln, die sich selber ruft und sich nie findet, der Gehenkte mit der heraushängenden Zunge und meine Angst zu sterben, mein Onkel beim Brunnen, wie er am Seil vom Eimer zog

– Ich habe solchen Durst

neidisch auf die Lebenden, sonntags aß ich allein in Cascais zu Mittag, schaute den Tauben auf dem Platz zu, manchmal Turteltauben, aber nicht hier, sondern auf der Traufe eines weiter entfernten Häuschens, sie taten so, als wären sie traurig, die Heuchlerinnen, wo sie doch überhaupt nicht leiden, wenigstens höre ich im Anbau des Hauses den Wind, ohne sie zu hören, wie ich die Tiere beneide, die auf den Bergen umhertraben, und die Baumheide, die sie bedeckt, ich wäre gern eine Frau, um nützliche Gesten zu haben, um zu etwas zu taugen, das zu etwas taugt, ein brauchbares Privatleben zu besitzen wie die Gegenstände und unter konkreten Schmerzen zu leiden, anstatt unter dieser Beschwerlichkeit, die ich schlecht verstehe, unter diesem Unbehagen, das ich nicht definieren kann, ich würde gern dicht am Boden leben anstatt in meinem Kopf, bedingungslos annehmen und reuelos ablehnen, der Senhor Doutor zu mir

– Glaubst du ich wüsste das nicht?

die Schwierigkeit zu sprechen, zu singen, mich auszudrücken, mein Vater zerbrach die Hacke und vergrub die Klinge

– Verzeih mir

als gäbe es etwas zu verzeihen, aber das gibt es nicht, machen Sie sich keine Sorgen, meine beste Erinnerung an Sie ist die Petroleumlampe auf dem Boden des Stalles mitten in der Nacht und Sie am Maul der Kuh hängen zu sehen, während die Bäume um Sie herum kreisten, so wie auch die Einsiedelei sich drehte und den Standort wechselte, wohin bewegt sich Falperra, welchen Weg, sagen Sie es mir, hat meine Kindheit genommen, die Tochter des Senhor Doutor zum Senhor Doutor, so dass ich es hörte

– Wann wird beschlossen Marçal durch einen jüngeren Angestellten zu ersetzen?

nicht den Vater provozierte sie, mich provozierte sie, der ich mich darauf beschränkte, in das Zimmer dort oben zu gehen, weil man mich schickte und um das, was man mir auftrug, so schnell zu erledigen, wie ich konnte, ohne auf Fragen zu antworten, ohne Bitten, ohne Gerede

– Mein Mann hat es Ihnen befohlen nicht wahr?

und ich schwieg, verriegelte die Tür mit dem Schlüssel, den der Senhor Doutor mir gegeben hatte, ich in der weißen Jacke vor der Ehefrau hatte nicht den Mut, mich zu entkleiden, der Gärtner, der mich nicht sah, beschnitt die Kletterpflanzen, die Senhora saß auf dem Bett, spottete

– Sie sehen aus als wären Sie im Dienst

zog das Schminktäschchen von der Kommode

– Ich nehme an ich muss mich als Clown herrichten oder?

aber Sie müssen sich nicht als Clown herrichten, Senhora, ich erfülle nur, was mir aufgetragen wurde, die Zigeunerinnen, die mit ihren Jahrmarktszelten nach Falperra kamen, steckten mir die leere Teedose für das Geld hin, zählten die Münzen

– Fünf Minuten Junge

und kauten weiter auf einem Brotkanten herum, bis wir fertig waren, wenn der Mann hereinkam, der auf sie aufpasste, kündigten sie an

– Ist gleich so weit

und das war es fast, hörte gleich auf, ich erinnere mich daran, dass eine beim Hinausgehen mein Kinn nahm

– Wenn du groß bist hör nicht gleich auf

und als sie nicht mehr gleich aufhörte, habe ich sie nie wieder getroffen, ich habe eine Kollegin getroffen

– Komm häufiger ich nehme nichts dafür

sie suchte mich am Ende des Tages im Dorf auf

– Junge Junge

während ich sie, hinter einer Mauer verborgen, ausspähte, ich erinnere mich an die nackten Füße, an die Kurzgeschorene, einen armseligen Clown, der bewirkte, dass mein Vater die Sichel beiseitelegte

– Ich werde mal zu ihr gehen Junge

der Senhor Doutor lässt mich in einem Anbau des Hauses bei den Kiefern schlafen, wo ich allein sein und dem Wind zuhören und zu verstehen versuchen kann, die Zigeunerinnen zogen mit dem Jahrmarkt davon, außer einer, die beim Sakristan blieb, um für die Tochter zu sorgen, die sich nicht allein anziehen konnte, an die Mauer gelehnt den Eidechsen zulächelte, die Ehefrau des Senhor Doutor zu mir

– Nun mal los

und als ich die weiße Jacke auszog, war ich wieder dreizehn, eines Nachmittags starrte mich die Tochter des Sakristans an, ich habe ihre Brust gestreichelt und bin weggerannt, ich glaube, niemand hat davon erfahren, aber wenn ich wieder wegrenne, dann deshalb, als ich nach Lissabon ging, konnte die Tochter des Sakristans sich noch immer nicht allein anziehen, das Umschlagtuch ihrer Mutter bedeckte sie, ihr Name war, ich erinnere mich nicht daran, gestern habe ich mich daran erinnert, die Ehefrau des Senhor Doutor, möglicherweise fällt er mir morgen ein, umarmte mich, der Senhor Doutor, als er mir den Schlüssel übergab

– Lass mich allein

jeder einzelne Finger der Ehefrau des Senhor Doutor wanderte umher, viel reisten die Ringe, an die Beine erinnere ich mich nicht, ich erinnere mich an ihre Stimme

– Jetzt

wie anzüglich, das zu erzählen

– Jetzt

fast in mein Ohr

– Jetzt

die kurzgeschorene Frau entdeckte mich

– Junge

ist schon eine Sache, ein kleiner Junge zu sein, ich habe mich nie meinem Alter entsprechend verhalten, der Senhor Doutor zu mir, während er die Venus mit der Muschel betrachtete

– Findest du nicht dass meine Ehefrau

ich

– Finde ich nicht dass Ihre Ehefrau was denn Senhor Doutor

der Senhor Doutor

– Nichts

sein Gesicht leer

– Nichts

sein Gesicht

– Ich habe sie vor vielen Jahren in einem Zug mit einem anderen angetroffen und daher nichts

sein Gesicht noch leerer

– Ich brauchte einen Sohn der meine Arbeit weiterführt keine Tochter Blödmann

der Wind von Falperra, der Wind vom Guincho, einer von beiden wird mich eines Tages davontragen, mein Vater zur kurzgeschorenen Frau vom Jahrmarkt, während er die Münzen aus der Jacke, der Weste, der Hose fischte, sie mit dem Zeigefinger zusammenzählte, es reichte nicht, eine Zuckerdose aus der Küche fischte, und es reichte

– Haben Sie Wechselgeld?

die Frau zählte das Geld

– Ich mache es für dich länger und dann stimmt das mit der Bezahlung

meine Mutter in der Kirche, wegen der Totenwache eines Cousins, sobald der Tod in der Straße ankommt, beginnen die kleinen Wildhunde ihre Suche, sie kommen von oben herunter, wenn im März die Eichhörnchen und die Marder auftauchen und es schwierig wird, dort oben die Tiere zu lokalisieren, weil der Wind sich die ganze Zeit widerspricht, die kurzgeschorene Frau zu meinem Vater

– Schau nur dein Sohn beobachtet uns

an den Mähdrescher gelehnt, kratzte sie am Daumen, die Ehefrau des Senhor Doutor zu mir

– Es wird langsam Zeit sich anzuziehen finden Sie nicht?

ohne dass mir bewusst war, dass ich nackt war, ich war hier, um Anweisungen zu erfüllen, nicht um zu denken, mein Vater öffnete die Tür zum Lager des Saatguts, die kurzgeschorene Frau zögernd

– Gibt es da Mäuse?

diese großen dicken, die sich den Menschen zuwenden und Drohungen fauchen, der Senhor Doutor

– Was macht man mit einer Tochter?

und es stimmt, was macht man mit einer Tochter, noch ein Clown, der dazu bestimmt ist, den Männern zu dienen, eines Nachmittags schubste ich meinen Vater wegen meiner Mutter

– Sie schlagen Sie nicht

wir beide Auge in Auge, fast gleich groß, ich dachte, wenn ich ihn schubse, fällt er um, und ich schubste ihn, und er fiel um, öffnete nicht das Taschenmesser, weil ich auf seine Finger trat, als er das Handgelenk zu mir ausstreckte, beugte ich es hinter seinem Rücken an, meine Mutter, anstatt mir zu danken

– Lass deinen Vater los Nichtsnutz

wegen der Unordnung der Welt aufgebracht, ich werde ein Wort schreiben, das ich neulich gehört habe, Synopse, es ist merkwürdig, nicht wahr, mein Vater auf allen vieren zu meiner Mutter

– Hol mir die Sichel ich bringe ihn um

also kehrte ich ihnen den Rücken und habe sie nie wiedergesehen, die Ehefrau des Senhor Doutor

– Wo wir schon dabei sind komm noch mal her

die kurzgeschorene Frau im Lager für das Saatgut

– Hol mich der Teufel wenn das da keine Maus ist mach die Tür auf

Geräusche einer Rauferei, auch von Werkzeugen und Blechdosen, ein Kopf gegen die Bretter, noch einmal gegen die Bretter, noch einmal gegen die Bretter

– Mach die Tür auf verdammter Kerl

mein Vater, ich bin mit dem Bus nach Lissabon gekommen, mein Vater kam mit verrutschtem Hemd aus dem Lager, die kurzgeschorene Frau drückte das Taschentuch gegen die Lippe

– Mistkerl

musterte das Tuch, fürchtete Blut, drückte es noch stärker dagegen, eine Brust nackt und ein Schuh verloren, der Senhor Doutor zu mir

– Eine Frau ist genau das du Idiot siehst du nicht dass genau das eine Frau ist was mache ich mit einer Tochter?

und was soll man mit einer Tochter machen, Senhor Doutor, darauf warten, dass sie ein Clown wird, was für eine Alternative hat sie denn, wir wollen nicht sterben, um sie nicht allein zu lassen, und obwohl wir nicht sterben wollen, sterben wir wie die Hunde, schreien um Hilfe mit allen Teilen, denen es nicht gelingt zu schreien, ich bin mit dem Bus nach Lissabon gekommen, aß, was man mir als Almosen gab, eine Zwiebel aus einem Topf, eine Kartoffel, ein Stück Obst, eine verkohlte Karotte aus einem Aluminiumtopf, ich erinnere mich daran, wie ein Kind weinte und ich dachte, würde ich seine Tränen trinken, würde das meinen Durst mindern, die kurzgeschorene Frau warf Steine nach meinem Vater

– Ich werde mich bei meinem Chef beschweren du Teufel

und mein Vater versteckte sich mit dem Jagdgewehr in der Macchie, zwei Tage später kam er zurück, wisperte am Fenster, schaute hinter sich

– Sind die Marktleute weg?

und sie waren weg, keine Angst, sie haben gesagt, sie würden ihn nächste Woche oder in vierzehn Tagen zu fassen kriegen, wenn sie wiederkämen mit ihren Pferdegespannen, den Eseln, den Glöckchen, den Ferkeln, das Schlimmste, was ihm passieren könnte, war, dass sie ihm die Kehle durchschnitten, Ihre Ehefrau verabschiedete sich nicht einmal von mir, Senhor Doutor, sie schob mich nur weg

– Es reicht

und als man ihm erzählte, dass sich die vom Jahrmarkt auf ihren Pferdegespannen ruckelnd näherten, verschwand mein Vater, allein im Gebirge hörte er dem Schreien des Windes zu oder saß zusammengekauert am anderen Ende des Gemüsegartens an der Mauer des Brunnens, bereit, den Weinberg hinabzusteigen

– Sind sie immer noch da?

und sie waren es nicht, doch ein Cousin hatte seinen Platz eingenommen, meine Mutter, die mit der Suppe zugange war

– Du passt hier nicht mehr rein

und mein Vater auf der Stufe, der Cousin, ohne mit dem Essen aufzuhören

– Er soll sich einen anderen Platz suchen

meine Mutter

– Sollen wir ihm nicht wenigstens ein Hühnerbein geben?

und mein Vater, der mit einem Hühnerbein auf einem Ziegelstein hockte, als sie noch einmal zu ihm ging, war der Ziegelstein allein, der Graf und die Deutschen verschwanden aus dem Haus, jetzt nur noch Engländer, doch die Wände wurden immer größer, und die Konsolen und die Bronzen, anfangs versuchte ich, meinen Vater zu finden, doch der Wind von Falperra hat ihn wahrscheinlich verschluckt, während die Bäume um ihn herumgaloppierten und die Einsiedelei sich drehte und dabei ihren Standort wechselte, alles in diesem Land wechselt seinen Standort, nur nicht die Ehefrau des Senhor Doutor

– Bin ich doch noch ein brauchbarer Clown?

und ich log, keine Angst, Sie sind noch ein brauchbarer Clown, gnädige Frau, der Gärtner wurde durch einen zweiten Gärtner ersetzt, der Chauffeur durch einen zweiten Chauffeur ersetzt, die Dienstboten durch zweite Dienstboten ersetzt, die blonde Sekretärin des Senhor Doutor von einer zweiten blonden Sekretärin und diese ihrerseits von einer dritten ersetzt, die Venus mit der Muschel von einer zweiten perfekteren Venus ersetzt, aber wir beide blieben, obwohl Ihre Tochter, was Sie betrifft

– Es interessiert mich nicht sie zu sehen

dabei die Stimme des Senhor Doutor in ihrer Stimme, wie diese Dinge sich vererben, mein Vater, haben sie mir gesagt, wurde Monate später gefunden, er schaukelte an einer Akazie nicht genau im Gebirge, zwischen dem Landgut des Hauptmanns, auf dem Wein gemacht wurde, und dem Gebirge, die Stieftochter des Hauptmanns ritt durch die Felder, und es war ihre Brust, die galoppierte, nicht sie, ich hatte Lust, neben ihr herzulaufen, die Mähne des Pferdes feucht und ich feucht, die Ehefrau des Senhor Doutor

– Ich bin doch noch ein brauchbares Pferd oder?

und ich, in der Hoffnung, dass der Senhor Doutor nicht wusste, bis der, das mit meinem Vater erzählten sie mir, bis der Senhor Doutor

– Du besuchst meine Ehefrau seit Wochen nicht mehr

ich bin nicht sicher wer, es ist gleichgültig, was ich von Falperra bewahre, sind ein paar Ginsterkatzen, Drosseln, die Baumheide und die Stieftochter des Hauptmanns, die durch die Felder ritt, die Ehefrau des Senhor Doutor eine verschmähte Stute, die ihre Hufe mühsam bewegte, und ich hatte Mitleid mit Ihnen, gnädige Frau, mit Ihrer Erschöpfung, Ihrer Hoffnung, ich schlage Sie nicht mit der Reitgerte, ich zerreiße Sie nicht mit den Sporen, nehmen Sie sich die Zeit, die Sie brauchen, ich warte, ich komme nicht hierher, weil der Senhor Doutor mich schickt, ich komme, weil Sie, gnädige Frau, weil Sie, weil ich, weil der Senhor Doutor zu mir

– Du hast ein Recht auf einen Clown Marçal

bevor mich die Dünen für immer an diesem Ort bedecken, den die Kinder Ihrer Tochter eines Tages verlassen werden, nur Flure über Flure, leere Salons, Echos von Echos, der Senhor Doutor

– Du hast ein Recht auf einen Clown Marçal

auf den Clown, den er daran gehindert hat, mit dem Zug abzufahren, den er mit sich gebracht und in diesem Zimmer eingeschlossen hat, damit er nicht wieder aufbrach, die Hure, die du verdient hast, Marçal, ich malte mir aus, dass ich meine Ehefrau, allein der Gedanke, ich stellte mir vor, dass ich meine Frau, nicht auszudenken, in einem Waggon mit einem anderen Mann angetroffen hätte, ich hätte sie kahlrasieren lassen und dem Besitzer des Jahrmarkts geschenkt, nicht verkauft, geschenkt

– Tun Sie sie zu den Kolleginnen

meine Ehefrau zu deinem Vater

– Schau dein Sohn beobachtet uns

und du mit zehn oder elf Jahren, was weiß ich, an einen Waschbottich gelehnt, den Zeigefinger im Mund, nein, nicht nur einen, wie viele passen in deinen Mund, wie viele Finger hat ein Kind, dreizehn, achtzehn, um das Elend des Lebens mit Entsetzen zu ersticken, wie viele Finger haben wir beide zusammen, sechsundzwanzig, siebzig, um das Elend des Lebens mit Entsetzen zu ersticken, man hat mir zugeflüstert, dass dein Vater sich erhängt hat, ich weiß nicht, ob ihn die Einsamkeit und das Unglück stranguliert haben, sag deinem Clown, er soll dich bitten

– Schlag mich

und schlag sie an meiner Stelle, ich schaffe es nicht, sie zu schlagen, ich wollte mit ihr reden, verlor aber die Worte, sie festhalten, doch so sehr ich mich auch reckte, ich erreichte sie nicht, hoffentlich kommt trotz der Kiefern bald der Wind, frag sie an meiner Stelle

– Sag was ich für dich bin

frag sie

– Jetzt wo wir uns verloren haben was war ich für dich?

und verkünde deine Antwort erst, wenn ich dich nicht hören kann, der Senhor Doutor vor den Duftrosen am Fenster in der Nähe des Salons, in dem die Tochter der Senhora die Angestellte der Buchhandlung empfängt, das weiße Hündchen auf dem Schoß, und der Ring lässt es mit einer langsamen Liebkosung länger werden, ebenso angsterfüllt wie ich, ebenso unglücklich wie ich

– Uns bleibt nicht mehr viel Zeit

während der Chauffeur den Wagenschlag aufhält, und die Reise nach Lissabon und das Krankenhaus, und niemand, denn wenn das Krankenhaus uns erwartet, erwartet uns niemand außer eine weiße Leere, in der Leere Schatten, die uns von uns selber entleeren, obwohl wir leer sind, verkünde mir nicht die Antwort meiner Ehefrau, was bringt die Antwort, was macht man mit einem Satz, in dem es keine Worte gibt, es gibt einen Zug, der abfahren wird, der abfährt, und selbst wenn wir bleiben, fahren wir mit ihm ab, oder besser gesagt, ich stehe auf dem Bahnsteig und sehe zu, und meine Ehefrau in Spanien, meine Ehefrau in Madrid, unter den Tipubäumen von Madrid, die Museen, die Alleen, die Tauben, und jede Taube

– Nenn mich meine Hure

– Nenn mich meine Hündin

– Nenn mich meine Nutte

jede Taube

– Nenn mich meine

warum nicht?

Liebste

– Nenn mich meine Liebste

während du und ich nicht am Guincho, sondern in Cascais auf einem kleinen Platz mit einem Hamburgerrestaurant, eingehakt wie zwei alte Kumpel, denn wir sind zwei alte Kumpel, das Einzige, was wir sind, zwei alte Kumpel, das Einzige, was wir sind, zwei alte Nutzlose, die einander nicht ansehen, nicht miteinander reden, einander nicht einmal sehen, oder besser einander beinahe nicht einmal sehen, denn du packst mich unvermittelt am Ellenbogen, zeigst auf wer weiß was

– Dort

eine kleine Gasse zwischen dem Platz und der Bucht fällt zum Meer hin ab, daran Villen mit Vordach, Basaltvögel auf den Pfeilern der Eingänge und lila Kletterpflanzen über den Mauern, nach der Gasse eine zweite Gasse und nach der zweiten Gasse der Strand, in der Gasse geht ein Obdachloser auf die Wellen zu, steigt die Stufen hinunter, ohne sich um die Leute zu kümmern, barfuß im Sand zwischen Fischerbooten und Ebbemüll, mit dem, was von den Schuhen noch übrig ist, in der Hand, und er geht weiter, unbeeindruckt von den herumstreunenden Hunden, die seinen Duftfäden zu den Felsen hin folgen, wird immer kleiner, durch die von den Steinen aufsteigende Gischt und vom Widerschein der Sonne verborgen, bis es ihn nicht mehr gibt, so wie es uns nicht gibt, uns gibt es nicht, Senhor Doutor, uns gibt es nicht, Marçal, unter so viel Übermaß an Licht.

SIEBTES KAPITEL

Sagt mir, der Arzt, sagt mir, welche, der Arzt legte die Laborergebnisse nebeneinander auf den Tisch und schaute sie lange an, ein Kreis um eine Zahl herum, eine andere unterstrichen, die Krawatte fast so gut wie meine, das Parfüm fast so teuer wie meins, eins von denen, das ein halber Tropfen zu viel widerwärtig werden lässt, die Bilder billiger als die, die ich zu Hause habe

– Um Gottes willen die werden wir doch nicht hier im Salon haben häng sie in der Praxis auf

das Beste für ihn, den Ausschuss für die Patienten, die so besorgt und so nervös sind, dass sie nicht genau hinschauen, man verbringt den ganzen Nachmittag damit, feuchte Hände zu schütteln und aus dem Tritt gekommene Herzen abzuhorchen, mit ein bisschen Aufmerksamkeit hört man mehr Tränen als Kammern, wie sehr die Herzen heimlich weinen, Herrschaften, denen sind Bilder egal, der Arzt zu meiner Ehefrau, indem er ein paar eingerahmte Birnen betrachtete

– Es wird nicht einfach sein dieses Fett zu reduzieren

und das Parfüm war widerwärtig, obwohl der halbe Tropfen zu viel fehlte, die Birnen grün und gelb, seine Krawatte blau und an der zittrigen Lippe meiner Ehefrau alles grau, Fleisch, das nicht bebt, sondern vibriert, eine Schuhspitze, die auf den Boden klopft, bohrt und bohrt, das Gesicht des Arztes ein weiteres Bild, das ich zu Hause nicht aufhängen würde, gefiele es dem Dienstmädchen, aber es gefällt ihm nicht, würde ich es ihm zu Weihnachten schenken, meine Sekretärin zu mir, während sie mit den Fingern an der Bluse in dem Augenblick innehielt, in dem der Büstenhalter, der übrigens schwarz war, zu erscheinen begann

– Warum trennst du dich jetzt nicht?

ich trenne mich jetzt nicht, weil die Schuhspitze mich anrührt, weil das Brodeln des Herzens, entschuldige, ich bin so sensibel, mich berührt, gib mir Zeit, bis sie sich daran gewöhnt, ich mich daran gewöhne, und die Schuhspitze sich reglos, hinnehmend, mit dem Gewicht versöhnt, mit dem Umfang einrichtet, ein wenn auch vages, schwieriges Lächeln zustande bringt, nicht blondes, graugesträhntes Haar, der Senhor Doutor blättert in seinem Gedächtnis

– Kennen wir uns von irgendwoher?

starrt sie an, starrt mich an, starrt sie wieder an, irgendetwas in ihm beginnt zu leuchten, flimmert einen Augenblick lang

– Es kann nicht sein

und erlischt endgültig, sagt mir, welche Frau, die Lippe meiner Sekretärin zittert ebenfalls

– Zähle ich für dich etwa nicht?

denn alles in dieser Welt zittert, außer dem Arzt

– Die Drüsen sind grausam Madame

und wirklich grausam, schlimmer als eine blaue Krawatte, die farblich nicht zu den Birnen passt, ich wünschte mir, dass die Ehefrau des Arztes denkt

– Du passt auch nicht zu mir

die Ehefrau des Arztes, die mit dem Kollegen aus der Praxis spielte, der noch nicht gemerkt hatte, dass er mit ihr spielte, der Bart und die Brille, rasieren Sie bitte den Bart nicht ab, lassen Sie nicht Ihre Kurzsichtigkeit wegoperieren, es gibt bei den Männern gewisse Dinge, die man, ohne zu verstehen wieso, was fand ich nur an dem, der gerade einen Pickel an seinem Kinn musterte, das Gesicht verzog und eine schmerzende Rötung mit den Fingernägeln ausquetschte, die Ehefrau des Arztes, die sich gerade abtrocknete

– Solange du dir keine Infektion anlachst hörst du wohl damit nicht auf

eine Ferse auf dem Bidet, um die Beine einzucremen, dann die andere Ferse, der Spachtel mit dem Wachs für den Schnurrbart kühlte in einem Schüsselchen ab, sie riss das Wachs unvermittelt mit einem Wimmern ab, meine Sekretärin, der Arzt dazu

– Könntest du das nicht woanders machen?

meine Sekretärin zu mir, und sie dachte dabei an ihre Mutter

– Mein Problem ist dass ich an Versprechen glaube

ich habe immer der Wölbung der Brust nachgegeben, und das weiß sie, es fällt mir schwer, nein zu sagen, wenn sie sie meinen Lippen entgegenhält, mich nicht streift, einen oder zwei Zentimeter Abstand hält, zum Glück machte sie der auf der Seifenablage vergessene Rasierapparat für die Achselenthaarung menschlicher, das Ding zum Weichmachen der Hornhaut an den Füßen, die Watte mit der Schminke vom Vortag, die sie nicht im verchromten Eimer versteckt hatte, dessen Deckel aufgeht, wenn man auf einen Hebel tritt, und dann Hässliches freilegt, zum Beispiel ein Stück Toilettenpapier mit Haaren, die sie aus dem Ausguss gefischt hat, zum Beispiel das Löckchen eines Schamhaars, das die Dusche nicht weggeschoben hat, die Pantoffeln, nicht parallel ausgerichtet, weisen aufeinander, Wintersocken, manchmal meine, halb nach innen gerollt, irgendwo im Betttuch, die Narbe von der Blinddarmentzündung, die trotz der Creme immer größer wurde, der Senhor Doutor zu mir

– Die Deutschen übergeben übermorgen die Porzellanservice der Juden

zwei unserer Lastwagen voll, nein, drei, meine Sekretärin, die mein Knie streichelt

– Ganz langsam ja?

und ich ganz langsam, ja, ganz langsam, die Drüsen sind

schrecklich, Madame, der Arzt hat ins Schwarze getroffen, zum Glück ist mein Büro im zehnten Stock, und auf der anderen Seite des Fensters gibt es nicht einmal Vögel, nur die der Frühjahrswanderungen in den Süden, und daher war es unmöglich zu grüßen

– Dem hochgeschätzten Publikum einen guten Tag

sagt mir, welche Frau, meine Sekretärin zu mir, auch wenn das zwischen uns einmal vorbei ist, werde ich das Kettchen an ihrer Fessel nicht vergessen

– Du wirst am Ende begreifen welcher Mensch der richtige für dich ist

mit einem kleinen Schildchen, darauf mein Name eingraviert, Gott sei Dank konnte man ihn nicht entziffern, da die Buchstaben winzig waren, die Mutter meiner Sekretärin hat es ihr zu Weihnachten geschenkt, doch der Besitzer des Juwelierladens

– Hier ist noch ein Kettchen zu bezahlen Senhor Engenheiro

für das sich meine Sekretärin bedankte, indem sie sich vor den nachsichtigen Eltern auf meinen Schoß setzte, die Mutter der Sekretärin zu mir

– Ich war mir sicher euch beiden damit eine Freude zu machen

keine Vogelwanderung, und das war gut so, denn es gibt Störche, die Babys transportieren, der Besitzer des Juwelierladens, der sich in seinem Jackett nicht recht wohlfühlte

– Eine alte Frau hat es in Ihrem Namen bestellt es soll nicht wieder vorkommen Senhor Engenheiro

obwohl die Tatsache, dass die Sekretärin mir auf meinem Schoß den Hals liebkoste, nicht unangenehm war, gibt es kleine Finger, die sind weicher als andere, es gibt sanftere, langsamere Fingernägel, die meiner Frau, leider kann ich mich nicht daran erinnern, sie gefühlt zu haben, übrigens sind sie, seit sie zugenommen hat, nicht lang, sondern kurz, da haben wir noch einen bösen Zauber der Drüsen, es gibt keinen einzigen Zentimeter im Menschen, den sie nicht zerstören, verdammt noch mal

– Sie würden gleich abbrechen wenn ich sie wachsen lassen würde

so sind auch die Haut und die Haare, die ein Eigenleben hatten, glanzlos, traurig, mein jüngerer Sohn, der, der dem Senhor Doutor ähnlich sieht

– Du bist so hässlich

und dennoch, wie kann man das bloß erklären, sind die Konditorei und der weiße Regenschirm in mir gegenwärtig, stundenlang auf der Straße, zwischen Enttäuschung und Hoffnung an eine Mauerecke gelehnt

– Ich glaube nicht dass das halten wird

und am Ende, wer weiß warum, hält es doch, ich kann mir, es ergibt keinen Sinn, ist aber wahr, keine Nacht ohne dich vorstellen, wir berühren einander nicht, ich erwarte überhaupt nichts und kann mir ein Leben allein nicht vorstellen, wer erklärt mir den Grund, fragte ich meinen Vater, würde er nicht mit Worten antworten, er würde die Hacken aneinanderschlagen und weiter am Fluss entlanghüpfen, drei seiner Schritte fünf meiner Schritte, und ich glücklich, noch heute ist die Speiseröhre, was ich auf der Welt am meisten hasse, das schwöre ich, in der Enzyklopädie habe ich gelesen, dass sie nichts weiter als ein Rohr ist, und es ist seltsam, ein Rohr zu hassen, mein Vater aus dem Inneren des Rohrs heraus

– Es geht mir gut

drehte sich zur Wand

– Es geht mir gut

damit ich nicht mitbekam, was er nicht preisgeben wollte, ich habe meiner Ehefrau davon erzählt, aber sie hat mir nicht geantwortet, gestern Nacht, ich sage es jetzt doch, hatte ich

Lust, sie zu umarmen, aber einer meiner Füße stieß mit einem ihrer Füße zusammen, und ihr Fuß flüchtete, morgens hörte ich sie im Schlaf

– Senhor Doutor

und ein Arm kam in meine Richtung, der, als er mich erkannte, wieder verschwand, ich bin sicher, dass sie mich, sollte ich von hier weggehen, nicht bitten wird zu bleiben, sie sieht zu, wie ich die Koffer packe, und ihr ist es piepegal, wie ich ein oder zwei Dinge meiner Eltern auswähle, ihr ist es piepegal, was ist an mir verkehrt, würde ich sie fragen, sie würde zerstreut

– Verkehrt?

hauchen, irgendwie nuscheln, jedoch nicht spöttisch, sondern abwesend, sie wird uns vergessen haben, wird meinen Namen vergessen haben, wird mich vergessen haben, und ich höre

– Verkehrt?

bis zum Treppenabsatz, während ich den Koffer mit zwei Händen ziehe, denn man kann sich nicht vorstellen, wie viel zwanzig Jahre wiegen, das sind nicht nur die Wäsche und die Gegenstände, es ist eine Gestalt, die mit einem Tablett zwischen den Tischen umhergeht, und ein überraschtes

– Sehen Sie mich zum ersten Mal?

das ist Regen auf der Straße, wie viele Male bin ich, während meine Ehefrau mit dem Senhor Doutor zusammen war, wieder diesen Weg gegangen, ich kam bis zum Haus meiner Eltern, klopfte aber nicht an, ich würde schnell fortgehen, denn zu viele Erinnerungen, zu viele Erlebnisse, zu viel Kälte im Januar, der Wasserhahn der Badewanne mit Lumpen umwickelt, denn was da herauskam, immer herauskam, weiter herauskommen wird, war kein Leitungswasser, sondern klebriges Schmutzwasser aus dem Fluss, und wie es hier oben ankommt, ist mir ein Rätsel, ich würde schnell fortgehen, warum hast du nicht mit mir geredet und mir nicht adieu gesagt, bin ich denn ein Schwachkopf, meine Sekretärin

– Mein Prinz

die Mutter meiner Sekretärin

– Du hast ins Schwarze getroffen Mädchen er ist ein Prinz

bin ich denn so überflüssig, ich würde schnell fortgehen, will heißen, ich schaute mit schnellen Blicken zur Wohnung zurück, denn würde ich anders als mit schnellen Blicken schauen, würde ich auf den Stufen stolpern, ich würde nicht am Ufer des Flusses entlang davongehen, sondern durch die Gassen, die die Gebäude trennen, wo man mich nicht sah, mich doch sah, ein Bekannter meines Vaters zog seine Mütze und setzte sie sich wieder auf

– Senhor Engenheiro

und ich würde schneller gehen, mich verlaufen, ich erinnere mich daran, wie ich einmal auf meine Mutter traf, von hinten, wie sie in den kleinen Supermarkt hineinging, ein Wägelchen schob und so in Trauer war, so gebeugt, und wenn sie gebeugt war, dann war ich auch gebeugt, reden wir nicht mehr darum herum, wir haben das Alter der Mütter, wären wir jünger als sie, wären wir keine Kinder, ein Mensch kann sich für zwanzigjährig halten und so gehen, nicht wahr, oder es kann ihm plötzlich ein Bein fehlen, die Deutschen übergeben übermorgen das Porzellan der Juden, mit dem sie das Wolfram bezahlen, meine Sekretärin streicht mir die Haare aus der Stirn, die niemals auf der Stirn waren, ein paar Fäden oben auf dem Kopf, und die anderen sind mir ausgefallen, die Mutter der Sekretärin

– Das lässt Sie distinguiert aussehen Senhor Engenheiro

lässt mich aber überhaupt nicht distinguiert aussehen, lässt mich wie einen Glatzkopf aussehen, mein Vater trug eine Mütze, um das zu verbergen, und ich verspottete ihn schweigend, wenn er die Mütze an die Garderobe hängte, kam es mir so vor, als würde ein Teil von ihm, vom Rest getrennt, isoliert leben, meine Mutter hatte wer weiß was, meine Mutter hatte wer weiß was im Sinn, keine Sehnsucht, ein Gefühl, das ich nie herausgefunden habe und das ich auch nicht herausfinden möchte

– Er war blond

und welche Farbe hat die Speiseröhre, meine Mutter

– Nicht richtig blond gutaussehend hell

unter den Kränen machte er Striche, zählte Bündel, Möwen, alles zusammen, was es um ihn herum gab, ich war weder richtig blond noch gutaussehend hell, ein unscheinbarer Kerl in einer Konditorei, meine Sekretärin

– Wärest du ein unscheinbarer Kerl glaubst du ich hätte mich für dich interessiert?

sie achtete auf den Nachwuchs ihres Haars und war daher richtig blond, gutaussehend, obwohl ihre Augenbrauen schwarz waren, die Deutschen richtig blond, gutaussehend, mit blonden Augenbrauen, in einem Kornspeicher, das war gegen Abend, wenn die Schatten auf dem Boden fast durchsichtig sind, und meiner mit ihnen, in dieser Art wiederauferstandener Helligkeit, die der Dunkelheit vorausgeht, das Porzellan in Kisten, in Decken und Zeitungen gewickelt, ich glaube auf den Bäumen Krähen, was weiß ich, ich weiß auch nicht, was meine Ehefrau von mir will, sie bittet mich nicht zu bleiben, befiehlt mir nicht zu gehen, zeigt mir einen Mann, einer reicht, der jünger ist als seine Mutter, den gibt es nicht, meine Sekretärin verließ meine Knie, wie gut, denn das rechte war eingeschlafen, witzig, ein Bein zu verlieren und es ganz allmählich wiederzubekommen, die Kniescheibe, die Ferse, meine Sekretärin, wenn ich das so sage, hört sich das an, als spräche ich von einem Möbelstück

– Glaubst du dass ich wegen des Geldes mit dir zusammen bin ist es das?

der Arzt steckte die Laboranalysen wieder weg, was für Bilder er wohl zu Hause hat, man kann nie wissen

– Wir wiederholen das in drei Monaten ich hoffe dass es Ihnen mit der Behandlung besser geht die Schuhspitze meiner Ehefrau bohrte sich in den Fußboden, du hast mir nie erzählt, worüber du nachdenkst, hast mir nie erzählt, was du fühlst, wenn ich dich fragte, einmal angenommen

– Bist du traurig?

zuckte eine Schulter, einmal, vor vielen Jahren, zeigte mir mein Vater einen Zweig

– Das sind Krähen

und es waren schwarze Tiere, an die ich mich kaum erinnere, sie verschwanden alle auf einmal, geräuschlos, man hörte nicht mal die Flügel, aber möglicherweise habe ich das erfunden, so wie ich auch deine Liebe zu mir erfunden habe, selbstverständlich war die Sekretärin nicht an meinem Geld interessiert, ich bitte um Vergebung, ich war ungerecht, sie war daran interessiert, es wie auch immer auszugeben, das mit dem Alter der Mütter ist im Grunde genommen Unsinn, ich bezweifle, dem meiner Mutter sehr nahe gewesen zu sein, sie hat sich ihr Leben lang beklagt, möglicherweise habe ich das von ihr geerbt, ich nerve, lasse nicht locker, störe, ich sollte mit der illusorischen Hoffnung darauf warten, dass du eines Tages, egal wann, vielleicht bin ich dann schon mit einem Fuß im Grabe, meinen Namen rufen wirst, und einmal davon abgesehen, dass ich schon mit einem Fuß im Grabe stehe, bin ich schwerhörig, schreie mit schräg gelegtem Kopf

– Was?

die Hand auf der Brust, weil das Herz nicht aus Eisen ist, und unser Name, vor allem dann, wenn wir ihn bereits verloren haben und wir zu dem da geworden sind, erschreckt uns, wenn er plötzlich ausgesprochen wird, er erschüttert undeutliche, jedoch heftige Erinnerungen, ein Feuerwehrwagen aus Blech mit kaputter Leiter, ein Hund, der unsere Schnürsenkel auffraß, während wir in Panik an einem Erwachsenen hochkletterten, doch an welchem Erwachsenen, tränenüberströmt, das erste Staunen mit den ersten Mädchen, der Arzt, die grünen und gelben Birnen sind wieder da, aber diesmal ist das Gelb dunkler, es wurde auch Zeit, das Obst zu ersetzen, Herr Doktor, der Arzt zu meiner Ehefrau, während er die Waage überprüfte

– Das Gewicht hat sich leider nicht verändert wir werden ein kubanisches Medikament versuchen

und ihr Körper schwankte ein wenig, die Arme, eine Träne, vom Augenlid gehindert, nicht gehindert, gehindert, ein leichtes Glitzern, das niemand bemerkte, und es war das erste Mal in so vielen Jahren, zwanzig oder zweiundzwanzig, so in etwa, man scherzt, aber das Leben vergeht, doch ich habe es bemerkt, der militärische Gruß des deutschen Offiziers nach der Übergabe des Porzellans, richtig blond, gutaussehend, käme er meiner Sekretärin unter die Augen, dann aber hast-du-nicht-gesehen, nanu, das ist ein Satz meines Vaters, er ist mir einfach so herausgerutscht, hin und wieder, wenn wir es am wenigsten erwarten, sprechen sie aus uns, es gibt keine einzige Frau, deren Seele ich erwärme, mein Vater, bleiben Sie noch einen Augenblick bei mir, Senhor

– Wegen der Speiseröhre werde ich bald schon den Löffel abgeben

und das Ergebnis war, dass meine Mutter schniefend den Flur entlanglief, mein Vater zu mir

– Habe ich ihr etwas getan?

und ich zögernd, Sie haben ihr nichts getan, wieso denn, angesichts der so mageren Arme und der hervorstehenden Rippen, seltsam, wie das Zahnfleisch größer wird und selbst die Zähne, die verlorengingen, riesig, wie alles, was Knochen ist, sich weitet und weiß wird, und was nicht Knochen ist, Gesten, Ticks, Ängste, wird auch zu Knochen, die Stimme Knochen, der Atem Knochen, die Kehle ein Knochen, der mühsam verkündet

– Ich bin geliefert

und wir stolpern über dies

– Ich bin geliefert

anstatt es zu hören, ein so seltsamer Satz, den man empfängt

– Ich bin geliefert

und kaum halten kann, in der Hoffnung um sich blickt, ihn irgendwo ablegen zu können, wo niemand ihn liest und wir ihn vergessen, bestehen Sie nicht darauf

– Ich bin geliefert

Vater, zermalmen Sie mich nicht mit ihrem Todeskampf, peinigen Sie den Rand des Betttuches nicht mit den Fingern, schweigen Sie, meine Mutter, als sie mich auf dem verglasten Balkon antrifft

– Ist er wenigstens eingeschlafen?

und ich glaube, ja, er ist eingeschlafen, Senhora, er wird lange schlafen, man kann auch im Schlaf bei den Kränen arbeiten, im Schlaf am Fluss entlangspazieren, im Schlaf

– Und hast du nicht gesehen

sagen, und hast du nicht gesehen, Vater, das hochgeschätzte Publikum wird kommen, keine Angst, nach dem deutschen Offizier waren die Künstler, die mich nach Cascais begleiteten, alle Portugiesen, der Senhor Doutor von der Treppe herunter

– Sehr gut sehr gut

die blonde Sekretärin hinter ihm, und aus dem Fenster oben spähte seine Ehefrau, die Vogelscheuche, herab, das kubanische Medikament verursachte Kopfschmerzen, Übelkeit, Er, das Porzellan, der Senhor Doutor

– Die Deutschen haben recht man braucht nur zu sehen was die Juden so alles stehlen

meine Ehefrau litt unter Kopfschmerzen, Übelkeit, Erbrechen, die Schuhspitze klopfte schon nicht mehr, wand sich, der Arzt mit derselben Krawatte, was seine Kompetenz minderte, weil man dachte, es wäre seine einzige, versicherte meiner Ehefrau

– Bei Weiterführung der Behandlung schwächen sich die Unannehmlichkeiten ab

meine Ehefrau mit einem Glas Wasser in einer Hand und einer Tablette zwischen Daumen und Zeigefinger der anderen, schaute sie von beiden Seiten an, ich habe noch nie jemanden gesehen, der etwas so sehr hasste, sie behielt sie ewig lange im geschlossenen Mund, anstatt mich, während sie gewichtslos zwischen den Tischen der Konditorei umhersegelte, zu fragen

– Sehen Sie mich zum ersten Mal?

das Lächeln, wenn ich es so sagen darf, wollte niemanden verletzen, das Lächeln größer als das ganze Gesicht, das mich in mir selber flattern ließ wie einen blinden Spatzen, der unermüdlich gegen das eigene Hingerissensein stieß, meine Sekretärin

– Fühlst du dich nicht wohl?

während ich auf der Bettkante saß, am liebsten geantwortet hätte

– Das kubanische Medikament bringt sie ganz langsam um

und warum, erklär es mir, hat der Senhor Doutor, bevor das Fett kam, meine Stelle eingenommen, wenn er dir beim Tennis das Handtuch gab, drücktest du die Stelle des Gewebes an die Wange, die seine Finger berührt hatten, wie sehr regtest du dich auf, wenn er mit anderen Frauen sprach, was fehlt mir, um dich zu verführen, meine Sekretärin, indem sie mich auf die Nase küsste

– Dir fehlt überhaupt nichts mein Prinz

mich, der ich es hasste, dass man meine Nase küsst, es kitzelt, ich reibe sie, um den Kuss wegzubekommen, aber er geht nicht ganz weg, das Unbehagen, wenn etwas zu viel ist, das nervt mich, ich zu meiner Sekretärin

– Findest du keinen besseren Platz um mich zu küssen?

sie streichelt meine Hände

– Verzeih mir

denn ein Kleid im Laden, denn die Schuhe der Winterkollektion sind eingetroffen, denn die Eltern brauchen eine vernünftige Waschmaschine und einen Herd mit vier statt mit drei Gasbrennern

– Für die guten Gerichte die du so magst

so wie ich ihre Netzstrümpfe mag und die Höschen mit der Öffnung vorn, ich habe das alles im Schrank meiner Ehefrau gefunden, zusammen mit Satinmasken, einer Reitgerte, einem zylindrischen Gegenstand, über den ich nicht sprechen werde, das schickt sich nicht für mich, was ist aus dir geworden, nachdem du den Senhor Doutor kennengelernt hast, wer warst du letztlich, du hattest keine Lust, mit mir am Fluss spazieren zu gehen, den Möwen zuzuschauen, wie sie Miesmuscheln auf Steinen zerbrachen, die Wildenten dicht über dem Wasser, paarweise, wie sie unvermittelt abtauchten, was ist mit uns geschehen, erkläre es mir, mein jüngerer Sohn, der dem Senhor Doutor gleicht, verkauft sein Spielzeug an die Geschwister, er wird sonnabendnachmittags Tennis spielen, Berichte korrigieren, Befehle geben, die Ehefrau in einem Zimmer einschließen, reich sein, ich bin in der Straße mit der Konditorei vorbeigekommen, und anstelle der Kuchen ein Prêt-à-porter, kein Tisch, kein Besitzer am Tresen, der mit einer Zange Törtchen von einem Blech nahm, er, der sie mit den Fingern dort hingesetzt hatte, keine Gruppe von Witwen, die, den kleinen Finger in der Luft, Tee tranken, A Ideal Da Avenida über der Tür, meine Sekretärin hatte einen Leberfleck auf der Wange, der begann, mich nervös zu machen

– Du könntest das da mal wegmachen

und sie machte ihn weg, und jetzt macht mich die Abwesenheit des Leberflecks nervös, wenn meine Sekretärin mich umarmt, werde ich zu Holz, bete, dass sie mich loslässt, aber ihre Beine, aber ihr Hintern, nicht wie der meiner Ehefrau, fest, rund, ich verstehe das nicht, im Laufe der Monate fehlte mir mein Vater immer weniger, selbst die Erinnerung an seine Späße machte mich nicht mehr fröhlich, kindlicher Unsinn, lächerliche Pirouetten, meine Mutter, die ihn mehr entschuldigte als ich, gerührt

– Du bist immer ein Junge geblieben

und das Jackett schwang im Schrank mit einer seiner Clownerien hin und her

– Dem hochgeschätzten Publikum einen guten Tag

die den Wunsch, leise zu weinen, beseitigten, fünfunddreißig Jahre Möwen und Kräne, in einem Heft Kreuze ausstreichen, ohne dass ich in mich hinein

– Vater

artikulieren könnte, so sehr fehlt er mir doch nicht, wenn ich ehrlich bin, fühle ich heutzutage nicht das Geringste, ich erinnere mich an Sie, natürlich erinnere ich mich an Sie, aber mir kommt nichts in den Sinn, was mit Sehnsucht oder Traurigkeit zu tun hätte, tut mir leid, selbstverständlich sind wir spazieren gegangen und hatten es gut miteinander, es bleiben ein paar Möwen, ein paar Schiffe, Schlamm, Sie bleiben mir nicht, die Speiseröhre hat ihre Arbeit getan und die Spuren mit einem Stück Lumpen weggewischt, es bleibt ein Paar lächerlicher Hacken, die aneinanderschlagen, und wenn es nach mir ginge, behalten Sie sie, sie fehlen mir nicht, er soll mit seinem Schabernack weitermachen und felsenfest behaupten

– Mir geht es gut

es möge ihm guttun, es gibt da einen bestimmten Ton in mir, bei dem, wenn ich ihn benutze, die anderen keinen Pieps von sich geben, meine Sekretärin, als ich das letzte Mal bei ihr zu Hause war, wisperte meinen Hüften zu

– Du bist heute faul

während der Arzt, und ich war von dem Haken anstelle des Obstbildes abgelenkt, der piekste, obwohl er in die Wand und nicht in meinen Bauch geschlagen war

– Vielleicht wäre es keine schlechte Idee die Behandlung ein oder zwei Monate abzusetzen um zu sehen was passiert

meine Ehefrau hielt die Handtasche mit beiden Händen so sehr fest, dass die Fingerknöchel weiß waren, ein Telefon im Flur schluchzte Babyhunger, die Angestellte des Arztes ins Telefon, das endlich schwieg

– Ich werde mal nachschauen ob es im Terminkalender ein Loch gibt in das ich Sie stecken kann

der Senhor Doutor

– Hatten Sie auf der Reise keine Probleme?

und wir hatten auf der Reise keine Probleme, Senhor Doutor, nur der Wind und der Regen, ein hinkendes Pferd, ich bin, mit einem Teil eines sich auflösenden Gefährts, heute faul, meine Sekretärin

– Dann wollen wir das kleine Ding mal etwas aufmuntern

auf allen vieren über mir

– Du wirst sehen wie gut ich in Pannenhilfe bin

meine Ehefrau, die die Bestellung des Kunden links von mir aufnahm

– Sie brauchen hier nicht herumzuwinken wenn ich Zeit habe bediene ich Sie

gab zum Tresen durch

– Einen Espresso mit ein wenig Milch

meine Sekretärin

– Gib zu dass dein Kätzchen dir Lust bereitet

Ringe, riesige Ohrringe, Ketten, Armbänder, die Zähnchen, die mich ein Heidengeld gekostet haben, alle in Reih und Glied, nicht zweiunddreißig, sondern fünfzig, der Zahnarzt

– Ein Mund der einen umhaut mein Freund

der haut mich um, wie auch der große Scheck, den er schickt, meine Mutter konnte alle Vögel unterscheiden

– Das sind Meisen

denn ihr Vater war Jäger, Seeschwalben, Buchfinken, Rotkehlchen, Kassandras, und ich kannte sie von klein auf, es gibt ein Foto von ihr am Tag ihrer Hochzeit, nicht lächelnd, stirnrunzelnd, beinahe nur Augenbrauen, sie zeigte es nie her

– Ich war so hässlich

und das waren Sie, Mutter, ich glaube, Sie waren ihr ganzes Leben lang hässlich, so wie ich auch glaube, dass sie meinem Vater dankbar war, dass er sie geheiratet hat, auf den Fotos, die es von den beiden gibt, versucht sie immer, sich zu verstecken, was haben Sie an ihr gefunden, Senhor, mein Vater, diesmal ernst

– Wenn man deine Mutter länger anschaute veränderte sie sich

und wahrscheinlich war es das, ich habe nicht lange genug hingeschaut, um die Veränderungen zu erleben, meine Sekretärin

– Gib zu dass es immer besser wird

meine Ehefrau ohne Übelkeit, aber sie nahm weiter zu, heutzutage finde ich meine Mutter nicht hässlich, ich habe mich daran gewöhnt, sie ist nur kleiner geworden, eines Tages erlischt sie, und dann werde ich da sein, der ich Friedhöfe hasse, und dem Lateingebrabbel des Priesters zuhören, mich mit den Daten auf den Grabsteinen ablenken, Berechnungen anstellen, indem ich die Lebenslänge der Verblichenen mit meiner vergleiche, meine Ehefrau ohne Übelkeit, aber weiter zunehmend, Sie werden nicht glauben, was ich sagen werde, aber dennoch war ich imstande, ehrlich, dennoch war ich imstande, ich fühle das nachts und sonntagmorgens, wenn ich später aufwache, ich hätte nichts dagegen zu, einmal sagte ich ihr, einen Augenblick lang hatte ihr Haar ein Eigenleben, diese Kopfbewegung von einst, ich berührte ihren Rücken, und sie wies mich nicht ab, ich schmiegte meinen Bauch daran, und sie blieb still liegen, erst als ich versuchte, sie umzudrehen

– Lass mich

nicht böse, nicht einmal ablehnend, eine Art Zischen
– Lass mich
das für mich etwas von einem
– Ja
hatte, beinahe die Gewissheit, dass
– Ja
ganz sicher
– Ja
also den Bauch, der Senhor Doutor
– Der Senhor Presidente will zwei Drittel von dem Porzellan um es im Ausland zu verkaufen
Bauch gegen ihren Rücken, meine Ehefrau brachte mir schließlich den Kaffee
– Wohl bekomm's
irgendwie gelangweilt, hätte ich damals gewagt, sie mit dem Ellenbogen anzustoßen, hätte sie gleich
– Sind Sie verrückt geworden oder was?
und jetzt überhaupt keine Ellenbogenstöße, Resignation, ich weiß nicht, ob ich die Kraft habe, ihren Körper umzudrehen, und ob es dem Körper gelingt, auf dem Betttuch zu rollen, ihre Brust riesig, die Schenkel schlugen Wurzeln in die Matratze, ich hätte gern das Licht angemacht, machte es aber nicht an, mir war so, als wären da Finger, doch vielleicht waren es keine Finger, ich suchte, und es waren Finger, die sich ein bisschen zusammenzogen, mehr noch, sie drückten beinahe mein Handgelenk, drückten mein Handgelenk, meine Sekretärin von unten
– Siehst du der Faulpelz wacht auf
und tatsächlich, ich kann es nicht genau beschreiben, aber etwas in mir erwacht, etwas undeutlich Lebendiges, Seeschwalben, Mutter, helfen Sie mir, die Seeschwalben besser zu kennen, ihre Art zu fliegen, ihre Stimme, die Art sich niederzulassen, als ich gesagt habe, Sie seien hässlich, habe ich mir einen Spaß

mit Ihnen erlaubt, schauen Sie meine Schönheit an, irgendeinen Teil, nicht wahr, muss ich doch von Ihnen geerbt haben, und mein Vater

– Die Künstler sind alle Portugiesen

schlägt die Hacken aneinander, und der kleine Hüpfer, die Fröhlichkeit, ich werde Ihnen ein Geheimnis verraten, es gibt keine Speiseröhren, und daher kann niemand an etwas sterben, das es nicht gibt, wir sind alle da, Sie, mein Vater, ich, meine Ehefrau, meine Sekretärin, und jetzt lassen Sie mich ein paar Minuten, ich brauche nicht mehr als ein paar Minuten, mit den beiden allein, weil ich nicht weiß, welche von beiden mich ruft

– Mein Prinz

welche von beiden mir den Kaffee bringt

– Wohl bekomm's

welche von beiden, triumphierend

– Nun ist Schluss mit der Faulenzerei

denn mit welcher von den beiden, weiß ich nicht, aber gleichzeitig mit ihr schrie ich.

ACHTES KAPITEL

Wie meine Mutter immer sagt, die schon alles im Leben durchgemacht und sich auf den Beinen gehalten hat, was bleibt ihr auch anderes übrig, angefangen mit dem Stiefvater und am Ende mit meinem Vater, der Beweis ist, dass sie noch voll einsatzfähig ist, für uns bewegt sich keiner, wir müssen uns schon selber bewegen, und die Lektion habe ich mühsam lernen müssen, entschuldigen Sie bitte, dass ich hier unterbreche, aber mir kam gerade meine Mutter in den Sinn, als sie klein war und auf die Lagune blickte, in die mein Patenonkel gerade gesprungen ist, niemanden ruft, stumm auf Zehenspitzen steht, um ihn dort unten zu sehen inmitten eines Rests Wasser und Gräsern, weil es in diesem Winter kaum geregnet hat, er ist nicht ertrunken, er starb an einem Bruch der Wirbelsäule oder so, das hat man mir erzählt, denn ich wurde nicht in der Provinz geboren, ich kam in einer Geburtsklinik auf die Welt, und deshalb kann ich eine andere sein, es ist durchaus möglich, dass sie mal Kinder verwechseln, einmal habe ich meine Mutter gefragt, ob sie sicher sei, dass ich nicht verwechselt wurde, denn an Kindern fehlt es da nicht, und bei so vielen Wiegen kann man sich irren, was ist der Platz von diesem hier, was der Platz von jenem, und bringt alles durcheinander, meine Mutter dachte nach, wenn sie nachdachte, war vor Anstrengung eines ihrer Augen runder als das andere, wie gut, dass sie eine Brille trägt, die uns vor ihr schützt, denn wenn sie nicht gerade nachdenkt, und das ist die meiste Zeit der Fall, ist sie ein ganz normaler Mensch, mir wurde erzählt, dass ihr Stiefvater sie, als sie noch jung war, in eine Ecke des Gartens rief, wo den Eidechsen beigebracht wurde, zu Gegenständen zu werden, man erzählte mir, dass einer meiner Großonkel den Stiefvater mit der Sichel bedroht hat, ihn aber nur in der Leiste zu fassen bekommen hat und er von da an schief war, offenbar nicht viel, ein längeres Verweilen des Stiefels, das man mitbekam, wenn er ins Haus trat, noch bevor man ihn sah

– Der Otílio

denn eine der Sohlen ging, und die andere schlurfte, sogar beim Abendessen ließ der Onkel mit der Sichel sein Werkzeug nicht los, aus Vorsicht, er mit der Sichel und der Stiefvater meiner Mutter mit dem Messer, beide maßen einander, mein Großonkel, der Bruder meiner Großmutter, hatte ebenfalls ein runderes Auge und ebenfalls eine Brille, größer als die meiner Mutter und mit einer Reparatur aus Draht am Bügel, nicht nur Menschen, auch Brillen hinken, was hinkt denn nicht, Herrschaften, irgendwann gibt ein Knochen auf

– Es reicht

und anstatt sich zu bewegen, wird er ein Intimus der Meteorologie

– Es wird regnen denn es schmerzt

oder

– Morgen scheint die Sonne welche Erleichterung

schafft ein paar schiefe Schritte bis zur Bank im Gemüsegarten, zum Glück bin ich in Lissabon geboren, obwohl ich damit das Risiko einging, nicht diese hier zu sein, ich werde wahrscheinlich besser behandelt als diese hier, möglicherweise habe ich geheiratet, möglicherweise habe ich Geige gespielt oder bin aus Liebe zu einem Veterinär gestorben, wie ich wohl heiße, mir gefällt Irene, Noémia mag ich nicht, das erinnert mich an eine Schulkameradin, die Lucinda hieß, aber alles von einer Noémia hatte, sogar das Grübchen im Kinn und die Sommersprossen auf den Armen, zeigt mir eine dicke Noémia, ich kenne keine, die bei der Kurzwarenhändlerin ist spillerig, eine der

Schreibkräfte im Büro hat Schulterpolster im Büstenhalter, die sie zurechtrückt, überzeugt, dass wir es nicht merken, ich ziehe Irene meinem Namen vor oder Cândida oder Ester, die im Mund einen unterschiedlichen Geschmack hinterlassen, meiner ist fad wie das Wort Kaki oder das Wort Lampe, sagen wir sie innerlich, können wir ja zu ihnen sagen, sprechen wir sie aus, klingen sie langweilig, wie Vorstellungen einen täuschen, wahrscheinlich habe ich mich im Senhor Engenheiro getäuscht, aber meine Mutter schwört, dass dem nicht so ist, noch ein paar Monate, und du schaffst es, Fliegen fängt man nicht mit Essig, manchmal übertreibst du, das Interesse daran, Fliegen zu fangen, kann ich nicht nachvollziehen, wo man schon alle Mühe hat, sie abzuschütteln, worin soll dann die Freude bestehen, sie zu sammeln, ich glaube nicht einmal, dass Fliegen geboren werden, wir leben seit jeher mit ihnen zusammen, Menschen sterben, aber Insekten sind ewig, Hunden gibt man beim Veterinär eine Spritze, bei Fliegen habe ich das nie gesehen, ich zu meiner Mutter

– Mögen Fliegen keinen Essig?

und sie denkt darüber nach, ich sehe es ihr nach, weil sie nicht aus Lissabon ist, und Leute aus der Provinz lernen keine Botanik, um die Sache mit dem Gemeindevorsteher zu Ende zu bringen, kaum hatte er den Stiefvater meiner Mutter mit der Enkelin erwischt, hat er sein Jagdgewehr geholt, es ihm an die Nieren gehalten

– Steh auf

und hat ihn bis zum Brunnen geführt, nicht dem meiner Familie, seinem, meine Großmutter hinter ihm, der Stiefvater meiner Mutter

– Ich habe nicht gesündigt

das zur Zeit der Orangenbäume, in denen der Nebel beginnt, will heißen ein Raum zwischen den Dingen liegt, Menschen, die nicht existieren, husten neben uns, sind aus Gaze gemacht, nicht aus Fleisch, die Entfernung zwischen anderen und uns wie durch eine trübe Linse gesehen, man streckt die Hand aus und nichts, man zieht sie zurück, und da ist ein langer Mantel, der Gemeindevorsteher freundlich

– Los los

führte ihn mit beiden Läufen, der Stiefvater meiner Mutter

– Ich schwöre ich habe nicht gesündigt

und ein leichter Wind in den Wipfeln der Weiden, so hoch über dem Boden, ein Plätschern in den Bewässerungsrinnen, ein eingefallenes Dach, Kletterpflanzen, die stets einiges wettmachen, ich füge sie zur Verschönerung hinzu, wer mag sie nicht, die Blütendolden, den Duft, den Eindruck von Frieden, der Gemeindevorsteher zum Stiefvater meiner Mutter

– Noch etwas schneller meine Kühe warten auf mich

mit diesem Muhen, wenn sie gemolken werden müssen, ich ziehe Irene meinem Namen vor, weißt du, Gabriela beispielsweise missfällt mir nicht, ob ich eine Tochter geboren habe, ich weiß es nicht genau, irgendwie zögere ich plötzlich, manchmal bin ich total blöd, später regle ich das, der Gemeindevorsteher und der Stiefvater meiner Mutter näherten sich, durch den Bindestrich des Jagdgewehrs verbunden, dem Brunnen, wer sie so sah, hätte sie für Kumpel halten können, die gemeinsam auf die Jagd gingen, beim Domino bei der Apotheke ein Paar bildeten, wenn für ein oder zwei Tage Frauen kamen, gingen sie, nach Parfüm stinkend, in einer Gruppe in die kleine Stadt, kehrten, die Krawatte in der Tasche, wieder zurück, zerzaust, glücklich, sagte meine Großmutter etwas, der Stiefvater meiner Mutter

– Halt den Mund

und Ellenbogenknüffe, Gelächter, das Leben besteht nicht nur aus Raupen im Salat und einer schlecht schließenden Blase, es gibt noch aufmerksame Menschen, die die armen Leute aufmuntern

– Mach zu Junge die Schlange ist noch lang

Kollegen aus Nachbardörfern, haargenau wie sie, wischten die Handflächen am Taschentuch ab, überspielten ihre Nervosität, der Brunnen des Gemeindevorstehers größer als unserer, ein Eimer auf dem Rand und das Seil in Kreisen zusammengelegt auf dem Boden, der Stiefvater meiner Mutter ging langsam, bis der Eimer dort vor ihm stand

– Können wir das Ganze nicht vergessen Kumpel?

immer undeutlichere Häuser, nicht existierende Bäume, der Nebel eine Wand, die man nur mühsam durchdrang, und dennoch war die Kletterpflanze vollständig, sogar in der Dunkelheit der Nacht erkenne ich Blatt für Blatt, aber leider können wir das nicht vergessen, Kumpel, er wäre mir wirklich lieber, Gabriela, ein Name, der irgendwie luftig endet, man muss ihn nur trennen, Gabri, dann ein bisschen warten, und dann ela, wie es sich in der Luft ausbreitet, bei Dulce, eine andere Möglichkeit, ein Abbremsen beim l, das mich nicht glücklich macht, und bei Alzira ist die Silbe in der Mitte für meinen Geschmack etwas zu hoch im Ton, der Gemeindevorsteher zum Stiefvater meiner Mutter

– Nun mach schon und spring hinein es ist letztlich nicht sehr kompliziert du kommst unten an und Schluss aus

während der Stiefvater meiner Mutter sich dreinschickte und dachte

– Einfach für dich und schwer für mich ist das Leben

und er streckte die Hand zum Gemeindevorsteher aus

– Adieu Cosme

der das Jagdgewehr in die linke Hand nahm, um den Gruß zu erwidern

– Wir bekamen immer die Doppelsechs adieu Otílio

sie bekamen immer die Doppelsechs, und dennoch gewannen sie, die Kunden an den Nachbartischen, die um sie herumstanden, wohnten dem verblüfft bei, außer dem Glöckner mit der Pfeife, dem sie, die Kletterpflanzen immer heller, Irene, Gabriela, achtet darauf, wie das ela emporschwebt, dem Glöckner mit der Pfeife, dem sie aus Respekt für seinen Beruf einen Hocker organisierten, es wirkt so, als hätte es ein Eigenleben, es braucht das Gabri überhaupt nicht, der Gemeindevorsteher nachdrücklich, mit ehrlicher Wertschätzung

– Adieu Otílio

in dem Augenblick, in dem der Körper des Stiefvaters meiner Mutter auf dem Grund aufprallte, und er war bei der Beerdigung anwesend, traurig, so wie er auch an der Totenwache teilnahm, nachdem er die Kühe mit Harfenistengesten behandelt hatte, der Stallgeruch tröstete ihn immer, es gibt ein je ne sais quoi in den Tieren, das den Menschen Ruhe bringt, nicht nur ihre Geduld und Demut, ein zärtliches Verstehen, wenn der Nebel sich hebt, ist dann, frage ich, die Welt dieselbe, oder hat sie sich verändert, meiner Meinung nach liegt mehr Materie in den Gegenständen, mehr Stabilität, mehr Sicherheit, die Wände sind mehr Wand, die Geschirrschränke konkreter, man berührt sie wirklich, wenn man sie berührt, Menschen sind wirklich Menschen, keine Geister, keine Verstorbene ist da auf der Suche nach ihrem Fingerhut unterwegs, nur wir, die Realität des Universums, eine beruhigende Evidenz, wie meine Mutter bestätigt, die so viel durchgemacht hat und sich dennoch auf den Beinen gehalten hat, was bleibt ihr auch anderes übrig, adieu, Cosme, adieu, Otílio, rührend, die Bestätigung einer Freundschaft an einem Brunnenrand, für uns bewegt sich keiner, wir müssen uns schon selber bewegen, die Lektion habe ich gelernt, jeder kümmert sich um sich selber und Gott um alle, was für eine Lüge, jeder kümmert sich um sich selber, und alles andere ist dummes Geschwätz, würde Gott sich um alle kümmern, würde er die ganze Zeit hin und her rennen, und seine Arbeit wäre mittelmäßig, die Kranken nur halbwegs geheilt, und Regen, wo er nicht benötigt wird, lebte ich in der Provinz, würde ich mich zwischen einem Vordach und einem Weinberg zu Tode langweilen, Orte, in denen man fast ohne zu schauen auf der Straße geht, und an der Straße ein Schandpfahl, ein Musikpavillon, der Schandpfahl verschwunden und der Musikpavillon, weiß man nicht genau, meine Mutter

– Du hattest Glück dass du in Lissabon aus mir herausgekommen bist

in der Gegend vom Flughafen im Norden der Stadt, ein Zimmer für uns drei und ein Gemeinschaftsklo, dessen Tür man zuhalten musste, am Ende des Flurs, ich erinnere mich an eine Frau mit einem Petroleumofen, die, auf den Fersen hockend, draußen kochte, an Jungs, die von der Überführung aus Ziegelsteine auf die Autos warfen, an ein Mädchen, das besser als wir gekleidet war, das mich immer streichelte und Freunde in das Loch nebenan mitnahm, ihre Stimme

– Du willst nicht zahlen du Esel du willst nicht zahlen?

und der Mann, der bei den Geschäften half, erst laut

– Nun krieg dich mal ein

und nach einer Pause, vertraulich

– Da die Ratschläge vom Rechtsanwalt teuer sind lass alles was du in den Taschen hast hier auf dem Bett

ganz zu schweigen von der Uhr, dem Goldkettchen, dem Ring, manchmal auch ein Blouson, ich erinnere mich an den Glatzkopf, der Senhor Engenheiro, der sein Holzbein abschnallte, um die Ehefrau zu schlagen, während sie, in den Ecken verschwindend, argumentierte

– Niemand kauft mehr Blumen am Friedhof Aurélio

der Senhor Engenheiro wurde im Büro auf mich aufmerksam

– Wer ist die da?

und ich tat so, als hätte ich es nicht gehört, pustete auf den Nagellack, während ich einen Anruf entgegennahm

– Ich stelle durch bitte warten Sie

dabei klingelten die Ohrringe wie kleine Glöckchen, wie lange das her ist, ich war damals siebzehn oder achtzehn, Pardon, neunzehn, mein Vater war Garagenaufseher der Bank, und wir wohnten nicht mehr in einem Zimmer, sondern in einem Keller, den ein Herr, dessen Ehefrau in einem Sanatorium lebte, meiner Mutter zu zahlen half

– Armindinha

denn, wie sie sagt, und es stimmt, für uns bewegt sich keiner, wir müssen uns schon selber bewegen, vom Keller zogen wir ins Erdgeschoss und vom Erdgeschoss in den ersten Stock, meine Mutter mit Tränen in der Stimme

– Geschenkt Senhor Arquimedes?

wischte dankbare Feuchtigkeit, die niemand wahrnahm, mit der Schürze weg, die Tatsache, dass niemand sie wahrnahm, heißt nicht, dass es sie nicht gab, ganz im Gegenteil, es hat sie ganz bestimmt gegeben, denn die Tränen der Seele sind, weil sie sich tief drinnen befinden, diskret, Senhor Arquimedes, der mir mehr Aufmerksamkeit schenkte als ihr, knöpfte, ob wohl, den Hemdkragen zu

– Du verdienst es Armindinha du verdienst es

ob wohl im Norden noch immer Nebel herrscht, mein Vater sehnsüchtig

– Wenn du die Mimosen im Juni sehen würdest

oder das Schweineschlachten oder das Dienstmädchen des Abtes, das ihm am Abend unter der Weinlaube die Schuhe auszog

– Kühlen Sie sich die Füße ab

in einer Emailleschüssel, wie Jesus es mit den Jüngern getan hat, das steht im Katechismus, keine Frage, in diesem Augenblick, er hat schon befremdliche Einfälle, schießt mir durch den Kopf, dass ich einen Onkel Joaquim gehabt habe, er starb in Afrika am Fieber, keine Ahnung, wozu er gut ist, aber ich nehme ihn nicht wieder aus dem Buch heraus, gute Nacht, Onkel, mein Vater, der sich zufrieden an den Abt und das Dienstmädchen erinnerte

– Kühlen Sie sich die Füße ab

meine Mutter unwirsch

– Er hat die Provinz nie verlassen der Schwachkopf

Senhor Arquimedes hat uns, meinem Vater und mir, die Anstellungen bei der Bank besorgt

– Du gehst als Telefonistin Kleine

über einen Verwandten, glaube ich, aber das ist unwichtig, besser erinnere ich mich daran, dass er versuchte, mich zu küssen, und ich den Kopf wegdrehte, er traf mein Ohr, und allein beim Gedanken daran möchte ich es am liebsten abreißen, viel gefehlt hat nicht, es gibt bestimmte Details, die, so sehr man sich auch bemüht, nicht verblassen, es war nicht die Berührung durch den Mund, es war das Unangenehme des Ganzen und der Dachbodengeruch seiner Haut, könnte ich in ihn hineinschauen, möchte ich wetten, dass da nur ein trübes Fensterchen wäre, und in der Garbe aus Helligkeit des Fensterchens, in der Staub wirbelte, der Senhor Engenheiro, undefinierbarer Unrat, der Senhor Engenheiro blieb stehen und schaute mich an, fragte, wer ich sei, während ich auf Knöpfe drückte und Anrufe verteilte, ich kaufte ein anderes Kleid, noch einen Ring, elegante Schuhe, denn für uns bewegt sich keiner, wir müssen uns schon selber bewegen, meine Mutter, hier Efeu auf einem Mauerstück, schenkte mir dank Senhor Arquimedes ein Armband und Ohrringe, und ich, in panischer Angst vor einem Kuss bereit, meine Ohren zu bedecken, die Furcht, ein Kind könnte meinen Körper zerstören, ich kenne jede Menge Beispiele, Cellulitis, Krampfadern, aber würde der Senhor Engenheiro darauf bestehen, was bliebe mir da anderes übrig, meine Mutter riet mir, nichts zu überstürzen und die Dinge auf mich zukommen zu lassen, und wahrscheinlich hat sie recht, wer weiß, ich glaube schon, es ist vernünftiger abzuwarten, mein Vater bereitete sich darauf vor, seine Sicht der Dinge zu verkünden, und sie gleich, indem sie das beste Fleisch aus der Schüssel für mich

– Halt den Mund

das nächstbeste Stück für sich auswählte und den Rest zu meinem Vater hinschob, befahl

– Wohl bekomm's

so dass er Knochen und Fett zum Abendessen hatte wie die Hunde aus ihrer Schüssel, der Senhor Engenheiro zu mir

– Würden Sie gern für mich arbeiten?

musterte mich, das mit dem Fieber ist vage, dieser Onkel Joaquim, woran genau ist er gestorben, wer war bei ihm, in welchem Eingeborenendorf, was denken die Leute in so einem Augenblick außer an die Doppelsechs, woran hat der Stiefvater meiner Mutter gedacht, als er in den Brunnen hinabfiel, mit ausgebreiteten Armen, von Ziegelstein zu Ziegelstein, in meinem Kopf dachte er

– Ich werde nicht sterben

und nachdem wir gestorben sind, was geschieht dann genau, der Senhor Engenheiro, sein Anzug war so teuer, die Uhr so teuer, das Kölnischwasser, das ihn bekleidete, begann ganz langsam, mich zu bekleiden, zog leicht an meinem Haar

– Färben Sie es blond

nicht bei dem Friseur, zu dem ich für gewöhnlich ging, bei einem, den ich nicht kannte und den die Bank bezahlte, der Chef der Buchhaltung mit neuer Sympathie

– Geben Sie ihnen diese Karte

eine zweite Karte für die Boutique, eine dritte für den Juwelier, eine vierte fürs Schminken, eine fünfte für die Massagen, der Senhor Engenheiro zum Chef der Buchhaltung

– Wenn sie fertig ist bringen Sie sie zu mir

der Chef der Buchhaltung mit wachsender Sympathie

– Der Senhor Engenheiro ist die rechte Hand des Senhor Doutor gnädiges Fräulein überhöflich, gnädiges Fräulein, während ich, ein Telefon neben mir, weiter Gespräche verteilte, meine Mutter

– Ich wusste es

und mein Vater, nebensächlich, auf der verglasten Veranda, der Aufseher einer Garage, derjenige, der Trinkgeld akzeptierte, der Wunsch, ihm zu befehlen

– Reden Sie mich auch mit gnädiges Fräulein an

voller Sehnsucht danach, das Feld mit der Hacke zu bestellen und sich um den Weinberg zu kümmern, die Pflanzen schienen ihm unter der Hand zu wachsen, allein mit Pfeifen brachte er den Hund dazu, die Herde zusammenzutreiben, er gewöhnte sich nicht an Lissabon ohne Felder oder Hasen, er bewegte sich in den Straßen, als gäbe es dort Disteln, doch die unbekannten Wolken hinderten ihn daran, die Zeit zu erraten, er blickte mit sehnsüchtiger Zärtlichkeit auf das Gemüse beim Krämer, würde er irgendwo einen Brunnen auftun, vielleicht würde er

– Adieu Tochter

unter Bäumen verborgen, die er nicht kannte, und Gärten, die keinen Bezug zur Welt hatten, er kritisierte den Winter

– Dieser Regen taugt nichts

er verstand das Fehlen der migrierenden Gänse nicht, die Gebäude verwirrten ihn

– Es gibt keine Erde

er wäre gern in den Garten gegangen, aber es gab keinen Garten, es hätte ihm gefallen, auf der Stufe hinter dem Haus zu urinieren, aber es gab keine Stufe, er nahm die Tage hin, wie er als Kind den Hunger hingenommen hatte, Kohl, Rüben, ein welkes Kochwürstchen, er beschloss

– Ich gehe weg

blieb jedoch, starrte ohne den Rechen über der Schulter auf den Eingang zum Zimmer, der Chef der Buchhaltung nahm mich mit zum Senhor Engenheiro, ein schneller Seitenblick

– Noch nicht

und noch mehr Blond ins Haar, noch engere Kleider, während mein Vater sich an die Gänse hoch oben, in Dreiecksformation auf dem Weg zum Staudamm erinnerte, meiner Mutter tat er leid, sie tat sich selber leid, er sehnte sich nach dem Dienstmädchen des Herrn Abt, das ihm Pflaumen schenkte, sogar an den Brand im Kiefernwäldchen, als die Glocke der Kirche schrie und schrie, an einen Fuchs in den Brombeeren, der unvermittelt zu nichts wurde, an einen Wind ohne Kastanienbäume darin und ohne Tauben, die gegen die Stämme prallten, wer hat Lissabon gemacht, Herrschaften, und er vergaß die Ruine der Kirche, in der das Unkraut allmählich die Altäre bedeckte, und dennoch war Gott mehr dort, ein enger Freund der Leute, ein Kollege, ein Nachbar, meine Eltern warteten darauf, dass eine Wildkatze das Zimmer durchquerte, der Senhor Engenheiro

– Den Rest wird sie ganz allmählich schaffen sie fängt morgen an zu arbeiten

es fiel mir schwer, mich in den Spiegeln wiederzuerkennen, diese Taille, diese Schultern, das Klo am Ende des Flurs fehlte mir am meisten, die Frau mit dem Petroleumofen, die draußen kochte, das Mädchen, das Freunde ins Nebenzimmer mitnahm

– Du willst nicht zahlen du Esel du willst nicht zahlen?

und der Mann, der bei den Geschäften half, die Frau des Einbeinigen, die in die Ecken flüchtete

– Niemand kauft mehr Blumen am Friedhof Aurélio

Irene, Dulce, Alzira, all meine Namen, der Senhor Engenheiro

– Von jetzt an heißen Sie Alexandra

meine Mutter

– Alexandra?

auf dem Zweig ihrer Pantoffeln hockend, mit gesträubtem Gefieder, mit sehr schnell pulsierender Kehle wie immer bei den

Vögeln und im Schnabel den Regenwurm des Namens, meine Gesten waren zarter, weil ich mir des Lippenstifts bewusst war, der mein ganzes Gesicht rötete, das Haar machte die Glühbirne an der Decke größer und führte dazu, dass die Wohnung teurere Möbel verdiente, meine Mutter ersetzte mein Glas durch das im Schrank verwahrte Glas mit einem Goldrand, das ihr die Ehefrau des Veterinärs zur Hochzeit geschenkt hatte

– Sei vorsichtig damit es ist aus Kristall

und wirklich, wenn man es berührte, ein endloses feines Klingen, meine Mutter brachte die Nachbarinnen, damit sie es ansahen

– Das ist Kristall

ohne es zu berühren, sie betrachteten es nur, wenn man es anfasste, füllte sein endloses feines Klingen die Wohnung mit Feen, mich hätte ein Engel dort irgendwo nicht gewundert oder ein Wichtel, meine Wimpern machten die Welt geheimnisvoll und subtil, mit den Absätzen war nicht ich es, die Wellen schlug, es war das Universum, das mich bewunderte, der Senhor Engenheiro legte seine Hand auf meinen Schenkel, und unvermittelt war ich so menschlich, oje

– Bringen Sie mir die Akte der Fabrik

ich stand neben dem Tisch, an dem er schrieb, er nahm mich mit zum Tennis des Senhor Doutor, wo ein Obdachloser uns, ohne auf uns zu achten, beinahe umrannte, und hinter einer Fensterscheibe hoch oben zwischen Vorhängen bewegte sich eine Dame, ein Dutzend Frauen, genau wie ich, nein, besser angezogen als ich, mit Sonnenbrille und breitkrempigem Hut, ein Angestellter mit weißer Jacke bediente sie, Gelächter, Unterhaltungen, ein nacktes Mädchen aus Stein in der Mitte eines Wasserbeckens und ein Mann, ebenfalls aus Stein, schickte sich an, nach vorn gebeugt, wer weiß was zu den Kiefern zu werfen, die besser als ich gekleideten Frauen sprachen nicht einmal mit mir, eine Blonde beim Senhor Doutor, und ich habe so eine Ahnung, dass sie Alexandra heißt, obwohl sie Irene vorgezogen hätte, der Senhor Engenheiro

– Die da ist meine Ehefrau

schaute sie nicht einmal an, hinter den Kiefern erkannte man das Meer oder, besser gesagt, für meinen Geschmack zu viel Wasser, eine Badewanne reicht mir, und der Wind warf die Dünen gegeneinander, wilde Feigenbäume, Agaven, der Beginn eines Gebirges, das Wolken verbargen, die Tochter des Senhor Doutor strich mit dem Ring ein Hündchen auf ihren Knien glatt, der Senhor Engenheiro im Auto

– Wir werden an einem ruhigen Ort miteinander reden

will heißen ein Hotel in einer Art Park, und ich wartete im Auto darauf, dass der Senhor Engenheiro den Zimmerschlüssel brachte, dachte

– Und jetzt?

währenddessen zog ein Kind auf dem Rücksitz des benachbarten Autos Fratzen und zeigte Spielzeug, einen Krankenwagen, ein Nilpferd, und links Geranienbeete, nach dem Nilpferd eine Maschinenpistole aus Plastik, mit dem es Pingpongbälle abschoss, die im Inneren des Wagens umherhüpften, das Kind tötete mich, grausam, griff zusätzlich zu einem Dolch aus Gummi, den es auf den Polstern plattdrückte, Sie mögen mich lächerlich finden, aber ich war vor Angst erstarrt, wenn der Senhor Engenheiro mit dem Schlüssel zurückkam, würde er eine Leiche auf dem Sitz vorfinden, und apropos Leichen, soweit ich mich erinnern kann, habe ich noch nie eine gesehen, wenn ich an der Seitenpforte der Kirche auf Leute in Trauerkleidern traf, entfernte ich mich sofort, nicht aus Angst, aus, wozu lügen, aus Angst, wenn eines Tages meine Eltern das Zeitliche segnen, schaue ich nicht hin, ich hoffe und drücke die Daumen, dass sie sie wegtragen, damit ich aus meinem Zimmer kommen kann, ich bleibe so lange dort, bis ich die langsamen, feierlichen Schritte höre, und das reicht, ich bin mir nicht einmal sicher, ob ich imstande bin, wenn sie krank sind, das Zimmer zu betreten, in dem sie sich befinden, irgendetwas verursacht mir dort Gänsehaut, obwohl meine Verwandten schwören, dass dem nicht so ist, es reicht ein völlig wertloser Gegenstand, ein Portemonnaie, eine tönerne Heiligenfigur, um ein Leben zu rekonstruieren, das Kind hatte keine Lust mehr, mich weiter zu töten, zeigte mir stolz seinen Mund, in dem ein Milchzahn wackelte, der Senhor Engenheiro kam voller energischer Jugendlichkeit die Treppe vom Hotel heruntergehüpft, das Kind ließ den Milchzahn los, schoss eine Garbe Pingpongbälle auf ihn ab, und ich sehnte mich nach Frieden, hatte genug von herumhüpfendem Kram, ob es sich nun um Lebende oder um Bälle handelte, gebt mir ein wenig Ruhe, der Senhor Engenheiro zu mir

– Gehen Sie vor und lassen Sie die Tür angelehnt

zu einem Zeitpunkt, in dem die Geranien hin- und herschwangen, ganz zu schweigen von den Palmen, die sich wiegten, und ein Typ mit einem Rasenmäher brachte die Erdkruste zum Zittern, Erdkruste, das habe ich in der Schule gelernt, am Eingang zum Hotel blubberte ein kleiner Wasserfall Blasen in einen Fischteich, die immerhin, nimmt man einmal die Meerjungfrauen aus, die einen Hang zum Gesang haben, verursachten nicht das geringste Echo, aber wer garantiert mir, dass nicht eine aus dem Wasser herauskommt, sich mit dem Ellenbogen auf dem Rand abstützt und eine Arie anstimmt, ich wartete mit einem Paar am Fahrstuhl, das kein Gepäck dabeihatte und so tat, als kennten sie sich nicht, die Frau starrte auf den Pfeil nach oben auf dem Quadrat links und der Mann auf den Pfeil nach unten auf dem Quadrat rechts, die Frau, mit kleinmädchenhafter Grimasse

– Wollen wir wetten welcher zuerst kommt?

der Mann, nachdem er sich noch einmal vergewissert hatte, dass er mich nicht kannte

– Was bekommt der Gewinner?

die Frau stieß ihn leicht an

– Wenn du gewinnst bekommst du worum du mich seit Monaten bittest und was ich immer verweigere

mit Herausforderung in der Stimme, die mit einem Kichern aufgehoben wurde, der Fahrstuhl, zufällig der auf der rechten Seite, öffnete sich, bevor die Wette angenommen war, und wir standen darin, in den Spiegeln vervielfältigt, steif, förmlich, verfolgten die Zahlen, die Eins leuchtete auf, die Zwei leuchtete auf, die Drei leuchtete nicht auf, als er uns im fünften rausließ, näherte sich der Mann der Frau mit einem nur aus Zahnfleisch bestehenden Appetit, woran auf dem Planeten kein Mangel herrscht, sind Homo sapiens, die, einmal davon abgesehen, dass sie Merkwürdigkeiten schätzen, nicht erwachsen werden, meine Mutter, um nicht weiter auszuholen, über meinen Vater

– Er wird immer derselbe bleiben

was aber gar nicht stimmte, er wurde älter, und wegen der Kälte des Alters nahm er in der Wohnung den Schal nicht ab, würde ich an einem Ende ziehen, erhängte er sich, adieu, der fünfte Stock war ein endloser Korridor mit Türen zu beiden Seiten, einem Viereck mit dem leuchtenden Umriss eines, der die Treppe hinunterrennt, einem aufgerollten Schlauch in einer verglasten Nische, dem Hinweis 501 bis 525 zu einer Seite, einem zweiten Hinweis 526 bis 550 zur anderen, eine Tür ohne Zahl, auf der Personal stand, davor ein Staubsauger, ein Bügelbrett und Säcke mit Betttüchern auf dem Boden, den Anweisungen des Senhor Engenheiro entsprechend ließ ich die 546 angelehnt, und darin ein Waschbecken, eine Dusche und eine Toilette, mit einem Papierstreifen versiegelt, der Hygiene garantierte, neben dem Waschbecken zwei kleine, in durchsichtiges Papier gewickelte Seifen und bunte Fläschchen, die bösartige Elixiere aus der Zeit der Hexe von Schneewittchen enthielten, neben den Elixieren eine Ersatztoilettenpapierrolle, die warum auch immer in einem Dreieck endete, hinter diesen

Errungenschaften der Zivilisation das eigentliche Zimmer, zwei dicht beieinanderstehende Einzelbetten, jedes mit zwei Kissen, um sich einen steifen Hals zu holen, und der Rahmen mit einem ländlichen Panorama, auf dem nicht einmal das Kälbchen fehlte, wenn darauf wenigstens Schwäne oder so wären, in der Provinz werden die Schwäne von Hühnern ersetzt und unsereins ist mit dem Messer hinter ihnen her

– Halt ihr Fräuleins halt halt

der Chef der Buchhaltung zu mir

– Gnädiges Fräulein

also bin ich ein Huhn, was ist denn bei genauerem Hinsehen schon der Unterschied zwischen einem Sarg und einem Kochtopf, mit der Gasflamme oder den Würmern werden wir gleichermaßen gekocht, ein Möbel, darauf eine Lampe mit einem schräg sitzenden Schirm, an die Wand geschraubte Nachttische, ein Fenster zum Hoteleingang, und da waren die Geranien, der Typ mit dem Rasenmäher und die aufgereihten Autos, in der Mitte das des Senhor Engenheiro, funkelnagelneu, und das mit dem Kind schien mir leer zu sein, in der Nähe ein Kerl, ich nehme an, der Vater, auf der Suche nach dem Jungen, spähte mal hinein, schaute sich dann in der Umgebung um, und er kann spähen und schauen, wie er will, er wird ihn nicht finden, Alexandra, die sich mit dem ländlichen Panorama vergnügt, hat ihn gefunden, als die angelehnte Tür aufging und anstelle des Senhor Engenheiro das Kind mit der Pingpongmaschinenpistole

– Da sind wir also Gnädigste

mich anschob, während ich

– Ich habe keine Lust auf Spielchen

das Kind ging immer weiter, brachte mit der Zunge den Milchzahn zum Wackeln

– Sie wissen doch dass der Senhor Engenheiro verheiratet ist oder?

ich zu ihm heruntergebeugt
— Ich schwöre dass überhaupt nichts passiert ist
dachte dabei zornig
— Wieso gebe ich hier Erklärungen ab?
und ein Erzittern der Geranien, die Meerjungfrau im Teich sang, man erahnte Gebäude außer dem Hotel, eine Bahnlinie, Wellen, das Kind
— Antworte schnell mein Vater wartet
und die Gewissheit, dass, würde ich den Mund aufmachen, meine Mutter gleich
— Halt den Mund
versucht mich zu schützen, als könnten mir eine Pingpongmaschinenpistole und ein Gummimesser etwas tun, so ein Quatsch, ich zu dem Kind
— Verschwinde hier sofort
die Geranien immer weiter entfernt, der Mann, der sich um das Gras kümmerte, mikroskopisch klein, und dennoch kam es mir so vor, als wären da irgendwo Glyzinien, sogar in der dunkelsten aller Nächte sah ich sie sofort, das Kind
— Sie sind gekommen um zu sündigen gestehen Sie es
während ich sah, wie der Obdachlose sich mit seinem gleichförmigen Gang entfernte, das Kind
— Finden Sie nicht auch dass Sie eine Strafe verdienen?
und da ich das nicht fand, streckte ich die Hand in dem Augenblick zum Messer aus, als mein Körper auf die Überdecke stürzte, der Senhor Engenheiro auf der Türschwelle, die Hände vor dem Mund, der Obdachlose schaute zurück, ohne mich wahrzunehmen, und das Kind ging mit dem Vater davon und schoss eine Pingpongballfontäne gegen die Fensterscheiben.

NEUNTES KAPITEL

Mein Vater sollte beim Tennis sein, nicht ich, damit es einen echten Clown zwischen den Clowns mit den Sonnenbrillen und breitkrempigen Hüten gab, deren Knie immer größer wurden, außer den Knien riefen mich Beine, ich weiß nicht, ob sie mich riefen, aber auch wenn sie es nicht taten, riefen sie mich, man könnte mir zu Weihnachten anstelle von Krawatten lieber Beine schenken, mein Vater sollte beim Tennis sein und sie mit seinen Albernheiten amüsieren, seinen lächerlichen Gesten, warum sind Sie nur so, Vater, wo Sie im Grunde genommen ein unglücklicher Kerl sind, wie oft habe ich Sie zu Hause auf dem Sofa angetroffen, den Kopf auf den Armen, und wenn Sie ihn hoben, eine falsche Fröhlichkeit, mein Vater gibt dem Angestellten mit der weißen Jacke die Hand, dem niemand die Hand gab, man gibt den Dienstboten nicht die Hand, im Gesicht des Angestellten ein peinlich berührtes
– Und jetzt?
er tut so, als sähe er Sie nicht, niemand wollte Sie sehen, Vater, denn Sie sind bedeutungslos, hätte ich Sie bloß nie gesehen, die Armen existieren nur für die Armen, für normale Menschen sind sie ein Irrtum Gottes, den unsereins wiedergutmacht, indem er sie meidet, würde meine Mutter, die sich der Realitäten des Lebens etwas mehr bewusst ist, dort sein, würde sie ganz rot werden und ihn am Ärmel ziehen
– Verzeihung Verzeihung
der Senhor Doutor wäre ihrer Meinung
– Wer ist dieser Idiot da?
und ich, was sollte ich anderes antworten

– Ich weiß nicht
wütend auf mich selber, weil ich
– Ich weiß nicht
geantwortet hatte, mich für Sie schämte, denn Sie waren mir peinlich, Ihre Manieren, Ihre Art sich zu kleiden, es muss doch im Haus ein ordentliches Hemd geben, eine ordentliche Hose, oder etwa nicht, Sie Hanswurst, der einzige Mensch, der Ihnen Aufmerksamkeit schenkte, war der Obdachlose, der uns begegnete, den aber sonst niemand beachtete, natürlich nicht, ein weiterer Verrückter, der innehielt und Sie ansah, eine Wertschätzung, die mich überraschte, bevor er sich bei den Chinesischen Flammenbäumen in Luft auflöste, der Obdachlose, über den ich vom Anfang dieses Buches an stolpere, in Cascais, in Lissabon, im Hotel, im Büro, der wer weiß woher kommt und auf dem Weg wer weiß wohin ist, was macht er auf meinen Seiten, ständig nimmt er Züge, die nicht abfahren oder, mit anderen Worten, die mehr reisen, und dennoch kehrt er zur Stufe bei der Buchhandlung zum Schlafsack und zur Banane zurück, beobachtet mich, der ich schreibe und zu keinem einzigen Kapitel gehöre, die Gattin des Botschafters von Holland, die in der Bluse alle Täler der Welt vereinte, musterte meinen Vater und musterte anschließend mich

– Nehmen Sie es mir nicht übel wenn ich das sage aber zwischen Ihnen beiden gibt es irgendetwas Gemeinsames

ich empört, dabei hatte sie den Finger in die Wunde gelegt, was kann es denn Gemeinsames zwischen mir und dieser Karnevalsvogelscheuche geben, die mir an den Mündungen der Abwasserrohre die Fische zeigt, Stockfische, Meeraale, Meeräschen, Rachen, die an der Mauer auf Müll warten, unter den verblüfften Vögeln ganz allmählich Flossen und Schwänze erhalten, meine Sekretärin

– Der spielt sich auf

wobei sie vorhatte, sich selber aufzuspielen, und da haben

wir eine der Gefahren bei den Armen, sie wollen allein aufsteigen, daher warnte ich sie mit einer Grimasse, die, ist sie laut genug, die Sprache ist, die sie am besten verstehen, die panische Angst, ins Elend zurückzukehren, ist in ihnen so stark

— Du wirst bald dahin zurückkehren wo du herkommst

oder, anders gesagt, das Klo am Ende des Korridors, die Frau mit dem Petroleumofen, der letzte Bus, der, Erschöpfung und Müdigkeit transportierend, von Pfütze zu Pfütze stampft, sie hört mich mit den Ohren, die die Menschen im Inneren der Ohren haben

— Verzeih mir

stellt sich vor, dass sie wieder Anrufe verteilt, mit idiotischen Glöckchenohrringen, die im Telefonkabuff blechklingelnd frohlocken, der Senhor Doutor rieb sich mit dem Handtuch ab, das meine Ehefrau ihm reichte, aber mir war gleichgültig, dass sie es ihm reichte, es war mir nicht gleichgültig, dass sie es ihm reichte, belassen wir es dabei, dass ich diese Angelegenheit unter Fremden nicht mehr anspreche, der Senhor Doutor lobte sie

— Eine erstklassige Angestellte

während die Erinnerung an meinen Vater aus meinem Gedächtnis schwand, vor wie vielen Jahren ist er gestorben, vor fünf, sechs, meine Mutter, vom Nähkorb her

— Vielleicht glaubst du es nicht aber manchmal spüre ich ihn an meiner Seite

quicklebendig, ehrlich, Augenblicke, in denen er sich an ihre Seite setzte, wenn Sie mir die Frage erlauben, was machen Sie da gerade, er hob den Deckel von den Töpfen, setzte ihn wieder drauf und umhüllte uns mit Dampf, er öffnete und schloss Schubladen, vergaß heraushängende Schnüre und Schleifen, also zog ich sie etwas auf und schob alles mit dem Finger hinein, er stellte Gegenstände um, brachte damit das Universum in Unordnung und verlor sie, meine Mutter

– Kannst du nicht mal stillsitzen?

aber er konnte nicht stillsitzen, es brauchte die Speiseröhre, damit Ordnung in das Sonnensystem kam, deshalb kommt ein Teil in mir nicht umhin, ihr zu danken, meine Sekretärin, die auf der Bettkante Strümpfe anzog, erst ein Bein hoch, dann das andere, anfangs angebeugt, dann ausgestreckt, gebt mir einen Punkt, an dem ich mich abstützen kann, und ich hebe die Welt an, ihr Fußrücken

– Ich habe da ein paar Ohrringe beim Juwelier an der Ecke ganz hier in der Nähe gesehen

war nicht gerade einer ihrer Vorzüge, er müsste gebogener, voller sein, du kannst sie dir weiter gratis anschauen, ohne den hervortretenden Knochen, du brauchst da bloß vorbeizugehen, die Ohrringe sind wegen des Etuis und des Lichts im Schaufenster schöner als an den Ohren, ich zu meiner Sekretärin, während ich das richtige Loch vom Gürtel suchte, manchmal funktioniert er nicht, ist er entweder zu eng, oder er rutscht herunter

– Was hat dieses Gesicht zu bedeuten?

meine Sekretärin schaut sich im Spiegel von hinten an, und so ja, Hut ab, die Linie des Hinterns, die Drehung der Schultern, eine Augenbraue hochgezogen, als sie die Naht gerade rückt, meine Sekretärin bemerkt, dass ich auf die Augenbraue reagiere, und es stimmt, eine hochgezogene Augenbraue und ein prüfendes Auge direkt darunter machen den Gedanken an den Tod unerfreulich, ich will nicht, und dann ein Spuckeglitzern an der Lippe, und dann eine herausfordernde Falte auf der Stirn, und dann verlassen die Ohrringe ihr Etui, und dann wendet sich das Gesicht im Spiegel des Juweliers von rechts nach links, und dann eine Berührung, die das Haar richtet, und dann die Spitze des Zeigefingers an meiner Nasenspitze

– Gefallen sie dir nicht?

und dann Arme um mich herum, dazu ein irgendwie spöttischer Gesichtsausdruck

– Großer Schwachkopf
des Verkäufers, und dann meine Sekretärin in mein Ohr
– Du bist ein Schatz
und das kleine Spuckeglitzern heizt mein Blut an, ich spüre es am Hals, am Oberkörper, im, ich zum Verkäufer
– Irgendein Problem mein Freund?
ohne dass dies
– Großer Schwachkopf
kleiner wurde, im Gegenteil, das
– Großer Schwachkopf
wurde immer größer, der Verkäufer, indem er am Ladentisch breiter wurde
– Überhaupt nicht Senhor
und ich starrte, ohne es selber zu bemerken, sie und die Ohrringe ganz anders an, ersetzte sie durch die Ringe mit den Glöckchen, die ein billiges Kleid und abgelaufene Schuhe krönten, das am Ende des Krieges, als die Engländer immer mehr wurden und der Senhor Doutor den Deutschen abkaufte, was sie aus Polen, aus Luxemburg, aus Belgien brachten, mir befahl er
– Gib ihnen die Quittungen die sie haben wollen sie werden sie nicht gebrauchen können
mein Vater sollte sonnabendnachmittags beim Tennis sein, gern geschehen, der eine oder andere Amerikaner, und mein Vater rennt hinter den Bällen her, meine Ehefrau
– Du bist genau wie er ist dir das klar?
und ich glaube schon, zwischen zwei Späßen lege ich den Kopf auf die Sofalehne, und wenn ich ihn hebe, denke ich dann meistens an dich, stell dir vor, eine falsche Fröhlichkeit, der Schwachkopf stellt den Deutschen Quittungen aus und nimmt Quittungen von den Schweizern in Empfang, meine Sekretärin verstellt den Rückspiegel, den ich hinterher Ewigkeiten lang wieder richtig einstellen muss, neigt sich schräg nach vorn und zupft an den Ohren

– Magst du mich nicht mit ihnen sehen?

und ich mag dich gern mit ihnen sehen, ich liebe es, dich mit ihnen zu sehen, was wäre ich, könnte ich dich nicht mit ihnen sehen, mein Gott, wie stolz die Clowns auf ihre riesigen karierten Jacketts sind und ihre roten Nasen, deshalb gehen sie mit großen, lauten Schritten, sie drücken auf ein Gummi in der Tasche, und Wasser spritzt aus ihren Augen, das machte mir Angst, bitte weine nicht, ich hatte immer ein Problem mit Tränen, mein Vater weinte nicht, meine Mutter manchmal, zum Beispiel als sie meinen Bruder als Baby verloren hat, aber sie verbarg die Tränen sofort, man nahm sie nur an den Zuckungen in der Kehle wahr, ich erinnere mich daran, aber ich war zu klein, um traurig zu sein, mein Vater hat bei der Totenwache das hochgeschätzte Publikum nicht begrüßt, hat nur gemurmelt, hin und wieder trat er näher, wünschte sich, mein Bruder würde aufwachen, beklagte sich

– Verdammt

und trat wieder zurück, vielleicht in einer oder zwei Stunden, vielleicht morgen, wir verwahrten, was sie uns verkauften, in den Banksafes, die Tommies kauften, ich glaube, mein Vater wartete bis zur letzten Schaufel Erde, stand nicht dicht am Grab, etwas entfernt, das Bein meiner Sekretärin ist imstande, die gesamte Milchstraße mühelos anzuheben

– Heiraten wir wenn du dich trennst?

aber hallo, klar heiraten wir, warum nicht, mein Clown und ich in der neuen Bank in Frankreich, in der neuen Bank in Monaco, du überwachtest mich bei Tisch, um zu erfahren, in welcher Reihenfolge man die Gabeln benutzte, achtetest auf deine Ellenbogen, kämpftest mit einer Kartoffel, die vom Teller sprang, lächeltest die Ausländer an, wenn sie mit dir Ausländisch sprachen, ohne dass du die Worte verstandest, aber was bedeuten schon Worte, Prozente, Zinsen, Aktien, nach der Beerdigung ging mein Vater allein in die Wohnung zurück, ohne auf uns zu warten, ohne Regenmantel, ohne Regenschirm, ohne sich unter einem Balkon unterzustellen, als wir ankamen, stand er am Fenster und befragte die Wolken, ich blieb einen Augenblick lang auf der Schwelle des Juwelierladens stehen, genug Zeit, um den Verkäufer

– Diese Huren

sagen zu hören, aber ich habe es bestimmt nicht richtig verstanden, habe mich verhört, der Senhor Doutor zu mir

– Wir fangen in ein oder zwei Monaten mit der Zementfabrik an

die Zementfabrik, die Versicherungsgesellschaft, meine Sekretärin

– Ich werde bestimmt einen Ring finden der dazu passt

eine Wechselstube in London, mein Vater stand stundenlang am Fenster, die Hände in den Taschen, und er sollte beim Tennis sein, sonnabendnachmittags die Damen unterhalten, meine Ehefrau

– Dein Vater wird sich nie ändern

und er ändert sich nicht, du hast ins Schwarze getroffen, kaum beginnt es zu regnen, steht er gegen die Fensterscheiben gelehnt da, die einzigen Male, in denen ich ihn ernst sah, wäre ich draußen, könnte ich vielleicht sehen, wie ihm die Schminke übers Gesicht läuft, so fließen das Haar, der Mund, die Wangen herunter, mein Vater, ohne sich zu, und tatsächlich ein Ring, zum Glück fast neben dem Unternehmen, mein Vater, ohne sich zu uns umzuwenden

– Frohsinn Frohsinn

langsam ausgesprochen, in einem Tonfall, in dem die Silben so ein Scheiß bedeuteten, die Fische im Wasserbecken der Venus namenlos, keine Thunfische, keine Tümmler, keine Tritonen, sie fingen mit jäher Zartheit ein Insekt an der Oberfläche und verschwanden mit einem Hüftschwung, meine Sekretärin, indem sie sich in der Bluse rundete

– Na wie findest du ihn?

und in einem Jahr, worüber reden wir dann, die Leere nimmt während des Abendessens an Dichte zu, du hast eine aufgeschlagene Modezeitschrift auf dem Tischtuch, ich denke an die Ehefrau meines Dienststellenleiters, die sich beim Tennis mit einer schmollenden Gebärde beklagte

– Wird er irgendwann in seinem Leben einmal Zeit für mich haben?

schmalere Fesseln als die meiner Sekretärin, zartere Knie, riesige Augen, in die alle Bäume des Gartens passten, der Senhor Doutor zu mir

– Haben Sie das schon einmal bemerkt?

und ich habe das schon bemerkt, Senhor Doutor, glauben Sie, dass ich, und der Senhor Doutor glaubte, dass, meine Mutter zu meinem Vater

– Noch ein Kind kommt nicht in Frage

daran erinnere ich mich, wie eigenartig, ich saß auf dem Fußboden und spielte mit ein paar Schachteln und habe in meiner Erinnerung bewahrt, dass sie nach Menthol rochen und einen Herrn mit Bart auf dem Deckel hatten, so wie ich weiß, dass die Stimme meiner Mutter mir wehtat, sie schwankte in der Mitte und endete in einem Rinnsal, der Ehemann der Tochter des Senhor Doutor, ein Heuchler, den ich noch nie mochte, zeigte auf die Frau des Dienststellenleiters

– Worauf warten Sie?

und ich antwortete ihm stumm

– Ich glaube ich warte darauf dass meine Frau es sich anders überlegt

aber sie überlegt es sich nicht anders, ist so glücklich, Frohsinn, Frohsinn, ich frage mich, ob sie es sich anders überlegt, falls ich einen Hüpfer mache und dabei die Hacken aneinanderschlage oder falls ich versuche, mit ihr zu reden, auch wenn sie mir nicht antwortet, der Senhor Doutor hob den Kopf zum Fenster hoch oben und erwischte mich dabei, wie ich ihn erwischte, er zu mir

– Ich kann nicht verzeihen

erinnerte sich an den Eisenbahnwaggon und den Kerl mit der Mutter der Senhora, er verzieh nicht, dass die Koffer mit seinen und ihren Initialen voller Kleidung jenes Kerls waren, oder schlimmer noch, voller Kleidung der Ehefrau vermischt mit denen des Kerls, Hemden, die nicht seine waren, Anzüge, die nicht ihm gehörten, ein unbekanntes Parfüm mit dem Parfüm der Frau verschmolzen, mein Vater sollte sonnabendnachmittags beim Tennis sein, aber lassen wir das, denn der Senhor Doutor erreichte selbst von hier unten das Fenster

– Ich hätte beide töten sollen

zwischen dem Geschrei der Lautsprecher, den Leuten, so vielen Leuten, dem Lärm der Lokomotiven, die Ehefrau mit einem Blumenstrauß auf dem Schoß, und ich gebe nur Einzelheiten wieder, erzähle es nicht ausführlich, die Ehefrau mit einem Blumenstrauß auf dem Schoß und einer anderen Frisur, die ihren Nacken für andere Küsse freilegte, nicht seine, ihre Hand auf dem Knie des Kerls und kein Ehering am Finger, der Senhor Doutor, ohne den Mund zu öffnen

– Hast du den Ehering weggeworfen du Nutte?

ein Ring, den der Senhor Doutor nicht kannte, an der Stelle des Eheringes, wie konntest du mir das antun, wie hast du mir das angetan, wie hast du mir das antun können, mir, mir, mir, mir, wie oft hat er den Leberfleck an deiner Schläfe berührt, wie oft hast du ihn umarmt, wie oft hat er, der Senhor Doutor legte den Tennisschläger auf den Boden, anstatt ihn meiner Ehefrau zu geben, er will dieses alte Geschöpf dort oben, er befindet sich inmitten von Waggons, Dampffontänen, Abfahrtspfiffen, nicht bei dir, du bist für ihn nicht wichtig, bleib bei mir, höre mich, der Senhor Doutor enttäuscht, weil sich der Vorhang senkte und niemand im Fenster war

– Ich hätte sie beide töten sollen

das hätte er tun sollen, so wie ich sie beide hätte töten sollen, aber keiner von uns beiden hat es getan, da schau einer an, was für Kretins wir sind, am besten spielen wir weiter Tennis, verdienen wir Geld, schenken wir blonden Geschöpfen Ohrringe, der Kerl, der die Ehefrau des Senhor Doutor begleitete, ließ das Zigarettenetui offen stehen, als er ihn sah, und der Senhor Doutor, der nicht wusste, was er tun sollte, der Senhor Doutor, der nicht auf das achtete, was er sagte

– Kann ich dich irgendwo absetzen João?

so sympathisch, so hilfsbereit

– Kann ich dich irgendwo absetzen?

man stelle sich das vor, und der Kerl

– Danke

will heißen, der Senhor Doutor vorn im Wagen mit dem Chauffeur, und die Ehefrau des Senhor Doutor mit dem Kerl hinten, nebeneinander, möglicherweise Hand in Hand, wahrscheinlich heimlich

– Ich rufe dich morgen an

wahrscheinlich treffen sie sich weiterhin, wenn er im Büro ist, wenn er auf Reisen ist, mein Vater sollte beim Tennis sein, von wegen, seine Frau sollte bei ihm sein, so verbraucht sie auch war, die Augen sind noch immer grün, nicht wahr, der Bogen des Mundes, den die Zeit nicht aufgelöst hat, die Art, bestimmte Wörter zu betonen, die ihn so erregte, der Senhor Doutor zu mir

– Nehmen Sie Ihre Frau mit

ließ das Handtuch auf einem leeren Stuhl in der Hoffnung liegen, dass die Ehefrau, aber die Ehefrau, nehmen Sie es mir nicht übel, wenn ich es sage, ich möchte Sie nicht beleidigen, außerdem verdanke ich Ihnen alles, wird es nicht holen, meine Ehefrau schaute Sie an, meine Sekretärin schaute meine Ehefrau und mich an, die Mutter meiner Sekretärin

– Was haben Sie mit ihr gemacht dass sie nicht aufhört zu schluchzen Senhor Engenheiro?

also werde ich, während meine Sekretärin

– Lass mich los

also werde ich, den Tränen zu einem Schwächling machen, werde ich dich heiraten, ich verspreche, dass ich dich heirate, es ist eine Frage von Geduld, mein Vater zeigte mir einen Krötenfisch, als wir am Fluss entlangspazierten

– Den wollen nicht einmal die Möwen

erinnern Sie sich an den Angler mit der Zigarettenspitze, Vater, einen kleinen Mann im Pullover, dessen drei Angelruten zum Wasser geneigt waren und der uns, die Hände in den Taschen, immer den Rücken zukehrte, wir haben sein Gesicht nie gesehen, man nahm den Tabak aus Hunderten von Metern wahr, und ich wünschte mir heimlich, wieso weiß ich nicht, dass er mein Vater wäre, würdig, ohne Hüpfer, ohne lächerliche Begrüßungen

– Dem hochgeschätzten Publikum einen guten Tag

einen ernsthaften Mann, keinen Clown, der mit seiner Speiseröhre zugange war

– Es geht mir gut

wo ich nicht

– Es geht mir gut

hörte, sondern

– Verfluchtes Unglück

ein neuer Angestellter zählte an seiner Stelle die Möwen inmitten der Arbeiter und der Schiffe, auf dem Tisch zwei Teller, meine Mutter

– Stell dort den für deinen Vater hin das leistet einem trotz allem immer noch Gesellschaft

und bis heute steht dort der Teller meines Vaters, ohne Speisen, aber dort, eine Frage von Gesellschaft, man kann sich immer vorstellen, dass er jeden Moment kommt, und außerdem gibt es Gewohnheiten, die man schwer aufgibt, wenn ich versuche, ihr Geld zu geben, meine Mutter beleidigt

– Bist du verrückt?

in dem Tonfall, in dem sie früher

– Nimm diese grässliche Schraube da aus deinem Mund

sie zog die Schraube heraus und steckte die Scheine in die Tasche, nicht so viele, wie ich meiner Sekretärin gebe, ich bin ja nicht verrückt, nur zwei oder drei, die meine Mutter nicht in Ohrgehänge und Ringe verwandelt, und außerdem isst sie wie ein Vögelchen, wir hatten auch nicht genug, um viel zu essen, und sie ist sich immer noch nicht sicher, die Rente meines Vaters ist klein, aber sie schafft es, damit auszukommen, zumindest verpulvert sie sie nicht, der Kerl von der Rückbank mit der Ehefrau des Senhor Doutor

– Wenn es Ihnen nichts ausmacht steige ich an dieser Ecke aus

und der Senhor Doutor zornig auf Gott, weil er uns Augen in die Stirn und nicht in den Nacken eingebaut hat, langstielige wie die von Langusten, um besser intrigieren zu können, ein paar Monate später hat ein von der Spur abgekommener Lieferwagen, in letzter Zeit habe ich den Obdachlosen nicht gesehen, eines Tages werde ich, unabwendbar wie das Schicksal, todsicher auf ihn treffen, ohne Kennzeichen den Kerl vom Zug auf dem Bürgersteig überfahren, als man ihm die Nachricht überbrachte, der Senhor Doutor

– Ach ja?

ohne sich von den Börsennotierungen ablenken zu lassen, an jenem Nachmittag war er freundlicher, Frohsinn, Frohsinn, ein enganliegendes Collier für meine Ehefrau, ein Armband für meine Sekretärin, der Lieferwagen ohne Kennzeichen löste sich allmählich mit Hilfe von ein paar Fünfliterflaschen mit Säure auf der Müllkippe der Düngemittelfabrik auf, und Maschinen häuften Erde und Abfall darauf, die Ehefrau des Senhor Doutor wartete monatelang auf einen Brief, hörte auf zu warten, vergaß es, der Senhor Doutor stieg zum Zimmer hinauf und kam mit langsamen Schritten auf der Treppe vom Zimmer herunter, wie viele Jahre habe ich die Fische vom Tejo nicht besucht, als er an mir vorbeikam

– Ich hätte es fast lieber gehabt

und was hätte ich fast lieber gehabt, Senhor Doutor, dass der Lieferwagen Sie überfährt, er hörte mir nicht zu, den Kopf voller abfahrender Lokomotiven, die Ehefrau des Senhor Doutor starrte an die Decke, spürte ihn nicht kommen, starrte die ganze Zeit an die Decke, ohne ihn zu akzeptieren oder wegzustoßen, die Tochter des Senhor Doutor besuchte ihre Mutter nicht, saß bereits allein im Salon, hatte bereits ein Hündchen auf den Knien, meine Sekretärin unvermittelt

– Verlass mich nicht

hatte dabei das Armenviertel im Sinn, wenn ich diese Anstellung verliere, was mache ich dann, sag mir das einer, das Mädchen aus dem kleinen Zimmer nebenan wurde in ihr immer größer

– Du willst nicht zahlen du Esel du willst nicht zahlen?

und ein Wohltäter, der ihre Piepen behält und sie beschützt, vielleicht treibt sie sich auf den Straßen rings um Lissabon herum, hockt auf einem Stein, begeistert Lastwagenfahrer, der Obdachlose duscht am Strand, ich garantiere nicht, dass es im Winter kalt ist, ich garantiere, dass es grau und dunkel ist, der Senhor Presidente mit der kleinen Decke auf den Knien, das Taschentuch, das über den Mund fuhr, bevor es sich in die Tasche zurückzog und Schwierigkeiten hatte hineinzugelangen, das zögerliche Stimmchen

– Wenn wenigstens der Krieg noch ein bisschen länger dauern würde

und zu unserem Unglück dauert er nicht an, die Zimmer der Deutschen in Estoril leer, der eine oder andere Agent trieb an den Strand von Cascais, nachdem sie mit einem Schiffchen bis fast zum Leuchtturm mit ihm spazieren gefahren waren, mal rot, dann blau, mal rot, dann blau, mal rot, dann blau, die Mutter meiner Sekretärin, eine neue Bank in Amerika, zu mir

– Haben Sie ein Einsehen Senhor Engenheiro unterstützen Sie sie ein wenig

und Verzweiflung, Tränen, zuckende Schulterblätter, eine Art Kuss, der allmählich zu einem Kuss wurde, der Wunsch, um ihren Ängsten beizustehen, den Senhor Presidente zu bitten, mir das Taschentuch zu leihen, denn ich fand meines nicht

– Ich liebe dich so sehr

aus den Augenwinkeln sah ich ihre Mutter zustimmen, mehr Ticks als meine Mutter, mit einer fast teuren Brosche an der Bluse, nicht teuer, fast teuer, wäre meine Mutter anwesend, würde sie die Brosche betrachten und dann mich betrachten, verstünde sie nicht, verstünde sie, verstünde sie erneut nicht, besorgt

– Pass auf mein Junge

sie, die mich nie mein Junge genannt hat, mein Vater war Vater, meine Mutter Mutter, ich brauchte keinen Titel, belegte das kleinste Zimmer auf der dem Fluss gegenüberliegenden Seite, wo die Häuser an einem Hang zwischen Kleingärten und namenlosen Bäumen hochwuchsen, ich weiß mehr über Fische als über Pflanzen, die Hand meiner Sekretärin kletterte langsam an meiner Hose hinauf

– Alle sagen ich sei blöd aber ich glaube an dich

aber ich nenne dich weder blöd, noch glaube ich an dich, vielleicht heiratest du den Personalchef, der seit kurzem verwitwet ist, oder den Schreiber, der jünger ist als du, ich kenne dein Alter nicht, habe nicht gefragt, seit ich eine erste Falte am Hals entdeckt habe, stelle ich keine Fragen, die neue holländische Botschaftergattin beim Tennis, bei dem mein Vater sein sollte, aus dem Mundwinkel in der Annahme, es würde ihren Mann nicht erreichen

– Essen wir morgen zu Mittag?

die Nase groß, die Haare lila, ein Makel am kleinen Finger, der sich nicht ganz beugte, weniger Clown als die anderen Clowns, Lesebrille, kurze Fingernägel, am Ende des Mittagessens

– Ich bin Jüdin

und tatsächlich, die Nase, tatsächlich, der Hautton, Fragen zu den Deutschen, was wir gekauft haben, was wir verkauft haben, für wie viel, und ich sah zu, wie sie mich langsam einwickelte, log, mich zum Schweigen brachte, hier und da wahrheitsgemäß antwortete, der Senhor Doutor

– Bringen Sie sie zum Reden

und ich brachte sie zum Reden, unwichtige Informationen, überflüssige Details, wenn ich mich an den Tejo erinnere, zieht sich mein Herz zusammen, ich dachte, das sei nur so ein Ausdruck, aber es stimmt, es zieht sich zusammen, eine Zange greift in uns hinein und zack, ich zu meiner Sekretärin

– Vertrau mir ich belüge dich nicht

die Beine der Botschaftergattin fast gegen meine, ein Drücken des Ellenbogens, unter dem Vorwand, dass ich etwas genauer erkläre, ihre Art, das Besteck anzufassen, als wäre das Metall lebendig, alles, was um sie herum nicht atmete, lebendig, es gibt solche Menschen, die imstande sind, die Gegenstände wiederaufersthen zu lassen, die nur um ein Haar nicht sprechen, oder falls sie sprechen, habe ich nicht gelernt, sie zu hören, dennoch hat sie, als ich ihren Nacken streichelte, eingewilligt, nicht mit Verlangen, sie hat nur eingewilligt, so wie sie auch einwilligte, dass ich ihre Wange küsste, und dennoch die Augen wach, der Obdachlose kam am Straßencafé vorbei, ohne uns wahrzunehmen, ich glaube nicht, dass er Jude war, doch wie auch immer, who knows, sie führen einen in die Irre, er ging nur in Richtung Meer

– Vertraue mir ich belüge dich nicht

und meine Sekretärin verschränkte ihre Finger mit meinen, wobei mich der Gipfel eines Ringes verletzte, das sind die Nachteile der Schönheit, was hat nicht zwei Seiten, das passt jetzt gerade nicht, aber manchmal habe ich Sehnsucht nach meiner Mutter, doch aus Gründen, die mir selber nicht klar sind, besuche ich sie kaum, ich komme bis zur Tür und verschwinde sofort wieder, wenn das, was ich erzähle, nicht blöd ist, was dann, ich bin ein Kretin, ich habe nicht mit der Botschaftergattin geschlafen, nicht dass ich keine Lust hatte, Lust hatte ich, im Allgemeinen habe ich Lust, der Grund war, dass von ihrer Seite kein Zeichen kam, irgendwann sie

– Schämen Sie sich nicht uns alles zu rauben?

nicht leise wie ein Schrei, leiser als ein Schrei, am Rande der Stille wie die Explosionen der Gestirne

– Sie haben nicht vor irgendetwas davon wieder zurückzugeben oder?

ohne Wut oder Hass, genau wie meine Mutter, die Arme, die niemanden hasste

– Warte dass ich dir das Süppchen aufwärme bevor du gehst

und obwohl ich keine rechte Lust hatte, Krötenfrösche, Krötenfrösche, esse ich das Süppchen mit ihr im Stehen neben dem Tisch, und sie ist zufrieden, zu schade, die Sache mit dem Auge, zu schade, der Diabetes, sie trug Stützstrümpfe, behandelte sich selber mit Salben, hin und wieder ein Verband, wegen Blut, verstehen Sie, die Botschaftergattin

– Haben Sie keine Seele?

und ganz ehrlich weiß ich nicht, ob ich eine habe, Madame, wenn ich an meine Ehefrau denke, glaube ich, dass ich eine habe, sogar das Sofa, auf dem ich sie erwarte, glaubt, dass ich eine habe, sogar das Türschloss glaubt, dass ich eine habe, wenn ich nicht an sie denke, habe ich wahrscheinlich keine, ich weiß nicht, für den Fall, und wir befinden uns im Bereich der Spekulation, dass sie ein Süppchen kommen lässt, glaube ich, dass ich wieder eine haben werde, haben Sie einmal bemerkt, was ein Süppchen alles kann, der Ring meiner Sekretärin unermüdlich wild

– Ich glaube an dich

aber das ist ein Fehler deinerseits, wie naiv, fang nicht damit an, vergiss mich, oder besser, vergiss mich nicht, was werde ich tun, wenn du mich vergisst, die Botschaftergattin in einem kleinen günstigen Hotel

– Ich garantiere Ihnen dass sie eine Seele haben werden

zog mir das Jackett aus, die Krawatte, das Hemd, zog mir das Unterhemd, zog

– Sie werden eine Seele haben

mir die Hose, die Unterhose, die Schuhe, die Strümpfe aus, und ich nackt, Mutter, ich nackt, so unerwartet, so schnell, stünde ich vor Ihrem Haus, würde ich klingeln und hereinkommen, denn Sie wissen, wie man mich in ein Handtuch wickelt, wissen, wie man mich nach dem Bad abtrocknet, wissen, wie man mir den Pyjama anzieht, wissen, wie man mich zum Einschlafen bringt, mein Vater verdrehte die Betttücher, anstatt sie glattzustreichen, während sie bei Ihnen ganz gerade waren, das Kissen gerade, das Licht auf dem Flur brannte, damit ich angstfrei einschlafen konnte, morgens ein Lächeln

– Dem hochgeschätzten Publikum einen guten Tag

wenn ich in die Küche kam, und mein Vater aß ein Stück Brot, bevor er zu den Möwen aufbrach, ich nackt am Bett und die Botschaftergattin nackt

– Ich will deine Seele jetzt

nicht einmal hübsch, nicht einmal elegant, nicht einmal ein Clown

– Jetzt

und gleich darauf meine Mutter

– Bist du aufgewacht?
die Stimme meines Vaters im Wohnzimmer
– Bis später Kumpel
nicht
– Es geht mir gut
die Stimme meines Vaters im Wohnzimmer
– Bis später Kumpel
und ich inmitten von lila Haar, lila Brüsten, lila Beinen, und alles gefiel mir so gut.

ZEHNTES KAPITEL

Vom Fenster aus sehe ich sie dort unten beim Tennis, will heißen die Männer, die Bälle von einer Seite des Netzes auf die andere schlagen, und die Frauen, die miteinander reden, Gesten, Geflüster, Zärtlichkeiten unter dem Vorwand einer Pustel im Gesicht oder eines Blättchens auf dem Kleid, nur wenn mein Mann den Tennisschläger hält, dann schauen alle beflissen zu, seine Partner lassen ihn gewinnen, applaudieren, sie hören nicht, wie ich, obwohl ich weit weg bin, von hier aus höre, wie er sie verachtet

– Stiefellecker

beinahe ohne den Mund zu bewegen, so wie immer, wenn er jemanden nicht respektiert, er nimmt die Ehrbezeugungen, an der dem Tennisplatz entgegengesetzten Seite die Kiefern und das Meer, mit einer Gleichgültigkeit an, ganz zu schweigen von den Dünen, wo vor vielen Jahren, sieben oder acht, wie soll ich das wissen, ein kleines Flugzeug abgestürzt ist, ich erinnere mich an eine spitze Flamme, und der Sand verschluckte sie, mit einer schlaffen Gleichgültigkeit an und einem zweiten

– Stiefellecker

das an mich gerichtet war, mit einem komplizenhaften Einvernehmen, von dem er annahm, es gefiele mir, mit dem ich aber nichts zu tun haben wollte, wie kommst du nur darauf, dass du mich interessierst, du hast mich nie interessiert, und das vom ersten Augenblick an, denn überhaupt nichts, Ehrenwort, überhaupt nichts an dir weckte meine Aufmerksamkeit, trotz des teuren Anzugs nicht einmal elegant, nicht einmal gutaussehend, so vulgär, du, einer dieser Menschen, die man nicht wahrnimmt

— Wer?

sie kommen an einem vorbei, und das war's, es hieß, im Flugzeug seien zwei Basken gewesen, das erzählte man mir später, eines Tages verändert der Wind die Dünen, und dann sind sie da, mit Fliegerhelm und Brille wie in den Zeitschriften, und mögen sie auch noch so oft an uns vorbeikommen, wir erinnern uns nicht an sie, jemand, der dazu bestimmt war, für immer anonym zu sein, hätte er sich nicht in unserem Haus mit meinem Vater im kleinen Salon befunden, in dem Gäste empfangen werden, mein Ehemann mit übergeschlagenen Beinen und mein Vater, die Hosenbeine dicht beieinander, nervös

— Ich werde Ihnen zahlen was ich Ihnen schulde ich brauche nur Zeit

er, der allen Geld schuldete, aber es waren nicht die Geschäfte, die er nicht tätigte, es war das Spiel, das Erbe meiner Mutter ging dahin, war schon ganz dahingegangen, die letzten Terrinen beim Pfandleiher, die Möbel wurden immer weniger, mein Vater zu meiner Mutter überzeugt

— Es ist eine Frage von wenigen Monaten und unser Schicksal verändert sich

denn sobald beim Roulette die Sieben kommt, wird die Familie gut dastehen, und die Sieben wird einmal im Leben ganz bestimmt kommen, der erstbeste Mongoloide weiß das, doch das Glück weigerte sich, verwandelte zum Entsetzen meines Vaters die Sieben im letzten Augenblick in eine Zweiunddreißig oder eine Neunzehn, meine Mutter ohne Brosche am Kleid oder Schmuck am Handgelenk

— Und jetzt?

sie bügelte bereits, machte die Wohnung rein, trug die Schürze der letzten Hausangestellten, die ihren Koffer auf dem Treppenabsatz abgestellt hatte, um sie besser beschimpfen zu können, mit vom Gewicht befreiter Stimme

— Betrügerin

und das Gebäude nahm zur Kenntnis, dass die Mieterin vom Dritten links, Nichte eines Generals, eine Betrügerin war, vom Fenster aus sehe ich die Vögel unterhalb von mir, eigenartig, sie so zu sehen, was die Seelen wohl denken, die sich körperlos zu den Wolken erheben, was meinen Körper betrifft, so ist offensichtlich, dass bei ihm diese kleinen Lichter wie im Auto angehen, die warnen, dass die Batterie oder die Bremsen oder der Motor demnächst kaputtgehen, so dass ich bald schon mit aufgeklappter Motorhaube im Krankenhaus bin, von Mechanikern in weißem Kittel umringt, die, von rotem Öl verschmiert, Röhren und Drähte reparieren, ich öffnete die Tür zum kleinen Salon, überzeugt, dass mein Vater allein war, aber mein Ehemann saß im Sessel, musterte mich

– Wer ist die da?

wie viele verstorbene Autos habe ich im Laufe des Lebens nicht in der Nähe der Werkstätten gesehen, wie sie in der Sonne zerbröselten und langsam in sich zusammenfielen wie die Häuserleichen und die Kirchenruinen, nur eine Wand, nur ein Bogen, nur die nagenden Kletterpflanzenwürmer, mein Vater

– Das ist meine Tochter

ich wartete auf der Schwelle, wartete darauf, um etwas zu bitten, an das ich mich nicht mehr erinnere, was er aber nie zu geben hatte, mit dem üblichen Satz

– Ist vor ein paar Minuten ausgegangen

aber es ist nicht vor ein paar Minuten ausgegangen, lügen Sie nicht, es ist seit Ewigkeiten ausgegangen, alles ist seit Ewigkeiten ausgegangen, nicht nur das Geld, der Hausrat, der Schmuck, am Esstisch statt eines Stuhls ohne Bezug, der in eine Ecke geworfen worden war, eine Küchenbank, der Geschirrschrank geplündert, die Stellen der Bilder weiße, an Nägeln hängende Vierecke, eines davon schief wie damals, als es das Bild noch gab, ein Tischtuch war noch übrig, es ist so eigenartig, oberhalb der Vögel zu leben, jene, die zu den Wellen gehörten, überquerten aus Furcht vor den sich wiegenden Kiefern die Dünen nicht, umkreisten die Felsen, ein Tischtuch war noch übrig, aber mit dem Brandfleck einer Zigarette, ich erinnere mich an die Silbergegenstände meiner Großmutter, an die versilberten Objekte, an den alten emaillierten Tafelaufsatz, den mein Vater in eine Zeitung wickelte, und tschüs

– Es muss sein

meine Mutter kaute, mein Ehemann zu meinem Vater

– Ihre Tochter?

stumm die Unterlippe, ein Angestellter mit weißer Jacke bediert die Leute beim Tennis, ohne zu mir hochzuschauen, und die Frau, die das Blatt vom Kleid der anderen genommen hatte, begleitet sie ins Haus, um den unsichtbaren Fleck zu behandeln, führt sie am Arm und flüstert ihr etwas ins Ohr, meine Mutter voller Angst, meine tote Großmutter könnte ihr, am Stock durch die leeren Zimmer gehend, erscheinen

– Was ist mit meinen Sachen passiert Kleine?

mein Ehemann nicht zu meinem Vater, zu sich selber

– Die Tochter

während das Roulette, sich hinunterbeugen zu müssen, um die Vögel zu sehen, man stelle sich das vor, und die Statue mit der Muschel, die früher so groß gewesen war, die Fabrik meines Vaters geschlossen, der Hund des Lagerarbeiters lag im Schatten und kratzte sich, und keine Maschine arbeitete drinnen, zerbrochene Scheiben, Staub, ein Sonnenkreis wanderte den Putz hinauf, mein Ehemann

– Die Tochter

nicht wie man einen Menschen anschaut, sondern wie man ein Geschäft abschätzt, will heißen mit gespitztem Mund und zusammengekniffenen Augen, ich würde im Juni sechzehn werden, ich war groß, die Augen meines Mannes, plötzlich wurde mir ein Pickel auf meiner Wange bewusst, musterten eingehend meine Beine, meine Taille, meine Brüste, weil mein Vater mir nicht antwortete, in letzter Zeit war am Abend ein Obdachloser im Garten unter den Flammenbäumen, ohne dass der Chauffeur ihn hinauswarf oder den Anschein erweckte, ihn zu sehen, möglicherweise existiert er nicht, ich habe immer Personen erfunden, weil mein Vater mir nicht antwortete, unterhielt ich mich mit ihnen, und sie redeten mit mir, ehrlich, meine Mutter verwundert

– Führst du jetzt Selbstgespräche?

aber ich führte keine Selbstgespräche, es waren meine Freunde, sie hatten Namen und alles, aber wie sollte ich es erklären, würde ich es erklären, würde meine Mutter noch weniger verstehen, würde sie sagen

– Aber ja doch aber ja doch

würde sagen

– Das vergeht mit dem Alter

ich war zu weit weg, als dass der Obdachlose mich hören könnte, und deshalb bin ich mir nicht sicher, ich glaube, wenn ich ihn rufen würde, ohne dabei die Stimme zu erheben, würde er den Kopf zu mir heben und weitergehen, da mein Vater mir nicht antwortete, wandte ich mich ab, um zu gehen, das vergeht mit dem Alter, aber das tat es nicht, die Personen, die ich erfunden habe, kennen einander, vielleicht erzähle ich es einmal, und wenn ich es erzähle, nicht

– Das vergeht mit dem Alter

zerstreutes Mitgefühl

– Wir sind nicht immer jung

ein zustimmender Seufzer

– Der Kopf lässt nach

man zwingt mich, eine Serviette um den Hals zu binden und schnell zu schlucken

– Glauben Sie ich hätte mein ganzes Leben lang Zeit

als wenn sie irgendwann ein ganzes Leben gehabt hätten, es ist schon ein Glück, ein kleines bisschen zu haben und in diesem beengten Raum zu leben, als ich mich abwandte, um zu gehen, mein Ehemann

– Bleib hier

er siezte mich nicht, duzte mich, und mein Vater ließ es zu, die Hosenbeine dicht beieinander, nervös, mein Ehemann

– Bleib hier

und wieder der gespitzte Mund und die zusammengekniffenen Augen, meine Beine, meine Taille, meine Brüste und ich, trotz Rock und Bluse, den Blicken preisgegeben, selbst wenn ich mich mit den Händen bedecken würde, preisgegeben, der kleine Salon meines Vaters eine Kiste mit einer Decke darüber und ein halbes Dutzend nutzloser Gegenstände auf dem Fußboden, geblieben war die Köchin, die schon vor meiner Geburt für uns gearbeitet hatte

– Sie brauchen mich nicht zu bezahlen ich habe nichts wohin ich gehen könnte

sie gab mir heimlich Zuckerstücke, mein Ehemann, einmal, als ich nachts träumte, ich würde im Badezimmer Pipi machen, aber ins Bett machte, war sie nicht böse, bei meiner ersten Menstruation half sie mir, nicht meine Mutter, sie kaufte Tütchen mit billigen Bonbons und legte sie mir unter das Kopfkissen

– Unser Geheimnis

das Problem war, dass ich sie lutschen musste, mein Ehemann, Papier und alles, ich trennte das Papier mit der Zunge, stopfte es zwischen Wange und Zahnfleisch und würde es vom Balkon spucken, manchmal traf ich die Straße, dann wieder musste ich es mit der Schuhspitze bis zum steinernen Rand befördern, mein Ehemann zeichnete mit dem Zeigefinger einen Kreis

– Dreh dich um

und da mein Vater nicht protestierte, drehte ich mich um, wusste nicht, was ich davon halten sollte, bis er

– Komm her

immer noch mit gespitztem Mund und zusammengekniffenen Augen, er überlegte, indem er die Schienbeine kreuzte, um sie gleich wieder anders herum zu kreuzen, und ich bemerkte, dass die Sohlen seiner Schuhe neu waren, ich habe bei ihm immer nur neue Schuhsohlen gesehen, als ich geheiratet habe, wollte ich die Köchin mitnehmen, aber er hat es nicht erlaubt, will heißen, er sagte nichts, aber wenn er nichts sagte, bedeutete das nein, wir besuchten einander heimlich, am Ende des Besuches steckte sie mir ein Tütchen Bonbons in die Hand, und ich steckte sie, weil ich nicht den Mut hatte, sie wegzuwerfen, in eine Wäscheschublade, wo sie blieben und aneinander festklebten, sie vom Gaumen zu lösen beispielsweise ging nur mit dem Fingernagel, und selbst so meine Mutter

– Nimm den Finger da heraus du siehst aus wie ein Fisch am Angelhaken

und daher klebten sie den ganzen Nachmittag dort, bis sie sich auflösten, und ein Geschmack nach was weiß ich widerstand sogar der Zahnpasta, wenn meine Menstruation zu Ende war, wollte ich ihr zuflüstern

– Sie ist vorbei Titina

aber ich hatte keine Titina mehr, bei ihrer Beerdigung weder Angehörige noch ein Priester, die beiden Männer, die das Grab aushoben, und ich, mir war so sehr nach Weinen, dass ich äußerlich ausgedörrt, innerlich Erinnerungen und so, aber äußerlich ausgedörrt blieb, heute wage ich nicht, im Traum Pipi zu machen, ich halte es zurück, bis ich aufwache, mir bewusst ist, dass sie nicht da ist, ich höre ihr Schlurfen, höre ihr Lächeln, denn Lächeln hört man, das erfinde ich gerade, man hört es nicht, hört es, hört es nicht, närrische Einfälle meinerseits, kümmern Sie sich nicht darum, ich höre ihr Schlurfen, und ich glaube, ich habe Sehnsucht danach, von einem bestimmten Zeitpunkt an ist man sich nicht mehr sicher, man mutmaßt, und mit den Jahren schwächen sich die Sentimentalitäten ab, es bleiben ein paar Leute, die Tennis spielen, und ein halbes Dutzend Vögel, mein, ringsum, ich weiß nicht, ob sie wegsterben und anderen Platz machen oder ob es immer dieselben sind, mein Ehemann zu meinem Vater

– Ich werde Ihnen ein Geschäft vorschlagen

als ich um ein Beet herumging, hörte ich Eichelhäher, die mir die Erinnerung an meinen Großvater auf dem Landgut brachten

– Hörst du die Eichelhäher Mädchen?

hingerissen richtete er sein Ohr auf eine Zeder, er trug immer einen Kompass mit einer vibrierenden Nadel in seiner Jackentasche, der ihm wenig nützte, da er den Innenhof nie verließ, ich glaubte, der Norden sei ein fester Ort, Titinas Bonbons hörten auf mich zu rühren, und letztlich war er eine zittrige Unruhe, mein Vater, dessen Angewohnheit, die Sätze der anderen zu wiederholen, mir Gänsehaut machte

– Ein Geschäft?

während das Klappern seines künstlichen Gebisses meine Mutter die Fassung verlieren ließ

– Gibt es denn niemanden der das mal festschraubt?

und den wird es schon geben, was es nicht gibt, ist Geld, man klemmt die Drähte mit einer Zange fest, und die Backenzähne hören auf, die Hacken zusammenschlagend, am Zahnfleisch herumzuschlittern, die Sekretärin meines Ehemannes massiert ihn nach jedem Spiel, wenn sie redet, sprühen ihre Armbänder Funken, mal sind die Funken riesig, mal sind die Armbänder nicht vorhanden, das hängt von der Sonne ab, Funken auch an den Fingern, am Hals, mein Ehemann

– Ein Geschäft

wobei er mich weiter anstarrte, man hatte mich noch nie so lange und so intensiv gemustert, seine Fäuste umschlossen die Armlehnen des Stuhls so fest, dass ich dachte, er würde sie zerbrechen, im Grunde genommen war er zurückhaltend, schüchtern, was mich innerlich weich machte, die Zerbrechlichkeit der Menschen berührt mich, wer weiß warum, ich begriff, dass mein Vater sich einen Augenblick lang auf die Sieben konzentrierte und die Sieben vergaß, es gab damals weder die Kiefern noch einen Obdachlosen, noch das Haus in Cascais, noch viel weniger dieses Zimmer und den Wind im Dunkeln, mein Ehemann zu meinem Vater

– Geben Sie mir Ihre Tochter zur Ehefrau und ich übernehme Ihre Schulden und bringe die Fabrik wieder ordentlich zum Funktionieren

mein Ehemann zu meinem Vater

– Jemand wird das Geschäft führen und Sie sind alt arbeiten nicht mehr erhalten nur Geld

mein Ehemann zu meinem Vater

– Und wenn ich Sie beim Spielen erwische zerstöre ich Sie ich will eine Familie mit gutem Namen ist das klar?

zu ihm gebeugt, und die Eichelhäher im Landgut meines Großvaters schwiegen, die Bäume konkav, um die Dämmerung zu empfangen, es passt so viel Nacht in die Zweige, ich habe zwei Monate später geheiratet und bis dahin meinen Ehemann nicht wiedergesehen, ich sah Arbeiter in unserer Wohnung, Schränke, Bilder, ein noch größerer Tafelaufsatz, Titina nicht in Pantoffeln, in Schuhen, bewegte sich, als würde sie laufen lernen, mit ängstlicher Langsamkeit

– Ach gnädiges Fräulein

die Brosche wieder am Kleid meiner Mutter, mein Vater

– Mich alt nennen

und möglicherweise war er alt, ich weiß es nicht, so alt wie ich heute, nehme ich an, und daher sind wir alt, wie schade, ich in diesem Zimmer hoch oben, in das der Angestellte mit der weißen Jacke Mittagessen und Abendessen bringt

– Senhora

und mein Mann, wenn er gerade mal Lust hat, sitzt dort auf

dem Stuhl, er unterhält sich nicht, redet nicht, ist einfach nur dort, verfolgt, ohne mich zu beachten, die Vögel mit den Blicken oder beobachtet mich, wenn er überzeugt davon ist, dass ich ihn vergessen habe, aber ich vergesse ihn nicht, selbst wenn er mir den Rücken zukehrt, errate ich, was in seinem Kopf vor sich geht, und das ist ein Bahnhof, von dem ich niemals abfahre, erst wieder am Hochzeitstag, nach der Kirche, und woran ich mich, was die Kirche betrifft, erinnere, ist ein Taubentropfen, der auf meinen Hut fiel, sah ich das Haus in Cascais, die Flammenbäume und die riesigen Zimmer, mein Mann trat vor mir ein, ich bin eine Frau, bin wenig wert

– Da lang

ohne eine Geste, ohne eine Aufmerksamkeit, ohne ein Lächeln, und ich habe es ihm nicht übel genommen, denn er hat mich nicht geheiratet, er hat mich gekauft, Blumen im Schlafzimmer, die nicht er dorthin gestellt hatte, ein unendliches Bett, das nicht er selber gekauft hatte, und als ich ans Fenster trat, bemerkte ich den Obdachlosen zum ersten Mal, wie er dicht am Gewächshaus entlangtrabte, eng am Gärtner vorbei, der ihn nicht wahrnahm, so wie auch der Chauffeur und der Angestellte mit der weißen Jacke ihn nicht wahrnahmen, meine Tochter, bei der weiß ich es nicht, wir kennen einander nicht, manchmal könnte ich schwören, dass sie vor der Tür steht, und falls sie es ist, was will sie dann von mir, dann entfernen sich die Schritte, ich sah sie in ihrer Schuluniform ankommen, die Tennisbälle aufsammeln und wieder gehen, wie gut, dass sie nie am Türknauf gedreht hat, was hätte ich zu ihr sagen können, was hätte sie mir sagen können, nicht

– Mutter

denn sie hatte keine Mutter, ich bin keine Mutter, ich bin, ich frage mich, ob ich an ein zweites Leben glaube, ob wir nach dem Tod weiterleben oder so, ich bin allein, allein, als mein Ehemann beim Eintreffen in unserem Schlafzimmer

– Zieh dich aus
als mein Mann
– Bedeck dich nicht mit den Händen

wobei ich nicht bemerkt hatte, dass ich mich mit den Händen bedeckte, als mein Mann, nur Augenbrauen und Mund wie im kleinen Salon meines Vaters

– Leg dich hin

während er sich in der anderen Ecke des Zimmers auszog und ich überrascht war, dass Männer so sind, ich hatte sie mir weniger schutzlos vorgestellt, stärker, und da wurde mir klar, dass sie nicht bei uns sind, sie sind bei dem Kind, das sie einmal waren, das ausgestreckt neben mir lag, nicht wagte, mich zu packen

– Du wirst mir doch nicht wehtun?

ich bin so klein, schütze mich, sorge für mich, mein Ehemann, der Herr über Banken, Gesellschaften, aller Unternehmen der Welt

– Ich bin nicht erwachsen

außerstande, weil sie giftig sein könnte, eine Eidechse zu verfolgen oder in die Speisekammer zu gehen, denn da drin könnte ein Zigeuner mit einem offenen Sack auf ihn warten, während die Eltern sich dort unterhielten, wo es Licht gab, sogar im Sack hörte er die Mutter zum Zigeuner sagen

– Sie können ihn mitnehmen

der Vater ermutigte ihn noch

– Sie werden sehen er ist ganz leicht

und mein Mann still, starr, die Sekretärin, ohne sich weiter um ihn zu kümmern

– Adieu

und unvermittelt, mit einem Schluchzer, presst mein Mann sich an mich, die Lampe vom Nachttisch mit rosa gefälteltem Lampenschirm mit Schleifen auf dem Fuß beleuchtete den Teppichboden, wo meine Kleider aufs Geratewohl verstreut waren, die Venusstatue reckte sich zur Muschel, ohne sie zu erreichen, der Obdachlose abwesend, der Angestellte mit der weißen Jacke kam mit dem Abendessen heran, mein Ehemann, den Arm über dem Gesicht, obwohl kein Zigeuner um ihn herumschlich, hätte ich einen Bonbon, würde ich ihm einen anbieten, und ich dachte dabei

– Das ist also heiraten das ist also heiraten

ich zu meinem Ehemann

– Falls du den Bonbon nicht magst hol ihn mit dem Fingernagel vom Gaumen

und mein Ehemann wurde ganz allmählich zu meinem Ehemann, während er sich anzog, die Krawatte festzurrte, autoritär, grimmig, mein Vater im Schlafanzug, wie ist er hier hereingekommen, noch nach Nacht riechend in der Helligkeit der Küche, meine Mutter, ungeschminkt, an die Küchenzeile gelehnt, wärmt sie den Kaffee auf, sieht nicht mit den Augen, tastet nur

– Redet nicht mit mir bevor ich nicht zwei Tassen getrunken habe

bei der ersten Tasse begann sie sie selber zu sein

– Ich glaube ich heiße Ágata

verbesserte sich bei der Hälfte der zweiten

– Ágata war meine Mutter ich bin Sara

indem sie Sara entdeckte, entdeckte sie meinen Vater

– Wenn du sehen würdest wie lächerlich du ausschaust

und indem sie die zweite Tasse abstellte, entdeckte sie mich

– Um eine Scheibe mit Butter zu bestreichen braucht es da so viele Krümel auf dem Boden?

die sie, über ihr Kreuz klagend, auf eine Schaufel fegte, und beim langsamen Aufrichten versicherte sie sich ihres Rückens

– Ich Arme

mein Vater, einer dieser kranken Hunde mit einer Pfote, die nicht wirkt, als sei es eine zu wenig, sondern eine zu viel, und die daher humpeln

– Das Unglück fängt allmählich an

das, um ehrlich zu sein, gerade erst angefangen hatte, Senhor, in zehn Jahren sprechen wir uns wieder, jedes Mal, wenn mein Vater mit seiner Sieben im Kopf ums Casino strich, packte ihn einer dieser Kerle, die für meinen Ehemann arbeiteten, am Ärmel

– Verschwinde

und begleitete ihn zu den Taxis dort unten, apropos da unten, da sind die Vögel unter dem Fenster und ein Eichelhäher, nur mein Großvater bemerkte ihn

– Hörst du ihn nicht Mädchen?

aber ich hörte ihn nicht, die Eukalyptusbäume, ja, die Eichelhäher, da war nichts, vom ersten Mal an löschte mein Ehemann das Licht, bevor er ins Bett ging, ich spürte ihn an meiner Seite wegen eines Seufzers auf der Matratze, und dann, während ich mich an das gelöschte Licht gewöhnte, begann ich sein Profil, den nach oben gedrehten Bauch, die geschlossenen Augen zu erkennen, die keine Autorität hatten, der Verdacht, dass die Stimme weit weg vom Körper, ihrer selbst nicht sicher, meiner nicht sicher

– Wenn ich groß bin

man glaubt, es wäre ein riesiger Körper, und am Ende war er winzig, kraftlos, glaubt, er wäre entschlossen, aber er war zögerlich, er wäre herrisch, aber er bat, mein Vater zu dem Kerl, der für meinen Ehemann arbeitete

– Nur einen einzigen kleinen Jeton versprochen

und der Schuh des Kerls an seinem Hintern

– Verschwinde

der Schuh des Kerls

– Dem Senhor Doutor würde es nicht gefallen davon zu erfahren

mein Ehemann ohrfeigte meinen Vater vor meiner Mutter, vor mir, der Hausangestellten, die einen Tee brachte

– Sie Schwachkopf

die Palmen vom Casino sind bestimmt immer noch da, und die Narzissen und der Rasen, den Ausländern gefallen sie, fragen Sie mich nicht, ob ich an ein anderes Leben glaube, es muss ein anderes geben, mein Vater zu meinem Ehemann

– Verzeihen Sie mir

ohne Erregung, hinnehmend, ein neuer Lüster an der Decke, englische Kupferstiche, die Wohnung wieder reich, kein Loch im Tischtuch, keine Bank in der Küche, ich sehe sie sonnabendnachmittags vom Fenster aus, die Männer schlagen Bälle und die Frauen, Gelächter, Geflüster, nur wenn mein Mann den Schläger hält, dann schauen alle beflissen zu, die Partner lassen ihn gewinnen, applaudieren, hören nicht, wie ich, obwohl ich weit weg bin, von hier aus höre, wie er sie verachtet

– Stiefellecker

beinahe ohne den Mund zu bewegen, so wie immer, wenn er jemanden nicht respektiert, er nimmt die Ehrbezeugungen, an der dem Tennisplatz entgegengesetzten Seite die Kiefern und das Meer, mit einer schlaffen Gleichgültigkeit entgegen, ich dachte, dass ich ihn umbringen würde, schlüge mein Ehemann noch einmal meinen Vater, selbst wenn er ihn nicht noch einmal schlüge, würde ich ihn umbringen, der Senhor Presidente, als er von der Heirat hörte

– Sehr gut sehr gut

mit monotoner Zustimmung, ohne Erregung, sein Hut am Eingang übrigens verbeult, übrigens alt, vor dem sich, wer vorbeikam, verbeugte, der Mantel wünschte sich ein ruhiges Rentenalter im Schrank, mit Naphthalin in den Taschen, sie zogen ihm den Mantel, der am Rücken zu eng war, an, wenn er den Ort verließ, an dem er wohnte, von dem man mir aber nicht erzählte, wo er lag, am Rand der Decke, still und wahrscheinlich leer, ungeputzte Schuhspitzen, wer kümmerte sich um ihn und servierte ihm kleine Hühnerbrühen, ein Häuschen im Norden, und im August befehligte er das Land zwischen Rübenschösslingen, während mein Vater überzeugt war, dass die Nummer sieben noch kommen würde, kam, und voller Angst war vor den Angestellten meines Mannes

– Verschwinde

meine Mutter

– Du

dennoch verfolgte sie für alle Fälle ebenfalls die Sieben, die zu einer Einunddreißig und einer Neun wurde, der Obdachlose umrundete das Gewächshaus, ging immer weiter, ich habe ihn nie stillstehen sehen, entschlossen, in Eile, wer von uns in diesem Buch hat einen Namen, wer existiert tatsächlich, wer bin ich wirklich, oder wer ist mein Ehemann, oder sind Sie, die Sie es lesen, jetzt mal ganz ehrlich, existiert das Buch überhaupt, wegen der Bälle und der Schläge auf die Bälle ist der Klang der Worte unhörbar, nicht wahr, oder ungeordnet wie die wilden Feigenbäume und die Dünen, die Tropfen der Muschel der Venus fallen einer nach dem anderen mitten auf die Seiten, verstreuen die Silben, der schnelle Flug der Vögel verdunkelt die Absätze, so wie er Ihre Gesichter und meines verdunkelt, mein Ehemann löschte das Licht, bevor er zu Bett ging oder wenn er sich ins Bett legte, ist egal, daher müssen Sie, um mit mir weiterzumachen, eine eigene Lampe anzünden, falls Sie keine haben, können Sie ihn vielleicht an meiner Seite durch das Seufzen einer Sprungfeder und einer Vibration des Körpers wahrnehmen, es gibt immer eine Vibration des Körpers, wenn jemand bei uns ist, Schritte, auch wenn sie noch so klein sind, ein Atmen irgendwo, wer weiß, wer von uns wer weiß was erwartet, und dann, während wir uns an die Dunkelheit gewöhnen, und wir gewöhnen uns an die Dunkelheit, schließlich leben wir dort, ein Profil an unserer Seite, den Bauch nach oben und die Augen geschlossen, oder zumindest sind wir uns sicher, dass die Augen geschlossen sind, weil derjenige, der sich neben uns legt, keinen Gedanken an uns verschwendet, und dann begreifen wir, dass das Profil keine Autorität hat, uns fürchtet, außerstande ist zu protestieren, außerstande zornig zu werden, ein Wispern, das möglicherweise ihm zuzuordnen ist

– Du wirst mir doch nicht wehtun?

kein Befehl, natürlich nicht, was für ein Befehl, eine kindliche Bitte, die sich selber fürchtet, mich fürchtet

– Hilf mir

und was bedeutet helfen, was ist helfen, was macht man, um zu helfen, was erreicht man, wenn man hilft, die Finger meines Mannes suchen meine, zögern

– Flüchten wir oder flüchten wir nicht?

und als sie beschließen, nicht zu flüchten, sind sie zurück, halten mich fest, und nachdem sie mich festgehalten haben, verharren sie ruhig, ich stellte sie mir riesig vor, und letztlich waren sie klein, stellte mir den Körper riesig vor, und letztlich war er winzig, kraftlos, stellte mir vor, er wäre entschlossen, aber er war zögerlich, er wäre herrisch, aber er bat, es blieben meine Kleider auf dem Boden, denn das ist die Ehe, die Ehe ist nur das, draußen ein Obdachloser und die Tropfen der Muschel der Venus

– Nur das

die mitten auf die Seiten fallen und Absätze verstreuen, also legen Sie das Buch auf einen Tisch, ein Regal, einen Stuhl, in den Müll, werfen Sie das Buch in den Müll, denn der Schatten des Fluges der Vögel dort draußen hat die Seiten verdunkelt, und von hier an gibt es nichts mehr zu lesen.

DRITTER TEIL

ERSTES KAPITEL

Manchmal höre ich in den Pausen der Wellen und des Windes die Tropfen der Muschel im Wasserbecken, langsam, gelassen, die versuchen, mir irgendetwas Altes, halb Vergessenes zu sagen, das zurückkehrt, und ich bin wieder Kind im Haus meiner Eltern, als der große Topf mit dem Loch aus der Küche durch den Korridor ging, mich weckte, immer wieder meinen Namen sagte, ich dachte, es wäre eine vertrauliche Mitteilung, ein Befehl oder eine Warnung, aber es war nur mein Name, aber wieso mein Name, was wollte er von mir, mein Vater und meine Mutter waren ihm näher, aber er kümmerte sich nicht um sie, ich fragte
– Was habe ich getan?
aber anstatt zu antworten, wiederholte er meinen Namen, monoton, beharrlich, am Tag ist der Korridor kurz und im Morgengrauen unendlich lang, auf den Fensterrahmen schwarz der Abdruck der Zweige der Bäume, damals erreichte ich eben gerade die Fensterbank, das Knacken der Dielen bedrohte mich
– Wir werden ein Loch öffnen und du fällst hinein
und möglicherweise taten sie es, ich schaute nicht hin, als ich in die Küche trat, hatte der große Topf nichts Geheimnisvolles, die Teller in der Spüle in Reih und Glied, meiner mit, meiner mit einer, meiner mit einer langwimprigen lächelnden Giraffe, meine Mutter, die Giraffen mochte
– Schau nur das Tier ist so zufrieden wie nett
ein Tier, das mich nicht mochte und das ich nicht mochte, selbst wenn es mit Suppe bedeckt war, sah ich die Augenbraue,

bis zu einem gewissen Punkt verstehe ich, dass so viel Rübenschösslinge einen nerven, ihm blieb die Hoffnung, dass ich alles runterschluckte, damit es im Gegenzug wieder zum Vorschein kommen konnte

– Uff

einmal hat meine Mutter mich dabei erwischt, wie ich einen Hammer gegen das Tier erhob, sie hat ihn sofort umgedreht und mich damit bedroht

– Wage es ja nicht

und daher befindet es sich möglicherweise immer noch in dem verschlossenen Haus, die Geschöpfe aus der Kindheit geben nicht auf, irgendwann stellt Marçal es mir zerstreut auf das Tischtuch, und als er es zurechtrückt, sieht er, wie es wartet, Marçal ersetzt es sofort

– Entschuldigen Sie Senhor Doutor ich verstehe das selber nicht

er ist kein Kenner kindlichen Eigensinns, ich nehme die Serviette von den Knien und binde sie mir um den Hals

– Lassen Sie nur

dazu meine vor Ewigkeiten verstorbene Mutter erfreut

– Ich wusste dass ihr euch am Ende mögen würdet

denn für sie war Liebe eine Frage der Geduld, mit der Giraffe erschien mir unvermittelt, vermischt mit Kristall- und Silbergegenständen, der ganze restliche Kram und rührte mich, warum weiß ich nicht und weiß es doch, sieh den Tatsachen ins Gesicht, sechsundfünfzig Jahre auf dem Buckel, und man ist schwächer, die Leichtigkeit, beispielsweise, mit der die Augen weinen, nicht wir, die Augen, noch bin ich da nicht angelangt, aber ich werde dorthin kommen, genau dorthin, ich, der mir vor den Emotionen der alten Leute graut, das Taschentüchlein an den Augenlidern, das Zittern des Mundes, das Foto eines im Garten begrabenen Hamsters noch immer in einer Schublade, das man dort nicht aus Sehnsucht lässt, was interessiert uns der Hamster, sondern wer weiß warum, obwohl uns der Name nicht einfällt

– Wir werden nicht jünger Marçal

und Marçal mit tiefempfundenem Einverständnis, deswegen habe ich ihn eingestellt, Marçal, der in einer Art Nebel seinen Vater sieht, wie er mit fernen Hammerschlägen den Esel beschlägt

– Demnächst sehen wir uns die Radieschen von unten an Senhor Doutor

wir, die wir gestern, ich brauche da gar nicht weiter auszuholen, in Saft und Kraft standen, sechsundfünfzig, man stelle sich nur einmal die Unbarmherzigkeit des Lebens vor, an gewissen Tagen weise ich den Chauffeur an, mich zum Haus meiner Eltern zu fahren und schaue es eine Weile von der Straße aus in der Gewissheit an, dass, obwohl das Wasser abgestellt ist, der große Topf immer noch da ist, er wartet nur auf die Nacht, um mich zu rufen, meine Sekretärin, die mir beginnt, nicht mehr zu gefallen, seit ich bei ihr Tränensäcke entdeckt habe, bereits gegenwärtig, bereits deutlich

– Wie morbid Liebster

in ein paar Wochen verwahrt sie ihre Wimpern in den Taschen des Gesichts, Frauen mit Westentaschen in den Wangen, kommt nicht in Frage, vor dem Haus meiner Eltern, in Gedanken an die Tropfen, überraschte ich den Chauffeur im Rückspiegel, ich, der ich die Neugier derjenigen hasse, die ich dafür bezahle, nicht neugierig zu sein

– Beobachtest du mich du Dummkopf?

der Chauffeur, indem er aus dem Spiegel verschwand

– Nicht im Traum Senhor Doutor

daher blieben ihm, als wir in Cascais angekommen waren, fünf Minuten, um das Köfferchen unter dem Bett hervorzuziehen und mit Verbeugungen zum Büro hin zu verschwinden, wären doch alle, die mich umgeben, so wie der Obdachlose, der wenigstens schweigend vorbeigeht, ohne jemanden zu beachten, dort hinten beim Gewächshaus oder am Tennisplatz entlang auf dem Weg zum Bahnhof, wo er Züge nimmt, die ihn, obwohl sie nicht abfahren, immer zurückbringen, mögen auch die Reisen manchmal Ewigkeiten dauern, ich wartete vor dem Haus auf meine Rückkehr aus der Schule, aber wahrscheinlich die Katechese, der Tischfußball oder ein Besuch mit den Kameraden, Normando, Arsénio, Júlio, ich stelle mit einigem Vergnügen fest, dass die Erinnerung funktioniert, die sechsundfünfzig Jahre haben die Zähne und die Enge in der Brust vorgezogen, über die ich mir keine Sorgen machen muss, die macht sich der Arzt, der davon lebt, ein Besuch mit den Schulkameraden bei der aufgegebenen Werkstatt, man kam hinein, indem man ein Brett zur Seite schob, Normando ist bei einem Unfall beim Militär gestorben, der Lastwagen der Rekruten ist gegen eine Mauer geprallt, und ich fühlte keinen Kummer, sondern Schrecken, Arsénio, Júlio und ich bei der Beerdigung, ganz hinten, weil ich die Trauerkrawatte vergessen hatte, Arsénio hat mir seine geliehen, damit ich die Familie begrüßen konnte, nach einiger Zeit haben wir uns verloren, bis heute, man schob ein Brett zur Seite, kam über Müll stolpernd hinein, ich erinnere mich an die zerbrochenen Dachluken, und in der Helligkeit der Dachluken die dicke Frau, barfuß, die Haare vom Kopf abstehend

– Schnuckelchen

sie rief uns, nicht einen nach dem anderen, alle zugleich, es gab Raum in ihr, ich erinnere mich daran, wie sie grunzte

– Schlawiner

und wir suchten, zappelten, steckten die Arme hinein, das Pech von Normando, dem Armen, so ist nun mal das Leben, die Frau bat uns nicht um Geld, sie bat uns um etwas zu essen, wir gaben ihr ein Töpfchen, das Júlios Mutter uns für einen Armen gab, und sie kaute, während wir gemeinsam gegen diesen außergewöhnlichen Körper kämpften, ich erinnere mich ebenfalls an eine kaputte Schüssel, dreckige Decken, kriegerische Mäuse in den Ecken, nach dem Besuch des Hauses meiner Eltern kehrte ich schließlich zum Guincho zurück, fuhr aber nicht näher heran, um ihn zu sehen, bereits an der Ecke wandte ich mich im Wagen um, war aber noch nicht zu Hause, Júlios Mutter war nicht reich, aber sie hatte Mitleid mit Hungrigen, ein Stückchen Fisch, ein paar Kartoffeln, sie strich uns über den Nacken

– Es gefällt mir dass ihr euch um die Bedürftigen kümmert genau so

– Es gefällt mir dass ihr euch um die Bedürftigen kümmert

und tatsächlich, wir kümmerten uns, zerknittert, ohne Knöpfe, aber wir kümmerten uns, meine Mutter zog den Nähkorb heran

– Ich hätte gern gewusst wie dein Hemd in diesen Zustand versetzt wurde

mein Vater wusste es, zog langsam den Gürtel heraus

– Komm her du Trebegänger

noch heute weiß ich nicht, was das bedeutet, hingegen weiß ich, was die Schnalle eines mit ganzer Seele gezückten Gürtels bedeutet, und ich kauerte über dem Sofa, während meine Mutter an meinem Vater hing

– Willst du ihn umbringen Eduardo?

rauf und runter hing sie an seinem Ellenbogen, während mein Vater

– An deiner Stelle würde ich weggehen

und da sie nicht wegging, wusste auch sie, was die Schnalle bedeutete, Tage später, ich schrieb gerade etwas ab, fragte sie mich, während sie sich am Bein kratzte

– Was ist bloß ein Trebegänger?

verwirrt, mein Vater, der hin und wieder didaktische Augenblicke hatte, hat es nie erklärt, er hat Arthropode, Polyvalenz, Synästhesie erklärt, aber bei Trebegänger hielt er sich zurück, der unvorbereitet erwischte Lehrer rettete sich mit einer vagen Geste, nach einiger Überlegung

– Wenn ich Zeit habe sage ich es dir

aber er sagte es nicht, Wochen später, bei Schulende hörte ich ihn sich selber fragen

– Trebegänger?

mit einer verblüfften Falte, wenn er noch lebt, und falls er noch lebt, ist er mindestens achtzig Jahre, quält er sich damit herum, und Trebegänger bleibt selbstverständlich hängen, dringt ein, verlässt einen nie wieder, wie man sieht, ist es noch immer hier, meine Mutter, an dem Ort, an dem sie jetzt ist, die Arme, zu den anderen Verblichenen

– Sagt Ihnen Trebegänger wenigstens etwas?

ein Wort, das da irgendwie frei umherirrt, die Leute quält, würde ich mit dem Senhor Presidente nicht so viel Umstände machen, würde ich ihm die Frage stellen, und ich sehe ihn, wie er die Decke richtet, mit seiner kleinen engen Stimme

– Trebegänger?

nachts höre ich in den Pausen der Wellen und des Windes die Tropfen der Muschel im Wasserbecken, die versuchen mir irgendetwas Altes, halb Vergessenes zu sagen, das zurückkehrt, und ich bin wieder Kind im Haus meiner Eltern, als der große Topf mit dem Loch durch den Korridor ging, mich weckte, immer wieder meinen Namen sagte, ich dachte, es wäre ein Satz, ein Befehl oder eine Warnung, aber unvermittelt

– Trebegänger

was wollte er von mir, mein Vater und meine Mutter waren ihm näher, aber er kümmerte sich nicht um sie, er rief mich, ich fragte ihn

– Was habe ich getan?

aber anstatt zu antworten, wiederholte er meinen Namen, monoton, beharrlich, was gäbe ich nicht darum, das Töpfchen von Júlios Mutter zu probieren, eine Kartoffel, ein Restchen

Kotelett, was gäbe ich nicht darum, Sohn von Júlios Mutter zu sein, die mir über den Nacken streicht

— Es gefällt mir dass ihr euch um die Bedürftigen kümmert

die als Putzfrau arbeitete und gut zu uns war, was gäbe ich nicht darum, damit man

— Schnuckelchen

in einer zusammenfallenden Werkstatt zu mir sagte, in eine barfüßige Frau versunken, deren Haare vom Kopf abstanden, die genug Raum für drei kleine Jungs hatte, die in ihr ertranken, wieder auftauchten und erneut ertranken, so anders als meine Sekretärin, die an Gewicht zunahm, ohne Raum, und mir nicht mehr gefiel, seit ich Tränensäcke bei ihr entdeckte, bereits vorhanden, bereits deutlich, die bereits ihre Wimpern wie zwei Uhren voller Zeiger in den Taschen der Wangen verwahrte, ich informierte meinen engsten Mitarbeiter

— Ihre Ehefrau hört auf für mich zu arbeiten

und er nahm es hin, was blieb ihm anderes übrig, der Obdachlose verließ das Kiefernwäldchen, um durch die Dünen zu wandern, der Wind sträubte seine Kleider, mir war so, als ob da ein Eichelhäher

— Hörst du den Eichelhäher?

aber das war kein Eichelhäher, sondern die Tropfen aus der Muschel und der Gärtner, Normando gefällt mir, mir gefällt jede Silbe, hoffentlich gibt es mehr, Dutzende, Hunderte, Tausende, hätte er sich vermehrt, würde ich seinen Sohn sofort einstellen, und wo wir schon dabei sind, wie hieß wohl seine Mutter, wie beim Trebegänger werde ich dahinscheiden, ohne es zu wissen, leider, es gibt Augenblicke, in denen das Ausmaß meiner Ignoranz mir, ehrlich gesagt, große Schwierigkeiten bereitet, ich bin dankbar für die kleinen Dinge, die immer trösten, sechsundfünfzig Jahre, mir bleibt nur noch ein Bruchteil, wenn ich mich vorbeuge, sehe ich meine Ehefrau oben am Fenster, meine Tochter, die, einen Hund auf den Knien, im Salon sitzt, sehe ich nicht, auch meinen Schwiegersohn nicht, den ich in der Schweiz untergebracht habe, wo er in einer zweitrangigen Vertretung Steine klopft, während er klopft oder auch nicht, gehen die Geschäfte voran, ein Tropfen der Venus hat mir den großen Topf zurückgebracht und die Dunkelheit und meinen Namen, sie übergaben die Fahne, die den Sarg bedeckte, Normandos Angehörigen, und wir gingen unter leichtem Gripperegen davon, einem von jenen, die Gänsehaut verursachen, ohne einen zu berühren, nur ein störendes Gefühl in der Nase, ein Kratzen im Hals, eine Art Müdigkeit mit dem Wunsch nach Bettdecken, wenn ich hier weggehe, steige ich zum Zimmer dort oben hinauf und setze mich auf den Stuhl und erinnere mich an ein Paar im Zug, und dennoch, das schwöre ich, möchte ich dir die Hand geben, mit dir darauf warten, dass die Lokomotive abfährt, die Gleise in unseren Knochen spüren, wie sie sich kreuzen, sich winden, sich befreien, uns ganz langsam mit sich nehmen und am Bahnsteig die Welt immer unbedeutender wird, Gepäck, Koffer, Abschiede, das endlose Glasdach schmutzig von Tauben und Asche, die Leere, meine Hemden, nicht die des anderen in deinen Koffern, meine Bürsten, nicht die des anderen bei dir, meine Anzüge, meine Hüte, meine Kölnischwasserflaschen, nicht die des anderen im Toilettenbeutel, ein Mann in Uniform öffnet und schließt Türen auf dem Gang, die letzten, von Kohle geschwärzten Häuser und dann skelettöse Gemüsegärten, dann ein buckliger Apfelbaum, dann ein Hang, schnelle Felder, schnelle Olivenbäume, ein schneller Bahnübergang, wie alles so momenthaft sein kann wie diese Seite, Arsénio, wie er winkte, als wir uns das letzte Mal sahen, wir stellen uns immer vor, dass es nicht das letzte Mal ist, und möglicherweise ist es das tatsächlich nicht, es muss mehr geben, es wird mehr geben, undenkbar, dass es nicht mehr gibt, denn nichts hört auf, nichts darf aufhören, und dann ist die Leere wieder da, will heißen wir beide, und eine deiner Haarsträhnen streift mein Ohr, sechsundfünfzig Jahre, beinahe vierundfünfzig du, das Parfüm der Ehefrau meines engsten Mitarbeiters blieb tagelang in meinem Büro, ich fand hier und da ihren Schatten, fand ihre Gesten weniger deutlich, vage, auf ihrem Stuhl beim Tennis verschiedene Frauen, eine Sängerin, eine Schauspielerin, die Nichte eines amerikanischen Gesellschafters, nicht die dicke Frau aus der Werkstatt

– Schnuckelchen

die eines Nachmittags nicht da war, da lag ein kranker Hund auf einer Decke, der mit den Augen um Vergebung bat, und ein Typ, der auf einer Brache in Papieren herumstocherte und verkündete

– Ich glaube sie ist weggegangen

im Stadtteil hat sie niemand gesehen, niemand hat sie bemerkt, was war ihr Name, wenn man ihr denn bei der Geburt einen Namen gegeben hat, hin und wieder zog sie einen von uns an sich, mein Vater misstrauisch

– Noch immer Trebegänger?

musterte mich bei Tisch, seine Aufmerksamkeit zwischen mir und der Zeitung geteilt, die Mutter von Arsénio war krank

– Eine Schwäche im Blut

der Vater von Arsénio mit dem Sohn im Krankenhaus, und Normando, Júlio und ich nahmen an den Besuchen teil, Tränen, kleine Geschenke, ein Typ manövrierte das Wägelchen mit den Mittagessen, auf dem Aluminium klimperte

– Euer Alter hätte ich gern

Arsénio ging Arm in Arm mit dem Vater hinaus, gebt mir jetzt den Arm, der Obdachlose kam von den Kiefern zurück und verschwand in Richtung Cascais, die Ehefrau meines engsten Mitarbeiters wandte sich um und starrte mich an, bevor sie die Tür schloss, mein Vater faltete enttäuscht die Zeitung zusammen

– Es gibt nicht die kleinste Überraschung

aber da irren Sie sich, Vater, die gibt es, schauen Sie, wollen Sie eine sehen, die Sekretärin meines engsten Mitarbeiters am Telefon

– Der Senhor Engenheiro lässt anfragen ob Sie meine Mitarbeit brauchen

wahrscheinlich eine Art sich dafür zu bedanken, dass ich ihm die Ehefrau zurückgegeben habe, möglicherweise aus Höflichkeit, möglicherweise aus Freundschaft, als würde ich an Freunde glauben, der Senhor Presidente, aus den Tiefen der Decke

– Wenn der Krieg vorbei ist müssen wir wegen der hier anwesenden Russen die Kommunisten überwachen

sie fanden die Dicke unter der Autobahnüberführung, Vater, und aus Solidarität, was weiß ich, verstummte der große Topf, jetzt weckte mich die Stille, ein hohler Raum bedrohte mich, die Beunruhigung durch Abwesenheit, ich kann dir das mit dem Zug nicht vergeben, ich bringe es nicht fertig zu reden, ich setze mich nur auf den Stuhl, schaue auf den verlassenen Tennisplatz, den die Spatzen ausnutzen, und die Duftrosen klopfen an den Salon meiner Tochter, die nicht jemandes anderen Tochter, nur meine ist, ich habe Marçal befohlen, sie für mich zu machen, sie scheint mich zu mögen, mich, der ich es nicht brauche, dass man mich mag, was Mögen betrifft, haben mir Normando, Arsénio, Júlio gereicht, ich werde mit dem Gedanken an die Schnuckelchen sterben, die Duftrosen klopfen an den Salon meiner Tochter, kündigen mir an

– Sie ist hier ist hier

mir ist egal, wo sie ist, aber sie vibrieren, so sehr ich auch das Haus vergrößere, ich habe darin keinen Raum, in das Haus meiner Eltern passte ich, in dieses passe ich nicht, ich höre meine Schritte auf dem Bahnsteig und treffe auf dein Lächeln, das zu einem Schrei wird oder, besser gesagt, zu einer Handfläche vor dem Mund, die den Schrei verhindert, als ich dir befahl, mit mir zu kommen, hast du nicht protestiert

– Nein

hast nicht den uniformierten Mann daran gehindert, die Koffer mitzunehmen, bist aufgestanden, und der Mann bei dir, ich werde dir etwas sagen, nicht einmal eine Minute, nachdem ich ihn zurückgelassen hatte, erinnerte ich mich an sein Gesicht, ich erinnere mich an Angst vor einer Pistole oder so, weil meine Hand in der Tasche steckte, der Dummkopf begriff gar nichts, der Mann, warum irritiert uns, die aus diesem Buch, der Obdachlose, was mag er sein, wer ist er, wer sind wir, da er uns nie verlässt, der Mann hatte keine Ahnung, dass das, was geschah, mich später beschäftigen würde, vom Zimmer dort oben sieht man dem Leuchtturm bei der Erfüllung seiner Pflicht zu, sich zu drehen, Arsénio zu uns

– Ich hätte den kleinen Topf mit ihr beerdigen sollen

Arsénios Vater, unser Gehirn ist schon was Tolles, ist mir auch geblieben, die Vergangenheit Fragmente, ein Cousin meiner Großmutter, vor dem ich mich versteckte, kitzelte mich

– Du Pirat

und ich, gezwungenes Lachen, eines, das kein Vergnügen macht, wehtut, in den Pausen zwischen dem Kitzeln setzte er sich aufs Sofa, verkündete meinem Vater

– Würde die Monarchie wieder eingesetzt käme das alles hier ins Lot

und ich verstand nicht, was das Lot war, ich zu meinem engsten Mitarbeiter

– Ich will die Sängerin die Donnerstag beim Tennis war hier um sechs Uhr im Büro haben

nachts, in den Pausen der Wellen und des Windes, wenn ich die Tropfen der Statue höre, wünsche ich mir, du wärest bei mir im Schlafzimmer, sogar obwohl ich sicher bin, dass du mich abschüttelst

– Lass mich schlafen

wenn mein Fuß dich berührte, verschwand deiner, wenn

mein Mund an deinem Ohr, hielt deine Handfläche es zu, wenn mein Atem an deinem Nacken, deckte das Betttuch ihn zu, du eine Rolle aus Decken am anderen Ende der Welt, und ich, auf den Ellenbogen gestützt, murmelte Bitten, wartete, gab auf, ich, die Augen an der Decke, beschloss

– Ich werde gehen

und blieb, lächerlich, besiegt, ich hätte dich nicht für so schwer gehalten, aus Stein, und mit dem anderen

– Schnuckelchen

erregt, leicht, trabtest du in einer Spirale auf Küssen auf ihn zu, Schnuckelchen, glaube ich kaum, aber bei den Frauen, wer wagt da schon, etwas mit Bestimmtheit zu sagen, apropos Bestimmtheit, der Lehrer in der Schule, der die Bedeutung von Trebegänger nicht kannte, den Finger als Pistolenlauf

– Bestimmtheit Gestimmtheit Verstimmtheit in zehn Minuten zehn Zeilen um die Unterschiede zu erklären

während die dicke Frau aus der Werkstatt aß und uns dabei umarmte, meine Mutter hielt mein Hemd gegen das Licht

– Fettflecken an der Stelle?

die Dachluken mit zerbrochenen Scheiben, mit einem an denselben Stellen zerbrochenen Himmel dahinter oder, besser gesagt, Streifen auf den Scheiben und Streifen auf den Wolken, die Tauben erst ganz, in Stücken, wenn sie vorbeiflogen, und dann wieder ganz, Mäuse erfühlten Bedrohungen mit dem Schnurrbart wie gewisse Bauern, die den herannahenden Regen maßen, ein trockenes Wespennest, aus Japanpapier gemacht, berührte man es, zerfiel es, Schritte einer Katze auf dem Dach, das sich wellte, doch nicht eine Katze, zwei Katzen, die einander verfolgten, Arsénio hing an einem riesigen Hals, benutzte die Stiefelabsätze als Sporen

– Ich bin ein Cowboy bin ein Cowboy

und die Frau aß eine Kartoffel nach der anderen, ohne ihn wahrzunehmen, meine Mutter beschnupperte die Flecken

– Das riecht nach schlecht gekochtem Fisch was hast du gemacht?

ich hätte vom kleinen Topf probieren sollen, aber die Frau schob uns zornig weg, bevor die Katzen auf dem Dach sie erfanden, gab es keine Purzelbäume, früher hatte ich Träume, in denen ich flog, ich brauchte die Arme nicht auszubreiten, ein kleiner Satz, und das war's, letzte Woche bin ich übrigens über dem Haus geschwebt, entdeckte ein Problem am Schornstein, morgens bat ich den Gärtner einmal nachzuschauen, und da gab es wirklich ein Problem, vorgestern hat mein Vater, jünger, als ich heute bin

– Deine Zeit läuft ab Trebegänger

indem er die Zeitung zusammenfaltete, als ich aufwachte, fand ich ihn zum Glück nicht am Bett vor, er befindet sich auch nicht richtig auf dem Friedhof, sondern in einer Schublade in der Mauer links zwischen Dutzenden Schubladen mit verblichenen Namen, Sie, ein paar verstreute Buchstaben, und wen stört das schon, mich nicht, irgendwann schreibe ich denen, damit sie ihn in die Grube kippen, Knochen, Kleinkram, die karierte Mütze, am nächsten Tag mein engster Mitarbeiter

– Mit Verlaub Senhor Doutor?

von der halb geöffneten Tür aus, und die Sängerin ganz Schnickschnack und Pompons, so vulgär, die Arme, ich dachte

– Begrüße ich sie oder nicht?

aber die Beine erteilten dem Kleid Absolution und die Harmonie der Hüften ihrem Auftreten, meine Mutter wechselte mein Hemd

– Du riechst nach armen Leuten

und wenn ich einstweilen noch nicht nach reichen Leuten rieche, werde ich es einmal tun, Sie werden es erleben, sie hat es nicht erlebt, aber vielleicht gibt es den Himmel, und sie befindet sich zwischen den Erwählten

– Jessas

staunt über das Haus, den Garten, die Statue und den Senhor Presidente, der in einem alten Auto ankommt, unter der Decke gegen den Augustfrost, er winkt niemandem mit mageren Fingerchen zu, denn die Anerkennung des Volkes ist, weil so intensiv, unsichtbar, der Senhor Presidente erklomm jede Stufe, wobei er den Husten im Ärmel versteckte, keinen Husten wie unseren, voller Gerüttel und Tränen, ein diskretes Seidenrascheln fältelte den Rachen, ich würde so gern über den Stadtteil fliegen, in dem ich aufgewachsen bin, alte Gebäude, Gärten, Dona Maria José Salgado, klein, böse, hager, die Sängerin zwanzig, allenfalls einundzwanzig, und dennoch, Dona Maria José Salgado trug die Heilige Familie in einem Glassturz zu den Gemeindemitgliedern, die sie für vierzehn Tage mieteten und in Begleitung einer Blumenvase auf das Spiegeltischchen, die Verachtung meines Vaters

– Sie geben Geld für Figuren aus

zu Käfigen mit Rotkehlchen stellten, so sehr ich auch darum bat, und ich habe weiß Gott darum gebeten, hatten wir nie eines, das Argument meiner Mutter, unverändert

– Wenn man sich an sie gewöhnt und anfängt sie zu lieben sterben sie

die Sängerin zwanzig oder einundzwanzig, und dennoch ihr Äuglein sehr viel reifer als sie, Normando, Arsénio und Júlio kümmerten sich um die Frau an der Überführung, wenn ein Landstreicher sich näherte, bewarfen sie ihn mit Steinen, meine Ehefrau nicht am Fenster, drinnen, und meine Angst, sie zu verlieren, das Christkind unter dem Glassturz größer als seine Eltern, ich empört über meinen Vater, weil er von Figuren sprach, die Sängerin schien enttäuscht darüber, dass ich kein Haar hatte und in die Jahre gekommen war, meine Schuhe gehen nicht, sie breiten sich, einer nach dem anderen, auf dem Fußboden aus, kein Fleck am Hemd, auch rieche ich nicht nach Fisch, der Schneider, als er meinen Rücken mit Kreide vollstrichelte

– Sie sind ewig jung Senhor Doutor

und was ich für einen Schrei hielt, was ganz bestimmt ein Schrei war, kam jedoch leise aus mir heraus

– Halten Sie den Mund

und verborgen im

– Halten Sie den Mund

eine verletzte Klage

– Ich fliege kaum noch

Dona Maria José Salgado anstatt

– Guten Tag

ein

– Heiligen Tag

in dem Erzengel kreisten, der Wunsch hinaufzusteigen, die Tür zu öffnen, und die Freude, dich vorzufinden, den Arm auszustrecken, aber du schiebst meinen Arm weg, dich anzusehen, aber du drehst den Kopf weg, dorthin, wo ich nicht bin, daher bin ich nicht in Begleitung, sondern allein, die Sängerin wartet, starrt auf den leeren Tennisplatz, ich bin so lächerlich, wenn ich heutzutage versuche zu laufen, mit dickem Oberkörper und mageren Gliedern, früher war ich nicht so, fragen Sie Júlio, Arsénio, wenn er noch am Leben ist, und er wird es noch sein, versprich mir, dass du es noch bist, befehligte ich außer die Banken auch das Leben der Menschen, würde ich ihnen verbieten zu sterben, sie sind wenige Monate jünger als ich, wie diese Details hängenbleiben, wichtige Angelegenheiten vergesse ich, aber der Altersunterschied zwischen uns, welche Kriterien, zum Teufel, steuern die Erinnerung, wird jahrtausendelang fortbestehen, ich erinnere mich nicht an die Nebenflüsse des Tejo, auch nicht, in wen ich damals verliebt war, ein paar Zöpfe, aber welche, ein Pflaster auf dem Knie, was weiß ich, das ist ein Schuss ins Blaue, es sind Beispiele, die Welt verändert sich nicht so sehr, was bei achtjährigen Mädchen nie fehlt, sind Pflaster, Zöpfe und mit Buntstift bemalte Fingernägel, mein Nachbar am Pult hieß Irineu dos Santos Marques Fernandes, und obwohl ich den ganzen Rest vergessen habe, angefangen vom Gesicht bis zu seiner Figur, in jeder Klasse gibt es einen Dicken, einen Rotblonden und einen mit Brille, und ich habe keinen behalten, habe ich diesen Namen behalten, Irineu dos Santos Marques Fernandes, der in mir hängt wie ein Trapezkünstler, keine einzige Stimme, die Distriktshauptstädte aufsagt, auch keine Marienkäfer in Streichholzschachteln, auch keine Eidechse, die sich in eine Mauerspalte flüchtet, nachdem ich ihr mit der Klinge des Taschenmessers den Schwanz abgeschnitten habe, ich habe mich für alle Fälle danach erkundigt, ob ein Irineu dos Santos Marques Fernandes für uns arbeitet, egal in welchem Unternehmen, sie haben in der Rechtsabteilung, es heißt, dass der Obdachlose nachmittagelang auf dem kleinen Platz beim Hamburgerrestaurant an eine Wand gelehnt steht, in der Rechtsabteilung einer der Versicherungen eine Maria Adília dos Prazeres Marques Fernandes gefunden, die sie mir ins Büro brachten und die in Tränen aufgelöst fragte

– Was habe ich denn Schlimmes getan?

und ich scheuchte sie weg, während sie, gesichtslos, nur Hände, wobei unter den Händen ein Mechanismus, möglicherweise die Kehle, versicherte

– Ich wollte am Anfang des Monats das Geld wieder zurücklegen ich habe der Gesellschaft niemals Schaden zugefügt ich habe das Geld immer wieder zurückgelegt

beteuerte, während sie sich erhob

– Ich habe das Geld immer zurückgelegt zerstören Sie nicht mein Leben

und die Gelassenheit eines abgewandten Auges irritierte mich, eigenartig, es gibt Teile von uns, die sich nicht um uns scheren, aus wie vielen bestehen wir genau, und auf welche können wir uns verlassen, an meinem und am Fenster meiner Tochter dieselben Duftrosen, sie kratzen Vertraulichkeiten an die Scheibe, die ich zu hören mich weigere, der Gärtner soll sich darum kümmern, er ist dazu angestellt, den ganzen Tag lang Blumen zuzuhören, gib mir nur ein einziges Wort, habe ein Einsehen, ein Wort reicht, ganz egal welches, damit ich es in die Brieftasche stecke und spüre, wenn ich mit dem Finger über die Tasche streiche

– Es ist hier

in der Absicht mich davon zu überzeugen, dass es keine Züge gibt, auch keine Abfahrten, auch mich nicht, wie ich, die Hand über den Augen, von Abteil zu Abteil in die Waggons schaute, geschlossene Fenster, die meine Nase beschlug, nicht spitz wie gewohnt, platt, rund, meine Nase rund, meine Lippen rund, während sie deinen Namen aussprachen, meine Stirn mit einem weißen Oval in der Mitte, das alles, während ich am Tisch sitze und Papiere unterzeichne, während mich die Sängerin fragt

– Suchen Sie jemanden?

mir von einem Bahnsteig zum anderen folgt, hinter mir der Taxifahrer

– Geht das für den Rest des Lebens so weiter Senhor?

allmählich Zweifel hegte wegen meines verstrubbelten Haars, wegen meiner fleckigen Wangen, meiner schiefen Krawatte, wegen meiner, nachts, in den Pausen der Wellen und des Windes höre ich die Tropfen der Venus, die versuchen, mir etwas Halbvergessenes zu sagen, das zurückkehrt, und ich entdecke dich wieder in meinem Bett, neben mir, wie du mich erwartest, ich strecke dir den kleinen Topf hin, den Arsénios Mutter mir gegeben hat, um dir einen Kotelettknochen, ein paar Kartoffeln, ein paar Kohlsprossen zu geben, und du beginnst zu essen, während ich mich in dir versenke, in dir verschwinde, aus dir hervortrete, die Sängerin entgeistert

– Suchen Sie jemanden?

ich bin ein Teil von dir, trenne mich von dir, nähere mich

wieder, um noch mehr zu einem Teil von dir zu werden, ich verwirrt, ich glücklich, mit Fettflecken auf dem Hemd, ein Stück Karotte auf der Brust, Sauce, die mir an der Krawatte herunterrinnt, habe das Haus, den Garten, den Tennisplatz, meine sechsundfünfzig Jahre, das Geld vergessen, weil wir vereint sind, mein Gott, höher als die Vögel, die Bäume, das Meer, in dem Augenblick, als die Sängerin ungeduldig wird

– Ich gehe dann mal

und nicht ihretwegen, Ehrenwort, nicht ihretwegen, wegen dieser Beine, die, wegen dieser Hüften, die, erhebe ich mich vom Tisch

– Du gehst nicht

gewiss, dass die Rosen, das hätte gerade noch gefehlt, dem Gärtner das Geheimnis nicht verraten würden.

ZWEITES KAPITEL

Würde ich dich darum bitten, wieder mit mir zusammenzuwohnen, würdest du mit nein antworten, nicht einmal mit Worten, nur eine Geste, und würdest ein Schloss verlangen, um dich von innen einschließen zu können, sobald du meine Schritte hörst, selbst wenn ich ein Tablett bringen, so husten würde wie er, Marçal nachzumachen versuchen würde, du würdest nicht öffnen, nicht einmal aufschrecken, wenn ich anklopfte, Júlio ging wegen der Prostata in Rente, irgendwann traf ich ihn in einem Café in der Nähe des Büros ohne ein Getränk, ohne ein Sandwich, der Tisch leer, abgesehen von seinen Ellenbogen, ich schickte mich an, Geld aus der Brieftasche zu holen, überlegte es mir anders, aber Júlio
 – Gib es mir ich nehme es an
also ließ ich es ihm auf der Tischplatte, Júlio
 – So viel brauche ich nicht
er stand zwei- oder dreimal auf, um Pipi zu machen
 – Mit Verlaub
zwang mich, einen Schritt zurückzuweichen, kam, den Hosenstall schließend, zurück, setzte sich, alles ohne mich dabei anzusehen
 – Wir haben schon als Kinder genug Zeit miteinander verbracht
als er uns die Spielkarten mit nackten Frauen auf der anderen Seite zeigte
 – Mein Vater versteckt sie im Futter seines Mantels und sobald meine Mutter zum Einkaufen weggegangen ist verteilt er sie auf der Küchenzeile und sabbert auf sie

ginge es nach dir, würdest du mich nicht vor dir sitzend ertragen, als du erfuhrst, dass der Mann aus dem Zug gestorben war, nahmst du ein Messer vom Tablett und hieltest es ewig lange in der Hand, starrtest nicht mich, sondern meinen Bauch an, bis du mit den Schultern zucktest und es auf den Teller legtest

– Geh und zwar sofort

einmal im Leben hatte ich beinahe Angst vor dir, einmal im Leben habe ich dir gehorcht, auf den Spielkarten von Júlios Vater waren nicht nur Frauen, sondern Frauen mit Männern, Frauen mit Hunden, auf einer gab es eine Frau mit einem Pferd, Júlio zu uns

– Nun sagt schon der Alte ist doch echt ein ganz Schlimmer

für den hätte man keinen Heller gegeben, klein, rachitisch, ganz Wohlerzogenheit und Bücklinge, und dann unvermittelt ein ganz Schlimmer, ich erinnere mich an meine Mutter, hinsichtlich eines sehr respektvollen Nachbarn, der dem Priester bei der Messe half und sich eines Tages mit der Schwägerin in die Provinz verdünnisierte

– Die Heiligen sind die Schlimmsten

und darauf kannst du Gift nehmen, das sind sie, unter den Tugenden massenhaft Schlechtigkeit, Júlio war nicht schlecht, die Prostata verbitterte ihn, die ganze Zeit Restchen in ein Toilettenbecken pinkeln macht einen mürbe, der Arzt wollte ihn operieren, aber, im Laufe der Monate warst du es müde, mich töten zu wollen, vergaßt du es allmählich, aber Júlio

– Hier drinnen fummelt niemand rum die Natur entscheidet

wenn ich am Café vorbeikam, saß er dort, mit dem Rücken zu mir, und ich gab ihm kein Geld mehr, übergab es dem Typ am Tresen, dabei dachte ich an die Spielkarte mit der Frau und dem Pferd, was eine Frau und ein Pferd machen können, lässt mich mit offenem Mund dastehen, und es waren keine Zeichnungen, es waren von einem Künstler namens Alves kolorierte Fotos, rechts unten gab es eine mit einem Schnörkel verzierte Unterschrift, Alves, ich hätte gern gewusst, was bei Alves im Haus so los war, du hast es nicht nur vergessen, du hast aufgehört, es wichtig zu finden, ich saß auf dem Stuhl vor deiner Abwesenheit, möglicherweise ist der Zug aus dir schneller verschwunden als aus mir, wenn das mit der Sängerin aus ist, bringe ich dich vielleicht wieder in mein Schlafzimmer, nein, das nun wieder nicht, vielleicht weise ich den Chauffeur an, sonntags mit dir in Cascais spazieren zu fahren, denn Narzissen und Touristen zerstreuen, mit der Entfernung werden wir nachsichtig, nicht Cascais, du bleibst, wo du bist, im Nachthemd aus der Zeit, als wir geheiratet haben, und einem Jäckchen über den Schultern, weil die Knochen abkühlen, meine Mutter schlief, nachdem sie sechzig wurde, sogar im August mit einer Wärmflasche

– Du hast keine Ahnung wie eisig die Füße werden mein Sohn

ich berührte sie, und es stimmte, eisig, einmal abgesehen von den verkrümmten Zehen und den lila Flecken, keine Fesseln, dicke Klötze, sie schleppte sich, an den Kacheln abgestützt, in der Küche herum, eines Nachmittags der Typ am Tresen des Cafés

– Es lohnt nicht die Brieftasche zu zücken Senhor Júlio ist gestorben

und er übergab mir ein Päckchen

– Er hat ihnen das zurückgelassen

und so viele Blumen im Garten, so viele Insekten, in jeder Gartenschlauchpfütze Wespen in rauen Mengen, nicht zu reden von Grashüpfern, Käfern, Dutzende frenetischer Leben mit einem kleinen Einbaumotor, wahrscheinlich war es Alves, geschickt mit den Händen, ganz Schere, Beharrlichkeit und Pinzetten, der das in den Pferdepausen mit einem Tropfen Klebstoff aus Plastik und Draht gebaut hat, es gibt solche Wunder, man versteht überhaupt nichts, aber es klappt, wäre es möglich, dich in meinem Schlafzimmer zu haben, aber leider ist es das nicht, ich würde mich mitten in der Nacht an dich klammern, wenn die Kindheit mich aufsucht und Tränen, deren Haltbarkeitsdatum abgelaufen ist, uns bitten, geweint zu werden, ein fernes

– Trebegänger

mich nicht mehr erschreckt, mich rührt, wenn wir nicht aufpassen, ersticken uns die verblichenen Ereignisse, da schwankt meine Mutter auf dem Elend der Schienbeine, und die einzige Möglichkeit, mich vor ihr zu retten, ist, möge es Ihnen gut gehen, adieu zu sagen, der Typ aus dem Café reichte mir das Päckchen

– Als er mir das gegeben hat bat mich Senhor Júlio Sie Schnuckelchen zu nennen

und, in graues Packpapier und Schnüre gewickelt, das Spielkartendeck mit den Frauen, gleich obenauf, auf dem Pik-Ass, ein Mädchen mit Strohhut, das sich mit einem Ziegenbock vergnügte, der Typ vom Tresen wechselte zu einem freundschaftlichen Ton

– Der war ja ganz schön frivol der Senhor Júlio meiner Meinung nach hat ihm das die Prostata kaputtgemacht

und das wird es gewesen sein, sobald wir den Organismus herausfordern, zack, reagiert er, ich bin nie wieder in einen Bahnhof gegangen, gäbe es keine Autos oder Flugzeuge, würde ich mit der Postkutsche oder einer Trireme fahren, sogar beim Tennisspielen höre ich mittendrin das Pfeifen einer Lokomotive und mache sofort einen Spielfehler, mein erster Impuls ist, überstürzt von Bahnsteig zu Bahnsteig zu rennen und dich zu rufen, ich ziehe mich hoch, um in das Fenster zu spähen, und beruhige mich, obwohl ich weiß, dass du mich hasst, wie theatralisch dies zu sagen, nicht einmal, beim letzten Arzttermin habe ich, weil ich mich an Júlios Pipis erinnerte, den Arzt gebeten, meine Prostata zu untersuchen, der Arzt mit einer Grimasse

– Einmal abgesehen vom Labortest muss ich Ihnen den Finger in den Hintern stecken

und die Hypothese eines Fingers in meinem Hintern entmutigte mich, ein jeder auf seiner Seite des Schreibtisches, entdeckte ich, dass der Arzt und ich wegen des Fingers den gleichen Gesichtsausdruck hatten, ich ließ das Päckchen auf dem Tresen des Cafés zurück

– Verwahren Sie es ein oder zwei Wochen für mich ich hole es dann ab

und wie man sich vorstellen kann, habe ich es nicht getan, erst Normando, dann Júlio, Arsénio, keine Ahnung, wo enden wir, außerdem habe ich den Obdachlosen seit Ewigkeiten nicht gesehen, vielleicht dass die Dünen, das Meer, dass eine der Lokomotiven, die nicht abfahren, nicht mehr zurückgekehrt ist, woran kein Mangel herrscht, sind Schienen, die sich am Ende in einem letzten Dorf verlieren, von dem niemand weiß, wo es liegt, ein einziger Baum und ein Kind, das zu niemandem gehört, beobachtet mich, hat genug von mir, verschwindet an einer Ecke, ich biege um die Ecke, und es ist nicht mehr da, geblieben ist an seiner Stelle ein leichter, herkunftsloser Wind, die endlosen Ebenen ohne einen einzigen Raben, sie sind die Abgründe, in denen die Zukunft endet, kein Stück Himmel, ewige Dämmerung, gebt mir das Kind zurück, vergesst mich nicht einfach so, Júlio, ohne mich anzusehen

– Wir haben schon als Kinder genug Zeit miteinander verbracht

jemand legte eine Flasche auf den Boden, und wir trafen den Hals mit gewaltigen Pipis, jetzt tröpfelte eine Muschel vor sich hin, und wir warteten auf das Ausrufungszeichen des letzten Tropfens, der unter Mühen herunterfiel und das Toilettenbecken kaum nässte, Taufeuchtigkeit, das Glitzern eines Blütenblatts, ich rief den Ehemann meiner Tochter zu mir

– Vom Tag der Scheidung an will ich Ihren Namen nicht einmal mehr hören

er schön still, und diesmal ja, ein Eichelhäher auf einem Flammenbaum, ich war mir sicher oder, besser gesagt, mir war so, will heißen, als ich näher hinschaute, war es ein Distelfink oder ein Kuckuck, doch als ich ganz genau hinsehe, ist da überhaupt kein Vogel, außerdem, falls Sie wissen wollen, wie ein Eichelhäher aussieht, kann ich ihn nicht beschreiben, was Vögel betrifft, bringe ich sie durcheinander, abgesehen von Engeln, die noch seltener sind, als die Leute denken, über wie viele davon bin ich überhaupt in meinem Leben gestolpert, allerhöchstens über einen, der, als ich aus der Schule kam, in einem schmutzigen Regenmantel auf der Stufe eines Hauses saß und trank, neben sich einen Plastikbeutel, an einem Fuß einen Schuh, am anderen eine Sandale, aber die Flügel, die waren, wenn auch eingezogen, da, dafür verbürge ich mich, er sang voller Misstöne Hymnen zum Lob des Herrn auf Aramäisch, der Ehemann meiner Tocher, der allenfalls ein Schaf war, wo hingegen ich

– Trebegänger

und eine diskrete Verbeugung zu meinem Vater hin, danke, mein Freund, es war nicht das Gedächtnis, es war die Kraft des Blutes, ich habe nicht zufällig Ihre Gene geerbt, die mir das in den Gehirnkasten zurückgebracht hat, mein engster Mitarbeiter zum Ehemann meiner Tochter, während ich die Hand meiner Mutter zum Engel hinzog

– Der Senhor Doutor akzeptiert nicht dass man Ihnen in irgendeiner anderen Firma eine Anstellung gibt

der damit beschäftigt war, den Korken in die Flasche zu schlagen, damit den Allerhöchsten verherrlichte und in seiner Verkleidung als Bettler in leichten Kurven zum Meer hinunterflatterte, auf dem Christus wandelt, im Zusammenhang mit Christus bildet sich in mir eine andere Frage hinsichtlich des Obdachlosen heraus, sollte er etwa Jesus sein, hin und wieder, ich bitte um Vergebung, es passiert den Besten, komme ich auf idiotische Gedanken, ich habe nicht einmal dem Senhor Presidente nachgegeben, als seine Decke sich regte und das schmale Händchen

– Ist es wirklich notwendig dass Sie Ihrem Schwiegersohn die Karriere abschneiden?

doch es war wirklich notwendig, Senhor Presidente, tut mir leid, es verlässt nur dann jemand die Familie, wenn ich es erlaube, er hat den Besitz seiner Eltern für einen Apfel und ein Ei verkauft, weil mein Weizen plötzlich billiger war und mein Vieh gratis, ich sah Marçal im Fenster oben mit dem Mittagessentablett für meine Ehefrau, ich habe die Sängerin rufen lassen, und da kamen die Beine, die Hüften, der leicht geschwungene Mund, sie bittet um nichts, sagt nichts, wagt nicht, sich zu setzen, steht da, ich brauche nicht zu ihr hinzuschauen, so wie sie auch mich nicht ansieht, wenn ich ihr die Kleider herunterziehe, willigt sie ein, wenn ich sie umarme, weicht sie nicht zurück, wenn ich mich anziehe, nimmt sie das hin, mein engster Mitarbeiter wird sie bezahlen, denn ab sechsundfünfzig zahlt man, der Ehemann meiner Tochter bewarb sich um eine erste Anstellung, eine zweite Anstellung, eine dritte, eines Sonnabends, als ich die Treppe zum Tennisplatz hinunterstieg, und ganz bestimmt kein Eichelhäher, kein Engel da waren, nur eine verirrte Möwe, die nach einer bis zum Strand reichenden Windströmung suchte, traf ich am Fuß der Treppe auf ihn, seine Gesichtszüge zitterten

– Bei Ihrer Seele zerstören Sie mir nicht mein Leben Senhor Doutor

und da haben wir ein Problem, mein Teurer, ich bin genauso allein wie Sie, habe keinerlei Seele, niemand kommt mich besuchen und nimmt mir die Angst vor der Nacht, in dem Augenblick, in dem der Obdachlose dicht an uns vorbeiging, hatte ich das Gefühl, dass sein Blick einen Augenblick lang auf mir ruhte, aber ich muss mich geirrt haben, der Gärtner hat ihn nicht gesehen, der Chauffeur hat ihn nicht gesehen, oder vielmehr haben sie ihn vor dem Gartentor gesehen, auf der Straße, was mich am meisten überrascht, ist, dass alle ihn treffen und niemand über ihn spricht, Marçal eines Nachmittags

– Der Obdachlose

nicht interessiert, ganz beiläufig, und das war's, der Ehemann meiner Tochter

– Sag dass du meine Hündin bist

nein, der Ehemann meiner Tochter

– Warum lassen Sie nicht zu dass ich lebe?

Tage später lag er auf den Felsen, erzählte man mir, die Gischt mal über ihm, mal nicht, seine Kleider waren beim Herunterfallen zerrissen und der Kram aus seinen Taschen auf den Felsen verstreut, das Foto der Sängerin in der Sonntagszeitung, ein bäuchlings daliegender Körper, umringt von Albatrossen, auf die Flut wartend, meine Tochter hat fünf Kinder, so ein Schwachsinn, aber von denen rede ich gar nicht, so wie ich auch nicht von dem immer länger werdenden Hündchen auf ihren Knien rede, was man so alles aufbaut, ohne es zu bemerken, im Frühling tauchen die Falken aus dem Gebirge auf und bleiben über den Dünen, unendlich hoch, während die Möwen in den Büschen verborgen sind, mein Vater stammt aus einem Dorf im Süden, in dem die Turmfalken plötzlich herunterstießen und mit einem Küken in den Fängen langsam wieder aufstiegen, sie wohnten in Schluchten, in denen die Ginsterkatzen, auf dem Boden schnuppernd, nach ihnen suchten, ich habe ihre Jungen mit hochgerecktem Schnabel gesehen, immer gierig vor Hunger, mein Vater hat zwanzig Jahre gebraucht, bis er den Mut aufbrachte, den Tejo zu überqueren, weil er sich vor diesen Wassermassen fürchtete, denen Olivenbäume und Ferkel fehlten, am Rand des Flusses verdoppelte sich eine Stadt, oben den Kopf nach oben, unten den Kopf nach unten wie die Herzdame, die Sängerin bekam größere Bilder in der Zeitung und kam weiterhin, eines Nachmittags

– Sie erinnern mich an meinen Patenonkel

das

– Sie erinnern mich an meinen Patenonkel

brachte meine Drüsen in Rage, und ich war Júlios Spielkarten würdig, was Akrobatik und Kompetenz betraf, ich hätte es nur zu gern gehabt, dass meine Ehefrau zugesehen hätte, um festzustellen, was ich für einer bin, würde Marçal es ahnen, er strahlend zu mir

– Meinen Glückwunsch Senhor Doutor

kurz davor mich zu umarmen, als wir uns umarmten, sagte ich zu ihm

– Solche wie uns gibt es nicht mehr

seine Lippe stolz, genau wie meine

– Ich erinnere an gar keinen Patenonkel

Marçal so glücklich, wischte von der Wange weg, was ich zu verstehen mich geweigert hatte, und wo wir schon bei Rührseligkeiten sind, es gibt Augenblicke, in denen mir die Schnuckelchen aus der Werkstatt fehlen, ich habe keine Lust zu bitten

– Sag dass du meine Hündin bist

ich möchte bitten

– Sag dass ich dein Schnuckelchen bin

mir fehlte aber immer der Mut, zu persönlich, zu intim, zu viel Sehnsucht, und außerdem so aus dem Nichts

– Schnuckelchen

grauenhaft, sechsundfünfzig Jahre, und meine Prostata fängt an zu, vielleicht fängt sie nicht an zu, aber die Pipis vervielfältigen sich, wenn ich sie etwas zurückhalte, kommen sie nicht raus, versuche ich es, stehe ich da Ewigkeiten und schaue herunter, bis ich einen kleinen geizigen Strahl zustande bringe, der sich auf meiner Hose ausbreitet und für den ich mich schäme, die Falken aus dem Gebirge jedes Mal langsamer, mit immer so strengen Augen, oder aber manchmal auf den Schuhspitzen, immerhin kann man die mit einem Stück Papier abwischen, aber die Hosen, außer dass man den Stoff an der Haut kleben fühlt, sieht man es, es riecht, mein Vater roch gegen Ende hin, der Lehrer, Bestimmtheit Gestimmtheit Verstimmtheit, ebenfalls, beide hatten anstelle eines Beins einen Baum, um dessen Besitz sich Dutzende Hunde stritten, die ganze Welt starrte auf mich, wenn ich die Toilette verließ, ich bemerkte ihren Spott genau, wie lange wird dieses Elend zum Trocknen brauchen, Dutzende meiner Hosen in der Reinigung, die Sängerin mit geschlossenen Augen

– Danke

ungläubig, glücklich, ihren Körper mit meinem zu vergleichen bereitete mir Pein, das Fehlen von Muskeln, die Falten am Bauch, die Haare an meiner Männlichkeit schütterer, grau, Zähne, die begannen im Mund in Unordnung zu geraten, und dennoch die Sängerin

– Danke

in ein Ohr, das begann, nicht zu filtern, der Geruchssinn hält sich zum Glück weiterhin, der Rest verlischt mit subtiler Boshaftigkeit, und dennoch, die Nase der Sängerin an meinem Hals, die Fußsohle an diesem Knie

– Danke

ich, der ich dir keinen Gefallen getan habe, ich hatte Glück, habe in jener Nacht besser geschlafen, als wir zusammen waren, fühlte mich geradezu ewig, bei unserer Ankunft im Hotel waren sie an der Rezeption übertrieben natürlich zu uns, wie bei Behinderten und Leuten mit Wasserkopf, ihre Freundlichkeit schrie

– Ganz bestimmt jünger als seine Tochter

und der Sängerin musste es einfach auffallen, es war unmöglich, dass es ihr nicht auffiel

– Sie erinnern mich an meinen Patenonkel

oder, besser gesagt, an einen Kerl mit Baskenmütze, der mit den Freunden aus dem Viertel in einer dieser Ecken im Park mit Tischen und Hockern für die altersschwachen Verdammten Sueca spielt, die Zigarette vom Ohr holt, zwei oder drei Kiebitze, die Spielzüge tadelten

– Fehler

oder empörtes Nichteinverstandensein mit der Schuhsohle klopften, die Sängerin unvermittelt

– Liebster

mit einem Tonfall, den ich wie eine letzte Ölung empfand, was er nicht war, es waren die Augen im Inneren meiner Augen, wer kann mir das erklären, die glücklich waren, es waren die Finger in dem, was von meinen Haaren noch übrig war, die mich wegschoben und mich wieder heranzogen, alles so ungestüm, so naiv, so einfach, dass ich, wie soll ich es ausdrücken, Dummheiten dachte wie

– Ich würde jetzt gern sterben

und das wollte ich tatsächlich, aber das ist ein so alberner Satz, sieht so aus, als würde die Prostata des Gehirns ebenfalls ramponiert sein, keine Sorge, das geht vorbei, ich will nicht behaupten, alles, aber ein Teil geht vorbei, mein engster Mitarbeiter zu mir

– Sie pfeifen Senhor Doutor?

ich blicke vom Papier auf, bringe ihn mit einer Augenbraue zum Schweigen, und dennoch, es war wirklich ein Pfeifen, was soll das, jetzt, wo wir mit der Genehmigung des Senhor Presidente, dem man, das wäre keine schlechte Idee, die Sängerin einmal ausleihen sollte, apropos Sängerin, mit welcher Leichtigkeit sie aus dem Wagen steigt, mein Gott, mit einer flüssigen Bewegung, wo ich mein Skelett zum Bürgersteig drehen und mich anschließend heraushieven muss, Verträge mit den Amerikanern hinsichtlich des Erdöls in Angola vorbereiten, die große Prüfung, was das Alter betrifft, ist das Auto, die Wirbelsäule beugen, um uns herauszuarbeiten, uns dann aufrichten, uns Knacken für Knacken an die senkrechte Haltung gewöhnen, der Chauffeur hilft meinem Ellenbogen, und ich ängstlich

– Vorsichtig

es muss nur irgendwo in mir einen Unglücksfall geben, und ein Fersenbein oder eine Kniescheibe fallen zu Boden, die Armen, eine Mutter fehlt oder die Schrauben, jene, die zwischen die Steine fallen und die man nie wieder findet, die Perversität der Gegenstände, die herunterfallen, immer an den unmöglichsten Stellen, es irritiert mich weniger, als dass es mich wahnsinnig empört, die Sängerin, ein Lieferwagen mit Getränken kam die Rampe zum Hotel herauf, Kisten wackelten, die Scheibenwischer arbeiteten, wahrscheinlich Regen, der Teil, den die Scheibenwischer nicht wischten, undurchsichtig, daher konnte man den Mann dort drinnen nicht erkennen, als der Lieferwagen hielt, sprang er heraus, in einem karierten Hemd, wäre ich mit sechsundfünfzig Jahren dazu noch imstande, die Sängerin sehr ernst

– Als ich Liebster sagte habe ich wirklich Liebster gemeint verstehen Sie?

und ich zögerte, sie zu berühren, hatte plötzlich Angst, doch Angst wovor, das Schnuckelchen überlegte, meine Mutter mit Gummihandschuhen vom Geschirrwaschen, bei denen ein Finger ein Loch hatte, wenn sie fertig war, hängte sie sie, den Daumen nach außen gekehrt, über den Wasserhahn, damit der Daumen normal wurde, blies sie in das Ding hinein, und er war sofort dick, stand heraus, zur Sängerin

– Mein Sohn überlegt alles ewig lange wir haben anfangs sogar gedacht er sei zurückgeblieben

mein Vater, aus der Zeitung aufblickend

— Wollen Sie sehen wie ungebildet er ist sag dem jungen Mädchen was Arthropode was Synästhesie bedeutet

schaute mit einer Geste, die Offenkundigkeit ausdrücken sollte, wieder hinunter in die Zeitung

— Sind noch mehr Beweise vonnöten?

und bei genauerer Betrachtung sind keine weiteren Beweise vonnöten, wie lange sind Sie schon tot, obwohl Sie weiter lebendig sind, was braucht es, um tatsächlich zu sterben, meine Mutter in ihrem Kittel für die Hausarbeit, mein Vater ohne Krawatte, aber für den Fall, dass Besuch kam, mit geschlossenem, das Doppelkinn bedeckendem Hemdknopf, meine Mutter zur Sängerin, wobei sie die Stimme senkte, damit ich, der ich mit einem Blechspielzeug beschäftigt war, es nicht hörte

— Er scheint heute reich zu sein also ist es unwichtig ob er ein bisschen ungebildet ist

die üblichen Gebäude auf der anderen Straßenseite, eines davon mit Bretterverschlägen, so lange ich denken kann, mit Backsteinen anstelle der Fenster, nachts voller Tauben, hinter dem Haus an einer Rinne zwischen zwei Regenrohren entlang ein kleiner dornenbespickter Garten und eine vergessene, halb offene Tür, hinter der ein mehr oder weniger meiner Generation angehörender Glücklicher auf Lumpen schlief, meine Mutter zur Sängerin, zur gleichen Zeit im Hotel

— Als ich Liebster sagte habe ich wirklich Liebster gemeint verstehen Sie?

und auf der linken Seite unseres Sofas, denn auf der rechten kam die Spitze einer Sprungfeder fast durch den Bezug, während sie wer weiß was schälte

— Essen Sie mit uns zu Abend junges Fräulein?

während ich die Sängerin, ohne das Blechspielzeug loszulassen, das übrigens Gott sei Dank alle Räder hatte, ich würde erröten, würde sie

— Da fehlt ein Rad

auf dem Kopfkissen liebkoste, zum Glück riefen mich weder meine Mutter noch mein Vater zur Ordnung

– Vor unseren Augen du Trebegänger?

an der Decke der dreiarmige Zinnleuchter, aber eine der schlecht eingedrehten Glühbirnen zwinkerte, weil die Leiter nicht vertrauenswürdig war, auch wenn einer sie festhielt, während der andere oben war, mein Vater, aus den Nachrichten heraus

– Arthropode nun gut aber Synästhesie meine Güte das verzeihe ich nicht

die Decke des Senhor Presidente, wobei sie sich leicht kräuselte

– Synästhesie das ist wirklich schwer zu akzeptieren

während das Haus in Cascais immer größer wurde, und die Tennisbälle wurden von mir nicht zurückgeschlagen, weil die Finger der Sängerin an meinem Nacken nicht aufhörten

– Mein Patenonkel der Arme

und ich hatte Lust, ihre Brust zu küssen, und der Obdachlose in einer der Alleen, ohne uns wahrzunehmen, natürlich nicht, ich hatte Angst, die Sängerin zu berühren, die Gewissheit, dass eine ungeschickte Bewegung ihre Gesichtszüge verbeulen würde, ich ließ den Rollladen herunter, damit der Schatten eines Vogels, wenn er über sie hinwegging, nicht ihre Haut befleckte, eines ihrer Knie streifte meine Flanke, streifte sie noch einmal, blieb, nicht

– Sag dass ich dein Herr bin

nicht

– Komm

nicht mein engster Mitarbeiter, mit Akten beladen

– Was machen wir damit Senhor Doutor?

hinter ihm die Sekretärin, schmollend trotz eines neuen Ringes und einer anderen Kette, Marçal dort oben mit meiner Ehefrau, sie bemerkten uns nicht, will heißen die Sängerin und den Patenonkel in einem Zimmer ohne Meerblick, auf der anderen Straßenseite ein Bierlokal, eine osteopathische Klinik, ein Billardsalon, die Sekretärin meines engsten Mitarbeiters zu meinem engsten Mitarbeiter

– Du hast Schuppen auf dem Kragen

oder, anders gesagt, die Sekretärin meines engsten Mitarbeiters nicht zu meinem engsten Mitarbeiter

– Du hast Schuppen auf dem Kragen

oder, anders gesagt, die Sekretärin meines engsten Mitarbeiters zu mir

– Er hat Schuppen auf dem Kragen

oder, anders gesagt, die Sekretärin meines engsten Mitarbeiters zu mir

– Er verlässt seine Ehefrau nicht und heiratet mich auch nicht

oder, anders gesagt, die Sekretärin meines engsten Mitarbeiters zu mir

– Entlassen Sie ihn

in dem Augenblick, in dem mein Mund die Brust der Sängerin fand, in dem Augenblick, in dem Normando am Ellenbogen der Frau hing, Arsénio in ihrem Bauchnabel verschwand, Júlio ihr in die Wangen kniff und sie, ohne mit dem Kauen aufzuhören, Arsénio zurechtrückte, mit einer von Kartoffeln tiefen Stimme

– Schnuckelchen

saß sie, von Schalen umringt, auf einer Matte, nur ich bin aus dieser Zeit noch übrig, Herrschaften, sechsundfünfzig Jahre reichen, um die Welt zu entvölkern, man nahm die Wellen wahr, Lastwagen auf der Straße, ein spähendes Tier, dessen Augen ich spürte, aber als ich den Kopf wandte, war da niemand, wer versichert mir, dass sie es nicht meinem Vater erzählt haben und er nicht heimlich zuschaute, im Falle der Amerikaner nicht nur Erdöl in Afrika, sondern auch Diamanten und eine

Kaffeefarm, mein Vater mit grauem, vom Tabak gefärbtem Schnurrbart, den Verwandten zufolge habe ich nichts von ihm geerbt

– Der ist ganz die Mutter

meine Mutter, die, wie sie, wenn mein Vater nicht da war, selber sagte, besser hätte heiraten können

– Weißt du ich hatte einen Oberst der war ganz in mich verschossen

und sie zeigte mir ein im Wäschekorb verstecktes Foto von einem Kerl in der Uniform eines Unteroffiziers, der aussah, als wäre er von bescheidener Herkunft, und dessen Nase schief war, weil ihm beim Schießen das Gewehr vom Schlüsselbein gesprungen war, und zu der Nase kamen noch schlechte Zähne, würde ich dich bitten, wieder mit mir zusammenzuwohnen, würdest du mit nein antworten, würdest du ein Schloss verlangen, um dich von innen einschließen zu können, sobald du meine Schritte hörst, vor der Werkstatt ein vertrockneter Pflaumenbaum, die Frau schickte uns fort, wenn sie das Töpfchen geleert hatte

– Bringt mir mehr und ich empfange euch

schüttelte uns mit dem Handrücken von sich ab, ein vertrockneter Pflaumenbaum, zwei oder drei Enten, sie versetzten den Unteroffizier nach Chaves, und meine Mutter verlor ihn

– Das sind die Wege des Lebens

steckte das Foto wieder weg

– Das sind die Wege des Lebens

die Wohnung winzig, das Geld abgezählt, der Soldat aus Chaves, der nach ein oder zwei Monaten aufhörte, Briefe zu schicken, meine Mutter versuchte es mit einer Postkarte, einer zweiten, gab auf

– Ich hatte immer meinen Stolz

wobei die schiefe Nase und die fehlenden Eckzähne des Soldaten das Stolzsein leichter machten, die Menschen verschwinden mit einem Zaubertrick aus unserem Leben, so wie das Leben mit einem Zaubertrick aus uns verschwindet, das Problem ist, dass wir nicht vergessen und massenhaft Menschen mit uns schleppen, von denen jeder einzelne Bedauern bedeutet, ich bin nicht ehrlich, ich vergesse, ich vergesse nicht einmal, ich denke nicht, das Einzige, was mich quält, sind die Züge, der ganze Rest tut mir nicht im Geringsten weh, die Sängerin

– Glauben Sie mir nicht?

und ich, kein Wort, du hast schon geantwortet, als du sagtest

– Sie erinnern mich an meinen Patenonkel

und ich daher kein Wort, die Sängerin, beinahe gekränkt

– Sie glauben mir nicht?

die Sängerin gekränkt

– Sie glauben mir nicht

dabei summte der Kühlschrank der Bar im Zimmer, draußen auf dem Rasen Spatzen, mein Vater zu ihr

– Der da ist ein Trebegänger wenn ich Ihnen erzählen würde was er mir angetan hat

draußen auf dem Rasen Spatzen, Arthropoden und möglicherweise Synästhesien, mein Vater

– Er hat meinen Tod beschleunigt der Mistkerl

und ich nehme an, dass ich ihn beschleunigt habe, für Geschäfte fehlte Ihnen Führungskraft, Sie hatten nie Nerven, hatten nie Ehrgeiz, der Kühlschrank summte lauter und verstummte, wäre ich an der Stelle meines engsten Mitarbeiters, würde die Sekretärin keinen Mucks von sich geben, das garantiere ich, die Finger der Sängerin an meinem Gesicht, der Kühlschrank summte lauter und verstummte, so wie auch die Sekretärin meines engsten Mitarbeiters verstummen würde, Arsénio strich mit dem Töpfchen an einem Zaun entlang, die Sekretärin meines engsten Mitarbeiters würde nicht nur verstummen, sondern dankbar sein, Normando schoss ein Knäuel aus Lum-

pen vor sich her, Júlio ahmte einen Hinkenden nach, und ich folgte ihnen, überprüfte das
– Woher hast du diese Flecken?
Hemd, zu Hause angekommen, rieb ich es mit Seife ab, meine Mutter
– Ich glaube du hast da was
ich entwand mich
– Das liegt an Ihren Augen Senhora
so wie die Sängerin sich mir entwand und sich anzuziehen begann, die Anmut einer Zwanzigjährigen macht mich sprachlos, kein Straucheln, kein Versagen, keine Unebenheit in den Gesten, sie brauchen sich nicht einmal zu kämmen, sie fahren einfach mit den Fingern durchs Haar, und das war's, sie braucht sich nicht einmal herunterzubeugen, um die Handtasche zu nehmen, die zu ihr hinkam, von welchem Alter an hört die Welt auf, unsere Komplizin zu sein
– Sie glauben mir nicht
nicht kräftig, leise, etwas in den Augen, was ich vorzog nicht zu sehen, etwas am leicht geschwungenen Mund, was ich beschloss nicht zu beachten, ich bedeckte mich mit dem Betttuch, verbarg meinen Körper, weil der Hals, die Brust, der Bauch, weil die Beine, ich wollte sagen
– Warte
aber meine Kehle war verschlossen, wollte sagen
– Ich glaube dir
aber ich erinnere dich an deinen Patenonkel, an keinen Mann, verstehst du, an deinen Patenonkel, ich erinnere dich an den Alten, der ich bin, du hast wer weiß was gesagt, das zu hören mich das Summen des Kühlschranks hinderte, ich habe wer weiß was gesagt, das zu hören dich das Summen des Kühlschranks hinderte, eine Sängerin, über die die Zeitungen zu reden begannen, über die die Zeitungen bald noch mehr reden werden, über die zu reden die Zeitungen nicht müde werden,

ich sah dich bei der Tür ankommen, die Tür öffnen, einen Augenblick warten, als ob ein letztes Wort, nicht darauf wartend, dass ich dich rief, dass ich

– Ich glaube dir

und selbst wenn ich dir glaubte, habe ich nicht das Recht zu glauben, habe ich nicht das Recht zu, selbst wenn ich glaubte, zu sagen, dass ich dir glaube, wegen des Kühlschranks nahm ich nicht wahr, wie die Tür sich schloss, auch nicht die auf dem Flur leiser werdenden Schritte, ich habe überhaupt nichts wahrgenommen, nur meine Hand, die das Telefon griff, und die Brille auf der Nase, um die Nummern zu sehen, schau nur, um die Nummern zu sehen, brauche ich eine Brille, wie lange wird es dauern, bis ich zu nichts mehr nutze bin, ich nahm meine Hand wahr, die Spatzen draußen, die Spatzen, die auf dem Rasen herumpickten, ich wählte die Nummer meines engsten Mitarbeiters, wobei ich nicht wusste, ob er mich wegen des Summens des Kühlschranks verstehen konnte, so wie ich auch nicht mitbekam, ob das Telefon klingelte, ich sagte

– Schicken Sie mir Ihre Sekretärin damit sie sich die Schuppen auf meinem Kragen ansieht

und ich nahm die Brille ab und legte den Hörer auf, ich nahm wahr, wie Júlio einen Hinkenden nachahmte, und es ist lustig, wenn Júlio einen Hinkenden nachahmt, ich suchte nach einem Saucenfleck auf der Haut, aber wie sollte ich ohne Brille einen Saucenfleck finden, also beschloss ich, die Augen zu schließen, und während ich darauf wartete, dass die Sekretärin meines engsten Mitarbeiters kam, begann ich so zu tun, als schliefe ich.

DRITTES KAPITEL

Der Senhor Presidente, immer allein, immer geschäftig, die Decke über den Knien, schrieb er mit winziger Schrift winzige Kärtchen an seine Minister, die ihn nicht zu Gesicht bekamen, durch ebensolche Kärtchen ernannt und entlassen wurden, er sagte weder ja noch nein, mit seiner zögerlichen dünnen Stimme

– Das müssen wir noch genauer durchdenken

wobei die Wörtersteinchen eines nach dem anderen über einen unebenen Hang hinunterpurzelten, manchmal sah er mich mitten in einem Gespräch an, und mir war klar, dass ich aufgehört hatte, für ihn zu existieren, dass er zu seinen Dingen zurückgekehrt war, hin und wieder eine Klage

– Ich will nicht noch mehr Suppe Mutter

hin und wieder ein Lied, das er eher hörte als selber anstimmte

– Ein Huhn das fraß man glaubt es kaum die Blätter von 'nem Gummibaum

wobei sein Körper die Haltung eines annahm, der sich vorbeugt, um besser zu verstehen, bis ich erneut existierte, weil an ihm eine sorgenvolle Falte

– Wo waren wir noch gleich?

und wir waren gerade bei einem Geschäft mit den Südafrikanern wegen einer Kupfermine, ich habe seit mehr als zwei Wochen nichts von der Sängerin gehört, und ich behaupte nicht, dass ich Sehnsucht hatte, Sehnsucht wonach, ich erinnerte sie an ihren Patenonkel, ein vages Unbehagen, das nicht schmerzte, aber die Besuche im Zimmer dort oben überflüssig machten, ehrlich gesagt, dachte ich nicht einmal mehr daran, ein Hinaufspähen aus Gewohnheit, und das war's, ich würde lieber die Sängerin als meine Ehefrau treffen und das Lächeln eines leicht geschwungenen Mundes, ich hätte nie gedacht, dass vierzehn Tage so viel Zeit sind, der Senhor Presidente beinahe gerührt, er, der nie gerührt war, von dem Huhn, das Blätter von 'nem Gummibaum fraß, man glaubt es kaum

– Wer versteht schon die Kindheit?

und begrub sie unter den Knochen eines Hundes im Garten, er wohnte mit einer Haushälterin zusammen, die mich durch düstere Korridore und kleine leere Salons zu ihm führte, die nach auf dem Dachboden gestapelten Reisekoffern rochen und in deren Ecken Polizisten in Zivil, die, nur Mandibeln und Revolver, mir

– Senhor Doutor

zumurmelten, halb misstrauisch, halb ehrfürchtig, die Haushälterin zu mir

– Er weigert sich die Suppe zu essen versuchen Sie doch mal ihn davon zu überzeugen sie zu essen

und daher, kaum war ich eingetreten, der Senhor Presidente, wobei er mit dem Fingernagel eine Kruste von der Decke kratzte

– Wetten dass die da Ihnen was von der Suppe erzählt hat?

mit der Intuition eines Auserwählten, und ich dachte an Haar, das mit den Fingern gekämmt wird, ganz zu schweigen von den Beinen, den Hüften, dem Mund an meinem Hals

– Liebster

ich, der ich Theater verabscheue, ich ziehe die Bitte um einen Ring vor, ziehe vor zu bezahlen, was ich empfange, wenn meine Mutter mich als kleinen Jungen umarmte, wollte ich zugleich, dass sie blieb und wegging, mein Vater aus der Zeitung

– So viel Gefühlsduselei

und ich gebe ihm recht, hören Sie mit den Gefühlsduseleien auf, lassen Sie mich los, ich kratzte mich sofort an den Wangen, löschte die Küsse aus, meine Mutter war gekränkt, doch nach ein paar Tagen hatte sie die Kränkung, man sah es nicht, vergessen, da kam sie wieder

– Ich muss es ausnutzen bevor du zu groß wirst komm her

und selbstverständlich kam ich nicht, floh ich vor ihr

– Nein

diese Begeisterung, dieses Luftabschnüren, dieser eklige Geruch nach Gebratenem, dazu noch die anderen Gerüche der Frauen, die einem die Nase durcheinanderbringen, vom verglasten Balkon aus war nichts Interessantes zu sehen, ausgenommen die Witwe des Besitzers der Konditorei, die Teppiche klopfte, wenn sie sich vorbeugte, sprangen ihre Dinger aus dem Ausschnitt, wenn sie aufhörte sich vorzubeugen, rutschten die Dinger zurück, mein Vater aufmerksamer als ich, meine Mutter zu ihm, während sie sich selber in der Bluse zurechtrückte

– Hast du zu Hause nicht genug?

und ich begriff die Frage nicht, als ich sie begriff, beugte sich die Witwe nicht mehr vor, die Krankenschwester, die ihr Sauerstoff gab, tat es, meine Mutter zu meinem Vater, siegesbewusst

– Nun ist Schluss mit lustig du verrückter Kerl

so wie auch Schluss mit den Küssen war, weil sie mir kaum bis zum Schlüsselbein reichte, die Pantoffeln eines

– Du bist zu schnell gewachsen

gingen voll Melancholie davon, noch schlurften sie nicht, das kam später, langsam wie ein Taucher, es trifft alle, Mütterchen, sogar mich, stell dir vor, sechsundfünfzig Jahre, kaum zu glauben, es muss ein Hotel geben, in dem die Minibar mit dem Kühlschrank die Leute nicht taub macht, und darin vibrierende Fläschchen, der Senhor Presidente, nachdem das Problem mit der Kruste gelöst war

– Gegen die Atheisten sind strenge Maßnahmen vonnöten

die Witwe des Besitzers der Konditorei eines Abends am Fenster, auf die Krankenschwester gestützt, ohne dass Dinger in die Richtung meines Vaters heraussprangen, der sie schon nicht mehr sah, so wie er die Zeitung nicht mehr sah, er saß auf dem Sessel, das Kinn auf dem Spazierstock, kaute die Leere, der Senhor Presidente, meine blöde Tochter hat nutzlose Kinder, die ich nicht einmal begrüße, sie setzen sich ans Ende des Esstisches, feierlich, dümmlich, man braucht ihnen nur einen Augenblick lang zuzuhören, um mit Bestimmtheit, Gestimmtheit, Verstimmtheit zu behaupten, dass Gott nicht existiert, morgen oder übermorgen sage ich meinem engsten Mitarbeiter, er soll die Sängerin bringen, ich hätte nie gedacht, dass billige Kleidung die Leute aufwertet, oder Modeschmuckarmreifen oder Ausverkaufsschuhe, würdest du noch einmal
– Liebster
sagen, würde mein Vater sofort
– Und da geht es weiter mit den Gefühlsduseleien
und ich würde ihm recht geben, du brauchst keine Lügen, um ein Bankkonto zu eröffnen, meine Sekretärin vergisst nicht, dir, wenn du hinausgehst, einen Briefumschlag zu geben, die Tennisbälle fangen an mich zu stören, was ist der Witz daran, ich sehe mich selber, wie ich dick, ermattet, das Handtuch einem Geschöpf reiche, das ich nicht einmal wahrnehme, das es in Empfang nimmt und dabei die Schenkel spreizt, was ich ebenso wenig wahrnehme, ich nehme den Obdachlosen wahr, der mich einen Augenblick lang anschaut, bevor er weiter davongeht, an einem Nachmittag war mir so, als würde er mir eine Meeresschnecke zeigen, aber nicht mir zeigte er sie, sondern dem Fenster dort oben, mitten in seiner Rede über die Kommunisten, die Augen des Senhor Presidente reglos auf meine gerichtet, die aufhörten, für ihn zu existieren
– Wer versteht schon die Kindheit
will heißen nicht seine Augen, andere, größere, blinde, die

in den Falten ihrer selbst nach Ereignissen suchen, die die Erinnerung nicht findet, nicht

– Ein Huhn das fraß man glaubt es kaum die Blätter von 'nem Gummibaum

auch kein begrabener Hund, wichtigere Ereignisse, tiefergehende, ein Mann, der das Jagdgewehr auf sich selber richtet und abdrückt, ohne dass etwas geschieht, verblüfft die Brust abtastet

– Böses Omen

und während der Ast einer Eiche herunterfällt, kehrt er nach Hause zurück, derselbe Mann im Hof eines Krankenhauses, wo ihm eine Frau ein Körbchen mit Pfirsichen übergab

– Du hast abgenommen

von denen der mit dem Jagdgewehr einen nahm, ohne sich dessen gewahr zu werden, Priester in Soutane zu dem, als ich den Tennisplatz verließ, fand ich eine Meeresschnecke auf dem Boden, befahl dem Gärtner

– Nimm die da weg

und als er sie aufhob

– Ich habe es mir anders überlegt gib sie her

eine gewöhnliche Meeresschnecke, an einer Ecke abgebrochen, wozu will ich die haben, aber ich habe sie unendlich lange Zeit betrachtet, denn ich war mir sicher, dass sie das Geheimnis meines ganzen Lebens enthielt, alles, was ich vergeblich suchte, alles, was ich brauchte, was aber, da war ich mir sicher, nie kommen würde, was mache ich damit, was mache ich mit mir, der Ast der Eiche fällt für immer weiter herunter, ohne den Boden zu erreichen, so wie ich den Boden nicht erreiche, ich verliere mich irgendwo, in welchem Spiegel werde ich mich sehen, wenn ich aufhöre mich zu sehen, wessen Gesicht ist es, das mich beobachtet, wessen Gesten sind es, mein engster Mitarbeiter

– Irgendein Problem Senhor Doutor?

und kein Problem, keine Angst, es war nur der Obdachlose, der mir den Schlüssel zu wer weiß welcher Tür gab, oder besser gesagt, ich weiß welche, die einzige, die es tatsächlich gibt und von der ich nicht weiß, wo sie ist, ich werde sterben, ohne zu wissen, wo sie ist, Priester in riesigen Soutanen im Büro des Rektors zum Senhor Presidente, ebenfalls in Soutane

– Dein Vater

und draußen ein Onkel, der ihn mitnahm, ich zu meinem engsten Mitarbeiter

– Ich will die Sängerin hierhaben

sie brachten den Senhor Presidente drei Tage später wieder zurück, weil Winter, Schnee, Straßen, die der Schlamm unpassierbar machte, sie mussten um das Gebirge herumfahren, und bevor sie zurück waren, schlug ein Hammer, und schlug, zwischen den Hammerschlägen die Stille des Regens, dunkle Schritte, dunkle Menschen, dunkle Glocken, eine kleine, halb in den Angeln hängende Pforte, eingravierte Namen und kleine Blumenvasen, ich warf die Meeresschnecke in ein Beet, wo ich sie nicht mehr sehen würde, Wesen, die er nicht voneinander unterscheiden konnte, unter Umschlagtüchern verborgen, ihm war so, als würde er seine Mutter sehen, aber es war nicht seine Mutter, die Mutter war eine andere, aufrechtere, die er nicht sah, der Senhor Presidente

– Wir werden einen Vertrag mit den Spaniern unterzeichnen um Kommunisten an der Grenze auszutauschen

also hin und wieder ein Schuss, hin und wieder fiel ein Schatten, das Seminar eine Kapelle, in der die Schritte lauter waren als die Gebete, anstelle reuiger Ave-Marias der Senhor Presidente

– Ein Huhn das fraß man glaubt es kaum

zehn-, zwanzig-, hundertmal, war sich sicher, dass Gott es so lieber hätte, der Mann mit dem Jagdgewehr zu ihm

– Böses Omen

ohne das Körbchen mit den Pfirsichen zu beachten, ich stieg hinauf, um meine Ehefrau zu besuchen, trat aber nicht ein, ging wieder, unmöglich, dass sie mich auf den Stufen nicht gehört hat, langsamere Schritte als die von Marçal, schwerer, ich war so dünn, und jetzt, die Sekretärin meines engsten Mitarbeiters verglich mich mit meinem engsten Mitarbeiter

– Der Senhor Doutor ist aus einem anderen Holz geschnitzt

und log, was man an der Stimme bemerkte, die nicht zum Mund passte, der Mund

– Du bist keinen Heller wert

die Stimme

– Der Senhor Doutor ist aus einem anderen Holz geschnitzt

und die Mutter hinter ihr

– Wenn du es schaffst ihn einzufangen ist das ein Hauptgewinn

die Haushälterin des Senhor Presidente

– Eine Rübenschösslingssuppe muntert auf vielleicht können Sie ihn überzeugen Senhor Doutor

die Meeresschnecke müsste noch immer dort sein, zwischen Wurzeln und Blättern, alles erhellen, aber ich kann sie nicht finden, würde ich den Obdachlosen fragen

– Was soll das?

würde er nicht einmal antworten, ich habe der Sekretärin meines engsten Mitarbeiters etwas Kleingeld gegeben

– Sag deiner Mutter dass du nicht den Hauptgewinn gezogen hast

sie starrte die Münzen und dann mich an

– Was soll das?

war sich der Ohrringe, der Ringe, der Armbänder bewusst, des Preises ihres Kleides

– Geben Sie mir jetzt Almosen?

die Gardine am Fenster öffnete und schloss sich, ich sah meine Ehefrau, hörte auf, meine Ehefrau zu sehen, sah Marçal, hörte auf, Marçal zu sehen, ich zur Sekretärin meines engsten Mitarbeiters, während ich ein Memorandum korrigierte

– Mehr verdienst du nicht geh raus

tat so, als würde ich den hüftwiegenden Gang und das Knallen der Tür nicht bemerken, zeigen Sie mir einen einzigen Mann auf dieser Welt, der die Frauen kennt, Sie werden keinen einzigen finden, die hier beispielsweise kam, ohne anzuklopfen, fünf Minuten später wieder ins Büro, meine Sekretärin klebte an ihr, hatte Angst, ich würde sie entlassen

– Ich habe alles versucht sie daran zu hindern Senhor Doutor

was würde ich nicht dafür zahlen, dass der Obdachlose mit mir redete, aber er antwortete niemandem, wer in diesem Buch ist lebendig, wer ist wirklich ein Mensch, würde ich den Senhor Presidente fragen, würde der Senhor Presidente, die Decke auf seinen Knien zerknautschend

– Das müssen wir noch genauer durchdenken

mir eines seiner Kärtchen mit winziger Schrift reichen, auf dem man Ich weiß nicht entzifferte, meine Sekretärin

– Es war nicht meine Schuld Senhor Doutor das schwöre ich

zu mir, der ich weder das Wort Schuld verstehe noch einen Zug, der abfährt und mich allein zurücklässt, ich werde ein Geständnis machen, manchmal bin ich außerstande, nachts durch das Haus zu gehen, ich ordne Marçal an, im Nebenzimmer zu schlafen, rufe ihn

– Marçal

und nur wenn er

– Senhor Doutor

antwortet, kann ich schlafen, meine Mutter musste sich auf meine Bettkante setzen und mir ihre Hand geben, ein oder zwei Finger reichten, kaum fing sie an, sie langsam wegzuziehen, hielt ich sie fest

– Ich bin noch wach

also nahm sie mich mit ins Elternbett, mein Vater verzweifelt, das Kissen unter dem Arm, so und mit dem verstrubbelten Haar war er nicht älter als ich, von seinen Augenlidern einmal abgesehen, das Kupfer aus Südafrika lief besser, als ich gedacht hatte

– Ich gehe aufs Sofa im Wohnzimmer ich komme nicht zur Ruhe wenn dieser Idiot mir Fußtritte versetzt

und ich habe ihm bis zu seinem Tod bewiesen, wer der Idiot war, meine Mutter bei mir, und ich an ihren Rücken geklammert, noch heute passiert es mir, aber lassen wir das, die Sekretärin meines engsten Mitarbeiters stumm an die Wand gelehnt, zwischen Zorn und Tränen, wie es bei den Frauen üblich ist, mal werden sie wütend

– Bandit

oder sie weinen

– Verzeih mir

und nach dem

– Verzeih mir

werden sie wieder wütend

– Ich bin so blöd

bereit, weiterhin blöd zu sein, mein Vater kehrte nach ein paar Minuten aus dem Wohnzimmer zurück

– Rückt mal zur Seite

meine Mutter zog mich zu sich, und ein neuer Geruch gesellte sich zu unserem, veränderte meine Träume, wenn ich mein Gedächtnis anstrenge, fallen sie mir wieder ein, seltsam, wie die Jahre bei einigen Dingen aufeinanderfolgen und bei anderen nicht, ich stellte, ohne den Kopf zu heben, fest, dass der Sekretärin meines engsten Mitarbeiters, es gibt schon Typen, die haben Glück, Blau gut stand, normalerweise denke ich darüber nicht nach, aber diesmal bemerkte ich es, einmal davon abgesehen, dass es dem Büro Farbe verlieh, ich werde darum bitten, dass man mir hier ein blaues Bild aufhängt, ein Stillleben, ein Seestück, einen Fleck wie auch immer, ihr Haar akzeptabel, das Parfüm zu exzessiv, aber es gibt Exzesse, die in Anwesenheit anderer peinlich berühren, im Privaten jedoch erregen, ob man es glaubt oder nicht, eine Prise schlechten Geschmacks verbessert die Lebensqualität, ich zur Sekretärin meines engsten Mitarbeiters

– Komm her

und sie kam, wobei die Rosen leise klirrten, ich sah den Gärtner mit einer Kiste Anthurien vorbeigehen, sah zwei Dienstmädchen mit Wäschekörben in der Waschküche verschwinden, die Venus, den Rücken mir zugewandt, mit ihrem unvermeidlichen Getröpfel, und auf meinen Knien alles blau, ich musste den Nacken der Sekretärin meines engsten Mitarbeiters packen wie als Kind die Tiere vom Karussell, denn ich schaukelte, winkte, wenn ich an meinem Eltern vorbeikam, links ein Zebra und rechts ein Rentier, ich winkte ihnen, meine Mutter winkte zurück, mein Vater, die Hände in den Taschen

– Vorsicht

und die Bretter ächzten, nicht ich, Glitzern von Ohrringen und Armreifen im Rhythmus der Tiere aus Sperrholz, die Sekretärin meines engsten Mitarbeiters, die Wange an die Stange des Karussells gepresst

– Steht mir jetzt nicht etwas mehr Geld zu Senhor Doutor?

oder, besser gesagt, mit demselben Hass, mit dem sie hinausgegangen war, und ich war, Ehrenwort, nicht böse, bewunderte sie, die vor mir stand und mich von oben herab ansah, einen Kerl von sechsundfünfzig Jahren, der nicht nur besiegt, sondern nutzlos war, die Sekretärin meines engsten Mitarbeiters warf mir die Münzen ins Gesicht

– Stecken Sie sich Ihr Vermögen in den Arsch Sie Scheißkerl

die auf den Boden rollten, erst aufrecht, dann unsicher, brauchten sie lange, bis sie, sich drehend, umfielen, die Sekretärin meines engsten Mitarbeiters machte sich nicht die Mühe, die Tür zu schließen, wiederholte draußen

– Sie Scheißkerl

und erst da war das Klackern der Absätze siegesbewussater, fester, die den Korridor entlang bis zum Windfang auf mir herumtraten, meine Sekretärin, das Blau des Kleides blieb in mir, unglücklicherweise ist das Meer von Cascais selten so, Motorboote gibt es, okay, natürlich Möwen, Menschen, leider, den Obdachlosen, auch den, wo wir schon dabei sind, das Blau aber nicht, nur auf dem Kleid und seit ein paar Wochen auf dem Bild dort, fast genauso, aber weniger kräftig, ohne mir die Seele zu wärmen, nicht einmal wenn man ihnen Instruktionen gibt, bringen es die Dekorateure, ich lebe von Schwachsinnigen umgeben, meine Sekretärin, die kam, um die Tür zu schließen, sah mich, meine Männlichkeit, die sie, nebenbei gesagt, bereits kennt, unbekleidet, mit baumelnden Armen, ohne jede Würde, mit dem Mund eines Fisches auf dem Trockenen, schwer atmend, die Lichter des Karussells erloschen, die Zebras ganz still, meine Eltern auf dem Heimweg, ich in ihrer Mitte, mein Vater mit dem idiotischen Hütchen auf dem Kopf, es gibt Leute, denen ist nicht zu helfen, das ist bei ihm der Fall, meine Mutter

– Hat es dir gefallen?

ging um den Todesbrunnen, die Geisterbahn und um das Wesen herum, das das Schicksal las, indem es die Nase in ein Kartenspiel steckte, was im Falle meiner Eltern nicht schwierig war, ein einziger Blick genügte, sogar ich, der ich von Sternen keine Ahnung habe, wusste es, sie brechen zusammen, und das war's dann, die Sängerin ist bis zum Ende des Monats in der

Provinz, ich hoffe, dass ihre Familie ein Auge auf sie hat und ihr Züge verbietet und rauchende Kanaillen von ihr fernhält, ich sammelte die Münzen auf allen vieren zusammen, spähte unter die Möbel, eine habe ich mit dem Lineal herausgezogen, dabei mit der Behaarung der Auslegeware gekämpft, wozu auch so viel Haar, heutzutage findet man nur übertrieben eingerichtete Häuser, aber wenn man um ein blaues Bild bittet, gibt es keines, zum ersten Mal schlief ich allein, meine Mutter enttäuscht

– Bist du sicher dass du keinen Finger brauchst?

wer mit einem Karussell kämpft, das kurz davorsteht auseinanderzufallen, ist mit der Dunkelheit per du und hält den Gedanken an den Tod in aller Ruhe aus, meine Mutter erschien, auf den Finger hoffend, noch ein- oder zweimal, doch ich hielt mit dem Stolz eines Arabers durch, widerstand der Einsamkeit, hörte, wie sie im anderen Zimmer voller Sehnsucht nach dem, der ich einmal war, zu meinem Vater

– Er ist so schnell gewachsen

aber sie hat keine Ahnung, wie entmutigt ich an gewissen Regentagen bin, wenn eine Traurigkeit, die ich nicht definieren kann, eine Verlustangst, ein Gefühl von Leere sich in mir breitmachen und mir die, zwingen Sie mich bitte nicht, es zu gestehen, mir die Seele grau färben, ich bin nicht aus Eisen, basta, das sind Dinge, die nur mich angehen, ich bin sicher, dass ich mit dem Senhor Presidente darüber reden könnte, ein Huhn das fraß, man glaubt es kaum, die Blätter von 'nem Gummibaum, aber mich hinderte die fehlende Vertrautheit, was er wohl um zwei Uhr morgens im Inneren der Decke fühlt, Eichenäste, die nicht aufhören herunterzufallen, dunkle Menschen, Hämmer, die panische Angst, Gott könnte uns bemerken, mit dem Finger auf uns zeigen, und eine Heuschreckenplage knabbert und knabbert, manchmal finde ich im Garten welche, allerdings wirken sie ungefährlich, doch wegen der Gegenstände vertraue ich auch ihnen nicht, wer weiß, was sie im Schilde führen, ich habe den Obdachlosen nicht gesehen, mein engster Mitarbeiter auch nicht, was wird aus uns, wenn er verschwindet, der Vorsitzende des Gemeinderates hat mir versichert, dass die Züge, die nicht abfahren, im April aus dem Bahnhof verschwinden, das Problem ist, dass es bis April noch massenhaft Tage sind, die Jahre vergehen in Windeseile, aber die Tage, bestimmte Tage, bestimmte Stunden, sogar bestimmte Minuten dauern verdammt lange, ich kann Beispiele anführen, die Menge an, ich sage das Wort nicht, benutzen Sie, welches Ihnen gefällt, die ein Augenblick enthalten kann, wenn das Licht oben im Zimmer plötzlich erlischt, und ich schrecke auf, ich erwähne nicht, was mir durch den Kopf geht, Herrschaften, nicht dass ich sie mag, einmal unter uns, ich mag sie nicht, will heißen, ich weiß nicht, ob ich sie mag, will heißen, es gibt Wichtigeres zu behandeln, lassen wir dies, ich sage nicht für immer, ich sage, lassen wir dies einstweilen, und mit aller Deutlichkeit ausgedrückt, ist das Problem nicht, ob ich sie mag oder nicht, sagen wir, es ist eine Frage der Gewohnheit, obwohl es keine Frage der Gewohnheit ist, und Schluss, aus, Sache erledigt, Punktum, bye-bye, meine Tochter isst nicht mit mir am Tisch, die Südafrikaner sind dafür offen, zusammen mit dem Kupfer das Problem mit dem Gold zu behandeln, sie isst nach mir, und Marçal bedient sie, letzte Woche habe ich gehört, wie sie ihm vorschlug

– Wollen Sie sich nicht zu mir an den Tisch setzen?

und Marçal war empört, ohne seine Empörung zu zeigen, wohlerzogen wie immer, effizient wie immer, undurchsichtig wie immer, meine Tochter lauter

– Sie sollten sich zu mir an den Tisch setzen schließlich sind Sie doch mein Vater nicht wahr?

meine Tochter nicht herausfordernd, in normalem Tonfall

– Warum tun Sie so als wären Sie mein Dienstbote?

dies beim Geräusch von eingegossenem Wasser und abgelegtem Besteck, sie und Marçal, ich weiß nicht, ob ähnlich im

Charakter, weil Marçal keinen Charakter hat, er hat keine Meinungen, hat keine Wünsche, gehorcht, kurz nachdem ich geheiratet habe, der Arzt zu mir, indem er die Laborergebnisse mit dem Bleistift zu mir herüberschob

– Sie können nicht Vater werden

und da war ganz bestimmt etwas verkehrt gelaufen, vertauschte Untersuchungen, eine Fehlfunktion des Apparats, ein Versehen des Technikers, wenn wenigstens der Finger meiner Mutter da wäre

– Mach dir keine Sorgen jeder Spezialist kann da etwas machen

ich war in den Vereinigten Staaten, in Schweden, in Österreich, aber sie haben da nichts machen können, in mir springt kein Leben herum, nur tote Zellen, und ich glaubte es anfangs nicht, und dann ekelte ich mich vor meinem Körper, wie viele Spezialisten ich aufgesucht habe, mein Gott, um zu erfahren, ich zum Senhor Presidente

– Ich will fünfundzwanzig Prozent

um zu wissen, dass ich wie die kastrierten Tiere bin, der Sohn der Ehefrau meines engsten Mitarbeiters, der mir ähnlich sah, und jetzt findet niemand mehr, dass er mir ähnlich sieht, ebenfalls von Marçal, die Ehefrau meines engsten Mitarbeiters

– Wollen Sie wirklich dass ich mit dem Angestellten schlafe?

ich habe sie zu einer Pension begleitet und setzte mich ganz hinten ins Zimmer, die Ehefrau meines engsten Mitarbeiters unterdrückte ihre Seufzer und belog mich hinterher

– Ich habe überhaupt nichts gefühlt das schwöre ich

und selbstverständlich hast du was gefühlt, du Lügnerin, du hast was gefühlt, obwohl du ein Clown bist, auch Clowns fühlen, im Anschluss an Marçal, ich schickte ihn raus, habe ich mich bedient, ich habe ihr nie von den nutzlosen Behandlungen erzählt, so wie ich auch meiner Ehefrau und ihr nie verziehen habe, mir gehorcht zu haben, der Senhor Presidente zupfte seine Decke zurecht

– Finden Sie nicht dass fünfundzwanzig ein sehr hoher Prozentsatz ist?

und ich sicher, dass irgendetwas in ihm Bescheid wusste, wie kann ich Freund meines Vaters sein, der mich nicht zum Mann gemacht hat, mich zu etwas Wertlosem gemacht hat, dieses vertrocknete Ding, das redet, oder vielleicht bin ich es, nicht der Obdachlose, der den Zug nimmt, der nicht abfährt, und aus dem Fenster auf den Bahnhof schaut, die umgefallene Lokomotive, das Unkraut zwischen den Schienen, ein Eichenast fällt, nicht ich falle, ich stehe, die Pistole in der Hand

– Nicht einmal dazu bin ich imstande

und das Meer, das mich kennt, verschlingt die Dünen, würdest du das Licht im Zimmer dort oben anmachen, würde ich verstehen, dass du mich verstehst, aber du machst es nie an, Marçal, sehr aufrecht

– Bitten Sie mich nicht Ihnen beim Sterben zu helfen Senhor Doutor

dabei packte ich nicht seinen Finger, wozu, was brauchte ich deinen Finger, deine Beunruhigung, dein Mitleid, meine Tochter zu Marçal

– Schwören Sie dass Sie nicht mein Vater sind

das nur Stimmen, man übe Nachsicht, ich nicht im Esszimmer, im Flur, auf einen Tisch mit einer Vase darauf gestützt, wie die Vase zitterte, wie der Tisch zitterte, wie der Flur zitterte, wie alles in mir usw., wozu das schreiben, fünfundzwanzig Prozent vom Kupfer, fünfundzwanzig Prozent vom Gold, zwölf Prozent von der Farm, der Senhor Presidente zu mir

– Was machen Sie mit dem Geld?

ich zum Senhor Presidente

– Ich koche eine Koriandersuppe und esse sie

erschrocken über meine Frechheit, während wir an der Grenze mit den Spaniern Kommunisten austauschten
— Ich koche eine Koriandersuppe und esse sie
in Handschellen, barfuß, mit Blut am Kopf, an der Kleidung, einige aneinandergebunden, andere auf einer Bahre, das selbstverständlich nachts bei einer Brücke über einen Fluss, den man hörte, ohne ihn zu sehen, umgeben von Steinen, etwas, was einmal eine Schäferhütte gewesen sein könnte, der zwei Wände fehlten, und ringsum
— Sie schwören mir also dass Sie nicht mein Vater sind?
ein paar verstreute Bäume, deren Namen ich nicht kenne, wegen der Abwesenheit von Wind spürte man den Atem der Erde, so wie man auch die Wildtauben spürte, die nicht schliefen, sondern warteten, wäre es Tag, würden sie fliehen, fast am Horizont die Lichter irgendeiner Stadt, sicher Wolken, denn der Mond kam und ging, mal verborgen, mal hell, außerstande, uns Igel, Ameisenbären, Rhinozerosse, was weiß ich, sehen zu lassen, meine Tochter zu Marçal
— Wenn Sie nicht mein Vater sind warum haben Sie dann mit dem Schwören Probleme?
die Gefangenen hatten Schwierigkeiten, in den Lastwagen zu steigen, und die Polizisten schoben sie wie Säcke, ich dachte, dass die Kommunis
— Mit dem Schwören?
ten zivilisiert sind wie wir, aber ich lege nicht einmal eine Hand dafür ins Feuer, dass es sich um Menschen handelte, schlecht angezogen, ungeschlacht, wie diese Bauern auf dem Fahrrad, die mühsam am Straßenrand radeln, hinter sich einen winzigen Köter, den Griff des Regenschirms in den Kragen gehängt und eine an den Sattel gebundene Kiste, die nicht winken, wenn wir ihnen winken, ich glaube, sie bemerken einen überhaupt nicht, Marçal zu meiner Tochter
— Quälen Sie mich nicht gnädiges Fräulein

die Kommunisten sind keine Menschen, sondern Bauern, weniger als der Gärtner oder der Alte, der den Tennisplatz sprengt, was würden sie gegen uns tun, wenn sie uns träfen, anstatt uns zu töten, nähmen sie die Mütze ab, und von der Kerbe rund um den Kopf sind sie zweiteilig, diese merkwürdigen Hände, die man ihnen an den Armen angebracht hat, voller Warzen, sie denken nicht, reden fast nicht, ich sehe sie nicht lächeln, und das ist gut so, denn falls sie lächeln, nur zwei oder drei Zähne, aber für das, womit sie sich ernähren, brauchen sie nicht mehr, die Haushälterin des Senhor Presidente am Rande der Tränen

– Er weigert sich zu essen Senhor Doutor können Sie ihn nicht überzeugen?

doch ich kann ihn nicht überzeugen, Dona Maria, kaum würde ich mit Argumenten beginnen, würde seine Decke sich aufblähen, ein einziger war noch übrig, auf einer Art Brett, seine Gesichtszüge von Schwellungen und Flecken ersetzt, der Mond beinahe rund, ehrlich, da befreite er sich von den Wolken, herzlichen Glückwunsch, und trieb ziellos dahin, ich habe noch nie verstanden, in welche Richtung er sich bewegt oder ob er aufs Geratewohl dahinschwimmt, ich erinnere mich an den Lehrer

– Unser Trabant

und ich, naiv, glaubte der Sängerin, wieso Trabant, es kommt darauf an, wer ihn anpustet, nichts weiter, die Sängerin wird zurückkommen, es gibt außerhalb Lissabons nicht viele Bauern, die sich ihre Lieder anhören, sie wollen am liebsten mit ihren Würsten, ihren kleinen Kühen in Frieden gelassen werden, ein Polizist, Spanier oder Portugiese, ist egal, zog die Pistole aus der Hose, und gleich lehnte eine Wange an meiner, ich vergesse dieses Blau nicht mehr

– Steht mir jetzt nicht etwas mehr Geld zu Senhor Doutor?

und sie hasste mich, ich, die Beine breit und mit offenem

Hosenstall, schutzlos, besiegt, die Sekretärin meines engsten Mitarbeiters

– Stecken Sie sich Ihr Vermögen in den Arsch Sie Scheißkerl

ein Polizist, Spanier oder Portugiese, egal, so wie ich egal bin, wozu bin ich gut, erzählt es mir, zog die Pistole aus der Hose, und eine Vibration, die sich in Kreisen zum Fluss, zur Hütte und den besagten Bäumen ausbreitete, deren Namen ich nicht kenne, und zum Atem der Erde, ich erinnere mich nicht an einen Igel, geschweige denn an ein Krokodil, im Garten in Cascais Käfer, Wespen, Bienen, all das, eines Tages habe ich einen Einfall, ich war schon immer gut in so etwas, und füge Seraphim hinzu, bevor die Lastwagen wieder wegfuhren, warfen sie das Brett ins Wasser, und es blieb dort zwischen Steinen liegen, was von ihm übrig ist, wird immer noch dort sein, so wie die Stimme, die zu euch spricht, das ist, was von mir übrig ist, meine Tochter, die Marçal satthatte

– Geh mir aus den Augen

o ja, mir ähnlich in der herrischen Art, der Verachtung, der Gleichgültigkeit, die Duftrosen am Salon dieselben wie die an meinem Büro, aber wir treffen uns seit Ewigkeiten nicht, obwohl wir einander die ganze Zeit über spüren, der Arzt, indem er die Laborergebnisse in meine Richtung schob

– Sie können nicht Vater werden

abgestorbene Zellen in einer abgestorbenen Flüssigkeit, ich gestorben, mein Vater verließ wütend das Bett, das Kopfkissen unter dem Arm, jünger als ich, so verstrubbelt wie er war

– Ich gehe aufs Sofa ins Wohnzimmer ich kann nicht schlafen wenn dieser Trebegänger mir Fußtritte versetzt

und demzufolge, Senhor, können Sie keine Enkel haben, ich rannte von einem Bahnsteig zum anderen in der Hoffnung, wenigstens ein Ehemann zu sein, ich bin auch kein Ehemann, der Senhor Presidente

– Ein Huhn das fraß man glaubt es kaum die Blätter von 'nem Gummibaum

während sein Körper die Haltung eines annahm, der sich vorbeugt, um besser zu hören

– Wo waren wir stehengeblieben?

und ich weiß nicht, wo wir stehengeblieben waren, Senhor Presidente, ich habe es vergessen, wir waren bei mir, wie ich sah, dass das Licht oben im Fenster ausging, wir waren bei der Angst vor der dunklen Wohnung, waren bei der Sekretärin meines engsten Mitarbeiters

– Ihr Scheißkerle

wir waren beim Wunsch nach einer blauen Farbe stehengeblieben, die wir nicht bekommen können, daher schlage ich, falls mir eine Meinung erlaubt wird, demütig vor, dass wir uns nebeneinandersetzen, jeder auf seiner Seite des Betttuches, dass wir den Finger des anderen packen und warten, voller Angst, wachsam, bis wir es mit ein bisschen Glück schaffen, uns zu beruhigen.

VIERTES KAPITEL

Nachts, wenn ich nicht schlafen kann, und es gibt viele Nächte, in denen ich nicht schlafen kann, gehe ich im Schlafanzug durchs Haus, barfuß, ohne das Licht anzumachen, inmitten von Schatten, Korridoren, Möbeln, Treppen, spüre den Marmor an den Füßen, der ein Teil von mir sein will, und denke
 – Nicht hier wohne ich
umgeben von Echos ohne Stimmen und einem Glänzen, das Seitenblicken ähnelt, deren Augen ich nicht kenne, zu wem gehören sie, woher haben sie sie, ich gehe durch das Haus, weder blicke ich hoch zu dem Fenster dort oben, noch sehe ich die Sekretärin meines engsten Mitarbeiters, die an mir vorbeigeht, nicht mehr zornig, komplizenhaft
 – Möchten Sie nicht noch mehr Senhor Doutor?
ich spüre die Duftrosen, spüre den Wind in den Dünen, würde er mich finden, nähme er mich mit sich, einmal abgesehen vom Knacken der Kiefern und den Ellenbogen des Meeres, die sie anschieben, als ich klein war, blieb ich im Bett, einem kleinen Samenkorn in der Erde gleich, jetzt versuche ich den zu finden, der ich einmal war, und finde ihn nicht, die Dame vom Kurzwarenladen
 – Du bist in die Höhe geschossen
ging um den Verkaufstisch herum, um meinen Kopf gegen ihren Bauch zu drücken
 – Du riechst fast schon nach Mann
versicherte sich, dass niemand bei der Tür war
 – Küss mich da Junge
meine Mutter, die so etwas nicht mit mir machte, immer

beschäftigt war, nie Zeit hatte, wenn sie mich Knöpfe oder Nähgarn oder die Spulen holen geschickt hatte

– Du riechst irgendwie eigenartig

Dona Adelina, ich vergesse die Dame nicht, ihr Mann unterhielt sich mit meinem Vater, lobte mich

– Eines Tages ist er einen Kopf größer als wir

und das bin ich, Senhor Gregório, da haben Sie ins Schwarze getroffen, ich verstehe nicht, warum ich nicht aufhöre zu wachsen, der blinde Cousin, dem ich auf der Straße begegnete, nur Blindenstock und dunkle Brille, und der Rest hinter ihm her

– Die Stimme kam früher von unten jetzt kommt sie von oben

mein Vater, der mich abfällig anschaute

– Nur leider gehen Verstand und Größe nicht Hand in Hand

das mit vierzehn oder fünfzehn Jahren und einmal Rasieren in der Woche, will heißen ein paar verstreute Stoppeln, Dona Adelina trocken

– Was willst du kaufen?

bediente mich und gab mir mit tadelndem Tonfall das Päckchen

– Ihr verliert euren Charme von einem Augenblick auf den anderen

sie zog zwar bereits einen Pantoffel nach, die Sekretärin meines engsten Mitarbeiters, war aber immer noch lebenslustig, der Teufel soll sie holen, die Sekretärin meines engsten Mitarbeiters wurde im Laufe der Beziehung immer besser, sie schnitt das Haar links etwas kürzer, und das Ohr schaute hervor, ganz hübsch und rund, sie trug kürzere Kleider, ließ sich die Nase machen, nachts, wenn ich nicht schlafen kann, wenn sie mir Papiere brachte, streifte ihr Kinn meine Schläfe

– Dieser Absatz hier Senhor Doutor

und der Nagel des kleinen Fingers ewig auf dem Absatz, manchmal lila, manchmal golden lackiert, nachts, wenn ich nicht schlafen kann, und ich schlafe immer weniger, gehe ich im Schlafanzug durchs Haus, barfuß, bis Marçal, der wer weiß woher kommt, meinen Arm nimmt, höflich wie immer

– Ich werde Sie in Ihr Zimmer geleiten Senhor Doutor

nicht Dona Adelina, Marçal, und nicht im Schlafanzug und barfuß, in weißer Jacke, mit Schuhen, ich sollte ihn bedienen, ihm gehorchen, seinen Mantel bürsten

– Einen Augenblick Senhor Marçal Sie haben da ein Haar

und ihn voller Bewunderung und hingerissen anschauen, im Zimmer oben ist die Gardine zugezogen, fast immer zugezogen, denn das Augustlicht stört sie, mir fällt plötzlich ein, dass wir im Garten keine Schwalben haben, wahrscheinlich erschreckt sie das Meer, obwohl die Bäume es daran hindern hereinzukommen, kein einziger Ertrunkener in den Beeten, oder aber die werden gleich morgens weggefegt, damit ich nicht über sie stolpere, sie gehorchen mir immer noch, haben immer noch Angst vor mir, wenn sie wüssten, warum es verhehlen, wie schutzlos ich mich fühle, und dennoch, ich bin in die Höhe geschossen und schieße noch immer in die Höhe, herrisch, grausam, verschrecke mit der Augenbraue einen Tennispartner, der mir einen schwierigen Ball zugespielt hat, er korrigiert sich augenblicklich, in Panik

– Der war im Aus

aber am nächsten Tag kündigte er, noch bevor ich seine Entlassung unterzeichnet hatte, mit einem Entschuldigungsbrief, der ungeöffnet zurückging, der General, der in Spanien das Sagen hatte

– Leute wie Sie fehlen hier

ohne zu ahnen, dass ich im Schlafanzug durch das Haus gehe, barfuß, voller Angst vor den Umrissen der Flammenbäume und dem leisen Klirren der Rosen, wir haben in Afrika den

Baumwollanbau intensiviert, haben mit der Bierherstellung begonnen, würde ich dich sehen, würde ich mich beruhigen, trotz deines alten Nachthemds und deines grauen Haars, eines Problems mit den Knochen, was der Arzt dazu sagte, habe ich nicht verstanden, die Sprache der Büsche verstehe ich etwas, die der Rosen so lala, wenn ich mich konzentriere, aber wer versteht die Sprache der Ärzte, man stirbt über die Frage hinweg

– Was bedeutet das?

wenn wir schon nicht mehr sehen, nicht mehr fühlen, nur noch unsere Frage hören, die neben ihren Stimmen herläuft, genau wie diese Hunde, die Schwierigkeiten haben, mit den Schritten ihres Herrn mitzuhalten, erschöpft aufgeben, während er sich entfernt

– Was bedeutet das?

und das

– Was bedeutet das?

entleert sich, sobald es beginnt, zu weit von einem entfernt, der erste Schluchzer, ein Problem mit den Gelenken, das dir die Finger gekrümmt hat, und dennoch wäre ich imstande

– Männer wie Sie fehlen hier

deine, die Sängerin kommt am Freitag, die Beine, die Hüften, sie hat mir ein Briefchen mit einer Rose geschickt, die wie ein Kohlkopf aussah, Hand zu nehmen, und im Hintergrund beharrlich, unaufhörlich die Muschel der Venus, der Hund legt sich schließlich auf den Boden, ohne dass meine Tochter ihn auf ihre Knie setzt und mit der Handfläche formt, die Decke des Senhor Presidente mit einem Seufzer

– Wir sind nur Schatten

und das ist wahr, ich habe sie an der Grenze zwischen den Lastwagen der Spanier und unseren gesehen, einer davon beschimpfte uns, bis ein Stiefel ihn zum Schweigen brachte, der Typ mit dem schwierigen Ball nahm eine Anstellung als Geschäftsführer, jedenfalls hat Cousin Gregório ins Schwarze getroffen, ich höre nicht auf zu wachsen, in einer Matratzenfabrik an, in der es, von heute bis Freitag, wie viele Tage fehlen da noch, in der es sehr zu seinem Pech und dem der Versicherung einen Kurzschluss gab, den die Police nicht abdeckte, meiner Meinung nach kein Kurzschluss, Benzin im Werg und ein vertauschtes Kabel im Sicherungskasten, selbstverständlich nicht von mir, denn von Sicherungskästen habe ich keine Ahnung, von Freunden, die mir etwas schuldig sind und mit denen ich, wenn es notwendig ist, zusammenarbeite, Freitag, und möglicherweise besucht sie mich nicht, die seit Jahren aus Afrika kommen und dahin zurückkehren, ich sehe sie nicht, ich kenne sie nicht, mein engster Mitarbeiter kümmert sich darum, ich bin Pate der Kinder, wahrscheinlich Mulatten, aber deren Kinder, meine Tochter ist weder Mulattin noch Tochter, wenn wir uns im Flur treffen, klagen mich ihre Augen an

– Sie

und hätte ich die Sängerin vor dreißig Jahren kennengelernt, wäre ich mit ihr zusammengeblieben, zumindest wäre sie nicht im Zug davongelaufen, ich ertrage den Gedanken nicht, mit dem Zug, ich ertrage den Gedanken nicht, den Obdachlosen zu verlieren, was mag in ihm für mich existieren, einmal wollte ich von ihm wissen

– Wie lautet dein Name?

aber er antwortete nicht, wenn ich sage, ich ertrage den Gedanken nicht, dann ist das gelogen, ich möchte es einfach nicht, hätte ich sie vor dreißig Jahren kennengelernt, sie, die nicht einmal vor fünfundzwanzig geboren wurde, mein engster Mitarbeiter

– Möchten Sie das Mädchen?

und vergiss es, ich will es nicht, wenn Sie wollen, leihe ich es mir aus, unterstütz du weiter ihre Familie, die Mutter der Sekretärin meines engsten Mitarbeiters zur Sekretärin meines engsten Mitarbeiters, während sie die Autoschlüssel betrachtete

– Hat dir der Senhor Doutor wirklich ein so großes Auto geschenkt?

der blinde Cousin meines Vaters auf dem Sessel im Wohnzimmer, die Nase an der Decke wie immer, während ich zu ihm hin Grimassen schnitt, weil alles, angefangen mit Gott, von oben kommt

– Im Frühling sehe ich Farben

und er bekam Diabetes, und der ließ seine Augen welken, wenn die Nachbarin von links hereinkam, bat er, sie riechen zu dürfen, und zitterte, während er mit dem Stock ihren Körper streifte

– Sei so gut und halt einen Augenblick still

hatte nicht den Mut, ihren Arm zu ergreifen, nur der Stock

– Du tust mir damit einen Gefallen

und mein Vater, der harte Kerl ohne Sentimentalitäten, gerührt, also wirklich, eines schönen Tages erwischte ich ihn, wie er mit dem blinden Cousin abends in so ein Haus mit Frauen ging, ich wartete eine halbe Stunde, und dann kamen sie heraus, mein Vater rückte die Krawatte des Cousins zurecht, verbot ihm, während der Blinde, die Wangen unter der dunklen Brille mit dem Ärmel abwischte

– Bedank dich nicht bei mir Osvaldo

mit taumelnden Worten, der Blödmann, er sah mich, beschimpfte mich aber nicht, schickte mich mit einer Kinnbewegung weg, keiner von uns beiden machte zu Hause den Schnabel auf, meine Mutter zu meinem Vater

– Wo warst du?

mein Vater, der die Weinflasche nicht richtig anfasste

– Beim Domino auf dem Platz zuschauen

und hätte ich Tränen, was zum Glück nicht der Fall ist, wozu noch mehr Ärger, würde ich sie literweise vergießen, wenn ich es mir aber recht überlege, hatte ich keine Lust auf einen gütigen Vater, ich hatte lieber diese weltverachtende bedeutungslose Kreatur mit dem kleinen Hut, Lust, auf beide mit dem Stock einzuschlagen, wie grauenhaft, Mitgefühl, Güte, ich zu meiner Ehefrau

– Um der Liebe willen die du irgendwie hast verlass mich nicht

nicht nach außen, so dass sie es nicht hören konnte, Schwachkopf, das hätte gerade noch gefehlt, nein, ich sitze nicht bei dir, um dir Gesellschaft zu leisten, sondern um klarzumachen, wer hier das Sagen hat, wieso einer Alten Gesellschaft leisten, wozu nützt du mir, die Sekretärin meines engsten Mitarbeiters

– Sind Sie mit den Gedanken woanders?

aber das bin ich nicht, hin und wieder geht mir Unsinn durch den Kopf, nerv mich nicht, meine Mutter zu meinem Vater misstrauisch

– Du hast behauptet Domino langweilt dich also ehrlich

und mein Vater, der am Tisch nach mir suchte, ohne mich zu suchen, ich konnte seine Gesten sehr genau entziffern, bat mich dieses einzige Mal

– Erzähl es nicht

und mich drängte es ungestüm, meiner Mutter zuzurufen

– Er hat den Cousin zu den Nutten mitgenommen

aber ich war, wer weiß warum, verschwiegen, ich Trottel, wenn er mich beim heimlichen Rauchen erwischt und die Hand gegen mich erhebt, mache ich ihn fertig, mein Vater mit einem Wispern

– Der Arme

als er den Hut abnahm, sein Kopf eine Erbse, meine Mutter

– Wie bitte?

und er, während er die Ecke der Serviette ins Hemd klemmte, mit schlecht gespielter Unschuld

– Habe ich etwas gesagt?

die Nase breit, die Augenbrauen dick, Fischmund, auf den Fotos von ihm als junger Mann genauso, nur etwas weniger hässlich, ich nach seinem Tod

– Was haben Sie in meinem Vater gesehen?

meine Mutter mit einer traurigen Geste

– Er hat sein Herz immer versteckt weißt du

extra um mich zu ärgern, letztendlich waren die beiden großartig füreinander, zwei Schmuckstücke, die mir bei der Auslosung zugefallen sind, der Teufel soll sie holen, Sie können sich meinen Leidensweg vorstellen, um der zu werden, der ich bin, die Plackerei, den Kampf, die Erschöpfung, wirklich, immer das Herz verstecken, das sagt alles, ein armer Teufel sein, welch schöne Eigenschaft, Senhora, Sie haben gut gewählt, da gibt es keine Zweifel, Sie hätten mich nur nicht machen sollen, warum haben Sie mich nicht in Frieden im Himmel der ungeborenen Kinder gelassen, der voller vergessener, verstaubter, aufs Geratewohl in den Ecken verteilter Babys ist, denn dann müsste ich nicht im Schlafanzug, barfuß inmitten von Schatten herumlaufen, dann wäre mir dieses Schicksal erspart geblieben, der blinde Cousin ist in eine Baugrube gefallen und hat sich ein Bein gebrochen, der Stock ist dabei auch kaputtgegangen, aber vor allem hat er sich das Bein gebrochen, holladrio, und das gleich an zwei Stellen, mein Vater im Krankenhaus, den Hut an der Brust

– Osvaldo

und da am Ende des Gipsverbands seine kleinen Zehen voller weißer Tröpfchen, einer der Zehen ohne Nagel wegen des Fußtritts gegen eine Wurzel, die anderen zu lang, gelb, meine damals rosa, heutzutage, zu dumm, ebenfalls gelb, wenn ich sie schneide, ist mein Körper wie der einer toten Küchenschabe, da, meine Füße in unmöglichen Winkeln zusammengezogen, da, der Panzer, mein Rücken, rund, der Bauch mit so vielen weichen Dingen darin, ein jedes mit seinem absonderlichen Namen, bereit kaputtzugehen, der blinde Cousin, indem er den Arm in die verkehrte Richtung ausstreckte

– Wo bist du?

und mein Vater und er voller Pärchengefühle, mein Gott, Ehrenwort, es fehlten nur noch Schwälbchen ringsherum, was die Krankenpfleger und die dort liegenden Kranken sich wohl dachten, einige bereits verstorben, was weiß ich, irgendwann nehmen die sich einen Reisigbesen und befördern sie in einen Eimer, ich tat so, als gehörte ich nicht zur Familie, und einmal ehrlich, ich finde, ich gehörte nicht dazu, was gibt es Gemeinsames zwischen mir und diesen potthässlichen Geschöpfen, mein Vater zum blinden Cousin

– Du bist bald schon wieder putzmunter unterwegs

und tatsächlich war er es, jedoch humpelnd und keineswegs putzmunter, von wegen, er schleppte sich dahin, was zu sehen eine gewisse Freude bereitete, mit einem neuen Stock, den mein Vater ihm besorgt hatte, er, der nie etwas für wen auch immer besorgte, nicht einmal für sich selber, der nutzloseste Depp des Universums, immer dasselbe Hütchen, immer dieselbe Kleidung, meine Mutter

– Man wird denken wir wären arm

und warum das Gegenteil vorspielen, damals waren wir es, der blinde Cousin verließ kaum mehr das Haus, wenn man ihn besuchte, war alles dunkel, denn ihm war es egal, wir zogen die Rollläden hoch, und da saß er auf einem dreibeinigen Hocker

– Bist du es?

als würden meine Mutter und ich nicht zählen, und wir zählten tatsächlich nicht, er

– Bist du es?

nur zu meinem Vater, das Cousinchen, die Tatsache, dass ich den Obdachlosen nicht mehr treffe, beunruhigt mich, das Cousinchen, der Kumpel

– Was wir beide zusammen alles durchgemacht haben

siamesische Zwillinge von klein auf, die Esel, wahrscheinlich ging Dona Adelina um den Verkaufstisch herum und drückte auch ihre Köpfchen an sich

– Ihr riecht fast schon wie Männer

versicherte sich, dass niemand bei der Tür war

– Küsst mich hier Jungs

mein Vater mit geschlossenen Augen, und der Blinde blinzelte in seiner Dunkelheit, beide glücklich

– Sie hat sich in uns verliebt

er sah noch etwas, aber sehr wenig

– Wie sind die Vögel jetzt Cousin?

und mein Vater erzählte ihm alles, Krankenwagen, Schraubenschlüssel, Nähmaschinen, das Zuviel an Gegenständen, die sich auf der Welt häufen, die beiden sind schon vor Ewigkeiten gestorben, aber sie werden ihr Gespräch fortsetzen, der Blinde

– Fliegen hier Schraubenschlüssel in den Bäumen herum?

und wer kann für das Gegenteil die Hand ins Feuer legen, wenn ich auf sie treffe, sage ich es, alles so anders, als wir annehmen, die Sekretärin meines engsten Mitarbeiters, ich lüge nicht

– Ich hätte mir nie träumen lassen dass Sie zärtlich sind Senhor Doutor

das ganz authentisch, ehrlich, meine Sekretärin hat es sicher gehört, wenn sie keine Lügnerin ist, aber sie ist eine, bestätigt sie es

– Ich hätte mir nie träumen lassen dass Sie zärtlich sind Senhor Doutor

aber es springt einem doch in die Augen, dass ich es nicht bin, das überlasse ich Großeltern und Schwachen, Großvater, was für ein Wort, meine Tochter hat ein paar Geier, die darauf brennen, alles von mir einzusacken, sie sind schon mit leuchtenden Äuglein im Büro, die Hand schon zu einer Mulde geformt, um die Offshores darin zu empfangen, sollte ich einmal nicht aufpassen, ist eine Zementfabrik im Nu weg, ich zu meinem engsten Mitarbeiter

– Wie finden Sie meine Enkelkinder?

und mein engster Mitarbeiter, dieser Idiot

– Ich finde sie so wie Sie vorziehen dass ich sie finde

während seine Ehefrau immer dicker wurde, ich hätte mir nie träumen lassen, dass Sie zärtlich sind, Senhor Doutor, ehrlich, das beleidigt mich, aber die Liebkosungen, die Umgänglichkeit, die kleinen Bisse in den Nacken, dazu das kindliche Wispern

– Ich tue Ihnen doch nicht weh?

und ich bin eine Gitarrensaite, die sogar die Wirbel zum Scheppern bringt, meine Fußsohlen phosphoreszieren, im Ernst, was in meinem Alter einigermaßen schwierig ist, wurde sie mit dieser Begabung geboren oder hat sie Bücher gekauft, die einem das beibringen, da liegt der Zweifel, ist egal, es hat Erfolg, sie sagt nicht

– Ich liebe dich

auch malt sie keine kohlkopfähnlichen Rosen, sie verwandelt mich in den brennenden Dornbusch, von dem man mir, als ich klein war, in der Katechese erzählte, und heute weiß ich, was das ist, der Priester

– Das steht in der Bibel

und das glaube ich durchaus, irgendwann, für alle Fälle, kaufe ich mir eine, voller Heuschrecken und Ägyptern, denn das mit Gott ist wirr, hin und wieder etwas Geld an den Bischof, und er und Gott, mögen sie einander verstehen, ich spiele kaum noch Tennis, es langweilt mich, ich höre die Bälle und den Gärtner, der auf seiner kleinen dreistufigen Trittleiter die Kletterpflanze kappt, am linken Fuß einen Pantoffel, weil das Überbein sich entzündet hat, ich spüre, wie die Dünen tagtäglich näher rücken und mich am Ende verschlingen werden, meine Knochen, Sand, meine Gedanken, Sand, was war, Sand, die Sekretärin meines engsten Mitarbeiters nimmt mit zwei Fingern mein Kinn

— Dieser Gesichtsausdruck gefällt mir nicht Senhor Doutor

die oberen Zähne über der Unterlippe, macht sie die Dämmerungen beinahe erträglich, was ein Mund alles fertigbringt, ich sehe meine Mutter sonntags den Tisch decken, das bessere Tischtuch, die neueren Teller, und meinen Vater mit Weste, ohne das Hütchen abzunehmen, wie er die Zeitung zusammenfaltet, würde er es abnehmen, wäre er obszön, eines Morgens habe ich als Kind flüchtig gesehen, wie er sich im Badezimmer auszog, und noch heute berührt es mich unangenehm, es handelt sich nicht um Ekel oder Schrecken, eine andere Reaktion, auf die ich nicht näher eingehen will, hoffentlich kann ich sie vergessen, eine nicht sehr detailreiche Erinnerung, die jedoch beharrlich bleibt, beharrlich bleibt, meine Mutter massierte eines Abends ihren Schenkel, aber zum Glück direkt oberhalb des Knies, das Unglück nahm seinen Lauf, als mein Vater sie am Ausgang des Krämerladens ansprach

— Erlauben Sie dass ich Sie begleite?

sie, indem sie die Umgebung ausspähte

— Die Straße ist öffentlich nicht wahr?

das übliche Gerede in der üblichen Reihenfolge, erst

— Vergessen Sie es

dann

— Nur einen Block

dann

— Also gut dann zwei Blocks

dann noch eine Ecke mehr, als meine Mutter verlangt hatte, zwei Ecken, drei, und da bin ich unter euch, meine Eltern vereint wie siamesische Zwillinge, außer in den zwei Wochen, in denen er mit der Besitzerin eines Altenheims aushäusig war, dann kam er ganz leise wieder zurück

— Ich weiß überhaupt nicht wie ich auf

Freitag, wenn ich es mir in Ruhe überlege, wozu will ich die Sängerin, das ergibt doch überhaupt keinen Sinn, ich weiß überhaupt nicht, wie ich auf diese Schnapsidee gekommen bin, verzeih mir, bis meine Mutter den Besenstiel losließ

– Du bist ein Taugenichts

und das Problem regelte sich ganz allmählich von allein, die Besitzerin des Heims, groß, kräftig, schaute ihn von oben herab an

– Feigling

es gibt Augenblicke, in denen ich mich frage, ob mein Vater, die Sängerin macht überhaupt keinen Sinn, und dennoch, ob mein Vater, hin und wieder, möglich ist es, ich weiß es nicht, ich sage das, weil meine Mutter

– Pack deine Sachen zusammen und verschwinde ich will dich nicht mehr sehen

wenn er spät heimkam

– Ich habe Osvaldo sein Abendessen gegeben

im Dunkeln, den ganzen Tag im Wohnzimmer mit den Krankenwagen, den Schraubenschlüsseln und den Nähmaschinen im Sinn

– Es gibt nichts was nicht auch fliegt nicht wahr?

überzeugt, das einzige unverrückbare Element in einer schwebenden Welt zu sein, heute morgen, welche Erleichterung, kam der Obdachlose durch das Eingangstor, ich werde nach Cascais fahren, um mich zu überzeugen, dass die Züge, die nicht abfahren, weg sind, kein verlassener Waggon, keine Lokomotive in den Zistrosen, Marçal

– Das gnädige Fräulein hat darum gebeten mit Ihnen zu sprechen Senhor Doutor

wozu, wo sie doch den Duftrosen befehlen konnte, an ihrer Stelle zu sprechen, sie reichen von ihrem Zimmer zum Büro, oder aber mich um fünf Uhr morgens treffen, wenn ich nicht schlafen kann, auf einem Korridor, in einem Zimmer, auf einer

Treppe, ich im Schlafanzug, barfuß, sie angezogen, geschminkt mit genau demselben Parfüm wie die anderen, meine Ehefrau
– Ich
und verstummte, ich schob sie hinauf, ohne sie zu schieben, beleuchtete die Stufen, damit sie nicht stolperte, und führte ihre Schritte in eine dunklere Ecke, versicherte mich, dass das Zimmer in Ordnung war, das Bett, der Schrank, der Stuhl, auf den ich mich eines Tages setzen würde, schloss sie ein und ging davon, befahl Marçal, Marçal wagte mich anzuflehen, dass ich nicht
– Senhor Doutor
und dennoch gehorchte er, ich bin sein Herr, oder etwa nicht, ich an der Tür, wortlos, außer
– Schnell
sah zu, wie er eintrat, drängte
– Schnell
ich dabei auf dem Flur, wiederholte
– Schnell
wiederholte
– Schnell
wiederholte
– Schnell
während in mir ein Mann sie umarmte, als Marçal fertig war, bemerkte ich, wie er die Treppe hinunterstieg, wusste nicht, ob es Marçal oder der andere war, der sich davonmachte, ich beinahe
– Tötet ihn
und wieder der Lieferwagen und wieder der Bürgersteig, das überraschte Gesicht, bevor es kein Gesicht mehr war, ich zu beiden
– Geht
und ich blieb dort stehn, an die Wand gelehnt, bis das Bett aufhörte zu zittern und das Weinen meiner Ehefrau verstumm-

te, es blieben Schluchzer, die nur loses Elend durchschüttelten, ich stieg ebenfalls die Treppe hinunter, wünschte mir, dass der Lieferwagen mich zermalmte, aber er tat es nicht, ich, das Gesicht auf den Ellenbogen, ich und Cousin Osvaldo im Dunkeln, ich blind, wollte Krankenwagen sein und fliegen, Schraubenschlüssel sein und fliegen, Nähmaschine sein und fliegen, all dieser Kram sein, der sich in der Welt häuft, und fliegen, ich mit meinem Vater im Krankenhaus, und Cousin Osvaldo

– Danke

ich, der ich im Frühling auch Farben sehe, doch du bist abwesend, ich, mein Name, den ich den anderen nicht sage, nur Senhor Doutor, wie ich auch deinen Namen den anderen nicht sage, ich möchte wetten, dass der Obdachlose in Cascais ist, auf dem Strand entlanggeht, möchte wetten, dass die Wellen sich aufbäumen, ich möchte wetten, dass das Meer mich verschluckt, Marçal

– Das gnädige Fräulein hat darum gebeten mit Ihnen zu sprechen Senhor Doutor

und was will sie sagen, was verlangen, mich womit nerven, du interessierst mich nicht, du zählst nicht, ich will dich nicht an meiner Seite haben, wenn andere Leute an meiner Seite sind, diese Stimmen, deren Körper ich nicht sehe

– Vielleicht tut ihm etwas Gesellschaft gut dem Armen

Cousin Osvaldo dankbar

– Danke

irgendwo im Dunkeln in einer Wohnung ohne Bilder, was für Bilder haben Blinde, ohne Gegenstände, was für Gegenstände haben Blinde, ohne Fotos, was für Fotos haben Blinde, ohne Heiligenfiguren, die einen beschützen, was für Heiligenfiguren haben die Blinden, die niemand beschützt, ein Esstisch, zwei Stühle, einer davon mit kaputter Querstrebe, das einzige Mal, dass mein Vater sein Taschentuch hervorholte, soweit ich weiß, es mag andere Gelegenheiten gegeben haben, obwohl ich das

nicht glaube, war im Krankenhaus, als er Cousin Osvaldo erklärt hat, wie die Krankenwagen und die Schraubenschlüssel und die Nähmaschinen sich auf den Bäumen niederlassen, will heißen, er ging ins Krankenhaus und erklärte überhaupt nichts, würde man mir beibringen, zu diesem lächerlichen Hütchen
– Verzeihung
zu sagen
– Das gnädige Fräulein hat darum gebeten mit Ihnen zu sprechen Senhor Doutor
würde ich um Verzeihung bitten, das schwöre ich, nicht Sie, Vater, das Hüt, nicht Sie, chen, weil ich Sie nicht mag, Seien Sie sich dessen gewiss, Sie armseliger Kerl, Sie Blödmann, das gnädige Fräulein hat darum gebeten, mit mir zu sprechen, wer glaubt sie, ist sie, mit mir sprechen, man stelle sich das vor, so weit ist es gekommen, Ihre Exzellenz möchte reden, Ihre Majestät möchte reden, und Marçal nahm sie ernst
– Seien Sie beruhigt gnädiges Fräulein ich werde es dem Senhor Doutor sagen
kam angespannt näher, holte tief Luft, fasste Mut, um mich zu ärgern, ich mit der Sekretärin meines engsten Mitarbeiters versuchte gerade, diese Zähnchen, was würde ich nicht darum geben, versuchte einen Kohlkopf zu verstecken, einen anderen Namen verdient das nicht, versuchte einen auf ein Papier gemalten Kohlkopf zu verstecken, Ich liebe dich, und Marçal, in meinem Alter und daher älter als ich, brachte die Worte schwer wie Steine aus einem Brunnen hervor
– Das gnädige Fräulein hat darum gebeten
als hätte das gnädige Fräulein das Recht, um etwas zu bitten, das hat sie nicht, das gnädige Fräulein und ihr Hund, das gnädige Fräulein und ihre Kinder, das gnädige Fräulein, obwohl sie bei mir wohnt, versteckt sie sich vor mir, und ich sehe sie nicht, auch wenn ich sie sehen würde, sehe ich sie nicht, Marçal

– Sie ist immer noch Ihre Tochter Senhor Doutor

ich weiß wohl, dass sie meine Tochter ist, Dummkopf, ich habe dir nicht befohlen, sie für mich zu machen, ich habe nicht die ganze Zeit vor der Tür gestanden, kein anderer Gedanke als

– Schnell

bis du wieder gegangen bist, in mir ein Mann, nicht du, in einem abfahrenden Waggon, ich bin nicht mit dem Wunsch die Treppen hinuntergestiegen, der Lieferwagen möge mich zermalmen, ich bin nicht an diesem Tisch sitzen geblieben ohne die Zeichnung eines Kohlkopfs, die mich tröstet, in der Hoffnung, dass die Dünen oder das Meer mich verschlucken, aber warum haben sie mich nicht verschluckt, ich habe nicht all diese Jahre damit verbracht, auf ein Fenster zu starren, das sich nicht öffnete, oder nah bei einem Lächeln zu sitzen, das nicht kam, das gnädige Fräulein im Büro bei mir, nicht erregt, ruhig

– Ich wollte Sie nur davon in Kenntnis setzen dass ich alles weiß

und dann verschwand sie ohne Eile

– Alles

ließ die Tür offen, weil ich keine Gefahr bin, ich nicht bin, und wahrscheinlich hast du recht, ich bin nicht, das gnädige Fräulein

– Nicht einmal zur Kanaille taugen Sie

das gnädige Fräulein

– Sie sind keinen Pfifferling wert

das gnädige Fräulein

– Hoffentlich sterben Sie schnell

und die Duftrosen klirrten unaufhörlich leise am Fenster, und da kam ein ähnlicher Klang von der Tischplatte, unter den Papieren, ein weiteres leises Klirren hervor, das anwuchs, ich nahm eine Akte hoch, doch da war es nicht, ich nahm eine andere Akte hoch, und da war es nicht, ich hob einen Bilderrahmen an, und da war es nicht, obwohl das Klirren stärker war, unter dem Rahmen ein Bündel Verträge, unter dem Bündel Verträge ein weiteres Bündel Verträge und unter dem letzten Bündel Verträge, kunstlos auf ein Stück Papier gezeichnet, eine Rose, die einem Kohlkopf ähnelte und ebenfalls leise klirrte.

FÜNFTES KAPITEL

Trotz der Geräusche des Gartens, der entlegeneren Geräusche der Kiefern und der Geräusche des Hauses am Morgen, wenn die Dinge beginnen, an die Plätze zurückzukehren, an denen sie sich zuvor befanden, herrscht hier Stille in den Pausen von dem allen und von den tausend Stimmen in meinem Gedächtnis, eine Stille, die aus meinem tiefsten Inneren gemacht zu sein scheint, voller alter Erinnerungen und Gesichter, die ich verloren habe, eine Stille, die sich nähert, sich entfernt, allein mit der Bewegung der Lippen mit mir redet, die mich umzingelt, mich abstößt, mich ruft, während sich zugleich eine verirrte Möwe auf dem Dach niederlässt, die der Wind wieder wegfegt, und mit ihrem Aufbruch wird die Stille dichter, mir ist gleichgültig, ob das Fenster hoch oben verlassen ist, so wie es mir auch gleichgültig wäre, wenn jemand bei mir wäre, ich bin allein, die Kalkmarkierungen vom Tennisplatz gelöscht, die Stühle der Clowns voller Blätter, dieses Büro unaufgeräumt wie ein Keller, niemand erwartet mich mehr, niemand gehorcht mir, meine Mutter, wo ich sie nicht sehe, möglicherweise in meiner Nähe, in einem Winkel der Kindheit

– Es ist aus mein Süßer

im Kabuff hinter der Küche hat Marçal die nummerierten Lämpchen der Eingangshalle, der Salons, der Schlafzimmer, der Garage, der Anrichte im Blick, die blinkend angehen, wenn man ihn braucht, Marçal zieht sich die weiße Jacke an, streicht das Haar glatt und kommt hierher

– Es ist aus Senhor Doutor

die Dienstmädchen mit Koffern an der Bushaltestelle, der

Gärtner stellt den Wasserhahn für die Venus ab und räumt das Werkzeug weg, der Chauffeur hängt die Uniform auf einen Bügel und geht in Zivil davon, ohne mitzubekommen, dass der Obdachlose zum ersten Mal einfach nur dasteht, uns zum ersten Mal mustert, zum ersten Mal redet

– Es ist aus

aber das habt ihr euch so gedacht, meine Lieben, nichts ist aus, ihr werdet mich nicht los, ich mache weiter, ich sterbe nicht, die Sekretärin meines engsten Mitarbeiters mit einer Bewunderung, die um ein Haar unecht war

– Sie sind stark Senhor Doutor

und da hast du, und zwar gerade noch rechtzeitig, ins Schwarze getroffen, mein Kind, keine Frage, ich bin ungerecht, sie war ehrlich, keine Frage, das bin ich, das Ganze im Büro, ich am Schreibtisch, die Sekretärin meines engsten Mitarbeiters neben mir und meine Hand irgendwo auf ihrem Körper, nicht weil ich dich begehrte, nicht weil ich dich wollte, sondern in der Hoffnung, einen lebenden Menschen um mich zu haben, nachmittags flogen die Wildgänse aus den Sümpfen auf der anderen Seite des Flusses über die Baumwipfel in Richtung Norden, im letzten Herbst haben wir ein Weibchen in den Geranien gefunden, bei dem ein Flügel herunterhing und das mit vorgestrecktem Hals versuchte, den Gärtner nicht aus Grausamkeit, sondern aus Angst zu picken, der Gärtner auf Knien einen Meter vom Tier entfernt, mit einem Stück Brot zwischen beiden, in der Hoffnung, sie würden sich aneinander gewöhnen, ich habe jetzt diesen, weil der andere, als der Arzt ihm sagte, er habe eine Leberkrankheit, in seinem Dorf sterben wollte, er stellte das Köfferchen ab, um mir die Hand hinzustrecken

– Wir werden uns nie wiedersehen Senhor Doutor

will heißen, ich sehe ihn, was ich schwierig finde, unter der Erde, ein Provinzfriedhof direkt an der Kirche mit Waisen, die Wasserkrüge in kleine Blumenvasen gießen, und ein unendlicher Friede in den Zedern, vielleicht glauben Sie es nicht, und es ist mir gar nicht wichtig, ob Sie es glauben, aber ich könnte stundenlang auf einem Eckchen Marmor verbringen, dort, wo die Zeit aufgehört hat, ohne Wünsche, ohne Beunruhigung, ohne Reue

– Wir werden uns nie wiedersehen Senhor Doutor

Marçal war von der Unverfrorenheit des Gärtners peinlich berührt, und ich drückte seine Hand, es ist immer unangenehm, die Hand eines Armen zu drücken, der Geruch bleibt auf unserer Haut, doch den Impuls, ihn zu umarmen, hielt ich im Zaum, ohne diesen Impuls zu begreifen und ohne zu begreifen, warum ich ihn im Zaun hielt, ich erwiderte seinen Gruß nicht, redete nicht mit ihm, und dennoch wünschte ich mir, ihn einen Augenblick lang an meinem Körper zu spüren, manchmal verstehe ich mich selber nicht, es ist mir so herausgerutscht

– Wir werden uns nie wiedersehen

und ich ließ den Anzug reinigen, Bettlerreste, der Teufel soll sie holen, nicht einmal im Traum, es ist nicht nur der Geruch, es sind die Flecken, der Atem, zu viele Haare und riesige Knochen, sie ähneln Leichen von Maultieren mit Narben von Taschenmessern und Hacken, die Gewissheit, dass unsichtbare Schmeißfliegen sie umkreisen, selbst wenn sie nicht trinken, ein Atem aus saurem Wein, vermischt mit der Suppe vom Vortag, und dennoch verabschiedete sich der Esel, sich für meinesgleichen haltend, mit ausgestrecktem Arm, er ging mit einem Koffer, immerhin kein Bündel, zwar aus Pappe, aber ein Koffer, der an den Ecken mit Klebeband verstärkt war, einem, das er gebrauchte, um die Kletterpflanzen zu befestigen, und er ging langsam davon, denn seine Leber war ein Mühlstein, Marçal

– Ganz schön unverfroren

ich zu Marçal

– Halt den Mund

denn der Mann hatte, trotz des Mühlsteins, der Schmeißfliegen und der durch Bast ersetzten Schnürsenkel der Stiefel eine Art, wie soll ich es ausdrücken, Lust dazu habe ich keine, eine Art Würde, die ich nicht hatte, oder zumindest war ich mir nicht sicher, ob ich sie hatte, wahrscheinlich ist er nicht im Bett gestorben, sondern, auf der Wurzel eines Weinstocks sitzend, einfach umgekippt, wie Mimosen nach den Beilschlägen umkippen, am Ende ein paar Minuten lang zittern, kleine, beinahe intime Friedhöfe, man blickt um sich, und Berge, man blickt auf den Horizont, und Felder, Kinder mit heraushängenden Hemdzipfeln werfen Steine nach einer Katze, einer Ente mit zehn Küken hinterdrein, die in einer Gasse entlangwatscheln, ein Lahmer schiebt seinen Spazierstock den Hang hinauf, und daher niemand außer den kleinen Petroleumlichtern nachts und riesige Schatten, wie zum Teufel kriegen sie so viel Schatten hin, wo es kein Licht gibt, oder aber ich bin es, der nicht sehen kann, Cousin Osvaldo würde es kapieren, ganz bestimmt, er hatte ausgefallenere Ideen als ich, die Wildgans aß bereits das Brot, ließ bereits zu, dass wir sie berührten, bedrohte nicht die, es herrscht hier Stille in den Pausen von den tausend Stimmen in meinem Gedächtnis, eine Stille, die aus meinem tiefsten Inneren gemacht zu sein scheint, bedrohte die Menschen nicht, der Nachfolger des Gärtners steckte sie in einen der Hühnerställe, und der Himmel über dem Drahtgeflecht leer, die ersten Blätter des Herbstes auf dem Tennisplatz, seit Wochen habe ich da etwas im Kniegelenk, das den Oktober ankündigt, kein Problem, kein Schmerz, kein Gewicht, so etwas wie

– Ich bin hier

nur wird es sich in ein Problem, in Schmerzen, in ein Gewicht verwandeln, und ich erzähle es dem Arzt nicht, es ist mir peinlich, wenn bestimmte Teile von uns beginnen, wichtig zu werden, ist dies ein Zeichen dafür, dass wir langsam aufhören zu sein, der Senhor Doutor ist nicht stark, er ist ein Paar Stücke, die sich verformen und sich ihm zu entziehen beginnen, die Wildgans richtete ein glühendes Auge auf uns, und unvermittelt, eines Morgens, lag sie, den Bauch nach oben, in einer Ecke, also wurde ein Loch am Fuß der Flammenbäume ausgehoben, einstweilen habe ich nur ein Knie, das ich vorher nicht hatte, in ein paar Monaten wird mir ein Rücken angeboten, der diesen ersetzt, die Galle kann Fett nicht ausstehen, ein Fußknöchel braucht, bis er gehorcht, aber überspielt das

– Es geht mir großartig

und einstweilen geht es ihm nicht schlecht, aber großartig geht es ihm nicht, man reibt ihn, und es geht besser, man denkt, es geht besser, nicht eine Farm in Afrika, sondern zwei Farmen, ein Vorarbeiter aus São Tomé, der zu viel stahl, und die Sekretärin meines engsten Mitarbeiters zu mir

– Ich hätte gern ein Fünftel Ihrer Energie wenn ich einmal Ihr Alter erreiche

und meine Handfläche, die irgendwo über ihren Körper wanderte, sofort auf dem Tisch, beleidigt, die Polizei musste den Mann aus São Tomé in ein Loch kippen, anders als bei der Gans war kein Unterschied auf der Erde zu sehen, die Sekretärin meines engsten Mitarbeiters verbesserte sich

– Sie haben mich missverstanden Senhor Doutor das war nur ein Scherz

und ich habe das, verflucht noch mal, richtig verstanden, von wegen, das war ein Scherz, ich möchte wetten, dass die Sekretärin meines engsten Mitarbeiters zu den Papieren

– Und wenn ich mir anstelle des Blödmanns den Alten kralle?

die Autoschlüssel bereits auf dem Teller neben der Haustür

– Das nimmt mir keiner mehr weg

aber da hast du dich geirrt, Schätzchen, ich nehme ihn dir ruckzuck weg, und du machst nicht mal piep, du hast keine Ahnung, wozu ein Wort von mir ins richtige Ohr imstande ist, meine Hand wieder unter ihrer Bluse

– Ich wusste dass du einen Scherz gemacht hast wir beide lieben Scherze sind so lustig

drückte sie, bis es ihr wehtat, und die Sekretärin meines engsten Mitarbeiters schön still, was blieb ihr auch anderes übrig, hin und wieder ist es notwendig, ihnen zu verstehen zu geben, wer das Sagen hat, ich befahl ihr, während ich ihr weiter wehtat

– Küss mich

und selbstverständlich küsste sie, unterdrückte Proteste, aber küsste, ich schob sie gegen die Wand

– Verschwinde

jetzt, wo du gelernt hast, wer das Sagen hat, verschwinde, die Gardine oben zugezogen, die Sekretärin meines engsten Mitarbeiters hatte es gelernt, natürlich, denn ihre Absätze auf dem Boden waren leicht, und die Tür gab nicht einmal ein Klicken von sich, als sie sich schloss, im Allgemeinen lernen die Frauen leichter als, egal, vielleicht fühlt man sich ja auf einem Dorffriedhof einigermaßen, die meisten Gänse überfliegen Cascais nachts, ein schreiendes Weibchen als Anführerin des Schwarms, wenn der Vollmond ihre Hälse, ihre Flügel zeichnet, die Mutter der Sekretärin meines engsten Mitarbeiters zum Vater der Sekretärin meines engsten Mitarbeiters

– Wenn du glaubst du bist der Senhor Doutor dann irrst du dich

und die wilden Feigenbäume und das Meer im Hintergrund, ich beachte die Gegenstände schon nicht mehr, nicht einmal, wenn sie beginnen an die Plätze zurückzukehren, an denen sie nachts waren, die Welt atmet, ohne mich zu brauchen, wäre meine Ehefrau bei mir, wozu Illusionen, wäre meine Ehefrau bei mir, machte das keinen Unterschied, worüber würden wir dann reden, welche Liebe dann fühlen, nach meiner Tochter ein

Sohn, darüber habe ich nie gesprochen, der nicht einmal einen Monat gelebt hat, ein Problem am Herzen, dem Teile fehlten, ich erinnere mich an die Krötenaugenlider meiner Ehefrau, wenn sie im Bett weinte, an das ungekämmte Haar, an einen der Träger ihres Nachthemds, der heruntergerutscht, dies ein oder zwei Jahre vor dem Zug, ich habe sie nicht in der Entbindungsklinik besucht, nicht weil es mir schwerfiel, sondern weil es nichts brachte, hätte es etwas gebracht, wäre ich möglicherweise ebenso wenig hingegangen, Krankenhäuser sind mir unangenehm, weil der Tod dort umhergeht und die Leute aussucht, so tut, als sei er zu Besuch da, mit einem Beutelchen Keksen oder Obst

– Für meine Nichte die Arme

uns aus dem Augenwinkel mustert, uns auswählt, mein Vater zu Hause

– Dieses Erbrechen

den Hut auf dem Nachttisch, um den Doktor mit Ehrerbietung zu empfangen, nach Abschluss der Untersuchung rief er den Cousin

– César

meine Mutter verbesserte ihn

– Osvaldo

er überlegte ein wenig, bevor er einlenkte

– Osvaldo

um es gleich wieder zu vergessen

– César

meine Mutter irritiert

– Wer ist dieser César?

der sich ihm im Kleinhirn festgesetzt hatte, eine Nachbarin klärte sie auf

– Wenn sie in dem Zustand sind verwechseln sie alles

sie hieß Dolores und ihr Mann beharrlich

– Amélia

allerdings war in diesem Fall Amélia die Telefonistin im Lager, in dem er arbeitete, einen César gab es, soweit ich wusste, gar nicht, ein Kamerad aus der Schu, die Kalkmarkierungen des Tennisplatzes ausge, Schulzeit, ein Kamerad aus der, löscht, die Stühle der Clowns, Militärzeit, voller welker, bereits harter Blätter, sogar dieses Büro unaufgeräumt wie ein Keller, aber noch ist nicht Schluss, ich bin noch nicht am Ende, ich fürchte, dass, wenn die Wildgänse wieder vorbeikommen, der Obdachlose mit ihnen aufbricht, und der Kerl, der uns schreibt, das Buch aufgibt, Marçal

– Sie müssen eingeschlafen sein hören Sie die Bälle nicht Senhor Doutor?

und ich höre die Bälle tatsächlich, und meine kleine Tochter rennt hinter ihnen her, meine Ehefrau schaut zu oder späht uns von dort oben aus, das Büro ordentlich, die Sekretärin meines engsten Mitarbeiters mit einem Bündel Seiten

– Die Dokumente um die Sie gebeten haben Senhor Doutor

während ich mich langsam erhebe

– Komm her

und wenn der Wind sich drehte, war der Atem des Meeres fast genauso stark wie meiner, genauso eilig wie meiner, und dahinter nur die Kiefern und Stängel, die sich aufrichteten und bogen, eines der Dienstmädchen mit einem Wäschekorb unterhielt sich mit dem Chauffeur, meine Tochter

– Ich weiß alles

in ihrem Zimmer eingesperrt wie meine Ehefrau in ihrem Schlafzimmer, sie zu Marçal, sobald die Tür sich öffnete

– Mein Mann schickt Sie nicht wahr?

zwei Schatten an der Gardine, dann keiner, dann nur noch der von Marçal im Weggehen

– Ja das stimmt gnädige Frau

dem ich befahl, sich mit dem Kölnischwasser zu parfümieren, das ich in dem Koffer gefunden hatte, und einen der mit meinen vermischten Anzüge anzuziehen, einmal bat er mich

– Zwingen Sie mich nicht mit Ihrer Ehefrau zusammen zu sein Senhor Doutor

worauf ich ihm keine Antwort gab, Umrisse von Tauben auf dem Glasdach des Bahnhofs, die sich niederließen, umherliefen, wegflogen, Federn, Dreck, Gott sei Dank habe ich den Sohn nicht gesehen, den ich ihr habe machen lassen, als er starb, Marçal

– Verzeihen Sie mir Senhor Doutor

ich habe den Bauch meiner Ehefrau miterlebt, die ersten Wehen, die Abfahrt des Autos mit dem Chauffeur, der sie stützte, lange nachdem sie die Einfahrt verlassen hatten, schaute ich noch, ich erinnere mich an ihre Rückkehr ein paar Tage später, an den Arzt, der mich tröstete

– Es tut mir so leid

an den Leuchtturm, der sich wegen der Springfluten im September drehte, und an das in die Hände gepresste Gesicht meiner Ehefrau, das gleiche wie bei meinem Betreten des Waggons

– Wirst du uns töten?

während der Mann eine Art Lächeln verlor, so viele Fragen, und ich habe dir keine gestellt, wie heißt er, wo hast du ihn kennengelernt, wie lange, und ich stelle sie noch immer nicht, ich beschränke mich darauf, mich neben dich zu setzen, weil ich, ein gerade noch rechtzeitig aufgehaltener Schwachsinn, mir wäre beinahe ein unsinniger Satz herausgerutscht, meine Ehefrau

– Falls er mich sucht

und mir kam es überhaupt nicht in den Sinn, dich zu suchen, alles so normal, nicht wahr, Blumenausstellungen, Wohltätigkeitsbasare, Armenspeisungen, bei denen wir die Dienstmädchen waren, mit Schürze, Köchinnenhaube, die wir einander so aufsetzten, dass die Frisur nicht beschädigt wurde, Besuche der Verkaufsstände, bei denen so viele Kinder, so viele Gelähmte, so viel Gestank, Jesus, und auf der Rückfahrt das Herz bang

– Und wenn jemand das mitbekommen hat und wenn jemand mich beim Hineingehen gesehen hat Liebling?

und zwar in ein diskretes Haus an der alten Straße nach Carcavelos, durch die niemand kommt, die Bluse Druckknopf für Druckknopf ausgezogen, zwischen Küssen

– Bist du wirklich sicher dass man mich nicht gesehen hat Liebling?

der Verschluss des Rockes gibt nach, wer soll dich denn gesehen haben, Angsthase, lass mich dich hier lecken, wie süß, das ist kein Kitzeln, meine Blume, das sind die Nerven, leck mich auch, magst du nicht, ich wusste, dass du es magst, leck mich mehr, Königin, lass es mich am Ohr probieren, winde dich nicht so, das bringt mich um, das Zimmer ist klein, zugegeben, aber was bedeutet das schon, wir werden hier ja nicht wohnen, nicht wahr, versuch dich hinzusetzen, ich bitte dich nicht, dich hinzulegen, setz dich einfach, was für ein weicher kleiner Bauch, so zarte Arme, schau nur diese Beine, lass mich das Füßchen lutschen, heb die Knie langsam an, diese Geräusche, das sind die Sonnenblumen des Nachbarn, reg dich nicht auf, Blütenblätter welken so, eine Tür scheint sich zu öffnen, nicht wahr, jemand scheint zu sprechen, nenn mich noch einmal Liebling, nenn mich du Schlimmer, ich bin doch ein ganz Schlimmer, oder, Vorsicht mit den Fingernägeln, du hinterlässt Spuren auf meiner Haut, tauche deine Zunge tief in meinen Mund ein, Schatz, fühlst du meine beiden Kugeln unten an dich klopfen, willst du es kräftig, ich gebe es dir, verfluchter Schwanz, sei nicht böse, das ist mir so rausgerutscht, und wo es mir schon rausgerutscht ist, bitte mich, den Schwanz tiefer in dich zu schieben, bitte drum, schließ die Äuglein und bitte, ich liebe dieses Hauchen, ich liebe dieses Maunzen, ich fände es wahnsinnig schön, wenn du schreien würdest, schrei, draußen ist niemand, scheiße, schrei, schrei, denn ich bin dein Bock, Vorsicht mit der Ferse, du tust meinem Bein weh, genau so, schrei, ich komme gleich, drück mich, zerleg mich, mach mich fertig, da, ich rutsche aus dir heraus, verflucht, halt mich, warte nicht, halt still, halt mich, lass mich neben dir liegen und liebkose mich jetzt nicht, saug diesen Tropfen von der Spitze ab, nur saugen, schwör mir, dass das großartig ist, warte mal, ich geh schnell zum Wasserhahn was trinken, mein Mund ist trocken geworden, einen Augenblick, bin gleich wieder da, halt den Platz für mich frei, war witzig, oder, hier sind ja nur wir beide, und dich trotzdem bitten, den Platz freizuhalten, ist ein guter Witz, werde versuchen ihn nicht zu vergessen, guck, ich wanke richtig, der Boden gibt nach, dabei habe ich nicht zu tief ins Whiskyglas geschaut, du wirkst, als könntest du keinen Teller zerbrechen, und peng, machst du mich fertig, was hast du da auf dem Bauch, eine Blinddarmnarbe, du musst schon erwachsen gewesen sein, weil der Chirurg den Kopf verloren und das Skalpell im Zickzack geführt hat, bist du sicher, dass sie nicht auf dem Weg zur Galle und dem Magen waren, sie sind scharf darauf, einen ganz auszuleeren, bei meiner Tante, die eine Zyste am Eierstock hatte oder was auch immer, der haben sie die Hälfte der Eingeweide rausgenommen, mir sind Nähte unheimlich, hätte ich sie früher bemerkt, wer weiß, was dann passiert wäre, haha, noch ein guter Witz, wenn ich gut drauf bin, werde ich witzig, findest du nicht auch, wenn mein Leben schlecht läuft, bin ich unerträglich, wie ein Fisch auf dem Trockenen, als ich die Narbe erwähnt habe, wollte ich dich nur aufziehen, verdeck sie nicht mit der Hand, alles in Ordnung, du wirkst wie meine Frau, die gleich anfängt zu knurren, dümmer als die Polizei erlaubt, außer der Narbe hast du da noch einen Pickel auf dem Rücken, es wird unangenehm sein, wenn du dich da kratzt, rot mit einem weißen Köpfchen, ganz bestimmt Eiter, ist entzündet, du hast keine antibiotische Creme benutzt, falls du Durst hast, ich habe ein Glas für dich auf die Küchenzeile gestellt, eins mit einem eingravierten Bären, tut mir leid, dass ich es nicht mitbringe, ich kann mich kaum auf den Beinen halten, ich falle gleich in Ohnmacht, das mit der Ohnmacht ist auch ein Witz, du lachst gar nicht, wo bleibt dein Sinn für Humor, die Kugeln, die da unten an dich geklopft haben, die haben dir doch Vergnügen bereitet, stimmt doch, stell dir nur das Vergnügen an den Billardtischen vor, wenn du wieder zu Hause bist, pass auf die Bluse auf, ich habe dir nämlich, ohne es zu bemerken, einen Druckknopf abgerissen, falls er nicht auf dem Betttuch liegt, suchen wir ihn auf allen vieren, wäre meine Patentante hier, würde sie zum heiligen Antonius beten und ihn gleich finden, lass mich mit deinem Löchlein spielen, was haben dir deine Eltern da für ein schönes Geschenk gemacht, als du geboren wurdest, so feucht, so heiß, ist ja gut, ist ja gut, zieh nicht so ein Gesicht, ich will nichts gesagt haben, ganz zu schweigen von deinen Brüsten, schade ist nur, dass die linke größer ist als die rechte, lustig, wem gehören diese Brüstchen, sag schon, nur ein kleiner Biss zum Abschied, nichts weiter, nun flüchte doch nicht, ich habe die Kinnlade eines Engels, ich mache nichts kaputt, wir sollten uns besser anziehen, und ich setze dich an einem Taxistand ab, will heißen nicht am Stand, fünfzig oder hundert Meter weiter, wegen der Abgase, ist keines da, wartest du eine Minute, und die kommen dann gleich, diese Dörfer wirken so verlassen, haben aber einen Mordsverkehr, an Taxis herrscht kein Mangel, falls dummerweise keines kommen sollte, was ich nicht annehme, gibt es alle zwei Stunden einen Bus, da hat man Zeit, über das Leben nachzudenken und die Natur einzuatmen, Büsche, reine Luft, Kuhfladen, all so was, ich habe nämlich ein Meeting im Büro, und die erschießen mich, wenn ich nicht komme, außerdem hat der Verwalter mich, wer weiß warum, auf dem Kieker, hast du da zufällig eine

Socke gesehen, ich kann eine von meinen nicht finden, so ein Mist, grün wie diese hier, normalerweise trage ich gleiche Socken, bei der Lust, die du mir geschenkt hast, kommen die Witze nur so aus mir raus, einer nach dem anderen, das macht, einmal davon abgesehen, dass es gut für die Gesundheit ist, gute Laune, aber an deiner Stelle würde ich für alle Fälle die Blinddarmnarbe mal einem Hautarzt zeigen, es gibt Sachen, mit denen man nicht spaßen sollte, und ich meine das ganz ehrlich, einer meiner Schwäger hatte einen kleinen Leberfleck, es ist nichts, es ist nichts, sie operieren ihn nächste Woche mit Vollnarkose, das ganze Programm, lustig, wie du den Büstenhalter zuhakst, du siehst wie eine Heuschrecke kurz vorm Losspringen aus, sieh zu, dass du nicht aus dem Fenster hüpfst, da es hier keinen Scheißspiegel gibt, sag mir, ob die Krawatte richtig sitzt, wie du siehst, ist auch die zweite Socke grün, ich lüge also nicht, sei so gut und hilf mir mit diesem Schuh, in den ich schlechter reinkomme als in seinen Bruder, man gibt ein Heidengeld für italienischen Luxus aus, und nun guck dir das Ergebnis an, wenn man sie erst mal anhat, mag das hingehen, ich stampfe fünf- oder sechsmal auf, und das war's dann, das ist jetzt so, aber früher war das, als wollte man den Rossio-Platz in die winzige Betesga-Gasse stopfen, tut mir leid, dass ich keine Zeit mehr habe, um auf der Suche nach dem Druckknopf herumzukriechen, aber wenn ich zu spät komme, gibt das einen Wahnsinnsärger, ich habe nicht einmal mehr eine Minute, um Haare von dir vom Jackett zu fischen, du musst aufpassen, du hast ein Dutzend auf dem Kopfkissen zurückgelassen, es gibt in der Apotheke Mittelchen, die tut man, glaube ich, wenn man badet, wie Shampoo aufs Haar und massiert sie ein, sonst musst du sie nach dem Duschen aus dem Ausguss ziehen und alles in den Abfalleimer werfen, komm, gib mir einen Schmatz, aber pass auf, dass ich nicht mit einem Knutschfleck im Unternehmen ankomme, ich ruf dich diese Woche an, und dann treffen wir uns, wenn ich es nicht vorher schaffe, spätestens Montag oder Dienstag, versprochen, am Vormittag ist dein Mann bestimmt nicht im Haus, falls er abnimmt, entschuldige ich mich, falsch verbunden, und lege auf, nun gut, ich mache mich auf den Weg, muss sein und wie der Volksmund sagt, wat mutt, dat mutt, fast sechs Uhr, Mist, tschüssi, du brauchst die Tür nur hinter dir zuzuziehen, wenn du rausgehst, mach dir nicht die Mühe, das Bett zu machen, mach dir keine Sorgen, allenfalls wegen der Blinddarmnarbe und der Haare, beim Pickel ist das wie bei allem, in einem Jahr ist er wieder weg, vielleicht sogar schon schneller, ich weiß nicht, aber zum Glück ist nicht Strandsaison, und unter der Kleidung sieht das niemand, es sei denn, er hat Batterien, das ist der letzte Witz, damit du an mich denkst, tschüssi, und anstatt sich anzuziehen, sitzt meine Ehefrau auf der Überdecke und sagt im Selbstgespräch

– Was für ein Reinfall

und tadelt sich

– Ich bin dermaßen blöd

mustert die Narbe und die ausgefallenen Haare, tastet den Pickel ab und prüft, ob es noch weitere gibt, denkt

– Wo ist wohl der Taxistand?

denkt

– Wo ist die Bushaltestelle?

und erinnert sich an einen schmalen Pfad, Röhrichtfontänen, Bretterwände, niemand

– Und jetzt?

beunruhigt

– Was mache ich jetzt?

noch beunruhigter

– Da werden Jagdhunde vor mir auf den Weg springen

sie hatte nämlich panische Angst vor Jagdhunden, hoffte, dass vielleicht ein Pferdefuhrwerk oder ein Obstlastwagen sie in irgendeinem Städtchen absetzen würde, aus dessen Krämerladen sie Taxis anrufen könnte, falls es zwischen Zwiebeln und Ananas ein Telefon gab, der Besitzer des Krämerladens, ein hinkender Schwerhöriger, gleich doppeltes Unheil, es gibt Leute, die Armen, denen das Leben nichts erspart, ich begreife, ganz ehrlich, die Boshaftigkeit Gottes, falls es ihn denn gibt, nicht, der Besitzer, genau wie die listige Katze aus den Comics, die immer nur Pech hat, wenn sie versucht, das pfiffige Vögelchen zu fangen, näherte sich, die Handfläche am Ohr, rauf- und runtergehend, es gibt auch welche, die seitwärts hinken, dieser hinkte vertikal, als hätte er eine Sprungfeder in einer Ferse

– Was?

kein Taxi, natürlich nicht, der Bus fünfzehn Kilometer weit weg und nicht nach Cascais, sondern nach Sintra, meine Ehefrau hätte sich am liebsten auf den Boden gesetzt und geweint, gäbe es in der Nähe einen Brunnen, ein Seil mit Henkersknoten, eine Packung mit Kakerlakenmittel, sie würde die drei Möglichkeiten auf einmal anwenden, der hinkende Schwerhörige nahm die Handfläche vom Ohr, um den Reisigbesen zu packen und damit eine Ziege zu strafen, der ein Stück Strick vom Hals herabhing und die aus einem Pferch entwichen war, jetzt aber die Karotten in einer Kiste am Eingang liebevoll betrachtete und nur widerwillig aufgab, nach hinten spähte, der hinkende Schwerhörige nach einem

– Das hättest du wohl gern

das mehr gespuckt als gesprochen wurde, kam, die Handfläche am Ohr, wieder zurück, es muss schrecklich sein, den Wind in den Akazien nicht hören zu können, am späten Nachmittag, wenn wir uns ewig fühlen, denn es gibt Augenblicke, in denen wir uns ewig fühlen, das Problem ist nur, dass diese nur so kurz sind, eine Frau mit Kopftuch, es gibt Leute, die tragen welche, um die Ideen nicht entfleuchen zu lassen, zumindest solche mit größeren Ausmaßen halten sich auf diese Weise drinnen, die kleinen, vergiss es, deutete an, dass Luciano oder, besser gesagt,

der Böttcher einen alten Lieferwagen habe und sie möglicherweise mitnehmen könnte, es sei eine Frage des Preises, mich beruhigt der Wind in den Bäumen, der im Morgengrauen so sanft ist, wer bringt den Mut auf zu sterben, wenn er ihn hört, während der hinkende Schwerhörige nachdrücklich
– Was?

ein Auge auf der Ziege, er trug eine Weste, deren ursprüngliche Farbe schwer erkennbar war, braun, ocker, grau, Wetten dazu werden angenommen, zornig, und da gebe ich ihm recht, weil die Natur ihn an das entgegengesetzte Ende der Welt versetzt hatte, wenn es ein Paradies gibt, dann verspricht es den Einsamen, kann sein, dass dies sie aufmuntert, die Frau rief ein paar Kinder, die sich in der Nähe damit vergnügten, ein krankes Chamäleon zu quälen, während das Tier, das wegen des Kropfes vorstehende Augen hatte, die trägen Füße bewegte, die in seiner Vorstellung schnell waren, niemand lebt in der Realität, man lebt in dem, was man erfindet, so ist das, und von Lüge zu Lüge nähern wir uns allmählich dem Sarg, wo es keinen Wind gibt, geschweige denn Bäume und Blätter, der besagte Luciano erschien am Ende mit Wachstuchschürze und gezücktem Engländer, wischte sich den Ruß mit dem Ärmel von der Stirn und machte sich dabei noch schmutziger, während die Kinder das Chamäleon suchten, das sich in einem Grasbüschel versteckt hatte und dessen Doppelkinn an- und abschwoll, apropos Doppelkinn nutze ich die Gelegenheit zuzugeben, dass ich überhaupt nicht weiß, wovon sich bestimmte Tiere ernähren, meine Antwort wäre nur geraten, meine Ehefrau, beinahe am Rande der Tränen, öffnete sich Luciano gegenüber, der die Tatsache ins Feld führte, dass der Kühler des Wagens wegen eines Loches am Boden ihm kein Vertrauen einflößte, woraufhin meine Ehefrau die Meinung vertrat, ich mag diese Zeitungsverben, die sich, obwohl sie, was Mechanik betraf, eine Ignorantin war, dennoch einigermaßen gut zwischen Unglücksfällen bewegte, sie

musste ja auch bei all ihren Mängeln eine gute Eigenschaft haben, ein Stück Stoff könnte das Problem beheben, sehr hübsch, beheben, Luciano blieb stehen, dachte nach, wobei ihn der hinkende Schwerhörige mit seinem beharrlichen
– Was?
störte, ein Auge auf sie, das andere auf die Ziege gerichtet, die versuchte, die Karotten von fern zu verführen, und ich muss gestehen, dass eine Beziehung zwischen Ziegen und Karotten für mich neu ist, wer hat noch gesagt, dass man bis zum Tod dazulernt, ich erinnere mich nicht an den Namen des Philosophen, oder besser gesagt, ich kannte ihn nie, wahrscheinlich ein alter Grieche, denn die tiefsten Wahrheiten kamen in rauen Mengen von dorther, die Summe der Flächeninhalte der Kathetenquadrate ist gleich dem Flächeninhalt des Hypotenusenquadrats, unleugbar, nachdem ein Grieche dies erklärt hatte, ebenso dass der Betrag der Auftriebskraft gleich dem Betrag der Gewichtskraft der Verdrängung ist, die die Flüssigkeit bzw. das verdrängte Gas erleiden, noch eine unbestrittene These, das weiß jeder Analphabet, dies ist die Art von Wissen, das automatisch mit den Menschen geboren wird, allerdings hat ein Grieche es verbreitet, die Kultur ist aus Gemeinplätzen gemacht wie die Geschichte mit den Parallelen, die sich im Unendlichen treffen oder der Logarithmus dreizehntausendsechshundertsiebenundneunzig, Luciano ging und erschien nach ein paar Minuten, vielleicht zweihundert, mit dem Lieferwagen wieder, der tatsächlich ein leicht prekäres Aussehen aufwies, Rauch und Schrauben nieste, von dem mit Schnüren befestigten Auspuff, einem bis auf die Textilfasern abgefahrenen Reifen und einem fehlenden Schutzblech einmal abgesehen, die Kinder fanden das Chamäleon, drehten es auf den Rücken, und das Tier glich einem Miniaturdrachen, dem der Herr eine Seele gegeben hatte, jedes Glied strampelte für sich in der Leere, allein schon das Quadrat über der Hypotenuse beeindruckt

mich, die erdrückende Majestät der Wörter und die Harmonie zwischen Hypotenuse und Kathete, welche Perfektion, man braucht nur zu beachten, wie die Silben aufeinanderfolgen, deswegen und wegen anderem lohnt es sich zu leben, und ich muss nicht einmal auf die Summe der Quadrate zurückgreifen, um meine Behauptung zu bekräftigen, Luciano gelang es, die Hälfte der Beifahrertür zu öffnen, damit meine Ehefrau einsteigen konnte, sie zu schließen, war ein anderes Problem, ihm und einem Kumpel, dem ein Flaschenhals aus der Tasche lugte, gelang es, sie mit Schüben und Kniestößen mehr oder weniger zuzubekommen, wobei sie meiner Ehefrau rieten, für alle Fälle während der Fahrt den Griff heranzuziehen, die Ziege machte einen Schritt auf die Karotten zu, ihr fiel der Reisigbesen ein, und sie trat zwei Schritte zurück, der hinkende Schwerhörige brachte ein

– Scheißvieh

hervor, das mit meiner Meinung nach übertriebener Feindseligkeit geladen war, Gewalt gegen Tiere schockiert viele Menschen, mir ist sie piepegal, ehrlich, für mich ist sie Jacke wie Hose, aber ich verstehe es, ich missbillige das

– Scheißvieh

in Verbindung mit der Ziege, es gibt zivilisiertere, weniger heftige und ebenso effiziente Formen, um Empörung auszudrücken, so wie ich auch Stierkämpfe missbillige, die Jagd auf Zentauren und die Tiefseefischerei, Luciano, der Wind in den Bäumen in der Dämmerung, Herrschaften, was würde ich nicht dafür geben, ihn in diesem Augenblick zu genießen, setzte den Lieferwagen in Gang, der merkwürdigerweise genauso rauf und runter hinkte wie der Besitzer des Krämerladens, und fuhr inmitten von Explosionen um einen kleinen Platz herum, die Verdrängung, die eine Flüssigkeit erleidet, ausgezeichnet das Verb erleiden, ein menschlicher Anklang im mathematischen Denken, nachdem er den kleinen Platz umrundet hatte, waren die Ziege und die Karotte für immer verloren, ganz zu schweigen von dem hinkenden Schwerhörigen

– Was?

und der Frau mit dem Kopftuch am Eingang des Ladens, den Kindern, dem Chamäleon, einem Kerl auf einem Trecker, der ihnen nicht zuwinkte, und von alldem fehlt mir, wenn ich ehrlich bin, nur der Wind in den Blättern in der Dämmerung, und dass ich, unter den Baumkronen hingegossen, ewig lebe.

SECHSTES KAPITEL

Und es war mehr oder weniger zu dem Zeitpunkt, dass, die Flammenbäume scheinen größer zu werden, alles scheint größer zu werden, wenn wir uns Sorgen machen, hoffen, dass niemand es merkt, die Stimme wie immer ist, der Gesichtsausdruck derselbe, die Finger nicht zittern und die Angst vor uns fortbesteht, es war mehr oder weniger zu dem Zeitpunkt, als wir Farmen und Exporte ausweiteten, dass die Sängerin zurückkam und ich keine Zeit für sie hatte, die Neger fingen grundlos an, die Siedler in Afrika zu töten, zum ersten Mal nahm der Senhor Presidente, ohne Decke auf den Knien, einen kleinen Tee für die Nerven von seiner Haushälterin an, ich hätte nie gedacht, dass die Flammenbäume so groß werden und die Duftrosen mit ihrem Parfüm mir Übelkeit verursachen würden, dort oben im Fenster verkündete meine Ehefrau schweigend, doch ich verstand ihre Gedanken

– Du zählst nicht

eines Nachmittags, ich war noch ein Kind, hatte meine Mutter genau denselben Satz zu meinem Vater gesagt

– Du zählst nicht

und mein Vater, anstatt sie zur Ordnung zu rufen, stand vom Tisch auf und schloss sich im Schlafzimmer ein, dies wegen einer Frau, ein Schlappschwanz, an seiner Stelle hätte ich meine Mutter zur Ordnung gerufen, die Flammenbäume sind riesig, und der Senhor Presidente unvermittelt noch faltiger als sonst, wobei seine Stiefel auf dem Fußwärmer den Eindruck vermittelten, sie wären leer, das Jackett leer und die Hosen leer

– Treibt keine Scherze mit mir

während die Tasse, auf der Untertasse tanzend, zustimmte, das in einer lichtlosen Nische unter der Treppe, aus der heraus er die Leute befehligte, außer den Flammenbäumen und den Kiefern das Meer, in der Schule sagte man mir, dass der Mond die Wellen regiert, aber es fällt mir schwer, das zu glauben, für den Fall, dass es der Mond ist, wenn ich diese Meinung einmal zulasse, wer tut es denn, wenn kein Mond da ist, sie haben meiner Mutter zugesteckt, dass mein Vater sich mit der Besitzerin des Kurzwarenladens gut verstand, und monatelang meine Mutter

– Wage ja nicht dich mir zu nähern

mein Vater, der sich zumindest nicht in meiner Anwesenheit näherte, ich lüge, eines Sonntags vor dem Abendessen gab er ihr einen Klaps auf den Hintern, und meine Mutter zufrieden

– In Anwesenheit des Jungen schämst du dich nicht?

eine oder zwei Stunden lang voller Wimpern und gezierten Gesten, mehr Fleisch auf seinem Teller

– Einmal ist keinmal

sie hat sogar die Mahlzeit unterbrochen, um hinten in der Wohnung Ohrringe anzulegen, und ich schaute sie verblüfft an oder, besser, schaute sie beide an, denn mein Vater rückte seinen Hut zurecht, plusterte sich hinter der Serviette auf, wie zum Teufel konnte mein Vater der Besitzerin des Kurzwarenladens Klapse auf den Hintern geben, wo der Verkaufstisch hoch und er außerstande war, zwei Stufen zu überspringen und noch viel weniger den Tisch, es sei denn, er war darum herumgegangen und und hatte das Brett am Ende hochgehoben, aber das sah man von der Straße, und dazu gab es noch das Café auf der anderen Straßenseite, sie töteten nicht nur die Siedler, die Neger zündeten die Baumwolllager an, ich habe keine Ahnung, wie es aussieht, wenn Baumwolle brennt, das Straßencafé bei uns in der Nähe immer mit Kunden an den Tischen, die Rentner mit dem Damespiel, die Rentner vom Sueca-Spiel, die gutgekleidete Dame, vierzig Jahre oder so, mit der Hundeleine um das Handgelenk, in Begleitung des Witwers von der Post, der klagte

– Du bist so grausam

während sie rauchte und ihn nicht einmal beachtete, der Senhor Presidente, der mit dem Wackeln der Tasse kämpfte

– Ich schicke ein halbes Dutzend Schiffe voll Soldaten nach Afrika damit sie dem Treiben da ein Ende bereiten

die gutgekleidete Dame geistesabwesend, der Witwer von der Post versuchte ihre Hand zu ergreifen, aber die Hand der Dame kam unter seiner hervor, zog die Zigarettenspitze aus der Handtasche

– Werden Sie nicht albern

steckte eine Zigarette hinein und zündete sie mit dem versilberten Feuerzeug an, bis dahin hatte ich in meinem Leben noch nie so viel Eleganz gesehen, meine Mutter zu meinem Vater

– Sie ist zickig und unsympathisch siehst du das nicht?

mit kleinen Gesten ohne Hundeleine, auf jede Silbe beißend

– Für mich ist es aus mit dir du zählst nicht

während sie in der Küche bügelte, ich mochte die Küche, es gab dort ein kleines Fenster nach hinten hinaus, wo sie im Sommer einen Zirkus aufbauten mit einem fast haarlosen Tiger, eher Teppich als Tier, in einem Käfig, der uns flehentlich anstarrte, die Gewissheit, dass er

– Weh mir

bevor er die Augenlider von innen mit rostigen Schlüsseln schloss, nach einem Gähnen, das bis zum Schwanz hinten reichte, ich möchte wetten, dass meine Mutter, hätte sie das Tier zu Hause, es mit dem Staubsauger absaugen würde wie alles andere

– Demnächst werfe ich ihn auf die Straße damit der Lastwagen von der Stadtverwaltung ihn mitnimmt

und so würde der Tiger zwischen kaputten Herden und Sofaresten verschwinden, die Schiffe der Soldaten fuhren den Tejo hinunter, rings um sie herum ein Schmeißfliegenschwarm, Möwen und Fetzen der Nationalhymne, die an den Masten und an den Balkonen am Kai welkten, bis heute verfolgt mich die Dame mit der Zigarettenspitze und ihren barocken Kleidern, verfolgen ist so dahergesagt, ich erinnere mich daran, das ist alles, aber mit einer Genauigkeit, die mich bestürzt, so wie der Klaps meines Vaters auf den Hintern meiner Mutter mich bestürzt, ich kann den kleinen Satz, den sie machte, und ihren dankbaren Ausruf beschreiben, der Witwer hing immer noch tieftraurig am Rand der Zigarettenspitze, wenn ich es so sagen darf, und der Beweis dafür ist, dass ich es ausgedrückt habe, mein Vater zu meiner Mutter

– Du halluzinierst

und es würde die Schwierigkeit des Wortes reichen, um zu beweisen, dass sie nicht halluzinierte, das Vokabular der Menschen verändert sich, wenn sie lügen, ich habe meinen Vater zwei- oder dreimal zur Besitzerin des Kurzwarenladens begleitet, und einmal schien es mir so, als würde er flüstern

– Schnuckiputz

die Besitzerin des Kurzwarenladens gab ihm das Wechselgeld, wies mit den Augen auf mich, es gibt keine Beweise dafür, dass ich es war, der es meiner Mutter erzählt hat, aber ich war es, der es meiner Mutter erzählt hat, sie

– Schnuckiputz?

so wie ich es war, der nach dem Schnuckiputz hinzufügte

– Ich komme Sonntagvormittag zur Zeit der Messe auf zwei Fingerbreit Gespräche bei dir vorbei

mein Vater schätzte Gespräche an den Fingern ab wie ich die Summen in der Schule, daher verließ meine Mutter beim

Offertorium die Kirche und postierte sich wartend auf der Straße, wenn eine verzeihliche Sünde dazu ausersehen ist, die Tipubäume, eine Todsünde zu verhindern, vergeben sie die Priester, die Tipubäume hören nicht auf zu wachsen, wie eigenartig, wir ohne jene Hälfte unserer Selbst, die wir Schatten nennen, mal vor uns, mal neben uns, mal dick, mal lang, begleitet er uns auf dem Boden, Sie sollten einmal auf den vom Obdachlosen achtgeben, anders als unsere, um Ihr Interesse zu wecken, erkläre ich nicht, inwiefern anders, mein Vater zu mir, indem er meinen Arm fest drückte

– Hast du mich verraten du Esel?

kleiner als ich, sogar mit dem Hut auf dem Kopf, und mit zusammengekniffenen Augen, um mich besser beobachten zu können, wir mussten weitere Stauseen bauen, nachdem die Neger und Hühner und Hähnchen tot zwischen den zerstörten Hütten lagen, ein Mädchen, an einen Baumstamm geklammert, rutschte am Stamm herunter und verschwand, der Senhor Presidente zu mir, die Decke wieder auf den Knien

– Wir sind das letzte Bollwerk gegen den atheistischen Kommunismus

mein Vater

– Wenn ich rausbekomme dass du es warst mache ich dich fertig

schlief zur Strafe auf dem Sofa im Wohnzimmer, mit einer sich verdrehenden Decke und einem Kissen ohne Bezug, meine Mutter unerschütterlich

– Zieh zum Schnuckiputz falls du Trost brauchst Mistkerl

mit dem Wachsen der Tipubäume war der Himmel noch ferner, was werden wir dort am Ende vorfinden, nachdem wir tausend Stufen hinaufgestiegen sind, als der Arzt so weit war, ihm Krücken zu verschreiben, hat meine Mutter eingewilligt, dass mein Vater wieder auf die Matratze zurückkehrte, legte aber einen Besen in die Mitte

– Wehe du kommst auf meine Seite

das Licht war schon gelöscht, da hörte ich sie

– Schnuckiputz was hat die Blödheit nur aus ihm gemacht

und es war keine Blödheit, es war der Wunsch, eine einsame Seele aufzumuntern, die Sprungfedern des Sofas waren so abgenutzt, dass man sie dem Zirkus als Ersatz für den Tiger schenken sollte, vielleicht brüllten sie besser, meine Großmutter zu meinem Vater, der wegen des Zahnens weinte, während sie mit ihm durchs Zimmer spazierte und ihm kleine Klapse auf den Hintern gab

– Schnuckiputz

und wie wichtig werden diese Dinge, die der Zeit widerstehen, mein Unglück besteht, glaube ich, darin, dass ich mich an keines erinnern kann, ich bin sicher, und das redet mir keiner aus, dass ich ein anderer Mensch wäre, wenn ich mich daran erinnerte, ich weiß nicht, inwiefern anders, aber anders, am Ende ihres Lebens war meine Mutter eine wertlose Jacke, die wacklig am Rand eines schiefen Stühlchens hing, sie schaute mich an, und ich hätte am liebsten, keine Gefühlsduseleien, sie schaute mich nicht an, und ich hätte auch nicht am liebsten, jung war sie üppig und später ein Bündel Knochen, das die Spucke mit der Hand abwischte und die Hand am Rock, manchmal verlor sich ihr Geist, und sie erkannte mich nicht

– Wer bist du?

zwischen Misstrauen und Schrecken, manchmal hielt sie mich für meinen Vater, manchmal für ihren Vater, hoffnungsvoll

– Kommen Sie um mit mir zu Mittag zu essen Papa?

suchte nach den kleinen Korallenkugeln an ihrem Ohr, die nicht da waren, nicht dass sie viel hatte, aber bevor sie es verplemperte, habe ich ihr Gold mitgenommen, das Kruzifix aus Elfenbein, das sie von einer frommen Tante geerbt hatte, die trotz des Kruzifixes gestorben war, hat mir ein paar Centavos eingebracht, man komme mir nicht mit irgendwelchen Geschichten von irgendwelchen Nächten, weiter im Text, ich habe das Kruzifix ohne schlechtes Gewissen, wozu zu Gott beten, es ist nicht notwendig, Ihn zu sehen, für alle Fälle, nicht dass irgendein Unglück passiert, schreibe ich hier aus Lobhudelei einen Großbuchstaben, wären wir nach seinem, hier sein mit Kleinbuchstaben, genug der Lobhudelei, ich sehe das selber, das macht die Leute misstrauisch, wären wir nach seinem Bild gemacht, dann muss auch er eitel sein, die Tatsache, dass mein Vater Schnuckiputz war, würde mich zum Lachen bringen, wenn irgendetwas auf Erden mich zum Lachen bringen könnte, es gibt Augenblicke, da spüre ich so etwas wie ein Lachen in mir aufsteigen, aber ich halte es sofort zurück, wer die Zähne zeigt, dem werden sie am Ende kaputtgemacht, man soll nicht glauben, dass ich meine Mutter bestohlen habe, ich habe ihr die Sammlung Krimskrams gelassen, ein paar Kleinigkeiten ausgenommen, beispielsweise den silbernen Ring für die Serviette, die man im Nacken zusammenknotete und die sie mir umband, wenn sie mich füt, ich nahm den Obdachlosen wahr, terte, als ich sie unten in einer Schublade fand, fing sie gleich an mir zu befehlen

– Mach den Mund auf gleich bist du fertig

also habe ich ihn, sobald ich auf der Straße angekommen war, in den Rinnstein geworfen, ich nahm den Obdachlosen wahr, wie er, ohne langsamer zu werden, zum Fenster meiner Ehefrau schaute, doch an der zugezogenen Gardine kein Zeichen von Anwesenheit, jeden Monat noch ein Schiff nach Afrika, es werden schon keine Kommunisten mehr an der Grenze ausgetauscht, wir haben sie hier drinnen, brauchen sie nicht zu importieren, sie sind in den Fabriken auf der anderen Seite des Flusses, verteilen schlecht gedruckte Papiere, Tod dem Yankee-Imperialismus, mein engster Mitarbeiter zeigte mir eines davon

– Das da war in meinem Büro

in letzter Zeit gab es hier ein Käuzchen, das der Gärtner in einem Baumloch fand, man hörte die nassen Tücher der Flügel nachts mit ihrem Wäscheklatschen, wahrscheinlich nicht nur ein Käuzchen, sondern ein Paar, der Chauffeur entdeckte das Weibchen im Gewächshaus zwischen den Kisten mit den Orchideen, als er schließlich die Hacke fand und erhob, war da niemand außer einem Knistern bei der Tür, umgekippte Blumentöpfe und Federn, die schlugen, immer weiter weg schlugen, an einer Dachluke verstummten, auf dem Papier meines engsten Mitarbeiters Gestalten mit erhobener Faust und schreiend aufgerissenem Mund, seine Sekretärin wich voller Angst zurück

– So viel Bosheit

und die Kommunisten bedrohten sie mit Hämmern und Sicheln

– Klassenverräterin

schnell meine Glöckchenohrringe, meine alten Schuhe, das Klo am Ende des Flurs mit Zeitungsstücken an einem Nagel, die Küche für das gesamte Stockwerk, in der Kartoffeln und Gemüse aufgewärmt wurden, die Sekretärin meines engsten Mitarbeiters zu den Kommunisten

– Ich bin wie ihr tötet mich nicht

und dennoch mehr Sicheln, mehr Hämmer, aufgebrachte Frauen mit Haarknoten

– Angehörige der Bourgeoisie

und da bat sie die Gestalten von der Zeichnung gleich um einen Hammer, um den Feinden des Proletariats ein Ende zu bereiten, mein engster Mitarbeiter reichte mir das Papier mit zwei Fingern

– Was soll ich damit machen?

ich blätterte in einem Gutachten, umringt von Negern und brennenden Strohhütten, nahm weder den Geruch nach verkohlter Baumwolle noch einen Jungen auf Knien wahr, ganz in sich zusammengerollt, die Sekretärin meines engsten Mitarbeiters, an mich gelehnt

– Was für Leute Senhor Doutor

aber ich nahm nicht sie wahr, sondern meine Großmutter, die meinen Vater hin- und hertrug, bis das Weinen aufhörte, ihr Mund an seinem Ohr

– Schnuckiputz

sie legte ihn in die Wiege mit Glöckchen an einer Schnur, während mein Vater am Schnuller nuckelte, meine Großmutter zu ihrem Mann, nicht dem Vater meines Vaters, den die Ankündigung der Schwangerschaft im Eiltempo nach Venezuela aufbrechen ließ, dem zweiten, der auf der Straße Rohre in Ordnung brachte

– Ich glaube jetzt schläft er

und den ich noch kennengelernt habe, wie er uns mit einem hohlen Lächeln und noch hohleren Augen anschaute, während die Brühe ihm aus dem Mund lief, meine Großmutter wischte ihn mit einem Streifen Handtuch ab

– Mein Schicksal

dachte an den in Venezuela, der quicklebendig und kreuzfidel in Urwäldern voller Papageien Indianerinnen verfolgte

– Du kleiner Frechdachs

die ihm auswichen oder womöglich nicht auswichen, einwilligten, meine Großmutter wütend

– Du änderst dich nicht

und dennoch voller Sehnsucht nach Gekicher und Herausforderungen, tat sie so, als wäre sie empört

– Dich kann man nicht kurieren

während die Wiege am Kopfende des Bettes schaukelte, die gläsernen Perlen eines Rosenkranzes gegen das Kiefernholz schlugen und ein Jesus aus Aluminium Walzer tanzte, die Sekretärin meines engsten Mitarbeiters

– Du kannst dir nicht vorstellen was das Papier der Kommunisten in meinem Kopf ausgelöst hat tut mir leid

mein engster Mitarbeiter stellt sich nichts vor, aber ich

– Ich bin wie ihr tötet mich nicht

sie bat die Gestalten von der Zeichnung um noch einen Hammer, um uns ein Ende zu bereiten, wir überhäufen sie mit Armbändern, Ringen, teuren Kleidern, aber sie bleiben dieselben, wir ändern ihr Aussehen, aber nicht ihre Seele, trotz der guten Manieren, die wir ihnen beibringen, bei Tisch die Ellenbogen auf dem Tischtuch und ein Fingernagel zwischen den Zähnen wegen eines Fleischfadens, die Gäste mit peinlich berührter Freundlichkeit

– Spontan die Kleine

schaut heimlich, welches Besteck sie nehmen soll, um dann dasselbe zu nehmen, sie war besser dran mit dem Klo am Ende des Flurs und den Zeitungen am Nagel, Marçal flüstert ihr mit dem Rand der Lippen zu

– Nehmen Sie nicht so viel aus der Schüssel gnädiges Fräulein

würde man den Kommunisten Manieren beibringen, würde das Proletariat ausgerottet, es heißt das Schluchzen der Käuzchen kündigt den Tod an, und das Weibchen, versteckt im Flammenbaum, verkündet meinen, und der Obdachlose beobachtet es, bevor er weiter zu den Dünen geht, wahrscheinlich sind sie in seinem Land Glücksbringer, andere Länder, andere Sitten, ein Spruch, den eine Verwandte, ohne ihre Nase von der Häkelarbeit zu heben, unterschiedslos benutzte und der mir etwas dämlich vorkommt, meine Großmutter, indem sie auf meinen Vater wies

– Noch ein oder zwei Jahre und sein Hintern ist weg

worin ich ihr zustimmte, denn seine Hose hatte zu viel Stoff, das Fett geht mit den Jahren den Bach runter, die Wangen sind über den Knochen zu weit, die Muskeln aufgelöst, die Haut an den Armen hängt, das, während gleichzeitig die Blumen größer werden, alles wird größer, wenn wir uns Sorgen machen, Menschen, Gegenstände, Geräusche, und wir mittendrin, winzig klein, hoffen, dass niemand es bemerkt, dass die Stimme dieselbe ist, der Gesichtsausdruck derselbe, die Finger nicht zittern, der Senhor Presidente unter der Decke aufgeplustert

– Glauben Sie dass sie noch immer Angst vor mir haben?

und genau weiß ich es nicht, Senhor Presidente, bei so vielen Soldaten in Afrika und so viel Polizei haben sie das wahrscheinlich noch, Menschen in einem Fort am Meer gefangen und in einem mit Stacheldraht eingezäunten Lager in Kap Verde, mit einem zweiten elektrischen Zaun, von dem die Vögel gekocht herunterfielen, nur Krallen und Schnäbel, blies man sie an, lösten sie sich in gewichtslosen Staub auf, wahrscheinlich, weil der Senhor Presidente mir nichts darüber sagt, gibt es ein Fort der Polizei gleich hinter den Dünen, wo man es wegen der Veränderungen im Sand nicht sieht, mal unter den wilden Feigenbäumen begraben, mal schauen die Türme heraus, voller in Lumpen gekleideter, mit Eisenringen an den Wänden gefesselter Kommunisten, doch unter dem Stroh, auf dem sie schlafen, sind Hämmer und Sicheln versteckt, und dort, nicht in den Baumstämmen oder Mauern des Gartens, wohnen die Käuzchen, warten darauf, dass der Wind sich legt, um bis zu uns zu kommen, Käuzchen über den Wellen im Dunkeln, die rufen und rufen, wer garantiert mir, dass die Kommunisten sich nicht eines Tages wie die Käuzchen befreien, durch die Kiefern kommen und mich töten, mit dem, der auf den Straßen die Rohre in Ordnung brachte, schaukelte das Kreuz meiner Großmutter nur sonnabends, zwei oder drei Hüpferchen, und das war's, ich wage nicht, eines an meinem Bett anzubringen, weil ich befürchte, dass Jesus sich nicht einmal rühren würde, die Aussicht, hochzuschauen und ihn reglos zu sehen, dazu eine reglose Frau auf der Matratze, erst wartet sie, dann ist sie müde, grauenhaft, im Falle meiner Ehefrau ist es möglich, dass ich, ich weiß nicht warum, aber ich bin fast sicher, dass ich es, obwohl sie verbraucht ist, schaffen würde, später steige ich die Treppe zum Zimmer hinauf, und auch wenn sie versucht, mich zu hindern, ich will die Probe aufs Exempel machen, ich habe diesen Satz Dutzende Male gehört, meine Mutter, wenn ich ihr versicherte, die Zähne geputzt zu haben

– Komm her und hauch mich an ich will die Probe aufs Exempel machen

also werde ich die Tür aufschließen, in der Tasche einen Rosenkranz, ihn an den Bettkopf hängen und die Probe aufs Exempel machen, indem ich den hüpfenden Jesus betrachte, wären da nicht die Züge, die nicht abfahren, mein Leben wäre anders, ist noch einer in Cascais übrig, setze ich mich hinein, auf dieselbe Bank wie der Obdachlose, und wir beide fahren ab, oder besser, wir bleiben einfach dort und hören dem Unkraut zu und betrachten das verlassene Chalet mit dem zerfallenen Gartenzaun, aus diesem Chalet habe ich die Venus mit der Muschel stehlen lassen, die immer mit dem Rücken zu einem steht, so oft man auch das Wasserbecken umrundete, immer nur der Rücken, die Wassertropfen einer nach dem anderen, ohne ihre Schulter zu berühren, Kreise über der Spiegelung des Gesichts, das verblasste, wenn sie sich weiteten, und darunter schwammen Fische in der Runde, die Sekretärin meines engsten Mitarbeiters zu mir

– Wir haben uns Ewigkeiten nicht gesehen Senhor Doutor

mit einer anderen Frisur und Raum zwischen Pullover und Rock, es gibt wenige hübsche Bauchnabel, aber dieser, mein Gott, der war, als Kind bohrte ein Nachbar im Strandzelt seinen Finger in meinen

– Weißt du was das ist?

der Finger des Nachbarn war plötzlich meiner in der Sekretärin meines engsten Mitarbeiters

– Weißt du was das ist?

kümmerte sich nicht um das Flüstern der Schreibkräfte, die Sängerin, die Sekretärin meines engsten Mitarbeiters zeigte mir den Lack mit Pünktchen auf dem Fingernagel

– Ich hätte auch nichts dagegen den Finger in ihren zu stecken

die Möglichkeit, dass wir beide, jeder mit dem Finger im Bauchnabel des anderen, missfiel mir nicht, ihr Hintern ebenso wenig, meine Großmutter brachte meinen Vater zum Schlafen, indem sie ihn unter kleinen Klapsen hin- und hertrug

– Heute ist er einfach nicht zu beruhigen

die Hand meiner Großmutter meine, suchte die Sekretärin meines engsten Mitarbeiters

– Heute bist du einfach nicht zu beruhigen

und ich berichtigte mich sofort

– Schnuckiputz

ein Kruzifix auf meinem Bauch, ich will nicht behaupten, dass es hüpft, da bin ich ehrlich, aber es begann zu oszillieren, man nahm wahr, dass die Glasperlen gegen das Kiefernholz schlugen, der Hintern der Venus hatte alte, von Moos gefüllte Risse, der meiner Ehefrau ist, das möchte ich wetten, weich, und die Perlen halten inne, der der Sekretärin meines engsten Mitarbeiters entzog sich mir

– Die Leute werden reden und am Ende habe ich einen schlechten Ruf

also kein einziges kleines Erzittern beim Rosenkranz, kommen die Käuzchen überhaupt vom Fort, gibt es überhaupt ein Fort in den Dünen, mein engster Mitarbeiter sollte dich heiraten, ich werde ihm befehlen, sich zu trennen, ein transparenter Büstenhalter wölbte den Pullover, und beim Gedanken an die Transparenz machte das Kruzifix einen kleinen Hüpfer, zwei kleine Hüpfer, ich zu ihm

– Gib nicht auf

so war es nicht, ich berichtige, die Sekretärin meines engsten Mitarbeiters war

– Und wir werden uns doch weiter sehen nicht wahr?

mit meinem Gürtel beschäftigt, die Arme, ein Problem mit der Schnalle, die sich nicht lockern ließ

– Versprechen Sie mir dass wir uns weiter sehen

und erst dann ich zum Kruzifix

– Gib nicht auf

in der Gewissheit, die Perlen zu hören, mir war so, dass ja, mir war so, dass nein, ich fragte unschlüssig

– Hörst du die Perlen?

die Sekretärin meines engsten Mitarbeiters überrascht

– Was für Perlen?

und nicht nur, die Sängerin, meine Perlen schwiegen, auch ihre, ich wollte den Büstenhalter befreien, doch mir fehlte der Antrieb, die Sekretärin meines engsten Mitarbeiters gab den Kampf mit dem Gürtel auf, und ich entdeckte eine Falte an ihrer Wange, wo ich keine vermutet hatte, du fängst früh an zu verschrumpeln, der Wunsch, sie wegzuschicken, aber kein Vorwand, um sie wegzuschicken, ich zog die Ärmel des um meine Schultern geschlungenen Pullovers zu fest zu, hatte das Gefühl, mich zu erwürgen, hob die Hand zur Kehle, um den Knoten zu lockern, umarmte sie lustlos

– Natürlich sehen wir uns weiter

auch sie lustlos

– Gottlob

im vagen Tonfall, mit dem man Leute begrüßt, die bei einem Arzt im Wartezimmer sitzen, deckblattlose Zeitschriften durchblättern, ohne eine davon auszuwählen, und demjenigen, der hereinkommt, mit Aquariumsglasaugen folgen, die Sekretärin meines engsten Mitarbeiters und ich, apropos Züge, die nicht abfahren, wie lange schon sehe ich keine Fenster vorbeifahren und höre ich keine Lokomotive mehr rufen, an den Bahnübergängen in der Provinz warten immer Pferdefuhrwerke, gibt es etwas Einsameres als ein fernes Pfeifen, auch wenn es nur noch ein paar Minuten sind, bevor Sie mich wegschicken, Mutter, während Sie Ihre Knie massieren

– Du bist so schwer wie Blei

nehmen Sie mich auf den Schoß, die Sekretärin meines engsten Mitarbeiters

– Ich habe wahnsinnig viel zu tun Senhor Doutor

Absätze, die Sängerin, die sich entfernen, die Tür halb offen gelassen haben, mir ist egal, ob jemand hereinkommt und mich dabei sieht, wie ich mich in meinem Anzug zurechtrücke, ich sah hinter den Duftrosen Marçal zu meiner Ehefrau gehen und fühlte nichts, fühlte Eifersucht, fühlte keine Eifersucht, die Treppe hinaufsteigen, ihn auf dem Korridor abfangen

– Geh weg

und seinen Platz im Zimmer einnehmen, seinen Platz verflucht noch mal, meinen Platz im Zimmer, wem gehört die Frau, wer hat sie zuerst kennengelernt, wer hat sie geheiratet, ich habe sie entdeckt, nicht du, lass sie los, sie war sechzehn Jahre alt, wagte nicht, mir ins Gesicht zu sehen, ich sprach sie an, und sie antwortete nicht, sie suchte nach ihren Eltern, aber die Eltern waren im anderen Zimmer, als ich ihr den Ring brachte, hielt sie ihn mit der Pinzette ihrer Finger und murmelte stumm, genau so, murmelte stumm, die Sängerin, so etwas hatte ich noch nie gesehen, murmelte stumm, ich begegne der Sekretärin meines engsten Mitarbeiters fast nicht mehr, oder ich beachte sie nicht, ich weiß nicht, was von beidem stimmt, oder es stimmt beides, oder ich bin blind für Frauen geworden, meine Ehefrau

– Marçal

würde mich am Eingang entdecken und das Lächeln im sich verschließenden Gesicht zerknüllen, nur noch Fragmente von Gesichtszügen, ein Foto meiner Tochter als Kind, ein Foto von ihr im Abendkleid, kein Foto von mir, und dennoch würde ich dich gern zum Abendessen einladen, doch der Waggon, der Mann, meine Koffer mit seiner, die Sängerin am Eingang vom Gartentor, die Beine, die Hüften, eine Rose, die einem Kohlkopf glich, mit seiner Kleidung, dein Kopf an seiner Schulter, ich kann es nicht, ich schaffe es nicht, Marçal

– Senhor Doutor

und ich hätte ihn um ein Haar entlassen, du hättest mir nicht gehorchen dürfen, aber wer wagt es, mir nicht zu gehorchen, wer, nicht immer auf mich zu hören, eine neue Bank in Amerika, eine neue Bank in Macau, eine Vereinbarung mit den Deutschen über einen Staudamm in Afrika, ein Vertrag für französisches Kriegsmaterial, an welchem Bahnhof für Züge, die nicht abfahren, wird der Obdachlose aussteigen, oder wird er, wie üblich, hierher zurückkehren, der Besen verschwand aus dem Bett meiner Eltern, eines Sonntagmorgens, denn das Schlafzimmer war verschlossen und das Kruzifix ging rauf und runter, so wie ich es nicht zustande bringe, der Arzt

– Man ist nicht sein ganzes Leben lang zwanzig Jahre alt nicht wahr Senhor Doutor?

und man ist tatsächlich nicht sein ganzes Leben lang zwanzig Jahre alt, die Sängerin im einfachen Kleidchen und zusammengebundenem Haar, ungeschminkt, noch keine Frau, ich

– Neunzehn?

sie

– Fast

und ich sicher, dass sie log, nicht neunzehn, weniger, alles, was einen Erwachsenen ausmacht, noch unfertig, unvollendet, und dennoch, die Beine, und dennoch, die Hüften, man ist nicht sein ganzes Leben lang neunzehn, aber man ist für immer sechsundfünfzig und dann für immer siebenundfünfzig, und anschließend beginnen Dutzende Alter, die sich in uns vermischen, eine ferne Stimme

– Schnuckiputz

eine ferne Stimme

– Er ist eingeschlafen

und das ist die Probe aufs Exempel bei einem Kind oder einem Erwachsenen

– Er ist eingeschlafen

in der Mulde einer Wiege oder in einem Bett mit einem stummen Kruzifix, das Betttuch stumm, das Kopfkissen stumm, aber die Duftrosen klirrten leise immer weiter, und die Tropfen der Venus werden nicht aufhören zu fallen, selbst in einer Zeit ohne uns

– Ich bin neunzehn Senhor Doutor

und lüg mich nicht an, das bist du nicht, warum lügst du mich an, wenn du nichts von mir willst, keine Wohnung, kein Geld, kein Auto, aus welchem Grund

– Liebster

was für ein Wort für mich

– Liebster

die Gewissheit, dass meine Tochter im Nebenzimmer zuhörte, während sie das Hündchen mit dem Ring immer mehr in die Länge strich, ich stand an der Wand, du reichtest mir die Zeichnung mit der Rose

– Liebster

ich nahm sie nicht, war verwirrt, hatte Angst

– Liebster?

vergangene Woche habe ich am Rand des Wasserbeckens einen Frosch entdeckt, zwei Frösche, woher sind sie gekommen, sie müssen aus der Luft geboren sein, vielleicht haben Moos und Feuchtigkeit sie ganz allein gemacht, so wie Mäuse aus feuchtem Papier und Müll entstehen, meine Mutter zu meinem Vater

– Dies ist das letzte Mal dass ich dir verzeihe

der Besen in der Küche beim Wischmopp und dem neuen

Eimer, doch obwohl der Besen in der Küche neben dem Wischmopp und dem Eimer stand, unterbrach meine Mutter das Abendessen, hielt, als sie gerade das Ragout servierte, mit einem Löffel voller Kartoffeln und Fleisch inne, knurrte

– Schnuckiputz

und schrie

– Halt den Mund

meinen Vater an, der keinen Laut hervorgebracht hatte

– Monster

schüttelte sich noch eine geraume Weile, ich

– Ist der Vater ein Monster Mutter?

und meine Mutter schrie

– Halt den Mund

diesmal mich an, schrie uns beide an

– Ihr habt beide eine Minute um das alles aufzuessen

und wir, über den Teller gebeugt, kauten und kauten, so merkwürdig es auch klingen mag, aber ich habe Sehnsucht nach dieser Zeit, Sehnsucht nach Grashüpfern, Bonbons und Leuten, die um uns herum lebten, wenn sie mir begegnete, kam von der Sekretärin meines engsten Mitarbeiters nur ein Nicken, mein engster Mitarbeiter in Panik

– Das ist ihr Temperament Senhor Doutor tut mir leid

die Sängerin, vielleicht achtzehn Jahre alt, möglicherweise, was für einen Unterschied macht es schon

– Glauben Sie mir nicht wenn ich Liebster sage?

und wie soll ich es dir glauben, Kleine, du verlangst überhaupt nichts, nimmst überhaupt nichts an, übergibst einem alten Mann Zeichnungen

– Sie sind nicht alt

der allmählich Schwierigkeiten hat, sich zu bewegen, schau diese Augen an, die ohne Brille schon nicht mehr sehen, hör diese Stimme, die entgleist und sich verspricht, bestehe nicht auf

– Liebster

versuche nicht, mir zu helfen, denn ich bin nicht bei dir, ich stolpere durch einen Bahnhof in Lissabon, und Abschiede und Tauben, ich bin nicht bei dir, verstehst du, ich höre dich nicht, ich will dich nicht hören, ich wünsche mir so sehr, dass du kommst, ich hätte es so gern, dass du kämst, wie sehr habe ich darauf gewartet, dass du kommst, deine Beine, deine Hüften, wie sehr möchte ich auf dich eingehen, aber ich kann nicht auf dich eingehen, würde der Obdachlose etwas sagen, wären es genau diese Worte

– Du armer Kerl

aber letztlich sagt er kein einziges Wort, er erwartet mich in einem Waggon, der nicht abfährt, damit wir beide weit wegreisen, du hast keine Ahnung, wie weit man kommen kann, ohne sich fortzubewegen, wie man verschwinden kann, indem man bleibt und niemals zurückkehrt, wenn du wenigstens ein Clown wärest, wenn du wenigstens beim Tennis, wenn ich wenigstens mit dir in einem Hotel wäre, wo ein Kruzifix am Kopfteil des Bettes schaukelt, aber ich kann nicht, verzeih mir, ich kann nicht, schau, die Flammenbäume, schau, diese teuren Möbel, diese Bilder, dieses Porzellan, schau, wie arm ich bin, das Hütchen meines Vaters, die enge Küche, mein fensterloses Schlafzimmer, die Besitzerin des Kurzwarenladens am Verkaufstisch und kein Kunde, schau, wie der Senhor Doutor vom Tisch aufsteht, zu dir geht, dich bittet

– Geh

nicht befiehlt, bittet

– Geh

und bereut, dass du gehst, sich wünscht, du würdest bleiben, aber dich wegschickt, der Senhor Doutor heimlich

– Hör nicht auf mich

aber er bittet

– Geh

der Senhor Doutor, niemand bei ihm, in der Hand eine Rose, die einem Kohlkopf gleicht, auf ein Stück Papier gemalt, der Senhor Doutor zu Marçal

– Ich will dieses Mädchen hier nicht haben

steigt die Treppe hinauf zum Fenster hoch oben, entriegelt ein Schloss, trifft auf ein Geschöpf, das so alt ist wie er, starrt es zerstreut an, der Senhor Doutor steht neben dem Bett und denkt dabei an dich, lügt das Geschöpf an, ich glaube, er lügt das Geschöpf an, ich bin mir nicht sicher, ob er es deinetwegen anlügt, verstehst du, deinetwegen lügt er das Geschöpf an und flüstert

– Liebste.

SIEBTES KAPITEL

Wenn ich die Dünen und das Meer nicht mehr höre und alles um mich herum stillsteht, weil auch die Duftrosen schweigen, dann möchte ich in das Zimmer meiner Tochter eintreten und dort bleiben, nicht um mich mit ihr zu unterhalten, was haben wir einander schon zu sagen, der Gärtner hat mich darüber informiert, dass einer der Flammenbäume dabei ist, zu sterben, der linke, er schlug mit dem Stiel der Hacke auf den Stamm beider Bäume, damit ich den Unterschied heraushörte, aber ich nahm keinen Unterschied wahr, nicht im Ton, nicht in der Farbe, nicht in den Blättern, und dennoch war er dabei zu sterben, ich befahl ihm
– Fäll ihn
und er schlug weiter, überzeugt, ihm damit seine Gesundheit zurückzugeben, der Gärtner zu mir
– Kein Vogel lässt sich auf ihm nieder Senhor Doutor
weder auf ihm noch auf dem anderen, weil sie wegen der Schläge flüchteten, ich sah Spatzen, sah Elstern, sah eine Art, die mir unbekannt war, farbiger, größer, weder Albatros noch Möwe, die sich nicht mehr mit dem Wind verstanden, der Gärtner, der ihn abschätzte
– Es muss die Seele des Baumes sein Senhor Doutor
auf der Suche nach Gott, der nicht immer verkündet
– Hier bin ich
er lebte mit seiner Frau neben dem Gewächshaus, wenn der Wein ihn in die Wut abgleiten ließ, hörte ich ihre Proteste
– Lass mich in Frieden Saufkopf
eine Frau, keineswegs jung, mit einem gewissen Alter, und

dennoch lag etwas in ihren Gesten, einmal oder zweimal ging mir durch den Kopf, ging mir aber nicht mehr aus dem Kopf, morgens, während ich mich rasierte, dass ich sie an einen Zaun lehnte

– Keinen Ton

und während ich das Rasiermesser reinigte, vergaß ich sie, sie kehrte kurz zurück, als ich das Kinn mit dem Handrücken prüfte, vermischt mit der Ehefrau meines engsten Mitarbeiters, wie sie war, bevor sie fett wurde und ich sie dem Ehemann zurückgab, aus zweien oder dreien stelle ich eine zusammen, verliere sie aber gleich wieder, ich erinnere mich später an sie, einer der Clowns vom Tennis, die Nachbarin im Stock unter meinen Eltern, deren Mann Koch auf einem Passagierschiff war, setzte sich in Positur und tat dabei so, als würde sie sich entziehen

– Frechdachs

meine Hand wanderte über ihre Beine

– Sehr gut sehr gut

schob Spitzen zur Seite, um in ihre Haut zu kneifen

– Sehr gut

ich atmete wie mein Vater bei der Besitzerin vom Kurzwarenladen, den Nacken gerötet und die Augen verdreht

– Sehr gut

wandte mich ab, um ins Taschentuch zu husten, und kam, mir den Mund abwischend, zurück, ließ nicht locker

– Sehr gut

brauchte, bis ich meine Stimme wieder hatte, meine Mutter empört

– Da schau einer an was ich bei der Tombola gewonnen habe wie der Vater so der Sohn

mein armer Vater, bereits mit Problemen an der Leber und welkendem Hütchen, von diesem Hütchen ließ sich meine Mutter leiten

– Die Krempe wirkt blasser ich werde einen Termin beim Arzt ausmachen

und unter der Krempe wurde mein Vater, der Angst vor Spritzen hatte, immer kleiner, der Arzt, die Bäume beruhigen mich, ich könnte tagelang auf einem Stuhl verbringen und sie beobachten, sogar ohne Wind wogen sie und wiegen sich

– Frechdachs

und würde ich sie anfassen, wären da, glaube ich, Spitzen und zwischen Spitzen der Himmel, der Arzt, den Kittel voller Kulis, weil er viel mehr Hände hatte als die, die wir zählen, und ein Lämpchen, ähnlich wie die Kulis, das zum Erkunden

– Machen Sie ahh

der Höhle des Rachens diente, der Arzt mit immer demselben Satz

– Was führt Sie hierher?

meine Mutter antwortete für meinen Vater

– Finden Sie nicht dass der Hut meines Mannes etwas müde aussieht?

manchmal, wenn ich die Kiefern, die Dünen und das Meer nicht mehr höre und alles um mich herum stillsteht, weil auch die Duftrosen schweigen, dann möchte ich in das Zimmer meiner Tochter eintreten und dort bleiben, nicht um mich, tagelang vor den Bäumen, allein der Gedanke beruhigt mich, nicht um mich mit ihr zu unterhalten, was haben wir einander schon zu sagen, sondern um jemanden in meiner Nähe zu spüren, obwohl meine Tochter nie jemandem nah ist, selbst dem Hündchen nicht, ein geistesabwesender Ring, sie besuchte das Fenster hoch oben nicht, empfing ihre Kinder nicht, spazierte in der Hoffnung auf einen Ball, der über das Netz hüpfte, umher, doch die Bälle waren fort, meine Ehefrau verfolgt sie, denn die Gardine ist dunkler, wir überwachen einander, ohne uns einander zu nähern, ich stelle mir vor, dass man das Familie nennt, der Arzt besorgt

– Tatsächlich der Hut

und wenn er wollte, schrieb er zwanzig Rezepte gleichzeitig und fertigte die Kranken im Handumdrehen ab, die Frau des Gärtners wurde jünger, wenn sie die Wäsche auf die Leine hängte, auf Zehenspitzen, während ihre Arme wie die Henkel eines Kruges angewinkelt die Wolken packten, wozu Spatzen im Garten, wenn sie gleich fliegt, mitten in der Nacht ein Flügel an meiner Fensterscheibe, und ich habe nicht den Mut, die Pantoffeln anzuziehen, um ihr zu antworten, auf eine Frau zuzustolpern berührt mich peinlich, ich im Pyjama, mit zerzaustem Haar, die Schlafbrille auf die Stirn geschoben, große Güte, nein, außerdem spürt man ohne Kölnischwasser den schalen Atem der Haut, ich will nicht in Cascais sein, wenn, wir kauften die Waffen bei einem Libanesen und verkauften sie dem Senhor Presidente, damit er die Neger in Afrika auf Linie brachte, ich ertrage den Gedanken nicht, in Cascais zu sein, wenn sie den Baum fällen, der Hut meines Vaters etwas lebendiger, als sie die Sprechstunde verließen, meine Mutter triumphierend

– Siehst du wie dich die kleine Spritze wieder aufgemuntert hat?

sie hatte zwar die Hutkrempe, nicht aber die Hinterbacke aufgemuntert, denn er hinkte wie beim Rollerfahren, er half mit dem Körper nach, aber mag sein, dass die Erinnerungen an die Zeit, als er noch als Schnuckiputz nicht einschlief und man ihn hin- und hertrug, die Stimme seines Vaters im Wohnzimmer

– Wieso fällt der Blödmann nicht endlich ins Koma?

damals, als ich ein Kind war, Vorhänge mit Herzchen, die meiner Mutter so gefielen, mein Vater besorgt

– Die werden denken, vielleicht löst der Arzt das Problem mit den Flammenbäumen, so wie er das mit dem Hut gelöst hat, dass hier 'ne Schwuchtel wohnt

und die Besitzerin des Kurzwarenladens ihn verachten

würde, wahrscheinlich gibt es immer noch Spritzen, die Hinterbacken ramponieren, aber Hüte wiederauferstehen lassen, und der Vogel der Seele wieder auf dem Baumstamm, während der Nebel vom Gebirge her eine Andeutung von Gaze bringt und über die Wellen legt, ein oder zwei Momente lang Schnörkel aus Gischt, und ich brauchte meine Tochter weniger, im Übrigen brauchte ich nicht meine Tochter, in jenen Augenblicken wäre mir irgendeine Gesellschaft recht, mein Vater

– Die werden denken dass hier 'ne Schwuchtel wohnt

und die Besitzerin des Kurzwarenladens zu einer Busenfreundin, ihre Erinnerung zurückweisend, empört

– Ich mit so was?

der Libanese, dem wir die Waffen abkauften, war Syrer oder Argentinier oder Araber, Treffen mit Zwischen, die Frau des Gärtners war, als ich ihr das letzte Mal begegnete abgemagert, krank, händlern, die nachts an der Küste oder an Stränden warteten, der Bauch angeschwollen und Unbehagen in der Brust, der Sohn half ihr, die Wäsche abzunehmen, weil der linke Arm sich nicht mehr hob und eine Hand unberechenbar war, Herrschaften, eine Hand unberechenbar, der Gärtner zu mir

– Mit dem Flammenbaum hat es angefangen und jetzt meine Frau

mit dem Unterschied, dass kein Vogel sich von ihr erhob, sie hatte keine Seele mehr, und dennoch ging mir früher, wenn ich mich im Sommer rasierte, irgendetwas, das in ihren Gesten lag, durch den Kopf, aber nicht mehr aus dem Kopf, sie an einen Zaun lehnen

– Keinen Ton

während mir Zweige an den Schultern wehtaten, die Polizei des Senhor Presidente nahm die Lastwagen und die Waffen mit, Scheinwerfer, die Büsche erfanden, Nebenstraßen, verlorene, gegen Ende saß die Frau des Gärtners, in ein Umschlagtuch gehüllt, auf einer Kiste an der Tür, weigerte sich zu essen, verlorene Dörfer, das Geld in Monaco, würde meine Tochter demnächst

– Vater

was würde dann geschehen, ich erinnere mich nicht daran, sie auf den Arm genommen zu haben, mit ihr geredet zu haben, mich interessiert zu haben, du hast mich nie interessiert, oder ich tat so, als würdest du mich nicht interessieren, was würde geschehen, wenn meine Tochter

– Vater

aber es besteht nicht die Gefahr, dass meine Tochter

– Vater

denn meine Tochter sagt nicht

– Vater

wobei ich nicht weiß, weshalb ich in diesem Haus bleibe, das ist nicht wahr, ich weiß den Grund, ich für sie, was für eine idiotische Vorstellung, ich hatte mir nie vorgestellt, es für jemanden zu sein

– Vater

die Bezeichnung ist so groß, dass sie in irgendeinen Aktendeckel im Büro passte, nicht aber in die Kehle, nur noch ein Flammenbaum und das Haus so völlig anders, werde ich hier sterben, wenn ich die Dünen und das Meer nicht mehr höre und alles um mich herum stillsteht, weil auch die Duftrosen schweigen, ich habe das Gefühl, gestorben zu sein, meine neue Sekretärin

– Ihr Mund zittert Senhor Doutor soll ich Ihnen ein Glas Wasser bringen?

doch ich beachte sie nicht, höre ihre Schritte, rieche ihr Deodorant, und das reicht, ich muss sie nicht sehen, um zu wissen, wie hässlich sie ist, noch kein Clown, auf dem Weg dahin, das Haar bereits heller, das Kleid kürzer, ich treffe mich nicht mit dem Amerikaner, natürlich nicht, das Kapital zirkulierte von Gesellschaft zu Gesellschaft bis in eine Bank auf den Philippinen, die Hände bereits gepflegter, einstweilen noch in einem billigen Laden, aber gepflegter, eine Wohnung in einem Vorort mit drei Freundinnen, zum Rauchen hinunter auf den Bürgersteig gehen, weil eine von ihnen Asthmatikerin ist, hin und wieder bringt der Freund der einen Freunde und Flaschen mit, man trank aus der Flasche, weil die Gläser nicht reichten und die Tassen nicht abgewaschen waren, Umarmungen, Zwicken, Komplimente, du Schlimme, du Schlimme, Spielereien, die keine Spielereien sein sollten, was man an den Blicken sah, doch, sei vernünftig, doch, auf gar keinen Fall, doch, komm, hör bitte mit dem Blödsinn auf, wenn die Freunde gingen, Eifersucht, Schmollen, ein Mädchen zum anderen, fast weinend

– Ich ertrage dich nicht

fünf Minuten später klingelte es wieder, eine schüchterne Entschuldigung

– Ich habe meine Sonnenbrille vergessen

die auf dem Treppenabsatz übergeben wurde, wegen des Geredes, eine Diskussion darüber, ob der Freund die Sonnenbrille absichtlich oder unabsichtlich vergessen hatte, er hoffte, du würdest ihn hereinbitten, nicht wahr, ja, das hoffte er, du hofftest es, wäre er geblieben, hättest du in die Röhre geguckt, ich habe in die Röhre geguckt, weil du hier warst, wäre ich nicht hier gewesen, hättest du dich gleich mit ihm eingelassen, nur wenn ich bescheuert wäre, und du bist bescheuert, von wegen, bescheuert ist deine Mutter, um Gottes willen, seid still, ihr beide, ich möchte schlafen, und keine schlief, weil sie an das Zwicken, das Kitzeln dachten, die Stimmen machten im Dunkeln weiter, der Brünette war süß, von wegen süß, der sah wie ein Verkäufer aus, das sagst du nur, weil er dich keines Blickes gewürdigt hat, nicht gewürdigt, du spinnst wohl, er hat so getan, als würde er mich keines Blickes würdigen, weil er begriffen hat, dass ich ihn nicht mochte, ich habe doch darum gebeten, dass ihr den Mund haltet, oder, und die Betttücher beruhigten sich widerwillig in der Dunkelheit, eines der beiden

– Der Blonde

und der Blonde schwebte die ganze Nacht um sie herum, fiel am Ende auf den Fußboden, meine Sekretärin trat, ohne es zu bemerken, auf ihn, als sie morgens aufstand, und sie vergaßen ihn, die Gläser abwaschen, die Flaschen in den Mülleimer werfen, den Senhor Doutor ertragen, der nicht mal von seinen Papieren aufschaut, mich auf den Schuhen mit den hohen Absätzen im Gleichgewicht halten, die meine Zehen einklemmen, wenn es nach mir ginge, würde ich im Büro Ballerinas und Hosen tragen, das würdest du nicht, allerdings, du liebst es doch, wenn man dich ansieht, und deshalb würdest du es nicht tun, sie würden mich trotzdem ansehen, sie würden dich weniger ansehen, mag sein, dass sie mich weniger ansehen würden, aber ich arbeite nicht, um einen Mann aufzureißen, wenn du nicht arbeitest, um einen Mann aufzureißen, wozu dann diese Fingernägel und eine Flasche Parfüm pro Tag, ich müsste schon verrückt sein, um täglich eine Flasche Parfüm zu verbrauchen, eine Flasche oder eine halbe Flasche, egal, oder sind das Proben, die deine Schwester dir besorgt, du stinkst jedenfalls, du sagst doch nur, dass ich stinke, weil du vor Neid umkommst, Neid auf eine Spillerige, ich glaube es nicht, spillerig oder nicht, mein Busen ist doppelt so groß wie deiner, der Busen auf der Höhe meiner Augen, wenn du mir die Post bringst, näher als notwendig, um sie mir zu reichen, meine Mutter zu einer Dame, die ich nicht erkannte

– Haargenau wie der Vater der ist scharf auf alles was Röcke trägt

und die Freundin, in Witwenschwarz

– Zeig mir einen der nicht so ist

der Chauffeur hat die Frau des Gärtners ins Krankenhaus gefahren und nicht wieder zurückgebracht, noch heute fehlt mir der Anblick, wie sie die Wäsche aufhängt, ich erinnere mich an ihre Augen im Auto, als sie sich mit einem vagen Blick vom Gewächshaus verabschiedet hat, sollte meine Tochter aus irgendeinem glücklichen Zufall

– Vater

was nie passieren wird, tue ich so, als hörte ich es nicht, und basta, doch wieso

– Vater

es besteht keine Gefahr, sie macht so manches, aber das nicht, ich würde ihr gern ein paar Sätze hinsichtlich des Obdachlosen sagen, doch ich bin ihm seit Ewigkeiten nicht mehr begegnet, der Teufel soll ihn holen, sollte er verschwunden sein, ist er vor Monaten aus diesem Buch stiften gegangen, die Dame, mit der meine Mutter redete, spürte frische Trauer, meine Mutter ältere Trauer, die sind scharf auf alles, was Röcke hat, und schon verschluckt sie der Friedhof, einen nach dem anderen, da liegen sie dann, Stickstoff gärend, unter ihrem Namen, ein kleiner Flammenbaum an der Stelle des anderen, wer wird dieses Haus bewohnen, wenn er gewachsen ist, ich bin sechsundfünfzig Jahre alt, meine Sekretärin zwanzig oder einundzwanzig, und daher bin ich ganz sicher älter als ihr Vater, wie würde er mich finden, wie alt ist dein Chef, was weiß ich, sechzig oder so, ich verstehe nicht, wieso der von der Stadtverwaltung ihn und mich nicht längst schon mitgenommen hat, wie viel Zeit bleibt mir noch, Monate, ein bisschen mehr, ein Jährchen, nicht das Parfüm meiner Sekretärin verwirrt mich, es ist der Duft der Haut, die Sekretärin meines engsten Mitarbeiters auf dem Flur

– Offensichtlich hat er mich bereits vergessen

beim Gärtner jetzt eine Cousine seiner Frau, aber schlecht gebaut, reizlos, nicht

– Senhor Doutor

die hier

– Mein Herr

monströse Bäuerinnenschenkel, der Watschelgang einer Ente, sie fädelt den Faden mit ausgestrecktem Arm in die Nadel, mit zusammengekniffenen Augen, dieser verdanke ich, noch einmal gesehen zu haben, wie man die Fäden der Knöpfe mit den Zähnen abschneidet, und erlange so meine Kindheit zurück, nicht dass sie gut war, das war sie nicht, weil meine Eltern mich die ganze Zeit genervt haben, aber obwohl ich der Meinung bin, dass sie es nicht war, hat sie überlebt und ist weiter gegenwärtig, sie taugt nichts, ist aber gegenwärtig, was interessieren mich blasse Hüte, die mich schon damals nicht interessierten, hätten sie meine Eltern auf die Straße gesetzt, mir wäre es egal gewesen, ich, mitten in einer Unterhaltung über Kommunisten und Neger

– Erinnern Sie sich an Ihre Kindheit Senhor Presidente?

ein schmales Händchen verscheuchte Hühner, Winter

– Mehr oder weniger

und plötzlich läuft meine Tochter in Schuluniform auf mich zu, und ich reglos, besiege den Wunsch, sie in die Arme zu nehmen, habe Angst, sie zu sehr zu drücken, sogar heute, wozu lügen, möchte ich mit ihr zusammen sein, bis ich mich als meine Tochter fühle, möchte ich von Anfang an niemals aufgehört haben, meine Tochter zu sein, ich ein Kind, ein Mädchen, ich eine Erwachsene, ich verheiratet, ich zu einem Fremden, indem ich seinen Bitten nachkomme, der Unsicherheit, der Angst

– Ich bin deine Nutte

hinnehmen, dass er mich schlägt, und ich dann

– Tochter

an einem Ort, an dem niemand ist außer uns beiden, wie sehr habe ich mir das gewünscht, mein Gott, wie sehr ich mir das wünsche, was gäbe ich nicht dafür, dies auch nur einen Augenblick zu haben, in dein Zimmer eintreten

– Hier bin ich

und der Ring über dem Hündchen bleibt stehen, der Ring

verlässt den Hund, um beim leisen Klirren der Rosen nun mich zu verlängern, und da begriff ich, weshalb der Senhor Presidente in einem Winkel unter der Treppe saß, er konnte ein Huhn rupfen, ohne dass ihn der Regen berührte, er im kleinen Hof der Eltern, mit dem Umhang für den Winter und den Stiefeln, um sich im Matsch des Gemüsegartens zu beschäftigen, einen anderen Wind als diesen in der Regenrinne zu hören, den Wind und die Dünen und die Kiefern eines Gebirges, dessen Namen ich nicht kenne, vielleicht ist der Obdachlose auch dort, geht nicht über den Strand, sondern durch einen Weinberg oder ein Maisfeld mit Vogelscheuchen aus Maiskolben anstelle von Clowns und Milanen anstelle von Möwen, der einzige Unterschied besteht darin, dass dieses Haus größer ist und diese Stille nicht vom Flüstern eines Obstgartens vergrößert wird, die Statue der Venus ersetzt die Felsen und die Blüten im Gewächshaus die Glocken der Ziegen, ich zu meiner Sekretärin, schweigend

– Komm nicht näher

denn das Gefühl von Zeit und die Melancholie des Körpers sind ansteckend, ich bringe keine Flaschen mit, kneife dich nicht, kitzle dich nicht, deine Freundinnen

– Hast du deinen Großvater mitgebracht?

und dein Großvater in einer Ecke, ohne sie überhaupt nur anzuschauen, die Sekretärin meines engsten Mitarbeiters

– Ich weiß nicht warum ich das Gefühl habe dass er mich meidet

der neue Flammenbaum ist klein, hat aber schon das Verhalten eines werdenden Mannes in den Ästen, bereits Insekten ringsum, bereits in ein paar Tagen der erste Spatz, den die Zweige vielleicht schon tragen, es ärgert mich, dass ich nicht die Zeit haben werde, ihn so groß zu sehen wie den anderen, genauso wie meine Tochter, ich hätte fast gesagt, dass meine Tochter erwachsen ist, aber ich weiß nicht, ob sie wachsen, die

Kinder, auch nicht, welches Alter ich ihnen geben soll, die Mutter des Senhor Presidente zum Senhor Presidente

– Iss den Teller leer man wirft kein Essen weg

und der Senhor Presidente, den die ganze Welt fürchtete, aß, so viel Raureif, nicht wahr, so viel Dezember, hin und wieder ein Zittern in den Ziegelsteinen, und die Mutter

– Keine Angst das sind die Gespräche des Kamins

selbst jene, die keine Angst davor haben, Kommunisten und Neger zu töten, beeindruckt das Leiden der Kamine, der Nordwind in den Zimmern, ein Geschöpf auf allen vieren wunderte sich über Möbel und Töpfe, draußen verändert sich der Sand und ertränkt die Menschen, hier schmiegt er sich an die Beine wie ein sanfter Hund, der Senhor Presidente zeigt mit unsicherem Fingerchen auf seine Mutter

– Sie müssen sie entschuldigen sie ist arm

ein Apfelbaum, ein Gemüsegärtchen, ein Huhn im Wohnzimmer, einen Fuß in der Luft, der Vater des Senhor Presidente sperrt ein Kalb weg, indem er es mit der Dechsel anschiebt, der Hals meiner Sekretärin auf der Höhe meiner Nase, und mein Arm umfängt ihre Taille nicht, was ist mit mir los, ein Albatros auf dem Kopf des Diskuswerfers, Albatrosse auch auf dem Dach des Zimmers dort oben, alles in Ordnung also, der Leuchtturm in der Abenddämmerung mal rot, mal weiß, mein Pyjama auf dem Kopfkissen im Bett, früher mit einem Äffchen vorn drauf, nach Jahren ohne Farbe, jetzt eine Art Jacke, die meinen Bauch vergrößert, natürlich hat man mit sechsundfünfzig Jahren eine andere Figur, will heißen, ich weiß nicht, ob es natürlich ist, aber es ist so, meine Ehefrau redet nicht mit mir, aber sie kann unmöglich die Veränderungen nicht bemerkt haben, Marçal perfekt und ich verwachsen, wie ungerecht, er sollte in die Breite gehen, in den Kalender Marçal kündigen schreiben und dann die Kündigung von Marçal ausstreichen, welche Schuld trifft ihn, er wird bis zum letzten Absatz dieser Geschichte bei mir bleiben, wenn die Neger in Portugal ankommen und mich töten, an bestimmten Tagen höre ich die Dünen und das Meer nicht mehr und alles um mich herum steht still, weil auch die Duftrosen schweigen, so erschreckend diese Stille, ähnlich wie das Fehlen von Zärtlichkeit, wenn ich mit den Füßen aufstampfe, höre ich sie nicht, spreche ich lauter, kein Ton, meine Tochter hebt den Kopf nicht zu mir hin, sie hat mich vergessen, als ich in ihr Zimmer trete

– Kenne ich Sie?

und die Augen auf dem Hündchen, zerstreut, sie kennt mich nicht und hat recht, kein Tropfen meines Blutes in ihrem und dennoch ich

– Tochter

sicher, dass sie meine Tochter ist, denn ich habe sie machen lassen

– Ich habe dich machen lassen du gehörst mir

und sie wendet den Oberkörper ab, vermeidet, mich direkt anzusehen, das Profil der Mutter, die Nase, die Stirn, sogar die Beugung des Rückens, und ich wage zu glauben, wie lächerlich, dass irgendwo auch etwas von mir ist, ich weiß nicht was, aber irgendetwas von mir, ich werde herausbekommen, wo, mein Vater zu meiner Mutter, indem er die Zeitung zusammenfaltete

– Wenn du diesen sechsundfünfzigjährigen großen Kerl so lange in den Armen hältst kannst du sie morgen nicht mehr bewegen

die Schritte meiner Mutter langsam, ihr Atem abgehackt an meinem Ohr, achtzig Jahre, nein, mehr, einundachtzig, sie trägt ihren Sohn herum, sie, die nie hier gewesen ist, man stelle sie sich beim Tennis, bei einem Tee, einem Abendessen vor, ihre Manieren, die Sätze, die nicht in ihren Mund gelangen, von einem

– Genau

an der Spitze eines ängstlichen kleinen Lächelns ersetzt werden, das keinen Sinn ergibt, eine wertlose Brosche inmitten von so vielen Ketten, und dennoch trug sie mich zwischen Bett und Tür hin und her, keine Ahnung, wie sie es mit mir schaffte, die alte Frau mit den krummen Fingern, die endlos herumschlurfte, würde es mir gelingen, sie zu mögen, aber es gelingt mir nicht, sie ist mir ebenso peinlich wie der verschossene Bär auf dem Pyjama, würde die Sekretärin meines engsten Mitarbeiters ihn sehen

– Ein Bärchen Sie sind nicht recht bei Verstand Senhor Doutor demnächst bringe ich Ihnen eine Babyrassel mit

und ich nehme deine Babyrassel, weißt du, die Steinchen, die darin rütteln, beruhigen mich, ich empfange die Geschäftsführer mit der Rassel in der Hand

– Gefällt Ihnen mein Bärchen?

ich steige die Treppe hinauf zu meiner Ehefrau

– Gefällt dir mein Bärchen?

denn solange ich ein Bärchen habe, würdest du nicht weggehen, und kein Zug, der nicht abfährt, verlässt den Bahnhof, der Obdachlose setzt sich neben dich auf die Bank, Marçal nimmt mir die Rassel weg

– Versuchen Sie sich auszuruhen Senhor Doutor

und kein Bett, eine Wiege aus Weidengeflecht, wie sie ächzte, mein Gott, wie soll ich mich ausruhen, wenn meine Mutter nicht aufhört, in der Küche zu singen, mein Vater, der seinen Hut zurechtrückte

– Sie trifft keinen Ton

und sie, gekränkt, noch lauter, sie stieg auf den Hocker, schlug die Hände vor den Mund, kaum flüchtete eine Maus dicht an der Wand der Speisekammer, ich erinnere mich nicht an die Woh

– Sie trifft keinen Ton

nung, aber an die Speisekammer, Reis, Konserven, Kompott, gegen Weihnachten eine Flasche Anis, der Baumschmuck in einem Pappkarton, Lichterketten, goldene Tannenbaumkugeln, Glöckchen, die Figuren der Weihnachtskrippe in einer anderen, größeren Schachtel, außer dem Jesuskind, das befand sich in einer Schublade im Schlafzimmer, in dem auch die Eheringe ihrer Eltern mit Watte bedeckt in einem Etui lagen, meine Mutter

– Schau her

mit Namen darin eingraviert, Guilhermina und Fernando, und ein fast so weit zurückliegendes Datum wie die Daten in den Geschichtsbüchern, ich verblüfft

– Gibt es diese Zeit wirklich?

meine Mutter, nachdem sie überlegt hatte, was man an der Falte auf der Stirn sah, die sich in mir fortsetzte

– Ich weiß nicht

nicht nur die Falte, alles an ihr unschlüssig

– Ehrlich ich weiß es nicht

also gab es vor uns nur Finsternis und eine Leere, in der verstreut ein halbes Dutzend anonymer Fotos schwebten, das, welches meine Mutter für die Patentante hielt, das, welches meine Mutter für einen Onkel hielt, aber war es wirklich die Patentante, war es wirklich der Onkel, oder hat man sie dort zurückgelassen, damit sie uns in die Irre führen, meine Mutter verglich mit der Lupe meines Vaters Ohren, Münder, Nasen, das Auge durch die Lupe übergroß, so etwa zehnmal so groß, und wer zehnmal sagt, meint dreißigmal, größer als der Rest des Gesichts

– Ich weiß es wirklich nicht ehrlich

also ich durch die Vergrößerung in der Pupille das Doppelte von dem, was ich jetzt bin, ich übertreibe nicht, wenn diese Zeit wahr ist, wer überzeugt mich dann, dass die Gegenwart es ist und man nicht das Nichts angefüllt hat, um mich in die Irre zu führen, die Wohnung beispielsweise, gibt es sie oder nicht, gebt mir eine Antwort, ganz zu schweigen von den Dünen und dem Meer, alles um mich herum steht still, weil die Duftrosen schweigen, meine Mutter überprüfte die Daten der Eheringe unzählige Male, nahm sie heraus und legte sie zurück in die Watte

– Ich habe nie gehört dass sie sich mit Guilhermina und Fernando angeredet haben

sie schweben wahrscheinlich, ohne einander zu sehen, zwischen billigen Möbeln umher, gesetzt den Fall, dass sie einander nicht gesehen haben, was bei so viel Raum für so wenige Leute wahrscheinlich ist, wie zum Teufel wurden Sie geboren, ich versuchte, sie zu trösten, Sie wurden wie meine Tochter geboren, Schluss, aus, vergessen Sie es, Guilhermina und Fernando passen nicht einmal gut zusammen, Leonilde und Fernando beispielsweise könnte hingehen, Guilhermina und Afonso könnte man mehr oder weniger akzeptieren, aber Guilhermina und Fernando, wir stellen sie nebeneinander, und es klingt falsch, jeder für sich ist zu ertragen, zusammen verbinden sie sich nicht miteinander, mein Vater zu meiner Mutter und zu mir

– Was ist mit euch los?

los ist, dass es nicht geht, hier haben wir einen Betrug, schauen Sie die Namen auf den Eheringen an, Guilhermina und Fernando, finden Sie, dass die beiden zusammenpassen, das Auge meines Vater in der Lupe

– Guilhermina und Fernando?

wobei er bei jeder Silbe verharrte und diese nachschmeckte, sie in der Zunge einrollte, sie laut aussprach

– Für mich klingt das nicht falsch schlimmer klingt diese Babyrassel die mich ganz verrückt macht

wobei er die Zeitung mit einem Schlag darauf zusammenfaltete

– Meine waren Mariana und João und mir ist das piepegal

aber nach nicht einmal einer Minute seine Stimme, ein Echo

– Mariana und João

mit einem anderen Tonfall als sonst, den ich ihm nicht gleich zuordnen konnte, einer Stimmlage, die zwanzig oder dreißig Jahre jünger war als er, oder besser, hoch wie die eines Jungen

– Mariana und João

und der Ort, an dem wir wohnten, unvermittelt zu klein für so viele Leute, im Falle der Eltern meines Vaters gab es allerdings keine Eheringe

– Sie haben in wilder Ehe gelebt

will heißen, mein Vater lebte mit seiner Mutter zusammen, und sein Vater besuchte meine Großmutter am Sonnabendnachmittag mit einem Umschlag voller Geld und einem Kuchenpäckchen, dessen Verpackungsschnüre an den Fingern kleben blieben, die von einem bestimmten Zeitpunkt an ebenfalls zu Kuchen wurden, ich hätte sie, wäre ich an der Stelle meines Vaters gewesen, glatt abgeschleckt, Zucker, Eier, Mehl, alles gut für den Organismus, zumindest bei einem lief es wie geschmiert, die Eltern meines Vaters haben nicht geheiratet, weil die Familie meines Großvaters, ich glaube er war fast Hauptmann, nicht mit einer armen Zivilistin am Tisch einverstanden war, die Geschichte war nicht ganz so, komplizierter als das, wobei ich nichts über eine Wohnung voller Mädchen und einer distinguierten Dame sage, die Preise festsetzte und sich um sie kümmerte

– Die Guilhermina da ist Gold wert

obwohl sie nicht Gold wert war, sie war genauso viel wert wie die anderen, aber ich habe keine Lust, das zu erzählen, wozu, Sie verlieren Ihre Zeit, ich verliere meine Zeit, Klammer auf, was etwas ist, von dem wir nicht mehr viel haben, Klammer zu, bleiben wir einfach dabei, mein Großvater kam Sonntag mit einem Umschlag voll Geld und einem Kuchenpäckchen, und damit hat es sich, wenn sie schließlich die Finger aus den Schnüren der Verpackung befreit hatten, an den Tagen, an denen mein Großvater keinen Kuchen mitbringen musste, schlossen sie sich, ohne Schnüre, Sahnefüllung, Hände und das Ganze, hinten in der Wohnung ein

– Die Guilhermina da ist Gold wert

und kamen eine Ewigkeit später wieder heraus, er, die Kleidung unordentlich, während die Mutter meines Vaters ihre Bluse zurechtrückte, der Beinahehauptmann küsste seinen Sohn nicht, so wie er auch die Mutter meines Vaters nicht küsste, er strich das Haar kurz glatt und ging ganz schnell weg, er wurde nicht Hauptmann, weil eine Arterie im Gehirn aufgab, und indem sie aufgab, gab sie ihn auf, die Mutter meines Vaters zu meinem Vater

– Es ist aus mit dem Hauptmann weißt du

also trieb der Leutnant, Beinahehauptmann, sonst wo mit Dutzenden von Päckchen umher, während meine Großmutter das Leben mehr oder weniger mit dem in der Waage hielt, was sie mit dem Kiosk und bei der eleganten Dame verdiente, die die Preise festsetzte, aber darüber möchte ich nicht sprechen, tut mir leid, die Sekretärin meines engsten Mitarbeiters zu mir

– Ihr Gesicht gefällt mir so gar nicht

dir gefällt es nicht, mir auch nicht, darin sind wir uns einig, ich war noch nie so sehr einverstanden, garantiert, sie

– Ich meinte nicht die Schönheit Sie wirken so nachdenklich

ich erwartete einen Trost, als ich sagte

– Darin sind wir uns einig

einen Trost oder einen Widerspruch

– Ich finde Sie überhaupt nicht hässlich

beispielsweise, mir wurde die Seele bereits warm, und dann unvermittelt

– Ich meinte nicht die Schönheit Sie wirken so nachdenklich

519

ich, der ich immer nachdenklich war, wen, glaubst du, hast du vor dir, frag meine Ehefrau, falls du Zweifel hast, frag meine Tochter, frag die erstbeste Person auf der Straße, die dir nicht antwortet, die weiß nicht, wer ich bin, maybe den Senhor Presidente

– Dieser Kerl der fast alles besitzt und der immer bereit ist mir zu helfen

ich der Herr über fast alles und er der Herr vom Rest, dessen, was die Leute Vaterland nennen, die nicht wissen, was Vaterland bedeutet, die Geschichte sagen, ohne zu wissen, was Geschichte ist, die ehrwürdige Vorväter sagen, ohne zu wissen, was ehrwürdige Vorväter sind, ein paar Bärtige auf ovalen Drucken, die noch nie mit uns an der Hand spazieren gegangen sind, die uns weder den Fluss gezeigt noch uns gekitzelt haben

– Sag wenn ich dich loslassen soll sag dass du gut aufgelegt bist Kleiner sag dass du gut aufgelegt bist

und demzufolge bin ich nicht nachdenklich, Onkel Carlos, ich bin gut aufgelegt, ehrlich, ich bin gut aufgelegt, kitzeln Sie mich nicht weiter, machen Sie mir kein Bauchweh, bringen Sie mich nicht zum Weinen, wenn ich aufhöre, die Dünen und die Wellen zu hören, und alles um mich herum stillsteht, weil auch die Duftrosen schweigen, erwähne nicht den Teil mit deiner Tochter, geh weiter im Text, da, wo der Gärtner dir erzählt hat, dass einer der Flammenbäume gestorben ist, übrigens der linke, und ich verstehe die Beziehung zwischen übrigens und der linke nicht, wäre es der rechte, hätte er übrigens der rechte gesagt oder hätte er nur der rechte gesagt, da haben wir ein Problem, das ich denen überlasse, die da kommen werden, der Gärtner schlug mit dem Stiel der Hacke auf den Stamm beider Bäume, damit ich den Unterschied heraushörte, aber ich nahm keinen Unterschied wahr, ehrlich, weder im Ton, in beiden Fällen halbwegs hohl, was bei Bäumen und melancholischen Menschen normal ist, noch in der Farbe, Braun mit etwas Grün vom Moos, an einigen Stellen dunkler, an anderen weniger dunkel, und das mehr oder weniger dunkel umfasst nicht nur das Holz an sich, sondern auch das Moos, noch in den Blättern, die wegen der Hinfälligkeit kleiner wurden, nicht nur ich, verdammt noch mal, ich befahl dem Gärtner

– Fäll ihn

und er schlug weiter, überzeugt, ihm damit seine Gesundheit zurückzugeben, der Gärtner zu mir, Guilhermina und Fernando, Mariana und João

– Kein Vogel lässt sich auf ihm nieder Senhor Doutor

weder auf ihm noch auf dem anderen, manchmal hätte ich es sogar gern, dass man mich kitzelte, weil sie wegen der Schläge flüchteten, um einen Vorwand zu haben, lustlos zu lachen, das ist immer noch besser, als ohne Vorwand lustlos zu lachen, was man tagtäglich tut oder beinahe, erste Version, weil sie wegen der Schläge flüchteten, und basta, ich sah Spatzen, vier oder fünf, sah Elstern, nicht mehr als zwei, sah eine Art, die mir unbekannt war, farbiger, größer, weder Albatros noch Möwe, die sich nicht mehr mit dem Wind verstanden, der Gärtner, der ihn abschätzte

– Es ist die Seele des Baumes Senhor Doutor

auf der Suche nach Gott, der nicht immer verkündet

– Hier bin ich

wie ich, wenn ich in das Zimmer meiner Tochter trete, wobei ich annehme, dass ich es nie tun werde

– Hier bin ich

nicht um mit ihr zu reden, was haben wir einander schon zu sagen, manche werden denken, wir hätten eine Menge Dinge, die sich seit der Kindheit angehäuft haben, heftige, anklagende, schreckliche, aber das stimmt nicht, die haben wir nicht, wir würden aus dem Fenster schauen, über die Duftrosen hinweg, zumeist geistesabwesend, und der Obdachlose ist wieder zurück in Cascais, wie oft wird er in Cascais angekommen und von Cascais wieder weggegangen sein, ohne dass wir es bemerkt haben, möglicherweise hoffte er, wir würden ihn beachten, damit er uns vor wer weiß was warnen oder eine Botschaft von wer weiß wem übermitteln könnte, wahrscheinlich versuchen sie, durch ihn mit uns zu kommunizieren, und wir beachten es nicht, wahrscheinlich spricht er unseren Namen aus, aber das leise Klirren der Rosen löscht ihn aus, oder der Sand oder das Meer oder die Trommel der Sonne im August, über die wir nie sprechen, wir schauen aus dem Fenster über die Duftrosen hinweg, auf die Straße am Guincho hinaus oder auf das Gebirge rechts oder das Ödland, das Estoril noch nicht eingenommen hat, wir hören

– Vater

oder

– Tochter

als wären es sie und ich, die reden, aber keiner von uns beiden hat

– Vater

oder

– Tochter

gesagt, welche Illusion, es besteht keine Gefahr, dass meine Tochter

– Vater

denn meine Tochter würde nie

– Vater

so wie ich nie

– Tochter

sagen würde, ich erinnere mich nicht daran, sie je auf meinen Schoß gesetzt, sie angelächelt zu haben, gerührt gewesen zu sein, ich bin einfach nur hier, so wie sie einfach nur hier ist, weil der Gärtner noch nicht das Beil gebracht hat und uns beide noch nicht gefällt hat, morgen oder übermorgen bringt er es, gleichviel, und hoffentlich ist es dunkel, und alle Lichter sind gelöscht, damit sie nicht sehen, wie ich, das ja, das würde mich ärgern, wenn sie es sehen würden, damit sie nicht sehen, wie ich falle.

ACHTES KAPITEL

Und wenn ich nun das Haus verließe und mich wie der Obdachlose auf den Weg zum Guincho machen würde, warum nicht ebenfalls in Bettlerkleidung, die Schuhe schwer vom Sand und das Meer immer näher, oder aber genauso wie ich im Büro bin, im dunklen Anzug, mit Krawatte, Einstecktuch, ich würde die Treppe hintersteigen, während der Chauffeur den Wagenschlag öffnet, und anstatt mich dort in den Wagen zu setzen, würde ich so tun, als sähe ich ihn nicht, wie ich auch so tat, als würde ich die Kinder meiner Tochter beim Tennis nicht sehen, Marçal soll sie Enkel nennen, wenn er Lust dazu hat, meinetwegen kann er sie behalten

– Hier nimm

ich habe jedem den Pantoffel eines Unternehmens gegeben, damit sie sich damit vergnügen, ihn zu zernagen, ihn mit den Krallen zu zerfetzen, ihn auseinanderzuziehen, ihn wegzuschleudern, hinter ihm herzulaufen und ihn erneut mit den Zähnen zu packen, was wird aus alldem, wenn ich nicht mehr hier bin, und ich würde die Fassade mit auf dem Kies singenden Schuhsohlen umrunden, Marçal, das Schlitzohr, würde mir die Kinder meiner Tochter zurückgeben

– Ihre Enkel sind ziemlich unverständig nicht wahr Senhor Doutor?

ihn störte die Raserei dieser Hunde, da arbeitet man sein ganzes Leben lang für ein paar undankbare Wilde, das mehr oder weniger zu der Zeit, als der Senhor Presidente erkrankte, er bat mich, mein Ohr an seinen Mund zu halten, und fragte

– Ich werde mich doch noch halten oder?

weil er darauf abzielte, von mir zu hören, dass dies so sei, und es kostete mich große Anstrengungen, ihm diese Hoffnung zu geben und ihn im Inneren seiner Decke zu halten, wo er die Welt regierte, bereits entlassene Minister entließ, verstorbene Generäle beförderte, die Hühnerbrühe der Haushälterin bis zum Ende ertrug

— Es fehlt nur noch ein Stückchen Magen

während die Patentochter sein Gebiss bürstete und ihn zwanzig Jahre jünger werden ließ, wenn sie es ihm in den Mund einpasste

— Wieder bereit für Unternehmungen

deshalb antwortete ich, wenn er

— Ich werde mich doch noch halten oder?

mit einem vorsichtigen Ellenbogenstoß, damit die unterschiedlichen Körperteile nicht auseinanderfielen, falls sie nicht nummeriert waren, in welcher Reihenfolge würden sie wieder miteinander verbunden werden

— Mit jeder Menge Rückenwind Senhor Presidente

obwohl ich nicht wusste, ob er die Antwort verstanden hatte, war mir so, als hätte er es, denn so etwas wie Erleichterung

— Das dachte ich auch

und er vermehrte in Afrika die Truppen und in Portugal die Gefängnisse, wenn ich nun das Haus verließe, würden mich meine sechsundfünfzig Jahre quälen, mir fehlt Haar, und die Finger zögern, aber vielleicht irre ich mich ja, irgendetwas ist mir beim Abendessen nicht bekommen, oder der Blutdruck ist gesunken, der Arzt zu mir, während er das Stethoskop weglegte

— Sie stehen in voller Blüte

in Blüte, in Blüte will ich nicht sagen, aber das Skelett, wie auch immer, hält sich, die Sekretärin meines engsten Mitarbeiters

— Sie müssen mir erzählen wie Sie es schaffen sich nicht einmal ein kleines bisschen zu verändern

versuchte mich im Hotel davon zu überzeugen, dass ich die Erwartungen erfüllt habe, wobei ich bezweifle, mehr als die Hälfte erfüllt zu haben, ich habe eine kleine Siesta lang geschlafen, und das war alles, ich

– Ich habe doch nicht etwa geschlummert?

sie, während sie sich über dem Waschbecken kämmte

– Sie haben sich mit mir aufgeführt wie ein Tiger Senhor Doutor

obwohl ich mich nicht sehe, wie ich, eine Gazelle zwischen den Pranken, brülle, während ich das Kopfteil des Bettes als Stütze suche, die mir beim Aufstehen hilft, die Sekretärin meines engsten Mitarbeiters ist auch schon nicht mehr jung, das Blond ihres Haares wird allmählich matter, und ihre Kehle senkt die Klangfarbe, ihre Mutter in einem Heim, der Vater, daran erinnere ich mich nicht, ich neugierig zur Sekretärin meines engsten Mitarbeiters

– Was ist mit deinem Vater?

ein Schniefen, nicht in ihrer Nase, im Spiegel, ohne weitere Einzelheiten, denn Spiegel reden nicht, wenn ich nun das Haus verließe und mich wie der Obdachlose auf den Weg zum Guincho machen würde, warum nicht ebenfalls in Bettlerkleidung, die Schuhe schwer vom Sand und das Meer immer näher, ich würde die Treppe hinuntersteigen

– Sie haben sich mit mir aufgeführt wie ein Tiger Senhor Doutor

während der Chauffeur den Wagenschlag öffnet, und anstatt mich in den Wagen zu setzen, gehe ich um die Fassade herum zur Rückseite des Hauses, umrunde die Beete, das Wasserbecken, die Muschel der Venus, in der das Wasser immer weniger wurde, altert sie etwa auch, mir war so, als würde meine Tochter durch die Duftrosen spähen, wie alt die wohl ist, apropos, wo sind die Schuluniformen, wie bäurisch, stolz zu sein, wenn ich sie darin sah, es fällt mir schwer, es zu gestehen, aber ich zerfließe innerlich vor Rührung, Bereiche in mir flüssig, die anderen glücklich, was ist aus den Tennisbällen geworden, hinter denen sie hertrottete, um sie mir zu bringen, ich sage nicht Tochter, ich sage sie, aber falls ich aus Versehen Tochter gesagt habe, sage ich hier vorsorglich, dass dies sie bedeutet, die Gattin des Botschafters von Dänemark, als sie mein Handtuch liebkoste

– Ich mag Ihren Geruch

legte es an die Nase, und die Augen darüber zwinkerten, am Ende des Gartens ein Kaninchen zwischen zwei Büschen, ein Hund galoppierte hinterher, bis ein Eichhörnchen oder ein ähnliches Tier ihn ablenkte und der Hund plötzlich unschlüssig stehen blieb, schließlich blieb er dort, erschnupperte Abwesenheiten oder grub nach Knochen, der Obdachlose würde mich dicht an den Wellen rufen, er, der niemanden rief, wenn sich jemand ihm näherte, wich er zurück, meine Ehefrau, in der Zeit, als wir zusammenlebten, wich zurück, sogar wenn der Obdachlose weit weg war

– Hast du keine Angst vor ihm?

irgendwann hole ich sie von dort oben herunter und setze sie in den Salon

– Du kannst hierbleiben

jetzt, wo kein Zug mehr darauf aus ist, sie mitzunehmen, sogar jene, die nicht abfahren, verlassen den Bahnhof nicht, dabei winken einem die Fahrgäste zu, und ein Kind starrt mich, das Gesicht an der Fensterscheibe, unablässig an, im Blick des Kindes ein Ausdruck, der meiner war, dessen Bedeutung ich aber nicht ausmachen konnte, die Dinge verlassen einen allmählich, wozu taugen wir noch, Marçal hat sich ohne Vorwarnung im Gewächshaus erhängt, der Gärtner unterbrach unvermittelt eine Sitzung im Büro, er, der niemals in das Haus trat, ich hörte seine Stiefel im Korridor, hörte seine Stiefel im Wartezimmer, hörte ihn den Buchhalter, die Sekretärinnen, die

Sicherheitskraft zur Seite schieben, die versuchten, ihn aufzuhalten, eine Vase fiel herunter und Stühle auf dem Boden, ich hörte die Tür, dann
— Senhor Doutor
und der Gärtner stand vor mir, die Schere in der Faust, sagte immer wieder
— Senhor Doutor Senhor Doutor
beharrlich, monoton, schüttelte diejenigen ab, die sich ihm näherten
— Senhor Doutor
hatte vergessen, den Hut abzunehmen und mich zu begrüßen, nahm die Aktionäre nicht wahr, zeigte mir mit der Schere das Gewächshaus, nur Tränen, nur Nase, nur der große unförmige Körper, plötzlich nicht
— Senhor Doutor
plötzlich
— Mein Freund
als wären wir ebenbürtig, Brüder, der Gärtner
— Das Gewächshaus
die Scheiben schlecht geweißelt, immer Tauben oben drauf, voller Tüten, Körbe, Pflanzen, Fünfliterflaschen, Insektenvertilgungsmittel, Kompost, und in einer Ecke des Gewächshauses Marçal, in weißer Jacke, gekämmt, elegant, die gewienerten Schuhspitzen auf der Höhe meiner Brust und ein Seil von einem Haken am Dach unter seiner offenen Kinnlade, Marçal, der mich mit der üblichen Bewunderung, der üblichen Ergebenheit, der üblichen Unterwürfigkeit ansah, kein Papier in seiner Jackentasche, kein Abschied, der Gärtner nicht im Hintergrund, wie es seiner Pflicht entsprach, sondern an meiner Seite, ich habe die Trittleiter geholt und das Seil abgeschnitten, keiner von uns beiden stützte ihn, als er herunterfiel, eine der Scheiben des Gewächshauses durchsichtig, meine Tochter ging weg, ohne etwas zu sagen, die Gardine dort oben am Fenster

zugezogen, kein Schatten auf dem Stoff, ich befahl Marçal aufzustehen

– Stell dich hin

und er reglos, einen Arm auf einen zerbrochenen Blumentopf gestützt, warum zum Teufel kommen mir die Schuhspitzen der Verstorbenen immer so vor, als seien sie verkehrt herum angezogen, irgendetwas stimmt bei ihnen nicht, ich kann es nicht benennen, selbstverständlich bin ich weder zur Totenwache noch zur Beerdigung gegangen, ich habe meine Sekretärin hereingerufen, habe ihr befohlen die Tür abzuschließen, habe ihr befohlen

– Zieh dich aus

aber ich habe sie nicht berührt, ich brauchte nur eine Nacktheit, während ich an Marçal dachte, und die Sekretärin entgeistert, was kümmert mich dein Leben, was kümmert mich, wer du bist, ich weiß nicht einmal genau deinen Namen oder ich habe ihn vergessen oder ich habe nicht gefragt, wozu, was bedeutet schon ein Name, was repräsentiert ein Name, wozu ist ein Name gut, Guilhermina und Fernando beispielsweise, was habe ich davon, das zu wissen, die Gardine meiner Ehefrau blieb weiterhin geschlossen, ich stieg zum Zimmer hinauf und fand sie mit offenen Augen, den Blick an der Decke, wie sie mit dem Zeigefinger langsam über die Spitzen des Betttuches strich, und ich erinnerte mich daran, wie vor vielen Jahren, wie vielen, der Finger so an meinem Rücken, der Mund sich öffnete und schloss, eine Art Seufzer, eine Art Hauchen, Teilchen eines Wimmerns im Hauchen, Teilchen von Silben mit Teilchen von Leben, in wie viele Teile verstreuen wir uns, und wie viele davon werden wieder zu einem Teil von uns, im Kabuff von Marçal ebenfalls kein Brief, ein beinahe leerer Schrank, das Foto der Mutter in einem Rahmen aus Draht mit kleinen Emailletulpen, oder besser gesagt, ich nehme an, dass es seine Mutter war, weil sie weißes Haar hat und diffuse Ähnlichkeiten, Gesichtszüge, die mehr einem zukünftigen Marçal als dem jetzigen Marçal ähneln, dem Marçal, der er gewesen wäre, gäbe es nicht das Gewächshaus, die Hand des Gärtners ein Tuch auf meiner Schulter, wobei der Kompost an der Schere mein Jackett fleckig machte, Marçal wird ihm ein Zeichen auf den Boden geschrieben haben, denn der Gärtner

– Verzeihen Sie Senhor Doutor

rückte weg, wischte mein Jackett mit den Fingern ab und machte es dabei noch fleckiger, eigenartig, die armen Leute, und dennoch wäre ich vielleicht imstande, mich mit ihnen zu unterhalten, mit ihnen zu essen, sie zum Tennisplatz einzuladen, wohin zu gehen sie nicht wagten, ihnen beizubringen

– Man fasst das hier an und schlägt mit diesem Teil und das ist es schon

die Clowns aufgeregt

– Schau nur die Armen rennen da herum die Armen reden

Marçal rechtfertigte sich

– Ich habe bleiben wollen Senhor Doutor aber ich ertrage es nicht verzeihen Sie mir

die Kinder meiner Tochter verspotteten ihn

– Er würde gern wie wir sein

und ich meinerseits hatte immer weniger Lust auf die Besuche im Haus, hörte ihren Gesprächen nicht mehr zu, mit der Zeit erkannte uns meine Ehefrau nicht mehr, zur Tochter beispielsweise

– Wer sind Sie?

und vor allem die Todesqualen des Flammenbaums, der um Hilfe rief

– Marçal

zwei oder drei Jahre jünger als ich, besser aussehend, es ärgert mich zuzugeben, dass ich niemals gutaussehend war, ich zu meiner Sekretärin

– Setz dich hier neben mich

und sie saß an meiner Seite, die Empörung meiner Mutter
– Er soll nicht hübsch sein?

und putzte mir die Nase in der Wiege mit dem Eckchen einer Windel

– Er soll nicht hübsch sein wieso?

doch es war offensichtlich, dass ich nicht hübsch war, die Hautfarbe, das Haar, ein Ohr abstehender als das andere, ungleiche Augenlider, eine unserer Nachbarinnen

– Mir kommt es so vor als würde er schielen

meine Mutter wutentbrannt

– Wieso schielt er zeigen Sie mir mal sein Schielen

morgens im Spiegel kommt es mir so vor, als stimmte es, schaue ich genauer hin, nicht mehr, schaue ich noch genauer hin, kommen Zweifel auf, vielleicht eine ganz kleine Abweichung oder ein Problem im Glas, vielleicht Schlafreste, weil Aufwachen immer schwerfällt, plötzlich einen Körper haben, an den wir uns noch nicht gewöhnt haben, so viele Beine, so viele Arme, so viele heraustretende Rippen, in der Küche Dinge anschalten, Wasser erhitzen, leben, der Fingernagel, der uns an der Seite kratzt, ist nicht unserer, sollten wir wirklich dieser da sein, nein, ehrlich, sollten wir wirklich dieser da sein und dazu noch einer, der nicht gut aussah, ich hatte Geld, Schluss, aus, warum ein Verb in der Vergangenheit, Marçal ist gestorben, ich lebe weiter, keiner der Clowns vom Tennis hat sich für dich interessiert, was ist die Schönheit eines Angestellten schon wert, Klammer auf, ich teile zugleich mit, dass die Kinder meiner Tochter völlig uncharmant sind, sie bringen die Heldentat zustande, schlimmer als der Vater zu sein, meinen Glückwunsch, Mädchen, da hast du das richtige Händchen gehabt, Klammer zu, keiner der Clowns vom Tennis interessierte sich für Marçal, ist doch logisch, ein Angestellter, gut, um Tabletts hinzustrecken und Tabletts wieder zurückzuziehen, Trinkgeld anzunehmen und in der Jacke verschwinden zu lassen, es nachts im Zimmer zu zählen

– Hätte besser sein können

nach deinem Tod haben sie dich umgezogen, dich gewaschen, nicht in Cascais, in dem Ort, in dem du geboren wurdest, sie fanden in der Truhe einen dunklen Anzug für dich, und was kann ich anderes tun, als deinen Namen zu flüstern

– Marçal

und versuchen, deine Füße in die neuen Stiefel zu stecken, während meine Tochter mich ansieht, das mit meinen Enkeln ist nicht neu, sie waren noch nie auch nur im Geringsten charmant, ich hätte sie gleich nach ihrer Geburt im Wasserbecken ertränken sollen, ich traf auf den Gärtner, wie er den kleinen Flammenbaum behandelte, und spürte, wie er mich in der Hoffnung anstarrte, ich würde den Verstorbenen wiederauferstehen lassen, da er der Chef ist, lässt er die anderen wiederauferstehen, es widersteht mir zuzugeben, dass ich ihn mochte, also gut, ich gebe zu, ich mochte ihn, Marçal

– Ich würde mein Leben für Sie geben Senhor Doutor

ohne dass ich ihm was auch immer als Gegenleistung gab, manchmal hatte ich den Wunsch, mich mit dir zu unterhalten, ich, der ich mich nicht unterhalte, hätte dich gern gefragt, wie man sich an die Schrecken der Nacht gewöhnt, ich sagte zu meiner Sekretärin

– Wenn du willst kannst du dich wieder anziehen

aber sie zog sich nicht an, Herrschaften, ich kann mich nicht daran erinnern, dass mich meine Tochter umarmt hätte, wenn ich sie auf den Arm nahm, wehrte sie sich sofort

– Runter runter

boxte mich, wand sich, sie Marçal hinreichen

– Nimm du sie

und sie ließ es mit sich geschehen, glücklich, ihre Mutter flüchtete im Zug, die anderen, das Geld oder

– Liebster

versicherten sie, oder

– Leidenschaft

versicherten sie, oder

– Das ganze Leben lang mit Ihnen

versicherten sie, und ich tat mit einem komplizenhaften Zwicken so, als glaubte ich es, ich

– Selbstverständlich

ich

– Ich muss darüber nachdenken

ich

– Je unerwarteter Überraschungen sind desto besser gefallen sie mir

trabte von Bahnsteig zu Bahnsteig, das Hemd aus dem Gürtel und die Krawatte auf halbmast, die Leute

– Der ist verrückt

und ein anderer Mann, genau das, immer ein anderer Mann, ich allein im Zimmer, doch jetzt ist zum Glück meine Sekretärin bei mir, Finger, deren Nägel sie seit kurzem nicht mehr abkaut, noch kindliche Füße, ein billiges Tattoo auf dem Rücken, meine Sekretärin

– Ich will mich nicht anziehen

auf meinem Schoß, ohne

– Runter

zu verlangen oder mich wegzuboxen oder sich zu winden, und wenn ich nun das Haus verließe und mich auf den Weg zum Guincho machen würde, meine Ehefrau zu mir

– Ich habe deinen Angestellten Marçal heißt er doch den du immer schickst um mir das Essen zu bringen länger nicht gesehen

Marçal, der mir von Waggon zu Waggon folgte

– Vergessen Sie es Senhor Doutor lassen Sie uns nach Hause gehen

ich wollte das alles vergessen und nach Hause gehen, war aber außerstande zurückzugehen, ich suchte schon nicht mehr meine Ehefrau, sondern den Verrat, den man an mir begangen hatte, der Beweis, dass ich nichts von ihr wissen wollte, ist, dass sie bis heute noch immer dort oben ist und sie dort oben sterben wird, bevor ich sie dem Prior übergebe

– Begraben Sie sie

und wenn sie sie weggetragen haben, werde ich die Tür schließen und vergessen, lasse dort einige Kleider, ein paar Ringe zurück und dann, mit der Zeit, der Feuchtigkeit und dem Staub, wenn dieses Haus verlassen und der Garten ein planloses Dickicht, die Duftrosen vom Unkraut verschlungen, die Venus, eines ihrer Knie zerbrochen, in das Wasserbecken gefallen sein wird, wenn Sand und Wind das Kiefernwäldchen überschreiten und hier ankommen, wird kein Möbelstück, kein Bild mehr da sein, der Senhor Presidente, der ewig ist, wird mich einbestellen, und ich erscheine nicht, er meinetwegen ungehalten

– Kommt er nicht?

und wenn sie nach mir suchen, sind die Stufen am Eingang zerbrochen, Kletterpflanzen versperren die Veranden, Salons und noch mehr Salons voller nutzloser Reste, dennoch, um was wollen wir wetten, wird das Geld sich weiter vermehren, wird das Haus immer größer werden, Marçal öffnet den Kleiderschrank

– Welches der grauen Jacketts Senhor Doutor?

ein Tennisball, der durch das Fenster hereinkam, rollte unter das Bett, mein Vater, zum Kissen heruntergebeugt, rief meine Mutter

– Der Trebegänger hat Fieber

und die Hand meiner Mutter auf meiner Stirn

– Was ist mit dem Kind los?

ihre Gesichter unscharf über meinem, ein Löffel mit Sirup zittert

– Schluck

der Krankenpfleger drückt den Kolben der Spritze gegen

das Licht, bis ein durchsichtiger Tropfen an der Spitze der Nadel erscheint, die Schlafanzughose heruntergezogen
 – Mach kein Theater
 ein Draht brennt im Inneren der Hinterbacken, der Krankenpfleger
 – Hör auf Theater zu machen
 während der Draht mein Fleisch mit einem Säureblubbern verflüssigte, der Geruch meines Kinderzimmers im Zimmer in Cascais, der Geruch nach Kreolin anstelle von Parfüm, die dichten Küchengerüche, die sich in der Kleidung festsetzten, mein Vater stand nachts auf, um meine Temperatur zu kontrollieren, seine Schuhsohlen brauchten Ewigkeiten, bis sie ankamen, sie kamen, klopf klopf, von der anderen Seite der Welt, die Lampe auf dem Flur mit dem Schatten meines Vaters davor, klein, rund, dann stand er auf der Schwelle, dann ging er auf mich zu, dann ein Murmeln, unerwartet das
 – Mein Sohn
 ein
 – Mein Sohn
 das ich nicht kannte, intensiver als
 – Schnuckiputz
 dann zwei Finger ängstlich
 – Gott sei Dank er ist weniger heiß
 dann wurde mein Bett schief, weil er sich auf die Bettkante setzte, meinen Puls nahm, die zweifelnde Frage
 – Ist das wirklich mein Vater?
 und es war wirklich mein Vater, diese Bronchitis ließ keinen Irrtum zu, dazu die von einem Schaden im Rollladen beleuchtete Glatze, unter der Glatze der Schnurrbart, über dem Schnurrbart die schniefende Nase, und mein Staunen
 – Ich glaube nicht dass es Liebe
 mir war so, als hätte es da so etwas wie einen Schluchzer gegeben, aber Schluchzer wäre übertrieben, welchen Schluchzer

sollte ein ungehorsamer Trebegänger verdienen, der die Vase kaputtgemacht hatte, daher ein böser Sohn war, um ein Haar hätte ich
– Vater
falls ich tatsächlich
– Vater
würde er vor Scham wegrennen, auf dem endlosen Flur immer kleiner werden, und mein Körper wäre, wie immer, wenn ich schlafe, umgekrempelt, was drinnen war draußen und was draußen war drinnen, wirre Fieberträume, ein Brei, den meine Mutter balancierte
– Komm wir essen was
nachdem sie meine Stirn geprüft hatte
– Es geht dir besser
mein Vater, unsichtbar
– Geht es dem Trebegänger besser?
ärgerlich, weil ich nicht gestorben war, das merkte man an seiner Stimme, mir wäre es lieber, wenn er mich nicht mochte, damit ich ihn nicht mögen musste, und die Sache wäre erledigt, Marçal entschied sich für eines der Jacketts
– Lassen Sie uns dies hier probieren Senhor Doutor
meinen Vater nicht mögen zu müssen würde eine Sorge weniger bedeuten, bekäme er einen Schwächeanfall, kein Fünkchen Mitleid, wie gut, wir ertragen einander nicht, Schluss, aus, ob ich draufgehe oder er draufgeht, ist uns egal, mich verwirrt nur das
– Mein Sohn
aber vergessen wir das
– Mein Sohn
ich habe mich ganz sicher verhört, so dumm das scheinen mag, und mir kommt es dumm vor, mir fehlt mein Vater, und sei es, wie er die Zeitung zusammenfaltet und mich wütend anschaut, ich zu Marçal

– Mein Alter

und schwieg gleich, damit er es nicht merkte, obwohl ich sicher bin, dass er es merkte, meine Mutter zu meinem Vater

– Wenn der Kleine platt daliegt wirfst du ihm verliebte Blicke zu

mein Vater aufgebracht

– Du bist nicht ganz richtig im Kopf

und wochenlang sprach er nicht, bellte mich an wie diese Hündchen auf der Innenseite der Gärten, die sich grundlos gegen die Gitterstäbe werfen, ungefährlich, auf unsicheren Beinchen, fuchsteufelswild auf uns quieken sie, nähern wir uns, fliehen sie, bleiben in einem gewissen Abstand unvermittelt stehen, fangen ängstlich wieder an, mein Vater brachte, indem er mit dem Zeigefinger auf mich zeigte, überzeugte Prophezeihungen hervor

– Du wirst nie zu etwas taugen

als würde irgendjemand in der Familie etwas taugen, Sie, beispielsweise, was haben Sie Wertvolles getan, die Besitzerin des Kurzwarenladens, indem sie auf ihn wies, zu einer Freundin

– Ein Schlappschwanz der Arme

und das war er, seht euch meinen Vater an, wie er auf der Straße mit dem Mann von den Wasserwerken klönt, am Kinn einen Schmiss vom Rasieren, immer ein Knie, ein Fingernagel oder ein Daumen verletzt, ein Schlappschwanz, einmal, als es um die Reihenfolge in einer Schlange ging, ich war bei ihm, hat der Typ, der uns unseren Platz weggenommen hatte, ihn geschüttelt, um seinen Protest zum Schweigen zu bringen, und mein Vater hat darauf nicht reagiert, wir hinter dem Typ, gehorsam, in der Hoffnung, er würde uns den Platz einräumen, der uns gehörte, die Besitzerin des Kurzwarenladens hatte recht, ein Schlappschwanz, der mein Gesicht suchte

– Ich finde nicht dass er heißer ist

wie turbulent diese Grippeträume, kompliziert, trübe, meine Mutter vereinte uns mit ein und demselben nachsichtigen Blick

– Ich habe gleich zwei Söhne

gab es frühmorgens ein kleines Geräusch an der Tür, war sie es, die hinging, um nachzusehen, so wie auch sie es war, die mit dem Vermieter wegen der Miete stritt, ich zu Marçal

– Erinnerst du dich an deinen Vater Marçal?

er trank Wasser aus einem Eimer aus Zedernholz und machte dabei sein Hemd nass, es hieß, er besuche die Nichte eines Priesters, möglich ist das, die einen kranken Sohn hatte, der in ein Zimmer eingeschlossen war und die Wände mit Fäusten traktierte, Marçal legte ihm einen Draht um den Hals, ging mit ihm, um ihn zu beruhigen, im Gemüsegarten spazieren, und die Nichte des Priesters war dankbar, eines Tages, als der Vater von Marçal gerade zum Mittagessen da war, schlug sie ihm, weil sie auf Marçals Mutter eifersüchtig war, eine Hacke in den Rücken, der Vater von Marçal schaffte es, bis zum Zaun zu gelangen, er setzte sich auf den Esel und verschwand ein für alle Mal, Marçal erinnerte sich an das zerrissene Hemd und den ohne eine Klage, ohne Flüche an den Hals des Tieres geklammerten Körper des Vaters

– An seine Gesichtszüge erinnere ich mich nicht

er erinnerte sich an einen Mann, der die Mutter ins Schlafzimmer schubste, erinnerte sich daran, dass sie hinfiel und er sie gewaltsam hochzog, erinnerte sich an die Bretter des Bettes und daran, dass sein Vater sich anzog, die Weste zuknöpfte, als würde er auf sich selber Akkordeon spielen, und wenn ich nun das Haus verließe und mich allein auf den Weg zum Guincho machte, meine Ehefrau zu mir

– Warum bist du hergekommen?

sie würde die Gardine etwas zur Seite schieben, und da sind das Haus, der Garten, die Duftrosen an den Fensterscheiben, und ich allein auf dem Weg zum Guincho, zum Gebirge, meine Ehefrau zu mir

– Ich will dich nicht

meine Ehefrau zu mir

– Geh weg

das nicht in Cascais, sondern auf einem Bahnhof in Lissabon mit einem Glasdach, der Senhor Presidente

– Ich sehe die mit Holz befeuerten Lokomotiven noch vor mir

die nachts in seinem Dorf hielten, während der Heizer Holzscheite mit dem Beil zerteilte und sie in eine Eisenklappe steckte, ein Postpaket wurde von oben herabgeworfen, das ein Kerl mit Mütze auffing, kein Brief für sie, die Verwandten, die ausgewandert waren, konnten nicht schreiben, und könnten sie es, was würden sie sagen, gleich neben dem Bahnsteig ein paar Hühnchen, ein paar Zicklein, der Senhor Presidente reizte einen Käfer mit einem Nagel, der Abt ging frühmorgens auf Fasanenjagd, unter einem allmählich durchsichtig werdenden Himmel, meine Ehefrau zu mir

– Ich will dich nie wiedersehen

und ich habe sie nie wiedergesehen, ich stieg die Treppen zu ihrem Zimmer ein letztes Mal hinunter, habe die Vorstellung von einer weißen Gestalt, das Gesicht nah an einem Mann, wer er war, interessierte mich nicht, Bougainvilleen färbten den Abend rosa und grün, eine Eidechse rannte im Granit davon, hielt plötzlich inne, und selbst reglos hatte sie die Haltung eines Tieres, das rannte, Cascais, die Heimat der Reptilien, es fehlen nur noch Boas, wer wird sich nach dem Tod Marçals um meine Ehefrau kümmern, wer außer ihm weiß von ihr, als meine Tochter und ich es schafften, miteinander zu reden, meine Tochter

– Die Mutter?

und ich

– Sie ist nach Madrid gefahren kommt demnächst wieder

und meine Absicht war, Ehrenwort, dass sie wirklich wiederkam, sie zum Tennis mitzunehmen, sie zu Abendessen mitzunehmen, sei weiter ein Clown, wenn du Lust hast, rede über Kleider, besuche Inneneinrichter, meine Tochter wusste, wer dort oben war, denn sie sah mich Marçal Dinge übergeben, Päckchen, kleine Geschenke, meine Ehefrau weigerte sich, sie anzunehmen

– Wirf sie draußen in den erstbesten Mülleimer

und ich allein, nicht im Anzug fürs Büro, in Bettlerkleidung, die Schuhe schwer vom Sand und das Meer mal rechts, mal links, ohne mich nass zu machen, denn mein Vater hatte mich auf den Arm genommen

– Mein Sohn

und hat mich ins Wohnzimmer gebracht, in dem meine Mutter an der üblichen Stelle häkelte

– Wieso bringst du das Kind her?

ohne die Wellen an der Stufe am Eingang zu bemerken, mein Vater holte eine Decke aus der Truhe, wickelte mich darin ein und setzte mich neben sich, während die Flammenbäume redeten und redeten, und Marçal öffnete die Tür vom Gewächshaus, um mich zu bitten, hin und wieder an ihn zu denken, Marçal

– Denken Sie hin und wieder an mich Senhor Doutor

und keine Sorge, ich denke an dich, wie kann ich dich vergessen, vor allem jetzt, wo ich meinen Teil des Buches fast beendet habe, höchstens noch zwei Kapitel, meine Sekretärin zieht mich im Hotel zu sich auf das Sofa

– Senhor Doutor

zwanzig oder einundzwanzig Jahre, nicht zu fassen, eine eben Geborene, die mit den Fingern durch das streicht, was von meinem Haar noch übrig ist, und mich langsam wiegt, vor und zurück, an meinen Vater gelehnt.

NEUNTES KAPITEL

Nach Marçals Tod habe ich dem Leiter der Abteilung für Dienstleistungen befohlen, einen anderen Angestellten einzustellen, damit er sich um das Haus und um, und da sah ich den Obdachlosen auf dem leeren Tennisplatz, wie er nach rechts und links schaute, unsichtbare Bälle verfolgte, und um meine Ehefrau kümmert, auch wenn sie unsichtbar waren, gab es da das Geräusch der Tennisschläger, die Bälle hüpften noch stärker, und der Obdachlose verfolgte sie, einer flog über den Zaun und versank in den Begonien, der Gärtner legte die Schere weg und gab ihn einem nicht vorhandenen Gast, der ihn für den nächsten Satz in die Tasche steckte, ob sich wohl im ganzen Haus ebenfalls substanzlose Geschöpfe befanden, ob ich wohl real war, meine Tochter früher

– Papi

und jetzt kein Wort, was ist mit mir passiert, ich scheine nicht verstorben zu sein, denn sie begrüßen mich, haben Angst vor mir, versuchen, mir zu gefallen

– Senhor Doutor

die Sekretärin meines engsten Mitarbeiters bewundernd

– Ein Tiger

und von wegen Tiger, scheiß drauf, ich fühle, wie ich im Hotelzimmer entkleidet werde, und ich weiß nicht, ist es meine Mutter oder eine andere Frau, ich höre ganz leise

– Wenn du die Arme nicht hebst kann ich dir den Pullover nicht ausziehen

ich bekomme mit, dass mir die Schuhe ausgezogen, mir die Kleider abgestreift werden

– Schlaf nicht schon ein

ich bemerkte draußen eine Palme, die sich ganz allmählich auflöst, der Obdachlose entfernt sich von mir, von einer letzten Welle vor der Stille, doch wo ist das Meer, ich hatte eine Großmutter, die Mutter meiner Mutter, sie saß in der Küche beim Radio, unterhielt sich mit dem Vogel im Käfig, sie sind beide verschwunden, ich habe keine Ahnung wie, es muss vor Ewigkeiten gewesen sein, ich erinnere mich nicht an Tränen oder Kummer, auch nicht an diesen ganzen Ärger des Endes, Gespräche über die Kürze des Lebens und ähnlichen Unsinn, das

– Papi

meiner Tochter hat aufgehört, ohne dass ich verstanden habe, warum, wir haben aufgehört, uns umeinander zu kümmern, der Ersatz von Marçal hat was mit der Köchin, denn vor zwei oder drei Wochen er, ohne meine Gegenwart zu bemerken

– Puschel

sie wies ihn darauf hin, dass ich da war, indem sie die Augen zukniff, in der Hand eine Schüssel, die sich immer mehr neigte, während ich an meinen Vater dachte, versuchte, den Unterschied zwischen Schnuckiputz und Puschel herauszufinden, Papi, ein gruseliger Diminutiv, und dennoch litt ich unter seiner Abwesenheit, Papi, Puschel, Schnuckiputz, was für eine Liste, die Sekretärin meines engsten Mitarbeiters zu meiner Mutter im Hotelzimmer

– Die Hose Ihres Sohnes geht nicht runter nicht einmal mit Gottvaters Hilfe

meine Mutter wurde böse

– Wieso hilfst du dem jungen Mädchen nicht?

wechselte vom Zorn zum Lamentieren

– Bei irgendwas musste er ja nach dem Vater kommen und das bei der Faulheit ich weiß gar nicht wie ich ihn bekommen habe

überlegte es sich

– Mal unter uns ich verstehe auch nicht wie ich auf den reingefallen bin

aber mit achtzehn Jahren, das ist ganz natürlich, fallen wir auf jeden rein, es dauert, bis wir klug werden, vor meinem Mann ein Nachbar im Alter meines Onkels, vor diesem Nachbarn ein anderer Nachbar mit einer Missbildung an der Lippe, die Ehefrau der Missbildung an der Lippe beklagte sich bei meinen Eltern, und die Schnalle eines Gürtels tut mehr weh, als man denkt, wenn sie auf einen Knochen trifft, fängt der an zu phosphoreszieren, ich erinnere mich noch daran, dass es blau war, die Sekretärin meines engsten Mitarbeiters zu meiner Mutter

– Als ich Ihren Sohn kennengelernt habe zog er sich im Handumdrehen gleich an der Zimmertür aus und verkündete ich habe nicht viel Zeit Kleine

und dann hatte er auch gleich wieder die Krawatte um, jetzt macht es ihm eine Wahnsinnsmühe, den Knoten hinzukriegen, er fängt an, über Bälle zu reden, die niemand außer ihm und dem Gärtner auf dem leeren Tennisplatz sieht

– Ist da nicht einer in den Begonien?

der Gärtner stöbert in den Begonien, findet nichts und wirft das Nichts über den Zaun, mag sein, dass das Gehirn, wenn es beginnt, andere Formen anzunehmen, Dinge kennt, von denen wir nichts wissen, manchmal kommt es mir so vor, als sähe ich Marçal im Gewächshaus winken, und ich weiß nicht, ob es wahr ist oder ob ein kleiner Hebel in mir nicht mehr richtig funktioniert, es sind die einzigen Augenblicke, in denen die Gardine dort oben offen ist und, das möchte ich wetten, eine Art Gestalt uns anstarrt, ich steige die Treppe hinauf und lehne mich an die Tür, habe nicht den Mut, sie zu öffnen, um die Pantoffeln mit mühevoller Langsamkeit wispern zu hören, wie sie den Müll aus alten Gefühlen durchstöbern, mit denen sich die Frauen umgeben, Marçal verschwindet mitten im

Winken, als meine Hand beginnt, ihm zu antworten, der Arzt sieht sich meine Untersuchungsergebnisse an

– Da gibt es eine Veränderung an der Bauchspeicheldrüse die mir nicht ganz geheuer vorkommt

und mir nach gar nichts vorkommt, eine Müdigkeit, zugegeben, eine Art Gewicht, mein engster Mitarbeiter

– Haben Sie abgenommen Senhor Doutor?

vielleicht ist mein Kragen lockerer, das Jackett weiter und die Polster an den Schultern zunehmend schlaffer, meine Tochter empfindet Mitleid, sie, die mir nicht verzieh, weil sie von Marçal wusste, von mir wusste, beinahe

– Vater

am Tisch, hielt sich gerade noch rechtzeitig zurück, würde ich ihr von den Zügen erzählen, die nicht abfahren, würde sie es vielleicht verstehen, aber ich brauche sie nicht, auch ihre Kinder nicht, Bauchspeicheldrüse oder Pankreas, was für ein Wort, es könnte ein Indianerhäuptling mit Federn auf dem Kopf und Beil am Gürtel sein, der mich anschaut, der Arzt

– Lächeln Sie nicht Senhor Doutor das hier ist ernst

und was kann ich anderes tun als lächeln, zumal dies hier ernst ist, das Leben ist schon ein Witz, meine Mutter kauft auf Pump, billiges Fleisch, billigen Fisch, Sachen aus zweiter Hand auf dem Jahrmarkt, schaut sich ein Paar Stiefelchen an, mal das Leder, dann die Sohle

– Gut geputzt mögen sie hingehen

und wenn man nicht genau hinschaute, mochten sie hingehen, manchmal ein anderer Knopf an der Jacke, aber wer achtet schon darauf, man machte mit einem Krug Wasser mehr aus einer Suppe, und sie rutschte beim Abendessen besser runter, am Monatsanfang schickte meine andere Großmutter aus dem Norden Knoblauchwürste, mein Vater wegen des Geldes voller Ängste, und was konnte man da anderes tun als lächeln, der Arzt zu mir

– Stimmt die Krankheit Sie fröhlich Senhor Doutor?

und es ist nicht die Krankheit, die mich fröhlich stimmt, es ist die Ironie des Ganzen, ich werde zu den Springfluten im September nicht mehr hier sein, der Müdigkeit nach zu urteilen, löst die Bauchspeicheldrüse das Problem in ein oder zwei Monaten, glaube ich, trotz der Hühnerbrühen, die die Haushälterin des Senhor Presidente mir schickt, der Gläser mit Quittenmus, der Schüsseln mit süßer Nudelspeise, gegen Ende verweigerte mein Vater nicht einmal mehr das Essen, er drehte nur den Kopf weg, ich erinnere mich an die Stimme seiner Augen, nicht im Bett, auf dem Sofa, die Hände zwei durchscheinende Stückchen Papier, die zitterten, nicht ein Arzt wie meiner, eine Freundin meiner Mutter, die etwas von Krankheiten verstand

– Es trifft alle

mit einem intelligenten Cousin auf einem Stuhl neben sich, der erleuchtete Sätze aus dem, der Obdachlose, dem Hirn zog

– Er ist heute mehr er selber

die blieben und nutzlos umherschwebten, der Obdachlose in der Nähe der Flammenbäume spähte zu meinem Zimmer, er wird nicht älter, was er wohl über mich denkt, manchmal irritiert mich, was man über mich denken mag, und dann beschließe ich

– Das interessiert mich nicht

und ich vergesse es, mit meiner Tochter ist das nicht so, auch wenn ich es verneine, aber das steht auf einem anderen Blatt, vielleicht werde ich Ihnen, wenn noch Zeit ist, eines Tages dieses und jenes gestehen, und wenn ich dieses und jenes gestehe, dann sollten Sie es nicht glauben, was habe ich in meinem Leben gelogen, Herrschaften, bei den Geschäften, bei den Frauen, auch was die Größe dieses Hauses betrifft, nicht so groß, wie ich es beschreibe, ich sage nicht, dass es klein ist, ich behaupte, dass es nicht so groß ist, wie ich es beschreibe,

mein engster Mitarbeiter, würde ich mich direkt an ihn wenden, würde der Obdachlose, das möchte ich wetten, mir eine Antwort geben, aber ehrlich gesagt, erschreckt mich, was er sagen könnte, wer ist er genau, er geht nicht weg, er verflüchtigt sich, kehrt zurück, verflüchtigt sich abermals und kommt wieder, mein engster Mitarbeiter kümmert sich jetzt um die Bude, bittet ständig um Anweisungen, aber ich gebe ihm keine Antwort, der Gärtner von der anderen Seite des Zauns

– Senhor Doutor

wirft mir einen Ball zu, den die Leute nicht sehen, den er in den Geranien entdeckt hat, und ich hätte ihn fast nicht gefangen, meine Tochter, von der ich alles, aber das nicht erwartet hatte

– Macht es Ihnen etwas aus wenn ich mitspiele?

ich zögerte, hätte fast nein gesagt, aber sagte dann ja, ich bin nur ein Schwächling, will heißen, ich erinnerte mich an die Schuluniform und gab nach

– Ja das kannst du

denn sie war so witzig, so lebendig, wenn sie sonnabends kam, ich bin mir nicht sicher, aber ich habe das Gefühl, sie ein- oder zweimal hoch in die Luft gehoben zu haben, und bin mir sicher, sie sogar geküsst zu haben, zu ihr

– Tochter

gesagt zu haben, nach innen, aber sie hat es bestimmt gehört, weil der Mund, ist gelogen, aber eine schöne Lüge, an meiner Wange, der Gärtner

– Das Mädchen fängt alle Bälle

und das machte sie tatsächlich, weil die Finger sich kreisförmig um die Leere schlossen, diese mit solcher Kraft warfen, das ich sie nicht halten konnte, und ich war glücklich, wieso Zweifel, sie ist meine Tochter, von wem, wenn nicht von mir konnte sie die Tochter sein, danke, Marçal, wäre er bei uns, aber leider ist er es nicht, wäre er stolz, der Arzt

– Ich würde Sie gern von einem Kollegen in London untersuchen lassen die haben dort neue Behandlungsmethoden

und ich, nicht im Traum, mein Freund, hör mit deinem anglophilen Kram auf, ich lebe hier, und ich wünsche mir einen Tag mit portugiesischem Regen, einen von diesen schmerzlichen, an denen man ganz langsam geht, wie die Blätter im Herbst allmählich sanft verblassen, bis die Nacht sie ausknipst, der Senhor Presidente zu mir

– Wer von uns beiden stirbt zuerst?

eine gute Frage, Senhor Presidente, wer von uns beiden stirbt zuerst, Hauptsache, wir beide sind ewig, Ihre Schwestern in der kleinen Stadt ledig, noch immer in Trauerkleidern wegen der vor zig Jahren verstorbenen Eltern, sie verbrachten ihre Zeit im Schatten der Veranda, schüchtern, bescheiden, redeten den Senhor Presidente mit

– Bruder

an und erhoben sich, als Zeichen des Respekts, ein ganz klein wenig vom Sitz, ich habe sie einmal nach Lissabon gebracht, und sie weigerten sich, mit am Tisch zu essen

– Wir sind arm

als der Senhor Presidente schließlich starb, waren sie bei der Beerdigung kaum auszumachen, sie verabschiedeten sich unter das Volk gemischt vom Sarg, nicht nur zum Senhor Presidente

– Bruder

auch zueinander

– Schwester

auf dem Foto der Eltern eine Uhr, die, obwohl sie stand, die richtige Zeit angab, dort unten, am Ende des Weinbergs, tranken Zentauren aus dem Bach, hielten das Wasser in der gewölbten Hand, einer von ihnen ein Kind, das anfing, sprechen zu lernen, die Worte verwechselte und unsicher auf den Hufen stand, während die Haushälterin in Lissabon den Fisch für den

Senhor Presidente zubereitete, er mit melancholischem Blick auf den Graubarsch

– Und wir haben hier schon seit einer Ewigkeit das Sagen ist Ihnen das klar?

das ist mir klar, Senhor Presidente, ich kenne nichts anderes, und das Volk, anstatt froh zu sein, ist undankbar, hat man mir berichtet, zum Glück ist da die Polizei, zum Glück ist da die Kirche, zum Glück ist da das Militär, sonntags, wenn meine Tochter aus der Nonnenschule kam, wie klirrten da leise die Duftrosen, wie sehr, geben wir es mit einigem Vorbehalt zu, wie sehr mochte ich dich, mich schmerzte es, wenn der Wagen aus dem Tor fuhr, das ist zu dick aufgetragen, so sehr schmerzte es mich nicht, aber wer dramatisiert nicht das Leben, sogar zurückhaltende Menschen wie ich, damit man Mitgefühl für uns hat, der Arzt

– Falls wir es nicht mit London versuchen verschlimmert sich das Problem ich habe einen Kollegen der bereit ist Sie sich anzusehen

und ich, während ich, die Finger zur Handfläche gekrümmt, meine Nägel betrachte

– Nein

nicht laut, leise

– Nein

denn je näher man sich der Stille annähert, desto besser gehorchen einem die Leute, so sehr, dass die Sekretärin meines engsten Mitarbeiters, wenn ich schwieg

– Sie brauchen nicht zu schreien Senhor Doutor ich habe verstanden

beinahe die Ärmel an den Ohren, beinahe zitternd vor Schreck, sie würde flüchten, wenn ich nicht

– Halt den Mund

denn ich habe weiterhin das Sagen, und dennoch, sobald meine Tochter

– Vater

bin ich besiegt, hilf mir, ins Schlafzimmer zu gehen, hilf mir, mich hinzulegen, lass ein Licht an, damit ich dich mir besser vorstellen kann, viel fehlt nicht mehr, aber ich kann dich noch immer sehen, ich habe versucht, deine Hand zu ergreifen, aber ich fand sie nicht, mich an deine Schulter zu lehnen, aber ich habe sie verloren, ich wies den Ersatz von Marçal an, dem Gärtner auszurichten

– Füllen Sie das Zimmer mit Blumen

ich, der ich Kakteen bevorzugte, denn die ließen Sentimentalitäten nicht zu, ich finde, ich sollte meiner Tochter dankbar sein, dass ich ihre Hand nicht fand, und dennoch spürte ich sie mehr als die Frauen, wenn ich mit ihnen zusammen war, beispielsweise, entdeckte ich nur mich selber, so wie ich nur meinen Vater hörte

– Schnuckiputz

zur Besitzerin des Kurzwarenladens, und die Besitzerin des Kurzwarenladens richtete strenge Augen auf mich, hatte den Zeigefinger senkrecht mitten vor dem Mund, so seltsam es erscheinen mag, ich habe Sehnsucht nach Menschen im Haus, im Grunde meiner Seele, Ehrenwort, bin ich kein Scheusal, der Arzt

– Wollen Sie den Engländer wirklich nicht Senhor Doutor?

und ich will den Engländer wirklich nicht, ich will den Obdachlosen, der eilig, aber dennoch ohne jede Eile vorbeigeht, ich weiß das, ich mache das auch so, ich setze mich an den Schreibtisch und schaue, anstatt zu arbeiten, nicht auf das Gewächshaus, nicht auf die Flammenbäume, sondern auf meine Tochter, die vom Internat kommt und die Stufen hinaufrennt, nur ist sie leider nicht auf mich zugerannt, so sehr ich mich auch bemühe, ich bekomme nicht heraus, ob jemals jemand zu irgendeinem Zeitpunkt meines Lebens auf mich zugerannt ist, meine Ehefrau hat eingewilligt, mich zu heiraten, weil ihr Vater

– Das ist die einzige Möglichkeit wieder auf die Beine zu kommen

und dies eine Mal hat er recht gehabt, sie sind allerdings nicht wieder ganz auf die Beine gekommen, weil ich kein Narr bin, nur so weit, dass sie weiterhin von meinem Geld abhängig sind, an der kurzen Leine und mit Angst spuren die Verwandten, meine Schwiegermutter warnend

– Passt auf der Senhor Doutor macht keine Scherze wenn er im Dienst ist

außer Dienst noch viel weniger, ich kann mich nicht daran erinnern, womit ich mich als Kind amüsiert habe, ich glaube, mit gar nichts, ich langweilte mich, meine Mutter wurde in die Schule gerufen

– Er lernt nicht

mein Vater, der während des Abendessens davon informiert wurde

– Der Trebegänger lernt nicht?

unruhig wegen der Besitzerin des Kurzwarenladens, die sich, ohne einen Gedanken an ihn zu verschwenden, einem jüngeren Mann zuzuneigen schien, meine Mutter

– Hat dir diese Kreatur den Kopf dermaßen verdreht?

würde meine Tochter, wenn sie aus dem Internat kam, auf mich zurennen und mich umarmen, wüsste ich nicht einmal, wie ich reagieren würde, mich würde aber garantiert keine Rührung übermannen, Rührung ist ein zu großes Wort, doch ich wäre garantiert ein ganz klein wenig besser gelaunt, wobei die Umarmung logischerweise nur kurz andauern dürfte, sie soll mich nicht für einen Schwächling halten, heute hängt die Nichte des Gärtners beim Gewächshaus die Wäsche auf, ein Freund mit Mofa holt sie sonnabends ab, Mofa, nun ja, ein mittelalterliches Schrottteil, wahrscheinlich ist meine Zeit zu Ende, sie steht nicht kurz vor ihrem Ende, sie ist zu Ende, will heißen nicht vollständig, aber ein guter Teil von mir wohnt hier schon nicht mehr, und da sind noch die Kinder meiner Tochter, die Idioten, die ratzfatz aus dem Haus geworfen werden müssen, während meine Tochter auf dem Sofa bei den Duftrosen auf wer weiß was wartet, wäre es erlaubt, die Zeit zurückzudrehen, würde ich Marçal nicht hinaufschicken, ich selber würde gehen, der Unfruchtbare, und wahrscheinlich wäre es egal, mein Vater zu mir

– Sieh zu dass du was lernst

und zu meiner Mutter

– Und du leck mich am Arsch nerv mich nicht was hat es mir denn gebracht die Hauptstädte Europas zu wissen

er, der nie eine einzige davon besucht hat und sich nicht einmal die Mühe machte, sie sich vorzustellen, aus meiner Sicht ist ihm nicht viel entgangen, Fotoalben, um nicht weiter auszuholen, ärgern mich, Gruppen fröhlicher Menschen vor Kathedralen und Reiterstatuen, die Hälfte in der Hocke, wobei ein Spaßvogel seinem Nebenmann Fingerhörnchen macht und die Ehefrau des Nebenmannes lächelt, die Erniedrigung von Ehemännern, das ist mir aufgefallen, weckt immer gewisse wohlige Gefühle, am Ende der Reihe eine Greisin im Rollstuhl, schlafend oder aus dem Sarg in Lissabon gefischt, warum zum Teufel, soll sie, obwohl sie tot ist, nicht das Recht haben zu reisen, meine Mutter hat ein Buch über mich als Kind, Mein Baby auf dem Deckel und drinnen das Datum des ersten Zahns, das Datum, an dem ich angefangen habe zu laufen, das Datum des ersten Wortes, das zufällig Popi war, mein Vater

– Was bedeutet Popi?

meine Mutter, sybillinisch

– Was weiß ich

ein oder zwei Tage lang hörte ich sie Popi flüstern, bis Popi ins Buch zurückkehrte, ich ließ es wiederauferstehen

– Popi

und kam mir superschlau vor, wer sein Leben mit einem

Popi beginnt, kann es weit bringen, mit den weiblichen Angestellten schlafen, reich sein, an der Bauchspeicheldrüse sterben, meine Mutter

– Wozu willst du das alles?

ich

– Popi

und sie

– Was?

bis irgendein Licht, eines dieser schwachen, die sich auf dem Grund der Vergangenheit entzünden und nutzlose Schatten erhellen, sie aufmuntert

– Popi wie hübsch

mit einem Jauchzen, das sie fünfzig Jahre zurückgehen ließ, und ich stelle Ihnen ein rotes kurzärmeliges Kleid vor, das sehr viel mehr Popi ist als ich im Album, der Kerl, der die Fingerhörnchen machte, reicht den Fröhlichen Gläser, und der Ehemann, eine Nebenfigur, rückt der Greisin das Umschlagtuch zurecht, würde ich es schaffen, dass du mich spannend findest, Tochter, vielleicht wäre es möglich, dass wir, vielleicht wäre ich imstande, deinen Namen laut auszusprechen, ein Foto von uns und Marçal, und ich glaube nicht, dass Fingerhörnchen hinter meinem Kopf, wer würde das Risiko mit mir eingehen, jedenfalls habe ich es mir so vorgestellt, und auch wenn ich es nicht glaube, wäre er hier irgendwo, ich würde ihn entlassen, deinen Teller will ich auf dem Tischtuch, Tochter, um mich an dich zu erinnern, was für eine seltsame Vorstellung, um mich an dich zu erinnern, obwohl du mich nie beachtet hast, bei den zwei oder drei Malen, die ich versucht habe, mit dir zu reden, hast du nicht geantwortet, bei den zwei oder drei Malen, in denen du gesprochen hast, habe ich dich nicht gehört, der Arzt

– Verursachen Ihnen die Medikamente Übelkeit?

und was weiß ich, ob sie mir Übelkeit verursachen, ich schenke dem keine Beachtung mehr, meine Aufmerksamkeit ist bei meiner Mutter mit dem Popi, den Zähnen der Besitzerin des Kurzwarenladens, die vorn übereinanderstehen, voller Verlangen danach, den Platz zu wechseln, stünde ihr Teller auf dem Tischtuch, würde ich ihn auf den Boden schubsen, die Ehefrau meines engsten Mitarbeiters mit einem freundschaftlichen Kuss

– Sie sind immer noch voller Temperament Senhor Doutor

sie hat bereits Falten um die Augen, bereits eine fahle Haut, mein engster Mitarbeiter hat ein Auge auf ein Mädchen in der Buchhaltung geworfen, die blonder zu werden und Männer mit Position und Ringe zu schätzen begann, der Ersatz für Marçal ging nach oben zum Fenster, verweilte aber nicht lange, sein Glück, denn ich habe eine Pistole im Schrank, würde ihn aber sicher nicht treffen, ich würde anordnen, ihn zu den Sümpfen des Tejo zu befördern, der Gärtner auf der Rückbank würde ihm ein Seil um die Kehle legen, und dann müssten nur noch die Scheiben ersetzt werden, die er mit den Hacken zerschlagen hatte, als er versuchte, die Finger zwischen Seil und Hals zu schieben, bis er zum Glück ganz allmählich ruhiger wurde, dann würde er in den Fluss geworfen, wo monströse Tritonen auf uns warten, ich bemerkte, dass meine Tochter häufiger auf dem Flur vor dem Büro herumspazierte, nicht wagte einzutreten, ich nahm ihre leichten Schritte, nach dem Tod des Ersatzmannes für Marçal würde niemand von der Polizei erscheinen, wieso sollten sie, ihre leichten Schritte vor der Tür wahr, als wollte sie anklopfen, vielleicht mit einem Tennisball in der Hand, vielleicht schaute sie mich kurz an wie zur Zeit der Schuluniform, mit der sie mich umarmte

– Papilein

und ich konnte nicht erwarten, dass sie mich losließ, ich hasse Gefühlsausbrüche, und es dabei blieb, bis die Köchin, die Sahne schlug, ihr einen Löffel hinstreckte und sie mich vergaß, und ich war eifersüchtig, ich gebe es zu, ich war eifersüchtig, nicht zu fassen, ich, der ich sie nicht einmal besonders mochte, will heißen, ich mochte sie ein kleines bisschen, nicht mehr als ein kleines bisschen, ein kleines bisschen reicht, Tochter, sieh einer an, das ist mir so rausgerutscht, so etwas Dummes, Tochter, zwei Tage nach der Sache im Sumpf würde der Chauffeur am Fuße der Treppe das Auto gewaschen haben, makellos, der Senhor Presidente war meiner Meinung

– Mit den Kommunisten kann man sich keine Großzügigkeit leisten

also werde ich morgen die Treppe dort oben hinauf zum Fenster steigen, nachdem ich dem Mädchen den Löffel weggenommen, die Sahne probiert und ihn ihr zurückgegeben habe, ich werde mich gegen die Tür meiner Ehefrau werfen, warnen

– Halt ja den Mund

und dann setze ich mich auf den Stuhl und rede mit ihr, ohne mit ihr zu reden, sonst ist niemand da außer dem Obdachlosen in einer Ecke, rechts oder links, Hauptsache, er ist bei uns, ich frage mich seit langem, wer er ist, ich glaube, ich weiß es, aber es fällt mir schwer, es zu sagen, ich erzähle es eines Tages, wenn ich meine Tochter umarme und sie verwirrt

– Vater

wie gern würde ich mit meiner Ehefrau die Kastanienbäume von Paris besuchen, die am Anfang des Herbstes so schön sind, und die kleinen Möwen von der Seine, nicht diese grimmigen vom Tejo, die riesige Zähne in den Schnäbeln versteckt haben, ihre Finger liebkosen beinahe meine Augen

– Weine nicht

ohne dass ich bemerkt hatte, dass ich weinte, ich spürte, dass ich weinte, als ihre nassen Fingerspitzen meine Wangen berührten, ich weinte, ohne zu wissen, warum, noch heute weiß ich es nicht, vielleicht weil meine Mutter meinen Vater anschrie

– Wenn diese Geschichte mit der Besitzerin vom Kurzwarenladen nicht aufhört gehe ich

und wenn meine Mutter wegginge, wer würde mich dann im Dunkeln umhertragen, bis ich einschlief, ich weinte, hatte den Wunsch, meine Ehefrau zu bitten

– Wiege mich in den Schlaf

und lass mich sehr lange nicht aufwachen, wiege mich in den Schlaf, während die Dünen die Kiefern verschlingen, der Sand und das Wasser werden dieses Haus zerstören, wenn nur noch meine Tochter darin wohnt, mit oder ohne Obdachlosen, der zwischen den Ruinen herumspaziert, meine Ehefrau gab mir ganz langsam Klapse auf den Hintern, und ich glaube, ich schlief ein, der Gärtner prüfte den neuen Flammenbaum mit der Hacke

– Der hält sich Senhor Doutor

weil er keine Bauchspeicheldrüse hatte, die ihn krank machte, meine Ehefrau zu mir mit einem Wispern

– Also gut ich bin deine Hündin

und ich frage mich, ob Marçal sie gefragt hat und sie dasselbe geantwortet hat, ich weiß nicht, ob ich es glaube, ich glaube es, ich glaube es nicht

– Ich bin deine Hündin Marçal

ich glaube es nicht, vielleicht ein stärkerer Atemzug, aber Worte, vielleicht hielt sie ihn für den Mann aus dem Eisenbahnwaggon, aber Worte, nein, mein Vater hörte aus Angst vor meiner Mutter auf, sich der Besitzerin vom Kurzwarenladen zu nähern, er schleppte sich durch die Wohnung, faltete die Zeitung zusammen und dachte darüber nach, was Popi heißen mochte, ich habe nie begriffen, was er für mich empfand, das ist gelogen, ich begriff es, früher machte er keinen Eindruck auf mich, denn ich kümmerte mich überhaupt nicht um ihn, noch eine Lüge, seit er gestorben ist, verwirrt er mich, es gibt Menschen, deren Meinung, warum versteht man nicht, versteht man doch, hör mit dem Lügen auf, wichtig wird, nachdem sie gestorben sind, der Apotheker beispielsweise, wenn meine Mutter mich Sirup gegen ihre Bronchitis kaufen schickte, öffnete er ein dickbäuchiges Glas und bot mir Hustenbonbons von Doktor Bentes an, auf dem Papier war das Bild von Doktor Bentes abgedruckt, oben stand Dr. Bentes und Menthol und darunter Eukalyptus, jedes Mal, wenn ich atmete, kamen Dr.-Bentes-Atemwolken mit einer Mischung aus Frische und Prickeln aus meiner Nase, der Apotheker zu mir

– Na wie ist der Dr. Bentes mein Junge?

und mein Mund ein Strudel aus Zucker, Glukose, Menthol, Eukalyptusextrakt und Farbstoffe E102 und E132, die möglicherweise meine Bauchspeicheldrüse heilen würden, der Apotheker

– Wenn man das lutscht hat man das Gefühl dass die Welt sich öffnet nicht wahr?

und tatsächlich, die Gewissheit, dass mein Mund riesig war, ich würde meine Eltern verschlucken, wenn ich wollte, würde die Möbel verschlucken, würde das ganze Stadtviertel mühelos verschlucken können, meine Ehefrau

– Also gut ich bin deine Hündin

und sie würde ich auch verschlucken, der Apotheker verwuschelte mein Haar

– Kleiner

es heißt, sein Sohn ist ganz jung gestorben, und er hat Kinder liebgewonnen, der Gesichtsausdruck seiner Ehefrau veränderte sich, wenn sie von ihm sprach

– Er ist nie wieder der Alte geworden

nun, das ist ein Satz, der mich schon immer sauer gemacht hat, als würden die Leute sich eines Tages ändern, als hätten sie keine Seele, kein Verlangen, mein engster Mitarbeiter war überzeugt davon, dass ich nicht herausbekommen hatte, dass er mich bestahl, dass ich blind für die kleinen Verschwörungen, die Schwindeleien, ein paar Gelder war, die über Gibraltar gingen, was mich dazu zwang, ihm ein bisschen Respekt einzuflößen und ein Gefühl dafür, wer hier das Sagen hat

– Ich will Ihre Ehefrau morgen hier im Büro sehen

und das war der letzte Nachmittag, an dem ich ihr begegnet bin, der Armen, das Haar nicht mehr gefärbt, und, es missfällt mir, dies zu gestehen, ein Spazierstock stützte die Drüsen, wie Krankheit einen verändert, unvermittelt wurde mir klar, dass ich sehr viel älter war als mein Alter, mir wurde klar, dass meine Stimme kraftlos war

– Bist du noch meine Schlampe?

bis eine Mädchenstimme, die nicht zu ihr passte

– Ja

die einzige ihr gebliebene Reliquie, die Hand des Apothekers wieder auf meinem Kopf

– Hast du schon alle Bonbons gegessen?

und dann langsamer

– Untersteh dich zu sterben Dreikäsehoch

dazu die Ehefrau zu niemandem

– Er sah nichts anderes nur seinen Sohn der Arme

und sogar jetzt sieht er nichts anderes, ein Kind im Bett, das Haar feucht, ein Kind im Sarg im Gewand der Erstkommunion, die Schulkameraden, voran die Lehrerin, jeder mit einer Blume, die meisten davon abgeknickt, ein Wesen polierte die Emaille eines ovalen Porträts, wischte das Gesicht zugleich mit dem Taschentuch und dem Rosenkranz sauber, ich zur Ehefrau meines engsten Mitarbeiters

– Du kannst gehen

ich habe mich geirrt, habe mich nicht geirrt, habe wie immer gelogen, ich sagte nicht

– Du kannst gehen

ich sagte

– Verschwinde

und während die geschwollenen Fußknöchel sich entfernten, sah mein engster Mitarbeiter drei Männer im Wartezimmer, die sich erhoben, einer unterbrach das Gespräch mit meiner Sekretärin, der zweite ließ eine Zeitschrift auf einem Stuhl liegen und der letzte löste sich aus einer Fensternische, in die er sich gelehnt hatte, der Apotheker vergoss bei der Beerdigung keine Träne, beobachtete eine Hündin, der ein Dutzend Hunde in die Büsche folgte und hinterdrein ein winziger Hund mit mehr Angst vor den anderen als Ambitionen, mein engster Mitarbeiter, als er die Männer erblickte

– Sind die für mich Senhor Doutor?

während die Rosen so laut an der Fensterscheibe klirrten, dass ich ihn kaum hörte

– Sind die für mich Senhor Doutor?

sonst niemand im Raum, keiner im nächsten Raum, niemand auf dem Flur, bis zu den Beeten, auch der Gärtner war nicht mit den Pflanzen zugange, mein Wagen stand nicht am Fuße der Treppe, war in der Garage, an seiner Stelle ein anderes, älteres, kleineres mit einem Fahrer, der einen ähnlichen Hut wie mein Vater trug, und der mit dem Hut wie mein Vater zu meinem engsten Mitarbeiter

– Trebegänger

während ich dachte, wie doch die Kindheit zurückkommt, wenn man es am wenigsten erwartet, Trebegänger, Papilein, wie viel Sehnsucht nach Ihnen, mein engster Mitarbeiter

– Tun Sie mir das nicht an

versuchte in dem Augenblick vor mir niederzuknien, als sie ihn an den Armen packten, ohne Gewalt, ohne Zorn, ihn eher aufforderten als zwangen, sie zu begleiten, artig, höflich

– Wir werden uns jetzt wie ein Erwachsener benehmen nicht wahr?

aber er benahm sich nicht wie ein Erwachsener, zwischen den beiden wurden seine Beine schwach

– Tun Sie mir das nicht an Senhor Doutor

bot an

– Behalten Sie meine Ehefrau Senhor Doutor behalten Sie alles was Sie wollen ich gebe Ihnen alles zurück

und ich bedaure, dass das Klirren der Rosen mir nicht erlaubte, ihn zu hören, sonst hätte ich ihm vergeben können, Gott weiß, dass ich kein böser Mensch bin, auch nicht hartherzig bin, wenn man meine Seele anspricht, lenke ich im Allgemeinen ein, doch die Rosen haben mich leider daran gehindert, die Rosen und ein Tennisball, den bestimmt meine Tochter geworfen hatte

– Papa

und der durch einen Spalt im Fenster hereingelangt war, gemächlich auf mich zurollte und sich an meine Füße lehnte.

ZEHNTES KAPITEL

Ich hatte mir nie vorgestellt, den Obdachlosen in Lissabon vor dem Haus mit der Wohnung meiner Eltern zu sehen, wie er zum Fenster schaute, wusste, dass ich dort war, beim Verlassen des Tores hat mich keiner erwischt, ich habe niemandem gesagt, dass ich weggehen würde, ich ging zum Guincho, um dort auf dem kleinen Marktplatz den Bus aus Malveira zu nehmen, und dann die alte Straße bis zum Stadtrand, Hecken, Schafe, ein Esel mit einem Zwerg hinterdrein, der mit einem Stöckchen gegen dessen Beine schlug, die ersten Baracken, die ersten Tauben, ganz allmählich die Stadt und da, an einer Ecke, der Obdachlose an einen Baum gelehnt, zum Fenster gewandt, und ich währenddessen auf dem kleinen Sofa meines Vaters, zurück, wohin ich gehöre, niemand hat mich begleitet, wozu, was nützt mir jetzt irgendjemand, wäre jemand in der Nähe, was würde ich sagen, würde man mich anreden, was würde ich entgegnen, als ich auf die verglaste Veranda ging, sah ich wieder den Obdachlosen, was sucht er, was will er, ich habe ihm zugewinkt, aber er hat nicht reagiert, wer, stellt er sich vor, bin ich, ich habe keinen einzigen Gegenstand hierher mitgenommen, es gibt noch Reste eines Vorhangs, ein Stück abgewetzten Teppich, ein Foto und auf dem Foto meine Eltern mit sehr viel weniger Gesichtszügen, als ich sie kannte, mein Vater im Mantel, meine Mutter mit Handschuhen, ernst starren sie mich an, ich fühlte mich normalerweise schuldig, wenn sie mich anschauten, meine Mutter, die kein Vertrauen in mich hatte

– Was wird er diesmal angestellt haben?

denn in ihrer Vorstellung bin ich nach meinem Vater geraten, ungeschlacht, tollpatschig, einer, der alles umwarf, was er berührte, und der Flecken auf das Tischtuch tropfte, die, so sehr man es auch versuchte, nicht wieder ganz herausgingen, mein Vater gleich

– Die fallen doch nicht auf

und je mehr er dies versicherte, desto mehr fielen sie auf, meine Mutter zeigte wütend mit dem kleinen Finger darauf

– Die fallen nicht auf von wegen

ich hätte nie gedacht, den Obdachlosen in Lissabon vor dem Haus mit der Wohnung meiner Eltern zu sehen, einem zweiten Stockwerk, dem Fliesen fehlten, Stücke vom Putz waren zerbrochen, wie hat er mich inmitten von so heruntergekommenen Gebäuden wie unserem und Lagern und Werkstätten gefunden, die Patin meines Vaters bezahlte die Miete, ich erinnere mich an das Geräusch, das sie beim Kauen machte, an die Stiefel des Ehemannes, die sie trug, um die Nacht zu durchqueren, und wir waren wach, hörten sie, wie hat mich der Obdachlose so weit weg von Cascais und den Duftrosen finden können, er wird gekommen sein, um mich sterben zu sehen, um zuzuschauen, wie die Bauchspeicheldrüse ihre Arbeit vollendet, das Gewicht, der Schmerz, ich habe mir immer gewünscht, an diesem Ort zu verschwinden, nicht im Büro, weit weg von meiner Tochter und den sonnabendlichen Clowns, vielleicht kommt der Obdachlose ja herauf, um mich zu sehen, steht er neben dem Bett und versucht zu begreifen, und dann ja, dieses leere Haus, die Stummheit der Gegenstände, meine Eltern auf dem Foto, und ich im Aufbruch begriffen, während der Obdachlose die Treppe hinuntersteigt, möglicherweise zum Fluss, was haben mir die Kiefern im Laufe dieser Jahre gesagt, der Gärtner zu mir

– Hören Sie sie nicht Senhor Doutor?

meine Mutter, an einem Nachmittag, an dem ich sie nach Cascais mitgenommen hatte

– Sie reden so viel mein Gott

   mein Vater verblüfft angesichts der Venus

   – Dem ist nicht zu helfen

und ein Fuchs verfolgte die Kaninchen und die Igel, die aus Sintra herunterkamen, von der Straße meiner Eltern in Lissabon aus nahm man den Tejo in der Ferne wahr, die Schlickflächen von Barreiro, die Schlickflächen von Alcochete, den abgestandenen Geruch der Ebbe, die Großeltern meiner Mutter wohnten in einer Baracke an jenem Ufer, fast am Rand des Wassers, sie lebten von einem kleinen Garten und ein paar mageren Nispelbäumen, hatten ein oder zwei Töchter, die, wartend an einen Baumstamm gelehnt, im Wäldchen für Kenner arbeiteten, Tante Otília, Tante Olga, die Polizisten gebrauchten sie, anstatt sie festzunehmen, im Jeep, meine Großmutter zu ihnen

   – Wie viel habt ihr heute verdient?

und verdient hatten sie, schließlich mussten sie ihre Knochen nicht im Gefängnis auf Strohreste betten, Tante Otília an großzügigen Tagen zu mir

   – Willst du auch Junge?

und ich rannte aus Angst vor ihr weg, eines Abends fand man sie zwischen Brombeerbüschen mit verdrehten Beinen, am nächsten Tag war sie nicht mehr da, genau wie mein engster Mitarbeiter für immer verschwunden war, das Geld kam, wie nicht anders zu erwarten, aus Gibraltar zurück, mit einem brüderlichen Prozentsatz versehen, die Sekretärin meines engsten Mitarbeiters brachte den Mut auf, Informationen zu erfragen

   – Mein Chef der kommt nicht mehr zurück oder Senhor Doutor?

ebenso wenig wie deine Ringe, deine Ketten, deine Armreifen, deine Ohrringe, ich will sie hier auf dem Tisch haben, bevor du gehst, ebenfalls die Autoschlüssel und die Schlüssel zur Wohnung, deine Anstellung ist beendet, ich hätte nie gedacht, den Obdachlosen in Lissabon vor dem Haus mit der Wohnung meiner Eltern zu sehen, wie er zum Fenster schaute, die Mutter der Sekretärin meines engsten Mitarbeiters

– Können Sie sie nicht wieder einstellen Senhor Doutor?

und es tut mir leid, glauben Sie mir, es tut mir wirklich leid, niemand leidet mehr als ich, weil ich nicht weiß, wie ich das regeln könnte, aber überlegen Sie mal, welch schlechtes Beispiel das schaffen würde, vielleicht bekommt sie ja eine Stelle als Begleiterin ausländischer Kunden, falls sie nicht anfängt, wegen eines Drüsenleidens fett zu werden, und unvermittelt hörte ich die Turteltauben auf dem Dach meiner Eltern, seit wie vielen Jahren hatte ich sie verloren, diese runden Brüste, die für mich sangen, lange Zärtlichkeit am Rand des Daches, meine Mutter

– Die Turteltauben

fröhlich, mein Vater

– Ihr achtet auf die Turteltauben?

und das taten wir, Papa, die Sekretärin meines engsten Mitarbeiters bekam einen Nuttenjob, schließlich war sie ihr ganzes Leben lang eine gewesen, begleitete unsere Gesellschafter, kümmerte sich um sie, befriedigte ihre Manien, hatte die Genehmigung, Trinkgeld anzunehmen, in ihrem Alter hält sie sich fünf oder sechs Jahre, na ja, eine Ewigkeit, mehr oder weniger so lange, wie Turteltauben gurren, und dann findet, wenn sie Glück hat, ein Herr Gefallen an ihr und respektiert sie, hoffe ich doch, die Mutter der Sekretärin meines engsten Mitarbeiters

– Sie haben keine Seele

und wahrscheinlich habe ich keine, aber das ist besser als das Gefängnis, finden Sie nicht, oder meine Angestellten, die sie auf dem Flur erwarten, die Sekretärin meines engsten Mitarbeiters zu mir

– Wann fange ich an?

und ich

– Morgen kommen japanische Geschäftsleute

während die Turteltauben uns alle trösteten, obwohl die

Wohnung in Lissabon leer war, die Gewissheit, das mag unmöglich erscheinen, aber die Gewissheit, dass meine Mutter und mein Vater bei mir sind, meine Mutter bereitet das Abendessen zu, und mein Vater faltet die Zeitung zusammen, ich kehre nicht nach Cascais zurück, ich bleibe hier und spiele mit dem kleinen Auto auf den Dielenbrettern, was mag es in dieser Wohnung geben, was es in einer anderen nicht gibt und in mir ein Gefühl von Ruhe weckt, die Zimmer winzig, meine Mutter stranguliert meinen Vater mit der Serviette

– In der Hoffnung dass du dich nicht zu sehr bekleckerst

und der heimliche Schmerz in der Bauchspeicheldrüse, meine ferne Tochter streicht mit dem Ring den Hund in die Länge, der Gärtner

– Der Flammenbaum ist gewachsen

und wieder zwei gleiche Bäume, trotz allem glaube ich glücklich zu sein, ich meine das ernst, ich bin glücklich, meine Mutter überwacht meinen Vater

– Pass mit der Suppe auf

sonntags im Sommer setzten wir uns ins Straßencafé, meine Mutter strickte, mein Vater spähte heimlich zur Besitzerin des Kurzwarenladens, wobei er so tat, als würde er die Brillengläser an der Krawatte putzen, meine Mutter

– Glaub ja nicht dass ich es nicht merke du Schwerenöter

und bedrohte ihn mit der Stricknadel, dabei trug sie einen Sonnenhut, der sie wie ein Baby nur ohne Schnuller aussehen ließ, mein Vater entschuldigte sich

– Du irrst dich

und wie oft hatte es dieses

– Du irrst dich

im Laufe der Jahre wegen der Frauen gegeben, ein Verb, das hängenbleibt, mitten in einer Sitzung entfährt mir

– Sie irren sich

ohne dass mir klar war, woher ich das hatte, bis ich mich an ihn erinnerte, an meine Mutter, bei der dieses Wort Eindruck machte

– Ich irre mich also du Schwerenöter?

wiederholte es unzählige Male, bis wir zu Hause ankamen

– Ich soll mich also irren

während mein Vater verzweifelte

– Willst du mich verrückt machen?

und dennoch bestehe ich darauf, dass wir glücklich waren, an einigen Nachmittagen überraschte ich meine Mutter beim Singen, und als sie bemerkte, dass wir sie ansahen, verstummte sie sofort

– So was Verrücktes

vor allem, wenn mein Vater als Begleitung mit den Fingern auf den Tisch klopfte, einmal flüsterte er mir voller Stolz zu

– Sie singt schön nicht wahr?

wollte sie länger hören, was man in seinen Augen sah, sie hatten als junge Leute dem Kirchenchor angehört, und die Stimme meiner Mutter unterschied sich von den anderen Stimmen, war klarer, voller, schwebte über den anderen, der Priester wies die anderen an, leiser zu singen, damit meine Mutter herauszuhören war, sogar noch mit sechzig oder siebzig rührte sie die Leute, keine Brüche, kein falscher Ton, mein Vater

– Deine Mutter

in diesen Augenblicken war zwischen ihnen alles vollkommen, kein Irrtum im Haus, und ich war eifersüchtig, genau, auf das, wovon sie mich ausschloss, als mein Vater krank wurde, trug meine Mutter einen Stuhl ans Bett und sang nie wieder, sie saß dort, die Hände auf den Knien und wartete, sogar nachts, das wusste ich, wachte sie in der Dunkelheit, und wie wütend mich diese Tapete machte, wie wütend mich dieses Zimmer machte, die Suppe, die er nicht aß, das Obst, das er nicht probierte, der Schrecken, der in seinen Augen wuchs und wuchs, eines Abend seine Stimme ganz leise

– Wenn du singen könntest

man las das an den Bewegungen des Mundes ab

– Wenn du singen könntest

und zugleich fand ich es lächerlich, dass ihrer beider Hände sich drückten, bis die meines Vaters allein waren, meine Mutter in der verglasten Veranda eingeschlossen

– Ich will niemanden sehen

und sein Platz am Tisch leer, die Hoffnung, dass mein Vater unvermittelt

– Deine Mutter

aber da irrte ich mich, schlummerte ich beispielsweise im Büro, ein Wispern neben mir

– Deine Mutter

genau wie seines, kaum wahrnehmbar, aber das konnte nicht sein, ich bildete es mir ein oder verwechselte es mit den Turteltauben, in Cascais Seeschwalben, die der Wind gegen die Dünen schleuderte, das eine oder andere Wildschwein aus dem Gebirge, meine Mutter hat sich nie wieder in das Bett gelegt, sie warf sich auf das kleine Sofa meines Vaters, und auf der Straße stand der Obdachlose an einen Baum gelehnt und starrte zu uns hoch, es war Oktober, als meine Mutter ohne Vorwarnung wieder angefangen hat zu singen, erst ganz leise, dann immer lauter, keine Kirchenlieder, Lieder aus ihrem Dorf, das ich nicht kannte, enge Gassen, Mauern, Spanisch sprechende Werwölfe um zwei Uhr nachts, sie begegnete meinem Vater, als sie nach Lissabon gekommen war, um in einer Fabrik zu arbeiten, ich frage mich, ob es in der Provinz auch Obdachlose gibt, die mit den Werwölfen Spanisch sprechen, welches ist die Sprache der Leute, die wir nicht kennen, wie begrüßt man einen Fremden in Makkabäisch, meine Mutter fegte bei ihrer Arbeit die Fliesen, und mein Vater benutzte sie zur gleichen Zeit, ich weiß nicht, ob es so war, es bleibt einfach so stehen, ich habe die Sekretärin meines engsten Mitarbeiters im Büro der Buchhaltung getroffen, und die Sekretärin meines engsten Mitarbeiters

– Möchten Sie dass ich mich demnächst einmal um Sie kümmere Senhor Doutor?

und weil ich mich herausgefordert fühlte, nahm ich an, warum auch nicht

– Du kümmerst dich gleich jetzt

und als sie versuchte, mir wehzutun, schlug ich sie, schickte sie, sich das Blut aus dem Gesicht zu waschen, und fing noch einmal an, während sie

– Mistkerl

aber wir hatten es allmählich besser miteinander, mit sechsundfünfzig Jahren hat man mehr Energie, als man denkt, ich habe Anweisung gegeben, ihr die Clownskleider und den Schmuck zurückzugeben, empfahl der Mutter

– Geben Sie Ihrer Tochter den Rat vernünftig zu sein

bis sie eines Morgens, als ich es nicht erwartete

– Liebling

und wenn ich es recht überlege, was sind Leidenschaften, wer ist imstande, sie zu analysieren, mir ging durch den Kopf, sie nach einigen Verbesserungen in der Wohnung, ein ordentliches Schlafzimmer, das Wohnzimmer gestrichen, in das Haus in Lissabon mitzunehmen, der Obdachlose auf der Lauer, ein Sicherheitsmann, der aufpasst, um Dummheiten zu vermeiden, sie wurde ein bisschen fülliger, aber es stand ihr nicht einmal schlecht, und wenn wir intim waren, half

– Mistkerl

gewisse Wörter, ich werde jetzt nicht eine Reihe davon zum Besten geben, stimmen mich weich, wie ein gewisses Zwicken, gewisse kleine Bisse, eine gewisse Art, einem Schmerz zuzufügen, die Mutter der Sekretärin meines engsten Mitarbeiters

– Endlich ist sie fröhlich

ich nahm sie zu einem Mittagessen des Unternehmens mit

und setzte sie neben mich, stellte sie dem Senhor Presidente vor

– Sie wirkt wie ein nettes Mädchen

die Haushälterin des Senhor Presidente bestärkte ihn

– Ein Schatz

versah sie mit geflüsterten Ergüssen, Eingemachtem und erfahrungsreichen Ratschlägen

– Viel Zärtlichkeit Mädchen wenn du ein gutes Leben haben willst

ich bin nicht wieder die Treppe hinaufgestiegen, um meine Ehefrau zu besuchen, bin in keinem Zug gereist, der nicht abfährt, der Gärtner

– Interessieren Sie sich nicht mehr für uns Senhor Doutor?

Sehnsucht nach Marçal, warum nicht, er hatte sich offenkundig wegen meiner Ehefrau umgebracht, aus Angst, mich zu beleidigen, oder davor, dass man über mich sprach, ich begrub die Erinnerung an ihn in den Chrysanthemen, setzte mich an den Rand des Beetes, und wir sprachen unheimlich viel miteinander, ich hätte nie gedacht, dass die Verstorbenen so geschwätzig sind, ich stieg in ein Zinngeschäft in Bolivien ein, stieg in eine Kakaoplantage in São Tomé ein, die Bauchspeicheldrüse beruhigte sich, ich sah den Obdachlosen nicht mehr in Lissabon, es heißt, er verbringt seine Zeit zwischen den Booten murmelnd am Strand, nachdem der Platz meines Vaters am Tisch leer war, wurde seinerseits der Platz meiner Mutter leer, sie hörte unvermittelt mit dem Stricken auf, die Nadel hielt inne, und dann jeder Teil des Körpers über dem vorangehenden und die Gesichtszüge riesig, anfangs dachte ich, sie würde singen, aber da war nur ein Seufzer, der sie von ihr selber befreite, wäre mein Vater dort

– Deine Mutter

und zwei parallele Glitzerfäden auf seinem Gesicht, er würde den Hut abnehmen und ihn in den Händen drehend eingehend betrachten, ein Hund bellte auf dem Bürgersteig, und das war alles, ein leichter Wind fuhr durch die Bäume, und er vergaß es, die Sekretärin meines engsten Mitarbeiters

– Und jetzt?

und jetzt ist niemand in der Wohnung, es sei denn wir beide und undeutliche Schatten, wem sie gehören, ist nicht auszumachen, durch die Platanen auf dem Friedhof ging ein langsames Schaudern, ich am Fenster blickte auf die Straße, ohne auf die Straße zu blicken, war mir meines schwarzen Anzugs bewusst, meiner schwarzen Krawatte, der leeren Küche, der Kinder, die im Stockwerk darüber stritten, ein Hinweis, wem er galt, weiß ich nicht

– Deine Mutter

meinem Vater, mir, wahrscheinlich mir, und dennoch interessierte mich nur eine Stimme, die sang, nein, eine Stimme, die erklärte

– Ich musste gehen verzeih mir mein Sohn

und ich stimmte ihr zu

– Sie mussten gehen ich verzeihe Ihnen

während die Sekretärin meines engsten Mitarbeiters das Abendessen beendete und die Glühbirne der Lampe an der Decke kam und ging, so dass ich für Augenblicke bin und für Augenblicke nicht existiere, ich rief die Sekretärin meines engsten Mitarbeiters, um mich davon zu überzeugen, dass ich lebte

– Du

ihre Gegenwart gab mich mir ganz zurück, Arme, Beine, Rücken, ihr Atem zwang mich zu atmen, ihre Augen halfen mir zu sehen, sogar in der Dunkelheit formte ihr Körper meinen, ein Bein gegen meines, ein Ellenbogen an meiner Schulter, die Finger

– Was ist das?

und ich

– Mein Knie

– Und dieses kleine Loch?

und ich

– Mein Bauchnabel

während sie mit mir scherzte, wie sehr wünschte ich mir da, meine Mutter singen zu hören, meinem Vater zu helfen, Rührung zu empfinden, dass wir drei am Tisch säßen, aber das ist nicht mehr so, sein Hut an der Garderobe mit einer Fasanenfeder am Hutband, ich glaube eine Fasanenfeder, ich hatte nie Gefallen an der Jagd, tote Geschöpfe sehen, die bluten

– Schau nur ich blute

der Mantel meiner Mutter am Eingang, die Besitzerin des Kurzwarenladens fast um die Ecke, das Geschäft mit Fensterläden verschlossen, darauf mit dem Taschenmesser eingeritzte Namen, meiner vermischt mit anderen, neulich habe ich ihn gesucht, aber nicht gefunden, dann entdeckte ich ihn, dann verlor ich ihn, wir gingen nachmittags auf der Avenida spazieren, wir kamen bergauf zum Haus zurück, und ich half meiner Mutter die steile Straße hinauf, mein Vater

– Sie ist nicht mehr zwanzig

während das Haus in Cascais immer weiter wuchs, ein neuer Flammenbaum zwischen den beiden anderen, die Kinder meiner Tochter vergrößerten den Tennisplatz, Leute, die ich nicht kannte, sahen sonnabendnachmittags den Spielen zu, eine Dame wies auf mich

– Wer ist das da?

und das ist der Besitzer von alldem, Madame, eine blonde Vierzigjährige wartet im Auto, und die Tochter des Besitzers von alldem, die ihm nicht ähnlich ist, sie ist einem Angestellten ähnlich, der sich erhängt hat, weil er ihr ähnlich war, in einem halb von Duftrosen verborgenen Zimmer, wie oft habe ich daran gedacht, sie mit nach Lissabon zu nehmen, sie

– Tochter

zu nennen und, indem ich sie

– Tochter

nannte, mir selber einzureden, dass sie meine Tochter war, der Angestellte sagte selbstverständlich nicht Tochter

– Gnädiges Fräulein

selbstverständlich, wenn er mich meinte

– Der Vater

und ihr Gesichtsausdruck verspottete ihn, das später, als sie fast erwachsen war, als ihre Mutter es ihr erklärt hatte, und dennoch besuchte ich sie dort oben, saß dort besiegt, habe mich sogar in das Bett gelegt, nahm den Geruch von Marçal in den Betttüchern wahr, der Körper meiner Ehefrau unbewegt

– Bist du fertig?

und wie konnte ich fertig sein, wo ich nicht einmal angefangen hatte, ihre Gesichtszüge weit von mir entfernt, Hände, die mich nicht berührten, der Ellenbogen schon, aber reglos, Schritte auf dem Korridor, die sich entfernten, als sie mich bemerkten, ein Schwarm Seeschwalben rings um den Leuchtturm, ein paar wechselten von den Felsen auf die Giebel eines Chalets, Marçal wartete draußen auf mich

– Entschuldigen Sie Senhor Doutor

als wäre nicht ich es gewesen, der es verlangt hatte, und ich glaube, ich habe nie Augen so ganz ohne Pupillen gehabt wie dann, wenn ich ihn anstarrte, eines Tages packte er mich beinahe am Arm, wagte es aber nicht, mich am Arm zu packen, und dennoch drückte etwas meinen Ärmel

– Lassen Sie mich gehen Senhor Doutor

und natürlich lasse ich ihn nicht gehen, du gehörst mir, wie meine Ehefrau dir gehört, meine Tochter gehört dir, sogar ich gehöre dir, indem du mir gehörst, hör, wie die Möwen aus Angst vor den Springfluten im Juni kreischen, wenn der Wind sich dreht und sie an den Steilwänden zerquetscht, und unvermittelt, als ich es nicht erwartete, sang meine Mutter, wer kann mir das erklären, Marçal

– Zwingen Sie mich wenigstens nicht dort oben hinzugehen

und vielleicht zwinge ich dich nicht, dort oben hinzugehen, das hängt von den Zügen im Bahnhof ab, es hängt von mir ab, der ich suchend von Bahnsteig zu Bahnsteig renne, meine Tochter am Tisch mit mir

– Vater

und als würde ich ihr glauben, ich glaube ihr, ich überzeugt, dass ich

– Vater

ich zu Marçal

– Du brauchst nicht zu gehen wer ist denn hier der Vater?

und er

– Ich habe Ihnen immer gehorcht Senhor Doutor ich bleibe

und er hat dem Senhor Doutor immer gehorcht und ist geblieben, er wies das Personal an, schaffte Ordnung in den Zimmern, kümmerte sich um die Zentauren in den Reitställen oder ging am Ende des Tages um die Beete herum, die Zentauren, die Einhörner, die Zyklopen, die Zerberusse, er hinderte die Gnomen und Hexen daran, im Wasserbecken zu ertrinken, er rief den Arzt an, wenn die Bauchspeicheldrüse schluchzte, die weiße Jacke so gut gestärkt, die Krawatte gerade, die Bangigkeit seiner Ergebenheit, er gehorchte und blieb, ich spürte, wie er mich beobachtete, sich sorgte, ich verstand nicht, warum er mich mochte, aber er mochte mich, der Gärtner sagte Senhor Marçal, der Chauffeur sagte Senhor Marçal, die Dienstmädchen sagten Senhor Marçal, er holte meine Tochter vom Auto ab und brachte sie zum Auto, trug ihren Koffer

– Gnädiges Fräulein

wartete auf dem Flur, bis sie eingeschlafen war

– Niemand tut Ihnen etwas ich lasse es nicht zu

er nahm sie, wenn ich nicht in Cascais war, mit, um im Zimmer oben meine Ehefrau zu besuchen, sobald ich am Eingang

– Wir müssen gehen gnädiges Fräulein

meine Ehefrau, die ihn nicht beachtete, verfolgte die Kreise der Tauben, ohne sie zu sehen, betrachtete ihre Handflächen und fragte sich, wozu sie sie brauchte, starrte Marçal an, überlegte, wer er wohl war

– Kenne ich dich?

und ich möchte wetten, dass sie ihn ebenso wenig wahrnahm wie mich, Marçal

– Glauben Sie dass die Senhora sie erkennt Senhor Doutor

und es gibt Augenblicke, in denen sie mich nicht erkennt, ein Fremder, ein Eindringling, Marçal

– Ich wollte nicht dass Sie leiden Senhor Doutor

Marçal

– Ich hatte keine Ahnung dass Sie leiden

und wer sagt, dass ich leide, ich leide nicht, seit Jahren schon, Ehrenwort, habe ich aufgehört zu leiden, wenn ich an meinen Vater denke, wenn ich an meine Mutter denke, wenn ich an meine Tochter denke, oder vielmehr wenn ich an meine Tochter denke, weiß ich nicht, ob, was meine Eltern betrifft, da bin ich mir sicher, der Arzt zu Marçal

– Erlauben Sie ihm nicht das Bett zu verlassen

während die brennende Lampe neben mir die Nacht ankündigte, die Bäume draußen kündigten die Nacht an, der Hund des Blinden bellte auf dem kleinen Platz gleich unterhalb des Hauses, kündigte die Nacht an und verstummte, das Gefühl, als wäre da irgendwo ein Topf auf dem Feuer, bis ich begriff, dass es meine Kehle war, die atmete, so viel Rost im Metall, so viel Rost im Wasser, so viele schräge Tropfen auf dem Geschirr, so viel Entfernung zwischen mir und meinem Ich, wo genau bin ich, meine Mutter, ohne mich zu bemerken, auf der kleinen Bank, auf der sie immer strickt, mein Vater faltet die Zeitung zusammen, das Wort

– Vater

ohne dass es
– Vater
bedeutete
– Vater
war ein unzusammenhängender Klang, aber warum dann
– Vater
warum dieser Kerl mit dem Hütchen, mit der Aktentasche von der Arbeit, der die Haustür öffnet und verkündet
– Da bin ich
als wüsste ich nicht, dass er da war, der die Aktentasche auf der Truhe abstellt und mir erklärt
– Du wirst jetzt sterben
und ich überrascht
– Ich werde jetzt sterben Senhor?
der Hund des Blinden bellt wieder, oder aber die dunkle Brille ist starr auf mich gerichtet
– Es ist aus
und sein Stöckchen tastet die Bürgersteige ab, ich würde wer weiß was darum geben, meine Tochter in meiner Nähe zu haben, aber niemand ist bei mir, keine Taube auf den Flammenbäumen, keine Taube in Lissabon, mein Vater
– Wann gibt es in diesem Haus endlich Abendessen?
als er die Jacke auszieht, um sich an den Tisch zu setzen, den Teller, das Besteck, den kleinen Brotkorb zurechtrückt, meine Mutter erscheint mit der Terrine, wie alt bin ich, nicht sechsundfünfzig, sieben oder acht, ich glaube, acht, ich schließe die Augen ein ganz klein wenig, und als ich sie wieder öffne, legt meine Mutter mir das Essen so vor, dass es nicht auf das Tischtuch fällt
– Ich habe es heute Nachmittag gebügelt es muss eine Woche reichen
ein strenger Geruch nach heißem Bügeleisen und Lavendel, alle Truhen im Haus haben einen strengen Geruch nach

heißem Bügeleisen und Lavendel, ich schließe wieder die Augen, während mein Vater

– Deine Mutter

und zwei parallele Glitzerfäden auf seinem Gesicht, ich nehme wahr, wie meine Mutter fragt

– Mein Gott wie lange singe ich schon nicht mehr?

und als ich mir sicher bin, dass sie zu singen beginnen wird, Marçal

– Da sind Sie ja endlich Senhor Doutor

wir beide im Gewächshaus inmitten der Orchideen, mehr oder weniger gleich groß, die gleiche Statur, die gleiche Frisur, im Grunde so ähnlich, froh, einander zu sehen, und wir verschwinden gleichzeitig unter dem Rascheln der Blätter, nehmen das Meer, die Kiefern, die Dünen wahr und dass keiner von uns beiden existiert, geben einander dicht bei den vibrierenden Blumen lächelnd die Hand.

VIERTER TEIL

ERSTES KAPITEL

Alter bedeutet nicht, dass einem die Zukunft geraubt wird, sondern dass einem die Vergangenheit geraubt wird, sogar die Stimmen meiner Eltern wurden mir genommen, das Haus, in dem ich geboren wurde, ist verschwunden, kein einziger Gegenstand ist in meiner Erinnerung geblieben, eine kleine Vase, ein Teller, noch vor ein paar Jahren war meine Mutter in mir, ich konnte mich beinahe mit ihr unterhalten, ich unterhielt mich mit ihr, hörte

– Kleine

antwortete

– Senhora

und plötzlich wurde sie mir weggenommen, zu wem sage ich jetzt

– Senhora

etwa zu dem Schlurfen eines Pantoffels, das verfliegt, einem Huhn, das über einer Schüssel ausgenommen wird, einer Tür, die sich für immer schließt, und hinter der Tür nichts, den Pantoffel und das Huhn, die habe ich in diesem Augenblick erfunden, sie gehörten nicht mir, es gibt sie nicht, das Alter ist weder ein Pantoffel noch ein Huhn, die uns gehören, sogar etwas, das niemand sonst will, wird uns verweigert

– Hören Sie auf an diesem kaputten Rosenkranz herumzufingern was soll das

sie klemmen meinen Arm unter das Betttuch

– Dieses ständige Kratzen Sie lassen das wohl erst wenn Sie eine Wunde im Gesicht haben

und eine Uhr zeigt Stunden an, die nichts mit mir zu tun

haben, weil ich aufgehört habe, ein Teil von ihnen zu sein, eine Frau vergleicht sie auf ihrer Armbanduhr

– Unglaublich wie spät es schon ist

und unvermittelt bin ich klein, trage ein gestreiftes Kleid, einer meiner Zöpfe löst sich auf, und ich stecke zwischen den Knien meiner Mutter fest

– Wenn du nicht stillhältst kann ich dein Haar nicht wieder in Ordnung bringen

aber ich halte nicht still, weil sie an mir zerrt, die Schwester meiner Mutter zieht im Hintergrund Wäsche aus dem Bottich, hin und wieder tauchen plötzlich Bilder in mir auf, die das Alter vergessen hat mir zu rauben, ich übergebe sie ihm

– Mir ist da eine Erinnerung gekommen hätten Sie sie gern?

weil ich mich nicht berechtigt fühle, sie zu behalten, sie gehören mir nicht mehr, der Zopf, der Bottich, ein Herr, der mich auf die Stirn küsst

– Du wirst immer ein Mädchen sein

und der Wunsch, den nach Tabak riechenden Kuss mit dem Ärmel wegzuwischen, der Beweis, dass ich immer ein Mädchen sein werde, liegt in der Tatsache, dass ich nicht aufhöre, solange ich keine Wunde im Gesicht habe, und später ist die Heilung der Augen eine Strafe, ich möchte mir gar nicht vorstellen, was wäre, würde man ein Foto von mir in den Zeitungen veröffentlichen, allein die Titel, unsere große Sängerin ist meschugge, erkennt die Leute nicht, setzen wir sie in einen Sessel, ein leeres Lächeln oder, besser gesagt, eine Art Abwesenheit zwischen Nase und Kinn, ich, die ich nicht einmal merke, dass ich lächle, dann und wann in einem Spuckebläschen ein Wort, das

– Mutter

ähnelt, aber das nicht

– Mutter

sein kann, wer weiß, wer ihre Mutter war, würden wir versuchen, ihr den Ring mit dem lila Stein wegzunehmen, den der Senhor Doutor ihr geschenkt hat, noch mehr wimmernde Bläschen, manchmal das Gefühl, dass es nicht

– Mutter

das Gefühl, dass

– Kleine

und dann gleich die Antwort

– Senhora

die Gesichtszüge unbewegt, ausdruckslos

– Wenn du nicht stillhältst kann ich dein Haar nicht wieder in Ordnung bringen

und obwohl man an mir zerrt, muss ich ewig lange stillhalten, ohne Quatsch machen oder zählen zu können, wie viele Zwergen- oder Krebs- oder Riesenschritte es von hier bis zum Tisch sind, da kratzt sie sich schon wieder, so was von störrisch, es muss in der Schublade noch einen Verband geben, binden Sie ihr Handgelenk vorsichtig fest, damit die Haut nicht aufgescheuert wird, ab achtzig braucht man sie nicht einmal mehr zu berühren, und schon zerfallen sie, meine Mutter wrang die Wäsche über dem Bottich aus, als ich sie bat, mich wringen zu lassen, weigerte sie sich

– Damit du nass wirst oder was?

mein Vater, der, obwohl er mir geraubt wurde, eine Sekunde lang zurückkam, immer mit Riesenschritten

– Weg da

wären es Zwergen- oder Krebsschritte, bekäme ich ihn gleich zu fassen, so wie ich ihn jetzt zu fassen bekam, aber ich glaube nicht, dass er mich irgendwo in der Vergangenheit erwartet, die sie mir geraubt haben, obwohl er ja irgendwo sein muss, die Stimme, die befiehlt

– Weg da

gehört nicht zu ihm, davon überzeugt mich niemand, nachmittags verdunkelt der Schatten der auf die Wipfel zurückgekehrten Vögel den Spiegel im Zimmer, ich, die ich nicht weiß, wie ich heute aussehe und welches Gesicht meines ist, die Vögel verbergen mich vor mir selber, der Arzt, während man mir das Hemd aufknöpft

– Hat sie gegessen?

unter dem Rippen verstreut sind, bringt wenigstens die wieder in die richtige Ordnung, am Ende der Vorstellungen schenkten sie mir Hunderte von Rosen, aber nur die des Senhor Doutor klirrten leise, so wie sie am Fenster des Büros klirrten, ohne dazu Wind zu brauchen, im Inneren der Brust, wenn ich nackt war, eine Muschel tropfte in einem Wasserbecken zwischen den Flammenbäumen, der Arzt, als man mein Hemd wieder richtet

– Das Herz hält sich immerhin

mit Zwergenschritten, ich, die ich aufgehört habe, Beine zu besitzen, das Alter hat sie mir genommen, wo höre ich auf, sagen Sie es mir, der Senhor Doutor in Babysprache

– Wem gehört dieses Füßchen

der Wunsch, mit Riesenschritten auf ihn zu springen und flügelschlagend zu flüchten, dabei mein Abbild im Spiegel, anstatt die Augen zu schließen, willigte es ein, tat so als würde es nicht einwilligen

– Meins

und der Senhor Doutor schmollte oder tat so, als schmolle er, mit ellenlanger Unterlippe

– Böses Mädchen

ein Mann, der nicht lächelte, wenn er lächelte, nur seine Augen veränderten sich, der Rest reglos, wenn ich sage, sie veränderten sich, dann bedeutete das, dass sie sich leicht zusammenkniffen, und dennoch waren die Augen größer, brachten einen innerlich durcheinander, fanden, was wir verloren geglaubt hatten, zeigten, was wir versteckten

– Es macht mich traurig dass du so denkst

und gleich darauf hatte er einem den Rücken zugewandt, einen vergessen, spähte zu einem geöffneten Fenster oben im Haus hinauf, ich war mir sicher, dass ein paar Augenblicke lang sein Ausdruck

– Helft mir

bedeutete, und das war es, was mich an ihm rührte, also wenn er mich wieder fragen würde

– Wem gehört das Füßchen?

würde ich antworten

– Ihnen

vom Kissen aus, und der Senhor Doutor dankbar

– Danke

obwohl er wusste, dass ich ihn anlog, und dennoch zufrieden oder fast zufrieden oder Zufriedenheit nachahmend, der Angestellte mit der weißen Jacke, der das Haus leitete, als er dachte, der Senhor Doutor würde ihn nicht hören

– Ein armer Kerl

bereit, ihn in den Arm zu nehmen und sich um ihn zu kümmern, das Alter bedeutet nicht, dass einem die Zukunft geraubt wird, sondern dass einem die Vergangenheit geraubt wird, sogar die Stimmen meiner Eltern wurden mir genommen, zumindest geschieht das, wovon ich spreche, immer weiter, ein Obdachloser kam an mir vorbei, ohne mich wahrzunehmen, das riesige Haus verlassen, das habe ich vom Tor aus gesehen, die Rollläden schwangen im Wind hin und her, hören Sie auf, an diesem kaputten Rosenkranz herumzufingern, was soll das, die Tochter des Senhor Doutor wurde vom Auto mitgenommen, dieses ständige Kratzen, Sie lassen das wohl erst, wenn Sie eine Wunde im Gesicht haben, der Tennisplatz ohne Zaun oder Netz, Spatzen picken auf den gekalkten Linien, und Rosen nicht nur auf der Bühne, in der Künstlergarderobe, auf dem Flur, am Künstlereingang, sogar auf dem Platz, während die vertrockneten Duftrosen mit dem papierenen Klang toter Blumen gegen die Fensterrahmen des Senhor Doutor schlugen, wir sind nach dem Tod meines Vaters nach Lissabon gekommen, ein oder zwei Monate vorher hat er mich, der mich nie beachtete und nie mit mir redete, es sei denn, um zu befehlen

– Weg da

vom Bett aus gerufen, während meine Mutter ihm das Kissen zurechtrückte, und verkündete dann

– Morgen oder so werde ich einen so großen Riesenschritt machen dass mich niemand mehr sieht

und tatsächlich machte er ihn, und niemand hat ihn nach dem Friedhof wiedergesehen, er atmete tief ein, um Schwung zu holen, wirkte so, als würde er ein Bein anheben, das sah man an der Bettdecke, und dann ging er, hätte er den Krebsgang gewählt, würde er noch immer rückwärtsgehen, meine Mutter hat mir den verboten, seit ich ein Tischchen mit dem Rahmen meiner Großeltern umgestoßen hatte, der im Fallen zerbrach, die Gegenstände zerbrechen zu gern, sie lieben Klebstoff, Pflaster, Drähte, sie klagen, tun so, als hätten sie Schmerzen, vor allem die Tassen

– Seit ich einen Henkel verloren habe bin ich nie wieder die Alte gewesen

was übrigens nicht gelogen ist, sie können nicht fliegen, während wir schlafen, und nutzen jede Gelegenheit, um den Platz zu wechseln, wenn sie merken, dass wir aufwachen werden, die Gegenstände besorgt

– Wo stand ich bloß vorher?

und selbst wenn sie sich daran erinnern, sind sie nicht da, wo sie vorher waren, meine Mutter

– Du hast vielleicht eine Phantasie

verschob aber für alle Fälle die Flasche um ein paar Zentimeter auf dem Tischtuch, schaute dabei abwechselnd sie und mich an

– Ich muss wohl ganz verrückt sein

und ich bedankte mich für den Applaus, während die Rosen immer mehr wurden, nach dem Riesenschritt mein Vater

– Schau

will heißen, gleich nach dem Riesenschritt sah ich ihn mit Schuhen, Krawatte, die Hände auf der Brust, nicht im Bett, sondern auf dem Bett, ganz still, mit eingefallenen Wangen erholte er sich von der Anstrengung, was ich hier schreibe, das schwöre ich, warten Sie nur einen Augenblick, ist ein Liebesroman, nach dem Riesenschritt meines Vaters waren seine Schuhe geputzt, wiesen zur Decke, sie gehen mir nicht aus dem Sinn, ich fand es schade, sie zu verlieren, ich erinnere mich an meinen Vater, wie er sie vom Jahrmarkt mitbrachte, sie mit großem Tamtam vor meiner Mutter und mir auswickelte, sie nach rechts und nach links drehte, damit wir sie besser bewundern konnten

– Schaut euch das mal an

und die Absätze wer weiß wo, an die hat er sich immer noch nicht gewöhnt, mein Vater bekäme mehr Rosen als ich, würde er in den Vorstellungen meinen Platz einnehmen, er müsste nicht einmal singen, er würde am Bühnenrand erscheinen, und das reichte, der Arzt zu Geschöpfen, die ich nicht erkennen konnte, dieses ständige Kratzen, Sie lassen das wohl erst, wenn Sie eine Wunde im Gesicht haben

– Das Herz wird es wohl noch ein oder zwei Wochen machen

lange nach dem Friedhof, wem gehört dieses Füßchen, gestehe es, vor dem ersten Raureif, wenn die Drosseln, schwer von Wasser, die höchsten Zweige des Zitronenbaumes bogen, kamen wir nach Lissabon, meine Mutter und ich, im Zwergenschritt des im Regen zitternden Linienbusses, hinter den Platanen am Straßenrand hin und wieder dunkel gewordene Felder, Mauern, ein Priester auf dem Fahrrad mit einer Kappe aus Wachstuch und gerraffter Soutane, er verlor fast das Gleichgewicht, als er uns zum Abschied winkte, unter der Soutane karierte Socken, Galoschen, ich versuchte, Sünden zu finden, fand aber keine, die ihm gefallen könnten, damit er mich eine Reihe Salve Reginas beten ließ, wenn er mir die Beichte abnahm, dennoch sprach ich innerlich ganz schnell eines, aus der Vorstellung heraus, ihn damit vor Stürzen zu schützen, die karierten Socken sind bis heute bei mir geblieben, das Alter hat sie mir nicht geraubt, falls jemand Interesse hat, zeige ich sie her, mich überrascht, welche Einzelheiten die Erinnerung bewahrt, meine Mutter hat angefangen, als Putzfrau im Keller eines Kleiderladens zu arbeiten, und ich hockte auf einer Kiste und sah ihr zu, die Besitzerin des Kleiderladens schenkte mir eine kleine Schokolade

– Wie alt ist die Kleine?

das erinnerte mich an den feinen Draht, meine Mutter

– Acht Jahre Senhora

eines Zahnes dort hinten, acht Jahre im März, am vierzehnten, mein Vater zwischen zwei Riesenschritten ohne ein

– Weg da

stöberte mit diesem leeren Blick in der Tasche, den die Leute haben, wenn sie suchen, was sie nicht finden, er stand neben mir

– Nimm dieses Kettchen

weder aus Silber noch aus Gold, aus irgendeinem Metall, mit einem Heiligenmedaillon am Ende

– Jetzt verlier es nicht

mit Heiligenschein, gefalteten Händen und Füßen, die dem Senhor Doutor gehörten, wie alle Frauenfüße der Welt, meine Mutter, die Freude, dass ich dieses Kettchen mit der Heiligen daran geschenkt bekommen hatte, obwohl es weder aus Silber noch aus Gold war, aus billigem Metall, natürlich beneideten mich die Leute auf der Straße darum, daher beschützte ich beide mit der Handfläche, damit sie mir nicht geraubt wurden, meine Mutter zeigte auf die Besitzerin des Kleiderladens

— Bedank dich mit einem Lied für die Schokolade

und ich, auf der Kiste, schamerfüllt, sang, die Besitzerin des Kleiderladens machte zwei Schritte zurück, manchmal war eine Maus im Keller in einer Höhlung der Wand, man suchte sie, und da war sie, man suchte sie noch einmal, und sie war nicht da, im Hühnerstall meiner Eltern gab es große dicke, die Hühner sträubten ihr Gefieder vor ihnen, um ihre Eier zu beschützen, wem gehörten wohl die Zähne, die unvermittelt auftauchten, die Besitzerin des Kleiderladens, die zwei Schritte zurück gemacht hatte, keine Riesenschritte, auch keine Zwergen- oder Krebsschritte, diese namenlosen Schritte von Frauen, wandte sich ganz langsam um

— Die Kleine

keine Kette wie meine, viele Ketten, in den Ohren Geglitzer, an den Handgelenken Geglitzer, in jeder Geste Geglitzer, an der Taille Geglitzer, auf den Fingernägeln rotes Geglitzer, auf dem die Deckenlampen wuchsen, der Arzt

— Ich habe von etwa ein oder zwei Wochen gesprochen bei den Alten weiß man nie

ein Geruch nach Brühe kam von links, und sofort bedeckte ein entmutigtes Tuch

— So sehr man auch aufpasst sie bekleckert sich immer

meinen Hals, falls ich es schon gesagt haben sollte, bitte ich um Verzeihung, wenn ich es noch einmal sage, dies ist ein Liebesroman, die Kiefern von Cascais anders als die Kiefern von dort, wo ich herstamme, mit einem Gebirge, von dem Wolken kamen, das Maultier unruhig, ein Liebesroman, ich habe so viele Rosen auf Papier gemalt, und mein Vater

— Das Gewitter

das man in den Knochen fühlt, Wolken, die kurz darauf leuchten, riesig sind, die Besitzerin des Kleiderladens stieg mit drei weiteren Damen in den Keller hinunter

— Ihr werdet es nicht glauben

befahlen meiner Mutter

– Sagen Sie Ihrer Tochter dass sie singen soll

Flammen im Eukalyptuswäldchen trotz des Regens, ein Brett, das unaufhörlich hin- und herschlug, Dutzende Riesenschritte brachten die Welt zum Einstürzen, eine der Damen, die die Besitzerin des Kleiderladens begleiteten, zur Besitzerin des Kleiderladens

– Schwör mir dass was ich da höre wahr ist

während meine Mutter im Hintergrund auf allen vieren mit Bürste und Eimer den Boden schrubbte, sie war es, nicht ich, die Klammern in den Zöpfen brauchte, Haarsträhnen über der Nase, als sie den Hals reckte, um mich anzusehen, nicht voller Stolz, demütig, an einem Sonntagmorgen ohrfeigte mein Vater sie

– Drecksau

weil das Hemd für den Kirchgang einen Fleck hatte, und ich hielt Ausschau nach ihm im Lager, weil ich, falls ich singen sollte, den gleichen Gesichtsausdruck bei ihm sehen würde, die Knie meiner Mutter lila vom Putzen, eine Sandale abgefallen, mein Vater

– Morgen oder so werde ich einen so großen Riesenschritt machen dass mich niemand mehr sieht

mein Vater hängte sich, wenn das Maultier nicht gehorchte, an dessen Hals und biss ihm ins Ohr, der Senhor Doutor zu mir sehr ernst

– Falls ich

und vertrieb die Worte mit einer Geste

– Hör nicht zu

fast so wie meine Mutter damals, und ich meine nicht die Haarsträhnen, die er nicht hatte, ich meine die Demut, die Bangigkeit, in diesem Augenblick könnte mein Vater den Senhor Doutor ohrfeigen oder ihm ins Ohr beißen, der Senhor Doutor würde es hinnehmen, der Angestellte mit der weißen Jacke, die Hand beinahe auf der Schulter des Senhor Doutor

– Senhor Doutor

und mir taten die beiden leid, der Senhor Doutor zum Angestellten mit der weißen Jacke, als er wieder ganz bei sich war

– Hast du nichts weiter zu tun?

der Angestellte mit der weißen Jacke

– Wie bitte?

und am Fenster oben bewegte sich eine Gardine, ich nahm den Duft der Orchideen im Gewächshaus und den der Flammenbäume im Garten wahr, der sanfter war, sie riefen mich, nach den Gewittern kreiselte die Asche der Eukalyptusbäume endlos, die Stimme, die mit mir schalt

– Hören Sie auf an diesem kaputten Rosenkranz herumzufingern was soll das

wandte sich an wer weiß wen

– Bilde ich mir das ein oder hat die Alte gelächelt?

eine der Damen, die die Besitzerin des Kleiderladens begleiteten, zur Besitzerin des Kleiderladens

– Carlos muss sie sich anhören

der Angestellte mit der weißen Jacke unterhielt sich mit dem Gärtner, ohne dabei den Obdachlosen zu bemerken, der zwischen beiden hindurchging, der Senhor Doutor hätte mich beinahe umarmt, das merkte man an seinem Gesicht, aber gab mit so etwas wie einem stummen

– Mein Gott

auf, mich zu umarmen, das ich dennoch hörte, legte die Handflächen ans Gesicht, die Gewissheit, dass, wenn er sie wegnahm, keine Gesichtszüge mehr in seinem Gesicht sein würden, sie von einem Widerschein der Gardine dort oben ersetzt sein würden, der Senhor Doutor

– Mir fehlt der Mut

zwei Ellenbogen auf dem Schreibtisch, nicht die eines, die Dame, die von Carlos gesprochen hatte, zur Besitzerin des Ladens

– Wenn er die hört

zwei Ellenbogen, nicht die eines Mannes, sondern eines Kindes, ein Kerl mit einem Hütchen oben auf dem Kopf kritisierte die Ellenbogen

– Findest du dass das die richtigen Tischmanieren sind du Trebegänger?

und der Senhor Doutor, mit dem niemand zu schelten wagte, nahm das hin

– Ich habe nicht aufgepasst tut mir leid

während ihm seine Mutter am anderen Ende des Tischtuches das Fleisch in Stücke schnitt und die Knochen an den Rand schob

– Du isst nur das aus der Mitte

bis der bockspringende Frosch in gelben kurzen Hosen und mit Hosenträgern erschien, warum zum Teufel haben die Tiere, mit denen Kinder unterhalten werden, immer vier statt fünf Finger, der Senhor Doutor, während er an meinen Händen nachschaute

– Wie viele Finger hast du?

und glücklich, dass es fünf waren, du bist weder ein Frosch mit Hosenträgern noch ein Elefant mit Matrosenmütze, noch ein als Polizist verkleideter Hund mit Schlagstock und so, du bist zum Glück eine Frau, glücklicherweise wohnst du weder in gläsernen Trinkgefäßen noch in Suppenschüsseln, glücklicherweise hast du keine Wimpern, die größer als deine Augen sind, nicht viele, sieben oder acht, aber dick und gebogen, und einen kleinen herzförmigen, knallroten Mund, der Senhor Doutor strich von meinem Zeigefinger zum Mittelfinger, eher nachdenklich als mich liebkosend

– Weißt du manchmal habe ich Hoffnung

und belog sich selber, belog nicht mich, der Tochter bin ich nie begegnet, eines Nachmittags erkannte ich durch eine geöffnete Tür nah an einem Fenster ein Wesen mit einem Hündchen auf dem Schoß, es bemerkte mich nicht, meine Mutter zog mir das gestreifte Kleid an, brauchte lange mit dem Zopf

– Wenn du nicht stillhältst kann ich dein Haar nicht wieder in Ordnung bringen

sie wies mich an, mich ein-, zweimal um mich selber zu drehen, strich Falten aus, und mir wurde schwindlig, erst ein unsicherer Schuh, ein zweiter genauso, um das Gleichgewicht zu halten, streckte ich den Arm zum Deckchen auf der Kommode voller Schwäne aus, die Patin meiner Mutter stieß sofort einen Verzweiflungsschrei aus

– Vorsicht

der mir noch heute, jedes Mal, wenn ich dieses Kleid anziehe, in die Glieder fährt, denn obwohl es keiner merkt, ziehe ich es weiter an, da zerreißt mich ein Gebrüll

– Was ist mit der Alten los dass sie fast aus dem Bett fällt?

keine Eukalyptusbäume, kein Maultier, kein Gebirge, der Rau, der Raureif, ich weiß nicht, was ich sagen wollte, es ist weg, meine Mutter übergab mich der Besitzerin des Kleiderladens und zum ersten Mal in meinem Leben ein Auto, Straßen, Plätze, Tipubäume, ein Mann oben auf einer Leiter, auf der Schulter einen Affen, bei dem ich nicht feststellen konnte, ob er fünf, ob er vier Finger hatte, daneben ein Koffer voller Flakons, die er einem halben Dutzend Leuten zu verkaufen versuchte, der Hals des Mannes war dicker als sein Gesicht und sein Mund riesig, ein sehr viel kleineres Gartentor als das des Senhor Doutor und ein sehr viel kleineres Haus als das des Senhor Doutor mit Fotos von Sängern von der, als ich den Raureif erwähnte, worauf wollte ich da hinaus, ist unwichtig, so wie auch ich unwichtig bin, ich habe schon keinen Namen mehr, der wurde mir schon geraubt, wer garantiert mir, dass ich mich nicht schon so viel gekratzt habe, bis ich eine Wunde habe, Fotos von Sängern von der Eingangshalle an, voran die Besitzerin des Kleiderladens mit den anderen Damen, ihre Schritte zwischen Zwergen- und Riesenschritten, und ich rannte fast, um mit ihnen Schritt zu halten, Zimmer über Zimmer, Pianos, seltsame Apparate, ein Mann, jünger als der Senhor Doutor, aber wer ist nicht jünger als der Senhor Doutor, außer dem Angestellten mit der weißen Jacke, der genauso alt ist wie er, zur Besitzerin des Kleiderladens

– Na da bringst du mir also ein Wunderkind meine Liebe

sprach über meinen Kopf hinweg, ohne auf mich zu achten, so wie auch die Damen über meinen Kopf hinweg redeten, und das Gespräch zwischen ihnen hörte überhaupt nicht auf, alles über meinen Kopf hinweg, außer meiner Mutter, die auf allen vieren den Fußboden wischte, mein Vater zum Maultier

– Du Nutte

und boxte gegen seinen Hals

– Du Nutte

nicht mit böser Stimme, zärtlich, und das Maultier zitterte vor Begeisterung, der Mann, der jünger war als der Senhor Doutor, redete, und die Besitzerin des Kleiderladens und die anderen Damen lachten, eine von ihnen zu dem Mann, der jünger war als der Senhor Doutor

– Du bist schrecklich

wären wir an dem Ort, von dem ich herkomme, würden die beiden im Galopp auf dem Pfad mit den Brombeerbüschen reiten, der Raureif im Gemüsegarten so weiß, der Nispelbaum feucht, der Feigenbaum verschwiegen, mit winzigen, noch grünen Blütentränen, der Krankenpfleger, nicht genau Krankenpfleger, er fuhr beim Militär einen Krankenwagen, zu meiner Mutter, während er mich zwang, löffelweise Olivenöl zu schlucken

– Sie hat die kleinen Feigenblüten gegessen jetzt wird sie sie erbrechen

und tatsächlich, ich übergab mich ruckweise über dem Waschtrog, nicht nur die kleinen Blüten kamen aus mir heraus, mein ganzes Leben in sauren Lumpen, der Mann, der jünger war als der Senhor Doutor, der Senhor Doutor

– Du kannst dir nicht vorstellen wie sehr ich es möchte

und die Ellenbogen wieder auf dem Schreibtisch, ohne dass jemand

– Trebegänger

nur die Gardine oben hörte nicht auf sich zu bewegen, der Mann, der jünger war als der Senhor Doutor, unterbrach sich unvermittelt

– Nur um Ihnen eine Freude zu machen und ich liebe es Freude zu machen Sie sind meine Zeuginnen lassen Sie mal das Genie hören

und zog mich am Arm, ohne auf mich zu achten, in ein geschlossenes Kabuff mit einer Wand aus Glas, auf deren anderer Seite die Besitzerin des Kleiderladens und ihre Freundinnen auf Stühlen aufgereiht saßen, während ein Herr, der älter war als der Senhor Doutor, endlich mal einer, und die Glatze mittels mehrerer Scheitel verbarg, die das Haar auf dem ganzen Schädel verteilten, und ich möchte wetten, dass er morgens, inmitten von Dutzenden von Spiegeln, Kämmen, Bürsten, Geburtszangen, was weiß ich, lange für diese hochkomplizierte Architektur brauchte, jetzt war er mit einer Art Kommode voller Hebel und Knöpfe beschäftigt, auf dieser Seite der Fensterscheibe eine identische Kommode und ein an der Decke hängender Ball aus Drahtgeflecht, der ruckelnd, in den Bodensenken des Gebirges lief das Maultier genauso, bis auf meine Höhe herunterkam, die Feigenbäume so verschwiegen, das ist wahr, wer weiß, was sie denken, einen gab es, beim Brunnen, der knackte, wenn ich mitten in der Nacht aufwachte, die Stimme des Mannes, der jünger war als der Senhor Doutor, tauchte an meiner Seite auf, kam nicht von ihm, sondern aus Kästen mit Löchern und nahm riesig alles ein, beklagte sich, in einem ellenlangen Seufzer ohne erkennbare Herkunft, ganz in meiner Nähe und fern von mir

– Mein Gott was ich nicht alles für Sie tue

während der Herr an der Kommode die Hebel schob und die Knöpfe drehte, er trug lila Hosenträger, würde er, anstatt die Hebel zu schieben, an den Hosenträgern ziehen, könnte er damit wie mit einer Zwille auf Spatzen schießen, der Mann, der jünger war als der Senhor Doutor, kam wieder aus den kleinen Löchern

– Ihr bringt mir ein rachitisches Landei mit einem Kettchen das zum Heulen ist aber keine Angst heute Abend bezahlt ihr mir das mit Zinsen im Apartment am Strand

ich würde ihn später besser kennenlernen, mit fünfzehn oder sechzehn Jahren, kurz bevor ich dem Senhor Doutor begegnete, aber uns bleiben noch ein oder zwei Wochen, und wir kommen noch dazu, falls ich es bis dahin nicht vergesse, so wie ich etwas Wichtiges über den Raureif vergessen habe, der Mann, der jünger war als der Senhor Doutor, zum Herrn mit der phantastischen Frisur

– Nimm das nicht auf Albuquerque das Material kostet Geld

und durch weniger kleine Löcher, mit dem Seufzer eines Verdammten

– Dann sing mal kleines Landei die Chefin deiner Mutter neigt mit zunehmendem Alter zu Tagträumen

und während mein Vater vom Gebirge heruntertrottete, keine Zügel, ein Strick, kein Sattel, ein Stück Decke, keine Sporen, in die Stiefel geschlagene Nägel, begann ich zu singen, als ich die Stimme erhob, bemerkte ich, wie der Mann, der jünger war als der Senhor Doutor, mit einem Heuler zu Senhor Albuquerque, der später an der Leber starb, so höflich

– Gnädiges Fräulein

er wagte nicht, mir die Hand zu geben, Verbeugungen, dabei gelang es ihm nicht, den Schädel ganz zu verbergen, was er nicht verbarg, war blass mit Sommersprossen, hin und wieder die Hand an den Rippen

– Also meine Galle gnädiges Fräulein

er brachte sein Mittagessen von zu Hause in einem Henkelmann mit, den er in einer Aktentasche trug, in der sonst nichts war, hoffend, dass man ihn so für einen Büroangestellten oder einen Notar hielt

– Schöne Berufe

und aß im Stehen an der Kommode mit den Hebeln, er kochte es sicher morgens in Pausen der Frisurherstellung

– Richtig geheiratet habe ich nicht ich habe neunzehn Jahre mit einer Frau zusammengelebt

und er sah mich dabei an, ohne mich anzusehen, verletzt

– Sie ist plötzlich gegangen und ich weiß bis heute nicht warum an fehlenden Aufmerksamkeiten kann es wirklich nicht gelegen haben

alle halbe Jahr ein Kleid, alle vierzehn Tage Kino, Spaziergänge, bei denen sie untergehakt gingen, nach dem, einmal hat mich mein Vater vor sich auf das Maultier gesetzt, und ich habe mir vor Angst fast in die Hose gemacht, hatte nichts, woran ich mich festhalten konnte, obwohl es mir gefiel, seinen Atem in meinen Zöpfen zu spüren, und ich die Hemdsärmel mochte, die mich hin und wieder im Gleichgewicht hielten, unter dem Hemd roch er nach Mann, ich liebe den Senhor Doutor nicht, das ist klar, ein armer Mann, das Reiben der Baumwolle an meinen Schultern erregte mich, Senhor Albuquerque und seine Ehefrau gingen eingehakt nach dem Abendessen spazieren und schauten sich Schaufenster und die Preisschilder an, Senhor Albuquerque zu mir

– Zumindest hat man mir gesagt dass sie noch lebt und das tröstet mich

der Mann, der jünger war als der Senhor Doutor mit einem Heuler zu Senhor Albuquerque

– Nimmst du das etwa nicht auf du Idiot?

während gleichzeitig meine Stimme ringsum wogte, die

Besitzerin des Kleiderladens hatte das Handgelenk des Mannes gepackt, der jünger war als der Senhor Doutor

– Ist sie nicht außergewöhnlich?

und der Mann, der jünger war als der Senhor Doutor, schüttelte sie ab, stand auf, lehnte die Nase an die Fensterscheibe

– Sei still

die Nase ein Saugnapf, der dort blieb, dann die Lippen ein Saugnapf, meine Mutter hasste den Rau, den Raureif, weil er den Kohl umbringt, und dann die Stirn ein Saugnapf, Senhor Albuquerque brachte es nicht fertig, ihn an das

– Nimm das nicht auf Albuquerque das Material kostet Geld

zu erinnern, er, der nach neunzehn Jahren mit seiner Ehefrau einen mitleidigen Seitenblick von ihr auffing, den er für Freundschaft hielt, Senhor Albuquerque

– Man kann nicht verlangen dass Liebe ewig dauert aber Kameradschaft und Wertschätzung bleiben bestehen

nachdem ich verstummt war, blieb der Mann, der jünger war als der Senhor Doutor, an der Scheibe, dazu seine drei Saugnäpfe, und anschließend, erst nur die zwei Saugnäpfe, zu denen sich zehn Fingerspitzen gesellten, kein Ton kam aus den kleinen Löchern, nur das Geräusch seines Atems, im Apartment am Strand, eine Scheibe Mond auf jeder Welle, die sich einander näherten und voneinander entfernten, ich lernte den Senhor Doutor kennen, weil er mir drei Monate lang jeden Tag Schmuckstücke schickte, ohne zu sagen, wer er war, ausländische, teure Schmuckstücke, und ich fassungslos

– Was soll ich damit?

die Besitzerin des Kleiderladens irgendwann

– Es ist unsinnig dass wir uns nicht duzen

sie kümmerte sich um die Verträge, die Konzerte, bezahlte die Musiker, stellte mir Typen ohne Nachnamen vor

– Der Samuel der Pedro

und gleich nach dem ersten Gang ihr Knie an meinem, mein Wunsch war, zu fliehen

– Und jetzt?

wäre mein Vater hier

– Du Nutte

also stand ich vom Tisch auf und ging schnell weg, die Besitzerin des Kleiderladens rechtfertigte sie

– Das sind wichtige Impresarios behandle sie nicht so

nach einem Monat schickte mir der Senhor Doutor Rosen, nicht Rosen wie die der anderen, kleinere, dunklere, beinahe geschlossene Duftrosen mit Schmuckstücken, würde ich heute am Haus in Cascais vorbeigehen, gäbe es da vermutlich nur noch Müll und Ruinen, wäre das Fenster hoch oben vermutlich unverändert, und mit der Geste eines Harfenspielers würde die Gardine zur Seite gezogen werden, wer mich ausspähte, wird für immer da sein, während mein Herz es noch höchstens ein oder zwei Wochen macht, es muss nur ein kleiner Faden zerreißen, damit es herunterfällt und ich es verliere, wer garantiert mir, dass der kleine Faden nicht dieser kaputte Rosenkranz ist

– Hören Sie auf an diesem kaputten Rosenkranz herumzufingern was soll das

gelingt es mir, ihn in der Hand zu halten, hindere ich ihn daran, mich zu verlassen, gebe ich ihn frei, werde ich ein oder zwei Sekunden lang, bevor ich nichts mehr höre, den Tumult der kleinen Perlen hören, je kleiner, desto fröhlicher, lebendiger rollen sie über den Fußboden, ich hoffe ehrlich, dass jemand auf eine tritt und ausrutscht, der Arzt beispielsweise

– Wer versteht das Alter?

und er würde es nach einem Sturz auf den Hintern besser verstehen, der Senhor Doutor

– Sechsundfünfzig Jahre sind eine ganze Menge findest du mich nicht sehr alt?

dem Mann, der jünger war als der Senhor Doutor, gelang

es schließlich, sich von der Scheibe zu lösen, an der Stirn, Nase und die Lippen kleben blieben, deshalb weiß ich nicht, welcher Teil von ihm

– Menschenskind

flüsterte, als er mich geradezu scheu anschaute, wie eigenartig, ich wartete allein in dem Kabuff, trat von einem Fuß auf den anderen, hatte nur einen Wunsch, nämlich mich eiligst zu entfernen, war so überrascht, mein Gott, einmal, es war das einzige Mal, als der Raureif den Gemüsegarten verbrannt hatte und das Gemüse nicht grün, sondern grau und braun war, das Gebirge schwarz, die Zweige der Bäume spindeldürr, kahl, der Wind sie bis an die Mauer warf und das Röhricht und Stäbe aus Pfirsichbaumholz beugte, auf die sich keine Pflanze stützte, drückte mein Vater mich an sich, so groß, die Brust von Männern

– Keine Angst ich lasse nicht zu dass der Wind dich mitreißt

die von Senhor Albuquerque, dem Armen, war übrigens ziemlich schmal

– Ich werde immer dünner

im Krankenhaus führten sie Untersuchungen mit ihm durch und brauchten, bis sie sich ihm gegenüber äußerten

– Wir werden sehen

die Augenbraue von Senhor Albuquerque zitterte

– Würde man es meiner Frau erzählen würde die keinen Finger krümmen

Senhor Albuquerque voll panischer Angst vor dem Tod

– Ich habe nicht das Recht Sie damit zu belästigen gnädiges Fräulein

ich habe ihn auf der Krankenstation besucht, wo er in einem Bett in der Ecke lag, versuchte, ein Lächeln aufzubauen, was ihm nicht ganz gelang, weil ihm in einem Bett in einer Ecke Teile fehlten und das Lächeln ganz allmählich Stück für

Stück an den Gesichtszügen heruntergeglitt, Klammern, die die Fröhlichkeit an einem befestigen, wären hilfreich, schließlich wurde die Tür vom Kabuff geöffnet, und ich habe die Besitzerin des Kleiderladens, die anderen Damen, den Mann, der jünger war als der Senhor Doutor, und ein oder zwei Techniker stumm angeschaut, die inzwischen aufgetaucht waren, und sie schauten mich ihrerseits an, einer flüsterte

– Mein lieber Mann

und ich sehnte mich nach meiner Mutter, ich hatte Angst, ich

– Ich will nach Hause

ich will mit dem, was meine Mutter mich hat einkaufen lassen, vom Krämerladen zurückkommen, in der Faust die übrig gebliebenen Münzen, an der Schule, der Gemeindeverwaltung, dem Landhaus vorbei, in dem niemand wohnte, dessen Garten vor lauter streunenden, grimmigen, gelben Katzen struppig war, das Dach unseres Hauses zwei Block weiter sehen, das Dach unseres Hauses aus der Nähe sehen, beginnen, den Feigenbaum zu erkennen, den Küssen der Nichte des Veterinärs entkommen, die Petunien begoss

– Eine Haut zum Fressen komm auf eine Minute her Schätzchen

manche schwören, sie hätten den Besitzer des Landhauses nachts im Nachthemd erspäht, wie er mit einer Laterne in der Hand von Zimmer zu Zimmer ging, und während ich im Garten anlangte, begann ich die Unruhe des Maultiers wahrzunehmen, die Flanken gegen die Wand des, komm auf eine Minute her, Schätzchen, und die Wangen zwischen die nach Waschseife stinkenden Fingernägel gepresst

– Ein Engel

die Flanken gegen die Wände des Stalles, das Knallen eines Hufes gegen die Tür, ich zur Besitzerin des Kleiderladens

– Wo ist meine Mutter?

und keine Angst, deine Mutter haut nicht ab, Kleine, sie arbeitet da unten, das Haar verrutscht, mit einer Bürste und einem Eimer, dank dir wird sie in ein paar Monaten das Leben einer Königin führen, Geld wird ihr nicht mehr fehlen, meine Mutter zur Besitzerin des Kleiderladens, während sie sich die Nieren massierte

– Treiben Sie keine Spielchen mit mir Senhora

ungläubig, nervös, bat sie

– Treiben Sie keine Spielchen mit mir Senhora

der Mann, der jünger war als der Senhor Doutor, reichte ihr ein paar Papiere

– Unterschreiben Sie den Vertrag

meine Mutter voller Angst, berührte sie nicht

– Vertrag?

meine Mutter verstand nicht

– Vertrag?

in genau dem Augenblick, als der Arzt

– Am Ende weder eine noch zwei Wochen

in genau dem Augenblick, als der Rosenkranz mir aus der Hand fiel.

ZWEITES KAPITEL

Wenn ich krank bin, werde ich in einen mir unbekannten Körper gesteckt, er ist zu groß, unbequem, fremd, die Haut ist anders, hat keinen Bezug zu meiner, riecht nach einer anderen Frau, die ich noch nie gesehen habe, wer sie ist, weiß ich nicht, aber ich bin es nicht, zu große Hände, die sich bei den Gesten vertun, weit entfernte, schmerzende Beine, außerstande zu gehen, pochende Füße, auf dem Betttuch gekreuzigt, meine Atmung weitet die Wände und zieht sie zusammen, wo höre ich auf, wo fange ich an, wo bin ich, die Lampe tut mir so weh, die Stimmen verletzen mich, so viele Messer in den Farben der Gegenstände, in den Geräuschen so viele Dornen, die Tabletten senken das Fieber, das trotzdem im Inneren des Nichtfiebers weitergeht, wenn hier und dort einige meiner Teile auf der Oberfläche des anderen auftauchen, die Besitzerin des Kleiderladens

– Jede Menge Leute in Lissabon haben diese Grippe

nicht zu mir, zu meiner riesigen Nase, meinen riesigen Augenlidern, zu den Nägeln in meiner Kehle, ihre Absätze treten auf mich, so viele scharfe Kanten an dem, was sie sagt, sie kratzen an mir, der Nebel der Kindheit wieder um mich herum, mit der Kirchturmuhr, drei Ecken weiter, die matte Stunden läutet, die Besitzerin des Kleiderladens, ich glaube, ich habe bereits erklärt, dass dies ein Liebesroman ist

– Wen lächelst du an?

und ich lächelte einen Verwandten meines Vaters an, der die Zigarette ins Hutband geklemmt hatte, wollte er rauchen, sah es so aus, als begrüßte er die Leute, Verbeugungen, bei denen ich ihm auf dem menschenleeren Platz zugeschaut habe, er blieb stehen, grüßte und zog sich vom Hals an aufwärts in die Muschel der Hände zurück, wo ein Streichholz seine Gesichtszüge entflammte, wenn sie erloschen, blieb Glut im Mund zurück, das Apartment am Strand des Mannes, der jünger war als der Senhor Doutor, zitterte unter den Gezeiten, Steine vor und zurück auf dem im Dunkeln liegenden Strand, die Mondlichtscheiben, selbstverständlich, ich habe sie bereits erwähnt, ganz zu schweigen von den verstreuten Spiegelungen und den schmalen Friesen aus Gischt, der Mann, der jünger war als der Senhor Doutor

– Ziehst du dich nicht aus?

vor mir auf Knien, barfuß, im Bademantel, hob ganz langsam meinen Rock an, die Besitzerin des Kleiderladens hatte mich bis zum Treppenabsatz begleitet, denn der Mann, der jünger war als der Senhor Doutor, erwartete mich im Wagen, ich möchte wetten, schief, während er sich im Spiegel zurechtmachte

– Es gibt Dinge die wir einstweilen nicht ablehnen können

also lehnte ich weder ab, noch leistete ich Folge, war still, während der Verwandte meines Vaters im Schaufenster den Hut gerade rückte, dabei die Krempe im Profil betrachtete, die Schuhe genau anschaute, einen davon an der Hose abwischte, während die Ehefrau zwei Schritte vor ihm

– Und die Sklavin wird sie später waschen

Klagen meiner Mutter gegenüber, Frauensachen, vermischt mit, diese Krampfader platzt noch eines Tages, und Unglücklichsein baute sein Nest zwischen den Frauen und der Krampfader, ein Hund kam, die Schnauze dicht am Boden, hustend an der Veranda des Apartments am Strand vorbei, der Mann, der jünger war als der Senhor Doutor, das Husten von Hunden tut mir in der Seele weh

– Ist es nicht besser du ziehst den Rock aus damit er nicht zerknittert?

der Reißverschluss, der Knopf hier oben, wahrscheinlich habe ich zugenommen, denn er geht schwer auf, oder aber die Scham oder aber die Nervosität oder aber alles, ein Käfer, oder alles zusammen, ein Käfer kam schräg ins Fenster geflogen und stieß erst mit dem Kopf gegen einen Lampenschirm, dann gegen die Wände, am Ende gegen die Glühbirne, brachte die Schatten durcheinander, verschwand hinter einem Bild, lud seine Motoren auf und kam voller Benzin mit wiederhergestellter Rage zurück, ich dabei auf dem Sofa, die Schenkel nackt, und an der Wurzel der Schenkel hockte der Mann, der jünger war als der Senhor Doutor, begeistert

– Schwarze Spitzenhöschen ah ah

die mich die Besitzerin des Kleiderladens anzuziehen gezwungen hatte

– Wenn du schon die Arbeit machst dann mach sie richtig

zog sie aus einer Schublade voller parfümiertem Durchsichtigem und hielt sie mir über den Rock, um die Wirkung abzuschätzen

– Dem Idiot wird Rauch aus den Ohren kommen

schwarze Spitze und kleine weiße Tulpen

– Die Männer sind so dumm

und ich fühlte mich merkwürdig damit, als Spanierin verkleidet, würde mein Vater sagen, der manchmal mit den Freunden und ein paar Flaschen im Krankenwagen der Feuerwehr über die Grenze fuhr und eine Woche lang Zarzuelas pfiff und nie sauer auf uns war, meine Mutter vorsichtig murmelnd

– Ich kenn dich genau du Flegel

und versalzte ihm absichtlich das Essen, bis ohne Vorwarnung ein Biss ins Ohr des Maultiers, das Pfeifen verstummte und unser Leben kehrte zum Ursprung zurück, der Beweis dafür ist, dass ich wieder existierte, denn er

– Weg da

und meine Mutter erleichtert angesichts der Zeichen seiner Heilung, von der Drohung mit einer Ohrfeige besiegelt, der Mann, der jünger war als der Senhor Doutor

– Lass uns ins Schlafzimmer gehen damit ich dich besser bewundern kann

frivole Stiche mit Mönchen und Novizinnen, das Foto des Mannes, der jünger war als der Senhor Doutor, mit einer Frau auf jeder Seite, die ihn beide küssen, eine Madonna aus vergoldetem Schnitzwerk mit einem Strumpfhaltergürtel, die Überdecke des Bettes silbrig, der Käfer folgte uns schlingernd, er hat Gefallen an uns gefunden, manchmal, wenn ich in der Sonne ging, hatte ich Lust, meinen Schatten im Boden zu vergraben, mich von ihm zu befreien, allein zu sein, das Schlafzimmer auf der den Wellen abgewandten Seite mit einem Fenster, das zur Nacht und den verlassenen Tanksäulen an einer Autobahn im Mittelpunkt der Finsternis hinausging, die Besitzerin des Kleiderladens über den Mann, der jünger war als der Senhor Doutor

– Ertrag es wir werden ihn nicht lange brauchen

ich war noch nicht ganz erwachsen, zu viele Knorpel unter der Haut, zu viel Eckiges in den Gesten, ich glaubte an Gott, weil der Friedhof nachts knisterte, meine Mutter hielt mich mit aller Kraft fest

– Hörst du das nicht?

lobte Seine Macht und Seine Herrlichkeit, mein Vater unterbrach uns mit einem Fußtritt gegen die Tür, um ins Gemüse pinkeln zu gehen

– Weg da

und das Maultier, das ihn erkannte, vibrierte im Verschlag, die Hände des Mannes, der jünger war als der Senhor Doutor, auf meinem Bauch, meiner Brust, meinem Hintern, während das Insekt unsere Ohren betäubte, wenn es an uns vorbeiflog, der Mann, der jünger war als der Senhor Doutor

– Kümmere dich nicht darum

und er redete nicht mit mir, sondern mit seiner Angst vor dem Tier, eine Hälfte von ihm bewegte sich, die andere überwachte das Monster, das anfallsweise flog wie der Epileptiker in der Straße oberhalb, gerade noch ganz ruhig, wälzte er sich unvermittelt unter Grimassen wild auf dem Boden, neben ihm die Freunde aus dem Nach-Spanien-fahren-Krankenwagen, von denen keiner wagte, ihn zu berühren, kaum regte er sich nicht mehr, stach ihm einer der Kumpel von den Zarzuelas mit einem Stock zwischen die Rippen, prüfte nach, ob er sich beruhigt hatte, doch vom Epileptiker kam noch mehr Gegrunze, noch mehr Wälzen, in den Zeiten dazwischen lehnte er sich gegen einen Kastanienbaum, nagte an einem Knochen, dem man ihm von weitem zuwarf, ich glaube immer noch an Gott, nehme ich an, ich mache mir dazu nicht viele Gedanken, nach den Schmuckstücken und den Rosen eine Einladung zum Tennis in Cascais, und die Besitzerin des Kleiderladens zeigte mir die Visitenkarte, ungläubig, hingerissen

– Du weißt wer in Portugal das Sagen hat weißt du wer das hier ist?

die befreundeten Damen der Besitzerin des Kleiderladens schauten sich eine nach der anderen die Visitenkarte genau an, ich habe noch nie so viele Köpfe derart vereint gesehen, auch noch nie so langgezogene Worte gehört

– So ein Glück

während einer Pause des Käfers der Mund des Mannes, der jünger war als der Senhor Doutor, auf meinem, die Tanksäulen erloschen, und ringsum eine riesige Nacht, die hin und wieder eine Welle noch größer machte, so wie auch die Stiche mit den Mönchen und den Novizinnen größer wurden, Sandalen und hochgeraffte Kutten verspotteten mich, der Mann, der jünger war als der Senhor Doutor, mit einem dringlichen Befehl, mehr Schluchzer als Befehl, während der Epileptiker mich über seine Knochen hinweg mit anhaltendem Staunen anstarrte

– Spreiz die Schenkel Mädchen

eine Art Schmerz, der nicht genau Schmerz war, Finger zerdrückten das Kissen, streiften meine Ohren, während meine Finger ausgestreckt auf der Matratze lagen und überhaupt nichts zerdrückten, wenn der Epileptiker schluckte, wurde sein Hals ellenlang und dann wieder kurz, er trug Lumpen übereinander und die zerschlissenen Gamaschen eines Angehörigen der Guarda Republicana, ein Wagen mit Chauffeur in Uniform kam, um mich im Haus der Besitzerin des Kleiderladens abzuholen, die Besitzerin des Kleiderladens holte einen Ring aus einer kleinen Schatulle

– Er gehörte meiner Mutter

schminkte mich, machte mir Locken, wählte einen Flakon auf dem Tischchen mit den Parfüms aus, schnupperte an einem Stöpsel nach dem anderen

– Etwas Leichtes Warmes etwas Leichtes Warmes

mir allerdings gefiel der Geruch meines Vaters hinter mir auf dem Maultier, sein Mundgeruch in meinen Zöpfen, der Duft der Zistrosen im Gebirge, der des Rau, jetzt im September kein Raureif, ein riesiges Tor, Flammenbäume, Statuen, Rosen, die unaufhörlich leise klirrten, ein Angestellter mit weißer Jacke erwartete mich

– Hier entlang gnädiges Fräulein

ohne einen Obdachlosen zu bemerken, der beinahe über uns stolperte, als der Mann, der jünger war als der Senhor Doutor, einschlief, waren da wieder die Mondlichtscheiben, eine davon auf dem Sand, mit Algen vermischt, vereinigte sich nicht mit den anderen, am Ende der Veranda unsichere kleine Stufen hinunter zum Strand, das Geräusch meiner Schritte auf den Holzstufen und dem Abfall, den das Wasser, als es sich zurückzog, vergessen hatte, Stücke von Weidenrohr, Bretter, Teer, meine Großmutter saß auf einem umgekehrt aufgestellten Eimer, nicht im Schatten des Nispelbaums, die Fußknöchel im Meer

– Wo warst du Mädchen?

und wo war ich denn wirklich, seit ich ein Kind war, habe ich sie nicht gesehen, sie wollte nicht mit uns zusammenleben, akzeptierte nicht, dass meine Mutter ihr half

– Ich brauche euch nicht

und jetzt taucht sie auf, fast am Morgen, nach so langer Zeit, an einem Strand, von dem ich nicht weiß, wo er liegt

– Was für ein Strand ist das hier eigentlich?

und sie musterte mich ohne Liebe, ohne Tadel

– Du bist gewachsen

natürlich war ich gewachsen, wieso sind Sie gestorben, als ich fünf oder sechs Jahre alt war, kaum waren Sie tot, habe ich das ausgenutzt und habe angefangen zu wachsen, der Angestellte mit der weißen Jacke

– Bitte sehr gnädiges Fräulein

Applaus, Gelächter, am Tennisplatz eine Stuhlreihe, auf der Damen mit ungeheuer breitkrempigen Hüten und Herren in kurzen Hosen saßen, die Besitzerin des Kleiderladens öffnete die Tür, noch bevor ich geklingelt hatte

– Erzähl mir alles ganz schnell was würde ich nicht dafür geben dabei gewesen zu sein

reiche, schöne Leute, die keine Maultiere bissen und den Epileptiker nicht kannten, weggehen, flüchten, der Angestellte mit der weißen Jacke

– Da ist der Senhor Doutor gnädiges Fräulein

und hinter dem Angestellten mit der weißen Jacke ein riesiges Haus, Veranden, Säulenhallen, an einem Ende ein Turm mit einem Fenster hoch oben, dessen Gardine zitterte, der Mann, der jünger war als der Senhor Doutor, neben mir am Strand, trat auf den Mond, ohne meine Großmutter zu bemerken

– Komm rein du erkältest dich noch

die Büsche an der Autobahn ganz allmählich lila und ein Streifen durchsichtiger Himmel, ganz am Ende der Welt, am anderen Ufer der Wellen, die Möbel im Apartment keine wirren Schatten mehr, der Kühlschrank, eine Truhe in einer Ecke, der Mann, der jünger war als der Senhor Doutor, mit einer hilflosen Geste

– Manchmal ist mir so

und dann schwieg er gleich und küsste lieblos meinen Hals mit einem anderen Mund als dem im Bett, er benutzte ihn, um zu verstummen und legte den Deckel eines

– Beachte mich nicht

darauf, Gott existiert, Gott existiert, es ist offenkundig, dass Gott existiert, wir reden besser über etwas anderes, ich begriff den Mann, der jünger war als der Senhor Doutor, als ich in der Badewanne eine kleine, verblichene, alte Plastikente mit einem Lächeln im Schnabel fand, der Mann, der jünger war als der Senhor Doutor, log

– Mein Neffe hat die dort vergessen

bat mich mit Waisenaugen, ihm zu glauben, will heißen normalen Augen, aber ich weiß, was das heißt, das Gefühl, dass dort oben eine Gestalt an der Gardine des Fensters hoch oben war, die sich sogleich auflöste, die Herren in kurzen Hosen schlugen, aufgrund ihres Alters unter albernem, langsamem Hinundhergetrabe, Bälle von einer Seite des Netzes auf die andere, wie lächerlich sie mit den Jahren werden, ungeschickt, erschöpft, Schweißflecken auf dem Hemd, die Beine geben nach, die Ehefrauen von zweien von ihnen haben die Köpfe zusammengesteckt und reden miteinander, halten sich bei den Händen, am Tag war das Apartment am Strand bescheiden, Risse im Anstrich, der Wasserhahn in der Küche wackelte, wenn man an ihm drehte, die Wand am Eingang runzelte sich vor Feuchtigkeit, die anderen Apartments ebenfalls bescheiden, nicht ganz neue Autos in einer Reihe, Gärten mit vertrockneten Sonnenblumen, die das Jod unter endlosem Rascheln auffraß, meine Großmutter abwesend, ich habe sie nie anders als in Trauerkleidern und mit einem Kopftuch gesehen, das einzige Mal, dass das Kopftuch herunterrutschte, wenig Haar auf dem gelben Schädel, sie bewegte sich mit auseinanderstehenden Knien, versuchte, die Katze zu schlagen, indem sie Kasserollen, Töpfe nach ihr warf, und dennoch überließ sie ihr die am wenigsten zerrissene Seite der Matratze, meine Mutter ließ ihr Essen da, mein Vater billige Kekse, wenn er dachte, dass wir es nicht sahen, und sie lutschte sie, tupfte mit der Spucke auf dem Finger, den das Rheuma in einen krummen Weinstock verwandelt hatte, die Krümel vom Schoß, die Besitzerin des Kleiderladens, die ich einfach nicht duzen konnte, ich bemühte mich, aber es kam nicht heraus

– Ich schaffe es nicht tut mir leid

die nur den Senhor Doutor im Sinn hatte

– Und hast du mit ihm gesprochen?

das habe ich, Senhora, er ist zu mir in den Garten gekommen, der Angestellte mit der weißen Jacke

– Das gnädige Fräulein

ein Mann in kurzen Hosen wie die anderen, nur noch, noch dicker, mit mehr Falten, er spähte heimlich zum Fenster im Turm, hatte auf der Brust bereits weißes Haar, und dennoch, im Gegensatz zu den Fotos in den Zeitungen, war er schön, noch heute, wenn ich an ihn denke, schön, die Besitzerin des Kleiderladens

– Schön schön finde ich ihn nicht vielleicht eindrucksvoll ich weiß nicht die Augenbrauen zu buschig das Kinn hervorstehend

ein wenig wie mein Vater, Senhora, die buschigen Augenbrauen und das vorstehende Kinn, er schaute mich nicht einmal an, sagte

– Sehr gut

und das war's, der Obdachlose kam an uns vorbei, ohne uns zu sehen, der Senhor Doutor zum Angestellten mit der weißen Jacke

– Begleite sie ins Büro Marçal

während er sich in Richtung Tennisplatz entfernte, eine der beiden Damen, die die Köpfe zusammengesteckt hatten, streichelte das Dekolleté der anderen, die den Kopf mit einem Ausdruck zufriedenen Leidens zurücklehnte, wahrscheinlich, wäre ich so, würde er mich umarmen, der Senhor Doutor unterhielt sich mit einem Mann in Begleitung eines blonden Mädchens, unterhielt sich mit einer Ausländerin mit lila Haar, deren nach vorn geneigte Brust umgehend zu wachsen begann, und, so ein Unsinn, ich war eifersüchtig, ehrlich, zum Glück verschluckte mich eine Flucht von Stufen, riesigen Zimmern, die auf riesige Zimmer folgten, Bilder, Möbel, Silber, unsere Schritte auf dem Marmorboden, ein Fahrstuhl, ein zweiter Fahrstuhl, Porzellan, kleine Tischchen mit bodenlangen Decken, zwei oder drei Wartezimmer vor dem Büro, Tische mit Bronzefüßen, Kabinettschränke aus dem Orient, Teppiche, die man mit den Schuhen nicht kaputtmachen wollte, und im Büro Duftrosen, die an den Fensterscheiben leise klirrten, so überreich, dass man den Garten kaum sah, ganz hinten das Gewächshaus und ein Geschöpf, das in der Nähe des Gewächshauses Wäsche auf eine Leine hängte, ich bin nicht in das Apartment am Strand des Mannes zurückgekehrt, der jünger war als der Senhor Doutor, die Besitzerin des Kleiderladens und ihre Freundinnen sind an meiner Stelle dorthin gegangen, und ich nehme an, dass sich das Entlein immer noch in der Badewanne befindet und dort noch weiteres Spielzeug versteckt ist, eine Blechlokomotive, ein Schimpanse aus Filz, ich frage mich, ob er allein einschlafen kann oder ob er eine Frau

– Mutter

ruft, ein Wort, das nicht ausgesprochen werden muss, wozu, sie versteht es, jede Frau versteht es, wenn ein Mann, wenn ihm das Lichtausmachen schwerfällt, Senhor Albuquerque, als ich ihn das vorletzte Mal sah

– Glauben Sie dass meine Frau mich demnächst besuchen wird?

und es ist gut möglich, Senhor Albuquerque, ich möchte wetten, dass sie es tut, wenn Sie mir die Adresse geben, suche ich sie auf, und eine billige Pension, geführt von einem Inder in kurzer Hose

– Kommen Sie allein?

wo niemand sie kannte, weder der Pakistaner noch die Angestellte, die die Betten machte und einmal im Jahr die Betttücher wechselte

– Jeden Tag kommen Gäste

daher ich zu Senhor Albuquerque

– Spätestens in der nächsten Woche haben Sie sie hier

und Senhor Albuquerque, zur Wand

– Wissen Sie in diesem Augenblick ist es mir nicht mehr wichtig

am Zaun des Krankenhauses aßen Zigeuner zu Mittag, die Frau von Senhor Albuquerque in einer Stundenpension, nicht zu glauben, die Zigeuner haben wahrscheinlich Maultiere wie das meines Vaters in der Gasse hinter den Häusern, die dort auf sie warten, elfjährige schwangere Mädchen, von der Taille abwärts nackte Kinder, wird einer von ihnen krank, erscheinen sie alle, elend, stolz, feindselig, schweigende Männer, klagende Frauen, alte Frauen, die einander Läuse aus den langen Haaren klauben, niemand wird Senhor Albuquerque zum Friedhof begleitet haben, wahrscheinlich ging er selbständig, allein, würden wir uns getroffen haben, hätte er sich mit einem schüchternen auf Wiedersehen von mir verabschiedet

– Bis irgendwann gnädiges Fräulein

nicht gewagt, mir die Hand zu geben, noch viel weniger sie mir zu küssen, bis irgendwann, Senhor Albuquerque, schlafen Sie gut, es gibt Menschen, deren Schatten Knochen zu haben scheinen, realer sind als der wirkliche Körper, vom Büro des

Senhor Doutor aus sah man zwischen Duftrosen hindurch das Fenster hoch oben, niemand wird mir ausreden, dass er dieses Zimmer ausgewählt hat, um es sehen zu können, ich vergesse die Frau nicht, die ihre Freundin mit hoffnungsvollem Murmeln liebkoste

— Im Ernst?

eines der Telefone im Büro begann zu klingeln, verstummte, klingelte abermals, gab auf, ich sah den Gärtner einen Schlauch entrollen, eine Göttin aus Stein in einem Wasserbecken auf einem Kegel aus Steinen hielt eine Muschel, aus der Wasser fiel, ich wagte nicht wegzugehen, wagte nicht, mich hinzusetzen, wagte nicht, meine Handtasche wo auch immer abzustellen, auch nicht, mir die Regale näher anzusehen, hin und wieder Schritte auf dem Korridor, ich wandte mich zur Tür, und niemand, nur Schritte, die leiser wurden, gleichgültig, wäre ich im Weg, die Gewissheit, dass

— Weg da

wie in der Kindheit, die Stimme des Arztes an einem undefinierbaren Punkt des Zimmers

— Was denkt sie wohl?

die Stimme des Arztes

— Wer kann im Übrigen schon behaupten dass die Alten denken?

wahrscheinlich kratzen sie sich, und das ist alles, oder sie befingern, was sie nicht sollen, apropos sollen, seit wie vielen Jahrhunderten hat man ihre Windel nicht gewechselt, dieser Geruch lässt keinen Zweifel zu, aber wenn Sie eine Ahnung hätten, was es mich kostet, sie zu säubern, ich rede gar nicht vom Schmutz, Scheiße ist Scheiße, und wir alle kacken, mit einem nassen Handtuch macht man das weg, ich meine das Grauen des Körpers, die faulen Organe, die sich auflösende Haut, der Pipigestank, dichter als unserer, er läuft nicht, sondern gleitet, langsamer Schneckenschleim, es geht mir nicht in die Rübe, dass sie, bevor sie gaga wurden, kein Bewusstsein hatten, sich nicht vor sich selber ekelten, nicht den Wunsch hatten, ich behaupte, dass dies ein Liebesroman ist, dass sie nicht den Wunsch haben, zu sterben, und wenn es nur aus Ekel ist, man schaue sich ihre Fingernägel an, abgebrochen, grau, und stellen Sie sich den Rest vor, der Duft der Rosen drang nicht durch die Fensterscheiben, blieb draußen, läutete leise Glöckchen, der Mann, der jünger war als der Senhor Doutor, hat mich nicht wieder in das Apartment am Strand eingeladen, andere Sängerinnen, die Hilfe brauchten, bei ihm, derselbe Mond in Scheiben und derselbe Käfer, das Meer spielte Würfel mit den Kieseln, warf sie auf denselben Sand und sammelte sie in der Handfläche, um sie erneut zu werfen, eines Nachmittags hielt mich der Mann, der jünger war als der Senhor Doutor, der mich seit jener Nacht verlegen wie einer ansah, der um etwas bitten will, von dem ich weiß was es ist, all seinen Mut zusammenzunehmen versucht, um mit mir zu reden, mich am Eingang zum Studio auf, die Techniker waren bereits dort drinnen, das Licht, das um Ruhe bittet, bereits an, die Spule drehte sich schon, und er hauchte mir mit errötetem Flehen zu

– Versprich mir dass du niemandem etwas vom Entchen in der Badewanne erzählst

keine Angst, ich erzähle nichts vom Entchen in der Badewanne, es bleibt unser Geheimnis, wie auch die Schmerzen der Kindheit und die Angst vor der Dunkelheit, und wo wir schon in Stimmung zu Geständnissen sind, wie war Ihre Mutter, wie war Ihr Vater, bekamen Sie auch Panik, wenn Clowns Sie begrüßten, Ihnen ihren Handschuh hinstreckten, diese weißen Gesichter, eine Augenbraue hoch, riesige rote Münder und mittendrin der kleine echte Mund, die Augen lachen nicht, tiefernst, lassen Sie die Spule, sie wird später zurückgespult, reden Sie mit mir, beispielsweise, warum fühlen Sie sich noch mehr allein, nachdem Sie mit einer Frau geschlafen haben, das Gefühl

– Wozu?

der Wunsch

– Lass mich los

und sich auf den erstbesten Stuhl setzen, das Entchen auf dem Schoß, in der Hoffnung auf, in der Hoffnung auf gar nichts, der Angestellte mit der weißen Jacke durch einen Türspalt, ließ mich auffahren

– Der Senhor Doutor kommt gleich gnädiges Fräulein er entschuldigt sich für die Verzögerung

wie viele Blumen habe ich auf Papierstückchen gezeichnet, ich, die ich nicht zeichnen kann, älter als mein Vater, langsamer, die Senhora, die die andere Senhora mochte

– Schwör mir dass du es ernst meinst Inês

und die andere Senhora

– Ich schwöre es

ohne jede Überzeugung, nein, die andere Senhora

– Muss ich schwören?

antwortete der Grimasse ihres Ehemannes mit einer amüsierten Grimasse, ich habe Dutzende Blumen gezeichnet und daneben ich liebe dich für einen Mann geschrieben, der älter war als mein Vater, beim Aufstehen lange brauchte, mit der Brille las und beim Tennis nicht rannte, an dem Ort, an dem ich in Lissabon wohne, sieht man den Fluss nicht, der mich nicht besonders interessiert, ich schaue nicht einmal hin, übrigens gehe ich fast nie in das Zimmer, das die Besitzerin des Kleiderladens für mich möbliert hat, man braucht bloß auf dem Korridor entlangzugehen, und schon schaukeln die Klunker des Lüsters, nicht aus Kristall, natürlich nicht, aus Glas, grün, weil die Farbe der Vorhänge sich in ihnen fortsetzt, wobei die Glühbirnen Kerzen nachahmten, wenn ich tief einatme, nehme ich das Rasierwasser des Senhor Doutor und die Creme wahr, mit der er vor dem Kämmen sein Haar düngt, meine Mutter roch immer nur nach meiner Mutter, und die einzigen Male, in denen mein Vater nicht wie mein Vater roch, war, wenn er mit seinen Freunden im Krankenwagen zurückkam, umgeben von einem unangenehmen, süßen Geruch, ich musste zweimal hinschauen, um ihn zu erkennen, und meine Mutter schniefte stumm, wünschte ihm den Tod, bei solchen Gelegenheiten wurde ich manchmal durch meinen Vater wach

– Du weigerst dich?

gefolgt von Kampfgeräuschen, und das Problem war gelöst, weil der Bettkopf auflebte, mein Vater, unter Schwierigkeiten, wie jemand, der beim Laufen spricht

– Nur weil du dich geweigert hast bekommst du die doppelte Dosis

der Bettkopf beinahe lose, der Arme, morgens, bevor er in den Gemüsegarten ging, hockte mein Vater unter dem Heiligen Herzen an der Wand und verstärkte ihn mit Nägeln

– Bevor dieses Klapperteil von allein kaputtgeht und jemandem die Wirbelsäule zerbricht

und hob die Matratze an, um die Bretter zu prüfen, lag auf dem Fußboden, nur die Stiefel schauten heraus, meine Mutter zu mir, indem sie auf die Schnürsenkel wies

– Wer hat da den Verstorbenen versteckt?

die Matratzenfüllung, nicht mein Vater

– Pass auf gleich hämmere ich dich

es hieß, er hätte in Elvas einen Sohn bekommen, als er beim Militär war, möglich ist es, aber ich weiß es nicht, und da hielten die Duftrosen inne, im Büro wurde es still, der Schatten einer Wolke zog über das Haus und verdunkelte das Wasserbecken, und der Senhor Doutor stand auf der Schwelle

– Kleine

mit dem Hemd und der kurzen Hose vom Tennis, den Tennisschläger vergessen in der Hand, der Senhor Doutor größer als meine Erinnerung an ihn, ernster, trocknete die Stirn mit dem Taschentuch

– Kleine

ging nicht auf mich zu, berührte mich nicht

– Was mache ich mit dir Kleine?

zog die Blumen, die ich für ihn gezeichnet hatte, aus einer Brieftasche, und zeigte sie mir von weitem, steckte sie wieder weg, wies mich an, mich auf die andere Seite des Schreibtisches zu setzen, wieder

– Kleine

während die Gardine des Fensters hoch oben heftiger wogte, durch die Duftrosen hindurchging oder sie vielmehr zur Seite schob, um mich besser zu beobachten, der Senhor Doutor, der in Portugal das Sagen hatte, so in Nöten wegen eines Mädchens, eines bedeutungslosen Mädchens aus der Provinz, das arme Kind, er traf Entscheidungen über das Volk, aber traf keine Entscheidung über mich, wer garantiert mir, dass er nicht auch ein Plastikentchen hat, so sind die Männer, ist doch so, oder, und was noch merkwürdiger ist, ich umarmte ihn, anstatt enttäuscht zu sein

– Ich liebe dich

presste mich an ihn, die ich mich nie an jemanden presste

– Ich liebe dich

küsste ihn

– Ich liebe dich

spürte die Zeit und die Angst in der Schlaffheit der Muskeln, in der Reglosigkeit der Finger, im Mund, der versuchte mir zu antworten, nicht antwortete, und ich dennoch

– Ich liebe dich

die Gardine am Fenster wurde mit einem Ruck zugezogen, der Arzt

– Wie die Arme sich kratzt woran sie wohl denkt binden Sie ihr die Handgelenke fest bevor sie sich ernsthaft verletzt

und verbesserte sich sofort

– Man kann nicht mit Sicherheit sagen dass sie überhaupt denken wer weiß schon was in Siechen vor sich geht

der Senhor Doutor hat mich nicht ausgenutzt, hat mich nicht verspottet, er, von dem man sich zuraunte, dass er uns Frauen ausnutzte, er vermengte meinetwegen, aus Angst vor mir, die Finger, so merkwürdig das scheinen mag, ich glaube, aus Angst vor mir, als das Maultier eines Nachts weggelaufen war, indem es die Tür des Verschlages zerbrach, ist mein Vater mit der Laterne und der Gerte im Gürtel losgegangen, um es zu suchen

– Diese Nutte

sekundenlang sahen wir ihn nicht, sahen zuerst die Helligkeit des Dochtes zwischen dem Gemüse, dann zwischen den Pfirsichbäumen, schließlich an der Ecke der Mauer, und am Ende alles schwarz vor dem Schwarz des Gebirges, wir hörten die Insekten und das eine oder andere vom Öl der Heiligen angezogene Käuzchen um die Kapelle herum, ich erinnere mich an den Jagdhund des Eseltreibers am anderen Ende der Straße und an die Stimme meines Vaters

– Leg die Waffe weg du Esel

Hühnerstalldurcheinander, weiter in der Ferne Schafe, Glöckchen, der Arzt

– Machen Sie einen weiteren Knoten sonst macht sie sich noch los aufgeregt wie sie ist

Dunkelheit jenseits der Stille und des Wassers vom Brunnen, irgendwo auf dem Erdboden ein Tier, eine Schlange, ein Igel, und meine Mutter und ich beteten, der Senhor Doutor verließ den Schreibtisch

– Ich möchte

und unterbrach den Satz, die Augenbrauen jetzt, ja, buschig, das Kinn jetzt, ja, hervorstehend, die Stimme so hastig

– Ich möchte

während die Zeichnungen meiner Blumen die Duftrosen am Fenster ersetzten, Dutzende Zeichnungen, die endlos leise klirrten, ich weiß nicht, wer mich ins Bett gebracht hat, ich weiß, dass morgens, als ich aufwachte, die Tür des Verschlags repariert und das Maultier darin war, mit Spuren der Gerte auf dem Maul, dem Hals, meine Mutter am Herd reichte meinem Vater Kaffee, seine Weste in Stücken und ein Schienbein nackt, sie zog ihm Dornen aus der Schulter und drückte ein Tuch gegen die Stirn, ich weiß, dass ich, barfuß

– Papi

das erste Mal in meinem Leben

– Papi

und mein Vater anstatt

– Weg da

zog an einem meiner Zöpfe

– Kleine

obwohl er mir wehtat, war ich glücklich, dass er an meinem Zopf zog

– Kleine

ich weiß, dass der Senhor Doutor in einem Zimmer, das ich nicht kannte, an meiner Seite schlief, nicht im Haus in Cascais, denn der Wind war nicht in der Nähe, auch nicht die Kiefern, auch nicht das Meer, an einem anderen Ort, an welchem weiß ich nicht, wo meine Blumen unablässig leise klirrten, ich weiß, dass eines seiner Beine über meinen und die Ellenbogenbeuge an meiner Taille, ich weiß, dass er, trüge ich noch Zöpfe, sie langsam zu seinem Gesicht hinziehen würde, der Senhor Doutor, indem er meinen Vater nachahmte

– Kleine

ich weiß, dass der Arzt

– Zum Glück ist es vorbei

ohne die riesengroße Ruhe in mir zu bemerken, Gott existiert, wie gut, ohne zu bemerken, dass ich wieder eingeschlafen war, die Hand auf der Flanke des Senhor Doutor, ohne die Spatzen zu hören, die draußen redeten.

DRITTES KAPITEL

Ich habe den Senhor Doutor nie gefragt, wer uns hinter der Gardine des Fensters hoch oben ausspähte, wo auch immer wir uns im Garten befanden, vom Tor bis zu den Flammenbäumen oder zur Hecke vor den Kiefern, hinter denen die Dünen, der Wind und das Wüten des Meeres ständig ihren Platz wechseln, war der Turm gegenwärtig und ein Schattenriss, den ich nicht genau erkennen konnte, spähte uns aus, kein Mensch, ein regloser Schatten oder ein Mensch, der ein regloser Schatten war, manchmal allein, dann wieder war der Angestellte mit der weißen Jacke bei ihm, schob sich zwischen den Schatten und die Fenster, als wollte er uns schützen, den Körper gegen die Scheiben gedrückt, machte er den Eindruck, als versuchte er, den Schatten wegzuschieben, der Senhor Doutor

– Armer Marçal

nicht zu mir, zu sich selber, mit ehrlichem Mitleid, der einzige Mensch, dem der Senhor Doutor vertraute

– Der einzige Mensch dem ich vertraue

hin und wieder rief er ihn während der Arbeitszeit ins Büro

– Bleib ein paar Minuten hier

nicht, weil er seine Dienste brauchte, sondern weil er jemanden, der ihn mochte, in seiner Nähe brauchte, und der Angestellte mit der weißen Jacke stand neben einem Stuhl, wagte nicht, sich zu setzen, heute Morgen habe ich beim Baden einen Knoten in der rechten Brust entdeckt, anfangs schenkte ich dem keine besondere Beachtung und wusch mich weiter, fast gegen Ende, als ich den Wasserhahn ausdrehen wollte, fiel mir der Knoten wieder ein, ich ließ die Finger in der Gewissheit hochwandern, mich geirrt zu haben, aber da war tatsächlich ein Knoten, härter als der Rest der Drüsen, rund, ich probierte es auf der anderen Seite, aber da war keiner, ich lehnte mich an die Wand in der Dusche, weil meine Beine nachgaben, tastete noch einmal in der Hoffnung, mich geirrt zu haben, aber es stimmte, ich dachte, dass er möglicherweise schon sehr lange dort sein könnte, ohne dass ich es bemerkt hatte, ich war seit Ewigkeiten nicht mehr beim Arzt, mein Gott, und ich hätte nie gedacht, dass das Herz so schnell schlagen könnte, sogar in den Fingerspitzen spürte ich es, im Kopf, in den Knien, Ehrenwort, ich zog die Duschhaube heftig herunter, weiß ich warum, so wie ich auch nicht weiß, warum ich daraufgetreten bin, das Natürlichste wäre, dass es sich um etwas Unwichtiges handelte, selbstverständlich, denn statistisch gesehen sind unwichtige Dinge sehr viel häufiger als andere, mich beruhigen, einen Tee für die Nerven trinken, ein oder zwei Wochen warten, drei warten, wegen des Wasserdampfes konnte man die Deckenlampe nicht sehen, Krebs, Krebs, ich ohne Haar, in Todesqualen, ich im Wartezimmer der Praxis, die Ärztin

– Einstweilen können wir noch keine Schlüsse ziehen wir werden sehen

und was werden wir sehen, ist doch klar, was wir sehen werden, wo besteht da noch ein Zweifel, die Ärztin war übrigens dick und trug ein grauenhaftes Kleid

– Man muss lernen mit den Überraschungen des Lebens umzugehen

selbst wenn sie nicht dick gewesen wäre und kein grauenhaftes Kleid getragen hätte, wäre sie dick gewesen und hätte ein grauenhaftes Kleid getragen, ich dick mit einem grauenhaften Kleid, das ganze Land dick und mit einem grauenhaften Kleid, alles auf dieser Welt und vor allem der Krebs dick und mit einem grauenhaften Kleid, hätte die Ärztin

– Wir werden es im Labor überprüfen aber auf den ersten Blick scheint es eine bedeutungslose Läsion zu sein

gesagt, wären das Dicksein und das grauenhafte Kleid, ich war Ihnen gegenüber ungerecht, ich bitte um Vergebung, weniger schlimm gewesen, ich habe grundlos Angst bekommen, es ist nicht nur das Herz, auch der Kopf saust, die Knie bleiben kraftlos, ebenso die Handflächen, die die Seife nicht daran gehindert haben, auf die Fliesen zu fallen, ich rutsche womöglich darauf aus und breche mir, einmal abgesehen von dem Knoten, auch noch ein Bein, großartig, krebskrank und mit gebrochenem Bein, da ist das Bild vollständig, ich habe solche Angst, entsetzlich, ich, die ich normalerweise nicht schwitze, berühren Sie meine Stirn, dann spüren Sie es, meine Mutter wird an den Arterien sterben, mein Vater ist an den Eingeweiden gestorben, ich sterbe an der Brust, und keiner von uns hat das verdient, meine Verwandten sind gute Menschen, bereit, denjenigen zu helfen, die es brauchen, wir tun niemandem ein Leid an, warum sollte man uns ein Leid antun, ich taste den Knoten ab, und er ist größer, ich taste den Knoten ab, und er ist kleiner, die dicke Ärztin mit dem grauenhaften Kleid, ich unterstreiche nicht nur einmal, dreimal, dick und mit einem grauenhaften Kleid, reichte mir einen Briefumschlag

– Die Informationen für den Chirurgen

ich weiß nicht, ob sie es gemerkt hat oder nicht, aber das gesamte Sprechzimmer schwankte, nachdem ein Tränenschleier die Gegenstände verschwimmen ließ, mittendrin die dicke Stimme mit dem grauenhaften Kleid der Ärztin

– Machen Sie sich nicht von vornherein Sorgen warum soll nicht alles gut werden?

und es wird nicht gut werden, weil es nicht gut werden wird, ganz einfach, finden Sie nicht, nicht Sie haben das hier, wenn es so wäre, dann würde ich gern Ihr Gesicht sehen, die Angst, mehr noch als die Angst, die Panik, wie ist es zu sterben, wie wird mein Tod sein, ich beschloss, in der nächsten Woche, ganz bestimmt, einen Termin zu vereinbaren, doch aus diesem oder jenem Grund, was bedeutet wegen dieser Angst, wegen der Panik, vereinbarte ich keinen, solange man mir nicht schwarz auf weiß erklärt, dass ich Krebs habe, bin ich nicht sicher, welchen zu haben, zwischen dem Zweifel, Krebs zu haben oder nicht, und der Gewissheit, ihn zu haben, ziehe ich trotz allem den Zweifel vor, der immer noch ein Türchen zur Hoffnung offen lässt, an die wir, wenn wir ehrlich sind, nicht glauben, da ist mein Ende, ich kann es abschätzen, es kennen, beinahe seine Textur messen, beinahe mit ihm reden, und der einzige Satz, der mir einfällt, ist

– Warum?

ohne dass es mir antwortet, natürlich nicht, es antwortet nie, würde es antworten, dann

– Was weiß ich

ich wurde nicht einmal ausgesucht, nicht einmal erwählt, die Gabel wurde in die Sauce gesteckt, und ich wurde zufällig herausgepickt, ich sterbe, weil es der Zufall so wollte, bin ich denn so wenig wichtig, bin ich denn ein solches Nichts, und die Tatsache, ein Nichts zu sein, öffnete Dutzende Türchen, von denen ich nicht wusste, dass ich sie besaß, durch sie kamen Tränen und mit den Tränen die Überzeugung, dass der Knoten eine Riesengemeinheit war, um der Gemeinheit ein Ende zu bereiten, spreche ich morgen mit der dicken Ärztin mit dem grauenhaften Kleid, nicht vormittags, da sind sie im Krankenhaus, und man trifft sie nicht an, sind bei anderen Tätigkeiten, Versammlungen, Vorlesungen, versuchen Sie es in einer Viertelstunde noch einmal, in einer halben Stunde, in einer Stunde, also suchte ich die Nummer der Praxis in meinem Telefonbuch in der Hoffnung, die Seite mit den Ärzten möge fehlen, der Dermatologe wegen des Herpes, der Zahnarzt, der von den Augen, der meine Kontaktlinsen überwachte, manchmal gibt es in diesen Ringbüchlein eine Seite, die verlorengeht, aber leider war es nicht der Fall, Fernsehtechniker, Friseur, Frauenärztin, Fernanda, eine entfernte Cousine oder, besser gesagt, eine Bekannte, die ich zu einer Cousine gemacht hatte, mit der ich ins Kino gehe, die sich in ständigen Komplikationen wegen eines Ingenieurs befindet, der sich nicht zwischen der Witwe des Bruders und ihr entscheiden kann, Versprechen an einem Totenbett und dergleichen Blödsinn, die Witwe hat einen reichen Vater, was soll ich machen, sag es mir, mein Bruder

– Schwör mir dass du dich um sie kümmerst

und ich, denn mit Sterbenden spaßt man nicht

– Ich schwöre es

also stecke ich in einer verdammten Zwickmühle, du musst mir etwas Zeit geben, damit ich die Angelegenheit mit Anstand löse, und außerdem hat Fernanda noch das Problem, dass sie hinkt, die Arme, und das rührt die Leute, ich rief also in der Praxis an, und die Angestellte, die nicht so freundlich hätte geboren werden müssen, arrangierte mir umgehend einen frei gewordenen Termin am nächsten Tag, dazu noch um fünf Uhr nachmittags wie beim Stierkampf, ein Tier, das sich, überall durchbohrt, bis zu seinem Tod in der Arena wälzt, oder besser gesagt, ich wälze mich, überall durchbohrt, in der Arena bis zu meinem Tod, als ich den Hörer zurücklegte, Amseln auf einem Stromkabel, ausgerechnet Vögel in Trauer für mich, das musste wohl sein, der Anblick der Amseln ließ mich innerlich frösteln, ich habe mich um halb vier umgezogen, weil, aber weiter im Text, warum bloß rüschen wir uns für die Ärzte auf wie zu einer Taufe, diskreter Schmuck, bessere Blusen, fast neue Schuhe, man sollte nicht übertreiben, meine Cousine

– Ist etwas passiert?

ich

– Ein Beileidsbesuch

und sie wunderte sich wegen der Farben, nicht in Schwarz,

mit der Zeit sind die Trauertraditionen weniger strikt, und der Tod ist immer mehr zu einem Gespräch unter Freunden geworden, wie über jemanden, der nicht unterbricht, obwohl er das Gefühl vermittelt, ganz leise zu seufzen oder Meinungen zu vertreten, die man nicht versteht, das Wartezimmer in der Praxis ein Praxiswartezimmer, Resopalmöbel, Bilder, die man zu Hause aufzuhängen nicht den Mut aufbrächte, Sitze, die den Hintern foltern, ein Frauenpaar murmelt wie in der Kirche über Nichten und Neffen, die einen auslaugen und die für gewöhnlich, als sie gerufen werden, gehen sie gemeinsam ins Sprechzimmer, und der unterbrochene Dialog lässt eine erschrockene Leere voller Warnungen zurück, die dicke Ärztin mit einem grauenhaften Kleid, selbst mit der Verkleidung des Arztkittels, der Ehering des Mannes aufgrund irgendeiner zu früh erfolgten, nichtsdestoweniger traurigen Katastrophe an ihren geklebt, doch sie hingegen ist quicklebendig, das Haar mit einer leicht lila Tönung, weniger erschreckend, als ich dachte, da haben wir den Unterschied zwischen dem, was wir annehmen, und der Realität, wir leben von Irrtümern, hoffentlich ist der Knoten, hoffentlich der Tod um ein paar Jährchen aufgeschoben, obwohl das Leben überhaupt nicht witzig ist, im Allgemeinen ist es überhaupt nicht witzig, und wo es überhaupt nicht witzig ist, warum zum Teufel klammern wir uns so daran, ich weiß den Grund immer noch nicht, ich brauche nicht extra zu sagen, dass der Knoten größer wurde, sobald ich vor der dicken Ärztin mit dem grauenhaften Kleid Platz genommen hatte, das war vorauszusehen, ein Arzt macht, wenn er vor uns sitzt, die Krankheit gleich schlimmer, die schreckliche Frage

– Nun was führt Sie hierher?

und schon geht es einem schlechter, ich habe den Senhor Doutor nie gefragt, wer uns hinter der Gardine im Fenster hoch oben ausspähte, doch ich schöne den Bericht, aus Schiss belügen wir immer diejenigen, die wir dafür bezahlen, dass sie uns die Wahrheit sagen, versuchen wir, beruhigende Reaktionen im undurchdringlichen Gesicht des Zuhörers zu entziffern, das, während wir reden, noch undurchdringlicher wird, Hilfe, wäre Senhor Albuquerque bei mir, hätte er Mitleid mit mir

– Ich halte mich noch mehr oder weniger mit der Galle aber in Ihrem Fall gnädiges Fräulein oh weh gnädiges Fräulein

die dicke Ärztin mit dem grauenhaften Kleid, die eine Art Pony trotz allem noch einigermaßen gut aussehen ließ

– Ziehen Sie sich bitte hinter dem Paravent aus eine Krankenschwester wird Ihnen helfen

Hilfe hieß Herumgezerre, das ungeschickte Ding, beispielsweise am Verschluss des Büstenhalters, was mich nervte, zum Glück nicht auf der rechten Seite, auf der linken, hinter dem Paravent eine zerquetschte Mücke, zwei an die Wand geschraubte verchromte Haken, ein Bügel und ein Hocker, ein Drehhocker, dessen Sitz schief war, keine Ahnung warum, es sei denn, was man darauflegte, sollte herunterfallen, die Nacktheit gab mir angesichts der Ärztin das Gefühl vollkommener Wehrlosigkeit, die Überlegenheit bekleideter Menschen erschlägt uns, die Gewissheit, dass der Knoten zu sehen, riesig war, die Ärztin mit dem grauenhaften Kleid hieß mich die Finger hinter dem Nacken verschränken

– Die Ellenbögelchen noch ein bisschen weiter nach hinten noch weiter nach hinten

die Verkleinerungen der Leute haben mich seit jeher geärgert, die Ellenbögelchen, die Äderchen, die Tablettchen, sie rieb die beiden Handflächen mit den beiden Ringen aneinander, ich habe dem Senhor Doutor nie etwas davon gesagt, die ihre Witwenschaft betonten

– Ich hoffe meine Hände sind nicht zu kalt

und das waren sie nicht, sie waren lauwarm und weich, abstoßend, sie begann mich kompetent und langsam zu untersuchen, lutschte dabei die Unterlippe mit der Oberlippe, von nahem gesehen waren auf dem Kleid fast alle Farben des Regenbogens versammelt, ganz zu schweigen von erfundenen Farbtönen, am Rand des Halses die Narbe einer Schilddrüsenoperation, was mir einige Freude bereitete, ich hoffe, du hast einen ordentlichen Schrecken bekommen und bist dabei menschlicher geworden, ich habe den Senhor Doutor nie gefragt, wer uns hinter der Gardine, wo auch immer wir uns im Garten befanden, ausspähte, vom Tor bis zu den Flammenbäumen oder zur Hecke vor den Kiefern, hinter denen die Dünen ständig ihren Platz wechselten, eine Gestalt, die ich schlecht erkennen konnte, kein Mensch, manchmal allein, dann wieder war der Angestellte mit der weißen Jacke bei ihr, der Senhor Doutor

– Armer Marçal

nicht zu mir, zu sich selber, mit ehrlichem Mitleid, der einzige Mensch, dem der Senhor Doutor vertraute

– Der einzige Mensch dem ich vertraue

hin und wieder rief er ihn während der Arbeitszeit ins Büro

– Bleib ein paar Minuten hier

nicht, weil er seine Dienste brauchte, sondern weil er jemanden, der ihn mochte, in seiner Nähe brauchte, und der Angestellte mit der weißen Jacke stand neben einem Stuhl, wagte nicht, sich zu setzen, aber auch der Senhor Doutor wies ihn nicht an, sich zu setzen, er war damit beschäftigt zu lesen, zu korrigieren, zu notieren, dann und wann hob er den Kopf, schob die Brille auf die Stirn, und die Augen waren nicht in seinem Gesicht, sondern auf den Duftrosen, blind, fragten

– Finden Sie wirklich dass ich ein Trebegänger bin Senhor?

nicht

– Vater

wie unsereins, sondern

– Senhor

zu einem bedeutungslosen Kerl mit idiotischem Hütchen, den sonst niemand sah, der die Zeitung zusammenfaltete und am Tisch die Serviette mit den gleichen zornigen Gesten auseinanderfaltete, als wäre die Serviette eine Fortsetzung der Zeitung, es gibt Augenblicke, da habe ich Sehnsucht nach dem Maultier, ich hätte gern, dass es bei uns wäre und ich es nachts zwischen den Brettern, vermischt mit dem Laub der Bäume, schniefen hörte, ich habe den Angestellten mit der weißen Jacke gefragt, wer dort oben wohne, und er tat so, als hätte er mich nicht gehört, sein Schweigen ein Flehen

– Zwingen Sie mich nicht darüber zu sprechen gnädiges Fräulein

der Senhor Doutor in seiner Erinnerung bei einer Frau, die ein Kind in den Schlaf wiegt, ihm langsam auf den Hintern klopft, in einem Zimmer auf- und abgeht, zum Angestellten mit der weißen Jacke

– Du kannst gehen Marçal es geht mir wieder gut ehrlich

dank der Frau, die das Kind hin- und hertrug, glaube ich, es ins Bett legte und auf dem Flur immer leiser wurde, während sie sich die Arme massierte

– Ist so als wäre er gestern geboren worden aber wiegt wie Blei der Schlingel demnächst bin ich alt

während der Senhor Doutor an ein Mädchen dachte, zumindest an die Erinnerung an ein Mädchen, allerdings verwahrte er es nicht sehr präzise in seinem Gedächtnis, die Ellenbögelchen noch weiter nach hinten, die Ellenbögelchen noch weiter nach hinten, das ihn fütterte und dabei die Löffel zählte

– Es fehlen noch neun es fehlen noch acht es fehlen noch sieben

und währenddessen die Ränder der Schüssel auskratzte, ohne dass es ihm gelang, die Zahlen zu verfolgen, wenn er vom Anfang bis zum Ende zählte, konnte er es, aber vom Ende zum Anfang verlor er sich, wieso auch einer oder wieso zwei, wer hat die Namen der Zahlen erfunden, mein Name kommt von meiner Patentante, ich frage mich, ob, die dicke Ärztin mit dem grauenhaften Kleid verweilte lange bei meiner rechten Brust, genau an der Stelle, bei der ich unter der Dusche gestrandet war, ich frage mich, ob die Zahlen ebenfalls Patentanten haben, das Maultier hatte keine Patentante, einen Patenonkel, mein Vater

– Das andere war Condessa dieses hier soll Malhada heißen damit es nicht hochnäsig wird

das andere habe ich nicht kennengelernt, es starb vor meiner Geburt, Malhada mussten sie erschießen, weil es einen Knöchel gebrochen hatte, der Ortsvorsteher, der etwas von Tieren verstand

– Es taugt zu nichts mehr außer um zu leiden

apropos leiden, die dicke Ärztin mit dem grauenhaften Kleid ließ beim Knoten nicht locker

– Da ist tatsächlich ein Knoten versuchen Sie bitte die Ellenbögelchen noch ein paar Zentimeter weiter nach hinten zu ziehen

und da es zu nichts weiter taugte, außer um zu leiden, zog der Ortsvorsteher oder eher mein Vater, der Ortsvorsteher, ein paar kleine Jungen, die die beiden aus der Ferne verfolgten und hofften, man möge ihr Gewisper nicht verstehen

– Und wenn sie sich vertun und anstatt auf das Tier auf uns schießen?

mein Vater und der Ortsvorsteher zogen das Maultier am Strick um den Hals bis zu der Stelle, an der das Eukalyptuswäldchen beim Gewitter im letzten Jahr gebrannt hat, eine Art Ebene aus schwarzer Asche ohne eine einzige lebende Pflanze, halten Sie die Ellenbögelchen so, nur lose Zweige, die wie aus Draht gemacht wirkten, wenn sie von allein zerbrachen, das Maultier versuchte, sich humpelnd zu wehren, schüttelte den Kopf, und mein Vater schob es, schlug ihm dabei auf die Schenkel, genau das werden sie mit mir im Krankenhaus machen, mir auf die Schenkel schlagen

– Malhada Malhada

damit ich weiterging, während ich trotz des Strickes versuchte zu fliehen, direkt in den Operationssaal, wo Leute in Grün, bei denen man zwischen der Haube und den Stoffmasken nur die Augen sah, darauf warteten, dass ich mich auf eine Art Liege legte, wo sie mich mit einem Schuss niederstreckten und mein Körper, nicht ich, nur mein Körper sich bei jeder Kugel zusammenzog, bis eine der Masken

– Es lohnt nicht weiterzumachen ist schon gut

ich inmitten von Asche und verstreuten Zweigen, die die Vögel und kleinen Tiere mieden, kein einziger Pilz oder eine von diesen Disteln, die sogar auf Steinen wachsen, weil sie, Ehrenwort, Wurzeln ins Innere des Granits treiben, ich mag alle Mängel der Welt besitzen, aber ich lüge nicht, die Menge von Ave-Marias, die ich als kleines Mädchen als Buße dafür gebetet habe, dass ich meine Eltern angelogen hatte, hat mir das Lügen ausgetrieben, aber letztlich, wenn man genauer über Wahrheit und Lüge nachdenkt, welche von beiden ist authentischer, sie ließen den Strick des Maultiers los, und es humpelte noch ein oder zwei Schritte mitten im Staub, und dann blieb es wartend stehen, es gibt einen Augenblick, in dem die Tiere aufgeben und sich darauf beschränken zu warten, so wie ich, was die Brust betrifft, beginne aufzugeben und mich darauf beschränke zu warten, ich sehe den Ortsvorsteher, wie er das Gewehr vorbereitet, meinen Vater, wie er in der Wüste des Brandes umhergeht und sein eigenes Bein mit der Gerte schlägt, sich selber bestraft, die Jungen in einer Traube aus offenen Mündern, aneinandergeklammert in Schiffsuntergangsschrecken, hier und dort ein kleines beharrliches Glutnest, ein sterbendes Glitzern, eine schnelle Helligkeit, die dicke Ärztin mit dem grauenhaften Kleid

– Senken Sie die Arme und ziehen Sie sich an wenn Sie fertig sind reden wir

und gleich das Herz, das Arme, so kräftig und so schnell, dass ich es sogar in den Fingerspitzen spürte, im Kopf, in den Knien, es gab kein einziges Stückchen von mir, in dem es nicht hüpfte und hüpfte, das Maultier still, als der Ortsvorsteher sich näherte, ruhig, ein Mann, von dem gesagt wurde, er trüge wegen Wasserstreitigkeiten zwei Tote auf seinen Schultern, als die Guarda Republicana kam, um das Volk zu fragen, was es wusste, keine Ahnung, nicht aus Angst, sondern weil das Angelegenheiten waren, die man nicht mit Fremden teilte, der Anführer der Guarda, als er ging

– Schlauberger

und zufrieden mit dem

– Schlauberger

löste er das Problem, und es gab keine weiteren Sicheln in keiner weiteren Kehle, denn indem er sie einander gleichstellte, rettete er die Ehre aller und verhinderte Rache, der Ortsvorsteher hatte das Gewehr auf die Stelle zwischen dem Ohr und dem Auge gerichtet, blickte meinen Vater an, wartete darauf, dass dieser mit einem Nicken einwilligte, und mein Vater reglos, mein Vater

– Warte

hörte auf, reglos dazustehen, um sich dem Maultier zu nähern und es an den Hals zu boxen, mein Vater

– Du Nutte

wiederholte

– Du Nutte

schlug es

– Du Nutte

und das

– Du Nutte

war keine Beleidigung, keine Aggression, was für eine

Aggression, sondern der Abschied, zu dem er imstande war, wenn Sie einer Sache sicher sein können, dann, dass dies ein Liebesroman ist, zweifeln Sie auch nicht einen Augenblick an mir, verstehen Sie, als ich mich auf meinen Platz im Sprechzimmer setzte, sagte die dicke Ärztin mit dem grauenhaften Kleid, das Foto eines Mädchens mit einer Nase genau wie ihre, bereits mollig, in einem Lederrahmen

– Aufgrund der Informationen die wir zur Zeit haben ist die Aussicht folgende

wobei sie aufs Geratewohl schiefe Kreise auf einen Block malte, merkwürdig, das Wort Aussicht, wenn es auf meinen Knoten angewandt wird, für mich bedeutete Aussicht eine Flusslandschaft oder ein Stadtteil, von einem erhöhten Standpunkt aus gesehen, Häuser, Plätze, Denkmäler und ein Tanker, der den Tejo befleckt und die Möwen einsargt, die sich nicht auf dem Wasser, sondern auf Teer und Diesel niederlassen, am Ende sterbe ich nicht am Krebs, ich sterbe an einer Aussicht mit Palästen und ganzen Wohnblocks in der Leber, in den Knochen verteilt, anstelle von Organen habe ich Dächer und Gassen, die mich verschlingen und verschlingen, sobald sie meine Hirnhaut erreichen, werde ich meschugge, stottere Unsinn, es ist nicht die Krankheit, die mich kaputtmacht, Lissabon verschlingt mich, mein Vater zum Ortsvorsteher

– Dann bring es zu Ende Gaspar

das Eukalyptuswäldchen so schön vor dem Gewitter, der Ortsvorsteher schoss, und Drosselschwärme flohen, die Arbeit, die Gott mit all diesen Bäumen gehabt hat, um sich ihrer in einem Augenblick zu entledigen, wahrscheinlich hat Gott, der existiert, das diskutiere ich hier jetzt nicht, eine Aussicht in der Hirnhaut erfasst, und er ist meschugge geworden, nur ein Meschuggener würde eine solche Welt mal eben so in sieben Tagen fabrizieren, und daher die Menge an Stotterern, an Schiffbrüchen, an Holzwürmern, was soll beispielsweise so ein

Holzwurm oder ein Stotterer, der uns stundenlang mit hervorstehenden Augen, mit nur einer Silbe versehen, mit Fragen löchert, mein Vater abgewandt, die Hand vor dem Gesicht, damit die Pupillen ja nicht in den Nacken wanderten, der Mund der Kinder ein unendliches Loch, das Maultier fiel in ihren Rachen, als es zusammenbrach, und Asche und Staub löschten sie aus, nachdem es begraben war, saß mein Vater die ganze Nacht lang auf einem Stein im Garten, und meine Mutter machte sich Sorgen um ihn, stand ständig aus dem Bett auf, um ihn von der Küche aus zu beobachten, die etwas weniger dunkel war als die Dunkelheit, denn ihr Nachthemd war weiß, lang, es hätte mich nicht gewundert, wenn sie wie die Engel geflogen wäre, als ich kleiner war, sah ich die Engel an der Wetterfahne der Kirche auf Latein piepsen, als sie, von der Kerze der Heiligen beleuchtet, die Küche erreichte, allerdings hatte meine Mutter mehr Haar, weil sie ungekämmt war, bis sie dreißig sind, wirken ungekämmte Menschen jünger, über dreißig älter, obwohl wir nie wieder ein Maultier hatten, war mir so, als gäbe es im Herbst im Verschlag ein Schniefen, einen Huftritt, mein Vater ging hoffnungsvoll hinein und traf keines an, ich hätte ihm gern einen Zopf geschenkt, um ihn zu trösten, aber er schob mich beiseite

— Weg da

ohne mich mit der Gerte schlagen oder ins Ohr beißen zu müssen, er wurde immer einsamer, vergaß morgens seinen Kaffee zu trinken, vergaß das Mittagessen, hackte ohne innere Beteiligung, der Bettkopf, der zwar da war, ich habe für alle Fälle noch einmal nachgesehen, war nie wieder zu hören, und er ist nicht wieder mit dem Krankenwagen zur Grenze gefahren, das Foto des bereits molligen Mädchens im Lederrahmen zu mir, oder aber die dicke Ärztin mit dem grauenhaften Kleid, eine von beiden, egal wer

— Wir werden eine Mammographie machen und die Sache aufklären was ich denke ist zu unsicher oder aber nicht ich, wir beide werden vereint wie siamesische Zwillinge vor einer Maschine stehen, die unsere Aussichten erforscht, ich wusste gar nicht, dass Sie auch eine Flusslandschaft oder einen Stadtteil von einem erhöhten Standpunkt aus gesehen haben, wir ziehen uns nebeneinander hinter einem Paravent aus, bleiben Arm in Arm, den Arsch auf Grundeis, verzeihen Sie bitte diese plebejische Ausdrucksweise, während der Apparat, der die Angelegenheit klären soll, entscheidet, welche von uns beiden die Landschaft und welche den Stadtteil bekommt, der medizinisch-technische Assistent mit einem braunen Umschlag in jeder Hand fragt uns

– Rechts oder links?

und wir blicken einander an, blicken auf die Umschläge, blicken einander wieder an, zögern, nicht wegen des Arsches auf Grundeis, denn in diesem Augenblick gibt es weder Arsch noch Grundeis, ich nicht aus Höflichkeit, sondern aus Angst zur dicken Ärztin mit dem grauenhaften Kleid gewandt

– Wählen Sie aus Frau Doktor

die dicke Ärztin mit dem grauenhaften Kleid

– Wählen Sie aus Sie sind die Kranke

ich zur dicken Ärztin mit dem grauenhaften Kleid

– Sie sind Ärztin Frau Doktor ich nicht das hätte gerade noch gefehlt

und die dicke Ärztin mit dem grauenhaften Kleid tippte mit dem ausgestreckten Zeigefinger resigniert langsam mal auf den einen, mal auf den anderen Umschlag

– Ene mene miste es rappelt in der Kiste ene mene meck und du bist weg

der Assistent ungeduldig

– So viel Getue um einen Scheißkrebs Sie beide werden bestenfalls erst in ein paar Jahren ins Gras beißen was macht da schon den Unterschied?

so wie das Maultier in der Asche im Eukalyptuswäldchen

und mein Vater, der bis zum Ende der Welt auf das Tier wartete, die Ohren gespitzt wegen der Möglichkeit von Hufen, die das Gemüse zertreten, so wie ich darauf warte, dass der Senhor Doutor zurückkommt, jetzt, wo es das Fenster oben nicht mehr gibt, den Turm nicht mehr gibt, das ganze Haus allmählich zerfällt, verlassen, falls es dem Wind gelingen sollte, die Kiefern zu durchdringen, wird er nichts finden, was er umstürzen könnte, einer der Flammenbäume ist, möglicherweise von innen hohl, abgeknickt, im Umfallen begriffen, das Gewächshaus ein paar Fenster und auf dem Boden zerstreute Glasscherben, vom Tennisplatz keine Spur, kein Echo von Bällen mehr, es fehlt ein Teil der Mauer, eine Kette, die, sobald man sie berührt, zerbricht, versiegelt das Tor, dem jede dritte Lanze fehlt, und die restlichen sind verrostet und schief, Zimmer ohne Möbel, Staubrollen auf dem Fußboden, ich fragte die dicke Ärztin mit dem grauenhaften Kleid, ohne den Briefumschlag zu öffnen, wozu

– Welcher Krebs ist Ihnen zugefallen Frau Doktor?

und sie, mit leisem Stimmchen

– Der Stadtteil wollen Sie mit mir tauschen?

und ich habe selbstverständlich abgelehnt, keine Häusermetastasen und Möwenmetastasen, die meine Aorta mit durchgehärteter Schlacke verstopfen und zudem noch schwer wegzuraspeln sind, ich danke für das Angebot, aber so ist es mir lieber, und was die Flusslandschaft betrifft, hoffe ich, dass die Chemotherapie sie wegträgt, ich hatte nicht den Mut, den Senhor Doutor wegen der Person anzusprechen, die uns hinter dem Fenster hoch oben ausspähte, mein Vater zum Ortsvorsteher

– Sieh zu dass es keine großen Schmerzen hat Gaspar

und ich war verblüfft über meinen Vater, der immer so brutal war, manchmal glaube ich, dass unter der Brutalität, hör auf mit den Sentimentalitäten, mach weiter, wen außer dich interessiert ein armer toter Bauer, der Senhor Doutor zu mir, ich bemerkte, dass er in Nöten war, denn sein kleiner Finger, nur der kleine Finger vibrierte, die anderen waren ruhig

– Schau nicht hin

und auch wenn ich versuche, nicht hinzuschauen, verzeihen Sie mir, Senhor Doutor, das Auge gehorcht nicht, handelt selbständig, so wie auch die Zunge gegen unseren Willen selbständig handelt, immer wieder zu einem Fehler im Zahn zurückkehrt, welcher Teil unseres Körpers nimmt es letztlich hin zu gehorchen, meine Stimme kommt beispielsweise beim Singen von ganz allein, unabhängig von mir, aus mir heraus und schwillt an, ich bin eines, und die Stimme ist etwas anderes, und obwohl er mir befahl, nicht hinzuschauen, schaute er heimlich hin, ohne den Kopf zu wenden, den kleinen Finger spürte er genau, so wie er einen Zug und einen noch jungen Mann spürte, also nicht den Senhor Doutor, oder aber den Senhor Doutor vor vielen Jahren, der von einem Zug zum anderen rannte, etwas suchte, von dem ich nicht weiß, was es war, ich zu ihm, ohne die Absicht zu haben, es zu sagen, es kam unerwartet heraus, gegen meinen Willen, ich bin nie wieder durch die Asche im Eukalyptuswäldchen gegangen, weil ich fürchtete, das Maultier würde mich sehen, oder einer dieser großen, polierten weißen Knochen könnte auf die Erdoberfläche zurückkehren und mich anklagen, es getötet zu haben

– Was suchten Sie bei den Zügen Senhor Doutor?

und der Senhor Doutor nicht zornig auf mich, nur ganz leise

– Halt den Mund

ein Mann von sechsundfünfzig Jahren mit einem sechsundfünfzigjährigen Körper, wohlüberlegten Gesten, die nicht vom Körper kommen und daher schwerfällig, unelegant sind, dies ist ein Liebesroman, was würde ich nicht darum geben, dass er die ganze Zeit bei mir wäre, die Besitzerin des Kleiderladens, die schon keinen Kleiderladen mehr, sondern nur noch meine Verträge hatte, nach einem Telefonat

– Im nächsten Monat haben wir zwei Vorstellungen in Paris

und meine Mutter schrubbte nicht mehr den Boden, war gut gekleidet, hatte nichts zu tun, sehnte sich nach dem Gemüsegarten und den ersten Amseln, nicht im April, im März

– Sie haben dieses Jahr früher angefangen

unglücklich, sie beklagte sich nicht, aber ich möchte wetten, dass sie unglücklich war, sie verstand Badewannen nicht, sie verstand Waschzuber, sie verstand die Sirenen der Feuerwehr nicht, sie verstand Kirchenglocken oder die Schellen des Viehs, die Hühner, die in der Abenddämmerung um die Plätze auf der Sitzstange kämpften, wo die Ratten nicht hinkamen, ich sah, wie sie ohne Kittel oder Pantoffeln dahinsiechte, von übermäßig wichtigen Leuten umgeben, ohne Schweiß, ohne Rüben und Salatköpfe, und meinen Vater, der mit dem Maultier kämpfte

– Du Nutte

in einem engen Verschlag, meinen Vater, der mit meiner Mutter kämpfte

– Du Nutte

in einem Bett, das auseinanderfiel, dessen Gewicht und dessen, wer wohnt hinter dem Fenster im Turm, Senhor Marçal, und Senhor Marçal, als hätte er es nicht gehört, dessen Gewicht und dessen Gewaltsamkeit intensiver waren als die Lust, ich habe sie schließlich wieder in ihr altes Zuhause zurückgebracht, zu ihren kleinen Heiligenbildchen, ihren Tonfiguren, ihrer Pumpe, die in trockenen Wintern mühsam geizige Tröpfchen aus dem Brunnen presste, ich habe sie schließlich dort gelassen, in Trauer gehüllt, nachmittags palt sie auf einem Schemelchen Erbsen in eine Schüssel auf ihren Knien oder teilt mit einer ebenfalls verwitweten Nachbarin Stille unter dem Rauschen der Ulmen, der Chirurg bat mich nicht, mich auszuziehen, er schaute lange, den Kugelschreiber in der Luft, in einen Kalender, blätterte mit einem leisen Pfeifen, das ihm half, sich zu konzentrieren, vor und zurück, versuche ich, mich an sein Gesicht zu erinnern, gelingt es mir nicht, ich erinnere mich an die Zeichnungen von Frauen an der Wand, keine Gesichtszüge, nur Schultern, und an den Kugelschreiber, der auf sie zeigte

– Meine Frau hat die gemacht

und während ich sie anschaute, blieb die Spitze des Kugelschreibers auf einer freien Stelle im Kalender stehen

– Ich operiere die Flusslandschaft am nächsten Donnerstag Krebs Krebs ist das für Sie in Ordnung?

Frauen nur mit Schultern und die Miniatur eines Oldtimers auf einem Regal, der Senhor Doutor zu mir

– Halt den Mund

und vertrieb die Züge

– Wenn ich

wie, konnte ich nicht verstehen, weil das Meer, die Kiefern, die Dünen, der Leuchtturm, der jetzt nicht schrie, die Möwen schrien, oder ich an ihrer Stelle, ohne dass jemand es hörte, wie ohrenbetäubend doch die stummen Schreie auf der Welt sind, ich glaube, dass nur der Angestellte mit der weißen Jacke sie hörte, er wusste alles, er kannte alles, er hatte Mitleid mit uns, einmal war er kurz davor, etwas Vertrauliches zu sagen

– Der Senhor Doutor

und unterbrach sich, ich zu ihm

– Der Senhor Doutor?

und der Angestellte mit der weißen Jacke, mein Vater hielt mich auf dem Maultier im Gleichgewicht, der Angestellte mit der weißen Jacke, dem es leidtat

– Nichts Wichtiges gnädiges Fräulein

oder vielleicht war es wirklich nicht so wichtig, denn manchmal vergaß es der Senhor Doutor im Hotelzimmer, in dem er mit mir zusammen war, kein Bahnhof, keine Reisenden, kein Gepäck, keine Eile, keine, ich hätte fast Frau gesagt, aber ich bin mir nicht sicher, ich bin mir sicher und möchte mir nicht sicher sein, und deshalb bin ich mir nicht sicher, keine Frau ohne Gesichtszüge, ohne Finger, ohne Knie, nur eine Bleistiftzeichnung wie die der Ehefrau des Chirurgen

– Wenn es Ihnen recht ist operieren wir also am Donnerstag nach dem Mittagessen es reicht wenn Sie morgens nüchtern kommen

und ich versprach, morgens nüchtern zu kommen, was konnte ich denn auch essen, in meinen Mund würde nicht das allerkleinste Körnchen passen, ich packe am Vortag einen kleinen Koffer, denn am Donnerstag werde ich außerstande sein, ich erzähle es niemandem, nehme ein Taxi, und in zwanzig Minuten bin ich nüchtern in der Klinik, schlage mich mit dem Mädchen am Empfang herum, Papiere, Unterschriften, hier beim Bleistiftkreuzchen, Einzahlung, setzen Sie sich bitte hier hin, Sie werden gleich abgeholt, und ich, neben mir das Köfferchen, in einem Nappaledersessel, rechts und links davon je eine Zwergpalme, sie kommen und fragen, ob ich ein Glas Wasser möchte, und ich will kein Glas Wasser, will meinen Vater

– Weg da

und ich gehorche ihm wie immer, nehme das Köfferchen und fliehe auf die Straße, aber mein Vater nicht

– Weg da

stumm, er hat mich nicht am Zopf gezogen, und apropos Zopf, seit wie vielen Jahren habe ich keine Zöpfe mehr, er hat mich nicht bemerkt, mich überhaupt nicht beachtet, ging mit einem Armvoll Heu für das Maultier zum Verschlag, ich hörte seine Stimme genau

– Friss das alles auf du Nutte

während meine Mutter den Kaffee aufwärmte, verächtlich

– Er mag das Tier lieber als uns

und das ist nicht verwunderlich, Senhora, er musste etwas lieber mögen als uns, wie konnte er uns lieber mögen, haben Sie uns schon mal genauer angesehen, Sie sind eine beinahe nutzlose Alte, die sich durch das Haus schleppt oder im Gemüsegarten hockt, von Erde schmutzig und nach Kleintierkacke riechend, und ich in Lissabon, von dem mein Vater keine Vorstellung hat, er hat allenfalls eine Vorstellung von der Grenze im Krankenwagen der Feuerwehr und einem halben Dutzend elender Spanierinnen in irgendeiner Bude, die noch kleiner ist als unsere, denen er ein paar Centavos zahlt, die uns am Ende des Monats fehlen, und denen er für ein paar glückliche Stunden Wein anbietet, fast so glücklich wie die Stunden, wenn er durch die Felder in Richtung Gebirge trabt, sich wünscht, ein kleiner Punkt zu werden, den wir kaum erkennen und der dann für immer verschwindet.

VIERTES KAPITEL

Bis der Senhor Doutor eines Tages zu mir sagte
– Es ist besser wenn wir uns nicht mehr sehen
so wie ich es erzähle, einfach nur so, weder im Hotel noch im Büro, im Dorf gab es nicht nur Häuser wie unseres, es gab ein großes Landhaus, sondern im Auto, Ehrenwort, am Lenkrad der Chauffeur, der uns zuhörte, und ich war mir sicher, dass der Senhor Doutor, um mich noch mehr zu erniedrigen, wollte, dass der Chauffeur es hörte, ich habe genau gesehen, wie dessen Augen mich im Spiegel suchten, halb vom Mützenschirm verborgen, und wie er gleich den Blick abwandte, der Senhor Doutor
– Tu nicht so als ob du Idiot tratsch so viel du willst
und zwar auf der Straße nach Lissabon am Ufer des Flusses, wo die herbstlichen Strände leer waren, wie alles im September sich zu verändern beginnt, sogar die Farbe der Vögel, ein Ausländerpaar radelte am Straßenrand, begleitet von einem struppigen Hund, der Mann mit einem Segeltuchhut, die Frau mit einer Schleife im gefärbten Haar, ein Landhaus, nicht im Zentrum des Dorfes, näher am Gebirge, und es ist besser, wenn wir uns nicht mehr sehen, was habe ich ihm getan, ich habe ihn nie um was auch immer gebeten, ich habe wochenlang sein Schweigen und sein Desinteresse akzeptiert, so wie ich auch die Anrufe der Sekretärin akzeptierte, ohne Bitte, ohne guten Tag, autoritär, die sich nicht an eine Dame, sondern an irgendeine Kreatur wandte, und ich ahnte, dass der Bleistift auf die Tischplatte klopfte, weil man mit dem Bleistift auf die Tischplatte klopft, wenn man mit Kreaturen spricht

– Der Senhor Doutor will sie morgen hierhaben

der Wagen wartete unten auf mich, die Besitzerin des Kleiderladens spähte durchs Fenster

– Beeil dich unten steht der Wagen für dich

der Chauffeur, der nicht die Mütze abnahm, um mich zu begrüßen, öffnete die Tür mit einem unterdrückten leisen Lachen

– Du hast den Alten ganz schön an der Angel

falls ich dann

– Wie bitte?

eine spöttische Verbeugung, die vorgab respektvoll zu sein

– Ich habe nichts gesagt gnädiges Fräulein

während er unverfroren meine Beine, meine Brust, mein Dekolleté musterte, ein Landhaus, das, man stelle sich das vor, in Stücke zerfiel, aber ein echtes Landhaus

– Wenn wir auf dem Weg bei einem kleinen Café haltmachen würden?

eines von denen, die bei Vorauszahlung im Hinterhof stundenweise Zimmer vermieten, der struppige Hund potthässlich, die Hühner und ich, wir hatten immer Angst vor Hunden, vor allem vor streunenden, ständig murmelnden Hunden mit gelben Augen, in Garagen oder in durch nicht bis zur Decke reichende Bretterwände aufgeteilten Lagerhallen mit zerbeulten Bierdosen und Matratzen, von denen man wegen der fehlenden Füllung Rückenschmerzen bekommt, ich überlegte, ob ich mich beim Senhor Doutor beschweren sollte, aber mir fiel dann ein, dass der Senhor Doutor immer alles wusste, manchmal, wenn er die Züge vergaß, und was bedeuten die Züge bloß, der Angestellte mit der weißen Jacke zu mir

– Machen Sie sich darüber keine Gedanken

war der Senhor Doutor kurz davor, mich zu umarmen, ich spürte es in seinem Körper, spürte es in seinem Gesicht

– Ich bin sicher dass wir

und dann überlegte er es sich sofort anders, schloss sich im Inneren seiner Gesichtszüge ein

– Ich lasse dich später rufen heute habe ich keine Zeit

bereits fern von mir, bereits im Jackett, auf der Suche nach der Nahsichtbrille auf dem Tisch, wobei er blind auf der Tischplatte herumtastete, und die Tatsache, dass er lange brauchte, bis er sie fand, rührte mich, warum weiß ich nicht, unter den Falten ein Kind, ich schwöre es, der Wunsch, ihn mir auf den Schoß zu setzen

– Es macht nichts es macht nichts

obwohl der Senhor Doutor Memoranden durchblätterte, ohne mich wahrzunehmen, die Besitzerin des Kleiderladens

– Ich verstehe ehrlich nicht was du an dem Typ findest du brauchst ja nicht einmal sein Geld

der Senhor Doutor blickte unvermittelt vom Memorandum auf, weil eine ferne Stimme

– Trebegänger

bat mich, über die Brille hinweg

– Wenn ich es mir recht überlege bleib da

und die Duftrosen bewegten sich hin und her, denn im September weht der Wind oder, besser, beginnt der Wind zu wehen, ich erinnere mich an einen Januar, in dem er Akazien umwarf und mein Vater das Dach verstärkte, was seinen Tod betrifft, so fehlen mir Einzelheiten, was den Wind betrifft, habe ich alles in mir verwahrt, ein halb verfallenes Landhaus, viel größer als unsere Häuser, mit der Hälfte einer Veranda an der Fassade und Bruchstücken eines Fliesenbildes, das eine Jagdszene darstellte, auf der blaue Typen mit Barett ein Wildschwein folterten, jeden Februar weniger Landhaus, in ein paar Jahren, falls ich zurückkehren würde, ich bin außerstande zurückzukehren, nur noch die Fundamente, die Tür nur noch Angeln, ich in der Küche, nachts

– Wer ist der Besitzer vom Landhaus Großmutter?

und meine Mutter bekreuzigte sich, vor Tagesanbruch Pferdehufe, nicht Maultierhufe auf dem schmalen Pfad, meine Großmutter, die gerade ein Huhn im Hühnerstall suchte

– Du hast ihn gehört oder nicht?

sie nannte ihn nicht Werwolf, flüsterte

– Da ist der Großherzog vorbeigekommen

während das Huhn mit abgeschnittenem Hals von ihrem Schoß herunterhüpfte, aufs Geratewohl herumlief und gegen die Möbel stieß, während der Senhor Doutor arbeitete, versicherte er sich aus den Augenwinkeln, ob ich noch im Büro war und auf ihn aufpasste, ein- oder zweimal lächelte er mir zu oder, besser gesagt, veränderte sich sein Gesicht zu etwas, das ich für ein Lächeln hielt, der Angestellte mit der weißen Jacke zu mir

– Auch wenn der Senhor Doutor Sie wegschickt gehorchen Sie ihm nicht gnädiges Fräulein

der Angestellte mit der weißen Jacke zupfte sich ein Fädchen vom Ärmel, aber da war gar kein Fädchen

– Sie glauben es vielleicht nicht aber ich kenne sonst niemanden der so allein ist

ich kenne jemanden, Senhor Marçal, der Großherzog im Galopp im Dunkeln, der Mann, der jünger war als der Senhor Doutor, legte ein Plastikentchen auf das Kopfkissen neben seinem, sie bauen mir die Brust wieder auf, die ich im März verloren habe, der Chirurg

– Gedulden Sie sich bis dahin sieht man mit einer Prothese kaum einen Unterschied

aber natürlich sieht man den, wüsste es der Chauffeur, würde er sich die Cafés aus dem Kopf schlagen, oder besser noch, sei ehrlich, er hat sich die Cafés an dem Abend aus dem Kopf geschlagen, als ich, auf eine Umleitung zeigend

– Fahren Sie da rein mein Freund

und eine seiner Hände ließ das Lenkrad los, um mein Knie

zu streicheln, das ich näher an ihn heranrückte, sein Gesicht im Spiegel wurde größer

– Na da hast du ja endlich Vernunft angenommen

die bei Vorauszahlung stundenweise Zimmer im Hinterhof vermieten, in Garagen oder in durch nicht zur Decke reichende Bretterwände aufgeteilten Lagerhäusern, der Chauffeur trank ein paar Bier, knöpfte seine Jacke auf

– Erst mal hoch die Tassen

versuchte mich zu küssen, küsste mich, und ich küsste ihn ebenfalls, öffnete dabei meine Bluse, hakte den Büstenhalter auf, führte seine Handfläche zur Narbe, wo nichts war, ich nichts

– Gefällt dir mein Krebs?

und ich biss in sein Ohr, genau wie mein Vater, wenn er an dem Maultier hing, die gleiche Leidenschaft, die gleiche Gewalttätigkeit, die gleiche grenzenlose Liebe, ich zum Chauffeur

– Du Nutte

und der Chauffeur, dem es gefiel, Nutte zu sein

– Nenn mich wie du willst

also wiederholte ich

– Du Nutte

während die Biere auf dem Boden zerbrachen, denn es waren keine Dosen, sondern Flaschen, kam über die Bretterwand links von uns die drängende Bitte einer Frau, mehr Seufzer als Bitte, mehr Flehen als Befehl, mehr Bellen als Stimme

– Schnell ich komme gleich

der Chauffeur stolperte zur Wand, lehnte sich dort an, während ich ihn anfeuerte

– Gesteh dass dir mein Krebs gefällt

und am Fluss, wette ich, fahren die Ausländer auf dem Fahrrad an der Straße entlang, in Begleitung des struppigen Hundes, der Mann mit einem Segeltuchhut, die Frau mit einer Schleife im gefärbten Haar, der Chauffeur, dem der Mut fehlte, mich anzusehen

– Bitte ziehen Sie sich an gnädiges Fräulein

und endlich gnädiges Fräulein, endlich Höflichkeit, aus Anerkennung für seine Höflichkeit nahm ich seinen Arm, bereit ihn weiter zu küssen

– Bist du wirklich sicher dass du mich nicht willst?

der Chauffeur versteckte sich in seiner Jacke, hinderte mich daran, sie glattzustreichen, hinderte mich daran, mich ihm zu nähern, die Frau links von uns

– Du hast mich fast umgebracht du Bock

mit etwas, was weder ein Seufzer, noch ein Flehen, noch ein Bellen, ein an- und abschwellendes Kichern war

– Du geiler Bock

zu jemandem, der sich schnäuzte oder Husten hatte oder beides

– Jedes Mal derselbe Mist mir fehlt ein Schuh wahrscheinlich hast du ihn mittendrin gleich weggeschluckt

eine Unterhaltung am Ufer des Flusses, wo die herbstlichen Strände leer waren, wie sich alles im September zu verändern beginnt, sogar die Farbe der Vögel, die ganz allmählich wegziehen, Seeschwalben, Möwen, Albatrosse, ein Falke aus dem Gebirge, aber sehr weit weg, suchte die Felsen nach Mäusen, Eidechsen, Zwergen ab, der Chauffeur zu mir

– Quälen Sie mich nicht gnädiges Fräulein

bevor er sie mit den Krallen packt und den Hang hinaufträgt, um sie zwischen den Steinen zu verschlingen, und nicht ich bin es, die dich frisst, hör gut zu, es ist der Krebs, als mein Vater zum ersten Mal Kot erbrach, ließ er den Ortsvorsteher rufen

– Jetzt ist dieses Maultier dran erschieß es Gaspar

der Ortsvorsteher zog zwei Patronen aus der Tasche, wog sie Ewigkeiten lang in der Hand, zwischen Auge und Ohr, und steckte sie wieder ein

– Ich kann es nicht

ich wollte es gern aus Freundschaft, aber ich kann es aus Freundschaft nicht, adieu, ein harter Mann, der Ortsvorsteher, er trug wenigstens zwei Leichen auf den Schultern, du nicht, du bist kein aufs Geratewohl rennendes Huhn, das gegen die Möbel stößt, und er ging schnell weg, zwischen Auge und, mit granitenen Stiefeln, die Rillen im Boden hinterließen, er hat nie mit mir gesprochen, hatte eine Tochter, die nach Frankreich emigriert war, und er weigerte sich, ihre Postkarten zu lesen

– Ich kenne die nicht

wenn er um sich blickte, verschlang er stumm die Welt, wenn die Tochter zu Besuch kam, beschnitt er den Feigenbaum und beschnitt ihn weiter, wandte sich nicht zu ihr um

– Ich habe keine Nachkommen

ohne gewahr zu werden, ob die Antwort von der Schere oder von ihm kam, nachdem wir das Café verlassen hatten, öffnete mir der Chauffeur den Wagenschlag, die Mütze in der Hand

– Bitte sehr gnädiges Fräulein

zog sich in sich selbst zurück, und von da an blieb der Spiegel leer, nur noch sein Nacken und die Hände, die sich in der Hoffnung an der Hose rieben, die Ansteckung des Krebses loszuwerden, ich habe mich ganz bestimmt angesteckt und werde sterben, ich werde sterben, als ich mich im Hotel auszog, wo ich mit dem Senhor Doutor war, hat keiner von uns beiden gesprochen, anfangs schämte ich mich, dann schämte ich mich nicht mehr, dann schämte ich mich wieder, dann der Wunsch, dass er mich einfach nur umarmte, aber er saß schweigend auf dem Bett, war dabei, den Krawattenknoten zu lösen, seine Finger so klamm, dass er sie nicht bewegen konnte, ich sagte zu ihm

– Sie bauen meine Brust im März wieder auf und sie wird wieder wie vorher

wobei ich wusste, dass sie nicht genauso wie vorher werden würde, ich würde nicht wieder genauso sein wie vorher, ich glaube, Sie haben recht, Senhor Doutor, ich bin mit Ihnen einverstanden, es ist besser, wenn wir uns nicht weiter sehen, und in ihm war der Schrecken der Züge wieder zurück, und die Gardine dort oben bewegte sich langsam hin und her, das hier, was ein Liebesroman sein sollte, im Augenblick weiß ich nicht, was es ist, ich dachte, dass der Senhor Doutor, während er die Krawatte richtete

– Ich lasse dich später rufen heute habe ich keine Zeit

aber er ließ mich nicht später rufen, und heute hatte er Zeit, meine Mutter versteckte das Jagdgewehr meines Vaters im Verschlag, in ihrem Schlafzimmer der Geruch nach Krankheit, im ganzen Haus der Geruch nach Krankheit, ich zur dicken Ärztin mit dem grauenhaften Kleid

– Rieche ich auch nach Krankheit?

und der Senhor Doutor antwortete als Erster

– Nein

nicht laut, ganz leise

– Nein

und nach dem leisen

– Nein

beinahe ein Schrei, das erste Mal, dass ich bei ihm beinahe einen Schrei gehört habe

– Nein

als ich elf, fast zwölf war, begann mein Körper mich zu erschrecken, zwei Pünktchen auf den Rippen, die nicht wehtaten, aber das Gefühl vermittelten, auf der Schwelle zum Schmerz zu stehen, wie manchmal die Zähne, unschlüssig

– Tun wir weh oder tun wir nicht weh?

und ich versuchte sie mit der Zunge zu überreden

– Bitte tut nicht weh

die Pünktchen wuchsen langsam, und in meinem Körper das Gefühl, dass er sich dort unten weitete, was ist mit mir los, schau, die Knochen verändern sich, meine Haut ist weniger fein, eine Falte, vorher hatte ich nie eine, bildete sich zu beiden Seiten des Mundes, und eines Nachts nach wirren Träumen, in denen mein Vater mich mit einer Gerte im Verschlag verfolgte

– Du Nutte du Nutte

wobei er an einem Strick zog, den er um meinen Hals geknotet hatte, und eine Decke über meine Nieren legte, während ich versuchte, ihm zu entkommen

– Tun Sie mir nicht weh Vater

und anstatt

– Tun Sie mir nicht weh Vater

eine Art Wimmern, eine Art Grunzen, wachte ich mit einem Schrecken auf, nicht zwischen Brettern, sondern in meinem Bett, ein Dutzend Blutstropfen auf dem Betttuch, ich weinte

– Ich werde sterben

hoffte, meine Mutter würde es nicht bemerken, ich hatte ganz bestimmt gegen Gott gesündigt und werde sterben, wie meine Großeltern gestorben sind, sie legen mich im Sonntagskleid auf die Überdecke, stecken mich zwischen zwei Bäumen in die Erde, und niemand merkt, wie ich rufe, meine Mutter unvermittelt an meiner Seite, mit vom Schlaf verquollenen Augen

– Was ist mit dir los?

und ich versuchte, das Betttuch zu verstecken, der Senhor Doutor noch einmal ganz leise

– Keine Spur von Krankheit

drückte mir einen Finger auf die Nase, amüsierte mich, indem er einen Seehund nachahmte, und die unerwartete Gewissheit, dass er beinahe

– Ich liebe dich

mir beinahe eine Rose gab, die er auf ein Papier gezeichnet hatte, er sagte nicht

– Ich liebe dich

hat nie

– Ich liebe dich

gesagt, aber das war unwichtig, es war so, als hätte er es gesagt, ich hörte es, meine Mutter mit einem kurzen Blick auf die Blutstropfen, einem kurzen Blick auf mich, da war ein Käuzchen auf einem nahen Dach, wartete, dass die kleinen Tiere aus ihrem Bau herauskamen, wartete vielleicht auf mich, den Schnabel an meinem Nacken, verletzt es mich

– Ich werde sterben nicht wahr Mutter?

in dem Augenblick, in dem das Maultier den Brettern einen Huftritt versetzte, der Ortsvorsteher zu meinem Vater

– Ich kann es nicht

und mein Vater wandte den Kopf zur Wand, enttäuscht, was ist mit Ihrem Körper geschehen, Senhor, der jetzt so mager ist, was ist mit Ihren Armen passiert, der Senhor Doutor legte sich neben mich

– Kleine

seine Flanke gegen meine, am Ende sind Sie nicht böse, Senhor Doutor, man stelle sich das vor, am Ende verachten Sie mich nicht, oder, versprechen Sie mir, dass mein Krebs Ihnen kein Unwohlsein verursacht, versprechen Sie mir, dass es nicht besser ist, wenn wir uns nicht mehr sehen, so viele Tränen in mir, wissen Sie, so viel Angst, ich werde Ihnen etwas erzählen, als ich elf oder zwölf Jahre alt war, fast zwölf, nach wirren Träumen, in denen mein Vater mich mit der Gerte im Verschlag verfolgte

– Du Nutte du Nutte

wobei er an einem Strick zog, den er um meinen Hals geknotet hatte, und eine Decke über meine Nieren legte, während ich versuchte, ihm zu entkommen

– Tun Sie mir nicht weh Vater

doch anstatt

– Tun Sie mir nicht weh Vater

eine Art Iah, ich wachte mit einem Satz auf, mitten in der

Nacht, nicht zwischen Brettern und Stroh, sondern in meinem Bett mit einem Dutzend Blutstropfen auf dem Betttuch, weinte

– Ich werde sterben

und der Senhor Doutor, Ehrenwort, umfasste meine Taille

– Du riechst nicht nach Krankheit keine Angst selbst wenn du nach Krankheit riechen würdest würde ich

und verschluckte den Rest der Worte mit unsicherem Kinn, am Ende sind Sie kein Trebegänger, Senhor Doutor, am Ende sind Sie, der Angestellte mit der weißen Jacke, am Ende sind Sie wie wir, der Angestellte mit der weißen Jacke, so dass niemand sonst ihn hörte

– Die Leute kennen ihn nicht

verteidigte ihn, passte auf ihn auf

– Manchmal schaffe ich es ihn vor den Zügen zu retten

der Vater des Senhor Doutor, auf dem Kopf ein Hütchen, faltete die Zeitung zusammen, ich habe nicht reagiert, als es an der Haustür klingelte, und der Fahrstuhl kam mit diesem nervtötenden Geräusch einer wackligen Kabine hoch, die, wenn sie anhält, ewig lange zittert, Schrauben schüttelt wie Hähne ihr Gefieder, wenn sie am Ende einer schnellen Attacke von der Henne steigen, die Besitzerin des Kleiderladens

– Da ist ein Typ an der Tür der nach dir fragt

sehr viel eleganter, seit sie sich um Veranstaltungen kümmerte, der Mann, der jünger war als der Senhor Doutor, zu ihr

– Du hast das große Los gezogen ohne lesen und schreiben zu können wie viel von dem was sie verdient bekommst du?

dies im Apartment am Strand, ohne dass ich das Entchen gesehen hätte, wenn er Besuch empfängt, versteckt er es im Schrank, die dicke Ärztin mit dem grauenhaften Kleid

– Sie werden sehen dass man nach dem Wiederaufbau fast eine Lupe braucht um die Spuren zu sehen

sie, bei der man gleich die Narbe von der Schilddrüse sah,

eine horizontale Linie, die die Ketten nicht verdeckten, entweder haben sie sie operiert, oder sie haben alles darangesetzt, ihr die Kehle durchzuschneiden, ich neige zur zweiten Möglichkeit, an Überfällen herrscht kein Mangel, der Mann, der jünger war als der Senhor Doutor, hat das Entchen weggepackt, aber obwohl es weggepackt war, die Gewissheit eines

– Quack quack

irgendwo ganz leise, in der Schule hat man mir beigebracht, dass Tiere sich ausdrücken, Dona Eugénia auf dem Podest, jedes Wort betonend

– Es schackert die Elster es krächzt der Papagei es gackert das Huhn und es gurrt die sanfte Taube

auch wenn es mir so vorkam, und da ändere ich meine Meinung nicht, dass Tauben nicht sanft sind, sondern grausam, ihre Augen lassen keinen Zweifel zu, einmal ganz abgesehen von ihrer Art zu gehen, indem sie unter den Flügeln feierlich unsichtbare Bücher tragen, ich habe nie große Neigungen für die Vogelwelt ganz allgemein gehabt, ich finde es unangenehm, sie anzufassen, im Falle des Ortsvorstehers beispielsweise waren es Pfirsiche, seine Frau zu meiner Mutter

– Ein ganzer Kerl und ist außerstande sie anzufassen wenn er nur ahnt dass ich es dir erzählt habe macht er mich fertig

die Gewissheit, dass das Entchen irgendwo

– Quack quack

da ich sicher war, dass die anderen es nicht hörten, wagte ich ein

– Quack quack

mitten in die Stille hinein, nur das Meer, das Kiesel zusammenrafft, und während es Kiesel zusammenrafft, das erfinde ich nicht, das ist die Wahrheit, unterstreicht Dona Eugénia dort am Strand, die Arme, seit man ihr eine Lunge weggenommen hat, isst sie wie ein Vögelchen, die Verse mit dem Zeigestock, sie lebte mit einer gelben Katze namens Sindbad zusammen, meiner Meinung nach übrigens ein famoser Name, Dona Eugénia glücklich

– Nicht wahr?

wegen der fehlenden Lunge pfiff sie ein bisschen beim Sprechen

– Es schackert die Elster es krächzt der Papagei es gackert das Huhn und es gurrt die sanfte Taube

am Tag nach ihrer Pensionierung hat sie den Bus genommen, mit nur einem kleinen Koffer, und wir werden sie nicht wiedersehen, hoffentlich pfeift sie immer noch, Sindbad auf dem Schoß, in irgendeinem namenlosen Dörfchen, mich macht traurig, dass sie gestorben sein könnte, ein weiteres Schweigen und noch ein

– Quack quack

während der Mann, der jünger war als der Senhor Doutor, mich schweigend anflehte

– Mach mein Leben nicht kaputt

er, der Senhor Albuquerque mitleidslos quälte, schau einer an, wer da wieder aufgetaucht ist, seit mehr als dreihundert Jahren hatte ich nicht an ihn gedacht, als ich ihn im Krankenhaus besuchte, ein so verwaistes Lächeln

– Nur Ihnen schulde ich Aufmerksamkeit gnädiges Fräulein

die Besitzerin des Kleiderladens wunderte sich

– Da ist ein Typ an der Tür der nach dir fragt

oder besser gesagt, der Chauffeur ohne Uniform und Mütze, der Senhor Doutor, während er meine Wange streichelte

– Auch wenn du nach Krankheit riechen würdest würde ich

und dabei schüttelte sich eines seiner Knie, der Angestellte mit der weißen Jacke begeistert

– Habe ich es Ihnen nicht gesagt gnädiges Fräulein?

oder besser gesagt, der Chauffeur, den ich ohne die Majestät der Uniform und der Mütze nicht gleich erkannte, am Ende ein Bauer wie mein Vater, wie ich, warum mich mit all diesem Schmuck verkleiden, der Chauffeur, in einem Anzug vom Zigeunermarkt und einem billigen Hemd, wagte nicht einmal auf die Fußmatte zu treten, versuchte mit mir zu reden, konnte nicht sprechen, konnte doch sprechen

– Ich habe heute gekündigt gnädiges Fräulein

die Hände vor dem Bauch gekreuzt, die Hände hinter dem Rücken gekreuzt, die Hände gleichzeitig vor dem Bauch und hinter dem Rücken gekreuzt

– Ich gehe in den Norden zurück

so angespannt, dass ich ihn fast nicht verstehen konnte

– Ich gehe in den Norden zurück

während die Besitzerin des Kleiderladens uns heimlich beobachtete, will heißen, ich sah sie nicht, spürte, dass sie uns heimlich beobachtete, empört war wegen der Unverfrorenheit des Chauffeurs

– Was will dieser arme Schlucker?

weniger bereit, mich, es schackert die Elster, es krächzt der Papagei, zu beschützen, vielmehr bereit, mein Geld zu beschützen, meine Mutter, die nie wieder einen Fuß auf Lissaboner Boden gesetzt hat, während sie ein Kaninchen ausnahm

– Du schuldest mir noch zwei Monate

Vögel mochte ich nicht, aber Kaninchen mochte ich, die ganz um die Schnauze herum versammelt waren, Augen, Maul, Körper, genau wie ich mit elf oder zwölf Jahren, etwa zur Zeit der Blutstropfen, es heißt, dass der Mond, der Chauffeur

– Ich wollte nicht gehen ohne vorher Ihre Hand geküsst zu haben gnädiges Fräulein

schickte sich an, quack quack, auf der Fußmatte niederzuknien, die sanften Tauben gurren, sie sollen zum Teufel gehen, wie viel zum Trocknen aufgehängte Wäsche haben sie mir verschmutzt, sogar mit Seife und Bürste ein Krampf, es heißt, dass der Mond diese Mysterien lenkt, Riesenlüge, ich habe ihn nie bluten sehen, vielleicht im Mai, wenn er in den Zypressen strandet, nicht denen vom Friedhof, denen am Flussufer, vielleicht lebt Dona Eugénia noch, aber Sindbad ist ganz sicher gestorben, wie alt werden Katzen, ich überlasse kommenden Generationen die Antwort, eines schönen Tages, warum sagt man eines schönen Tages, eines Tages entwischen sie durch ein Fenster, und wir finden sie, von Ameisen und Fliegen bedeckt, auf einer Brache, der Chauffeur packte mein Handgelenk

– In der Hoffnung dass Sie mir eines Tages verzeihen werden

und er nahm nicht den Fahrstuhl, stieg eilig die Treppe hinunter, die Besitzerin des Kleiderladens

– Was war das für ein Theater?

sie, die die Cafés an der Straße von Lissabon nach Cascais nicht kennt, die bei Vorauszahlung im Hinterhof stundenweise Zimmer vermieten, wo es Garagen oder Lagerhallen oder beides zusammen gibt, die von nicht bis zum Wellblechdach reichenden Wänden aufgeteilt sind, mal aus Holz, mal aus Röhricht, genau so ist es, dazu zerbeulte Bierdosen und Matratzen, von denen man wegen der fehlenden Füllung Rückenschmerzen bekommt, sie kennt weder die Kunden noch die Frauen, die vor einem nicht angerührten Saft warten, mit aneinandergelegtem Zeige- und Mittelfinger, die mit einer Geste des Rauchens vom Mund weggeführt und zum Mund zurückgeführt werden, um Zigaretten bitten, die Ehefrau des Ortsvorstehers zeigte meiner Mutter die blauen Flecken

– Ich würde gern wissen wer ihm was über die Pfirsiche gesagt hat

ich sah den Chauffeur vom Fenster aus die Straße hinuntergehen, verlor ihn an der Ecke, und bis heute, an der die Straßenbahnen abbiegen, bin ich außerstande, ihm zu verzeihen, ich würde es gern vergessen, aber zu meinem Leidwesen vergesse ich überhaupt nichts, sogar mein Großvater ist immer noch da, in einem Winkel der Erinnerung, wie er mit dem Taschenmesser Rohrstöcke anspitzt, die den Bohnenpflanzen helfen sollen, gerade zu stehen, und wie er die metallene Uhr aus der Weste zieht

– Wann hörst du auf Leben?

da es einfach nicht aufhörte, hat er ihm im Brunnen ein Ende gemacht, da konnte er den Rand erreichen, hat sich am Flaschenzug für den Eimer abgestützt und verschwand, einer der Holzschuhe, der sich vom Fuß gelöst hatte, mittendrin, man gestattete mir nicht, an den, es gibt Leute, die drücken das so aus, Begräbnisfeierlichkeiten teilzunehmen, was für ein Wort, es gurrt die sanfte Taube, man hat mir nicht einmal erlaubt, das Spektakel zu verfolgen, als man ihn aus dem Brunnen zog

– Geh in den Weinberg spielen

ich habe sie gehört

– Mein Gott ist der schwer

mir war so, als würden ihn Tücher bedecken, der Teil einer Tür diente als Bahre, und so war es, er war im Krieg in Frankreich gewesen, von Schlamm und Deutschen bedeckt, nannte mich kleine Laus in der Absicht, meine Mutter damit zu ärgern

– Deine Tochter ist eine kleine Laus

meine Mutter verwünschte ihn halblaut

– Die Laus sind Sie Sie Tattergreis

und mein Großvater glücklich, wenn er sicher war, dass niemand es mitbekam, prahlte er den Bohnen gegenüber mit mir

– Hübsch wie ein Henkelkrug diese kleine Laus

falls er ahnte, dass meine Mutter in der Nähe war, fügte er schwungvoll hinzu

– Sie hat Glück gehabt dass sie nach meiner Seite kommt

und er hat mich nie berührt, er berührte niemanden, allenfalls

– Kleine Laus

mit dem Mund voller Brot, was das Gesagte dämpfte, bereits als Erwachsener hat er sich ein Bein gebrochen, und es musste noch einmal gebrochen werden, weil der Knochen schief zusammengewachsen war, das habe ich gesehen, will heißen, ich habe den gesehen, der den Krankenwagen zur Grenze gefahren hat, den Hammer in der Luft, und noch bevor der Hammer auf der Hose, mein Großvater

– Nehmt die kleine Laus da weg das ist nichts für sie

und da ging ich wieder in den Weinberg, mitten in den Wespen hörte ich das Geräusch des Schlages, derjenige, der den Krankenwagen fuhr

– Macht es richtig gerade

und dann Schienen und Stricke, die die Schienen hielten, mein Großvater, die Ferse auf einem Stapel Backsteinen, mein Vater

– Tut es nicht sehr weh?

mein Großvater

– Du bist genauso ein Waschlappen wie deine Mutter das tut überhaupt nicht weh

mein Vater ernst, stumm, man merkte, dass er nervös war, der Chauffeur küsste meine Hand

– In der Hoffnung dass Sie mir eines Tages verzeihen werden

aber verzeihen, von wegen, nicht im Traum verzeihe ich, in meiner Familie kommen wir alle nach den Müttern, doch ich komme nach Ihnen, Großvater, hübsch wie ein Henkelkrug, aber außerstande zu vergessen, wagen Sie nicht, mir zu widersprechen, ich habe die Westentaschenuhr gut verwahrt, wie der Mann, der jünger ist als der Senhor Doutor, das Entchen verwahrt hat, sie ist in meinem Schlafzimmer, im Schmuckkästchen, irgendwann lasse ich sie reparieren

– Wann hörst du auf Leben?

ein neues Zifferblatt, neue Zeiger, und meine Stunden werden gemessen, diese alten Dinge halten ewig, nehmen Sie mich einmal ernst, lachen Sie nicht, mein Vater nervös, denn er hielt nicht einen Augenblick still, mein Großvater, der vom Herumgetanze genug hatte

– Macht es dir was aus mal stillzuhalten?

und es machte ihm etwas aus, am Ende peitschte er im Verschlag das Maultier aus, es fehlt ein Weinberg, damit ich mich selber dorthin zum Spielen schicke, die Besitzerin des Kleiderladens, wobei sie an den Chauffeur dachte

– Wer war dieser Bauer?

aber in meinem Kopf erschien nicht der Chauffeur, da sieht man die Launen des Hypothalamus, nicht er war es, sondern die beiden Ausländer, die in Begleitung eines struppigen Hundes am Straßenrand entlangradelten, der Mann mit dem Hut aus Segeltuch und die Frau mit der Schleife im gefärbten Haar, die leeren herbstlichen Strände ohne Fußspuren, und wie alles sich im September zu verändern beginnt, der Senhor Doutor strich mit der Hand über meine Rippen, auf denen es keine Erhebung mehr gab

– Wann hast du gesagt bauen sie die Brust wieder auf?

ich, meine Flanke an seiner Flanke, als wären wir ein Paar, und in diesem Augenblick waren wir, gelobt sei Gott, ein Paar

– Im März

ich zählte die Monate, die mich von März noch trennten, an den Fingern ab, und ich möchte schwören, der Senhor Doutor zählte sie innerlich, denn sein Mund bewegte sich ein wenig, ohne dass er es bemerkte, wenn es Ihnen nichts ausmacht, umarmen Sie mich noch einmal, seien Sie so gut, und nur weil die Besitzerin vom Kleiderladen mich gefragt hatte

– Wer war dieser Bauer?

habe ich, quack quack, geantwortet

– Ein Freund

und möglicherweise war er tatsächlich ein Freund, dem mein Krebs naheging, sie wird sterben, wird sterben, die Möglichkeit, dass ich ihn angesteckt haben könnte, brachte ihn durcheinander, ich hätte ihm die Telefonnummer der Praxis der dicken Ärztin mit dem grauenhaften Kleid geben sollen, damit sie ihn anweist, sich hinter dem Paravent auszuziehen, die Ellenbögelchen noch ein wenig nach hinten, die Ellenbögelchen noch ein wenig nach hinten, und einen Knoten bei ihm findet

– Sieht so aus als wäre da tatsächlich etwas atmen sie langsam

die Besitzerin des Kleiderladens, die mir nicht glaubte

– Ein Freund?

so wie sie auch nicht glauben würde, dass mein Großvater mein Großvater und mein Vater mein Vater war, wenn ich sie ihr vorstellen würde, so wie sie auch das Haus nicht für möglich halten würde, selbst wenn sie es beträte, was meine Mutter betrifft, so musste sie mir, was blieb ihr anderes übrig, glauben, schließlich hatte die ihr den Fußboden vom Lager geschrubbt, aber die Besitzerin des Kleiderladens erwähnte sie nie, käme sie nach Lissabon, würde sie sie verstecken

– Ich hoffe du verstehst das aber wir können sie nicht vorzeigen

und Sie haben recht, Madame, oder besser, du hast recht, wir können sie nicht vorzeigen, eine Bäuerin, die die Flecken im Gesicht mit der Schürze abwischt, die ein Portugiesisch voller Fehler spricht und sich dessen bewusst ist, diese gute Eigenschaft nehme ich ihr nicht, sie versuchte, nicht zu existieren, ganz im Gegensatz zu meinem Großvater, der, sollte er zufällig auf die Besitzerin des Kleiderladens in ihrem teuren Kleid und mit den Ohrringen treffen

– Wo hast du denn diese dumme Trine aufgetan kleine Laus?

und die Besitzerin des Kleiderladens kriegt keinen Ton heraus, der Senhor Doutor zu mir

– Fünfeinhalb Monate

und es sind fünfeinhalb Monate, er hat richtig gezählt, meine Finger haben es bestätigt, will heißen die ganze linke Hand und ein Fingerglied des Daumens der anderen, nicht mein Gesicht hat sich an seines gelegt, seines hat sich an meines gelehnt, der Senhor Doutor nicht

– Kleine Laus

der Senhor Doutor

– Kleine

und es gab keine Gardine und keine Silhouette, die uns ausspähte, es gab die Duftrosen und die Flammenbäume, den Gärtner, der ins Gewächshaus ging, der Angestellte mit der weißen Jacke zu mir

– Alles wird gut gnädiges Fräulein

mich gab es, und ich zeigte dem Senhor Doutor den Weinberg

– Vorsicht da sind Skorpione

lief mit ausgebreiteten Armen auf ihn zu, hübsch wie ein Henkelkrug, sieben oder acht Jahre alt, mit einem Kittelchen und barfuß, bis ich an seinem Lachen hing.

FÜNFTES KAPITEL

Manchmal möchte ich nur, dass man mich alleine lässt, mich nicht ansieht, so tut, als gäbe es mich nicht, und es gibt mich tatsächlich nicht, denn ich bin nicht bei euch, bin nicht einmal bei mir, bin bei niemandem, mein Körper ein Ding, das mir nicht gehört, meine Stimme, würde man sie hören, jemand anderes, der Pianist nimmt die Hände von den Tasten und legt sie auf die Knie
 – Fangen wir noch einmal von vorn an was ist mit dir?
 Dona Eugénia
 – Nimm die Kreide und beende die Addition bist du eingeschlafen?
 die Besitzerin des Kleiderladens zum Pianisten
 – Das passiert ihr bei einem neuen Stück nicht zum ersten Mal
 meine Mutter
 – Isst du nicht?
 und draußen Regen, Gerüche, die so anders sind als die Gerüche von Lissabon, es ist so, als verstünden sie sich mit den Toten, wartet kurz, gleich sing ich, beende ich die Addition, esse ich, meine Mutter
 – Wenn dein Vater in einem der nächsten Winter nicht die Dachpfannen repariert ertrinken wir im Haus
 Tropfen auf der Kommode, ein dicker Tropfen auf dem Tischtuch, der Pianist gibt mir den Einsatz, hält nach ein paar Takten inne, die Fingerchen bewegen sich wie an Fäden hängende Spinnen in der Luft
 – Diesmal noch nicht?

er wohnt mit einem anderen Mann zusammen, einem Friseur, in der Nähe des Castelo de São Jorge, vor dem Friseur ein älterer Herr, der Schmuckstücke entwarf, einen Ring am Daumen und einen Ring am kleinen Finger, sympathisch, überhöflich, er schenkte mir ein Armband

– Sie sind nicht gezwungen es zu tragen

hin und wieder binde ich es um, der Pianist und er sind Freunde geblieben

– Álvaro ist ein Heiliger

und ich stimme ihm zu, ein Heiliger, ein guter Mensch, ruhig, zwei bereits erwachsene Kinder, ein Junge und ein Mädchen, die mit dem Vater gebrochen haben

– Einflüsse der Verwandtschaft

als sie vom Pianisten erfuhren, Gerüche, die so anders sind als die Gerüche von Lissabon, Sie mögen es vielleicht nicht glauben, aber ich spüre sie sogar in den Steinen, ich kenne die Stellen, an denen sie sich befinden, auch wenn ich nicht auf sie stoße, Granit, den erschnuppere ich meilenweit, ich liebe es, mich an Granit zu lehnen, so zerfurcht, mit Glimmer, einmal abgesehen vom dunklen Moos in den Spalten, die Stimme des Schmuckdesigners, die etwas stockte, das Stocken mit einem Lächeln überspielte

– Der Junge ist Biologe das Mädchen da weiß ich es nicht einmal

beide lebten zu Hause, als der Pianist ihn überredet hat, seine Frau zu verlassen, jetzt hat er ein kleines Studio mit einem als Diwan verkleideten Einzelbett, voll bunter Kissen, der Sohn begegnete ihm, als er um das Gebäude schlich, in dem er zwanzig Jahre gewohnt hatte

– Wagen Sie es nicht mich anzurühren

der Schmuckdesigner, als er mir das erzählte

– Und da muss ich gestehen bin ich ziemlich am Boden zerstört gewesen während ich darüber nachdachte, wie mein Leben, Sehnsucht nach dem Granit und nach dem Röhricht am Ufer, dass mein Leben voller Senhor Albuquerques ist, geht einer, taucht gleich ein Nachfolger auf, sieht so aus, als hätte ich Honig, sie lassen mich einfach nicht los, die Besitzerin des Kleiderladens

– An dir krallt sich jeder Unglückliche fest

und das stimmt, jeder Unglückliche krallt sich an mir fest, bei einigen meiner Freunde sind es die Betrunkenen oder die Mücken, ich kenne Fälle, mein Gitarrist zum Beispiel zieht jedes Haustier an, mit ihm auf der Straße zu gehen ist eine Quälerei, seine Fußtritte treffen nie, der mit der portugiesischen Gitarre meinte, er sei wohl in einer früheren Inkarnation eine Zuckerdose gewesen, und der mit der Gitarre, wütend, obwohl klein, spillerig

– Nur zu deiner Information du warst schon weiter davon entfernt eine einzufangen

er verlor fast das Gleichgewicht, weil er eine Hundeflanke nicht traf, der Schmuckdesigner arbeitete mit einem Rohr im Auge wie die Uhrmacher, wenn er es, um mit jemandem zu reden, auf die Stirn schob, blieb auf der Haut ein roter Kreis zurück, der lange nicht verblasste, und wenn er verblasst war, sah das Gesicht hilflos aus, ich möchte wetten, er isst zum Abendbrot einen Teller Frühstücksflocken, solche mit einem Werbegeschenk, an einer Ecke des Tisches für den Schmuck, denn da stand ein Korb voller Wichtel, Soldaten, einem monströsen Dinosaurier aus Plastik auf dem Boden, er wird darauf warten, dass der Sohn heiratet, um einen Enkel damit zu erobern und zu hören

– Also gut ich lasse zu dass Sie mich anfassen

der Pianist rückte sich nach einem Wink der Besitzerin des Kleiderladens, von dem sie dachte, ich hätte ihn nicht mitbekommen, auf dem Schemel zurecht

– Wir versuchen es ein letztes Mal und wehe du lässt mich im Stich

ich möchte nur, dass man mich allein lässt und mich nicht anspricht, so eine Brille wie die vom Schmuckdesigner würde mir zupasskommen, wie wohl die Welt aussieht, wenn man da hindurchschaut, das Haus meiner Eltern so groß wie ein Atom des Besitzes vom Senhor Doutor, der Umriss am Vorhang zweifellos eine Frau, ich zum Angestellten mit der weißen Jacke

– Wer ist das?

der Angestellte mit der weißen Jacke tat so, als hörte er mich nicht, oder aber

– Machen Sie sich darüber keine Gedanken gnädiges Fräulein

als er starb, war dies der einzige Augenblick, in dem ich den Senhor Doutor habe weinen sehen, nicht im Garten, natürlich nicht, im Büro, er wischte die Tränen nicht weg, sie liefen an seinen Wangen herunter, stockten an den Falten, ich zog das Taschentuch aus der Handtasche, um ihn abzutrocknen, aber der Senhor Doutor, ohne den Arm zu heben

– Nein

der Senhor Doutor mit einem Wispern

– Hast du das meinetwegen getan Marçal?

ich dachte, mit sechsundfünfzig wäre man vertrocknet, innen drin alles trocken, aber es gibt Teile, die sind mal so und mal so, und wir regnen noch immer, dann fielen mir die alten Leute ein, die die schlichte Tatsache rührt, dass sie noch auf der Erdoberfläche sind, als wäre Am-Leben-Sein ein riesengroßes Privileg, aber das ist es nicht, die meiste Zeit ist es ein Krampf, außerdem glaube ich nicht, dass, der Pianist zu mir

– Eine Oktave höher eine Oktave höher

Verstorbene auf den Friedhöfen existieren, ich ging anderthalb Oktaven höher, was für mich angenehmer war, und er

– Nur eine Oktave verdammt noch mal

aber sie gehen dort um und überfallen uns, ich brauche bloß aufzupassen, und gleich höre ich

– Kleine Laus

und ich warte auf eine Wiederholung

– Kleine Laus

die zum Glück nicht kam, aber zu glauben, dass dieser Teufel in Lissabon ist, nicht dass er dazu nicht imstande wäre, er schon, aber ich kann ihn mir einfach nicht ohne Salatköpfe, Ziegen und die Eichen vorstellen, die Rotkehlchen erfinden, hier bringen die Bäume Spatzen hervor, und das war es schon, der Pianist, ohne seine Begleitung zu unterbrechen

– Mach mit anderthalb Oktaven höher weiter du hast recht es ist besser so

und ich machte meine Verzierungen so, wie die Stimme es wollte, kümmerte mich nicht um ihn, der Mann, der jünger war als der Senhor Doutor, von der anderen Seite der Scheibe

– Mach weiter so Kleine du haust uns alle um

und wie sollte ich weitermachen, wenn die Stimme nicht einmal sich selber gehorchte und mir, die ich sie nicht geschaffen hatte, noch viel weniger, ich bin nur ein Briefträger, der die Bestellungen bringt, die ich weder geschrieben habe noch empfange, sie wurden mir einfach so weitergegeben

– Falls Sie hier sind dann entdecke ich Sie sowieso und wahrscheinlich sind Sie tatsächlich hier also sagen Sie noch einmal kleine Laus Senhor

ich verteile sie, und das ist alles, aber der Schelm gibt keinen Pieps von sich, der Teufel soll ihn holen, sogar wenn ich

– Großvater

rufe, bringt das nichts, die dicke Ärztin mit dem grauenhaften Kleid

– Vor dem Aufbau machen wir ein paar Studien wenn nicht etwas Unvorhergesehenes dazwischenkommt

noch mehr Ellenbögelchen weiter zurück, noch mehr

– Nicht bewegen

noch mehr

– Tief einatmen

ich dabei in einem grünen Kittel in einem summenden Zylinder, die dicke Ärztin mit dem grauenhaften Kleid nicht neben mir, in einem Raum nebenan, nur in einem Mikrophon, das sie verzerrte, angeschwollene Silben, die imstande waren, Knoten zu schaffen, wo bisher keine waren, der Senhor Doutor

– Ich hätte nie gedacht dass ich imstande wäre zu weinen vor allem nicht in Anwesenheit von jemand anderem

er übersah mein Taschentuch, sechsundfünfzig Jahre, nicht zu glauben, die Duft, genau wie zehn oder elf, die Duftrosen klangen wie kleine Glocken, sanfter, beinahe hätte ich menschlicher gesagt, so ein Unsinn, seit wann können Rosen, wahrscheinlich amüsierte der Schmuckdesigner sich im Anschluss an die Flocken mit den Werbegeschenken, gab ihnen Namen, hörte ihnen zu, erzürnte sich mit dem Dinosaurier, warf ihn unter Zurechtweisungen in den Korb, das Untier rechtfertigte sich

– Das ist nicht meine Schuld

oder er spähte auf dem gegenüberliegenden Bürgersteig das Haus, in dem die Ehefrau wohnte, aus, stellte fest, dass der Baum gefällt worden war, den er so mochte und den ein Lastwagen umgeknickt hatte, der Pianist

– Lass deine ganze Seele los Kleine

das stets leere thailändische Restaurant hatte Pleite gemacht, an seiner Stelle gab es einen schmierigen Supermarkt, in dem ein Mann mit Turban am Verkaufstresen die Abrechnung machte, Licht auf der Veranda des Wohnzimmers, der Fernseher lief, man sah den Widerschein der Farben, und dennoch von Menschen, der Pianist, von Menschen keine Spur, ließ nicht locker

– Die ganze Seele Kleine

mit geschlossenen Augen, zermalmte beinahe die Tasten, die Augenbrauen tiefer als die Nase, der Mann, der jünger war als der Senhor Doutor, umarmte begeistert die Besitzerin des

Kleiderladens, der Untersuchungszylinder glitt hinter meinen Kopf, hörte auf zu summen, eine Krankenschwester, ebenfalls in grünem Kittel, kam aus einer Seitentür, schob zwei Stufen zum Apparat und packte mein Handgelenk

– Ich helfe Ihnen aufzustehen

im Hintergrund ein Fenster mit drei oder vier Personen, darunter die dicke Ärztin mit dem grauenvollen Kleid, nach vorn gebeugt, studierten sie Fragmente von mir, zeigten mit einem Bleistift auf wer weiß was, und ein Typ mit grauem Bart unterstrich wer weiß was, wahrscheinlich meine ewige Seele, der Pianist hob den Kopf und schüttelte ihn wie jemand, der von einem Tauchgang zurückkehrt, starrte mich an, wie ich es gern vom Senhor Doutor hätte

– Ich muss dich küssen

aber er küsste nicht, mein Großvater, glaube ich, ja, wenn er sicher war, dass der kleine Henkelkrug zerstreut war, aber wahrscheinlich ist das nur Selbstgefälligkeit, Eitelkeit meinerseits, was für eine Dummheit, einem Provinzler so viel Bedeutung beizumessen, der, falls man ihm einen ganzen Nachmittag dazu gab, mit grollender Langsamkeit seinen Namen schrieb, dutzendmal den Bleistift anspitzte, die Bienen des Nachbarn ahmten den Wind nach, der Senhor Doutor nahm schließlich mein Taschentuch an

– Wenn jemand auch nur vermutet was hier passiert ist bringe ich dich um

nicht im Spaß, ganz ernst, er steckte es in die Tasche, zog es aus der Tasche, sah es ewig lange prüfend an und warf es auf den Fußboden

– Heb diese Scheiße auf

mit dem Wunsch, mich zu ohrfeigen

– Wenn jemand das auch nur vermutet

und Züge, Züge, der Vater des Senhor Doutor zum Senhor Doutor

– Was für ein Mann bist du bloß du Trebegänger
und der Senhor Doutor nicht zum Vater, zu mir
– Raus
und fügte hinzu, als ich bereits an der Tür stand
– Du kannst mir glauben
dies ist ein Liebesroman
– Du kannst mir glauben dass ich dich umbringe
wir, ärmer als der Nachbar, keine Bienen, Wespen im Brunnen hinter dem Haus und die Bronchitis des Maultiers, der Senhor Doutor hat mich monatelang nicht rufen lassen, wenn ich anrief, die Sekretärin
– Er ist nicht da
in dem eher gebellt als gesprochenen Ton, mit dem der Senhor Doutor
– Raus
und sofort der durchgehende Ton nach dem Auflegen, Sie haben recht, Herr Pianist, fangen wir noch einmal von vorn an, Sie haben recht, Dona Eugénia, ich habe die Addition nicht zu Ende gemacht, Sie haben recht, Mutter, ich esse nicht, hätten Sie den Neffen des Emigranten geheiratet
– Ich hätte mich nicht bewegen müssen es hätte gereicht ein Fingerchen zu heben
Sie müssten sich meinetwegen keine Sorgen machen, denn ich wäre nicht geboren worden, und meine Mutter in einem Haus nicht aus Granit, sondern mit rosa Fliesen und einem Löwen aus Porzellan oder so, dem die Hälfte des Schwanzes fehlte, im Dahlienbeet, der Besitzerin des Kleiderladens würde der vielleicht gefallen, ich weiß nicht, so viel Nippes in ihrem Wohnzimmer, so viele Zierdeckchen, ein Spiegel mit geschnitztem vergoldetem Holzrahmen, vor dem wir uns wunderten, weil wir ihm ähnlich waren, er vermittelte uns den Eindruck, uns etwas hinzugefügt zu haben, das zu ihm gehörte und das wir nicht hatten, mehr Eleganz, mehr Haltung, sogar

wenn wir uns von ihm entfernt hinsetzten, holte er uns gewaltsam heran

– Kommt her

und stellte uns vor das, was wir seiner Meinung nach waren, verlegen, uns selber fremd, obwohl wir seine Hände nicht sahen, die Gewissheit, dass er uns festhielt, Spiegel sind von Natur aus allesamt immer egoistisch, aber dieser ist besitzergreifender als alle anderen, die Besitzerin des Kleiderladens zu ihren Freundinnen

– Manchmal verliere ich die Geduld mit ihm

und befahl

– Lass die Leute in Ruhe

und während sie befahl

– Lass die Leute in Ruhe

waren wir bereits heillos gefangen im Goldrahmen, richteten das Haar, rückten einen Träger zurecht, entdeckten einen Leberfleck, ich, der Senhor Doutor hat mich monatelang nicht rufen lassen, lächelte lustlos, die dicke Ärztin mit dem grauenvollen Kleid

– Doktor Borges findet dass wir gut daran getan haben vor dem Wiederaufbau diese Untersuchung zu machen

oder, besser gesagt, der Typ mit dem grauen Bart, der das Fragment geprüft hatte, mit Hunderten Kugelschreibern und Kalendern in den Taschen des Kittels

– Ich bin ein großer Bewunderer von Ihnen und habe alle Ihre Platten

dem der Kragen auf der linken Seite die Krawatte verdeckte, was in einem sofort den unbezwingbaren Wunsch weckte, sie geradezurücken, was zu schwierigen Kämpfen mit dem Ameisenkribbeln in den Fingern führte, die das unbedingt bewerkstelligen wollten, wer auf dieser Welt leidet nicht an einer Sehnsucht nach Symmetrie, wer hält beispielsweise eine Vase aus, die nicht in der Mitte des Tisches steht, oder wenn einer der zwei Zwerge, mit Schneewittchen dazwischen, weiter vom anderen entfernt ist, der Typ mit dem Bart

– Eine Vorsichtsmaßnahme verstehen Sie Ihr Leben ist wertvoll

und sofort in seinen Gesichtszügen, Krebs, Krebs, der Knoten wieder zurück, nicht in der Brust, die ich nicht mehr habe, im Inneren der Rippen, kein Knoten, zwei, drei, in der Lunge und in den anderen grauenvollen Sachen, die die Rippen schützen und deren Namen ich nicht kenne, die Brust, die ich nicht habe, im ganzen Körper verteilt, im Kopf, im Bauch, in den Armen, in den Beinen, mein Vater wird nicht der Einzige in der Familie sein, der Kot erbricht, ich auch, die Besitzerin des Kleiderladens, die im Spiegel eine Wimper vervollkommnete

– Wie trübselig du bist

doch so etwas wie Alarm in ihren Augen, den ich sehr genau mitbekam, nicht um mich, eher die Angst zu verlieren, was ich ihr einbrachte, das neue Auto, das intelligente Apartment, die Reisen ins Ausland als Begleitung zu den Konzerten, ein Mann mit guter Stellung, den sie, wenn sie geschickt manövrierte, vielleicht einfing, niemand gibt mir zweiundvierzig Jahre, allerhöchstens fünfunddreißig, ich zog mich in einer Kabine wieder an, dachte an den Senhor Doutor, an die Duftrosen, den Granit und das Maultier, dachte an das, was ich verlieren würde, und an meine Mutter

– Mutter

die so weit weg war, nimm mich schnell in den Arm, lass nicht zu, dass ich sterbe, der Typ mit dem Bart wartete draußen auf mich

– Sie werden mich sicher nicht besonders originell finden aber würde es Ihnen etwas ausmachen mir ein Autogramm zu geben?

und streckte mir einen seiner fünfzig Kugelschreiber hin und zog eine Seite aus dem Ringkalender, zwanzigster August, einundzwanzigster August, zweiundzwanzigster August, am zwanzigsten August praktisches Seminar, Koloskopien, Buchhalter um achtzehn Uhr, am einundzwanzigsten August Inspektion des Wagens, Vortrag vor Krankenhausärzten, Aquarium für Mariana mit einem silbernen Fischchen, Abendessen bei Carlos, am zweiundzwanzigsten August, in Großbuchstaben, Geburtstag von Maria Helena, und unter dem Geburtstag von Maria Helena ein unterstrichenes Fragezeichen, Uhr oder Ring, der Typ mit dem Bart errötete, drehte das Blatt Papier um

– Verzeihung

auf der anderen Seite siebzehnter August, achtzehnter August, neunzehnter August, am siebzehnten August klinische Sitzung auf der Station, praktisches Seminar, Fernando ertragen, Untersuchung der Prostata, Scheiße, am achtzehnten August Zyste auf der Hinterbacke, Praxis in Seixal, das Misstrauen des Verlobten des Dienstmädchens beseitigen, Abendessen bei den blöden Schwiegereltern, am neunzehnten August, der Verlobte hat es geschluckt, am Ende sogar eine Umarmung, mein Schwiegervater Klagen über Schmerzen am Herzen, hatte gerade noch gefehlt, der Esel, und morgen wird er schreiben, ich habe die Sängerin, die demnächst zum Teufel geht, ihr fehlen nur noch Metastasen in den Fußnägeln, gebeten, mir ein Autogramm zu geben, ich habe gerade noch Zeit, sie zu vernaschen, der Typ mit dem Bart riss mir schnell die Seite weg

– Dummes Zeug vergessen Sie es

und verschwand den Korridor entlang ohne Autogramm, als hätte ihn jemand gerufen

– Falls es dringend ist ich bin auf dem Weg Adelaide

aber niemand rief ihn, nur eine Angestellte mit einem Wischmopp und einem Eimer, die wer weiß was wegwischte, auf dem der Typ mit dem Bart ausrutschte

– Wollen Sie dass ich mir ein Bein breche?

er prallte gegen einen barmherzigen Windschutz, apropos Wind, hinter dem Haus des Senhor Doutor der Tanz der Kiefern, manchmal möchte ich nur, dass man mich allein lässt, mich nicht anschaut, so tut, als gäbe es mich nicht, weil ich nicht bei euch bin, nicht einmal bei mir, ich bin bei meinem Tod und der dicken Ärztin mit dem grauenvollen Kleid

– Um den Ausgang zu finden müssen Sie nur den Pfeilen folgen

und den Pfeilen folgten Kranke wie ich, Leute, die Sauerstoffflaschen vor sich herschieben, ein Fenster mit einem landenden Flugzeug, eine Zigeunerfamilie, nächtlich wie Bisons, von denen mich meine Mutter, ihren Schwüren zufolge, als Baby gekauft hatte, und vielleicht zogen sie deshalb, da sie davon ausgingen, dass meine Mutter mich behalten würde, nicht durchs Dorf, sondern mit jeder Menge ebenfalls zu verkaufender Kinder in einigem Abstand daran vorbei, meine Mutter desinteressiert

– Eins reicht mir schon voll und ganz

und eine Visitenkarte des Senhor Doutor, die ein Paar Ohrringe begleitete, Verzeih, die Besitzerin des Kleiderladens klappte das Etui auf, indem sie auf einen vergoldeten Knopf drückte, darin zwei tränenförmige Perlen

– Die müssen ein Vermögen gekostet haben

hatte Angst, mit den Ohrringen im Haus zu schlafen

– Es ist besser du mietest ein Schließfach in der Bank

als würden mich Banken interessieren, mich interessierte das Billet mit der Handschrift des Senhor Doutor, der niemals selber schrieb, eine Sekretärin schrieb die Nachrichten mit der Maschine, ich küsste das Verzeih, ich schluchzte, ich zur Visitenkarte, ganz leise

– Ich verzeihe

ich rief ihn an, und eine blonde Stimme

– Einen Augenblick

Musik am anderen Ende und eine zweite blonde Stimme

– Einen Augenblick

die Musik wieder da, endlos, ich so nervös

– Mein Gott nun hilf mir doch einer

die Visitenkarte an die Wange gelegt, die Visitenkarte an die Lippen gelegt, schließlich endete die Musik, begann aufs Neue, ein Piano durchquerte die Wolken des Orchesters, entfernte sich von ihm, näherte sich ihm dann wieder, versank in den Violinen, kam mit einem sich in seinem Maul windenden Akkord wieder an die Oberfläche, gerade als es sich anschickte, den Akkordregenwurm zu verschlingen, unterbrach es die zweite blonde Stimme

– Ich konnte erst vor ein paar Minuten zum Vorstand hinein der Senhor Doutor erwartet sie am Donnerstag um drei Uhr

der Senhor Doutor erwartet sie am Donnerstag um drei Uhr, der Senhor Doutor erwartet sie am Donnerstag um drei Uhr, ich könnte diesen Satz ein ganzes Kapitel lang schreiben, am liebsten hätte ich noch einmal angerufen und die blonde Stimme gefragt

– Ich wollte niemanden sprechen ich wäre Ihnen nur verbunden wenn sie die kleine Wartemusik noch einmal auflegen würden

um zu wissen, ob das Piano den Akkord gefressen oder ihn ins Wasser des Orchesters zurückgeworfen hat, ich habe die Ohrringe der Besitzerin des Kleiderladens gegeben, damit sie sie in der Bank hinterlegte, und habe sie vergessen, so wie sie das mit dem Schließfach vergessen hat, aber ganz bestimmt hat sie nicht einen Freund mit Geschäften im Ausland vergessen, ich war mitten im Satz, wie unser Kopf bloß arbeitet, da kam in mir wieder die Angst hoch, meine Mutter könnte mich wirklich den Zigeunern abgekauft haben, falls ich eines Tages in das Dorf fahre, springe ich über meinen Schatten und frage meine Mutter, die mit der Zeit harthörig geworden ist, ihr restlicher

Körper ist weich geworden, aber das Ohr, warum bloß, ist aus Stein

– Was?

was dazu führt, dass ich Mitleid mit ihr habe, weil sie den Regen nicht hört, mir geht es nahe, wenn Menschen es nicht regnen hören, Nachmittagsregen, sanfte Melodie, vager Wunsch leise zu weinen, ich bin zu meinen Kindheitslaunen zurückgekehrt etc., ich will niemandem mit Versehen auf die Nerven gehen, wir haben noch anderes zu tun, so viel Zeit von heute bis Donnerstag um drei Uhr, heute ist Montag, nicht wahr, morgen eine Aufnahme, und wie üblich wird der Mann, der jünger ist als der Senhor Doutor, zweifellos wieder den mit der portugiesischen Gitarre von der anderen Seite der Scheibe anschreien

– Lass die Töne sich ringeln lass die Töne sich ringeln

führ sie um die Stimme herum, ohne sie zu berühren, falls die Stimme sich nähert, entferne dich, geh tiefer, worauf wartest du noch, meine Mutter

– Ich dich bei den Zigeunern gekauft bist du verrückt geworden du hast keine Ahnung was ich in der Schwangerschaft durchgemacht habe ich war überzeugt ich würde sterben

während der Mann, der jünger war als der Senhor Doutor, nicht aufhörte, den mit der portugiesischen Gitarre herunterzuputzen, ich habe es dir doch gesagt, du Esel, worauf wartest du noch, geh tiefer, begleite sie dabei, die Gitarre schneller, die Gitarre lauter, wie lange macht ihr das hier eigentlich schon, ihr Schwachköpfe, sieht aus, als wüsstet ihr nicht, was Schwung ist, ihr seid nicht ein Fitzelchen der Gage wert, ihr verdient einen Tritt in euren blöden Allerwertesten, wie gut, dass Senhor Albuquerque nicht hier ist, was würden Sie jetzt hören

– Und die Höhen du Hampelmann was hast du mit den Höhen gemacht?

und in diesen Augenblicken bemerkte der Mann, der jünger war als der Senhor Doutor, das

– Quack quack

des Entchens nicht da in der Badewanne, sondern auf der Veranda zum Meer, wo die Dunkelheit sich in unsichtbare Kiesel verwandelte, es sei denn, eine Scheibe Mondlicht legte sich sekundenlang darauf, um sie eilig zu rauben, die Scheibe Mondlicht zum Mann, der jünger war als, von Montag bis Donnerstag, vier finstere Tage, der Rest vom Montag, Dienstag, Mittwoch und Donnerstag bis um drei Uhr, sag mir einer, ob es auf diesem Planeten einen einzigen Menschen gibt, der das erträgt, die Scheibe Mondlicht zum Mann, der jünger war als der Senhor Doutor

– Nutz das aus um die Kiesel anzusehen denn ich werde sie wegnehmen

genau wie ein Kollege seines Vaters, der die brennende Zigarette in der Hand verschwinden ließ, die er von beiden Seiten zeigte

– Das Luder ist weg

und bis heute hat er nicht herausbekommen, wo der Kollege die Zigarette versteckt hatte, sie materialisierte sich schließlich im Mund, und zwar ganz, Ehrenwort, und sie gab sogar noch mehr Rauch von sich als vorher, seine Mutter ungläubig

– Also für mich ist das ein Wunder

sein Vater klopfte dem Freund auf den Rücken

– Nur du Saraiva nur du

bis Saraiva ein letztes Wunder vollbrachte, will heißen, er ließ die Mutter des Mannes, der jünger war als der Senhor Doutor, verschwinden, die im Haus des besagten Saraiva wieder auftauchte, vollständig, strahlend, der einzige Unterschied war, dass die Mutter des Mannes, der jünger war als der Senhor Doutor, keinen Rauch ausstieß, sie stieß ihrem Mann gegenüber einen überzeugten Satz aus

– Ich mag Saraiva lieber als dich und weiter sage ich nichts dazu die Beine übergeschlagen, fing sie an zu stricken, und zwar einen Pullover für Saraiva, weil schon bald die Februarkatarrhe kamen, ein paar Wochen später, das Leben wartet nicht, stieß der Mann, der jünger war als der Senhor Doutor, als er nach der Schule heimkam, auf ein junges Mädchen, das den Fußboden bohnerte und anstatt

– Guten Tag

befahl

– Zieh die Schuhe aus Junge ich habe keine Lust nur zu arbeiten um warm zu werden

der Vater, ebenfalls ohne Schuhe, was blieb ihm anderes übrig, verkündete vielversprechend

– Isabel und du ihr werdet euch wie Gott mit den Engeln verstehen

Isabel, kriegerisch

– Solange er keinen Unsinn macht

das Haar mit einer Schleife zusammengebunden, brachte sie die Augen der Männer auf der Straße zum Leuchten, der Mann, der jünger war als der Senhor Doutor, verliebte sich in sie, das heißt flüchtige Gesten, das Verlangen, in ihrer Nähe zu sein

– Aus dem Weg Nichtsnutz

Säure im Magen, aufgeregte Därme, ein Hemmnis in der Kehle, das ihm das Sprechen erschwerte, der Wunsch, Zigaretten verschwinden zu lassen, die er nicht hatte, die beiden Seiten der Hand zu zeigen, und das junge Mädchen

– Was soll denn der Blödsinn?

anstatt

– Nur du ehrlich

oder noch besser, das junge Mädchen zum Vater des Mannes, der jünger war als der Senhor Doutor

– Ich mag deinen Sohn lieber und weiter sage ich nichts dazu und dennoch ständig

– Zieh die Schuhe aus Junge ich habe keine Lust nur zu arbeiten um warm zu werden

er, sieben oder acht Jahre alt, erklärte dem Vater

– Ich werde mit meinem schlechten Gewissen klarkommen Sie verraten zu haben was wollen Sie es ist nun mal so wie es ist

und was sollte er auch tun, es war nun mal so, doch unglücklicherweise bekam das junge Mädchen was an den Nebennieren, auch das war nun mal so, was sind bloß die Nebennieren, die man irgendwo in sich hat, verflucht, das Haar ohne Schleife, es fiel büschelweise aus, nicht einzeln im Ausguss, büschelweise, der Körper langsam, schlapp, mühsam kam eine Frage aus einem Sumpf aus Schlaf

– Wo ist meine Energie geblieben?

der Arzt prüfte auf einem Papierstreifen aufgedruckte Linien

– Sieht nicht nach Herz aus

ein erster Anfall von ihr

– Aua ich

sie hielt sich mehr oder weniger, der Arzt zum Vater des Mannes, der jünger war als der Senhor Doutor

– Ich sagte ja schon nach Herz sieht das nicht aus

und eines Abends, er würde das nie wieder vergessen, bat ihn das junge Mädchen, das sich früher über das Entchen lustig gemacht hatte

– Ein großer Kerl der es ohne ein zerbeultes Tierchen nicht aushält

schüchtern aus den Tiefen des Sumpfes, wo sie für den Mann, der jünger war als der Senhor Doutor, weiterhin atmete wie nachts die Kiesel, unsichtbar aber lebendig

– Macht es dir etwas aus es mir ein kleines Weilchen zu leihen?

also gab ihr der Mann, der jünger war als der Senhor Doutor, das zerbeulte Tierchen, und in dem Augenblick, in dem er es ihr gab, ein zweiter Anfall, Donnerstag um drei Uhr, noch vier Tage, wenn ich Glück habe, kein Fenster oben in der Höhe, niemand, nur wir beide, der Senhor Doutor und ich, dazu die Duftrosen, die an den Fensterscheiben leise klirren, wenn ich Glück habe, der Senhor Doutor

– Kleine

wenn ich Glück habe, die Ärztin mit dem grauenhaften Kleid

– Die Ergebnisse der Untersuchungen sind alle gut wir werden Ihre Brust wiederaufbauen

und keine Narbe, kein Hinweis, symmetrisch, das Entchen rollte auf dem Fußboden bis fast vor die Füße des Mannes, der jünger war als der Senhor Doutor, inmitten der unsichtbaren Kiesel, die das Meer im Dunkeln zusammenraffte und nicht zurückgab, der Mann, der jünger war als der Senhor Doutor, sah, wie sich eine Haarschleife langsam löste, und die Besitzerin des Kleiderladens zeigte sie ihm

– Was ist das?

die Schleife, die der Mann, der jünger war als der Senhor Doutor, ebenfalls im Haus am Strand verwahrte, als Erinnerung an eine Leidenschaft, als er sieben Jahre alt war und die die Krankheit ihm genommen hatte, hin und wieder erinnerte er sich während der Arbeit an die Nebennieren

– Nebennieren

und vergaß sie, von der mit den Nebennieren an blieb der Vater allein, nachdem er erwachsen war, aßen sie sonntags abends eine Suppe und ein paar Eier zusammen in Begleitung der Angestellten, die der Vater aufgetan hatte und die dort im Haus schlief, Angestellte, von wegen, einmal fragte der Vater mit einem Augenzwinkern

– Erinnerst du dich an die Nebennieren damals warst du noch ein kleiner Junge?

der Mann, der jünger war als der Senhor Doutor, peinlich berührt

– Mehr oder weniger Senhor

und zwinkerte ebenfalls, und sie kauten beide schweigend und erinnerten sich an das junge Mädchen, das dort herumspazierte, bis der Vater

– Es ist nun mal so wie es ist

und das junge Mädchen ging mit einem kleinen Winken davon, die Angestellte des Vaters

(Angestellte?)

– Habt ihr es nicht gesehen?

und natürlich hatten sie es nicht gesehen, was denn, wen denn, der Mann, der jünger war als der Senhor Doutor

– Ich habe nichts bemerkt

das junge Mädchen, das ihn, was keine schlechte Idee wäre, in gewissen Nächten besuchen, wenn keine andere Frau bei ihm war, ihm ein paar Stunden Gesellschaft leisten könnte

– Solange du keinen Blödsinn machst

auf der Veranda, wo sie auf die Wellen schauen, bis sie

– Es ist an der Zeit

und der Türgriff knackte nicht, keine Schritte auf den Stufen, nur das Entchen, das in der Badewanne sein sollte, auf dem Tisch im Wohnzimmer

– Es ist nun mal so wie es ist

die Gewissheit, dass das Entchen

– Es ist nun mal so wie es ist

und der Mann, der jünger war als der Senhor Doutor, stimmte zu, selbstverständlich

– Es ist nun mal so wie es ist

weil es nun einmal so war und es zu Ende war, schloss der Mann, der jünger war als der Senhor Doutor, die Verandatür, damit das Meer ihn schlafen ließ, zog den Vorhang zu, damit der Morgen ihn nicht weckte, zog sich aus, faltete die Kleidung, hängte sie über den Bügel im Schrank und stellte darunter die Schuhe nebeneinander, darin die Strümpfe, bereits im Bett erwischte er sich dabei, dass er auf Sohlen in der Eingangshalle hoffte, aber keine einzige Sohle, die seinen Namen sagte, sondern Stille, er hoffte, dass es klingelte, aber es klingelte nicht, ihm war so, während er in sich selber hinabstieg, als ob eine resignierte Stimme

– Es ist nun mal so wie es ist

und er begriff, während er sich im Schlaf auflöste, dass er selber es gewesen war, der erklärt hatte

– Es ist nun mal so wie es ist

bevor er, ohne es zu bemerken, in sich selber verschwand.

SECHSTES KAPITEL

Donnerstag um drei Uhr war der Senhor Doutor nicht an seinem Schreibtisch, er saß am anderen Ende des Büros bei den Duftrosen, und der, ich hatte ihn ewig lange nicht gesehen, der Obdachlose ging in Richtung Dünen, eiliger als sonst, als wartete jemand auf der anderen Seite der Kiefern auf ihn, ich habe nie jemanden auf ihn warten oder mit ihm reden sehen, wenn man ihn ansprach, tat er so, als hätte er es nicht gehört, oder er floh, ähnlich wie die Hündin, die mein Vater für die Fasanenjagd brauchte, nur wenn sie das Jagdgewehr sah, kam sie heran, um an ihm zu schnuppern und gleich darauf am Türgriff zu kratzen und dicht bei ihm zu gehen, ohne Jagdgewehr döste sie im Hof, gleichgültig, wies den Korb im Schuppen zurück, wies die Hunde tagsüber zurück, öffnete man im Winter die Tür, kam sie nicht herein, sogar wenn meine Mutter oder ich die Schüssel mit dem Fressen brachten, akzeptierte sie es nur, wenn wir es draußen hinstellten, der Senhor Doutor, kein Zeichen zu mir, kein Lächeln, wies mit dem Kinn auf die Stelle, an der der Obdachlose verschwunden war

– Hast du ihn gesehen?

als hätte er monatelang auf ihn gewartet, während ich nicht verstand, wieso die Ohrringe, wieso

– Verzeih

wieso Donnerstag um drei Uhr, was bedeute ich Ihnen, sagen Sie es mir, aber ich wusste, dass er es mir, die Hündin hieß Hündin, sie brauchte keinen anderen Namen, aber ich wusste, dass er es mir niemals sagen würde, ich ging rückwärts zur Tür zurück, gekränkt, und der Senhor Doutor

– Warte

die gleichen kurzen Befehle wie mein Vater zum Tier, nur anstelle eines Klapses auf die Kruppe die Hand einen Augenblick auf meiner Schulter, und anstatt Hündin der Senhor Doutor

– Kleine

und ich stand wartend da, den Körper zu ihm hingestreckt, sah ich ihn an, wünschte mir die Hand wieder auf meiner Schulter, doch der Senhor Doutor dachte an den Obdachlosen

– Möglicherweise ein Engel

ließ nicht zu, dass der Gärtner ihn hinauswarf, erlaubte nicht, dass ihm der Eintritt verwehrt wurde, er ließ ihn im Garten herumspazieren und folgte ihm mit Blicken, als wollte er Flügel suchen, die Mutter des Senhor Doutor klemmte für ihn Betttuch und Decke unter der Matratze fest

– Ein Engel in deinem Zimmer bist du verrückt?

als sie das Licht löschte

– Du bist übermüdet mein Junge

der Senhor Doutor zu mir, peinlich berührt

– Ich weiß nicht wie du das machst aber ich werde wieder zum Kind

die Stimme des Vaters aus dem Wohnzimmer

– Er wird eingeschlafen sein zumindest ist er still

beschimpfte ihn nicht, kein

– Trebegänger

etwas schwang in ihm, das sehr viel jünger war als der Senhor Doutor heute, der Senhor Doutor ärgerlich, es fehlte nur noch, dass er mich mochte, so etwas Dummes, der Senhor Doutor zu niemandem

– Wenn sie mich hassen ist es einfach

Marçal mir ins Ohr, er, der vor zwei Jahren gestorben ist

– Habe ich nicht gesagt dass Sie ihn nicht kennen gnädiges Fräulein?

und die Duftrosen, natürlich, das verstand der Senhor Doutor

– Der ist ein Schwächling ein Schwächling

und er beschloss, sie abschneiden zu lassen, Marçal verzieh er, den Pflanzen, nicht dran zu denken, für wen halten sie sich

– Ich werde euch zeigen wie sich Schwäche anfühlt

man streckt wem auch immer einen Finger hin, und sie wollen gleich den ganzen Arm, sieh nur meine Frau und die Geschichte mit dem Zug, sieh nur die Kleine, wahrscheinlich ein Plan, um mich garantiert einzufangen, sieh nur die Dünen, die mich, gäbe es nicht die Kiefern, längst verschlungen hätten, und wer garantiert mir, dass die Kiefern, als Freunde getarnt, sich nicht ebenfalls verschworen haben, die Hand des Senhor Doutor zögerte auf meiner Schulter, ließ mich los, kam zurück

– Du hast mir gefehlt

und er fuchsteufelswild, weil ich ihm gefehlt habe, wenn es nach ihm ginge, noch ein Turm, noch ein Fenster, und ich, dort oben eingeschlossen, spähe durch die Gardine, die Ehefrau und ich überwachen ihn und überwachen einander, hin und wieder Schritte auf der Treppe, und ein Angestellter

– Es ist ein Befehl

vielleicht der, der Marçal ersetzt hat, vielleicht der Chauffeur, vielleicht sogar der Senhor Doutor, schweigend, er entkleidet sich ohne Eile, während der Obdachlose vom Guincho zurückgekehrt ist, durch das Tor in Richtung Cascais geht, die Besitzerin des Kleiderladens

– Deine Brust ist nicht schlecht geworden man merkt es fast nicht

man merkt es fast nicht, von wegen, man sieht sofort, dass es nicht meine ist, wenn ich beginne Falten zu bekommen, bleibt sie makellos, aufrecht, die dicke Ärztin mit dem grauenhaften Kleid beneidet mich um mein Alter, zweiundzwanzig

Jahre, so ein Glück, ich werde im Oktober fünfzig, und eine weitere Dioptrie in der Brille

– Bis dahin mach dir keinen Kopf

das nur, wenn es inzwischen keinen Knoten gibt, und wahrscheinlich gibt es noch mehr Knoten, der Krebs vergisst einen nie, ein Unbehagen unten, dem man keine Beachtung schenkt, oder eine Spannung im Rücken, der Senhor Doutor zu mir

– Ich muss vor dem Hotel beim Senhor Presidente vorbeischauen

kein Palast, sondern ein dunkles Haus mit Leuten in Zivil am Eingang, die sich zum Wagen beugen

– Bitte sehr bitte sehr

noch mehr Männer in Zivil im Hof, etwas, was wie ein Maschinengewehr aussah in einer Art Flugzeug, was wie ein zweites Maschinengewehr aussah, von einem Wachstuch bedeckt, in einer Ecke der Terrasse, und zwei rauchende Gestalten in Zivil, einer mit einem Funkgerät, in der Nähe ein Torbogen, unter dem die Haushälterin des Präsidenten wartete, fast so alt wie er, wir, die dicke Ärztin mit dem grauenvollen Kleid schrieb in meine Akte

– Wir werden eine Kontrolle in drei Monaten anberaumen

drei Monate, wahnsinnig viel Zeit und das Herz ruhig, drei Monate, morgen, und das Herz macht einen Satz gegen meine Kehle, das Herz der Hündin meines Vaters, die plötzlich vor einem Gebüsch ausgestreckt liegt, unvermittelt viel zu lang ist, reglos, und das Jagdgewehr senkt sich langsam, suchend, ich hinter meinem Vater, die Hände vor dem Mund, ich vor der dicken Ärztin mit dem grauenhaften Kleid, die Hände vor dem Mund, die Haushälterin des Senhor Presidente führte uns durch einen Korridor nach dem anderen, kleine Säle, an einer Kommode mit einer antiken Uhr lehnte ein Besen, unter einem Glassturz das reglose Pendel, und daher nicht drei Monate, überhaupt keine Zeit, wir werden einen Termin für überhaupt keine Zeit anberaumen, und mein Herz hämmert sich selber, unterbricht sich, hämmert weiter, drei Monate oder überhaupt keine Zeit, wir gingen über Treppen, eine Angestellte mit Schürze kam mit einem Wäschekorb an uns vorbei, zwischen zwei Türen zwei Knie unter einer Decke, die Haushälterin zu den Knien

– Der Senhor Doutor Senhor Presidente

ein schmales Handgelenk über der Decke, ein schmales Stimmchen

– Sehr gut sehr gut

ohne dass ich sein Gesicht oder seinen Körper sah, ich sah das kaum wahrnehmbare

– Sehr gut

die Haushälterin brachte dem Senhor Doutor einen Stuhl, und der Senhor Doutor wartete darauf, dass ihm das schmale Handgelenk erlaubte, sich zu setzen, ich sah in einer bescheidenen Wohnung den Vater des Senhor Doutor, der zur Mutter des Senhor Doutor, während er seinen Stolz zu verbergen suchte

– Ich habe ihm nicht viel zugetraut und nun schau wie weit er es trotz seiner Angst vor der Dunkelheit gebracht hat der Trebegänger

der immer auf die Lampe im Flur schaute, aus Angst, sie würden sie löschen, er kämpfte gegen die Augenlider, ohne sich um Engel zu kümmern, und apropos Engel, hoffentlich hat der Obdachlose die Dünen überstanden, Trebegänger, jetzt ein Lob, keine Beschimpfung, der Senhor Presidente zum Senhor Doutor

– Und?

und der Senhor Doutor erging sich in komplizierten Erklärungen zu Darlehen und Zinsen, während die Haushälterin, den Löffel gezückt, nachdem sie ihm eine Serviette mit dem Staatswappen um den Hals gebunden hatte

– Ist die Serviette nicht hübsch Senhor Doutor?

sie fütterte ihn mit einer kleinen Brühe, fing, was ihm aus

den Mundwinkeln rann, mit der Löffelspitze auf, und der Senhor Presidente lutschte die Spitze ab, kaute lange

– Ich habe noch nicht geschluckt

an den Hühnerstückchen und den Nudelbuchstaben, der Senhor Presidente zufrieden, pflückte ein L und ein A von der Zunge

– Schau ein L schau ein A

wollte ein Wort bauen, die Haushälterin autoritär, mit einem leichten Klaps

– Wie oft muss ich Ihnen noch sagen dass Sie nicht die Finger in die Brühe stecken sollen?

der Senhor Presidente, der mich in einer Ecke entdeckte

– Ich bin übrigens der der in Portugal das Sagen hat

in einem engen Büro mit nicht zusammenpassenden Möbeln, gelben Papieren und diffusen Fotos, einem Aktenschrank, dem Farbe fehlte, einer Büste ohne Nase, die Nase daneben, eines Wichtigen mit Schnurrbart, die Haushälterin zum Senhor Presidente

– Sie können so viel das Sagen haben wie Sie wollen solange Sie nicht mit vollem Mund sprechen

und zu mir

– Der Arme

zwei oder drei Minister warteten derweil, draußen waren Tauben zugange, vor dem Hotel spuckte ein Bus schneeweiße Engländer und Gepäck aus, der Fahrer in Hemdsärmeln, die Mütze in den Nacken geschoben, durchforstete die Zähne mit einem Streichholz und wischte es an der Hose ab, half niemandem, man begriff, dass links das Meer lag, weil der Himmel dort heller war, manchmal, vor allem im Mai, wirken die Wellen so, als würden sie nicht dazugehören, was wird in drei Monaten mit mir passieren, werde ich lange genug leben, damit der Typ mit dem Bart, derjenige, der zwischen der Uhr und dem Ring schwankte, mich vernaschen kann, ich verspreche, dass ich Ihnen, wenn die Untersuchungen gut laufen, erlaube, mich zu vernaschen, Senhor, in diesem oder einem anderen, billigeren Hotel, in einer Pension, einem Zimmer, in Ihrer Praxis in Seixal, die zum Fluss gewandt ist, während die Möwen für mich schreien oder meine Schreie sich mit ihren vermischen und Sie nicht unterscheiden können, wer lauter schreit, die Möwen und ich, wir verschlingen Krebse, Entenmuscheln, Ebbemüll, was weiß ich, und Sie in Ihrem Kalender, gestern hatte ich die Sängerin, nicht unterstrichen, in Großbuchstaben, mit einem Rechteck umrandet, gestern hatte ich die Sängerin, gestern hatte ich die Sängerin, GESTERN HATTE ICH DIE SÄNGERIN, Sie, der Sie vor lauter Nervosität überhaupt keine Sängerin hatten, sich mit der Hand halfen

– Was ist mit mir los?

Sie

– Sie schüchtern mich ein macht es Ihnen etwas aus zu warten bis ich mich beruhigt habe?

Sie, indem Sie mich mit den Fingern wegschieben

– Wenn du versuchst mitzumachen werde ich noch nervöser

Sie wünschen sich, ich würde verschwinden und Sie allein lassen, Sie auf dem Bett, fragen sich

– Und was jetzt?

während die Möwen nicht aufhören, Röhrichtfontänen, undeutliche Gegenstände, die auf dem Schlamm auftauchen, der Typ mit dem Bart voller Angst, man könnte ihn ohne Frau sehen, besiegt, der Typ mit Bart, der sich für den Ring entschied, die Ehefrau bat

– Halt ihn vor die Bluse damit ich ihn besser sehe

die Ehefrau hielt ihn vor die Bluse, damit er ihn besser sehen konnte, und dann wandte sie sich zum Spiegel, damit sie ihn besser sehen konnte, der Typ mit Bart, während er sich entkleidete

– Diesmal muss es gehen

und es ging, mit Hilfe einer Creme, aber es ging, mittendrin dachte er

– Ach ach

dennoch hob er die Beine der Ehefrau an und hielt sich mehr oder weniger, erfand zur rechten Zeit ein paar Seufzer, während er herausrutschte, ohne dass die Ehefrau es mitbekam, die auf den Ring konzentriert war, ihn von der Seite ansah, ebenfalls seufzte, seit wie vielen Jahren tun wir beide so, als ob, keiner von uns beiden spricht darüber, obwohl wir beide nur zu gut wissen, dass wir beide so tun, als ob, die Ehefrau zu einer Freundin

– Ich werde dir ein Problem verraten wenn du mir versprichst es nicht weiterzusagen

und das Problem, in eine Frage verwandelt

– Findest du es normal dass Rui mit sechsundvierzig

die Freundin

– Warum redest du nicht mal richtig mit ihm damit er einen Kollegen aufsucht es gibt doch Pillen oder?

Ratschläge zu Reizwäsche, günstiger Musik, anderen Frisuren, die Schreie der Möwen immer zorniger, lauter, ein Abflussrohr zehn Meter weiter rechts rülpst Mülltumult, im Gegensatz zum Garten des Senhor Doutor keinerlei Anzeichen für einen Engel, der Obdachlose abwesend, keine Lampe auf dem Flur half ihm, nur die Schritte eines lachenden Paares, der Typ mit dem Bart streckte sich im Bett aus und bedeckte das Gesicht mit dem Arm, während die andere Hand sein nutzloses Elend packte, die Ehefrau trug einen durchsichtigen Büstenhalter, Netzstrümpfe, zwei mit Bleistift aufgemalte Schönheitsflecken auf der Wange, die sie, anstatt ihn zu begeistern, fremd aussehen ließen, wer weiß, ob er nicht mit der Ärztin mit dem grauenhaften Kleid imstande wäre, hin und wieder waren sie gemeinsam im Krankenhaus, sprachen über Nichtssagendes, eigenartig, wie man sich über nichts unterhalten kann, der Kollege riet ihm zu Kapseln

– Wenn du Hitze in den Wangen spürst oder dir die Beine wehtun mach dir keine Sorgen

wo er, allein schon, weil er mit dem Kollegen sprach, Hitze in den Wangen spürte und ihm die Beine wehtaten, die Haushälterin des Senhor Presidente applaudierte

– Herzlichen Glückwunsch Sie haben alles gegessen

und vom Senhor Presidente kam kindlicher Jubel, die Hündin brachte meinem Vater ein zuckendes Kaninchen, dem mein Vater einen Schlag in den Nacken versetzte, und die Pfoten wurden steif, während ich gekränkt

– Den Krebs habe ich von Ihnen geerbt

als ich zusammen mit dem Senhor Doutor inmitten der Engländer ins Hotel trat, der Mann, der jünger war als der Senhor Doutor, zum Pianisten

– Und wenn wir es an dieser Stelle mit einem Bass versuchen würden?

der Pianist überlegte unschlüssig, die Haushälterin zum Senhor Doutor

– Es lohnt sich nicht sich zu verabschieden nach dem Süppchen schläft er den Schlaf der Gerechten

und obwohl er schlief, war das Land in Ordnung, unter Kontrolle, die Minister warteten auf Maßnahmen, die nicht kamen, aber wozu Maßnahmen, es reichte, dass es den Senhor Presidente gab, dass sie ihn dort hatten, dass er

– Sehr gut sehr gut

damit tatsächlich alles sehr gut war, die Haushälterin

– Er hat dieses und jenes gesagt

und Portugal ist dieses und jenes, gehorsam, stark, wir versuchten es mit dem Bass, aber es ging nicht, wir versuchten es mit dem Bass, und es ging, die Besitzerin des Kleiderladens mit den Perlenohrringen

– Du bist doch nicht böse oder?

schüttelte den Kopf, damit ich sie tanzen sah, ein Herr in gewissem Alter, was für ein Ausdruck, gewisses Alter, bei ihr

– Püppchen

korrekt, wohlerzogen, galante Anzüglichkeiten, wenn er glaubte, ich bekäme es nicht mit, und die Besitzerin des Kleiderladens ließ es mit einem glücklichen Knurren geschehen, der Herr im gewissen Alter

– Ich hätte dich vor dreißig Jahren entdecken sollen

die Besitzerin des Kleiderladens, unverfroren lügend

– Da war ich kaum geboren

und sah sich im Badezimmer, als wir allein waren, forschend an

– Bin ich noch immer jung?

in Sorge wegen der Falten, der Taille

– Verfluchte Zeit

sie beantwortete für mich die Post, unterzeichnete Fotos, handelte die Vorstellungen aus, schickte meiner Mutter Geld, schickte vor allem sich selber Geld, wir sind zweimal umgezogen, das letzte Mal auf einen Hügel über dem Fluss, wo es Wildentenpärchen und Sonntagsfischer gab, der Senhor Doutor im Hotel, enttäuscht

– Ist am Leben sein nur das hier?

und es ist nur das hier, so ein Ärger, nur das hier, was soll man da machen, Senhor Doutor, es ist nur das hier, er verzweifelte von Zug zu Zug, wozu, erklären Sie es, wenn es nur das hier ist, eine Tochter, mit der er nicht redet, Enkel, die er nie sieht, Flammenbäume, die sich überhaupt nicht um ihn kümmern, nachts im Schlafzimmer Engel, die uns nicht vor dem Tod retten, ein offenes Fenster suchen, um vor uns zu fliehen, der Obdachlose war hinter etwas her, von dem ich keine Ahnung hatte, oder er wartete, dass sie ihn holten, und verschwand im Oktober mit den Vogelzügen, von einem bestimmten Punkt an wechselten die galanten Anzüglichkeiten des Herrn im gewissen Alter von der Besitzerin des Kleiderladens zu mir über, wenn ich ihn ansah, lächelte der Schnurrbart über die ganze Lippenlänge

– Ich habe mich nicht zurückhalten können Verzeihung

die Spitzen nach oben gebogen, bereit, aus seinem Gesicht wegzufliegen, die Augenbrauen ebenfalls Schnurrbärte, und daher drei Schnurrbärte zwischen Kinn und Haar, die Zähne und Augen hin- und hertransportierten, und vage Zärtlichkeiten, die immer mutiger wurden, der Senhor Doutor

– Komm her

während ich näher an den Senhor Doutor rückte oder an den Herrn, an wen von beiden weiß ich nicht, der Mann, der jünger war als der Senhor Doutor, zum Pianisten

– Und wenn wir es mit dem Bass nur von dort an versuchen?

und meine Stimme wurde mit jeder Note tiefer, als wäre jede Note ein Gertenhieb meines Vaters nicht auf das Maultier, sondern auf mich, sobald ich aufhöre zu singen, ein Schuss des Ortsvorstehers zwischen Auge und Ohr, und mein Körper springt zur Seite, schwankt einen Augenblick, verliert das Gleichgewicht, fällt, mein Vater hält den Kopf des Tieres, hält meinen Kopf, während die Asche ringsum herunterfällt, der Mann, der jünger war als der Senhor Doutor, zu den Musikern

– Wir machen eine Pause und wiederholen dann zum letzten Mal

verlangte was weiß ich vom Bassisten und dem Gitarristen, der Chauffeur hievte sich bis zum Lenkrad hoch und verschwand auf der Straße, der Herr im gewissen Alter zu mir nicht

– Püppchen

brauchte, bis er eine andere Galanterie aus seinem Repertoire ausgesucht hatte

– Schlawinerin

während gleichzeitig der Senhor Doutor

– Kleine

ich zu Hause und im Hotel, schwankte zwischen den beiden, bis der Schlüssel in der Tür, und die Besitzerin des Kleiderladens mit hellerem Haar, der Bassist winkte dem Mann, der jünger war als der Senhor Doutor, zu, drehte an einem Wirbel, stimmte die Saite

– Vielleicht kann ich dem Ton eine andere Tiefe geben

die Besitzerin des Kleiderladens mit einem tieferen Ausschnitt, der Ortsvorsteher und mein Vater banden die Hufe des Maultiers zusammen und zogen es bis zu einem Birkenhain, wo der Sohn des Ortsvorstehers, die beiden Söhne des Ortsvorstehers mit einer Hacke und einer Schaufel warteten, die Besitzerin des Kleiderladens mit Dekolletés, die ich wegen der wiederaufgebauten Brust nicht tragen konnte, so sehr man mir auch versicherte, dass dem nicht so sei, war sie anders, immer, wenn ich mich auszog, bemerkte ich es, der Ortsvorsteher sah mit meinem Vater der Arbeit der Söhne zu

– Die Grube schön tief nicht dass das Maultier wieder heraufkommt und anfängt hier herumzuhumpeln

außer der Hacke und der Schaufel ein Eimer ungelöschter Kalk, der brodelte, als ich den Birkenhain erwähnte, meinte ich zehn oder elf Birken, diejenigen, die, bevor ich geboren wurde, nach irgendeiner Krankheit übrig blieben, ich erinnere mich daran, wie meine Mutter sehnsüchtig

– Es waren Dutzende

silbrig, riesig, und unter ihnen war es fast so dunkel wie die Nacht, meiner Mutter zufolge noch dunkler als die Nacht, aber man muss wissen, dass sie immer übertrieb, sie erinnerte sich an herumlaufende Dachse, während ich sang, spürte ich den Bass wie unter meiner Haut, er weitete meine Stimme, und einen Augenblick lang war Senhor Albuquerque wieder zurück, bewegte die Hebel, die Besitzerin des Kleiderladens zu dem Herrn, sich ihrer Frisur sehr bewusst, die uns zwang, sie anzuschauen

– Das Taxi hatte einen Unfall ich hoffe die Verspätung hat Sie nicht verärgert

als sie das Maultier in die Grube kippten, starrte uns das Auge des Tieres an, Spuren der Gerte meines Vaters auf den Flanken, einer der Söhne des Ortsvorstehers war Albino, als er die dunkle Brille abnahm, waren die Wimpern durchsichtig und die Augen rot, der Ortsvorsteher

– Kannst du nicht schneller arbeiten Faulpelz?

die Hündin meines Vaters rannte unruhig hin und her, blieb zwischendurch stehen, um dem Ohr mit der Raserei einer Pfote Erleichterung zu verschaffen, hin und wieder erschnupperte sie Kaninchen, weil sie wartend verharrte, hinter den Birken Felsen und hinter den Felsen der Weiher, ich erinnere mich an Gänse darauf und das Entchen des Mannes, der jünger war als der Senhor Doutor, mittendrin, das erfinde ich, aber was macht das schon, kann doch sein, dass die Plastiktiere ebenfalls fortziehen, beweist mir das Gegenteil, ich hatte ein Spielzeug aus Stoff, das meine Patentante mir zu Weihnachten geschenkt hat, ein Rentier, zog man an einem Ring in seinem Bauch, blökte es, das genauso verschwunden ist, es wird sich den anderen Rentieren im Gebirge angeschlossen haben, oder aber meine Mutter hat es in den Müll geworfen, der Herr zu mir, als die Besitzerin des Kleiderladens ins Schlafzimmer ging, um den Mantel wegzuhängen

– Meine Süße meine Süße

aus einem diskreten Winkel des Schnurrbarts, es war vielleicht angenehm, mit dem Zeigefinger über die Schnurrbarthaare zu streichen, der Senhor Doutor

– Machst du Gesten in der Luft?

verzeihen Sie, Senhor Doutor, ich habe es nicht bemerkt, es passiert so viel auf einmal, verstehen Sie, ich bin im Hotel, bin im Wohnzimmer in Lissabon, bin im leeren Haus meiner Eltern, dessen Fenster geschlossen sind, ohne eine vertraute

Stimme darin, in Unordnung gebrachtes Geschirr, ein Stiefel auf dem Fußboden, und die Straßen verlassen, die Besitzerin des Kleiderladens zum Herrn und zu mir

– Habt ihr miteinander geschwätzt?

als ich am Donnerstag um drei Uhr in Cascais ankam, war der Senhor Doutor nicht am Schreibtisch, er saß am anderen Ende des Büros bei den Duftrosen, sah zu, ich hatte ihn ewig lange nicht gesehen, wie der Obdachlose in Richtung Dünen ging, eiliger als sonst, als wartete jemand auf der anderen Seite der Kiefern auf ihn, ich habe nie jemanden auf ihn warten oder mit ihm reden sehen, wenn man ihn ansprach, tat er so, als hätte er es nicht gehört, montags besuchte uns immer die Tante der Besitzerin des Kleiderladens, die sie aufgezogen hatte, war eingeschüchtert vom Mobiliar, den Vorhängen, den Kupferstichen, saß am Rand eines Sitzes und wagte nicht, einen Pieps von sich zu geben, die Besitzerin des Kleiderladens steckte ihr am Ausgang ein paar Moneten so in die Hand, dass ich es sah, im Übrigen brauchte ich es gar nicht zu sehen, denn die Scheine knisterten, sie wohnte im Erdgeschoss, in dem beide zusammengelebt haben und zuvor ihre Eltern, die Pantoffeln der Eltern, etwas schimmlig, am Nachttisch, und ein Umschlagtuch, dem Fransen fehlten, hing über einer Stuhllehne, die Besitzerin des Kleiderladens zog eine Ecke des Umschlagtuchs an und lie, ließ es fallen

– Hier habe ich achtzehn Jahre gelebt

eine Puppe auf einem Bord, mit einem Ratscher auf der Wange, ein Stier aus Porzellan, der bestätigend nickte, wenn man sein Maul berührte, die Besitzerin des Kleiderladens

– Achtzehn Jahre ehrlich

bis sie sich Geld lieh, sie hat mir nie erklärt wie, ich glaube, ein Witwer hatte sich in sie verguckt, und einen Tabakladen, einen Kurzwarenladen, einen Kleiderladen aufmachte, der Witwer, die gute Seele, unterzeichnete die Wechsel, wollte sie heiraten, der Dummkopf, die Besitzerin des Kleiderladens schob das mit einem Kuss auf

– Wozu diese Eile wir haben es doch so gut miteinander?

und dann die Thrombose, das Altersheim, der Verlust der Sprache, ein Anruf

– Ihr Verlobter hat den Löffel abgegeben

die Besitzerin des Kleiderladens war nicht bei der Beerdigung, nicht wegen mangelnder Freundschaft

– Man kann mir alles vorwerfen aber nicht dass ich undankbar bin

sondern weil sie es schrecklich fand

– Ich reagiere allergisch auf Friedhöfe nur der Gedanke an einen macht mich krank

sie schickte nicht besonders teure Blumen

– Das war doch genauso als wäre ich dort gewesen oder?

und ganz allmählich

– Denk nicht mir wäre es egal gewesen aber das Leben ist nun mal so nicht wahr?

und mit Willenskraft

– Gott weiß wie schwer es mir fällt

vergaß sie ihn

– Würde man nicht vergessen wäre das hier ein Tal der Tränen

obwohl sie ein Foto in einer anonymen Schublade verwahrte

– Ich habe ihn da irgendwo

oder in einem Pappkarton zwischen verschiedenen Nutzlosigkeiten, ich würde nicht wieder auf dem Maultier spazieren reiten, der Klang der Hufe und sein Atem, die Gewissheit, dass mein Vater bei mir war, in Seixal tote Fische an der Oberfläche eines Ölflecks, und barfüßige Geschöpfe in hochgerollten langen Unterhosen stöberten mit kleinen Stöcken im Elend, Krebs, Krebs, die dicke Ärztin mit dem grauenhaften Kleid

– Wir müssen achtgeben

nicht nur auf die Brust, auf die Eierstöcke, den Uterus, unser Pech, als Frau geboren zu sein, der Albinosohn des Ortsvorstehers ohne Augenbrauen oder Wimpern, außer im Winter verließ er nur nachts das Haus, um die Sonne zu meiden, kein Klassenkamerad wagte es, ihn zu berühren, weil das ansteckend sein könnte, sie folgten ihm aus der Ferne, wenn man ihn

– Gespenst

rief, fing er an, uns mit Steinen zu bewerfen, als wir bereits in Lissabon waren, erfuhren wir, wie, weiß ich nicht, dass er sich an einer Ulme erhängt hat, der Pfarrer verweigerte ihm die Messe

– Der ist kein Mensch

bis der Ortsvorsteher mit dem Jagdgewehr bei ihm erschien

– Was ist mein Sohn nicht?

und der Pfarrer versprach ihm bei der Homilie den Himmel, auf dem Friedhof sang die ganze Zeit ein unsichtbarer Vogel auf Latein, und kein Muskel des Ortsvorstehers regte sich, am Ende kaufte er im Dorfladen eine Flasche und trank sie allein aus, ohne dass man ihn unterbrach, die anderen am Tresen, der so hoch war wie er, wenn er saß, der Besitzer des Ladens stellte aus Respekt das Telefon ab, und so hörte man das Läuten der Herden und den Wind vom Guincho, der Herr rief mich heimlich an, ohne dass die Besitzerin des Kleiderladens es wusste, und wenn

– Püppchen

ich sofort

– Falsch verbunden

der Senhor Doutor zu mir

– Wenn ich den Mut hätte

und wenn er den Mut hätte, wären wir beide dort, wo niemand uns vermuten würde, ohne engste Mitarbeiter, ohne Sekretärinnen, ohne Singerei, es muss einen Ort geben, an dem man uns nicht kennt, der Ortsvorsteher zu meinem Vater

– Bezahl mich für das was ich mit dem Maultier gemacht habe und erschieß mich mein Freund

zwischen Ohr und Auge, genau zwischen Ohr und Auge, dann denken sie, es waren die Zigeuner oder ein Kumpel des Pfarrers, auch wenn sie herausfinden, dass du es warst, wird niemand dich dafür drankriegen, sie freuen sich, dass hinten im Obstgarten, und ich in Lissabon höre sie, die Besitzerin des Kleiderladens verwundert

– Wirkt so als würdest du etwas hören

ich höre etwas, aber es ist nicht wichtig, zwei Bauern reden leise miteinander, der Ortsvorsteher zu meinem Vater

– Würdest du mich bitten würde ich dir helfen

der Verschlag des Maultiers in Stücken, übrig blieb die Decke an einem Nagel, der Strick auf dem Boden, der Ring, um sein Maul festzubinden, aus dem Putz gefallen, mein Vater öffnete und schloss das Taschenmesser, hielt den Kopf gesenkt

– Bitte mich nicht darum Gaspar

und die Klinge schief, die Klinge immer schiefer, die Klinge zerbrochen

– Bitte mich nicht darum Gaspar

gemurmelt, fast lautlos, lautlos

– Ich kann es nicht Gaspar

der Ortsvorsteher

– Haben wir nicht das Maultier getötet als es nicht lief?

und zwei Raben auf einem Kornspeicher kräch, der Senhor Doutor zu mir

– Wo man uns nicht kennt

zwei Raben auf einem Kornspeicher krächzten, nicht gleichzeitig, abwechselnd, endlos, ich glaube, zwei Raben, ich bin sicher, dass es zwei Raben waren, der Ortsvorsteher und mein Vater zwei Raben, mein Vater

– Gaspar

während der Ortsvorsteher

– Du hilfst mir also nicht?

und Flügel, die schlugen und schlugen, der kleinere Rabe zum größeren Raben

– Bitte mich um etwas anderes das tue ich

das Maultier noch immer gegenwärtig, eine Art Husten, ein Wiehern, die Pumpe am Brunnen schrappte, der Ortsvorsteher zu meinem Vater

– Ich habe niemanden sonst den ich fragen kann

in dem Augenblick, als der Obdachlose an ihnen vorbeiging, sie nicht einmal ansah, der Senhor Doutor zu mir

– Hast du ihn gesehen?

und selbstverständlich habe ich ihn gesehen, Senhor Doutor, aber ich habe keine Flügel entdeckt, vielleicht verdeckt die Jacke sie ja, obwohl ich nicht glaube, dass er ein Engel ist, ein Fremder zwischen dem Guincho und Cascais, manchmal am Strand, manchmal im Bahnhof, wo er sich von den Waggons verabschiedet, die nicht abfahren, zumeist ohne Räder, in ihnen Gott weiß wohin reist, auf einer der noch übrig gebliebenen Bänke sitzt und aus dem Fenster auf Stücke von Schienen schaut, Unkraut, eine Lokomotive, an einem Hang umgekippt, auf dem Trauerweiden wuchsen, der Ortsvorsteher und mein Vater standen voreinander, während die Hündin um sie herumlief, überrascht, dass die Raben, anstatt zu krächzen, ganz leise

– Quack quack

die Hündin blieb wegen eines Kaninchenerschauerns, einer heftigen Bewegung im Gebüsch unvermittelt stehen, und mein Vater überrascht

– Quack quack?

dabei waren es nicht die zwei Raben, sondern eine Plastikente, die aus seiner Hand schlüpfte.

SIEBTES KAPITEL

Wenn ich nicht gerade Texte auswendig lernte oder im Studio mit dem Pianisten übte, der, um die Finger anzuwärmen, Tonleitern spielte, nachdem er die Fingerglieder eines nach dem anderen auseinandergezogen hatte

– Ich gebe dir etwas vor und später entscheiden wir

mit einem Knacken, das meine Nerven erschauern ließ, oder Interviews gab, bei denen die Besitzerin des Kleiderladens die Antworten vervollkommnete und mich zwang, mich für jedes Foto umzuziehen

– Ich möchte nicht dass das Publikum denkt du wüsstest dich nicht richtig zu kleiden

die Beine bitte so übereinanderzuschlagen, eine der Schultern nach vorn zu ziehen, den Kopf zu heben, das Klicken des Fotoapparats wie ein Fingerschnippen, und sobald ich ahnte, dass sie auf den Knopf drücken würden, fuhr ich ängstlich hoch, wenn weder der Senhor Doutor noch andere Männer am Telefon waren, denn es gab andere Männer am Telefon, und manchmal akzeptierte ich sie, ich lüge höchst selten, nicht aus Tugendhaftigkeit, sondern weil man es meinem Gesicht sofort ansieht, ohne dass ich weiß, was für ein Gesicht ich mache, wenn sie mich also ein wenig in Ruhe ließen, schloss ich die Tür zum Schlafzimmer, legte mich auf das Bett, und sofort eine Stimme

– Da kratzt sich die Alte schon wieder so was von eigensinnig

die mir die Arme unter den Betttüchern mit einem Verband festzurrte, der mir wehtat, weshalb ich den Obdachlosen nicht berühren konnte, falls er an mir vorbeikam, um festzustellen, ob er ein Engel war, wie der Senhor Doutor es einmal angedeutet hatte, und den Rücken nach Flügeln abzusuchen, obwohl er nie jemanden nah heranließ, er wich immer aus, ebenso wie Gott zu keiner Zeit meines Lebens in meiner Nähe war, noch so einer, und ich weiß nicht, was ich ihm angetan habe, dass er mir keine Beachtung schenkt, wer bleibt mir letztlich, seit das

– Kleine Laus

meines Großvaters verstummt ist, dazu das

– Weg da

meines Vaters, meine Mutter, die

– Kannst du nicht mal eine Minute stillhalten?

und ich kann tatsächlich keine Minute stillhalten, Senhora, Sie haben doch beschlossen, dass ich Hummeln im Hintern habe, nicht wahr, nun müssen Sie damit fertigwerden, kaufen Sie einen Sirup im Dorfladen, der sie umbringt, und ich still in einer Ecke, ganz bestimmt tot, aber so klein, dass ein Begräbnis überflüssig ist, man fegt mich auf die Schaufel und kippt mich in den Mülleimer, ich bleibe dort mit den Schalen und einem Rest Pfirsich am Kern, mit dem ich drei Tage lang zu tun haben werde, dann lässt die Wirkung des Sirups nach, und schon fummle ich überall herum und ziehe an Ihrer Schürze

– Sind Sie nicht glücklich mich zu sehen?

und Sie waren nicht glücklich, mich zu sehen, Sie hatten die Augen an der Decke, hofften, dass ich wie die Schmeißfliegen aus dem kleinen Fenster fliegen und verschwinden würde, bedauerten, dass der Mülleimer keinen Deckel hatte, um einen Backstein daraufzulegen, und ich kein Mädchen, sondern ein in sich zusammengerollter Obstwurm mit tausend Füßchen, die sich schon nicht mehr bewegen, die Stimme, die mein Handgelenk festgebunden hat

– Es ist wieder so weit ihre Windel muss gewechselt werden so ein Mist während der Pianist die Tonleitern unterbrach, die Hände zwei Möwen, die gleich zupicken werden, gleich zupicken

– Fangen wir nun an?

noch ohne Techniker auf der anderen Seite der Scheibe, nur die Besitzerin des Kleiderladens und der Mann, der jünger war als der Senhor Doutor, saßen da und warteten, ohne miteinander zu reden, einen Stuhl zwischen sich, weil sie wegen der Erweiterung des Vertrages uneins waren, und ein nasses Handtuch ging zwischen meinem Körper und meinen Beinen rauf und runter

– Wie eklig

der Pianist wird zugehört haben, wurde aber nicht böse auf mich, spazierte über die Tasten, langsam wie über mein Haar, während ich überlegte, wie lange man das schon nicht mehr bei mir gemacht hatte, wenn ich es mir recht überlege, hat man das nie gemacht, ich hatte wieder Zöpfe

– Kümmer dich nicht um das was sie sagen wir fangen von vorne an

und anders, als ich es erwartet hatte, ich glaube nicht, dass der Obdachlose ein Engel ist, ich glaube, er ist ein Armer, der von Almosen lebt, begann der Fado ohne ein einziges falsches Wort aus mir herauszukommen, der Pianist nickte, vervielfältigte, nach vorn gebeugt, die Töne, eine zweite Stimme zur ersten

– Sieht so aus als hättest du sie verletzt sie hört nicht auf zu schreien

nahm die Besitzerin des Kleiderladens nicht wahr, auch nicht den Mann, der jünger war als der Senhor Doutor, auf der anderen Seite der Scheibe, wäre Senhor Albuquerque da, er wäre zufrieden mit mir, da bin ich mir sicher, ich, die ich so viele Menschen vergesse, was die Launen des Gedächtnisses nicht alles anrichten, habe ihn nie vergessen, wenn ich es am wenigsten erwarte, taucht er in meinem Kopf auf, so bescheiden, lächelt er trotz seiner Galle und des Verlusts seiner Frau, der Pia, nein, die Stimme

– Wenn die Alte nicht gleich still ist zerquetsche ich das Kissen auf ihrer Visage

der Pianist, indem er sich das Haar aus dem Gesicht strich

– Du hast mich zu Tränen gerührt

ich, die ich nicht weine, selbst als Kind nicht, wer kann mir helfen, den Grund dafür zu finden, die Tränen kamen nicht heraus, als mein Großvater starb beispielsweise, keine einzige Träne, und Gott weiß, wie sehr mir danach zumute war, die zweite Stimme kam näher, ungläubig

– Kommt es mir nur so vor oder hat das Miststück nasse Wangen?

als würden diese Wangen nass werden, so ein Unsinn, nur wegen einer uralten Erinnerung

– Kleine Laus

sie kam aus der Weinlaube und schien irgendwo im Zimmer zu sein, Senhor Albuquerque zu mir

– Sie verstehen mich jetzt besser nicht wahr gnädiges Fräulein?

nur wegen einer noch älteren Erinnerung als meiner

– Albuquerque

und eine rosa Zahnbürste, die die Frau nicht mitgenommen hatte, weil sie so verbraucht war, im selben Becher, in den er seine steckte, auf den eine Cinderella aufgedruckt war, wir sind so seltsam, wir leiden pour rien, bei wichtigen Dingen sind wir unerschrocken, bei Nichtigkeiten machen wir gleich schlapp, eine gerupfte Zahnbürste, man stelle sich das vor, die Spuren einer Abwesenheit auf dem abgeschabten Sofa, dessen Sprungfedern wir nicht auswechseln, wir legen die Hand darauf, und in uns verknotet sich alles, es passiert sogar, so etwas Albernes, dass wir uns an sie wenden, es passiert sogar, was, wenn überhaupt möglich, noch alberner ist, dass wir uns einbilden, sie würden uns antworten, der Pianist erhob sich, um mich zu umarmen, und er zitterte, Ehrenwort

– Du wirst für immer bleiben

der Arzt

– Höchstwahrscheinlich bemerkt sie uns nicht

erinnern Sie sich an meine Hummeln im Hintern, Mutter, erinnern Sie sich daran, wie ich war, meine Mutter noch blond oder, besser gesagt, nicht genau blond, braunhaarig, blond als Kind, das ging vorüber

– Kaum hatte ich den Schutz vom Tisch genommen machte sie mir den Tisch schmutzig

wegen meines Alters nicht überrascht, redete sie mit den Stimmen

– Sie war als Kind ein Teufel hätte ich noch so eine bekommen hätte ich mich umgebracht

und Dona Eugénia vom Podium her, am Kinn einen Kreidefleck vom Tafelwischer, auch das ist geblieben

– Ein Huhn legt drei Eier das andere fünf wie viele haben beide zusammen gelegt?

und es war kompliziert, das Richtige zu sagen, denn selbst wenn sie die Eier versteckten, würden die Mäuse sie fressen oder der Hahn sie zertreten, ich habe nie für den Senhor Doutor gesungen, soweit ich aufgrund von Klatsch weiß, ist er nie zu einem Konzert gekommen, ich weiß immer noch nicht, aber es ist schon zu spät, es war letztlich immer zu spät, was ihn an mir interessiert hat, Dona Eugénia auf dem Podium, wischt den Kreidefleck mit dem Taschentuch weg, anstatt mir zu antworten

– Die Nichte hat drei Äpfel vom Baum gepflückt und die Tante fünf wie viele haben beide gepflückt?

und hier drinnen unvermittelt

– Vater Vater

will heißen, ich sah ihn nicht, nur das Wort

– Vater

will heißen ein Duft oder eine Art Schatten, will heißen, ich sah nichts, nur mein Mund, ohne dass ich Einfluss auf ihn nahm

– Vater

die zweite Stimme zur ersten

– Sie hat mit dem Geschrei aufgehört jetzt ruft sie nach ihrem Vater wenn sie noch lange so weitermacht werden wir verrückt wir haben es wirklich nicht leicht!

während ich wahrnahm, wie sie in den Schubladen stöberten, die Wäsche durchsahen, das Bild zur Seite schoben und den Safe entdeckten, an den Knöpfen des Geheimnisses drehten, sich ein Foto auf der Kommode genau anschauten

– Sie war nicht sehr hässlich als sie jung war

mit falschen Wimpern, zu vielen Cremes und der Kette mit dem Anhänger aus Smaragden, den mir der Senhor Doutor geschenkt hatte, die wiederaufgebaute Brust, die aufrechter war als die andere

– Die Ellenbögelchen nach hinten die Ellenbögelchen nach hinten

die dicke Ärztin mit dem grauenhaften Kleid

– Nun ja ich finde hier auch eine Erhebung

und mir vorschlug

– Setzen wir uns einen Augenblick um uns zu beruhigen manchmal führt die Anspannung in die Irre

jede auf ihrer Seite des Schreibtisches, schweigend, versuchten wir einander nicht anzusehen, die dicke Ärztin mit dem grauenhaften Kleid blätterte, ohne hinzuschauen, in ihrem Terminkalender, machte auf mich den Eindruck, als stünde sie vor einer vertraulichen Mitteilung, weil sie den Mund öffnete und gleich wieder mit einem Kopfschütteln schloss, ich war mir meines Körpers zu sehr bewusst, um mich wie auch immer zu beruhigen, zwei oder drei Medizinfachbücher auf einem Regal, das nach einem Staubtuch verlangte, ein verchromter Delphin, ein vierblättriger Klee aus Aluminium in einer kleinen Vase, und ich erwischte mich dabei, wie auch sie mir leidtat, wenn ich mir vorstellte, wie morgens, obwohl sie sich nüchtern wog, nachdem sie die Pantoffeln ausgezogen hatte, die Zahlen im Fensterchen der Waage nicht abnahmen, sie neigte sich nach links und verlor ein halbes Kilo, neigte sich nach rechts und gewann zwei Striche zwischen dem braunen Lack der Zehennägel hinzu, der aufgefrischt werden musste, aber wer interessierte sich schon für ihre Füße, sie stellte die Fersen eine nach der anderen auf das Bidet, auch mit der Nahsichtbrille versagte der Pinsel, und die Watte mit dem Azeton schaffte es nicht, den Fehler zu korrigieren, ganz zu schweigen vom angewinkelten Knie, das den Bauch störte, und die freie Hand hatte den Kaltwasserhahn des Waschbeckens gepackt, der nicht besonders fest saß, weil die Klempner nichts taugen, und der entschlossen war, sie nass zu machen, verdammtes Mistteil, sie erhob sich vom Schreibtisch, voller Angst, das Gleichgewicht zu verlieren, unter Türangelknarren, bei dem ich nicht unterscheiden konnte, ob es vom Stuhl oder von ihr stammte, denn Knochen, Sehnen und Schrauben waren alle vermischt, außerdem löste sich eine Holzstrebe, und ich, die Ellenbögelchen nach hinten, die Ellenbögelchen nach hinten, meine Hände im Nacken verschränkt, feucht vor Panik, während die dicke Ärztin mit dem grauenhaften Kleid mich zusammenquetschte, weil sie über meine Schulter hinweg die Wand anstarrte, den Blick geschärft

– Verdammt da ist sogar ein Feuchtigkeitsfleck was in dieser Praxis fällt nicht auseinander?

so wie der Pianist ein paar Monate später im Studio auseinanderfiel, er hatte gerade das letzte Fingerglied knacken lassen und sich auf dem Schemel zurechtgesetzt, die Finger gestreckt und gebeugt, während die Besitzerin des Kleiderladens und der Mann, der jünger war als der Senhor Doutor, auf der anderen Seite der Scheibe ohne leeren Stuhl zwischen sich, weil sie den Vertrag abgeschlossen hatten, und ich ahnte, dass sie am Abend gleich Komplizen auf den Kieseln am Strand und die Mondscheinscheiben mal getrennt, mal vereint sein würden, das Entchen leider in der Badewanne vergessen, die Besitzerin des Kleiderladens, als sie es entdeckte, verblüfft

– Hast du einen kleinen Sohn?

der Mann, der jünger war als der Senhor Doutor, stopfte es umgehend in den Medizinschrank und warf dabei die Alkoholflasche um

– Einen Neffen

woraufhin die Besitzerin des Kleiderladens mitleidig

– Du wirst ganz schön mit ihm zu tun haben der hat ihm ja schon ein Auge ausgerissen

zum Glück beachtete sie die Falten im Plastik und die verblichenen Farben nicht, war zufrieden, mit dem Mann zusammen zu sein, der jünger war als der Senhor Doutor, einundsechzig Jahre und wie lange schon keinen Mann mehr, wie wird er meinen Körper finden, wenn ich vorher das Licht ausmache, nur das am Eingang anlasse, das schwach ist, dazu noch einen Schirm aus Stroh hat, woher hat er bloß den ganzen schlechten Geschmack, mein Gott, die Hosen passen nicht zum Hemd, das Parfüm passt nicht zur Haut, der Pianist hatte gerade das letzte Fingerglied knacken lassen und sich auf dem Schemel zurechtgesetzt, die Finger gestreckt und gebeugt, als der Schmuckdesigner lächelnd eintrat, mich an meinen Vater erinnerte, wenn er, sauer auf das Maultier, aus dem Verschlag kam, ruhig, gemächlich, wenn er so ins Haus trat, mit Wein abgefüllt, hob meine Mutter das Tablett, um sich zu verteidigen

– Schlag mich nicht

und ich auf die Mauer im Gemüsegarten, in der Nähe des Spalts, durch den ich auf die Straße fliehen konnte, hielt mir die Ohren zu, als ich mitten ins Dorf lief, im Januarschlamm über

Unebenheiten, über Steine stolperte, während mein Vater zu meiner Mutter und zum Maultier

– Ihr verdammten Nutten

in seinem Inneren ausrutschte, sich erhob, erneut ausrutschte, ich mochte den Pianisten immer gern, so wie ich auch den Schmuckdesigner gernhatte, der so freundlich zu mir war, so gut, und auch das Okular, das zwischen Auge und Stirn hin- und herwanderte, wenn er beispielsweise einen Satz von mir nicht verstanden hatte, schob er es hoch

– Wie bitte?

hatte das Schmuckstück vergessen, er schenkte mir ein Armband

– Steck das weg bevor ich es mir anders überlege

er hat mir zwei Ringe geschenkt

– In der Hoffnung dass du mich nicht vergisst

er benutzte Schminke und einen Lidstift, war der einzige Mensch, der mich

– Tochter

nannte, und dafür bin ich ihm dankbar, niemand bei mir zu Hause sagte

– Tochter

zu mir, ich wurde dort geboren und mehr nicht, ich gehörte dazu wie das Kleinvieh oder der Gemüsegarten, und damit hatte es sich, der Schmuckdesigner auf der anderen Seite der Scheibe starrte, nachdem er die Besitzerin des Kleiderladens und den Mann, der jünger war als der Senhor Doutor, begrüßt hatte, den Pianisten an, der weiter die Finger streckte und beugte, während sein Lächeln breiter wurde

– Emílio

der andere regelte, ohne ihn zu beachten, die Helligkeit über den Noten, der Schmuckdesigner, den Mund an der Scheibe, nicht direkt an der Scheibe, fast an der Scheibe

– Ich kann nicht mehr Emílio

in dem Augenblick, in dem der Pianist das Kinn hob

– Bereit?

obwohl es mir so vorkam, als hätte wer weiß was in ihm geschwankt, als hätte wer weiß was in ihm Angst, als wären die Falten zu beiden Seiten des Mundes tiefer geworden, aber vielleicht irrte ich mich ja, so wie ich mich vielleicht geirrt habe, wenn ich sagte, dass eine Ader an seinem Hals hüpfte, der Schmuckdesigner, jetzt ja, den Mund direkt an der Scheibe, während die Besitzerin des Kleiderladens ganz langsam mit etwas zunahm, das dem Beginn eines Schluchzers ähnelte, der Schmuckdesigner

– Du lässt mir keine Wahl Emílio

und was hätte es meine Eltern gekostet, mich ein- oder zweimal

– Tochter

zu nennen, während all der Jahre, die ich bei ihnen war, das wäre genug gewesen, um mich zufriedenzustellen, Ihr

– Kleine Laus

hat mich zum Teil getröstet, Großvater, aber nehmen Sie es mir nicht übel, das ist nichts gegen Sie, verstehen Sie das bitte, schmollen Sie nicht mit mir, es reichte jedoch nicht, der Mann, der jünger war als der Senhor Doutor, stand ebenfalls auf, schwankend, reckte sich zum Telefon, rief wer weiß wen an, der Pianist begann, die Augenlider gesenkt, mit den Fingern auf den Tasten hin und her zu rennen, ohne mitzubekommen, wohin die Musik lief, und die Klänge ähnelten Regentröpfchen, die sich durchsichtig, rund im Fallen auflösen, den Boden nicht erreichen, würde ich zwischen ihnen umhergehen, würde ich nicht nass werden, selbstverständlich nicht, eine Frische, eine Freude, der Schmuckdesigner wühlte in seiner Jackentasche herum, zog an was auch immer, das darin festsaß

– Verzeih mir Emílio

und dann ruckweise herauskam, kein Spielzeugentchen,

kein verchromter Delphin, nicht die dicke Ärztin mit dem grauenhaften Kleid

– Das muss man sich genauer ansehen

wobei ich nicht unterscheiden konnte, ob sie von mir oder vom Feuchtigkeitsfleck an der Wand sprach, der sie ärgerte, und das ist verständlich, Maurer, Müll, Gehämmer, der Schmuckdesigner zog kein Spielzeugentchen, keinen verchromten Delphin, sondern eine Pistole heraus, die erste Stimme zur zweiten

– Das Wrack bewegt sich nicht mehr ist eingeschlafen Gott sei Dank

aber ich war überhaupt nicht eingeschlafen, ich wartete auf das Zeichen des Pianisten, um mit dem Singen zu beginnen, drei Takte, zwei Takte, ein Takt, und ich fing in dem Augenblick an zu singen, als der erste Schuss die Scheibe zerstörte, ohne mich zu unterbrechen, so wie er auch nicht den Regen und auch nicht die dicke Ärztin mit dem grauenhaften Kleid unterbrach

– Das muss man sich genauer ansehen

auch nicht den Senhor Doutor

– Kleine

auch nicht meinen Vater, der ein paar Meter vom Weinberg entfernt hackte, ein Mann erschien auf der anderen Seite der Scheibe

– Verdammte Scheiße

während Emílio sich vornüberbeugte, nicht umfiel, sich nur vornüberbeugte, langsam, friedlich, der Feuchtigkeitsfleck an der Wand der Praxis gefährlicher als der Krebs, ich frage mich, ob, falls sie mich operieren, auch gehämmert, geschweißt wird, ein Bleirohr den Krebs ersetzt, der Mann nahm dem Schmuckdesigner die Pistole ab, der nicht lockerließ

– Ich bin sicher du verzeihst mir Emílio

während sich die Besitzerin des Kleiderladens in ihren Armen versteckte und der Mann, der jünger war als der Senhor Doutor

– Ich will hier keine Presse sehen ich will hier keine Presse sehen

also war in der Woche darauf ein anderer Begleiter da, der nicht die Fingerglieder knacken ließ, denn das Leben ist wie ein Kinderkarussell, es wartet nicht, neue Fahrt, neue Reise, diese Reise ist zu Ende, und die angemalten Tiere, Büffel, Tiger, Hirsche, werden sich immer weiter drehen, rüttelnd, halb gelockert, unerschrocken, ich habe versucht, nicht zu sehen, wie die Besitzerin des Kleiderladens den Schmuckdesigner ohrfeigte, der sich nicht einmal wehrte, aber ich sah seine braun-gelb karierte Hose, den scharlachroten Blouson, das beinahe rosa gefärbte Haar, warum zog er sich so an, so regenbogenartig, wo ihn die Leute auf der Straße verspotteten, das Gefühl, dass er sich selber bestrafen wollte, weil er seine Frau verlassen hatte und zu einer Marionette geworden war, die sich der Verachtung der anderen darbot, als sie ihn wegführten, flüsterte er

– Tochter

als er an mir vorbeikam, ich glaube, nur er und ich haben es gehört, und so merkwürdig es scheinen mag, ich hätte nichts dagegen, Ihre Tochter zu sein, wir würden im engen kleinen Studio wohnen, ich würde Ihnen zusehen, wie Sie, das Okular auf den Augen, von bunten Steinchen umgeben, Wunderwerke fabrizieren, während eine graue, beinahe silbrige Katze auf dem Tisch döst, am nächsten Tag erwachte er im Gefängnis, eine Plastiktüte um den Hals gebunden, und sein Körper war wie der von zerbrochenem Spielzeug auf dem Fußboden, was wohl aus der Katze geworden ist, der neue Begleiter hieß Senhor Macedo, hatte ewig eine nicht angezündete Zigarette im Mund, nicht mitten im Gesicht, in der rechten Wange, damit der Rauch, den es nicht gab, ihm nicht die Tasten verstellte, wenn er die Seiten der Partitur umblätterte, leckte er am Daumen, und es fiel mir wegen der Spucke schwer, ihm die Hand zu geben, ich trocknete sie mir blitzschnell heimlich am Rock ab, Senhor Macedo hatte schon Enkelkinder und eine spanische Ehefrau, die im Theater getanzt hatte, nicht in der zweiten, in der ersten Reihe, mit Federbüschen, sie verwahrten sie zu Hause, blau, rot, gelb, wo sie eine Vase schmückten, der Mann, der jünger war als der Senhor Doutor, sehnte sich nach Emílio

– Mit mehr Herz Macedo beton den Refrain

Senhor Macedo schwitzte aus Furcht, die Anstellung zu verlieren, denn die Ehefrau, die wegen der Wirbelsäule im Theater aufgehört hatte, machte hin und wieder schlecht bezahlte Schneiderarbeiten, die Besitzerin des Kleiderladens zu dem Mann, der jünger war als der Senhor Doutor, was man in den Lautsprechern des Studios hörte

– Der Macedo taugt nichts

und Senhor Macedo haute in die Tasten, der Arme, vertat sich bei den D, sein Hemdkragen zerschlissen, die Ellenbogen glänzend, der einzige Anzug meines Vaters, der für die Beerdigungen, war so, wie lange schon hat mich der Senhor Doutor nicht mehr nach Cascais gerufen, der Arzt zu den Stimmen

– Hat sich die Arme nicht weiter gekratzt?

und sie hat sich weder gekratzt noch gegessen, ein halbes Dutzend Löffel Brei, allerhöchstens, von dem mehr als die Hälfte das Kinn heruntergelaufen ist, sie ist dünner geworden, haben Sie es bemerkt, schauen Sie sich nur die hervorstehenden Knochen an, der Senhor Doutor zu mir, und ich verstehe seine Abwesenheit, sein Schweigen

– Bist das wirklich du?

und deckt mich mit dem Betttuch zu und entfernt sich, ich hatte nicht erwartet, dass Senhor Macedo dermaßen verzweifelt war, als er entlassen wurde, das Geld in der Faust hielt, nicht in die Tasche steckte

– Geben Sie mir nicht noch eine Chance?

die in die Wange gepflanzte Zigarette zitterte, er bat, sich setzen zu dürfen, bat um ein Glas Wasser und verschluckte sich am Wasser, der Schnürsenkel vom linken Schuh anders als der vom rechten, die Krawatte, das hatte ich nicht erwartet, mit einer aufgedruckten Nixe, der Arzt zu den Stimmen, während er sich ihm neugierig näherte

– Sind Pianisten so?

und zwei Tauben auf der Fensterbrüstung, eine davon mit einer Brotrinde im Schnabel, während Senhor Macedo zur Tür zu gehen begann, unter den Tauben Möwen, unter den Möwen der Tejo, achten Sie mal darauf, wie schön Lissabon ist, Senhor Macedo, fassen Sie Mut, diese Sonne, dieses Licht, diese Farben, nicht mal in Italien findet man so etwas, das versichere ich Ihnen, genießen Sie die Landschaft, mein Freund, so etwa im November regnet es dann, aber zu Hause den Regen hören, schön geschützt, eine Decke über den Knien, das tröstet, man fühlt den Frieden des Heims, gemütlich, ruhig, vertraut darauf, niemals zu sterben, der Vater stirbt, die Mutter stirbt, das ist die natürliche Ordnung, es tut uns leid, etc., aber wir machen weiter, mit einer Wärmflasche nehmen die Rückenschmerzen ab, was kann man mehr verlangen, da geht Senhor Macedo die Straße entlang, zu Fuß, um Fahrtkosten zu sparen, oder besser gesagt, er spart bei den Fahrtkosten, verbraucht aber seine Sohlen, was aufs Gleiche hinausläuft, die kleine Wohnung im fünften Stock, ohne Fahrstuhl, sechsundsiebzig Jahre, fast siebenundsiebzig, wenigstens haben Sie es bis hierher geschafft, trösten Sie sich, und mittendrin rührt mich das Piano von Emílio, und meine Stimme erhebt sich ganz allmählich von den Noten, gewinnt an Kraft, wird lauter

– Der Arm der Alten hat sich gelöst warum weiß ich nicht halt sie schnell fest bevor sie wieder anfängt sich zu kratzen

und nicht nur ein Arm, meine beiden Arme ausgebreitet, während mir das Publikum Rosen über Rosen zuwirft, der Mann, der jünger war als der Senhor Doutor, zur Besitzerin des

Kleiderladens, während beide aus der Dunkelheit der Bühne spähen

– Eine Goldmine haben wir da

Umbauten im Apartment am Strand, nein, ein größeres an einem teureren Ort bauen, Senhor Macedo zählt das Geld

– Nur?

seine Ehefrau über die Näharbeit hinweg, wartend

– Wie viel?

nimmt es ihm aus der Hand

– Wahrscheinlich hast du dich geirrt

und dies eine Mal hat er sich nicht geirrt, er ist nicht senil, immerhin, die Ehefrau gibt es ihm zurück, ebenfalls

– Nur?

das kommt davon, wenn man lange mit demselben Menschen zusammenlebt, unbemerkt werden wir Zwillinge, und dazu noch welche mit dem gleichen Geschlecht, das keines ist, was wir vorher hatten, nicht einmal ein drittes, es ist das Fehlen von Fleisch, Eingeweide, die keine Beziehung zueinander haben, ein paar verstreute Zähne, die das Zahnfleisch eingenommen haben und in den Bauch, in die Brust beißen, ob es sonnabends noch Tennis in Cascais gibt, die Gestalt in der Gardine, den Obdachlosen, der von den Kiefern zurückkommt, dessen Alter sich nicht verändert, so wie sich auch seine Eile und seine Gleichgültigkeit uns gegenüber nicht verändern, der Arzt zu den Stimmen

– Falls sie denkt was denkt sie wohl?

aber sie denkt nicht, Herr Doktor, sie erlebt, wie es um sie herum Rosen regnet, sie grüßt, dankt, weist auf den mit der portugiesischen Gitarre und auf den Gitarristen, die ebenfalls danken, bescheiden, diskret, ihre Instrumente vor die Brust halten, sich zur ersten Zugabe wieder setzen, während ganz allmählich Stille einkehrt, ein paar Geräusche von Füßen, Geräusper, ein paar Stuhllehnen, die sich zurechtrücken, die Scheinwerfer nur auf die Bühne gerichtet, bis ein einziger Scheinwerfer auf mich gerichtet ist und ich blind bin, der mit der portugiesischen Gitarre stimmt eine tiefe Saite nach, hält inne, gibt seinem Kollegen einen Wink, zerreißt die Welt in der Mitte, und meine Kehle wächst, nicht langsam, unvermittelt, Senhor Macedo kratzt die Kaffeedose mit dem Messer aus, um Rostteilchen zu trinken, die er mit seiner Ehefrau teilt, sie auf dem Schemelchen und er auf dem Stuhl, symmetrisch wie Zwillinge, der eine zum Spiegel des anderen geworden, die Ehefrau von Senhor Macedo zu Senhor Macedo

– Und jetzt?

und jetzt, gute Nacht, Marie, schau, wir mussten ja eines Tages den Löffel abgeben, mit dem Geld vom Studio haben wir morgen noch was zu essen, dann, nachdem wir die Federn aus der Vase verschlungen haben, die, obwohl sie welk sind, nach irgendetwas schmecken müssen, essen wir einander auf, und das war's dann, der Arzt, zu mir heruntergebeugt

– Meine Eltern haben Sie geliebt

während mein Vater das Maultier liebte

– Du Nutte

und stünde ich vor ihm oder nicht einmal vor ihm, in einiger Entfernung

– Weg da

dabei nahm ich überhaupt keinen Platz ein, ich habe nie viel Platz eingenommen, außer wenn ich sang, man musste mich, selbst wenn ich da war, suchen, um mich ausfindig zu machen

– Wo ist die Kleine?

und sie brauchten lange, bis sie mich im Haus oder im Gemüsegarten oder beim Brunnen dort unten entdeckten, ein halbes Dutzend Bäume, die niemand pflegte, ein paar Vögel darauf, die vom Gebirge herunterkamen und Kirschen anpickten, und eine auf sie wartende Katze, man zeige mir eine Katze mit einem Besitzer, es gibt keine einzige, die jemandem gehört, sogar bei uns in der Küche sind sie nicht bei uns, als der Senhor Doutor mich wieder zu sich rief, habe ich ihn nicht am Schreibtisch, sondern auf dem Sofa bei den Duftrosen vorgefunden, wie er zum Fenster hoch oben schaute, das keine Gardine hatte, leer war, der Angestellte mit der weißen Jacke, der Marçal ersetzt hatte, mit leisem Stimmchen

– Sagen Sie nichts gnädiges Fräulein

der Senhor Doutor

– Setz dich da irgendwo hin Kleine

ohne mich zu beachten oder ans Telefon zu gehen oder sich um die Papiere zu kümmern, die dicke Ärztin mit dem grauenhaften Kleid gab mir die Untersuchungsergebnisse

– Wir werden die Nachuntersuchungen auf jedes halbe Jahr ausdehnen

wobei der Feuchtigkeitsfleck von einem etwas dunkleren Farbfleck bedeckt und das Foto der Tochter vom Foto eines Babys mit einer Haube ersetzt worden war, ich erinnere mich nicht, je eine Darstellung von mir als Kind gesehen zu haben, oder doch, ich erinnere mich daran, ich im Gewand der Erstkommunion, mit Mittelscheitel, so hässlich, in der Hand eine schiefe Lilie, die Schuhspitzen nach innen gedreht, aus Angst vor dem Fotoapparat den Tränen nahe, die Zeit hat mich vom Fotopapier verschwinden lassen, bis mein Vater es durchgerissen hat, als sich nur noch ein von Nebel umringter Schuh gehalten hatte, meine Mutter unschlüssig

– Hatte ich wirklich eine Tochter?

und ich bin mir auch nicht sicher, ich denke ständig darüber nach, komme aber zu keinem Schluss, was weiß ich, darin sind wir uns ähnlich, der Senhor Doutor zu mir

– Siehst du das leere Fenster?

das leere Fenster, die Muschel der Venus fast ohne Tropfen, die Besitzerin des Kleiderladens mit einem Spazierstock

– Diese Hüfte

bewegte sich ruckartig wie ein Aufziehsoldat vorwärts, dabei schaukelten meine Perlen in ihren Ohren, als mich der Mann, der jünger war als der Senhor Doutor, zum letzten Mal mit ins Apartment am Strand mitnahm, bemerkte ich die Mondlichtscheiben und die Kiesel, aber nicht das Entchen

– Was ist mit deinem Tierchen passiert?

der Mann, der jünger war als der Senhor Doutor, log mich an, denn wenn man uns anlügt, senkt sich die Stimme um ein paar Stufen

– Ich muss es suchen

ohne einen Finger zu rühren, während ich darüber nachdachte, was allen passiert war, was mit uns geschieht, sogar der Obdachlose reglos an der Straße am Guincho, an einem Kilometerstein hockend, der Senhor Doutor

– Ich wollte dass du kommst damit ich mich von dir verabschieden kann

zur selben Zeit, als das Publikum in den Konzertsaal kam, Dutzende Menschen, Hunderte Menschen mit so vielen Rosen, mein Gott, während man mich am Hintereingang hereinließ

– Schnell schnell

nachdem sie den Wagen an die Tür gefahren hatten, und dennoch Applaus, Autogrammalben, Journalisten, Geschöpfe, die einander rempelnd versuchten mich zu berühren, eine Frau, fast auf Knien

– Geben Sie mir wenigstens einen Kuss

ich trabte den Korridor entlang zur Künstlergarderobe, fünf oder sechs Angestellte vor mir, neben mir, hinter mir, die Leute wegschoben, Ellenbogen einsetzten, befahlen

– Lassen Sie uns durch

ich glaube, dass meine Bluse zer, der Senhor Doutor nicht zu mir, zum Fenster hoch oben

– Ich wollte dass du kommst damit ich mich von dir verabschieden kann

ich bin sicher, dass meine Bluse zerrissen, ein Strumpf kaputt, die Frisur zerstört war, mich auf den Stuhl vor den Spiegel setzen, ausruhen, wenn ich doch nur fünf Minuten lang schlafen könnte, wenn ich doch nur allein sein könnte, aber das Make-up, aber die Kleidung, welche der Ketten, welche Ringe, welche Schuhe, der Mann, der jünger war als der Senhor Doutor, zog das Entchen aus der Jackentasche und legte es in meine Hand

– Bevor du auf die Bühne gehst gibst du es mir wieder

neben ihm mein Großvater

– Kleine Laus

neben meinem Großvater der Schmuckdesigner

– Tochter

und ich rannte, obwohl ich saß, durch den Regen, ohne dabei nass zu werden, sicher, dass der Obdachlose draußen auf mich warten würde, dass mein Vater mit mir auf dem Maultier und sein Atem in meinen Zöpfen, die Besitzerin des Kleiderladens hob den Spazierstock

– Es fehlen noch zehn Minuten bis zum Auftritt

und der Lärm im Zuschauerraum nahm zu, ließ Kiesel zurück, nahm Kiesel mit, warf sie mir zu, nahm sie mir weg, die Mondlichtscheiben weißelten die Dunkelheit, silbrige Bahnen, Reflexe, der Gitarrist stimmte eine Saite nach, der mit der portugiesischen Gitarre überprüfte die tiefen Saiten, mein Kleid schwarz, meine Strümpfe schwarz, meine Brosche rot, mein Haar perfekt, der Mann, der jünger war als der Senhor Doutor, nahm mir das Entchen weg

– Jetzt brauchst du es nicht mehr

und ich brauche es nicht mehr, das stimmt, stellen Sie es wieder ins Badezimmer, so wie ich auch den Senhor Doutor nicht mehr brauche, auch Dona Eugénia nicht, die, ein Kreidefleckchen am Kinn, auf dem Podium

– Ein Huhn hat drei Eier gelegt das andere Huhn fünf Eier wie viele Eier haben beide gelegt?

auch nicht den Spazierstock der Besitzerin des Kleiderladens, die warnte

– Weniger als zwei Minuten

und ihre Hüfte, auf Erleichterung hoffend, etwas anhob, und in ihrem Alter, welche Erleichterung, in meinem Alter, welche Erleichterung, die erste Stimme, obwohl der Arzt zu mir heruntergebeugt

– Meine Eltern haben Sie geliebt

die erste Stimme schlug mir beinahe ins Gesicht, schlug mir ins Gesicht, warum schlägt sie mir ins Gesicht, man schlägt niemanden ins Gesicht

– Der Verband hat sich gelockert und sie wird sich kratzen das Miststück

aber anders, als sie vermutet hatte, kratzte ich mich nicht, ich stand auf, damit sie mir eine Falte auf der Schulter zurechtrückten, und das taten sie, damit sie nach dem Verschluss der Kette schauten, und das taten sie, damit sie mir halfen, mich in mein Umschlagtuch zu hüllen, und sie halfen mir, der mit der portugiesischen Gitarre und der Gitarrist, die vor mir auf der Bühne waren, begannen leise die Saiten zu zupfen und den Klang satter werden zu lassen, die Besitzerin des Kleiderladens

– Los

und der Vorhang, der mich vom Publikum trennte, öffnete sich unvermittelt, der Mann, der jünger war als der Senhor Doutor, zeigte mir das Entchen, nickte, und so viel Licht, mein Gott, so viel Publikum, so viel fallende Rosen, und ich allein, wartete auf die Stille, dachte

– Wie lange werde ich auf die Stille warten?

nicht zu ihnen gewandt, zu dem Fenster hoch oben gewandt, das ohne Gardine war, leer, mit dem Gefühl, meinem Inneren zugewandt zu sein und dort nichts außer dem Senhor

Doutor am Schreibtisch vorzufinden, der dem Chauffeur befahl, den Wagen zu holen und ihn wohin auch immer zu fahren
– Die erste Straße auf die du kommst egal welche Hauptsache du hältst nie an
ich ließ den mit der portugiesischen Gitarre und den Gitarristen einmal, zweimal anspielen, während die Besitzerin des Kleiderladens mit dem Spazierstock wedelte, der Mann, der jünger war als der Senhor Doutor, zeigte mir mit der Frage das Entchen
– Fängst du nun an oder was?
Dona Eugénias Eier, die zusammenzuzählen ich außerstande war, bis ein Murmeln in mir aufstieg, verstreute Silben, die zu Wörtern wurden, und die Wörter begannen sich zu weiten, im Theater ein
– Bravo
ich glaube rechts, ich glaube an der Decke, ich glaube überall, der Wagen des Senhor Doutor, darin der Senhor Doutor zum Chauffeur
– Schneller
beinahe schlug er ihn mit der Faust in den Nacken
– Schneller
schlug ihn mit der Faust in den Nacken
– Schneller
und einhundertzwanzig, einhundertdreißig, einhundertvierzig, die Eiche, an der die einhundertvierzig endeten, und meine Stimme stumm, von Blumen bedeckt, im Inneren eines verlassenen Turms.

Die Originalausgabe erschien 2015 unter dem Titel
»Da Natureza dos Deuses« bei
Publicações Dom Quixote, Alfragide, Portugal.

Der Verlag dankt dem Portugiesischen Kulturministeriums und
der Generaldirektion für das Buch- und Bibliothekswesen für die
Förderung der Übersetzung.

Sollte diese Publikation Links auf Webseiten Dritter enthalten,
so übernehmen wir für deren Inhalte keine Haftung,
da wir uns diese nicht zu eigen machen, sondern lediglich auf
deren Stand zum Zeitpunkt der Erstveröffentlichung verweisen.

Dieses Buch ist auch als E-Book erhältlich.

Penguin Random House Verlagsgruppe FSC® N001967

1. Auflage
Genehmigte Taschenbuchausgabe April 2021
btb Verlag in der Penguin Random House Verlagsgruppe GmbH,
Neumarkter Straße 28, 81673 München
Copyright © der Originalausgabe 2015 António Lobo Antunes
Copyright © der deutschsprachigen Ausgabe 2018 Luchterhand
Literaturverlag in der Penguin Random House Verlagsgruppe GmbH
Umschlaggestaltung: semper smile, München
nach einem Entwurf von buxdesign, München
Covermotiv: © Plainpicture/Paul Abbitt
Druck und Bindung: GGP Media GmbH, Pößneck
CP · Herstellung: sc
Printed in Germany
ISBN 978-3-442-77050-2

www.btb-verlag.de
www.facebook.com/btbverlag